Staread
星文文化

浮图塔

上

尤四姐 著

长江出版社
CHANGJIANGPRESS

# 目录

第一章 · 惊塞雁　001

第二章 · 几重悲　030

第三章 · 感君怜　059

第四章 · 已着枝　089

第五章 · 宜相照　112

第六章 · 高唐路　137

第七章 · 一枕春　160

第八章 · 过危楼　186

第九章 · 揽青冥　209

第十章 · 两牵萦　232

# 第一章 惊塞雁

　　隆化十一年春天,下了很长时间的雨。都城被浸泡在水汽里,有四十来天没有见到太阳了。

　　江山风雨飘摇,一切岌岌可危。高卧龙床的元贞皇帝病势每况愈下,中晌听说已经停了饮食。也许再过不久就要改年号了。

　　谁做皇帝,对于乾西五所的宫眷们来说,并不重要。女人眼皮子浅,不似朝中大臣心怀天下,她们只知道自己进宫不过月余,卑微的封号才刚定不久,接下来迎接她们的,不是帝幸,不是荣宠,也许是庵堂里的青灯古佛、皇陵里的落日垂杨、地宫里冰冷潮湿的墓墙……

　　谁知道呢!

　　"早料到有今日,当初就不该进宫来。"一个选侍站在檐下呜咽,"皇上正值壮年,谁知……竟是个没寿元的。"

　　"这种事何尝轮到咱们自己做主?"另一个捂住她的嘴左右观望,压着嗓子道,"你小声些,叫人听见了,咱们只怕挨不到最后,倒要先行一步了。"

　　"如今还怕什么,只求老天开眼,保吾皇万寿无疆,让咱们多活两年,便是上辈子积德行善的福报了。"

　　人常说"一朝天子一朝臣",后宫的女人何尝不是这样,既进了宫,万事便系在皇帝一身。君王体健,她们不说何等优渥自在,至少性命无虞;君王身死,膝下有子女的,可退归太妃之位,至于那些无所出的、位分低微,娘家再没个倚仗,似乎便不会有什么好出路了。

这庞大的、千疮百孔的帝国,落到谁手里,都是个无法转圜的死局。大邺开国至今已有二百六十四年,这二百多年里经历过辉煌,也出过英主。彼时开疆拓土,迁都京师,令八方来朝,四海称臣,盛世繁华,历朝历代无一能及。然而国运也有轮回,当初意气风发的少年郎渐渐老迈,拖着臃肿的身躯,反应迟钝,接下来如何,没人说得准。

音楼把直棂窗合上,转身到桌前沏茶。青花瓷杯里注进茶汤,高碎的残末儿在沸水里上下翻滚。

"喝茶。"她往前推了推,"雀舌的末子也比针螺要好,我老家产茶,进了宫,反倒连个茶叶的边儿都摸不着了。以前片子里头还要挑嫩尖,现在只有喝零料的份儿了,可怜。"

她总是这样,天大的事都与她不相干似的,说话的时候脸上带着笑,就连在她肩头刺花,她也是笑着的。李美人没她这么好的兴致,推开杯盏,蹙眉叹息:"都什么时候了,你还有心思品茶!"

什么时候?大约是死到临头了。她也忐忑,但是又能怎么样!她坐下来,拿盖儿刮了刮浮沫,慢慢道:"咱们这些人是笼中鸟,进了宫,生死早就不是自己能掌握的了。不过是活了一天,算两个半天。等旨意颁了,往后怎么着,看各自的造化吧!"

李美人沉默下来,愣眼看了她半天才道:"怪我多事,现在想想,当初你要是被撵出去,也就不必操今天这份心了。"

音楼听了笑道:"撵出去了日子是好过的吗?说不定还不及现在。弟兄不待见,将来嫁人,也别指望能配好人家。没出息的傻丫头,保个姨娘的媒就不错了,还能蹿到天上去?其实现在也不必太过忧虑,太医院那些医正都有手段,兴许研制出什么方子来,一下就把万岁爷的病治好了。"

李美人被这么开解一番,倒也略感宽怀。虽然皇帝的病拖了两年不见起色,但毕竟还没咽气。像以往死过去好几回,不也救回来了吗?这次一定还有这样的造化。鬼门关转一圈,权当下江南了。

至于音楼和李美人的交情,原有一说。她们同批进宫,譬如乡里赴考的生员,要是论起来，也能称作同年。一道进宫门，一间屋子里验了发肤手足，到了验身那一关，音楼闹了个笑话，是李美人帮她解的围。

参选的良家子，头一条就是要保证清白。宫里太监缺德，以前曾有过坑害姑娘的事，后来尚宫局为保万无一失，不知怎么想出个妙方儿来——簸箕里铺好面粉放在炕头，令参选者蹲踞在上，给嗅胡椒面儿。呛了总要打喷嚏吧？这一发力就看出来了。据说处子身下纹丝不动，要是破了身的……大概就当风扬其灰了。这是进宫后才知道的秘闻，以前从没有听说过。音楼那时候傻，尚宫命她上炕对准面粉，她是对准了，只不过是用脸。结果喷嚏直射进簸箕，把尚宫喷了个满身满头。瞧她这股子笨劲儿，脑子不灵光不能进宫听差，就算勉强留下，也是个不起眼的淑人。幸亏李美人仗义，替她说尽了好话，她才没被遣返原籍。不想阴差阳错，居然挣了个才人。

当然了，才人还是个喝高碎的才人，依旧上不了台面。不过不用进浣衣局做工，且有时间春花秋月，已经是人生一大乐事。她没想过承雨露之恩，皇帝缠绵病榻，后宫早就形同虚设。只是这样的境况，仍旧三年一大选，里头打的什么算盘，细想令人胆寒。

一阵风吹来，槛窗不知怎么开了，绵密的雨飒飒落在书页上，把案头淋得尽湿。李美人起身拨木门，突然回过头问她："你说我们会不会充为朝天女？"

音楼打了个寒战，这种事心知肚明，何必说出来！

朝天女的来由，简而言之就是拿活人殉葬。大邺建国么多年，这条陋习从来没有废除过。她们这些人，在当权者眼里还不如蝼蚁。皇帝是这泱泱华夏的主宰，是所有人的天，活着的时候享尽荣华富贵，死了也要带一帮人下去伺候。皇帝一旦停床[1]，内官监的太监就要准备拟名单了。这是公报私仇的好机会，大臣们纷纷开始行动，朝堂之上不能肃清政敌，就设法算计对方的女儿，弄死一个是一个。不过死也不是白死，丧家从此有了特定的称谓，叫"朝天女户"。这种荣耀世袭罔替，下一任皇帝会对其家人给予优恤，以表彰她们的"委身蹈义"。

究竟死与不死，没人说得准，得看运气。音楼放下茶盏道："如果命大，出家或是守陵，还能有一线生机。"

李美人缓缓摇头："只怕轮不着咱们，太祖皇帝驾崩，殉葬者一百二十人之

---

[1] 为死人换上寿衣，用来装殓，称作停床。

众。成宗皇帝少些,也有四十余人。后来的皇帝多则七八十,少则五六十,到如今成了惯例。你算算,乾西五所里有多少人?加上那些御幸却未有子女的,恰好够数了。"

够数了,一个也别想逃。朝天女的人数无定员,一般是往多了添,没有削减的道理。音楼抬眼看檐外飞雨,鼻子有些发酸:"我们倒罢了,承过幸的妃嫔也逃不脱,真是可悲。"

"你还有心思同情别人吗?咱们守着清白身子殉葬,细想起来谁更可悲?"李美人抚抚褙子[1]上的摘枝团花,缓步踱到门前,"音楼,眼下能救咱们的,只有司礼监的那帮阉竖了。"

说起司礼监,足以叫人闻风丧胆。当初成宗皇帝重用宦官挟制朝中大臣,无非是出于相互制衡的考虑,谁知后世辈王效仿之余发扬光大,到现在成立了缉事衙门,提督太监甚至代皇帝批红,一手把持朝政。像这种嫔妃殉葬的事,自然也在司礼监的管辖范围之内。

音楼怔怔地望着她:"你有什么打算?"

李美人似有些难堪,踅过身道:"我记得曾和你提过秉笔太监闫荪琅,你还记不记得?眼下皇上病势汹汹,有门道的早就活动开了。咱们在后宫无依无傍,还有什么逃命的方儿?等到诏书下来,一切就都晚了。"

音楼骇然:"你要去和那个太监谈条件吗?这会儿去,正中了他下怀。"

李美人凄恻一笑:"我在宫里孑然一身,还有什么?无非要我做他的对食,我也认了。比起死来,孰轻孰重,压根儿用不着掂量。"

她目光死寂,想是已经打定了主意。音楼起初还浑浑噩噩,到现在才切实感受到末日的恐慌。真的走投无路时,没有什么舍不下。所谓的对食,就是太监宫女搭伙过日子。虽然没有实质内容,但对外形同夫妻,跟了就是一辈子的事。内廷女子能选择的路不多,一些有权有势的太监膨胀到一定程度,最底层的宫女已经满足不了他们畸形的自尊,于是就把触手伸向了有封号的低等宫妃。皇帝呢,则因为太过依赖那些宦官,加之女人众多顾不过来,所以即便是有耳闻,也睁一只眼闭一只眼,不予追究。

配给太监,但凡有些傲骨的,谁愿意?真要相安无事倒罢了,岂不知越是位阶高的,反倒比外头寻常男人更厉害。早年曾经发生过执事太监虐杀对食的事,皇帝

---

[1] 汉服的一种。直领对襟,两侧从腋下起不缝合,多罩在其他衣服外穿着。

听说后不过赏了二十板子，轻描淡写地就把案子结了。李美人要是自投罗网，岂不是才出狼窝又入虎穴？

音楼想劝她三思，可是又凭什么？生死存亡的当口，各人有各人的选择。李美人迈出去，穿堂里回旋的风卷起她的衣角，愈行愈远，隔着蒙蒙雨雾瞧不真了。音楼攀着梿花槅扇门呆呆目送，心里觉得惆怅，都去找出路了，只有自己，人面不广，除了等死，没别的办法。

"主子，咱们怎么办？"音楼在屋内转圈的时候，婢女彤云亦步亦趋地跟着，"您说李美人要是说服了闫太监，会不会拉咱们一把？"

音楼抬眼看房顶："这时候，谁顾得了谁？"

彤云带着哭腔跺脚："这是性命攸关的大事，您快想辙呀！"她也不想坐以待毙，可是有劲没处使，怎么办呢？

"你是让我找太监自荐枕席？我好像干不出来。"音楼讪讪地调开视线，"再说就算我愿意，也没人要我啊！司礼监今儿肯定吃香，我就不去凑热闹了，要不上御马监试试？御马监现在也是香饽饽……你说沦落到叫太监挑拣，心都凉了。"

彤云感到一阵无力："活着要紧还是脸面要紧？其实到别处瞎忙都没用，眼下只有司礼监的掌印、秉笔握着生杀大权。如果能攀上掌印太监，那咱们的脑袋就能保住了。"

掌印太监提督东缉事厂，是太监里的头把交椅，权倾天下。音楼才进宫的时候，曾远远见过东厂的人。头戴乌纱描金帽，身着葵花团领衫，领头的系鸾带，穿曳撒，左右绣金蟒，从汉白玉的月台上走过，那份气势如山的排场，叫她至今都不能忘。

可是太监阴狠狡诈，哪里那么容易攀交情！她靠着朱漆百宝柜嗟叹，掌印太监肖铎媚于侍主，凭借帝后的宠信，设诏狱，陷害忠良，同他打交道，只怕死得更快啊！

天色渐暗，雨势似乎小了些。昼夜交替的时辰，外面的暮色是稀薄的蓝，恍恍惚惚，有些分不清是黎明还是傍晚。

负责掌灯的太监挑着灯笼到檐下，拿长杆儿往上顶，一盏一盏挂到铁钩上。乾清宫从昏沉里突围出来，堂而皇之地矗立在那里，仿若凄迷世界里唯一的明亮。但也只一霎，后面的交泰殿和坤宁宫相继亮起，连成一道线，又是煌煌的一大片，这就是紫禁城的中枢。

赵皇后脸上泪痕未干，哭的时候长了，眼泡都有些浮肿。她穿过龙凤落地罩到外间，招了医正们问皇帝病势："依着脉象，圣躬何时能大安？"

宫中忌讳多，即便是不好了，也不能明着问什么时候死，太医更不能不带拐弯地答，只得弓腰回话："万岁爷脉象软而细，医理上说精血亏虚不充则脉细软，阴虚不能敛阳则脉浮软。臣等先前瞧了，主子手足心热、口咽干燥、舌红无苔，病势和昨儿相比，又略进了一层。"

皇后微吁了口气："前几天还好好的，不知怎么一里一里亏成了这副模样。"她回头看，床前垂挂的黄绫缎子没有合拢，缝隙里透出一张青灰的脸，口眼半开，业已死了一大半似的。她很快调过视线来，不动声色地领着一干候旨的王公大臣进了配殿。宫婢搀她在地屏宝座上落座，她定了定神，对跟前的太医道："我问病因，你们太医院总是支支吾吾地搪塞，到现在也没个明白话儿。眼下诸臣工都在，既是族里宗亲，又是皇上素日的心腹近臣，这样的紧要关头，不必避忌那许多了，你们有话但说无妨。把人蒙在鼓里总不是方儿，万一有个好歹，只怕太医院担当不起。"

带班的陈太医打了个寒噤，越发躬下身子："圣躬抱恙，太医院所下诊断、所开方子，俱要密封存档。没有万岁爷的示下，咱们就是吞了牛胆，也不敢往外透露半个字。可如今这情势，刨开了腔子说，下臣们也正诚惶诚恐。既然娘娘下了懿旨，那臣就斗胆同诸位大人交个底儿。臣请万岁脉象，飘如浮絮，按之空空，乃是虚劳失精、内伤泄泻之症。这种病症……得远女色，静心调息方可。上月主子曾召臣问脉，那时候主子就有骨蒸潮热的症候。这病怎么由来呢……"他咽了口唾沫，"肝肾阴液不足，多由久病伤肾，或禀赋不足、房事过度所致。臣开方子，叫断了温燥劫阴之品，以滋肾养肺为主。那个……幸御后宫的事儿，臣当时也向主子奏明过，现今主子病势越发凶险，想来并没有将臣的奏请放在心上。"

在场众人一听都有些尴尬，太医的话很明白，皇帝卧床的病因就是不遵医嘱，纵欲过度。先前咳痰带血还有可恕，刚才可不是微微的一点细丝儿了，仰脖子一大口，嘴里鼻子里一股脑儿涌出来，看着真瘆人。

皇后怔了会儿，恨声道："这么大的事儿，怎么没有一个人来回我？！你们瞒得好，看看瞒出祸事来了！"说着又拭泪，"我也劝过的，但凡能听进去一字半句，也不会落得今天这步田地！当着面儿劝诫得多了，翻来覆去总那几句话，到后头惹得他不耐烦。我是一国之母，原不该说那些，可几位皇叔和臣工瞧瞧，承乾宫那位没日没夜地纠缠，眼下掏空了陛下的身子，谁能造出个救命的灵丹妙药来？"

后宫的事本来是皇帝的家务事，对谁青眼有加就宠幸谁，外人没有置喙的余地。要是小打小闹倒无妨，可现在出了动摇根基的大乱子，抬到明面上来，就不得不好好理论理论了。承乾宫自大邺开国起就定为贵妃住所，现在这位贵妃姓邵，和皇帝颇有渊源。邵贵妃原先是东宫一位太子宾客的未婚妻，机缘巧合下遇见了当时还是太子的元贞皇帝，两人相谈甚欢，一来二去就有了感情。但是储君夺臣妻，传出去岂是好听的？这事儿传到了代宗皇帝耳朵里，太子挨了一通训斥之后就撂下了。后来男婚女嫁各不相干，原以为过去就过去了，谁知皇帝即位后，头道旨意就是勒令邵贵妃夫妇和离，并且正大光明地把邵妃接进了宫里。失而复得的皇帝自然与邵贵妃恩爱异常，一心一意过起夫唱妇随的日子来，把后宫众人扔进了犄角旮旯。

人一辈子能遇见个真爱，方不枉此生，这道理人人都知道。然而平头百姓办起来容易的事，对于皇帝却难如登天。假使手段够老辣，各方权衡压制不起波澜，众人敢怒不敢言，过上几十年，年纪大了，煞了性儿，不平也就过去了。偏偏皇帝身底儿弱，邵贵妃被宠过了头，难免骄纵跋扈，到这棂节儿[1]上，就怪不得有冤报冤了。

这矛盾，叫大臣们怎么说呢？言官会骂人，武官会打架，可皇后对贵妃的牢骚他们管不了。话头子既放出来了，往后该怎么办，大伙儿心里有底。只不过皇帝暂时还没咽气，嘴上也不方便应承什么。

众人皆缄默，气氛有点僵，这时一个绯衣玉带的人出来解了围，和煦说道："万岁爷圣躬违和，这几日人心动荡，我瞧着有失体统。咱们食君之禄忠君之事，为主子分忧是分内的事儿。主子一时抱恙，不碍的。咱们该当的差事不丢手，照旧替主子把好门户，方不负主子的委任。依在下的愚见，各人还是妥当镇守各部，该呈敬的票拟[2]不要拖，咱们司礼监能批红的就代主子批了，决定不了的大事等主子龙体康健再行定夺。这段时间阁老们辛苦些，不求主子犒赏，但图一个自己心安。"又对皇后拱手作揖，"请皇后娘娘放宽心，万岁爷福厚，这回不过是个小坎儿，迈过去自然就顺遂了。"

他一说，众人忙附和："肖大人言之有理，臣等必定鞠躬尽瘁，以报万岁知遇之恩。"匆匆表过决心，也不在宫里死等了，却行退出了配殿。

灯光略亮了亮，是他站在烛台边拨弄灯芯。迟重的金色映着他的脸，白璧无

---

1 北京方言，意为关键时刻。

2 内阁代皇帝批答臣僚章奏，先将拟定之辞书写于票签，附本进呈皇帝裁决，称为"票拟"。

瑕。他有极漂亮的五官，很多时候唇角抿出凉薄的弧度，微微上挑的眼梢却有他独特的况味，当他专注望着你时，便衍生出一种奇异的悲天悯人的错觉来。

然而错觉始终是错觉，和他打过交道的都知道，他下得一手好棋，不管手段多见不得光，说出来的话却永远冠冕堂皇。权力是个好东西，为他润色，让他顶天立地。从"年少喜功"到如今的大权在握，有一把利刃在身边，总能让人感到安心。

"肖铎……"皇后叫他一声，只觉气涌如山。

他搁下铜剔子来搀她，手势熟稔地把她的胳膊架在小臂上："娘娘看护了皇上一整天，该歇歇了。自己的身子骨也要紧，臣送娘娘回宫。"

皇后跟他下了丹陛，前面是两个挑灯的宫婢，细雨纷纷，他替她打着伞，四周暮色合围，反倒让人沉淀下来。她长叹一声，慵懒地靠在他肩头。

"娘娘累了。"他撑伞的手仔细把她圈住，"回头臣替您松松筋骨，娘娘该睡个好觉了。"

回到坤宁宫，正殿里侍立的人都退了出去。这是三年多来养成的习惯，只要有肖铎在，皇后娘娘身边就用不着旁人伺候。

皇后坐在妆台前拆发髻，身后的人上来接她手里的朝阳五凤挂珠钗，取了象牙梳篦来给她篦头，一下一下从头到尾，仿佛永远不会厌烦。皇帝亏欠她的温存，从他这里得到慰藉，虽还是不足，但也聊胜于无。

他从黄铜镜里观察她的脸，在她肩头拢了拢："娘娘心里的焦虑，臣都知道。退一万步说，就算皇上有什么不测，您还是六宫之主。且放宽心，有臣在，就算粉身碎骨，也会保得娘娘安然无虞。"

他的手按在她肩头，虚虚的，不敢压实。皇后把手覆在他细白的手指上，用力握了握："你瞧皇上还能撑多久？"

他眯眼看龙凤灯台，长长的睫毛交织起来，什么想法也看不出，虚虚实实总显得迷离。隔了一会儿才道："左不过就是这两天的事，娘娘要早做打算。皇上只有一子，眼下还养在贵妃宫里。究竟是把荣王殿下推上宝座，还是在诸皇叔之中挑拣人选，全看皇后娘娘的意思。"

皇后从杌子[1]上扭过身来看他："要想日后过得舒心，自然是拿荣王做幌子最好。子承父业天经地义，大不了钦点几位托孤大臣，权力好歹还在自己手里。只不

---

[1] 矮小的凳子。

过邵妃那贱人怎么料理？她要是活着，怎么也要尊她一个太后的衔儿，到时候要办她可就难了。"

肖铎一笑："娘娘忘了臣是什么出身了，这样的事还要您操心，臣岂不该领杖责？"

"你什么出身？还不是个巴结头儿吗？！"皇后咮咮笑起来，偎向他怀里，想来想去又开始为难，"邵贵妃有子，殉葬万万轮不着她，你打算怎么料理？"

他抚着她的发，将发梢捻在指尖慢慢揉搓："娘娘别问，臣自有道理。她和皇上既然山盟海誓，圣躬晏驾，岂有衔上恩而偷生的道理？叫她随王伴驾，了不得让她标名沾祭，受些香火也就是了。"

斗了这些年，皇帝活着时不能把她怎么样，死了更是由不得他们了。皇后心里的阴霾一霎都散了，还好有他，虽说是各取所需，到底是个得力的帮手。

"那么本宫就静待督主的好消息了。"她笑得宛若娇花，染了蔻丹的手指从他面皮上滑下来，游进了白纱交领里。指尖一分分地移动，再要往下，却被他压住了。她笑了笑，这是他的规矩，再怎么情热，身上衣裳是一件不除的。她也不以为意，在那如玉的颈间盘桓。

"瞧准了时候，只要乾清宫一有消息，就把荣王带出承乾宫，送到我这儿来。"

肖铎勾了勾唇角："娘娘放心，臣省得。"

大事商议完便只剩私情了，她在他耳边吐气如兰："你说要替我松筋骨，到底怎么个松法儿？"

先前进退有度的皇后早就不见了踪迹，灯影里唯剩这含春的眉眼，这柔若无骨的身子，这久旷干涸的心。


他没言声，探手抱起这天下头等尊贵的女人，转过沉香木屏风，轻轻放在了妆蟒绣堆的雕花牙床上。

人有七情六欲，不能凌驾之上，只能任它奴役。皇后在某种程度上来说是个可怜人，几个月不得见皇帝一面，年纪轻轻独守空房，自有一把辛酸泪。既然门走不通，那就翻窗——另想了辙和太监逗弄调笑，沉浸其中也甚得趣儿。

"这两天真没头脑，繁杂的事也多，弄得我浑身发疼。"皇后脱下褙子，换上了月白交领中衣。今年入春早，节气上应该是和暖的时候了，不知怎么又来了个倒春寒。入夜宫殿凄清，总觉得寒浸浸的。她登床靠在内侧的螺钿柜上，半掩着沉香色遍地金的被褥，冲他一笑，"今儿冷得厉害，上来给我焐一焐吧！"

肖铎提了曳撒坐在床沿，并不真上床，只将手探进了被褥，把她的双脚合进掌心里。

赵皇后是汉家女，从小裹了足，为了供男人把玩。三寸的金莲，真正一点点，他隔着棉纱袜子暧昧地来回抚，尖尖的头儿，后半截圆嘟嘟的，捏在手里像个清水粽子。

他总这么若即若离，皇后不大称意，勾起他颌下组缨[1]牵引过来，嗔道："你不是本宫的好奴才吗？主子的话你敢不听？"

说话的当口，他的手挪到了她小腿肚，一路蜿蜒向上，撩得她气喘吁吁。他还是半真半假的一副笑脸："臣是个残疾，否则也没法儿进宫来。这模样上娘娘的绣床，是对主子天大的不恭。臣就这么坐着伺候，也是一样。"

皇后拿足尖挑逗他："你在我宫里出入自由，我怎么待你，你也知道……这么多回了，没见你脱过衣裳，今儿脱了我瞧瞧，兴许还有救呢！"

他脸上一僵："娘娘是最慈悲的，忍心揭臣的疤吗？这伤心地儿在您跟前显露，臣羞愧倒是其次，搅了娘娘的好兴致，再挨一刀也不为过。"

人人都有底线，强扭的瓜不甜，惹急了翻脸就没意思了，皇后也知道这个道理。肖铎的恭顺只是表面的，今时不同往日，他如今再不是可以随意摆布的了。

"可惜了这么个精干人儿，要是个全须全尾的，不定迷杀多少女人呢！"她闭上眼怅然轻叹，"咱们都是可怜人，就这么做伴吧！"突然睁开眼扑过来，勾着他的颈子往下坠，面上桃色如春，呓语似的呢喃，"我知道你不愿脱衣裳，不脱便不脱吧！一头躺会子，说几句挠心话，我也足了。"

寝宫里更漏滴答，和着屋外连绵的风雨声，阴郁沉闷，交织出一个无望的世界。活着总归超脱不出去，比如情欲衍生出的更大的空虚，一面憎恶，一面又沉溺其中不能自拔。

戌正时分肖铎才踏出坤宁宫，檐下的风灯在头顶照着，他还是干净利落的样子，甚至连头发都没有一丝乱。他是太监里的大拿，稳坐司礼监头把交椅，主子面前是奴才，奴才们面前却顶大半个主子。甫出门槛就有一队人候着，见他现身，打伞上前伺候，恭恭敬敬地把他迎进了东庑房里。

他在高椅上坐定，老规矩，面前的黄铜包金脸盆里盛热汤，边上侍立两个小太

---

[1] 古代系冠的丝带。

监，一个捧巾栉¹，一个托胰子。

他枯着眉头把手泡在盆里，狠狠地搓，胰子打了一遍又一遍，直到把手指搓得发红才作罢。他身边的人知道他的习惯，默默在一旁侍立，等他擦了手，静下心来，瞧准了时候再慢慢回事儿。

"干爹喝茶。"曹春盎哈着腰呈上个菊瓣翡翠茶盅，觑见他脸色不好，小心翼翼道，"干爹连日操劳，儿子给您按按？"

有头有脸的太监时兴收干儿子，儿子尽心尽力孝顺干爹，当干爹的也疼儿子，父慈子孝真像那么回事。肖铎也有个干儿子，去年九月里才认的，十二三岁，很伶俐的一个孩子。照着外头成家立室的年纪算，爷俩相差十来岁，断乎养不出这么大的儿子来。在大内不一样，就像贵人们养猫儿、养巴儿狗，有人"干爹"叫得震心，图个热闹好看。

见肖铎没应，曹春盎很乖巧地转到他身后。皇帝左右专事按摩的人，服侍起来很有一套。拳头虚虚拢着，肩头后脖子轮一遍，五花拳打得又脆又轻快。

他闭目养神的当口，秉笔太监闫荪琅托着六部奏本来，低声道："内阁的票拟都已经送上来了，皇上眼下病重，依督主看，这批红的事儿……"

"搁着。"他捏了捏太阳穴，"咱家先头那番话不过是为了稳定军心，那帮顾命大臣不动刀剑，舌头能压死人。皇上要是能开口，批了也就批了。这会儿连话都说不出来，谁敢动那一笔，闹得不好就是个话把儿。市井有传闻，管我叫'立皇帝'。这话从何处来，已经打发东厂的人在查了。这么大顶帽子扣下来，万一秋后算账，几条命都不够消磨的。"

他的这份小心，倒叫几个秉笔、随堂心头一震。大伙儿交换了眼色，趋身道："督主这么说，真令属下等惶恐。莫非有什么变数吗？"

提督东厂的掌印，向来只有算计别人的份。朝中不论大小官员，提起东厂，哪个不是吓得魂飞魄散？督主突然这样谨小慎微，倒叫底下人觉得纳罕。

肖铎知道，这帮人作威作福惯了，冷不丁给他们抻抻筋就瞧不准方向。他手里捏着蜜蜡佛珠慢慢数，边数边道："多事之秋，还是警醒点的好。皇上这病症……往后的事儿，谁也说不清。"

江山要换人来坐了，话不好说出口，但彼此都心照不宣。闫荪琅哈腰道是，捧着奏本退到了一边。

---

1 巾和梳篦，泛指盥洗用具。

"工部的奏拟,不知督主瞧过没有?"底下随堂太监道,"上年黄河改道,于临漳西决口,东南冲入漯川故道。当时工部奉旨治水,才半年光景,所报的开支已经大大超出预算……"

话还没说完,就被肖铎抬手制止了。他起身踱到门前,挑了帘子往外看,雨丝淅淅沥沥飞进檐下,灯笼上的牛皮纸受了潮,朦胧间透出里面飘摇的烛火。天真冷啊,竟同隆冬一样呵气成云。他搓了搓手背,拉着长音道:"再不出太阳,治水的亏空只怕更大了。横竖不是咱们的事儿,该操心的是内阁首辅。说到底咱们是内监,皇上龙体抱恙,头等大事还是圣躬嘛!传令其他十一监,这两天值房别断人,不定什么时候就有旨意的。咱家头疼,旁的不多说了,还要回东厂一趟。"说完又哦了声,"闫荪琅跟着,我有话交代。"

他披上流云披风迈出门,这回没带人,只有曹春盎在边上打油伞随侍。闫荪琅趋步跟上,只听他说:"把乾西五所的名册归拢归拢,殉葬的人当天就要上路,别到时候手忙脚乱摸不着头绪。"

闫荪琅应了个是:"督主放心,这事儿今天已经在筹备了。先帝从葬六十八人,这一辈儿不能越过次序去。暂时拟定六十人,届时花名册子呈您过目,该添的或是该删减的,听您的示下。"

他嗯了声,抬手扣披风上的镏金压领,漠然道:"以往随葬都有定规,什么品级几个人,不用我说你也知道。事要办得漂亮,恰到好处才不至于翻船。我前儿还想着歇一歇来着,眼下看来是不能够了。批红这头短了,厂卫那头更要兼顾起来。这当口还不比平时,蠢蠢欲动的人多,撒出去的番子探回来一车消息,不拿几个作筏子,东厂在他们眼里成了吃干饭的衙门。"

东厂直接受命于皇帝,四处潜伏,监视各地官员的一举一动。譬如有一回詹事府几位同知和赞善大夫赌钱,前一晚台面上多少输赢,第二天皇帝笑谈间就透露出来了,吓得文武百官噤若寒蝉。大难迎头袭来倒还罢了,这份时刻遭到窥伺的恐慌才震慑人心。皇帝病危,东厂的活儿却不能停,越到这种时候,越是风声鹤唳。闫荪琅是他的心腹,知道他办事一向狠辣,否则年纪轻轻的不能坐上这把交椅。既然执掌东厂,干了就是一辈子。这种职权不容你卸肩,结了那么多仇家,哪天下台,就意味着活到头了。

至于他说的"办得漂亮",自然是指后宫的动向。皇帝晏驾,一大帮女人要跟着倒霉,脑子活络的都不会坐以待毙,走后门托人,不管是钱财收受还是人情交易,不说完全秉公办事,至少面上交代得过去。这头干净了,才好留下名额填塞那些原本不该死的人。两边匀一匀，遮盖过去，差事就办下来了。

闫荪琅称是："圣上只有荣王一子，督主是要勤王？"

他一手挑着灯笼缓缓前行，微侧过头瞥了一眼。昏暗的火光照亮肖铎的半边脸，似阳春白雪，又冷冽入骨。油靴踩过水洼，朱红的曳撒下摆撩起一连串弧度，膝襕上金线绣制的蟒首面目狰狞，他却欣欣然一笑："勤王？这主意倒不错，兴许还能借机洗刷我的恶名。只可惜我名声太坏，这辈子是当不成好人了。"

他模棱两可的话叫闫荪琅一头雾水，即便是最信任的人，他也从不把心里的想法同他们说。他们不需要知道太多，只要按他的吩咐行事就行了。

"东厂的人进不了宫，万岁龙驭上宾之时还得司礼监出力。丧钟一响，即刻派人把守住承乾宫各门，不许任何人出入，到时我自有道理。"行至延和门前，他顿住了脚，接过曹春盎手上的油伞，让他们回去，自己独个儿往贞顺门上去了。

贞顺门内是太监把守，过了横街，对面由锦衣卫驻防。肖铎地位显赫，内官们远远看见他来了，连忙落钥。闫荪琅目送那身影迤逦出了琉璃门，扭头看曹春盎："你听出什么来了？"

曹春盎吸了吸鼻子，仰脸笑道："督主的意思是让您别光顾着捞银子找对食，好歹莫留什么把柄叫人拿捏住。"

闫荪琅照他后脑勺打了一巴掌："小兔崽子，爷们儿是说这个吗？"

爷们儿？缺了嘴的茶壶自称爷们儿，不嫌寒碜吗？曹春盎皮笑肉不笑地应承："是是是，我说岔了。"他笼着两手往伞下挤了挤，"督主吩咐的事儿，咱们照着做，准错不了。那什么……他老人家最近总闹头疼，置了府第也不常回去。依我说，什么都有了，就是缺了位干娘。咱们太监虽净了茬，心里还拿自己当男人看。有个知冷热的人照应着，没准儿头疼的毛病就好了。我听说女人身上的香气包治百病……嘻嘻，闫少监应当是最知道的。您别光顾着自己，也给督主看着点儿呀！"

闫荪琅白了他一眼，半大小子懂个屁！再得意的人儿，想起自己的残疾也难受。要女人容易，可得过得了自己这一关。天天戳在眼里，时刻提醒自己下边缺了一块，换了没脸没皮的人也就算了，像那位这么敏感精细，不定心里怎么想。给他塞女人，谁触那霉头！

第二天天放亮，辰时三刻，云翳渐散，缠绵了一个多月的阴雨突然结束了。

天地洗刷一新，空气里有新泥的芬芳。似乎是个好征兆，一切的不顺利都该烟消云散了。抬头看穹隆，是高高的、宽广的，音楼还在惊讶天竟这么蓝，六宫的丧钟就响了。

几乎同时,十几个换了丧服的太监手托诏书进了乾西五所。风吹动他们幞头下低垂的孝带,死板的马脸像阎罗殿里讨命的无常。打头那个往院子里一站,扯着公鸭嗓喊话:"人都出来,有旨意。"

这旨意是什么,不言自明。担心有人和稀泥,他下巴一抬,身后的内侍分散出去,把屋里的人通通赶了出来。

低等宫妃不像那些品级高的,没有独立的寝宫。她们通常几个人共用一间屋子,东西五进的院落各处住满了人,从头所到五所,凑起来足有四五十。

音楼随众人到殿外候旨,推推搡搡间匍匐在地,听台阶上司礼监太监宣读手谕,内容很简单,也不需要过多交代——"大行皇帝龙驭宾天,非有子者,出焉不宜,皆令从死",就完了。

这样的命运虽然早预料到了,可真要赴死,又觉得像是坠进了噩梦,怎么都醒不过来。

四周哭声震天,音楼跪着,双腿酸软无力,伏在地上起不了身。前两天还心存侥幸,总以为皇帝尚年轻,至少还有几年活头。谁知道这才多久,居然真的晏驾了。

她脑子里茫茫一片迷雾,什么想头都没有,光知道自己刚满十六,离家进京应选,空得个才人的名号,还没咂出做娘娘的味道,就要随那未曾谋面的皇帝一道去死。

她是迟钝的人,快乐来的时候感觉不到大喜,悲伤突袭也不知道哭。耳边呼啸的是尖厉的哭声,她只感到害怕,害怕得浑身发抖,手脚都僵了,寒意从四肢百骸渗透攀爬,笔直地插进心坎里。

"哭什么?这是喜事儿,是祖上积德才有的造化。随侍先皇,朝廷自有优待。往后家里人受了爵,念着娘娘们的好,也不枉一场养育之恩。"司礼太监不伦不类的开解不能平息人群里的惊恐惶骇,谁都没拿他的话当回事,他也不甚在意,对插着袖子吩咐,"来呀,伺候娘娘们换衣裳。若误了吉时,谁也担待不起。"

簇新的白布散发出一种濒死的臭味,腰子门外涌进来一帮尚宫局的人,抖着衣领展开了早就备好的孝服。大半的人被敕令吓走了魂,几乎连站都站不起来,更别说换衣服了。那些尚宫粗手大脚地上来摆弄她们,扒了身上花红柳绿的褙子,摘了头上锦绣堆叠的钗环,右衽交叉,腰上带子狠狠一收,一个就料理妥当了。

音楼被推得团团转,勉强站住了脚,四下环顾,所有人都不甘,每张脸上都是痛苦和绝望，却没有一个奋起反抗的。这可悲的年代，挣扎也是徒劳，该死还是得死。慷慨上路家里能得荫庇，要是不那么情愿，最后白白牺牲，什么好处都叫你捞不着。

所以得笑着去死？她打了个寒战，本来还盼着家里哥哥侄儿进京时能来探探她，现在倒好，逢年过节只要祭拜祭拜就成。隔山望海也不打紧，她一抬脚就过去了。可是殉葬者的魂魄会被镇压住吧？也许封在墓穴里，永不得见天日。

不知道李美人怎么样了，她没在听旨的人堆里。因为不住一个屋，她去找闫太监后就没露面，音楼也没再见过她。也许他们相谈甚欢，李美人已经搬出乾西五所，住到闫太监的处所去了。强权之下不得不低头，给太监做对食听起来很悲情，但总算保住一条命，音楼也替她庆幸。

死也要做个饱死鬼，就像上刑场前有顿断头饭一样，这是人世间最后的一点施舍。宫门大开着，进来一溜尚膳监的太监，两两搬着一张小炕桌，殿外的空地上铺好了毯子，把那些炕桌整整齐齐摆好，请她们入宴辞阳。这种时候谁能吃得下饭？音楼回头看，肜云还在她身边，宫女不用去死，还可以扶她上春凳，伺候她把脑袋放进绳圈里。

她看着肜云，嘴唇翕动，说不出一句话来。

肜云哭得撕心裂肺："主子……主子……"

音楼到这会儿才觉得鼻子发酸，临终遗言带不出去，对爹娘再多的牵挂也不过是空谈。还好家里有六个兄弟姊妹，死一个她，痛一阵也就过去了。

"箱笼里有四五两银子和几样首饰，我用不上了，都给你。"她想想，还是觉得应该说点什么，"我这算不算死于非命？将来还能不能投胎转世？"

肜云安慰她："您这是殉节，阎王爷见了您也会客客气气的。"言罢又抹眼泪，"我叫您想辙的，您不听，落得眼下这般田地倒好吗？"

她也不想死，被逼着上吊不是好玩的。要想跟李美人一样，得有路子，至少人家相看得上你才行。她这人生来桃花运弱，君恩轮不着她，连太监都没一个对她示好的，想想实在失败。

事已至此，没什么可说的。她坐下来喝了口汤，还没咽下去，便听司礼太监高唱："是时候了，娘娘们搁筷子移驾吧！"

音楼听见自己扑通扑通的心跳，一声声震耳欲聋。肜云来搀她，她腿上没力气，半倚着，歪歪斜斜地跟着队伍往中正殿去。

那个殿，历来是朝天女们蹈义的地方。大约屈死的太多了，甫一踏入就觉得阴寒刺骨。宫妃们瑟缩着，站在门前往里看，正殿狭长幽深，阳光从另一头的窗屉子里射进来，投在青砖地上，离人那么远，照不亮脚下的路。殿内房梁因为吃重大，比别处要粗壮许多。上边纵横挂着五十八条白绫，都打好了结，和底下踩脚的五十八张小木床一起，组成了别样恐怖的画面。

春季风大，吹过房檐的瓦楞，呜咽的低鸣像悲歌，叫人毛骨悚然。终于有人扒住门框尖叫起来："我不要死！救救我！"众人方回过神，哄然乱了，又是新一轮的悲恸哭号。

阴影里走出个人，素衣素服款款而来。在离门三尺远的地方站定了，挺拔的身条儿被素面曳撒一衬，下半身显得尤其长。

他有张无懈可击的脸，唇角抿得紧紧的，有些倨傲，可是眼睛却出奇温暖。长长的睫毛，微挑的眼梢，若不是腰上挂着司礼监的牙牌，真要以为他是哪家的少爷，尊养高楼，才生得这样一副冰肌玉骨。

所有人都在哭，他的表情里没有怜悯，那双眼睛依旧温暖，但只是出于习惯。他扫视每个人，视线掉转过来时与她相接，探究性地一顿，身后的秉笔太监魏成立刻上前在他耳边提点，他眉头一挑，略点了点头。

"都住嘴。"他提高了嗓门，寒冷的声线在一片嘈杂里穿云破雾，"哭是如此，不哭也是如此，伤了心肺，大行皇帝不高兴。宫人殉葬，历来有优恤。追加的赠谥在我手上，宜荐徽称，用彰节行，这是早就拟定的，众位娘娘就节哀吧！"语毕转身，对启祥宫送来的顺妃满满行一大礼，"吉时已到，请高娘娘上路。"

一声令下，众人被带到条凳前，边上站两人，一个相扶，一个等着抽凳子。音楼的心都是木的，死到临头反而平静下来，就那么一霎的事儿，过去也就过去了。

那些不屈的还在顽抗，可又有什么用？无非是被死死压制住送上春凳，绳扣往脖子上硬套，也不给半点喘息的机会，脚下一空，伸腿蹬踢几下，无声无息地走完全程。

音楼没敢瞧别人，她穿过绳环看见窗下高案上摆起了香炉，那个一身缟素的人优雅地吹火眉子点香，白洁的手指在阳光下近乎透明。

绫子扣上她的脖颈，前尘往事都散了，她看不见后山上青翠的茶园，也看不见父亲精心引进院子里的龙泉，只听见司礼太监的声音，像隔着宇宙洪荒，凄恻地长吟："娘娘们上路了，好好伺候皇上……"

肖铎再回头时，差事已经办得差不多了。他眯着眼看，真是一幅奇景，刚才还声嘶力竭的人,现在都没了动静,挂在半空中飘飘荡荡无所依附,死了就清静了。

"下面的事你来办,棺木都停在殿外,要一个个仔细查验,验明了就盖棺吧!"他拭了拭鼻子,有些人断气时会失禁,这里味儿不大好,他是一刻都待不下去了。匆匆嘱咐了魏成,又瞥了眼那个被提前放下来的才人,掖着两手迈出了门槛。

才到廊子下就看见裘安疾步过来,他也是司礼监的人,眼下派在谨身殿伺候丧事。只见他哈腰到近前,作揖叫了声督主。

肖铎脚下顿住,背手问:"怎么?"

裘安道:"没什么要紧事儿,福王殿下打发我来瞧步才人。督主您忙,我进去问魏成就得了。"

"瞧什么?都装棺了。"见裘安目瞪口呆,他蹙了蹙眉道,"死不了,样子总要做做的。你去回福王殿下一声,就说我自有定夺,请殿下放心。"

裘安应个是,复退了出去。

肖铎站着思量了下,叫人进去给魏成传话,尽快把棺材运到钦安殿里让内阁过目。到时候徽号一分派,这个小小的才人挣个太妃的名号,往后名正言顺地长居宫中,也就遂了福王的心愿了。

往南徐行,远远看见漫天的白幡,丧事都张罗起来了,宫城内外把守的也都是他的人,这会儿该干正事了。

踱到承乾宫前,宫门外站着锦衣卫,身上飞鱼服,腰上绣春刀,钉子似的伫立两旁。看见他来,哈腰请了个安。闫荪琅原在正殿外的台阶上徘徊,见他现身,忙抱着拂尘上来迎接。

他朝殿门上看了眼,依稀能听见邵贵妃的呵斥啼哭:"不消停吗?"

闫荪琅应个是:"贵妃哭闹不休,要上谨身殿服大行皇帝的丧。"

他扯了下嘴角:"服丧?贵妃娘娘对大行皇帝果然情深义重。"一面说,一面绕过了影壁。

承乾宫是个两进院,历来作为贵妃的寝宫,建筑规格很高。黄琉璃瓦歇山顶,檐下还有龙凤和玺。这里和别的寝宫不一样,梨花尤为出名,整个紫禁城只怕找不出第二处能与之比肩的了。

今年下了太久的雨,花期都迟了。他站在树下看了阵,枝头花苞不少,连着再暖和上三五日,应当都要开了吧!开了好,太过硬朗的殿宇有了柔和的点缀,才不显得寂寥。

他提着曳撒上了月台,刚走两步就听见邵贵妃砸摆设的动静,还有她拔尖的嗓子:"叫肖铎来!"

他整了整仪容迈进门槛,下脚尽是破冰似的脆响。低头一看,一个青花瓷梅瓶被摔得粉碎,瓷碴子从落地罩一直飞溅到了殿门前。金丝帷幕旁站着个人,素装素容,哭得眼皮发红,三步两步近前来,厉声质问道:"皇上晏驾,为什么不准我去瞧他一眼?这会儿当家的人走了就没了王法,你们好大的胆子,敢软禁本宫!"

她只管发泄,肖铎静静听她说完才接口:"臣是奉命行事,还请娘娘恕罪。"

"你奉的是谁的命?皇后叫你禁我的足,她凭什么?以往仗着她是皇后,到眼下谁又怕谁?"邵贵妃挺了挺胸,睥睨着眼前这权宦,"肖厂臣,我一向敬你是聪明人,没想到你聪明反被聪明误。荣王殿下是我的儿子,你却站在皇后那边,分明不把我放在眼里。我劝你瞧清现况,助我一臂之力,往后自有你的好处。要是趁乱欺负我们孤儿寡母,待殿下继位大宝,这笔账必然和你清算!"

她半带威胁的话对肖铎完全不起作用,服个软也许会让她走得爽利些,多此一举,却叫肖铎彻底轻视起来。邵贵妃的智谋在女人之中算不足的,心思全花在皇帝身上,天时地利的时候不知道拉拢人,满以为有了一纸诏书就握住了天下。篱笆扎得紧,野狗钻不进。可她身边何曾有个帮衬的人?独拳打虎,给她个帝位,也要荣王有命去坐才好。

他懒得看她,挑干净的地方走,到地屏宝座上坐了下来。抚抚腕上佛珠,垂着眼睫道:"贵妃娘娘这话,臣不敢领受。大行皇帝薨逝,宫里的驻防最为紧要,我领着朝廷的俸禄,自然要办好自己的差事。至于荣王殿下继位这种话,我劝娘娘少说为妙……以前戚夫人作过一首《春歌》,非但没能盼来儿子救她,反而把赵王如意给害死了。"

邵贵妃闻言一震:"你这是什么意思?皇后还要学吕后不成?可惜了,吕雉尚有一子,皇后却膝下空空,她拿什么来同我比?"她边说边审视他,忽而一笑道,"我原还想你这种人,许些钱财权力就能收买,看来我小瞧了你。也是,你和皇后的交情,旁人自不能比。听说你行走皇后寝宫,如入无人之境。别的太监找对食,宫女里挑拣之余,了不得沾染个把妃嫔。你同那些奴才果然不同些,一跃就跃上了皇后的绣床,厂公好大的威风啊!"

邵贵妃冷嘲热讽了一番,自己心里自然受用了,边上人却听得冷汗直流。有些事做得说不得,她这一通夹枪带棒,可以预见接下来的结果会是怎样的了。

肖铎表情没有什么变化,站起身道:"皇上归天,娘娘悲痛,臣都知道。臣受辱算不得什么，皇后娘娘的清誉却不能随意玷污。"

她冷哼着打断了他的话："一个下贱奴才，和本宫唱起高调来了！皇后要依仗你，把你奉为上宾，我这里可不把你当回事！认真说，你还在我宫里伺候过两个月，那时候算个什么东西！打碎了一盏羹汤，本宫一个眼色，你还不是像狗一样趴在地上舔干净了！所以奴才就是奴才，皇上一驾崩便来限制我的行动，你们反了天了！"

一旁的闫苏琅几乎要打起摆子来，邵贵妃活腻味了，深居宫中的妇人没机会见识这位的厉害，但听总听说过吧！这么光明正大地令他难堪，看来要另外准备一口棺材了。

果不其然，肖铎一向和气的脸变得阴郁起来，邵贵妃得意之色还未褪尽，他突然伸手掐住了她的脖子。只听咔嚓一声，就像折断一根芦苇，美人的刀子嘴终于永远闭上了。他松开手，贵妃软软地瘫倒在地，仰面朝上，眼睛睁得大大的，还留着难以置信的惊惶。

他厌弃地拍了拍手，对闫苏琅一笑："这下子朝天女恰好够数，也用不着再心烦那个活过来的怎么料理了。贵妃娘娘一片赤胆忠心，唯恐大行皇帝仙途寂寞，执意伴驾奉主。此情此心，令人钦佩啊！打发人替娘娘盛装停床，明儿大殓再将梓宫送进谨身殿，成全贵妃娘娘的遗愿，也就完了。"又一瞥殿内早就吓傻的宫女太监，无限怅惘地叹了口气，"既然瞧见了，活口是不能留的。都送下去，侍奉贵妃娘娘吧！"

他撂下话就出门了，后面的事自有锦衣卫和司礼监承办。只是脏了手，他有点不痛快，随意地在香云纱的罩衣上蹭了蹭，调过眼一看，荣王就站在廊子那头的花树下。那是大行皇帝唯一的血脉，今年还不到六岁，一身重孝，一张懵懂无知的脸。

他走过去，半蹲下冲荣王作揖："殿下请随臣进坤宁宫，皇后娘娘在等着您。"

荣王忽闪着大眼睛看他："我要找我母妃。"

肖铎哦了声："贵妃娘娘在梳妆，咱们先过坤宁宫，回头上谨身殿守灵，贵妃娘娘就来了。"

荣王思量半晌，点了点头。他怕跌跤，到哪里都要人牵着，看见肖铎琵琶袖下细长的手指，自然而然就够了上去。这是一双温暖的手，荣王不知道，那双手刚刚扼断了他母亲的脖子。他觉得很安心，在大内总是安全的。因为有父皇，父皇是皇帝，所有人见了他都要恭恭敬敬三跪九叩。他抬头看那人的脸："肖厂臣，他们说我父皇宾天了，什么叫宾天？"

肖铎牵着他的手走出了承乾门，红墙映着一高一矮两个身影，十分和谐的一幅景象。

"宾天就是以后再也见不着了，殿下如果有话对皇上说，就得上太庙，对着神位祭奠参拜。"

"那父皇能听得见吗？"

"能听见。"他低头看看荣王，这孩子才没了父亲，又没了母亲，其实也甚可怜。他把声音放软了些，"殿下以后一个人住在养心殿，会不会害怕？"

荣王咬着唇细想了想："我有大伴，孙泰清会陪着我。"

孙泰清是从小看顾荣王的，大概是太监里唯一对荣王忠心耿耿的了。不过现在人在哪里？说不定漂浮在太液池的某个角落。

"如果孙大伴不能陪着殿下呢？"小小的发冠下掉出一缕柔软的发，他拿小指替他勾开，"殿下当如何？"

"那我就不住养心殿了，我去找我母妃，住在她的寝宫里。"

一阵风吹过，宫墙内桃树的枝丫欹伸出来，树叶在头顶沙沙作响。肖铎走了神，喃喃道："这样……倒也好。"

谨身殿里搭了庐帐，梵声顺风飘到这里，他牵着荣王进了景和门。

皇后早候着了，只等荣王一到就要率众哭灵。见他进来，低声问："事儿办得怎么样了？"

他给她一个微笑："回娘娘的话，全照娘娘的吩咐办妥了。"

他向来有把握，只要答应的事，没有一样办不成。皇后满意地颔首，复垂眼打量荣王，眼神复杂，像在打量一只流浪的幼犬。到底这孩子还有用，她勉强地对他笑了笑，携起他的手，缓缓带他往前朝去了。

国不可一日无君，大行皇帝没有留下遗诏，谁做皇帝，尚且还要好一通计较。他是内监，国政大事经手不假，但这种时候还得以大行皇帝的后事为重。发丧、举哀、沐浴、饭含、入殓、发引，都要他一一安排。至于前面怎么闹腾，他也懒得管了，总归不是荣王就是福王。荣王幼小，根本不是福王的对手，别说做皇帝，能保住小命就不错了。福王嘛，大行皇帝的兄弟，日夜想过皇帝瘾，野心不小，能力却很有限。瞧着福王当初对他有过一饭之恩，助他登上帝位也没什么。反正不管他们哪个御极，他的地位都不会动摇。东厂的根须早就深深扎进大邺的命脉，那些"坐皇帝"，须臾也离不开他这个"立皇帝"。

立皇帝，真是个入木三分的大罪名！他也佩服那个取名的，言官的嘴皮子果然厉害，意图不大好，但是说得很形象。他褪下腕子上的佛珠盘弄，沿夹道往钦安殿的方向去，边走边想，等宫里的事忙完了，就该整治那些弹劾他的人了。换了新皇帝，更要来个开门红，也好让朝上的禄蠹[1]们瞧瞧，东厂依旧如日方中。

进天一门的时候曹春盎过来迎他，细声道："干爹，那位步才人醒了。"

他嗯了声："内阁的人查验前醒的还是查验后？"

曹春盎笑道："时候掐得正好，刚拟定了封号，典簿宣读后没多久就醒了。"

"倒是个福大命大的。"他转过头问，"那这会儿内阁打算怎么处置？"

曹春盎道："正要请干爹示下呢！内阁的意思是定下的名额变不了，既然连徽号都上了，务请才人再死一回。"

肖铎走上中路，哧了声道："这些酸儒就会做官样文章，论起心狠手辣来，不比东厂逊色多少。"

皇宫大内，每一处都有它的用途。比如钦安殿，专门供奉真武大帝，每逢道家的大祭日，宫中的道官道众便按例设醮供养，帝后妃嫔也要来拈香行礼，作用和家庙差不多。既然是家庙性质，停灵就是常事。宽敞的大殿里按序排着五十八口棺材，一色黑漆柏木。只不过五十七具查验过后都封了棺，唯有一具半开着，里头坐着个糊里糊涂的人。

内阁似乎拿这个大活人没什么办法，都叠着手在一旁看着，见他进门，俱拱手作揖，呼他"肖大人"。

他还了礼，转身看那位棺中人，别过脸问魏成："怎么出了这样的事？先前在中正殿都验过的，眼下是个什么说法？是你们办事不力，没瞧明白？"

魏成忙道："回督主的话，收殓前都照您的示下仔细查验过，确定无疑了才往钦安殿运的。活人上吊，假死也是有的，或者颠腾颠腾，喉头上松了，半道上能够回过气儿来。这种情况当时验不出，不过并不少见。"

肖铎听了蹙眉："万幸还没往前头发送，要是在那儿出了岔子，不知道叫多少人看咱家的笑话呢！"

说着他细细审视眼前这张脸，称不上绝色，但似乎比头回见又顺眼了许多。有

---

[1] 指追求功名利禄的人。

的人很奇特,第一眼不觉得出众,但第二眼能让你惊艳,这步音楼就是这样的人。光致致的面孔,受了惊吓过后愕着一双眼,楚楚可怜的模样很有些韵味,难怪让福王惦记了那么久。

"怎么办呢……"他沉吟半晌,"要不就封棺吧,和外头隔断了,过不了多长时间也就去了。"

她闻言,脸上的表情简直崩溃,勉强挣扎出声:"大人,上断头台也是一刀了事,没有补一刀的道理。"

他没接话,跫身¹问内阁的人:"诸位大人以为如何?"

东厂办事灭绝人性,活人封棺令人发指,学究们听得骇然:"这样手段未免激进了些,换个法子倒亦无不可。"

死还是得死,不过死法有不同。肖铎心里冷笑,同样是死,手段虽异,结果还不是一样!这些文人就爱装腔作势,瞧着叫人作呕。

"才刚娘娘的话,大伙儿也听见了,咱家倒觉得说得有理。既然死过一回,就不该叫人死第二回了。天不收,硬塞,不是让阎王爷为难吗?"他抚了抚下巴,"把人从名额里剔除也就是了。"

这回文官们不干了:"殉葬者宜双数,如今五十八变成五十七了,怎么处置?"

肖铎道:"这个不打紧,咱家刚从承乾宫过来,贵妃娘娘和大行皇帝鹣鲽情深,先前乘人不备,悬梁自尽了。这会儿已经换了凤冠霞帔小殓停床,等明儿大殓过后梓宫再入谨身殿,这么一来人数仍旧不变,非要再死一个,反倒变成单数了。"

众人面面相觑,皇帝晏驾,正是帝位悬空的时候,按理说贵妃应当全力扶持荣王,这当口说死就死了,里头的猫腻大家心知肚明,不过不宜道破罢了。这也是个震慑,东厂可不是随意能驳斥的。这位督主面上和善,干的事可万万没有那么光彩。左不过他说什么就是什么,就算江山换人来坐,只要批红还从他手里过,谁也不能奈他几何。

"既这么,那就把名字划了吧!"翰林学士托着票拟道,蘸了墨刚要下笔,便被肖铎抬手阻止了。

"划倒是不必划,娘娘既然蹚过义,也算对大行皇帝尽了孝心的,不能平白在棺材里躺那一遭。"他略顿了顿,侧身看票拟上的徽号,"贞顺端妃,我瞧不错,就这么着吧!"

---

1 转身。楚,中途折回。

他摇身一变，成了天底下最公正无私的人，内阁学士怔了半天，迟疑道："肖大人，古来没有活人受追谥的，您瞧……"

他有些不耐烦，蹙眉道："阁老未免太不知变通了，娘娘的徽号谁还放在嘴上叫不成？同大行皇帝的官眷一道称太妃，进泰陵守陵也就是了。"

音楼之前在房梁上吊过，脑子钝钝的，转不过弯来，说到叫她再死一回才清明了点儿。坐在棺材里听他们你来我往，知道眼前这人就是大名鼎鼎的掌印肖铎，大有些意外的感觉。

她进宫时间不长，见到的太监很多都拱肩塌腰。因为底下挨过刀，当时怕疼没有死命抻腿，到后来就留下后遗症，佝偻一辈子，再也站不直了。这位权宦却不同，他身姿挺拔，和那些大臣没什么两样。硬要说区别，大概就是脸色苍白些，长得标致些，态度也更强势些。

世人常说司礼监掌印没人性，他领导下的东厂无恶不作，谁落到他们手里，剥皮、抽肠……管叫你后悔来这世上。音楼一直以为肖铎是个面目狰狞的人，然而在中正殿第一次见到他时，除了疏离，并没有感到很恐惧。可能真正的恶人反而长着伪善的面孔吧！但要说他坏，内阁打算处死她，他反过来替她开脱，还附赠个徽号给她，这哪里是传闻中的恶鬼，简直就是救苦救难的观世音菩萨！

不光她这么想，内阁的人也认为肖厂公今天有点怪，说不定这位才人是他家远房亲戚也未可知。这么一来就没什么好计较的了，翰林院学士一迭声应承："是是，移宫守陵合乎规制，一切就依肖大人的意思办吧！"

都说妥了，却不见棺材里的人有什么动静，曹春盎忙上前，哈着腰道："老祖宗移移驾，奴婢伺候老祖宗下地。"

音楼成了太妃，便在太监们的嘴里晋升为老祖宗了，真是个响亮的名头！

两脚着地的时候，才敢确定自己还活着。就是腿没力道，走路有点发飘。再回头看殿里林列的棺材，里面有很多朝夕相对的姐妹，她们没有她这样的好运气，也许现在都已经过了忘川河。她吞声抽泣，哀悼那些早殇的人，也暗幸自己的劫后余生。眼下这样已经是天大的运气了，守陵就守陵吧，总比死好。尝过了上不来气的滋味，顿时觉得活着真幸福。

她跟在肖铎身后出了钦安殿，摸了摸脖子，悬梁的时候整个身体的分量集中在那方寸之地，现在嗓子里像塞了团棉花，又痛又堵。她想谢谢他，但出不了声，便拉他衣角，揖了揖手。

肖铎看她一眼，轻描淡写道："臣是举手之劳，不敢在娘娘跟前居功。不过您倒是应当好好谢谢那位贵人，要不是受他所托提前把您放下来，只怕这会儿也要像那些朝天女一样了。"

原来不单是让她免于死第二回，早在中正殿时就已经有准备了。音楼料着一定是李美人替她说了情，闫荪琅是司礼监二把手，李美人既然跟了他，买她面子再同肖铎讨个人情，她死里逃生就能说得通了。既然如此，为什么还要把她送进绳圈呢？难道就为拿个徽号吗？

肖铎看她一副了然的神情，有些奇怪："娘娘知道那人是谁？"

音楼点点头，艰难地张嘴："是闫少监吗？"

光动嘴没声音，肖铎看得很吃力，但也能辨别出来："闫荪琅？他倒是提过。"

她眨了眨眼，听他的意思似乎不是这么回事，那是谁？她在大内没什么朋友，和旁人交情也不深，谁会给她这样的恩德？

曹春盎在边上接话茬儿："老祖宗猜错了，不是闫少监。他只是司礼监的秉笔，咱们督主是天下第一等重规矩的人，该谁生该谁死，从来不徇私情。这回救您，虽是受那位贵人所托，自己也冒了大风险，万一内阁的人查出来，少不得担个藐视法度的罪名。"他嘿嘿地笑，"老祖宗知道了那位贵人是谁，却也不能忘了咱们督主的好处啊！"

邀功嘛，太监最会干这样的买卖，也确实该好好答谢人家。可是她现在身无长物，要谢也没法谢不是！她很难堪，"临死"前把那仅剩的几两银子都送人了，现在两手空空怎么办呢！她巴巴儿地看着肖铎，指了指自己的心口，表示永远不会忘了他的恩情。

她十指纤纤，点在白棉布上，用点力就会折断似的。他眼里有满意之色，嘴上却道："不值什么，娘娘切勿放在心上。大行皇帝要在谨身殿停二十七日灵，娘娘先回去歇着，等后儿大殓再上前朝哭丧。大行皇帝梓宫入地宫，太妃随行守陵祈福，这事儿就完了。"

音楼知道守陵是怎么回事，泰陵里有宫殿，底下也有伺候的太监宫女。守陵的嫔妃一天三炷香供奉皇帝，余下的时间念佛抄经书，一辈子都要交待在那里。其实相较宫中的岁月，没什么大差别，换个地方囚禁而已。不同的是，在宫里还有服侍皇帝的机会，万一受宠，光耀门楣，叫家人受荫庇。陵寝里也是服侍皇帝，可活的和死的大不相同。往后她就是那样的命运，从小寡妇慢慢熬成白头老寡妇。

肖铎仍旧领她进乾西五所，边走边道："按说您如今受了晋封，不应当再回这里了,可逢着先帝大丧,事出仓促,这上头就不那么揪细了。等日后回宫,臣自然替您张罗熨帖。"

音楼闹不清他的意思,既然打发她守陵,怎么又说要回宫来?历来进了陵地的宫妃都是出不来的,到底救她的人是个什么来头,能指派掌印太监,还能随意决定她的去留,想来必定是个大人物吧!

她实在好奇,想问明白究竟是何许人。肖铎那么聪明,根本用不着她开口,背着手往远处绵延的殿顶眺望,缓声道:"娘娘且少安毋躁,晚些时候贵人自然来见您。"吩咐曹春盎,"去尚宫局把太妃贴身伺候的人讨回来,再往太医院寻摸些利咽消肿的药,歇上半天,殿下入夜来时,娘娘就能出声儿了。"

乾西五所人去楼空,主子殉葬,宫人们都发回尚宫局另候指派。昨天还热闹的廊庑,今天就只剩檐下悬挂的几只鸟笼,悠悠地在风里摇荡。音楼站在窗前,事情过去有一阵了,这会儿才慢慢平静下来。

不知怎么,出奇地冷。她抚抚手臂,开箱取了件葱绿织锦夹袄披上,再看院子里的光景,有种别样沧桑的感觉。直殿监的人进来洒扫,把别屋的箱笼都搬了出去,当院翻找,略拿几样收起来交还朝天女户,其余的一并收入囊中。太监们这个时候是最高兴的,进宫应选的女孩儿出身都不低,随行傍身的首饰衣物俱是上佳。临行前把值钱的留给伺候的人,还有诸如檀扇、荷包、镜奁、衣包,那些宫里无用的东西都随意撂下了,有人进来打扫,正好全收走。太监们无孔不入,无权无势的又都穷急了眼,也不在乎是不是死人的东西。悄悄托人带到宫外,或淘换银子,或给家里送去,也是清水衙门难得的一点进项。

彤云接了曹春盎的消息从尚宫局过来,进门一把抱住音楼就放声儿:"我的主子,我刚才还托人上宫外买元宝蜡烛呢,没承想您还活着!"她双手合十,对天参拜,"阿弥陀佛,真是菩萨保佑!这样大的造化,这是哪世里修来的好福气!快叫我瞧瞧……"上下好一通打量,看见她下颌的勒痕又哽咽不止,"我送您上了木床就给轰出去了,也不知道后头怎么样,料着是没救了的,谁知道……您和我说说是怎么回事,上吊不死您有诀窍没有?"

音楼给气得翻白眼,这丫头傻了,前头涕泪俱下像那么回事,后头说着说着就不着调了。

嗓子肿了不能说话,委实心力交瘁。她指了指炕,打算躺一会儿。

彤云点头不迭,上了脚踏跪在炕沿上铺被子,嘴里絮叨着:"对对,您好好歇歇,这可比生场重病损耗大,差点儿就进鬼门关了。那些香烛也不白买,回头咱们还个愿,谢谢菩萨救苦救难。"

她这儿说着,外面曹春盎提溜着几包药进来,站在门前招呼:"这是我们督主叫送来的,给老祖宗养嗓子定心神儿用。记着,一天一服,三碗水煎成一碗,要不了几天就缓过来了。"

曹太监是肖铎的干儿子,到哪儿都很有脸面,年纪虽小,却没人敢怠慢他。彤云忙上去接,点头哈腰道:"厂公真是大善人,请您代咱们主子谢谢他老人家。"

曹春盎一笑:"别客气,督主已经盼咐下去了,老祖宗缺什么只管找内务府要,没人敢存心刁难的。"

彤云听他管音楼叫老祖宗,发了一回愣。没好问,把人送到台阶下,折返回来,觑着炕上的人道:"小春子管您叫老祖宗,可不是怪事吗?!"

音楼两眼盯着屋顶发呆,心道死出功劳了,一下子拔高好几辈儿,真太有面子了!

她不能出声儿,彤云只管自说自话,把她留下的东西都还了回来,一面装进镜匣一面道:"您这一还阳,先前的赏全打水漂了,可我不懊丧,您能回来比什么都强。您不知道,咱们这些在乾西五所里当差的人,主子归天后有一大半要进浣衣局干粗活儿。那个鬼地方,既没俸禄又没出头之日,相较起来还不及上泰陵敲木鱼呢……话说回来,您什么时候和肖太监攀上交情的?这么大个靠山,您先前不言语,叫我白操了那些心。"

音楼摇了摇头,表示原先并不认识。再说幕后还有人,她自己也纳罕,弄不明白是怎么回事。

"这就奇了,没交情偏救您?"彤云收拾柜子,抬眼看见同屋郑选侍的遗物,心头倒一黯,"人死了,东西都没了颜色似的。主子稍待,我出去叫人把地罩那头的箱笼搬出去,免得您看着伤心。"

音楼歪在鲤鱼锦缎大引枕上,心里空落落的,脑子像糊满了糨糊,什么打算都没有。把炕褥往上拽拽盖住了脸,侧过身去才哭起来。到底哭什么也不知道,只觉得灰心丧气,眼泪染湿了脸下的枕巾。

郑选侍的东西都被清理出去了,院子里隐约传来李美人的声音。音楼撂起褥子,就着窄窄的缝隙往外张望,隔着茜纱窗看见那个瘦长的身影,她赶紧抿抿头坐了起来。

李美人进门便道:"客套什么,快躺着。"登上脚踏坐在边上看她,温声道,"我得了闫太监的口信就来瞧你了……这会子觉得怎么样?"

音楼想呜咽,可是喉头堵住了,难受得直噎气。闫荪琅把李美人弄出了乾西五所,巳初大伙儿领旨殉葬是怎样一副凄惨光景,她全然没瞧见。音楼想向她描述,可惜无能为力,只能一味地哭。

"好了好了。"她卷着帕子给音楼抹泪,"事儿已经过去了,一切都会好起来的。那些不痛快的别去想了,咱们都还活着就好。"

音楼知道她求过闫荪琅,不管自己最后是不是因为她获救,最艰难的时候她能想着自己,音楼领她这份情。

她口不能言就让彤云拿笔墨来,一笔一画地写道:"承你的情,多谢你替我周全。"

李美人勉强笑道:"你这么说,我反倒不好意思了。我那天和闫太监提起,他只管冲我冷笑,呲打我泥菩萨过江,还有闲工夫操心别人。后来我再三地哀求,他才松了口,说送朝天女上路的是肖厂公,他另有差事要办。自己不掌刑,做不得手脚,只答应在督主跟前提一提,管不管用得看你自己的造化。当时听他口气成算不大,肖铎这个人不知你有没有耳闻,面酸心冷,脾气拿捏不住,他哪有那份善心救个不相干的人!可今儿不知怎么愿意伸援手,还绕了这么大个圈子让你得了端妃的徽号,闫太监有恁大面子?怕不是别有缘故吧!"

彤云怔怔地在旁听着,讶然低呼:"我们主子晋了妃位吗?没有殉葬也能得徽号?"

"所以才奇怪。"李美人蹙眉道,"哪有这样的先例,活着受徽号,说来真晦气得紧。"

"晦不晦气都在其次,能拾着一条命,管那些做什么!至于肖厂公,要不是让闫少监三分脸,那……"彤云琢磨半晌,转过眼愕然瞪着她主子,"该不是瞧上了您,要找您做对食吧?"

在场的两个人都被她吓了一跳,太监挑对食是寻常事,可肖铎那样的人,不像是为了女人甘愿冒险的。李美人不知其中原委,但也想不出别的理由,当真顺着彤云的思路往下捋:"真要是那样,能跟着他,就算不能有夫妻之实,到底他权势滔天,后半辈子也不用发愁了。咱们这样的人,有什么将来可言?如果他能待你好,你也就将就些,得过且过吧!"

音楼哭笑不得,连连摆手。

大伙儿都知道她那副傻傻的骨气,看她否决就认为她不愿意。彤云啜嚅道:

"不瞧下半截，光是上半截搁在面前，那也是百里挑一的美人不是！我听人闲聊时说起过，肖厂公怎么从承乾宫进了坤宁宫，又是怎么当上掌印提督东厂的。这人有股子狠劲儿，办事也绝，否则六年工夫能从小火者进司礼监吗？别看东厂坏事做尽，这种人受过苦，或许知道疼人也不一定。"

"别瞎猜了，"音楼在纸上写，"宦官找低等嫔妃是有的，他要是瞧上我，焉会让我接太妃的封号？"

这么说来也是，李美人和彤云委顿下来，细想又道："不是要让你守陵吗，守陵就得出宫，出宫了就好办了。肖铎在外头有宅子，瞒天过海把你从泰陵弄出来，反倒更容易了。"

越描摹越有鼻子有眼，音楼又说不出话，急得什么似的，蘸了墨写道："才刚他亲口说的，是忠人之事，回头那位贵人会来见我。"

李美人啊了声："是什么贵人？这会子正是风云万变的时候，还有心思救人吗？"

彤云趋身问："主子莫不是有旧相识？"

音楼摇头，她进宫两眼一抹黑，单只认识乾西五所里同住的人。横竖现在猜不出来，等见面自然就知道了。接下来就该愁别了，受了人家这么大的恩惠，还不知道要她怎么偿还呢！

李美人又谈起现况，大家都感到惘惘的，稍坐了一会儿也就去了。她如今随闫荪琅住在皇城以东，司礼监里排得上号的，在宫外都有私宅，加之他们手眼通天，每天带个把人出入不成问题。虽说皇帝新丧，门禁上严了些，可只要有腰上那块牙牌，就是畅通无阻的保证。

音楼好奇她现在的生活，不知道闫太监对她好不好。追问她，李美人支支吾吾地搪塞，隔了好久才说"宫里事忙，暂时还没圆房"。当时她觉得很稀奇，太监也能圆房？她以为两个人只要面对面坐着吃饭就成了，"对食"嘛！

音楼年纪不大，今年才满十六，以前对男女的事一知半解，后来进宫受了专门的教导，为的是应对皇帝突如其来的招幸，所以那个方面多少也有点根底。太监去势割的那处不就是圆房用的地方吗？都没了，算不得男人，那么李美人所谓的圆房，大概就是一张床上睡觉吧！

以前她是问不出结果誓不罢休的人，眼下力不从心只能作罢。浑身都疼，嗓子里打了坝，底下人送来的药都难以下咽。好容易喝下去半碗，倒头就睡。梦里依稀回到初初进宫应选的时候，乍暖还寒的节气，大伙儿都穿着夹袄。尚宫局要"探乳，嗅腋，扪肌理，察贞洁"，每个人的衣裳都必须脱下来。大家聚在一间屋子里宽衣解带，冻得牙关直打战却又很快乐。彼时一心想有一番作为，谁知道过五关斩六将，最后就是为了陪皇帝去死。

半梦半醒间脑子倒还算活络，东一榔头西一棒子，想起好多鸡零狗碎的往事来。不知过了多久，南面的铙钹[1]钟鼓声大作，声势如虹恍在耳畔，把她惊出一身冷汗。睁眼看时，天都已经黑了。治丧期间一律都挂白纱宫灯，檐下灯火杳杳，再想起五所之内的人都死光了，就剩她一个，突然有种寒毛林立的感觉。

那些药有点用，她试了试，虽然仍沙哑刺耳，总算能出声儿了。她叫了彤云两声，听见廊下急急的脚步声，彤云闪身进来看她："主子醒了？这一觉睡得长，我见您好眠就没叫您。眼下饭点儿过了，我让人在灶上煨着汤，这就给您端去。"

音楼挣扎着坐起来："什么时辰了？"

彤云说："快到子时了，前头有一轮哭祭，把您吵醒了吧？"

她唔了声："宫里一天死了那么多人，我有点儿害怕。你哪儿都别去，就在屋里陪着我。"

彤云刚要应，门上帘子一挑，进来个高个儿男人。音楼定睛细瞧，那人在灯下眉目如画，居然是肖铎。

---

[1] 寺院法会时所用法器之一。

## 第二章 几重悲

　　音楼还在炕上，只穿了中衣，他冷不丁进来，叫她一阵慌神。他倒不以为意，揖手行了一礼："给娘娘请安。"

　　音楼忙拉过衣裳披上，要下地，又觉得不大方便，顿在那里进退不得。肖铎是权宦，有品级的太监甚至不用在帝后跟前口称奴婢，面对一般人时身上更没有奴颜婢膝的味道，即便不行通报就闯进门，依然昂首从容，谈笑自若。

　　她有些别扭，不过细思人家救了她一命，再说他原本就是个太监，出入内廷没有太多忌讳，自己太过计较倒显得小家子气。于是欠了欠身道："肖厂臣不必多礼，深夜来见我，有事吗？"

　　他听见她破铜锣似的嗓子，做出个牙酸的表情来："娘娘能说话了，再歇一天，就上谨身殿守灵吧！内阁拟了娘娘的封号，臣送去给皇后过目，皇后也都应准了，如今再自称'我'，似乎不合时宜。"他抬头四下打量，"这二所殿过两天会更名重华宫，娘娘是一宫之主，当自称'本宫'，才好同尊号匹配。"

　　音楼因他那一拧眉的动作脸红不已，暗忖他大半夜跑来说教，不知道葫芦里卖的什么药。听多了他的坏名声，心里也忌惮，便带着点逢迎的口吻道："我记下了，只不过厂臣不同于别人，于我有再生之恩，在您跟前就不摆那个谱了。"

　　肖铎闻言一笑："臣说过，是受人之托，娘娘不必放在心上。"转过头看了彤云一眼，"你暂且回避，我有话和娘娘说。"

彤云愣了下，再看音楼，她也是战战兢兢的模样，却依然点头："你去吧，有事我再叫你。"

彤云退下了，屋里只剩两个人，大眼瞪小眼，气氛有点尴尬。其实说尴尬，好像只是音楼一个人的事，肖铎见多识广，压根不以为意。见她动了动身子，反而趋身近前："臣伺候娘娘更衣，过会子那位贵人要来见娘娘，臣是来行通禀之职的。臣打听过，娘娘出身名门，令尊是隆化七年辞官的太子太傅，坐在被窝里见客，似乎不成个体统。"

音楼咽了口唾沫："肖厂臣说得是。"可使唤谁也不能使唤他啊！她缩了下，堆起笑脸道，"不敢劳动您，我自己来就成了。"

他却不听，一头上来搀她，一头缓声道："侍奉主子原就是臣分内的事……"凝目看她，含笑道，"娘娘怕臣吗？"

他那一笑光风霁月，尤其是那双眼，没有波澜的时候深邃宁静，笑起来却不同，长而媚，简直摄人魂魄。他靠得很近，温和的声音就在她耳畔。音楼心头雷声大作，以前不知道漂亮这个词能用在男人身上，现在才算开了眼。真奇怪为什么他只有恶名在外，照理说艳名更该远播才对。

"您真爱开玩笑，我的命是您救的，对您只有感激，没有害怕的道理。"她略偏过身子，"厂臣是好人啊！"

"好人？"肖铎难得有愣神的时候，无限惆怅地摇头，"从来没人说臣是好人，臣在满朝文武眼中是毒瘤，人人除之而后快。"

音楼不懂朝堂上的事，但是能叫所有人记恨，这人大概的确好不到哪里去。她也会两面三刀，人家救了她，感激只是一方面，提防还是需要的。这泱泱后宫，没有无缘无故的爱，也没有无缘无故的恨。世人熙熙，皆为利趋，既然肯出手救她，自然另有说法。

她暗暗盘算的时候，他正手势轻柔地替她套上褙子。毕竟开了春，穿得不甚多了，里面的夹棉中衣早换成了白绸竹叶纹的。细洁含蓄的美，衬她正合适。不过下颌青紫的勒痕有些触目惊心，他替她扣扣子的时候手指轻飘飘划过去："看来臣明儿还得叫人送化瘀散来，娘娘喉下这块，早点消了才好。"

他撩她，音楼是黄花大闺女，一碰就狠狠一震。他讶然，看她面红耳赤，声音越发轻柔："娘娘怎么了？臣伺候得不好？"

窗外是浓稠的夜色，到了夜半时分，不像白天那么警醒，人累了，也慵懒了。

他的神情看上去有点倦怠,蒙蒙的一双眼,不留神就撞进人心坎里来。音楼决定坐怀不乱,镇定地答道:"不不,适意得很……别的都好,就是肖厂臣纡尊降贵叫我惶恐。您也知道,我不是正路主子,得您这样厚待,怕夜里睡都要睡不踏实了。"

他扯了下嘴角:"睡不踏实?何至于呢!臣如今虽提督东厂,其实在贵人们眼里还是奴才。要是衔恩骄纵,岂不闹笑话吗?!至于娘娘说的不是正路主子,以后千万别这么自轻。既然得了名号,您就名正言顺。谁敢不尊您一声太妃,礼法也不饶他。"

他是最体人意的,掀了褥子要服侍她穿鞋。音楼惶恐不已,女人的脚不能随便叫男人看见,虽然他充其量只能算半个,但她也不大习惯让外人经手。

"我自己来,多谢厂臣的好意。"她提着马面裙跳下脚踏,很快跐进鞋里。自己手忙脚乱地归置,嘴里也不闲着,"先前忘了问,您说的那位贵人究竟是谁?我回来想了很久,上月才大选的,这里我人生地不熟,没有特别交好的朋友,实在想不出是谁。"

原本就为岔开话题,不想肖铎接了口:"是大行皇帝同母的兄弟,福王殿下。"

她正弯腰拔鞋后跟,襕裙高高提着,听了话顿在那里,一双半大的脚没穿罗袜,细细的脚踝白得羊脂玉一般,上头还牵着根红线。

他眯了眯眼,果然是幅赏心悦目的画卷。汉人裹脚,三寸金莲一手就能掌握,步音楼的不是。步氏老姓步鹿根,是随龙入关后才改成单字的。鲜卑人不兴裹脚,所以慕容宗室的女子全是天足。大脚好,脚大江山稳,比起那种脆弱畸形的美,还是不受束缚的本来面目更可人。

音楼挖空心思回忆,实在想不出什么时候和福王打过交道。抬眼看肖铎,他正好整以暇地打量她的脚,这才想到把裙裾放下来。她难堪地咳嗽一声:"我不认识福王殿下,别不是救错人了吧!"

"错不了,娘娘不认得福王,福王认得娘娘就够了。"他背着手往窗外看,宫门虚掩着,门闩斜斜地搭在一边,两盏宫灯高挑,照亮门禁下不大的一片空地。他回过身道,"就算没有交集,娘娘也应该听说过殿下。代宗皇帝子嗣单薄,膝下只有大行皇帝和福王两位。如今皇上宾天,接下来有机会继承大宝的,不外乎殿下和荣王。"他言罢一笑,"这些话原不该和娘娘说,只不过有了今儿这件事,就像坐在一条船上,臣便不同娘娘见外了。回头福王殿下来瞧娘娘,其中缘故娘娘一点便知。臣的意思是,既然有幸和娘娘结了缘,那么日后臣当竭尽全力扶持娘娘,也请娘娘在殿下面前替臣周全。历来后宫如朝堂,齐心协力,同荣同辱,才是长久的方儿。"

音楼被他说得一头雾水,她得了徽号晋太妃,死罪可免,却要上泰陵守陵,后宫之中的尔虞我诈和她似乎没多大关系。再说那位福王,她连见都没见过,哪里在他跟前说得上话!

她觉得这位肖厂公太瞧得起她了,刚想给自己找点退路,就听门外小太监隔着门帘通传:"回督主,殿下过了百子门,正往二所殿来。"

肖铎对一脸惶骇的端太妃满作一揖:"殿下夜访娘娘,请娘娘迎驾。"

音楼简直摸不着头脑,现在已经过了子时,什么事不能明儿办,哪里有半夜访人的道理!肖铎来也罢了,那位福王不是货真价实的男人吗?她是元贞皇帝的宫眷,宫眷见外男不合规矩。现在果真是群龙无首,宫廷之中的禁令也行不通了。

他却行往外退,音楼追了两步:"肖厂臣,天儿这么晚了,福王殿下这会子来……"

他笑了笑:"来了便来了,早晚要见的。娘娘放宽心,殿下很和气,好好侍候着,将来必不会怠慢了娘娘的。"

她忐忑不安,到门外左右观望,哑着嗓子叫彤云,却被他抬手阻止了:"娘娘噤声儿,殿下就是来瞧娘娘一眼,有些体己话要说。边上戳着个不相干的人,殿下有所顾忌,心里不痛快了,反而对娘娘身边的人不利。"

音楼被他唬住了,当真不敢再出声,只是可怜巴巴地看着他:"肖厂臣,你不会走远吧?是不是得候着殿下出来,再送殿下往谨身殿去?"

肖铎看得出来,她眼下是拿他当救命稻草,就因为他是太监,不能把她怎么样?真是怪事,人人对他避之唯恐不及,没想到还有被人托赖的一天。他一哂,稀奇之余也不觉得心境有甚变化。眼梢往抱厦方向一瞥,见两个宫人引着福王缓缓而来,便不再答她的话,提袍下台阶迎接去了。

既然人来了,硬着头皮也是要见的。她在这里提心吊胆,没准儿人家还坦荡荡的呢!这么一想,音楼顿觉自己不上台面,大行皇帝丧期里,守灵哭灵不能断人,近前的宗亲大臣连轴转,时候一长,白天黑夜都颠倒了。她得了赦免还能养一天身子,什么时辰该干什么分得清清楚楚,可在谨身殿里不得合眼的人看来,什么时辰都是一样,夜晚到处灯火通明,宫门下钥但不上锁,想上哪儿都畅行无阻,和白天没多大区别。

福王是个翩翩君子,服丧期间戴着白玉冠,重孝之下也有偏傥的风度。对肖铎摆了摆手,又屏退左右,目不斜视地进了中殿。

音楼愣了一下，再往院子里看，肖铎已经朝宫门上去了。她没了依仗，心头直发虚，没计奈何只得转身进殿。

来人坐在百子千孙葫芦地罩旁，屋里只点了一盏羊油蜡，模模糊糊看不清脸，只觉应该是如珠如玉的人。底下太监进来奉茶，他端起茶盏，食指上套了个精巧的筒戒，那副金尊玉贵的体面便从举手投足间流淌出来。

音楼垂手站在那里，想了想愣着不是办法，欠身行了一礼："给王爷请安。"

福王把茶盏搁下，转过眼来看她，目光肆无忌惮，边看边点头，喃喃说好。

这模样真叫人发虚，音楼勉强笑了笑："屋里暗，殿下稍待，我叫人再掌两盏灯来。"

福王却说不必，略挑着嘴角道："灯下看美人，自有妙处。一眼看到底的，什么趣儿？"见她脸色微变，知道自己登徒子吃相难看，转而笑道，"娘娘今儿受惊，眼下可好些了？我瞧嗓子还是不爽利，仍需将养才好。明儿还是哭灵，要是身上不舒坦就别去了。后儿才大殓，等封了棺再去也不迟。横竖你也没见过大行皇帝，簧床[1]边上守着，本王怕吓着你。"

这么说来真是个细心周到的人，先前的那点孟浪也不算什么了。音楼感激道："殿下慈悲心肠，叫我怎么谢您才好呢！不瞒您说，我今儿以为是必死的，就没打算活着回来。没承想得您相救，到这会儿还云里雾里呢！"

福王哧地一笑："又不是打仗剿匪，还打算舍生取义？活人殉葬原就有违人道，大行皇帝未御极前，我们兄弟一处坐着说话，还曾说起过这宗。后来他君临天下，把这茬忘了，到临终也没想起来留个恩旨。"言罢呷口茶，把盖儿盖上，搁到一旁的香几上，冲她和煦道，"娘娘坐吧，别拘着。我救你，也非一时兴起。论起来，你父亲曾经是我的恩师。当初詹事府分派人手教授太子和诸王课业，你父亲是右春坊大学士，学道深山，没有一个人不佩服的。可惜后来身子不济辞官隐退了，要是留在朝堂，对社稷必然有利。唉，如今恩师的身子骨可硬朗？"

音楼这时才放下心来，原来曾经是父亲的门生，那么伸手搭救她也就说得通了。她提茶吊来给他添茶，应道："承蒙王爷惦念，家父以前有喘症，一到发作就上不来气儿。后来得了个偏方，天天地吃，大清早起来还上山打拳，现在已经好多了。我进京的时候打帘往后看，他牵着一头走骡送出去五里地呢！"

她在边上温言细语，嗓门虽不济，那皓腕纤纤却叫人垂涎。福王慢慢点头：

---

1 无茵席（床褥、草席）之榻。

"缓和了就好,等将来有了机会再召回来报效朝廷。你父亲算不得顶梁柱,却是根好檩子……"她在旁边的动作一点不落全入了眼,福王顿下来,很快往上一瞥,突然就势拉住了她的手。

他是花丛中混出来的行家,圣上御弟,堂堂的亲王,但凡他看上的女人,用不着花多大心思,勾勾手指头不乏投怀送抱的。料想这位大概也是一样,他懒得费周章,先前一通扯白让他耗神,现在自然要找点儿贴补。

音楼没想到他说变就变,刚才还好好的,怎么一下就动手动脚了?她吓了一大跳,使劲挣起来:"殿下有话好说,这算怎么回事?"

"你别动啊,都是自己人,这么见外干什么?我就瞧瞧手,又不会少块肉……"他起先还好言周旋,可她看着个儿不大,力气倒有把子,舍了命挣脱,还真治不住。

他站起来,索性满满一把将她困在怀里,边钳制边道:"你听我说,换了民间说法,咱们也算师兄妹。师兄妹结亲,亲上加亲嘛……怎么?你不愿意?大行皇帝既然没有临幸你,那再好不过……你听话些,我疼你。"

福王身上熏了龙涎,热腾腾的体温伴着香味,冲得人头晕。早就有不好的预感,现在果然应验了。他的手上下乱窜,压都压不住,音楼涨红了脸恫吓:"王爷您身份尊崇,这么作践人好玩儿吗?您快撒手,要不我可叫人了!"

这泼辣性子有点意思,他把脸凑到她耳根嗅嗅:"叫人?你吓唬我吗?说来奇怪,比你漂亮的多了去了,这张脸竟叫本王念了那么久!"

男人这种时候,越违逆他越来兴致。音楼从没见过这等色中饿鬼,颤声道:"我是大行皇帝后宫的人,您这么办也忒不恭了。您先撒开我,撒开了好说话。您瞧着我父亲的面子,放了我吧!往后音楼肝脑涂地报答王爷的恩情。"

"眼下不就是你报恩的时候吗?"福王咬牙切齿地笑道,"你连命都是我给的,还能舍了什么来报答我?乖乖听话,要是不从,我有一百种法子叫你死得更难受。"

早知道这样,还不如跟着殉了葬,也免于受这样的屈辱。她实在没法子了,他拖她上炕,她死死地拽住落地罩,十个手指头从雕花里抠过去,勒得生疼。他下劲扽,把地罩的榫头都要摇散了。见她不肯放手,恨声道:"给脸不要脸吗?还是喜欢被绑起来?"

她不松手,他也不强求了,反倒换了方向朝地罩压过来,一手在她胸口乱摸一气,一手往下直伸进她的小衣里。

音楼又急又恼，进了宫就要做好翻牌子的准备，这会儿皇帝死了，本以为用不着再担心这个，谁知道凭空冒出个福王来，用的还是这种下三烂的手段。她害怕透了，这时候反抗是本能，就算活生生的皇帝来了，也不能束手就擒。她是真被逼急了眼，猛拽起他的手来，就着虎口便咬下去。这口咬得深，能听见牙齿穿破皮肤的脆响。福王咝咝地倒吸凉气，一恍神的当口她就夺门跑了出去。

音楼闷头往外奔，也不知道能往哪儿逃，只往有光亮的地方窜。宫门虚掩着，她拉开就跨了出去，不想门外有人，一片玄色的披风迎面而来，她刹不住脚，一头撞了上去。

门外的人被她撞得一趔趄，音楼晕头转向，扶额一看是肖铎，登时抽噎起来："肖厂臣，您还没走啊？"

堂堂的东厂督主替人把门儿，说起来扫脸。如果光是个王爷，他当然没那个好兴致干这份倒霉差事，但是眼下这位王爷前途不可限量，他的殷勤周到绝不是没有回报的。

瞧她披头散发的样子，再往门里一看，福王站在廊庑底下让人拿白布缠手，他也料到是怎么回事了。这丫头胆子真不小！他低头看她："娘娘伤了殿下，打算怎么料理？"

她紧紧攥住他的胳膊，上下牙磕得咔咔作响。抬起头望着他，眼里蓄着水雾，一眨眼就落下来一长串，样子可怜到了家。他长叹一声："娘娘这就是不明事理了，不想进泰陵蹉跎一辈子，就得找个男人依附。身子给谁不是给，非要弄得这么三贞九烈？进去对殿下服个软，殿下好性儿，事儿就翻过去了。"

是啊，他说的都在理，要是换个头脑活络的，也不能闹得像现在这样。人家凭什么救她？她又拿什么报恩？除了这一身肉，她拿不出别的东西来。可她害怕，这大半夜的，莫名其妙，一点准备都没有，就叫人上下都摸遍了。

她压着嗓子呜咽，悲愤交加。见那头福王下台阶过来了，立刻又抖得筛糠似的，摇着肖铎的手臂哀求："您救救我吧……救救我！这太吓人了，我怕。"

"怕什么？"想起皇后床笫间的反应，他冷冷勾着嘴角哂笑，"等您明白了，只怕会欲罢不能的。"

福王越走越近，音楼绷得浑身发僵，脱口道："您再救我这一回，往后我什么都听您的……求您了，不救我就是您不仗义！"

不救还不仗义了？他怜悯地打量她，真怕成这样吗？债越欠越多，还起来可要受累的。"

福王迈出门槛，龇牙咧嘴地瞪她："下嘴真够狠的，你是属狗的吗？"

音楼挨到肖铎身后，只露了一双怯怯的眼睛。

福王火冒三丈："咬了人一句话都不交代，你胆儿肥！"伸手去扯她，"往哪儿躲？能躲到天边去？给我过来！"福王气乱了心神，全然不忌讳了，在宫门外就拉拉扯扯起来。

肖铎忙上前劝阻，赔笑道："殿下息怒，宫里办着事，这时候闹起来不好看。依臣的意思，这事来日方长，娘娘暂且想不明白，等过两日臣抽了工夫再劝谏劝谏，娘娘转过弯来，一切就都雨过天晴了。您瞧原本是喜事，赌气有什么意思呢！殿下先消消火，这个时辰另有法事要做，臣陪殿下上谨身殿去，正好有些话要回禀殿下。"

按说帝位悬空的当口，的确不该只顾偷女人。福王静下心来，板着脸一哼，转过身就往夹道里去了。

音楼这才松了口气，悄声道："多谢厂臣了，我记着您的好处，永远不敢忘。"

他居高临下地看她，未置一词，比了比手请她回去，自己快步赶上福王。

夹道不像东西街，道旁不掌灯，只有远处的门禁上杳杳挂着两盏西瓜灯。福王放慢了步子，手上的伤口辣辣地疼，心里极不受用，瞥了肖铎一眼："什么话，说吧！"

肖铎应了个是："内阁晚间商议新帝登基事宜，拟定后儿大行皇帝大殓之时，荣王即位主持大政。"

"主持大政？一个五六岁的奶娃子，主持个狗脚大政！"福王鄙夷道，略顿了下，负手沉吟，"等下去也不是事儿，当初高宗皇帝一时犹豫，让百年太子御极，再从侄子手里夺天下，废了多少力气！前车之鉴，当引以为戒。既然荣王进了坤宁宫，这会儿下手正是时候。若是等他称帝过后再图谋大计，短期之内又动他不得，到时候朝政势必落到皇后手里，赵家那一干外戚岂不又有了用武之地？"

肖铎躬身道是，其实他若真有野心，扶植荣王便能把持朝政。可是这样风险也大，宦官擅权历来是大忌，到最后授人以柄，叫人纠集起来要他的命。他手上毕竟没有兵权，区区一个东厂万把人，真刀真枪拼不过五军都督府。要是再加上个福王，事情就更难办了。所以还是需要人顶头的，不光为报福王的恩情，也是为自己考虑。帮福王达成心愿，他仍旧可以舒舒服服做他的东厂提督。更要紧一宗，就此能摆脱皇后的纠缠，这个好处比权倾天下诱人得多。

两人慢慢过了门禁，往前又是十几丈远的夹道。福王略一顿，低声道："要取荣王性命不是难事，我担心的是各部藩王。不说云贵、川陕，单单一个盛京南苑就不容小觑。万一打着旗号进京……"

肖铎拱手道："这个殿下不必忧心，东厂的番子分布在大邺各地，只要有一丝异动，等不到他们调兵遣将，消息就已经传进紫禁城了。藩王不得诏命擅离藩地等同谋反，到时候下令撤藩，更加师出有名。"

福王听得颇称意，在他肩头拍了拍道："有你在，果然省了本王不少心力。本王信得过你，那么万事就托付厂臣了，他日本王必有重赏。"

肖铎等的就是他这一句，忙拱手作揖："殿下言重了，没有殿下，哪里有臣今日！替殿下分忧是臣职责所在，臣必定尽心竭力，请殿下放心。"

福王点头，搓着步子往前迈，复又懊丧地抬手看看："那丫头怎么料理？性子似乎烈了些，差点没咬下我一块肉来。"

他想起那双盈满泪的眼睛，心头微漾："臣以为这种事急不得，她这会儿吓破了胆，短期内恐怕缓不过来，逼得越紧越会弄巧成拙。横竖殿下有的是时间，待得天下大定，对她多加看顾，恩典到了，假以时日不愁她不回心转意。臣虽是太监，也知道男欢女爱靠的是你情我愿，强摘的果子不甜，殿下比臣更明白这个道理。让她在泰陵待上三五个月，也好防人口舌。若到时殿下还惦念，再找个借口把她召回来；倘或一别两宽渐渐放下了，那让她守一辈子的陵，也就是了。"

福王仰头看月，今晚是下弦月，到了后半夜细得简直看不见。越得不到越挂念，现在人要是在眼前，一口吞下去都不解恨。

"我琢磨过了，还是不要送进泰陵的好。年纪轻轻的姑娘，住在坟圈子里损阳气儿。再说那里还有老辈里的妃嫔，不定回头怎么折腾她呢！没的接回来不成样子，岂不白费心思？"他竖着一根手指头指点，"这么着，你想个法子从泰陵把人换出来，让她暂时借住在你府上。我怕有阵子要忙，等忙过了再召她回宫。你也好提醒着我点儿，别一不留神弄忘了。"

这位王爷，真好色又多情！这类人看上谁都凭喜好，今儿你明儿他，兴头上百样揪细，等一撒手，大约什么都想不起来了。

音楼一天之内受了两次惊吓，觉得有点承受不住，坐在炕上只管发呆。彤云挨着脚踏觑她："主子，您老说桃花运不旺，您瞧这回不是来了？"

她把脸埋在臂弯子里，听她这么说转过脸，露出一只眼睛看她："这是什么桃花？上来就摸我，这儿薅一把那儿薅一把，还说师兄妹结亲，有这么结亲的吗？我算看出来了，这些耀武扬威的贵人就这德行，不拿人当人看！"

彤云垂着嘴角皱着眉，五官看上去有点滑稽："甭管怎么，好歹也是一朵花，虽然好色点儿，将就也能看看。您要想往后有好日子过，少不了吃暗亏。要是寻常家子，小叔子偷嫂子丢人，帝王家就不一样了。您知道高宗皇帝吧？可贺敦皇后是太宗正经元后，最后还不是给高宗来了个收继婚！鲜卑人没那么讲究，跟谁不是跟哪，您说是不是？"

她愣了下："听着挺有道理，敢情是我当时没想开？"

"那您这会儿想开了吗？"彤云凑近了些，"过了这村就没这店了，您打算老死在泰陵啊？"

"不想，那怎么办？我再去勾引福王？"她憋出个作呕的表情，"我想起他就犯恶心，真下不去那手！"

"您都下嘴了，下手怕什么！"彤云退回榻上，抱着褥子躺下来，翻个身道，"您这么想，如果皇上没驾崩，翻了您的牌子叫伺候，您去不去？一样的道理，这宫里谁认识谁？除开宫女就是净了茬的太监，男人只一个，眼下死了，没准儿福王就成下一任的主子爷了。反正撇开那些不论，您瞧准了时候求他给您做主，他好歹是位王爷，把您从泰陵捞出来不费吹灰之力。"

音楼又点头，直挺挺地躺尸瞪着屋顶："有道理。"

彤云叹气："您别光有道理，好好琢磨琢磨吧！您往后啊，就是个高处待着的命。要找男人，非得是位高权重的，否则您就得天天敲木鱼。敲着木鱼好玩儿吗？三天五天还觉着挺清静，十年八年您得疯！我听说守陵的好些太妃到后头连人都认不得了，跑出去死在哪个犄角旮旯，找都找不着。"

音楼垂头丧气："我要是进了陵地，没人救我我肯定出不来。最后也得像老太妃们一样，死了往妃子陵寝一埋就完了。"

"所以您不能那么懒了，您得活动开。我先头还觉得李美人跟了闫苏琅也不错，现在看看您，您得福王垂青，比李美人强百倍。福王浑身上下什么都不缺，得了个大便宜，您找地儿偷乐去吧！"

"这话不对，我没得便宜，是给占了便宜。"音楼把身子倒扣过来趴着，"还有我是主子，你不能说我懒，不合规矩。你该说我乐天知命，这么听着顺耳点儿。"

彤云乜她一眼:"奴婢也是为您好,您有时候扎进死胡同,就缺当头棒喝。我冒死直谏,是良臣。"

音楼龇着牙点头:"我知道了,你一定是恨我把赏你的东西收回来了。"

"那点算什么!等您飞黄腾达了,还愁没我的好处?走出去我也人五人六的,给我自己长长脸。"彤云打了个哈欠,喃喃道,"您这辈子横是和这帝王家结缘了,留在宫里才是正途。别愁孤单,好些得宠的太监都和主子们走得近,到时候咱们也养一个,供您取乐。"

音楼听得臊眉耷眼:"你可真好意思说,你要是个男人,八成比福王还要好色。"

"我说的是实话,您没听说过啊,不光好些嫔妃,连皇后都……"她捂住了嘴,"该死该死,差点说漏了,叫人知道了要拔舌头的。"

音楼嗤笑:"真要拔舌头,你浑身长满了也不够拔的。皇后怎么了?皇后也养太监?"

有些人啊,话到了嘴边吐不出来难受,彤云就属于那类人。故弄玄虚了半天,最后不问她,她还上赶着告诉你呢!果然一放渔线就上钩,连饵都不用抛。

"皇后和掌印太监有猫腻,您不知道?"

她怔了怔,想起肖铎那张不食人间烟火的脸,觉得不大可能:"司礼监有几个掌印太监?"

"您糊涂了?阉宫只有一位,掌印多了还不得乱套啊!"彤云压着嗓门儿道,"就是肖铎,您的那位救命恩人。我有个发小在坤宁宫当差,是皇后身边服侍的人。每回皇后召见肖太监,宫里侍立的人都得识趣儿地退出去。什么话不能当人面说?肖太监在坤宁宫一待就是两刻,您说孤男寡女,能干什么?"说着话锋一转,"这话我只告诉您,您可不能往外宣扬。东厂刺探消息是天下头一等,这种闲话要是叫肖铎知道了……"她喀一下做了个抹脖子的动作,"明早太阳就该照在咱们坟头上了!"

音楼有股说不出的滋味在心头:"太难为人了,要用拿不出手,那多着急啊!"

彤云闷在被窝里哧哧笑道:"人家聪明着呢,什么办法想不出?"不由得凑过去和音楼咬了一通耳朵。这么惊心动魄的内幕,说着说着自己也脸红,忙讪讪地住了口。

音楼起先还没明白,后来回过味来,被唬得目瞪口呆。翻身仰卧,不知怎么觉得好好的一朵花给糟蹋了,心里怅惘不已。她长叹一声:"肖厂臣可怜见的!"

彤云唔了声,含含糊糊道:"不可怜,当奴才的都是这么过来的。有付出才有回报，要不您以为他怎么执掌司礼监，怎么提督东缉事厂的？成大事者不拘小节，主子您也该学学肖厂公才是啊！"

音楼没应她，没过多久那丫头就睡着了，鼻子眼透气像拉风箱。音楼睡不着，脑子里转得跟风车似的。

福王的名头响当当，大邺没几个人不知道。这位王爷是垫窝儿[1]，前头兄弟死了一溜，就剩他和大行皇帝哥俩。后来大行皇帝继位，他封了王，在京里舒舒坦坦受用着。要说这人吧，大毛病没有，就是好色，谁家姑娘媳妇儿入了他的眼，翻墙撬门也得把人弄到手。这么个神憎鬼恶的脾性，却写得一手好字，想是老天爷发错了恩典。他在书法上颇有造诣，临谁的字，一准儿入木三分。据说来一段瘦金体，盖上慕容高巩的大名，搁在琉璃厂能卖好几千两银子。

色鬼擅长丹青，就像肖铎这样一个整洁人儿必须取悦皇后一样，让人敬畏之余又觉得腌臜。可见世事难两全，越靠近权力中心的人越复杂。音楼拍了拍额头，不由得发笑，她对肖铎又知道多少？光凭他救了她两回就生出这么多感慨来，也许人家原就是这样的人呢！

不过他先前的话她是听进去了，他和彤云一样的意思：跟谁都是跟，皇帝临幸你，你不也得脱光了躺着吗？！不同之处在于，皇帝翻牌子她可以大大方方地让人知道，福王来这手就藏着掖着见不得光。不管怎么，太妃的名号在这里，真要答应了……算怎么回事？

再好好想想，不着急，好好想想再决定该怎么办。救命之恩不能不报，赊着账，没准人家一来气又弄死她一回。

音楼绝对是个得过且过的人，她心大，能装得下整个紫禁城。睡了一觉，第二天起来什么都想开了，没叫她殉葬是她运气好，半夜给人吃了豆腐也没什么，是自己太惹人爱了，美人的烦恼就是多。

她倚窗看前排殿顶金灿灿的日头，天儿晴了，转眼就暖和起来。之前下了四十来天雨，八成是为大行皇帝哭丧。细想想他也没什么建树，天菩萨这回穷大方，哭得这么悲凄绵长。人断了气，反而换了副脸，大概知道要出丧，行方便叫事儿办起来顺当些吧。

至于她颔下的瘀痕，三两天恢复不好。肖铎派人送了膏药来，啪啪左右开工贴了一脖子。晚间撕下来的时候淡了不少，虽还没完全消退，嗓子倒清亮了，在灵前

---

1 对最小的儿子的戏称。

也能哭得比较有体面。

第三天要入殓,她装样子也得提前上谨身殿跪着去。彤云给她收拾好,孝帽深些,一扣连眼睛都看不见了,主仆俩相互搀扶着,趁着夜黑风高进了后右门。

谨身殿前白幡漫天,金银箔被风吹得哗哗响,殿里梵音连绵,身临其境才有了办丧事的沉重感。因为还没装殓,殿里支了高高的帐幔,帐内是皇帝的簧床,帐外设高案摆放礼器祭品。守了两天灵的宫眷和近臣跪在青庐两边,见有人来了都抬头看。音楼有点慌神,不过还算镇得住。也亏她有急泪,提着缌麻孝服,步履蹒跚地上了台阶,在殿外三跪九叩,伏在月台上泣不成声。

一个没得过皇帝临幸却莫名其妙晋了太妃位的小才人,对自己将来叵测的命运尚且有忧患意识,那些名正言顺的太妃想想自己的晚景,更觉凄凉难言,放声又是一通号哭。音楼自然哭得更应景儿了,她是怕皇后这会儿冒出来,拉她上簧床边上跪祭,那是要吓死人的。

她趴地不起,装模作样浑身打摆,那份伤情叫天地动容。肖铎刚议完事从庑房里出来,站在丹墀[1]上看了一阵,见她这样情真意切也觉纳罕,不过并不以为她是出自真心。他对插着手上前,躬身道:"娘娘节哀,保重自己身子要紧。"

她抽抽搭搭地起身,他忙伸手搀扶。就着火盆的光看,她眼眶子发红,满以为是哭过了头,擦坏了眼睛,谁知道她拿手绢一拭,素绢上分明留下一道红印子,原来是事先早有准备,往眼皮上抹了胭脂。

真没见过这么狡猾的!肖铎皱了皱眉:"娘娘上殿里去吧!夜深了有露水,没的打湿帕子就不好了。"

音楼那双大眼睛呆呆地扫过来,他的话说得蹊跷,大概看破了什么。再低头一看,脸上立马悻悻的,忙把帕子塞进了袖子里。

大行皇帝的遗容就不必瞻仰了吧!反正盖着黄绫布,也看不见什么。再说肺痨死的人,离得太近没准儿会被传染。不过崩在这个月令里,也算死得聪明。再拖延一阵子入了夏,还得专门指派两个人赶苍蝇呢!

音楼心口一阵翻腾,不敢再细想了,敛着神随肖铎进殿里上香。刚进门,看见皇后从偏殿里过来,上下审视她,问肖铎:"这位就是步才人?"

皇后是坤极,是紫禁城中头等尊贵的女人,音楼这类低等妃嫔,只在刚进宫时远远见过她一面。能当皇后的人,必定贞静端方令人折服。赵皇后很美丽,出身

---

[1] 古时大殿台座前阶梯中间的浮雕称之为丹墀,通常与阶梯相连。

也极有根底，父亲是文华殿大学士，母亲是代宗皇帝的堂姐彭城郡主。她十四岁为后，到现在整整八个年头，八年的时间把她锻造成了精致雍容的妇人，脸上更有自矜身份的贵重。

肖铎道是："步才人是前太子太傅步驭鲁的女儿，昨儿徽号拟定之后才还的阳，如今受封贞顺端妃。"

皇后哦了声："定了就定了，横竖只是个称谓。万岁爷人都不在了，受了晋封还有什么用！"言罢对音楼道，"你既然蹈义未成，到大行皇帝簀床边上守着去吧！我先头跪了六个时辰，精神头委实够不上，你就替我一替，也是你尽了一份心力。"

音楼只觉五雷轰顶，料得果然没错，哪能那么容易就让她蒙混过关！她是差点死过一次的人，离皇帝阴灵最近，安排她守灵，简直再合适没有。她是一千一万个不愿意，可是怎么办，皇后发了话，没有她拒绝的余地。她窝窝囊囊地应了个是："娘娘保重凤体，且去歇着。这里有臣妾照看，出不了岔子的。"

皇后连点头的样子都那么有威仪，音楼自打听彤云嚼了舌根，满脑子都是她和肖铎暗通款曲的暧昧场景。女人天生对窥探秘密有极大的热情，她趁着回话的当口抬头，视线在他们之间小心地游走。但是没有什么发现，他们都很克己，皇后甚至没有再看肖铎一眼，就这么倚着宫女出了谨身殿正门。

音楼感到一阵失望，觑了觑彤云，对她不甚可靠的消息表示鄙夷。彤云很无奈，这位主子就是块顽石，大庭广众公然调情，当他们是傻子吗？

彤云抬眼往帷幔那头一扫，示意她先顾虑顾虑自己的处境。皇后多坏呀，看她没法死后追随大行皇帝，就叫她活着做伴。这半夜三更的，对着个陌生的尸首，不是要吓死人吗？！

音楼这才想起来要往帷幕后面去，她低下头，孝帽遮住脸，很不服气地龇了龇牙。再抬起头来的时候仍旧是一脸端稳，对肖铎欠身道："请厂臣替我引路。"

肖铎漠然打量她："娘娘害怕吗？"

害怕呀，可是又能怎么样？况且里面的尸首曾经是皇帝，但凡和他沾边的都是祖上积了德，她怎么有权利害怕？

音楼吸了口气："厂臣说笑了，大行皇帝允公克让、宽裕有容，能伴圣驾最后一程，是我前世修来的造化。"

他当然不相信她的话，奇异地挑了挑眉，踅身道："既然如此，就请娘娘随臣来。大行皇帝簀床边有《金刚经》一部，请娘娘从头读，读到卯时臣领人进来大殓，娘娘就能歇会子了。"

也就是说她要和圣驾相伴五六个时辰，读那些满纸梵文的经书。别的倒没什么，就是念经有些艰难。她尴尬地顿住了脚："经书上的梵文我认不全，读出来怕损了大行皇帝的道行。要不厂臣替我换孔孟吧！"她相当松快地说，"那个我读起来很顺溜，行云流水不成问题。"

饶是肖铎这么深藏不露的人，也被她弄得干瞪眼。哪里有守灵读那个的，这不是闹着玩吗？

"娘娘的意思是让臣给您把四书五经搬来吗？"他没再看她，边走边道，"书不能送，至于娘娘照着《金刚经》读出什么来，臣就管不着了。"

这也算网开一面，音楼心里有了底，嗫声跟他进了丧幕后面。

雕龙髹金的簧床上笔直卧着一人，穿六章衮服，戴玄表朱裹十二旒冕。因为小殓抹尸后要用红绸连裹三层，外面再裹白绸，所以皇帝的尸首看上去十分臃肿笨重。裹尸是旧时的丧仪，干什么用呢？据说是为防止惊尸。惊尸太可怕了，好好躺着突然扭起来，就算他是皇帝也够吓人的。把手脚都缚住，他起不来身，更不能追着掐人脖子，这样就安全许多。

不知道是不是想多了，音楼觉得这里的味道有点怪。虽然点着檀香，还是掩不住淡淡的臭味。天还不算热，摆了两三天就变味儿了吗？幸好守灵靠墙，离簧床有段距离，她也就安下心来。照着蒲团跪下去，翻开经书扉页，窃窃背起《诗经》来。

肖铎转过脸看彤云，彤云尴尬地冲他笑了笑，他没说话，转身便出去了。殿里只有站班的宫女太监，嫔妃一般是不带宫婢的，彤云伺候完了也要回避。肖铎隔着幔子往里看，后殿燃着二十四支通臂巨烛，照得灵堂煌煌如白昼，她在灯下读经能读得前仰后合，真是个怪诞的人。

他居然有点想发笑，这念头也是一霎而过，很快回过神来，面皮绷得越发紧了。要紧事没有办完，哪里来的时候蹉跎！离天明还有六个时辰，皇城内外的布控已经尽在他手，剩最后一步，料理妥当就能稍稍喘口气了。

这阵子委实累，大事小情全凑到一块儿了。他捏捏脖子下了丹陛，经过铜龟石座背光的那片阴影，把一个寸来长的葫芦形小瓶塞到了曹春盎手里。

福王在配殿合了两个时辰的眼，收拾停当了才过来。说来滑稽，一个想做皇帝的人，在这种紧要关头还能没事人一样找地方睡觉，大概也只有这位王爷办得到了。不过这样也好，要是个缜密干练的，什么事儿都能亲力亲为，还要他来做什么？

他上前请了个安:"殿下,端太妃已经在后殿守灵了。"

福王起先还提不起精神,听见他这句话,两眼立刻闪闪发亮:"嗯?这么早就来了?不是让她明儿再过来的吗?!别人都在前殿跪着,她怎么上后殿去了?"

肖铎说:"可能瞧她是朝天女,皇后打发她在后殿打点。"

福王听得很不称意:"这个皇后真是个刁钻刻薄的酸货!那她现在怎么样?她胆儿小,八成吓着了吧?"

他早就忘了音楼负隅顽抗时咬他一口的小怨恨,偷不如偷不着,这是古往今来所有男人的通病。福王是个注重感觉的人,他头一回见步音楼,是总理选秀时不经意的一瞥,当时没觉得什么,回去之后却像发了病,越想越觉得中意。本来打算托肖铎把她弄出宫的,后来恰逢皇帝病危驾崩,也就用不着那么麻烦了,干脆接管天下,所有阻碍就都迎刃而解了。

肖铎只道:"臣出来料理有一阵儿了,不知道里头什么情形。王爷要是不放心,进去瞧瞧,陪她守会子。眼下正是她叫天天不应、叫地地不灵的时候,雪中送炭比锦上添花更让人窝心。昨儿夜里的事的确急进了些,今晚要是能叫她想明白,也算功德圆满了。王爷是有耐性的人,好饭不怕晚,还急在这一时半刻?叫她心甘情愿,王爷也更得趣不是?"

福王觉得肖铎虽然挨了一刀,但是那种拿捏女人心思的手段比好些男人都高明,也更懂得里头的趣致。他笑起来,低声道:"厂臣有没有尝过女人的滋味?本王是说入宫之前。"

肖铎皱着眉笑:"王爷,臣十三岁就入宫了。十三岁的孩子……怕是不能够。"

福王无限惋惜:"因为没尝试过,所以你不懂。"他咳嗽了声,背着手挺了挺胸,"你在皇城东边不是置了产业吗?等事儿过去,我赏你几个宫女成个家。日日为朝廷操劳,回去好有人近身伺候,也过两天舒心日子。"

肖铎自然不敢领受,哈腰道:"谢王爷厚爱,臣一个人独来独往惯了,多两个人反倒不习惯。"

福王在他肩头一拍:"等知道了好处,自然须臾离不得了。"语毕整了整圈领,提着曳撒登上丹陛进谨身殿去了。

他打幔子入后殿,一脚踏进去听得音楼在切切絮语。大邺好些女人闺中无聊,靠吃斋念佛打发时间,梵语经文能够倒背如流,福王料着她也一样。迈近屏息侧耳,想听听她佛学造诣如何,谁知半天没听出头绪来。终于弄明白一句,"左之右之,君子宜之",原来她念的不是《金刚经》,居然是《诗经》。

他的影子在烛火下拉成长长的条儿，就铺陈在她面前。她仰起脸看，发现是他，表情定格住了，看上去呆呆的，没了灵气。

福王有些沮丧，她的眼神带着防备，早知道就该耐着性子同她扯扯闲话，先打好交道再图谋后计，才是驭人的方儿。

她好像怕他故技重施，立刻往帐外看了看。供桌左右都跪着哭灵的人，也不怕他乱来。

毕竟大行皇帝跟前，人虽死了，唯恐阴灵不远，有话也不敢随便说。福王清了清嗓子道："娘娘受累了，要不要歇会子？"

音楼想起彤云的话，觉得脑子是该活络些，可问问自己的心，又实在做不出讨好的事来。她迟疑了好久才在蒲团上欠身："我不累，多谢王爷关心。"

两个人僵持着不是办法，音楼还怕他戳在这里大家尴尬，没想到他自发退了出去。她刚松口气，却看见他从簀床另一边的帷幕后出来，也不看她，自己捧着一本《地藏经》喃喃诵起来。

殿外月朗星稀，到了后半夜，大伙儿的精气都有点儿散，之前哭天抹泪的都住了嘴，跪在垫子上打起盹来。大行皇帝驾崩已经是事实，再多的悲伤也抵不过上下打架的眼皮子，黏在一块儿，天大的本事也分不开它。

和尚念经倒还是那么起劲，他们分时候上值，换了一拨人，嗡哝的梵音照样荡气回肠。

音楼刚开始对福王带着戒备，不知道这人打什么坏主意。观察了一阵，他捧着手卷态度自然，她渐渐也就放松了，又觉得他蛮讲义气。明明不必在这里充当孝子贤孙，却耐着性子同她做伴。隔得虽远，毕竟有心，也不能不瞧着人家的好。

夜半三更有点冷，她跪久了，只觉一串寒意蠕蠕爬上脊梁，哈欠伴着瞌睡一波接一波袭来。勉强盯着书，上面字迹模糊，乱糟糟一团，什么都看不清了。

终于感觉撑不住了，犹犹豫豫合上眼，心说眯瞪一会儿，反正浑水摸鱼的不止她，法不责众嘛。

福王呢，先前睡过了，这时候精神奕奕。视线越过大行皇帝如山样胖大的身形，看见她低垂着头，知道她乏累。悄声站起来，到前殿指派太监进去替她，自己绕过香案来瞧她，轻声唤："端太妃，太妃娘娘？"

音楼猛地激灵了一下，抬起头看他："殿下叫我？"

福王颔首道："娘娘跪了有两个时辰了，上庑房里歇会儿。我叫人备了茶点，你去进些东西再来。"

她却不大放心，支支吾吾地搪塞："不必了，多谢王爷好意。簀床边上不能断人，再有两个时辰天就该亮了……"

福王两道浓黑的眉毛像两柄关刀，拱起来的时候几乎能连成一线。听说眉心不开阔的人气量小，音楼拉着长音调开视线，觉得有了昨晚的事，今天还要相对，真别扭透了。

丧服是右衽大交领，她人很纤细，相应的脖子也修长优美。脖子再往下，宽大的门襟依旧能看出山峦起伏，果然美人胸叫人神往啊！他想起混乱中隔着衣服揩到的那点油，女人除了脸，那里是暗藏的宝藏，光么思量也足够他想入非非的了。

福王就是有这点好，他有用不尽的热情。不是一次对多少女人动情，他很"专一"，送走一个迎来一个，每次都极其用心。这次轮到步音楼了，虽然没深交，不知道她为人如何，但在强权面前懂得抗拒，说明她很有骨气。有骨气好，他喜欢！撩拨两下就成了面人，那种和青楼粉头有什么区别？他经历的女人多了，暂时还没遇见敢反抗他的……想到这里，手上的伤口锐痛起来，他复审视她，慢慢勾起一边嘴角。野性难驯，狩猎才更有意思。他也不急，有大把时间和她周旋。她目前排斥他不打紧，以后自然会爱死他的。

他拿出他君子的正派模样来，咂了咂嘴道："太妃这片心，大行皇帝在天上瞧着也会动容的。只是后半夜阴气重，你一个女人家守着不好，邪风入骨，仔细坐下病来。你道皇后为什么后半夜回宫，就是这个道理！娘娘还要我说得更明白吗？我是为着你，从一开始就是一番好意，你万万别误会了我。簀床边上断不了人，我已经叫人进来替你了。腾出空来歇一歇，对你有益处，明儿脸色也鲜亮。"

他说得这么合情合理，音楼立刻就动摇了。这回紫禁城里人死大发了，这儿一个、承乾宫里一个、后边钦安殿还有五十七个……想来一阵恶寒。

福王见她还不起身，觉得她简直是朽木不可雕："娘娘执意不去？"

音楼苦哈哈地道："王爷，其实不是我不想去，是我腿麻站不起来……"边说边往外看，嘀嘀咕咕地抱怨，"彤云八成投胎去了。"

如此又是个接近的好时机，福王仗着身后有帘幕遮挡，也不征得她同意，上手就来搀她。不是伸出胳膊给她借力，是两手伸到她腋下，把她直挺挺地架了起来。

这是拉扯孩子的办法，音楼无可奈何，能感觉到他虽极力控制，手指的外缘还是触到了她的胸乳。她真臊得没处躲，这接二连三的，当她也是死人吗？她挣扎开，踉跄地扶着墙壁动动腿，欠身道："我自己能行，不劳王爷费心。"又小心翼翼地觑他,"王爷也要上庑房吃果子去?"

他想去,可是得避嫌,公然在一间屋子里待着,暂时不大好。他咳嗽一声:"五更天要大殓,还有好些事儿要料理,我就不去了。"转身叫来个小黄门,"你引路,伺候娘娘歇着去吧!"

小太监领命道是,上来屈起一条胳膊让她搭着,细声道:"老祖宗您留神脚底下,奴婢瞧您孝袍子长了,回头进庑房给您铰去点儿,您走道儿能好走些。"

她打幔子出去,发现外面的人少了一半,据说是轮班吃加餐去了。

她跟着进了庑房,原以为那些太妃太嫔都聚在这里,可是没有。外间的案上摆着个吊子和几碟点心,内间门上挂了半截老蓝布的帘子,灯火摇曳里看见有人走动,脚上一双皂靴,半身曳撒胜雪,只是头脸被挡住了,不知道是谁。

小太监扶她坐下,跪在地上笑道:"老祖宗宽坐,奴婢给您料理料理这袍子。"说着躬身拿牙咬下沿,孝袍子不绲边,宫里请剪子也麻烦,只要咬出个缺口来,顺着丝缕一撕就成。

音楼抬起脚,看他卸下两寸来宽的一道,扬手一扯,裂帛之音听得心头发凉。

"您瞧都妥了。"他把布卷起来掖在腰封里,到盆里盥了手过来取珐琅茶碗,往她面前一搁,又撩了袖子拎铜吊子往碗里注奶,"这是刚从茶炊上取下来的,还热乎着呢,奴婢伺候老祖宗进些。"

音楼问他:"你们都管太妃叫老祖宗吗?要是一屋子都是太妃,怎么分呢?"

小太监道:"总有法子的,通常是前边冠封号。比如您,人多的时候就叫端太妃老祖宗,私底下没别人,光叫老祖宗也不会混淆。"

她嗯了声:"我以前听说司礼监管事的才称老祖宗。"

"那是老辈里,有点儿岁数的才这么叫。咱们督主眼下正是大好的年纪,叫老祖宗,没的叫老了。"

音楼抿了口奶子问:"肖厂臣今年多大岁数?我瞧左不过二十五。"

小太监哈腰一笑:"老祖宗好眼力,督主过了年二十三,您猜得差不离。我师傅说了,像这么年轻轻就执掌司礼监的,二百年来是头一个。他老人家虽年轻,办事却老辣有胆识,下头的人,提起他没有一个不佩服的。"

这么齐全的人,可惜净了身,空得这么大的权势有什么用!音楼倒替他难过起来,里间的人突然咳嗽一声,小太监听了大惊失色,杀鸡抹脖子般捂住了嘴,冲里面一指,光动嘴不出声,对她做出个"督主"的口型。音楼也没想到是他,一时有点发愣,忙端起碗咕咚咕咚喝了好几口。

"时候还早,老祖宗再歇会子,奴婢外头还有事儿,得忙去了。"小太监找个借口就要逃,边退边道,"大行皇帝的梓宫天亮停在奉天殿,您跟前的人借去帮忙了,我给您找她去,叫她来伺候您。"说完一闪身出去了。

音楼枯坐着,谨身殿里的梵音隔了段距离,隐隐约约都屏蔽在垂帘之外,屋里静悄悄的,只偶尔传来纸张翻动的声响。她使劲探头看,里间的灯光柔柔地、模糊地蔓延出来,流淌到她脚背上。他不知在做什么,好像很忙,又好像很悠闲。

她清了清嗓子:"肖厂臣?"

里面应了个是:"娘娘有什么吩咐?"

有什么吩咐,似乎没有什么吩咐。她抿了抿嘴,略顿一下又问:"您在忙什么?"

他唔了声:"臣这里有些账目要清算。"

音楼想了想,从茶盘里另取出一只茶碗来,倒了一盏奶,端了一碟藤萝饼,拿手肘打帘子,偏着身进了里间。

他抬起头看她,她给他送吃的来,还是很叫他意外的。一屋子的书柜,只有他的书案上能摆东西,忙起身把散开的册子都收拢起来,腾出一块地方让她放碗碟。

她站在一旁淡淡地笑:"福王殿下发了恩典叫我来歇着,不知道厂臣用过点心没有?眼下事也多,自己的身子要当心,饿着办差可不成。您用些吧!"她把奶盏往前推推,"我摸过,还热着呢!"

肖铎脸上神色难辨,狐疑地打量她:"臣没有半夜用加餐的习惯。"

音楼有点失望,嗫嚅道:"我刚才和人说起您,您不高兴了?"

他还是一张沉静的脸,叠手道:"臣没什么不高兴,娘娘千万别误会。"

他似乎是习惯疏远,有人试图靠近就觉得不安全。音楼也没有别的意思,认真论,救她小命的是福王,可不知怎么,她总觉得肖铎才是真正的大恩人。她没有别的办法报答他,在他跟前献献殷勤,就像猫儿狗儿示好似的,无非是想表达自己对他的感激。

她讪讪地垂着嘴角,打算去端碗碟:"那是我来得不是时候,厂臣忙吧,我不打搅您了。"

奇怪,他这样铁石心肠的人,居然觉得不领受她的好意过意不去似的。他先她一步端起碗,简直像闷酒,一仰脖子就灌了下去。

音楼在一旁眯眼看着,他颈子的线条真好看,有些男人脖子很粗壮,看上去难免呆蠢。他的不是,适中、光洁,有种不可言说的美态。

他搁下碗对她作揖:"谢娘娘的赏。"

他身在高位,是极有气势的人,音楼在他面前自发矮了一截。她拿脚搓搓地,腼腆道:"我是借花献佛,厂臣别笑话我才好。"

"娘娘这话见外了,宫里的东西,哪样算得自己的呢!"他冲高椅比了比,"娘娘请坐。"

音楼敛着袍子倚窗坐下,往他桌上看一眼,奇道:"厂臣也管着内务吗?这些零碎事情都要您过目,那忙起来可没边儿了。"

他量了水倒进砚台,取墨块慢慢研磨,边磨边说:"宫里眼下乱,好歹要有个总揽的人。原先万岁爷圣躬康健,司礼监无非同内阁一道处理票拟。可现在变天了,内务衙门到底还是以帝王家的家务为重。都去办大事了,这些小事谁来经手?"言罢想起什么来,又淡声道,"昨儿王爷和我说起您往后的安排,原本是想把您送进泰陵过上三五个月的,后来还是舍不下,琢磨来琢磨去,只有请娘娘纡尊降贵,到寒舍将就些日子了。"

"不叫我守陵了吗?"她愕然道,"叫我住到您府上?好是好,就怕给您添麻烦。"她不好意思地笑笑,"我这人总闲不住,怕招您家里人厌烦。"

肖铎低头拿笔勾兑,曼声应道:"臣府里没别人,除了做粗活的下人,就只有我一个。"

音楼哦了声:"厂臣的家人都不在京城吗?"

他笔头子上顿了一下,半晌才道:"臣父母早亡,原本还有个兄弟,几年前也去了,臣如今是孑然一身。"言罢抬眼瞥她,斜斜的一缕视线飘摇过来,刚才那点哀绪似乎不见了,显出一种风流灵巧的况味来,"娘娘对臣的事很好奇?这会子宫里正忙,人多眼杂,请娘娘暂且按捺,等咱们一个屋檐下了,有的是时候亲近。"

他影影绰绰的一点浅笑映在唇角,音楼瞥他一眼,心头大跳。暗忖这真是个极难捉摸的人,刚才看他还方正齐楚,转眼又变得轻薄放恣了。越是这样才越好奇,像他这么不可一世,说得直白些,在紫禁城里只屈居皇帝之下,顶着宫监的名头,办的却是国家大事,再加上这副卖相,还有关于他和皇后的传闻……

音楼干干一笑:"随口问问罢了,也不算特别好奇。"想起福王的安排,难免有些忐忑,便正了正颜色,颇有些掏心挖肺的意思,趋身近前道,"厂臣,我的命是您救的,我心里想些什么,对您也不讳言。我侥幸活下来,没想到后面会遇到这些事。依您的看法,福王殿下是志在必得的吗?假托守陵,让您收留我,这是要学唐明皇啊?如果哪天对我厌烦了,还能放我走吗?"

谁见过失了宠的妃嫔能放出宫的?划个院子寂寞终老,不是所有宫眷的结局吗？！肖铎一哂："娘娘，臣的话可能有些不中听，但全是为您好。殿下是娘娘命中的贵人，好好巴结着，这辈子就能安享富贵。人一生，不过短短几十年，何必计较那么多。说到底，连后世碑文上的尊号都是假的。只要活着的时候痛快，呼奴使婢，衣食无忧，还管那些做什么？"他站起身到书架上翻找存档，回首一顾道，"恕臣斗胆，臣请问娘娘，在家乡有心仪的人没有？"

音楼尴尬地摇头："我父亲家教很严，十二岁以后外男一概不见，哪里来心仪的人呢！"

"既然没有，那娘娘又在纠结什么？"他缓缓踱过来，低头看她，"娘娘，识时务者为俊杰，单凭福王的身份地位，娘娘委身，绝不会吃亏。若是娘娘害怕将来有什么不顺遂……"他莞尔一笑，迷迷漭漭，像隔着淡云的月，低声道，"有臣在，娘娘怕什么？"

音楼其实是个不善言辞的人，立场也不够坚定，被他一说，霎时又觉得很有道理。连喜欢的人都没有，还有什么可争取的？她抬头看他，他这样似笑非笑的脸总让人晕眩，忙调开视线擦桌角的水渍，纤细的痕迹，轻轻一拭就不见了。

"我现在孤身一人，家里爹娘送我进宫，父母于我的缘分就像断了一样。我没有人可以依仗，那么多的兄弟姊妹，各人过好各人的日子，谁愿意蹚这浑水呢！厂臣，您既然救我，就不会中途撒手，是不是？"

他凝着眉，似乎在权衡利弊，但是很快点头："臣答应的事，绝不会反悔。娘娘听我的安排，就能保娘娘一生荣华富贵。"

她垂下眼，灯影下的睫毛长而密。她的五官很柔和，染上一层金色，越发显得没有锋棱。良久，叹了口气："我听您的。"又笑道，"以前也曾经想过，找个情投意合的人，能过上太平宁静的日子，现在看来是不能够了。"

他歪着头问她："娘娘不喜欢殿下吗？"

年轻的女孩子有异性示好，一点不为所动也不可能。要不是他上来就动手，她也没有那么排斥。可是都不重要了，她离了座儿，微勾着嘴角道："我这样的境况，谈不上喜不喜欢。歇的时候差不多了，我该回簪床边上去了。知道厂臣在这里，进来打个招呼找话说，您可别介怀。"说完整了整孝帽，复打帘退了出去。

夜色浓重，黎明前尤其黑。音楼迈出门槛望天，月亮早没了踪影，剩下疏疏朗朗的几颗星，一明一暗间，有的一晃眼就不见了。

将近丹陛的时候才看见彤云，她上来搀扶住音楼，窃窃道："主子，我上奉天殿帮着料理去了。大行皇帝的梓宫有个朱红描金的基座，设在大殿正中间，两边偏殿里排满了大春凳,都是用来安置朝天女的。您没看见,真瘆人啊!大邺的中枢,一下子变成了义庄,到处是黑漆漆的帷幔,一层接一层,从里面出来简直打不完。"

音楼慢慢上台阶,怅然问彤云:"我没死成,家里还能有功勋吗?"

"甭管那些!"彤云道,"自己活着要紧,要功勋,舅爷们不会自己去挣吗?也没哪家愿意看着闺女去死的,朝天女户是有封赏,可是能维持多久谁知道?出了点差池,还不是说收回就收回!"

正议论着,后面传来一串急促的脚步声。几个内官捧着拂尘神色慌张地往月台上奔,眼看要撞到了,彤云忙搡着她避让到一边,咬着牙骂:"狗才,火烧了屁股,着急奔丧吗?!"

她说得没错,的确带来的不是好消息。大概是几个来谨身殿通禀,另有人去肖铎跟前传了话,音楼到殿门上的时候,肖铎从庑房里赶了过来。虽极力维持,却难掩惶骇之意,对天街上的众人拱手道:"诸位大人可得着消息了?坤宁宫的掌事刚才打发人来回我,说荣王殿下不知什么缘故,在承乾宫暴毙了。"

几十个手握朝政的大臣,得此噩耗后像一群没了看护的孩子,一个个愣在那里回不过神来,自是面面相觑,却没人说一句话。还是福王上前高声呵斥:"这是什么道理?好好的,怎么说没就没了?殿下不是在皇后宫里的吗,怎么深更半夜跑回承乾宫去了?"

肖铎哈腰道:"王爷息怒,臣已经派太医过去了,什么原因尚未查明。只是荣王殿下倒在贵妃簧床边,守灵的人说了些混账话,臣也不敢回禀殿下。"

福王脸色阴沉:"把人叫来,如实说。"

偏路上两个太监一溜小跑,跪在月台膝行上前,其中一个长脸太监边磕头边打摆子,抠着砖缝涕泪横流:"回王爷的话……今儿入夜就怪诞得很,殿里没风,贵妃娘娘灵前的长明灯不知怎么熄了好几回。奴婢们没办法,就让人把窗户都蒙上布,实在不成还算找个罩子把油灯扣上……宫里人不多,都出去找家伙什了,单留奴婢一个人守灵。奴婢看案上的香烧完了,就到幔子外头续香,可一回身,不知什么时候大殿下进来了,身上还穿着中衣,迷迷瞪瞪的样子,像是刚从寝宫出来。奴婢想上去请安……"他说着顿住了,抖得几乎发不出声来。

边上同来的太监忙推他:"侉子,你赶紧说呀!这里人多,你怕什么!"见他大头触地,连帽子都滚了,手忙脚乱够着了展角[1]压在他脑袋上,自己接话道,"请

---

[1] 古时职官冠帽后部的附件,如尺状向两边伸展。

王爷准奴婢代奏，据伽子说，他那时候像给魇着了，要迈腿动不了窝，眼睁睁地看着簧床上的贵妃娘娘起了身……娘娘是背对着他的，正好把大殿下挡住了。他还听见大殿下叫了声'母妃'，贵妃娘娘喉头就咯咯地响……等魇散了，再看里边，大殿下就倒在那里了，脸色乌青，死状极其骇人。"

众人听完不由得打了个寒战，这昏昏的天色，宫殿的檐角看上去像巨兽尖利的獠牙。大伙儿都被这个段子唬着了，音楼感觉彤云瑟缩着挨紧了她，她也觉得可怖，不是为这怪力乱神的故事，是为这被权力浸泡的人心。

音楼心里都明白了，福王昨晚为什么这样肆无忌惮，还不是早就知道江山尽在他手吗？！贵妃娘家是外戚，外戚不得入宫，在场的内阁官员，没有谁能为此事平反。不管信与不信，荣王已死，福王继位，已经是顺理成章的事。谁敢质疑，别忘了边上还有个虎视眈眈的肖铎，只要他不吭声，乾坤也就大定了。

福王样子还是要做做的，他捶胸顿足："怎么会有这样的事！你们都是死人吗？殿下的大伴也是死人吗？半夜里怎么让大殿下一个人上承乾宫呢？"又问伽子，"别抖你娘的了！你究竟有没有看真？小殓不是要裹尸的吗？贵妃怎么起身？怎么能要人命？"

伽子哭号道："王爷，奴婢句句是实话，小殓的确是裹了的，可娘娘从簧床上下来，身上并没有绸子。她就穿戴着大衫霞帔，离奴婢也近，奴婢能明明白白看清她背后的云霞凤文。事关皇嗣，奴婢不敢有半句假话，要是扯谎，叫奴婢即刻死了，来世跌到水里，做个乌龟大王八。"

谁管他来世怎么样，肖铎问："那眼下贵妃娘娘人呢？还在不在承乾宫？"

伽子说："在，后来跌回簧床上了，横躺在那里，可手里拽了把头发，不知道是谁的。大伙儿去瞧大殿下，里外都查了，没见有缺损。给娘娘翻身，才看见她后脑勺秃了一大块，连头皮都给揭下来了。"

有人听得干呕起来，音楼转脸看肖铎，他倒是换了副泫然欲泣的表情，不无哀伤地道："诸位大人还是去过过目，毕竟大殿下是储君，再有半个时辰就要登基加冕的。出了这样稀奇古怪的事，在下如今也不知该怎么料理了。"

谁去看？没人是傻子。一个五六岁的孩子，死了就死了。乡里有这样的说法，未及弱冠就夭折的是讨债鬼，帝王家还讲究个收殓入葬，换作平民百姓家，田间地头刨个坑，连具棺材都没有，随意就埋了。更有甚者怕债没还清，轮回后再找来，拿锹在孩尸上凿两下，就像斩断了孽根，往后就不会养不住儿女了。总之没人会为了个早夭的孩子和福王作对，不管荣王的死因是什么，只能怪他没有做皇帝的命。

"肖大人执掌司礼监，大殿下殁了虽叫人痛心，可眼下要紧的是登基大典。国不可一日无君，什么事都可以往后挪，继位大宝的事一刻也耽搁不得。"首辅对福王拱手，"大邺至今两百六十余年，到了这辈儿里龙种寡存。如今大殿下一去，慕容氏便只剩殿下一脉。殿下天表奇伟、大智凤成，务请殿下主持大局，以继大邺丕绪[1]。"

有一人打了头，后面的人自然从善如流。肖铎挥手道："臣即刻通知三部九卿五门接旨，各宫监调动起来，两刻时间也就筹备停当了。"

就这么，皇帝人选说换就换了。音楼和彤云怔怔对视，众人正要行三跪九叩大礼，皇后披着斗篷从御道上过来，逐个看殿前诸臣。视线转到肖铎面上，越发悲愤交加，泣不成声。

荣王殒命虽叫人哀痛，但新君已定，再这么哭哭啼啼，未免不成体统。

肖铎上前低声劝慰："娘娘节哀，事情既然出了，再哭也于事无补。眼下还是以登基大典为重，娘娘请先回坤宁宫，余下的事等前朝忙过了再行商议。"

回坤宁宫？坤宁宫也不过是供她暂时落脚，福王一旦即位，这偌大的紫禁城哪里是她安身立命的地方？原本邵贵妃一死，把荣王笼络过来，她的后半辈子就有了保障。可是荣王死了，死得莫名其妙，她的太后梦泡汤了，往后要寄人篱下，这突来的变故叫她承受不住。

她一把抓住肖铎："你说，大殿下好好的，怎么会暴毙？"贵妃尸变的说辞她连听都不想听，谁能在宫闱之中翻云覆雨，问他肖铎自己，他也交代不出第二个人来。看来他早就和福王结了同盟，人家必定许了他更大的好处，利益当前他就把她给卖了。露水姻缘原就不在她的考量，她依仗的是他能到今天这步，全有赖于她的扶植。她如今落了难，把所有希望都托付在他身上，结果他好话说了一箩筐，事到临头居然这么让人信不实！

她狠狠地盯住他："厂臣，大殿下的死因是不是应该好好查验？他不是寻常人家的孩子，他是大行皇帝唯一的血脉！事情还未查明，你们怎么能心安理得地办什么登基大典？"

肖铎脸色一沉，再由她说下去，后面不定会有什么妄言出来。既然取经经过了八十难，岂能在最后功亏一篑？

"怎么会出这样的事，这个应该问娘娘自己。"他厉声道，"娘娘把大殿下留

---

[1] 指国家大业。

在自己宫中,却又未尽看护之责。殿下年幼,亥时一轮哭祭之后就回坤宁宫去了。臣请问娘娘,殿下寅时应该正是沉沉好眠的时候,怎么会自己一个人进了承乾宫?既然两宫这么多人都没发现殿下行踪,臣说句老生常谈的话,这是命里定的,贵妃娘娘舍不得留殿下一人,到底还是要带殿下同行。娘娘在这里哀恸无益,没的伤了自己的身子。臣已经命人打造小棺椁,无论如何先殓葬要紧。眼下江山无主,多少人正巴望着新帝继位,带领朝臣们再开创出一个盛世来。还是不要为这等小事烦扰,先以大局为重吧!"

他从来没有这样和她说过话,皇后惊愕地望着他,这还是在她面前俯首帖耳的肖铎吗?果然大势已去,他有了新主子,再也不用对她奴颜婢膝了。

福王却道:"娘娘言之有理,大殿下死因未明,这会子匆匆拥本王,实在不是个好时机。我瞧还是缓一缓,说句掏心窝子的话,这样大的责任突然压在我肩头,我也没有做好准备。就依娘娘所言,先把大殿下这头料理好,往后再择贤明之君也就是了。"

这话一出,众人骇然,纷纷表示事有轻重缓急,目下没有比拥立新君更要紧的了。荣王的事不是不办,而是缓办,其实大家心里都知道,这事不可能查出端倪来,就算有点苗头也早就给掐灭了。办案子是谁的拿手好戏?还不是东厂吗?!既然东厂的厂公都把想法说明了,皇后一个妇道人家,哪里能够扭转乾坤!

"娘娘听臣一句劝,还是回宫去吧!诸臣工眼下有要事要办,娘娘且放宽心,回头微臣自然查个水落石出,还大殿下公道。"肖铎转身吩咐闫荪琅,"贵妃娘娘搁在外头太危险了,难保不会再出岔子。赶紧叫人大殓,把棺盖钉实了,大家图个心安。"

皇后伶仃地站在那里,知道自己不能再说什么了。他可以轻而易举杀了贵妃,要她的命定然也不费吹灰之力。她闹,闹到最后又怎么样?荣王死了,她横竖是做不成太后了。还是认了吧,别一个不慎惹毛了那些人,过两天入殓的就该是她了。

她垮下肩,用力闭了闭酸涩的眼。该说什么?说恭喜福王吗?只怕会被当作嘲讽,反倒不讨巧。她扶住自己的额,转身时踉跄了一下,幸得那死而复生的小才人相扶,她在边上温婉道:"臣妾送娘娘回宫吧。"

皇后不置可否,让她搀着,缓步下了谨身殿的丹陛。

往东方看,天边有一丝微芒,快要日出了,穹隆隐约泛出蟹壳青来。皇后步履沉重,缀了麻布的鞋头每挪动一步,就从襕裙底下透出尖尖的一点。音楼觑她,她脸上表情木木的,简直是看破红尘的死寂。音楼赔着小心,轻声道:"娘娘不舒服吗？臣妾叫人传太医来，给娘娘开服安神的药，娘娘用了踏实睡一觉，醒过来什么都好了。"

皇后极慢地摇头："好不了了……"又转过脸来看她，"端妃，你是蹈过义的人，哀家问你，死的时候痛苦吗？"

痛不痛苦，其实她已经记不起来了。脑袋伸进绳圈里，底下的木床一抽，就像进入了一个新世界，上不来气，白茫茫的，空无一物。要死不过一眨眼的工夫，真要是那时候死了，过去就过去了，也觉得没什么了不得。

不过皇后打听这个干什么？别不是想不开也打算悬梁吧！音楼唯恐她做傻事，绞尽脑汁地把感受描述得可怕又详尽："娘娘，死过一回的人绝不想死第二回，为什么呢？就是因为这个过程太痛苦。脚底下悬空了，人就像块腊肉似的挂在那里，感觉魂魄脱离了躯壳，头发一根根地竖起来，眼珠子突出，几乎要从眼眶子里蹦出去。想透气，可是续不上，肺里生疼生疼。舌头从嘴里伸出来，不是因为别的，就是绳圈给勒的。您吃过鸭舌吗？鸭舌底下有根软骨，人舌头下没有。本来就是肥糯糯的一团，嘴闭不上，只好吐出来。我以前听人说，上吊死的人来世口齿不清，上辈子舌头缩不回去，下辈子就是个大舌头。"

皇后古怪地瞥她："那你怎么没死？"

音楼噎了下，总不能告诉她自己是有人相救，想了想道："臣妾也不知道，可能是阳寿未尽，阎王爷不肯收我吧！"

她哦了声："那你命真够大的！可是福兮祸兮，谁又说得清呢！或者死了倒好了，没死得在陵地里点灯熬油，耗得油尽灯枯，一辈子也就到头了。"

音楼道："娘娘是福泽绵长的人，不像我们似的。不管将来谁登基，娘娘偏安一隅，仔细作养身子，其实还有很多东西可以打发时间。斗斗促织啦，养养鸟儿啦，做个富贵闲人，也没什么不好。"

皇后有些自暴自弃，她从嫁给大行皇帝起就一直掌权，不管后来的邵贵妃有多受宠，后宫的宫务也一直是她一个人说了算。现在冷不丁把大权都收走了，她心里发空，虚浮着，不能脚踏实地。这种孤魂野鬼似的迷惘，怎么是个胸无大志的小小妃嫔能够体会的！她长长叹息："我只是难过，一把日日雕琢的利剑临阵倒戈，你知道这种滋味吗？"说罢苦笑着摇头，"你不懂，最好永远都不懂……我问你，贵妃尸变，这个说法你信吗？"

音楼不是傻子，有些话不能说，即便肚子里都明白，嘴上也一定要守紧。傻乎乎的人活得长，太通透了像玉，一个不留神就磕碎了。她装模作样打了个寒噤：

"我没进宫前也听乡里人说起过这种事，比方说儿女哭祭，眼泪千万不能落在亡人身上，闹得不好就要成僵尸的。等几年后出棺先喝亲人的血，喝了就能成精了，道士管那个叫旱魃。所以贵妃娘娘惊尸，也不是不可能。灵堂里属相冲克是大忌，好些人不忌讳，其实还是有些说头的。"

皇后白她一眼，没甚兴致听她说这么神神道道的事。原本是想排解心中忧闷，至少找个能附和她的人，结果这是块迂腐的烂木头，说什么都信，整天疑神疑鬼，一看就是难成大器的榆木疙瘩。

皇后不耐烦她，却也不打发她，一步一步朝坤宁宫走。她是小脚，在音楼看来像羊蹄，不能稳稳当当落地，是真正的弱柳扶风模样。音楼怕她跌着，越发尽心地搀扶她。

皇后发现她两只手一道上来了，知道她没伺候过人，闲闲问她："你没有缠足？"

她应个是："臣妾是鲜卑人，鲜卑人没有裹脚的习惯。先祖是马背上颠腾出来的，女子也不像汉人小姐尊养在高阁，万一要骑马，缠了足行动不方便。"

皇后似乎有些惆怅："说起来，这会儿我也该放足了。一辈子站在枯死的断肢上，想来也甚锥心。"

音楼明白，要取悦的人不在了，就没有必要再这么拘束自己。她想皇后一定很难过，肖铎和皇后不是颇有渊源吗，到了紧要关头却没有站在她这边。女人总归是女人，谁都靠不住，晚景恐怕凄凉。

她们没再说话，她把皇后送回宫，途经乾清宫的时候皇后还流连了好一阵。毕竟男人去了，哪怕他活着不爱她，人在那里也是个念想。音楼在这方面确实少根筋，她完全没有意识到她们共有一个丈夫，她连一点悲伤的情怀都没有。唯一让她伤感的是福王要登基做皇帝了，自己是盘中餐，用来满足他挑战禁忌的独特嗜好。

安顿好皇后，跨出景和门的时候天色微明，夹道里人少，红墙那边就是承乾宫。不管守灵的太监是不是胡编乱造，现在回想起来背上也泼水似的寒毛林立。

她拉着肜云快步往前，上了天街有点迷糊，定了会儿神再过内右门，到了谨身殿基座下，正遇上皇帝梓宫往奉天殿运送。皇帝的丧仪用四棺两椁，最外面那层为金丝楠木，描金雕仙人走兽，大得惊人。太监们挪动起来要一百零八抬，前后像出游时的法驾，捧宝瓶架神幡，没有一丝马虎。

谨身殿和奉天殿在一条中轴线上，相距不算远，但是因为棺椁太沉重，仪式又多，奉安入梓就花了三刻钟时间。等所有事都办妥，就到了新帝颁诏即位那一环。

福王加了旒冠，穿明黄衮服，佩大带大绶，蔽膝上绣行龙下绣三火，傲然立在丹墀之上，受文武百官朝拜。

　　旭日缓缓东升，照亮两边的日晷和嘉量[1]。奉天殿送走元贞皇帝，又迎来了新的君主。慕容高巩兄终弟及，是为明治皇帝。

---

1 古代标准量器。

## 第三章 感君怜

本来停灵二十七日，到最后减半，借着贵妃作怪的名头，连着大行皇帝也没死安稳，停了十三天就匆匆发送了。福王这招是一箭双雕的赚钱买卖，人舍得下脸，什么事都干得干净利落。音楼甚至觉得大行皇帝死得蹊跷，没准就是他们下的毒手。

人心险恶，她靠着车帷子想，这么个动荡的年代，一切都靠熬。好在她耐摔打，生命力也顽强。小时候腊月里掉进沟渠都没死，她娘当时就说她有九条命，往后就算遇着点什么事儿，也一定能挺过去。

送葬的队伍浩浩荡荡绵延三四里远，她就在其中一辆青幄车上。她如今是未亡人，跟随一干侥幸没殉葬的嫔妃，一块儿上泰陵守陵清修。别人哀哀戚戚，她倒没什么，挑帘往外看，风和日丽。陵寝关乎国运，选的都是风水宝地，那里山明水秀，景致比起宫里好太多了。

行行复行行，镶钉木轱辘在黄土垄上留下蜿蜒的车辙，耗费整一天，终于抵达泰陵。很多人觉得墓地是阴森诡秘的，其实帝王陵寝真不是这样。宫妃们进泰陵已经是日暮时分，晚霞里看见殿宇林立，都是高规格的庑殿顶。大宫门檐下描着和玺彩画，顶上有龙凤藻井，比她住的乾西二所还气派些。

音楼跟在守陵太监身后上了神道，两侧石像生伫立，足有两人多高。她手搭凉棚往远处看，山势绵延，空气里隐约带着烧化纸钱的味道，被山风一吹也就散了。她问那太监："这里也按时下钥吗？"

老太监佝偻着腰道："回娘娘话，陵地不像宫里，没有下钥的说法儿。您瞧外面就一堵高墙，人都圈在里头了，娘娘们又是奉旨进陵，都是受人敬重的，难不成还在门上加锁吗？"他一笑，一口大黄牙，"不能够，上头没这示下，咱们底下伺候的也知道娘娘们的难处。横竖这么大的地方，心里烦闷了各处散散，也是个排解的方儿。"

门上不下钥，心早就上了枷，锁不锁都一样了。守陵的有二十多人，各带一个贴身丫头，进了园子面对满眼的松柏直愣神。太监又道："娘娘们先安置，回头奴婢再把陵里的规矩和娘娘们交代交代。就跟和尚每日里有课业一样，咱们这儿也定时诵经礼佛。用膳呢，有专门的局子伺候。要是菜色不合胃口，娘娘们自个儿可以开小厨房，点上两个厨子，另叫他们置办饭食。"

音楼和彤云对视，摸了摸不甚鼓胀的荷包，音楼愁眉苦脸："彤云，你说守陵有月钱吗？"

彤云两眼望天："奴婢觉得……应该有吧。"

"过会子打听打听，问明白了好。"她喃喃道，"我们老家做姑子每月还发头油钱呢！"

彤云愕然："浙江果然是个人杰地灵的好地方啊！秃瓢儿还发头油钱，好些和尚脑门儿锃亮，敢情也抹桂花油。"

她们分到的屋子在二排的第二间，这辈子和"二"结下了不解之缘。还好坐北朝南，屋里摆设是新换的，有桌有椅有梳妆台。幔子不像宫里那么花团锦簇，一色赭黄的，就是庙墙的那种颜色。落地罩里间摆个大蒲团，案上神龛里供一尊观音，耷拉着眼皮，竖着三根手指头，摆出婉媚端庄的姿势。

陵地里管事的叫高从，三十来岁年纪，净了身不长胡子，头光面滑的，看着显年轻。他分派人送铺盖进来，音楼趁机叫住了他："我问你，这里的宫监归不归司礼监管？"

高从应了个是："不论行宫、山庄还是新苑，里里外外都由司礼监掌管，老祖宗怎么想起来打听这个？"

不打听不行啊！她四下看看，吸了口凉气："山里入夜冷吗？"

"冷啊。"高从笼着袖子说，"这会儿还能将就，到了后半夜比城里凉得多。不过夏天爽快，树多阴凉，连扇子都用不着，老祖宗待上一阵子就知道了。"

音楼转过脸看看彤云，又对高从道："你想法儿给我弄个熏笼来，我身上有病症，受不得寒。"怕他开口提钱，忙板着脸道，"要是上头不许，请你替我带口信儿给你们督主，他知道我在这儿受冻，必定不会坐视不理。"

这位端太妃原本在殉葬的名单里，弄了一出起死回生的戏码，陵里的人早就知道了。眼下提肖铎，似乎两下里颇有交情的意思，这么的倒要掂量掂量了。高从略顿了下，拱肩塌腰谄媚一笑："老祖宗和咱们督主……"

她虚张声势，眼一横："别问，过两天你就知道了。"

这么副二五八万的拽样儿真把人蒙住了，高从的身子又低下去半截，脑子里蹦出"对食"两个字来。这一惊立马醒了神儿，赶紧道是："老祖宗稍待片刻，奴婢这就吩咐猴崽子们筹备。"一面说，一面却行退了出去。

彤云摇摇头："主子，您预备打着肖掌印的名号坑蒙拐骗吗？"

音楼扶了扶孝髻："人在矮檐下不打紧，要紧一宗儿是懂得变通。你瞧瞧，这么的可受用多了。没银子就周转人情，多好！"

"欠一屁股债，您不怕人找上门来啊？"

她做出个地痞样，往圈椅里一坐，拔了个挖耳勺掏耳朵，瓮声道："你没听过虱多不痒这句话啊？欠都欠了，要命一条，还能把我怎么样？"

彤云唉声叹气："您不知道，欠钱还有还清的时候，欠了人情就得受牵制一辈子。不过不打紧，只要福王殿下……不对，这会儿该叫万岁爷了。只要万岁爷没忘了您，这点子烂账算什么！"她把包袱打开，闷头嘀咕，"其实叫您来守陵是多此一举，留在宫里也不碍的。兜个大圈子，费那些心神，结果还不是一样！"

音楼深谙此道："你不懂，做了皇帝更要仔细。尤其屁股还没坐热，多少双眼睛盯着呢，行动反倒有顾忌。守陵的人出宫有好几层检点，瞒报是不能的，只有等入了陵再想办法。"

"那您说肖掌印什么时候来接您？不是说让您到他府上暂住吗？我估摸至少也得住上好几个月。"彤云瑟缩了一下，"我老觉得太监那地方少了一块，办起事来都是歪门邪道，摸不着他们的谱。主子您可得小心着点儿，我瞧肖掌印看您的眼神不大对劲，别不是真想打您的主意吧！"

眼神？音楼仔细回忆了下，那双眼睛是挺含情，不过对谁都差不多。她无奈地打量彤云："从他眼里还能看出东西来，你别不是想女婿了吧？琢磨谁也别琢磨他，别忘了他是个太监！"

彤云讪讪闭上了嘴，其实她主子不知道，去势不是全割，有的人去不尽，那地方还是有用的。要是真顶用多好！她突然发现这个假设成立的可能性非常大，既然皇后和他能暗通款曲，没准儿他就是个假太监！

"主子！"她拉住音楼，"您说肖掌印会不会就损耗了那么一丁点？"

"什么损耗一丁点？"音楼弯腰铺被子，把手探进被窝里，这地方没人给熏被子，所到之处冰凉一片。

彤云象征性地比了比："就是切掉一点儿，用还能用。"

音楼没把她的话当回事："瞎琢磨什么呢！太监每年秋分都在黄化门验身子，你不知道啊？"

彤云嘟囔着："那是底下没出息的小太监才剥光了让人验，肖铎是什么人？这世上还有人敢验他？到黄化门喝茶应卯就不错了，他要是不愿意去，还让皇帝给他下圣旨啊？"

音楼木呆呆地站了会儿，奇道："就算是假太监，又怎么的？"

彤云给回了个倒噎气儿，她也就是好奇，那肖铎是太监里的传奇人物，生得又标致体面，总觉得他要是个真太监，实在暴殄天物。

音楼没彤云那么多的闲心想那些，她光知道感慨自己的境遇，成为武则天不大可能，要想像杨贵妃一样宠冠六宫姿色又不够，真是个不上不下的尴尬位置。但愿明治皇帝御极后身边美女如云，想不起她来，这事儿也就过去了。

不过她还是眼巴巴地盼着肖铎来接她，泰陵虽然不像宫里守备森严，外面那堵墙却也不好逾越。如果能跟着他离开这里，将来没人记得她了，也许还能回浙江去呢！

可是等了好几天，肖铎还是没有派人来。

音楼从一位老太妃那里得来几颗木棉花的种子，把屋里磕了一个角的花觚拿来盛土，唉声叹气地对彤云道："我昨儿夜里没睡着，想了很久，要逃出去其实也不难，咱们翻不了墙就掏狗洞，大丈夫能屈能伸嘛！"她看看手里的铲子，泄了气，随手撂在了一边，"可是逃出去了怎么办呢？咱们就那几两银子，吃两碗热干面兴许还够。再说跑得了和尚跑不了庙，守陵的太妃不见了，家里少不得连坐。"

"可不是！"彤云往瓶里添了点水，垂着眼道，"趁早别想那些没用的，除非您不拿家里人的性命当回事儿了。咱们再等等，没准儿过两天肖掌印就打发人来啦。"

等是最痛苦的事儿，可除了等也没别的办法。不过静下心来，她仗着肖铎的派头，日子倒也过得去。每天诵经礼佛，剩下的时间还能串串门子。

天气转暖，自己是没觉得，草丛里的虫蚕却开声儿了，长短相接，鸣得抑扬顿挫。音楼喜欢在傍晚时分到处转转，帝后的陵寝有人打点，宝顶前后连一片枯叶都看不见。妃嫔的墓园较为偏僻，那些小小的坟茔簇拥在一起，有时长了草，也不见有谁来清理。她从神道下来，常常远兜远转过去看看，静静站一阵子，心里不觉得害怕，只感到悲哀。

也没数时候，大概过了有十来日，某一天从隆恩殿后穿行，远远看见高从陪着一个人从七孔桥上过来。那人穿皂纱团领常服，腰上束玉带，身影在夕阳下拉得很长。音楼无法形容自己当时的心情，简直像拨云见日，一道光照进她心里来。

她拊掌对彤云笑："瞧瞧，咱们的救星来了！"

高从哪里知道他们那些根底，他满以为那位精刮[1]的端太妃是肖铎的对食，见督主来了，一心想着邀功，见缝插针地描述音楼在泰陵受到的高等待遇。

肖铎问："娘娘这阵子好不好？"

高从觉得证据更确凿了，要不怎么不问别人光问她？他笑得花一样，点头哈腰道："都好，督主不必忧心。娘娘是奴婢见过的最看得开的人，好几位同来的太妃头几天连饭都吃不下，娘娘不是的，她要吃要喝，一点儿没亏待自己。奴婢就想啊，这样的人天生命好，果不其然，后来打听着了，有督主护佑着，娘娘可不是不幸中的万幸吗？！"

肖铎一哂："你怎么知道她有我护佑着？"

"您今儿来不是为了端太妃？"高从笑道，"要没有娘娘亲口示下，奴婢们也不敢胡猜。娘娘说了，她和您有交情，她要的东西都记在您账上……嘿嘿，奴婢们自不敢问您讨要那些小钱儿，不过知道娘娘手头上不方便，特意对她老人家多多照拂，到底念着督主对奴婢的恩典。想当初奴婢快给赵无量打死了，还是督主发话饶了奴婢小命，让奴婢到泰陵来管事，奴婢如今活得这么滋润，全有赖督主的恩典。督主在城里要什么有什么，奴婢没处回报督主，如今太妃在跟前儿，奴婢必定剪干净指甲小心托着，孝敬太妃就是孝敬督主，奴婢都知道的。"

肖铎觉得奇怪，什么时候和她的交情好到那种程度，还仗着他的名头赊上了账？他道："太妃这么说的？全记在我头上？"

"可不！"高从颠颠儿道，"您瞧太妃和您一点儿不见外，奴婢们瞧在眼里，

---

[1] 形容精于算计。

更不敢怠慢了。"

他撇嘴一笑，这人倒会顺杆儿爬，见过几回面全是有求于他，搭理搭理她就拿着鸡毛当令箭，在这些太监面前吆五喝六，弄得人家真以为是那么回事了。她大概不知道，但凡和太监走得近的，到了别人眼里口里，无非就是那种关系。她倒一点儿不在意，这么看得开的也少见。

他懒得多费口舌，既然她都不在意，自己是个男人家，还计较那些！因而道："伙房那头的亏空不能让你背，她欠的那些账，回头我叫人给你送来。"

那钱原本就是度外的，能收回来最好，收不回来也无所谓。高从搓手道："督主您忒揪细了，那么点子钱算什么！奴婢小气出了名儿不假，可也分得清什么时候该算计，什么时候该做人。您别价，别放在心上，奴婢能出一把力，是对您的一片心意。您再使人送回来，那不是打奴婢的脸吗？！"

肖铎笑了笑，眉眼舒展，全然不像在宫里的时候那样紧绷着。他环顾晚霞里的山色，人在此间，多少不称意都淡了。现在看来，要是能长长久久遁世，其实也是造化。他叹了口气，遁世对别人来说也许可行，他这里却难撒手。有句大白话，叫上贼船容易下贼船难，既然一只脚迈进来了，再想全身而退便是不能够了。

高从边引他下七孔桥边觑他脸色："先头大约是奴婢猜错了，那今儿督主驾临是有旁的差遣？"

他唔了声："没猜错，确实是为端太妃的事来。"

才说完就看见铜炉鼎边上站了个人，穿麻裙对襟衣，落日余晖从背后照过来，脸孔背着光，身形轮廓却有种娇脆的美。离得远，并不确定是否对上视线，然而有种异样的感觉激灵灵地滑过心头，像老熟人，真如她说的那样交情很深似的。

她快步赶上来，笑靥如花："肖厂臣，你来了？"

他低头看她，带着平常一贯的神情，既近且远地微笑："娘娘是在等微臣？"

的确在等，不过不大好意思直接承认罢了。她打着哈哈转过头看风景："没有，我和彤云每天傍晚会出来溜达，消消食嘛！正巧遇见您，过来和您打个招呼。"

他认真想了想："是吃得太多了，所以要消食？"

音楼噎了下，看彤云，她也被雷劈了似的。看来好事不出门，坏事传千里，她在尚膳监横行了两天，这事被一状告到肖厂公跟前去了。

正在她憋得脸红脖子粗的时候，他倒又笑了："不过吃得多好，我喜欢胖些的女人，胖些看着有精气神。瘦得麻秆一样，一身骨头炖汤都没油花儿，也没意思。"他舔唇看她，"娘娘不是和臣交好吗，臣不嫌你胃口大，臣这里管饱。"

音楼脸上一红,她知道自己作威作福的底细被戳穿了,让人家调侃两句是活该。但他这么撩拨人可不厚道,什么胖啊瘦的,忘了自己是太监吗?还是像彤云说的那样,净荏没收拾干净,那地方顺风长,它又茂盛起来了?

既然都说管饱了,十有八九是来接她的,不过存心摆上一道罢了。她笑得很含蓄:"那往后就有赖厂臣了。"

他扬眉揎手:"寒舍没别样拿得出手的,就是厨子好。当初选进府的时候打听过,据说是江浙人,做的菜也定合娘娘胃口。"又偏过脸吩咐彤云,"你去给娘娘收拾细软,车已经在大宫门上等着了。"

她们穷得叮当响,细软是没什么,不过有几件换洗衣裳要打包带走。彤云响亮地哎了声,撒腿就跑了。

高从在边上愣神:"督主这是来接娘娘的?"

他嗯了声:"接她到我府上……怎么?不成吗?"

谁敢说不成?只要他愿意,泰陵里的全接走也没人敢置喙。看来对食的名号是坐实了,督主就是督主啊,果然和别人不同。别人带出宫还得偷偷摸摸,他倒好,正大光明接到府上过日子去了。不过也得留神别被弹劾,偷走一个太妃,闹出去可不是好玩的。捅到皇上跟前,只怕谁都护不住。

"奴婢这里断没有二话。"高从道,斜眼瞄了瞄端太妃,"督主出面,什么事不成就?嘿嘿,那您二位聊着,奴婢帮着彤云打点去了。"

人都走了,就剩音楼和肖铎面对面站着。夕阳渐渐沉下去,唯余漫天怒云,像一蓬火,映红了他的脸。

她歪着脑袋打量他,他在宫里耀武扬威,到哪儿身后都跟着一大堆。今儿却不同,他是独个儿来的,有时候声势是人捧人哄抬出来的,宫中行走锦衣华服,到陵地里来穿皂衣,但是襟袖上那时隐时现的掐金流云纹,也足叫人感叹他这人活得多精细了。

"厂臣,我到您府上,会不会叫您为难?我琢磨过,您人缘不好,万一有谁在殿上给您小鞋穿,拿我出陵说事儿,到时候皇上不能交底,势必叫您担待着,那怎么好呢!"她蹙眉道,"您树大招风,我怕您吃暗亏。"

他以为她糊涂,没想到看得却很透彻。他嗟叹:"娘娘对臣有这份心,臣为您受点冤枉气也心甘情愿。这事原不宜张扬,泰陵里出去人,外头是不会知道的。退一步说,就算走漏了风声也不打紧,您不是说我人缘不好吗!人最忌讳干什么都半拉,要么人人敬仰,要么人人得而诛之。索性恶名在外的,想得罪反倒要反复掂量，是不是这个理儿？"

"我知道，宁得罪君子，莫得罪小人。"她咧嘴笑，别看她一身重孝，年轻女孩儿脸上那份明朗火炽的神采怎么掩都掩不住。柔艳的红唇衬着细细的糯米银牙，他突然有了全新的发现，一种感觉破冰似的丝丝缕缕蔓延开，像领口的宝相花，勾绕缠绵，叫人心悸。

蓦地头皮一凛，似乎是哪里出了错。他慌忙转过脸看宫掖方向，转眼又是寻常模样，只道："娘娘别担心臣，臣若是这点事都办不好，也不能在东厂的位置上坐那么久。"

确实是操心得多了点，她诺诺道是："您的手段我知道，不过明目张胆总归欠缺，还是得编个幌子打打掩护。厂臣说我扮什么好？扮丫头？扮小厮？要不扮个马童也成啊！"她来了兴致，"我上东厂伺候您笔墨吧！"

他知道她打什么主意，耐着性子轻笑："要委屈娘娘，进臣府里以族亲的名义，这样不至于叫人起疑。另外娘娘的行动，恐怕也不能太过随意。臣受皇命，不得不谨慎行事。娘娘是善性人儿，不会不体谅臣的苦衷吧。"

她有些失望，但仍旧笑着应承："我省得，不会给厂臣添麻烦的。既然是族亲，那您管我叫娘娘就不对了，您还是叫我的名字吧！"又追着问他，"厂臣有小字没有？我在闺中有个小字叫濯缨，后来进了宫，就没那么多讲究了。"

沧浪之水清兮，可以濯吾缨。濯缨……他放在舌尖斟酌，像含了糖，又舍不得压在腮帮子底下，有点不知如何是好。

到底没应她的话，甬道那头的肜云过来了，他伸手接过包袱，对音楼微躬了躬身："请娘娘移驾。"

这么一来主仆两个都茫茫然，估摸着他的意思是没打算带上肜云，那哪儿成！音楼紧紧挽住肜云："咱们俩不能分开。"

他回身一顾，有点无奈："娘娘，您要全身而退，必然有个人要接替您，肜云留下最合适，也是她忠心报主的好机会。"

音楼是个重情义的人，其实换句话说是心眼儿实，她不会想到自己先出去，回头再来搭救肜云。她只知道要走一起走，要留一起留。虽然肜云是她进宫后才拨到她身边的，说话不太着调爱呲打她，可是朝夕相处，感情已经在嘴皮子上磨得很深厚了。

"这算什么？我们乡里有传闻，比方溺水死的要找替死鬼才能投胎转世，您是想让我学那个吗？"她不甚痛快地拉着脸，"肜云不能留下，厂臣不带上她，那我也不走了,您看着办吧!"

彤云闻言大为感动,眼泪汪汪地揪住她的手:"主子,您真是关老爷转世!"

她说:"关老爷和我住街坊,我义薄云天你今儿才知道?你放心,我到哪儿你就到哪儿。你不是说要仗着我的派头耍威风吗,我把你撇下了,你威风给谁看?"

肖铎脸上喜怒难辨,他静静听那主仆俩你来我往,觉得这二人恐怕是不好分的。也没见过这种相处的模式,谁也没把谁的身份当回事,倒比大难临头各自飞的夫妻还真切些。

"罢了,娘娘既然撇不开手,带着也就带着了。只不过臣告诫娘娘,牵挂得越多,弱点也就越多。"

音楼大喜,尚且体会不到他说的那些,忙扯过彤云努嘴:"还不快谢谢督主!哎,我早说督主是好人,看看,果不其然啊!这份心田,叫人怎么感激好呢!"

他不听她絮叨,也没受彤云的参拜,只管转过身在前面引路。

山里入夜起了薄薄一层雾,偶有岚风吹过,他袍角翩翩,隐约带起若有似无的一缕瑞脑香气,那么漫不经心又充满目的性,因为矛盾,渐渐显得有人情味起来。

大宫门在两山之间,从七孔桥下去还有一截神道,步行一刻钟方才抵达。

彤云搀着音楼踏出门槛,汉白玉台阶下停了一辆黑漆平头车,车楣上挑一盏灯,因为地势比较低,离得有点远,在漆黑的夜里光线模糊,只看见车前有一个穿青衣戴幞头的人静待着。想来肖铎是怕声张了,所以唯带一个驾辕的长随。

他挑灯前行,回头低声叮嘱:"台阶高,仔细脚下。"

音楼提裙跟在他身后,毕竟往常侍候过人的,也不是自顾自走。身子偏过一些,虽不来搀扶,却也小心翼翼地看顾。待到了车前替她打帘,肖铎和声道:"娘娘身上戴孝,未免叫人侧目。臣在车里替您准备了衣帽,娘娘换上好行走。"

音楼道了谢登车,车里宽敞,借着檐头的灯看,座上整整齐齐摆着一身衣裳,蜜合色遍地金褙子,底下是一条青金马面裙。彤云伺候她换好了穿戴,又来拆她头上的孝髻,因为黄杨木簪子别得太紧,两手拆得直打战,不住嘴地嘀咕着:"这晦气的行头,总算能够卸下来了。咱们到了外头不和宫里的事沾边,能松快一天是一天。主子您才进宫一个月,我足有八年没离开紫禁城了。我是七岁应选的宫女,起先在尚宫局困着,因为人不伶俐,跟在人屁股后头干了两年洒扫。后来分派主子,东一个西一个,前前后后服侍了十来位。我和您说,好些主儿是我看着一路走过来的,封了贵人封了嫔,可没一个待见我,让我做掌灯的差事,连夜添灯油。我以为这辈子就是困在永巷的命，没承想遇见了您，还有这福气跟您出宫走走，真是时来运转。等以后您发迹了，千万别像她们似的，奴婢如今一颗心都在您身上啦！"

音楼现在人挺放松，也有闲心打趣她："她们不待见你是你鬼见愁，也不能全怪她们，谁让你是个碎嘴子！不过你运道不错，跟了主子我，不说将来发迹，横竖饿不着。你没听见肖厂臣说吗，他那儿管饱啊！"

彤云感慨万千："肖掌印一定很有钱！"

这么点人生理想，只限于饿不着，其实也不用心寒，宫掖里本来就是这么回事。邺宫建成时面积并不大，后来迁都，才造了这么一所煌煌的紫禁城。地方广了，所需的人手也多起来，每三年一次征选宫女，只进不出，日久年深便堆积壅塞。到眼下算算，阖宫几万的宫人，一个顾及不到就听见哪殿哪所又饿死了人。当然妃嫔宫里是不会出现这种情况的，那里永远是一片晏晏笙歌的气象，哪里会被那些饿殍的骇人消息沾染到！也只有她们这些塔底的人，才会为了生计发愁。

两个人在车里都布置好了，彤云爬过来在她身边倚着，悄声道："主子，咱们什么时候再回宫去？"

音楼茫茫然看着车顶："怎么？刚出来又想回去？"

彤云说不是："咱们要好好算计算计，如果回了宫，皇上怎么安排您。"她在音楼耳边说着，咻咻的鼻息喷在耳郭上，"如果一定要回去，您只能顶着太妃的名头留在寿安宫吗？到时候可不是和关老爷住街坊了，是和荣安皇后。"见她还是一脸迷茫，索性说得透彻些，"您说后宫里谁的权力最大？"

音楼琢磨了下："皇上。"

"皇上管着前朝，后宫是家务事，他老人家除了及时行乐，吃喝拉撒的事儿未必上心。"

"那就是皇后。"她觉得非帝即后，这下子总靠谱了，"国也同家，皇后母仪天下，是内当家。"

彤云慢慢点头："话虽如此，但是皇后也分人，有人干得风生水起，有人干得灰头土脸。"看她还是稀里糊涂的，最后终于不耐烦和她兜圈子了，她这人一时清醒一时糊涂，你说她笨，要紧的时候来得聪明；要说她聪明，举例子三句不离"我们乡里"，太长远的东西考虑起来唯恐费神，一心只看脚前这一小块地皮。彤云手卷喇叭和她咬耳朵："奴婢这么跟您说，横竖您要跟着皇上的，咱们何不挣个体体面面的头衔？庶母儿媳妇，庙里转一圈就跟镀了金似的，回来没有不另外晋封的。您好好巴结着外头那位，以前荣安皇后掌事，肖掌印靠她起家不能对她怎么样，如今他根基稳固了，新皇后都少不得看他三分脸色。您使出浑身解数抱紧他的腿，要是叫他对您另眼相看了，宫里就没人敢欺负咱们。日后别说吃香的喝辣的，就是横着走，也没人能拿您怎么样。您想想，大伙儿一块吃席面，分派螃蟹的时候您的蟹盖儿比人家的大一圈，您心里痛快不痛快？"

音楼本来是个无可无不可的散漫人，但是这种实质性的对比放在眼前，也能知道彤云的话是金玉良言。她点头不迭："我明白你的意思了，可我会的东西不多。做菜不行，我只会吃。诗词歌赋倒略懂些儿，不过人家是干实事的人，不一定有那闲工夫对月吟诗。要不推牌九？我在闺里和人取乐，每回都大杀八方，牌技还算了得。"

彤云忍不住扶额："您还有别的长处没有？除了赌钱掷骰子，就没有一点和妇德妇功沾边的吗？"

她讷讷道："绣花裁衣裳我也会，可那个费工夫，袖口领口三镶三绲，再加上膝襕行蟒，那要弄到多早晚？"

确实，太费时候，别等进宫还没能把东西送出去，那所有的努力都打水漂了。彤云这会儿也不知道怎么和她说，其实早年宦官管束还很严，到了近几朝因为司礼监、御马监的权力越来越大，太监们行事也日渐跋扈，外面甚至有宫监抢人妻女的事发生。真像别人那样舍得下脸，两头都不放松，才是稳当的保障……罢了，毕竟是底下人，挑唆着主子往邪路上走未免不像话。横竖车到山前必有路，倚仗也是互相的，单靠讨好毕竟不成事。

泰陵离城三十里，夜路难行，走得也慢。车轮在黄土垄道上辘辘前行，间或遇见石砺便老大的一个颠簸。音楼坐不住，拧过身子开窗往外看，皓月当空，肖铎策马走在前头，马背上的身形劲松一样。她倚窗看了一阵，再隔许久回想起来，赏心悦目之余也另有彷徨在心头。

"厂臣，"四周沉寂，她唤他，声音低低的，唯恐太唐突破坏了那份宁静，"今晚咱们赶得及进城吗？"

肖铎拉了马缰放缓一些，和车身齐头并进，略矮了矮身子好看见她的脸，复四下探看，淡声道："照现在的行程，天亮前进城不成问题。只是劳累娘娘，夜路不像白天，走起来费时费力些。娘娘乏累了就打个盹儿，估摸着两三个时辰便到了。"

"明儿一早你还进宫吗？一夜不睡，太辛苦你了。"

他眉眼恍惚，也看不清是什么神色，只说："不辛苦，臣是食君之禄忠君之事。万岁爷近日军机事务忙,尚且没有时间顾及娘娘,请娘娘少安毋躁,在臣府里安生荣养。臣料着也就是两三个月的事,等得着时机在皇上面前提一提,娘娘进宫也就在转眼之间。"

她不想进宫,嗫嚅了下,终究没能出口。

他匆匆在她脸上一瞥,月光淡淡笼着那精巧的五官,刚才的话没有在她心里留下什么痕迹。对于进宫她似乎并不期盼,他试探道:"娘娘有心事,不妨和臣说说,臣能尽绵力的,替娘娘周全也就是了。"

她笑着摇头:"厂臣帮我好几回,这趟又要在府上叨扰,我心里过意不去,怎么好再给您添麻烦。进宫的事原本就没有什么疑义的,但是平心而论,似乎也不那么着急。厂臣不必在万岁爷面前进言,我想……"她皱着眉略沉吟了下,"如果他想得起来,那是最好;如果想不起来,我隐姓埋名自谋生路去,也没什么要紧。"

肖铎心里明白,她的那句"想得起来最好"不过是场面上的托词,剖开胸膛说实话,她更趋于后者吧!他不由得发笑,一个女人想自谋生路,靠什么活下去?

"真要放娘娘自去,市井凶险不亚于朝堂,只怕没有立锥之地。"迎面风沙吹来,他眯起了眼,婉转笑道,"再说娘娘口口声声要报臣的恩,要是就此去了,臣的利钱怎么讨回来?臣还等着娘娘一鸣惊人,将来仕途上多提携臣呢!都到了这一步,临阵撒手岂不可惜?娘娘不懂,您生于富户,没见识过外面的苦日子,臣略长娘娘几岁,遇到的饥荒,这辈子都忘不了。"

音楼有点好奇,追问他:"厂臣的见闻,不妨说来听听?"

他略顿了下,仿佛触及旧伤,肋下隐隐作痛,缓了半天才道:"天佑八年,臣的老家遭过一场蝗灾,那时候臣才十岁,一夜之间庄稼叫虫吃光了,第二天一家人对着见了底的黄土地,哭得气儿都上不来。地里没收成,租子照旧要缴,这些都是后话,最要紧一宗是缺吃的。蝗虫所到之处,连树皮都啃光了,老百姓手里没有积谷,个个饿得两眼发花。娘娘知道蝗虫餐是什么滋味儿吗?烤着吃,炸着吃,炖着吃……吃得你犯恶心,连肠子都吐出来。可没法子,吐了还得吃,不吃没活路。后来爹妈相继死了,臣就是那时候和兄弟沿路乞讨进的京。"

音楼被他一席话说愣了,没想到他有如此凄苦的出身。蝗虫餐,单是听他描述就让人寒毛直竖。她无法想象像他这样雍容的人,低头吃虫会是怎样一幅情景。她咽了口唾沫,勉强道:"难怪我上回问起府里的人,您说都不在了呢!那么厂臣背井离乡,后头的日子怎么料理?"

怎么料理?人人都叹他权势滔天,却没人看得见他曾经经受的那些苦厄。也不知怎么了，今天有精神头和她说这些，人总需要倾诉，他也一样。不过平时是冷而硬的一块铁，今天裂了道口子，像黄河决堤了似的，把堆积的东西都抖搂出来了。

财不露白，享福还需遮掩，吃苦却没什么好隐瞒的。他微仰起脸，清辉照亮他头上的金冠，他也无甚悲喜，喃喃道："我们无亲无故，来了只能做叫花子，跟着五湖四海逃难的人走街串巷。白天敲着破碗到处乞讨，晚上在胡同里蹲着，有块破草席遮头已经觉得很满足了。就这么流浪了两年，有一天在街口卖呆，来了个太监在人堆里挑拣孩子，说有赚钱的买卖便宜我们……"他轻轻一笑，似乎也没什么怨恨，净身这件事儿，轻描淡写就越过去了，"虽然进了宫照样受人欺凌，但是总算比外头强得多。可是做太监，也要处处留心眼儿。一拨里的人死了好几个，剩下的不知在哪个犄角旮旯里做下三等，只有我跌跌撞撞爬上这个位置……为什么？因为我比别人肯用心。乾清宫、养心殿，我趴在地上擦金砖，每道砖缝摸过去，连哪块铸得空、哪块铸得实，我都知道。"

说了这么多，早就扯远了，一向谨慎机敏的人，今天滔滔不绝起来，连前面驾车的千户也觉得纳罕。他却不以为意，转了个大圈子话又说回来："臣絮叨半天，不过是想让娘娘明白，外头日子不好过。沾染过富贵的人，由奢入俭难，只有宫里才是最好的归宿。"

音楼只知道傻傻点头，没有对他的劝解大彻大悟，单一心记挂着他的遭遇。似乎他遭人诟病的行事作风，通过这些痛苦的洗筛，都可以得到谅解了。

从见第一面到现在，肖铎和她说的话加起来也不及今天的多。她以前只觉得他远，对他总怀着莫名的矛盾心情，一半鄙夷一半敬畏，一半感激一半防备。他的磨难像陈年的疤痕一样，应该都藏在张牙舞爪的行蟒底下，可是他说出来了，原来也不是那样光芒万丈。苦出身，反而让人觉得更易亲近。

"我明白您的意思，这么一说，我似乎太不知天高地厚了。"她有些愧疚，悻悻道，"厂臣一定不愿意提起以前那些事，我听着也不好受。您瞧都是我的错，叫您心里不舒坦了。"

他骑在马上目视前方，平静的侧脸依旧波澜不惊："娘娘言重了，臣心里并没什么不舒坦。过去的事就像风里扬灰，如今对我来说没有任何意义。我只向前看，希望娘娘也是一样。"语毕又拐了个缠绵的弯儿，温煦笑道，"娘娘今日既进我府邸，我没有亲人，就拿娘娘当半个自己人了。交些底，也是示好的意思，所以往后娘娘所思所想，也当不和臣隐瞒才好啊！"

原来是等价的交换,也许那些过去的岁月对他真的不重要吧!太痛苦急欲丢弃,于是拿来做交易,最小的筹码换取最大的利益,是稳赚不赔的好买卖。音楼说不出心里是种什么滋味,含笑点头,也没了再交谈的欲望,摆正身子,把窗扉合了起来。

耳畔依旧是嗒嗒的马蹄声,不紧不慢,伴着车轮的吱呀声缓缓前行。夜也深了,她有点累,便靠着彤云打起了盹儿。

三十里路,打马疾行一个时辰能走完,但是赶马车,速度就慢了一半。将近阜成门,凝目远眺,茫茫夜色里城墙巍峨,巨大方砖堆叠的城池像浓得解不开的乌云。城头两掖挂着合抱大小的白纱灯笼,灯下有人交叉巡视,甲胄上铜片相撞的细碎声响随风隐约传来。

千户云尉立在辕头看,低声道:"今晚是张怀带班轮值,这人啰唆,少不得要兜搭两句。"

肖铎嗯了声,戴上幕篱道:"他要例行盘查,做做样子就罢了,谅他不敢刁难。"

云尉道是,扬鞭低喝一声,马车渐渐到了城下。抬头看,门洞上方的石匾上雕着一枝梅花,老干婆娑,这是九门里唯一有些诗情的门楼。阜成门历来是走煤车的,煤同梅,也不知哪一代的皇帝有这雅兴,给这阴冷的驻防添上了如此神来的一笔。

如今京城警跸[1]的军队都有很细的分派,原来守卫门禁是由锦衣卫执掌,近来人员调动频繁,又逢新帝登基,便交由五军都督衙门指派御林军打点。肖铎的东厂和锦衣卫有很深的渊源,东厂门下掌班、班领、司房都是从锦衣卫里抽调的骨干,可以说是同荣同辱的两个机构。但五军都督府就不一样,无甚大的利害关系,交情便也平平。

不过肖铎就是肖铎,不管有没有交集,只要名号亮出来,没人敢不给他三分薄面。

御林军班领压着腰间雁翎刀走到马前,抬手高声喝止:"站着!什么时辰,愣头就闯?"提灯一照倒又笑了,"原来是云千户,这三更半夜的,东厂又有公务要办?"

云尉道:"正是呢,所以要请张军门行方便,开启城门放我进去。"

东厂进出,没什么白天夜里之分,但是略做查验还是必要的。张怀往车上看,

---

[1] 为古代帝王出入时清道止行。

直棂门闭得严实，里面吊着帘子，探不出什么虚实。他又转脸看骑马之人，锦衣曳撒，头戴幕篱，面孔隐匿在黑纱之后，也是影影绰绰看不清楚。他冲云尉拱了拱手："敢问云千户，车上载的是什么人？请千户打开车门，等验明了即刻放行。还有马上这位，或有腰牌请交张某查验。张某职责所在，得罪之处还望海涵。"

马上的人倒也爽快，摘了腰间牙牌扔过去，笑道："张军门恪尽职守，这份秉公的做派叫咱家敬佩。"

张怀愣了愣，面纱后的嗓音清朗如金石之声，和他们这群赳赳武夫大不相同。再看勒缰的双手，灯影下细洁得像白瓷一样，坐在马上那份居高临下的气势，除了皇族近亲，大约只有司礼监的掌印了。

他很快扫了腰牌一眼，分明雕着篆书的"提督东厂"四个大字。冰冷的牙牌瞬间烧灼起来，他握在手里像握了个烫手的山芋，忙双手高举呈敬上去："不知厂公驾临，卑职唐突了。"

肖铎撩起面纱道："车上是我家眷，日里朝中事忙腾挪不出时间，只有连夜迎回府里。"说罢嘱咐云尉，"把门打开，让张军门过目。"

张怀吓了一跳，忙道不必："既然是厂公内眷，还有什么可验的。"躞身命人开城门，揿手让道，"厂公请。"

肖铎对外人向来和蔼可亲，抱拳回了一礼："今儿夜深了，待改日得空再请军门小酌几杯。"说完拨转马头便飘飘然去了。

几个御林军围拢过来呆呆目送，张怀从牙缝里挤出几个字来："娘的，这是个什么妖怪？"

边上人看西洋景似的凑趣："以前常听说肖铎如何心狠手辣，没想到长得这标致模样，偏又是个男人，要是个女人还了得？"

另有人掩口葫芦笑："不打紧的，横竖缺了一块，男女都相宜的。"

他们胡天胡地嚼舌头，张怀却很忌讳，两眼一瞪叱道："仔细了，嘴上没把门的，别回头怎么死的都不知道！都愣着干什么？嚼你奶奶的蛆，还不给爷站班儿去！"

众人一凛，方想起来那位仙子似的人物是干什么吃的。东厂暗哨无处不在，万一传到他耳朵里……东厂大门大开着，随时欢迎你进去逛逛。

那厢车轮滚滚，很快拐上了府学胡同。再往前赶一程子，肖府也就到了。

肖铎下马来开车门，打帘往里头看，那主仆俩睡得迷迷瞪瞪的，听见响动才睁开眼。音楼不是审慎的人，对他也没有戒心，倒是个随遇而安的好性子。他伸出手来："到了，下车吧！"

她犹豫了下才把手放进他掌心，他手指微凉，反而衬得她分外温暖。跳下地立在他身侧看，彤云说得没错，他敛财应当很有一套，这府邸是新建成的，高门大户，檐头挂东厂提督府牌匾，很是气派豪华。

他指了指台阶下的两排仆婢，直白道："这些人供你驱使，她们哪里做得不好只管打杀，不必回我。"

音楼听得发怔，那些人不知道受了他多少调理了，都屏息敛神上来请安，两手一压蹲身道："见过娘子。"

他没给她时间回话，攥紧的手也没有分开，手腕一转把她的胳膊架在手背上，平稳托着，哈腰道："寒舍简陋，慢待娘子了。请娘子随臣来，后头辟出了个院落，地方还算清静，臣领娘子过去看看。"

音楼有点奇怪，他虽然改口呼她娘子，却仍自称臣。当下也不好多说什么，只乖乖跟他进了大门。

彤云被带去认地方了，肖铎独自领她缓行，过了垂花门，里面别有洞天，一条曲径通幽的抄手游廊在假山楼阁间回旋，把这春景勾染得更显层次了。

她低低"呀"了声，撒开他的手奔到院里的一树梨花下。这树异常高大，枝繁叶茂，看树龄足有百余年了吧！树底下挂着几盏红纱宫灯，白洁的花瓣染上了淡淡一层水红，风一吹簌簌落下来，辗转飘出去几丈远，把树冠下的这一片都铺陈满了。

她仰起脸，偶有花瓣从颊旁滑过，香气凛洌。她回过身看他踏着落花而来，笑道："我一直想有一棵这样的树。六岁的时候在集上买了一株苗，回来种下了，天天蹲在边上看，就盼着它早早发芽，早早开花。我那时以为多浇灌就能让它长得快些，谁知道根须汪在水里，后来淹死了，害我难过了好一阵子。"

他背着手往树顶上看，灯下长身玉立，风姿卓然。脸上表情平常，眼里却有疏淡的笑意："这梨树是年下从别处移栽过来的，我以为经过一趟颠簸，今年恐怕要误了花期，没承想还能开得这么热闹。只可惜了，原本要移来两棵的，另一株经历一个寒冬，没等挖掘就冻死了，剩下的这棵孤孤单单，不知道还能茂盛几个春。"

她说："没关系，可以再种几棵，等上三年五载，怎么都能开花了。"

他是讲究效率的人，摇头道："花那么多时间，终不及现成的来得好。我明儿再命人出去打探，挑长成的移植过来，把园子打扮成个梨花林，你说好不好？"

她欣然应了，并没有看他，目光流连在花间枝头。他静静端详她，红色的火光透过绡纱照亮她的脸。她脱了孝，换上他准备的衣裙，并不十分艳丽的颜色，却有别样的灵动和跳脱。

一片花瓣落到她头上，他让她别动，替她拿下来。薄削的嫩蕊在他两指之间，他略凝视，把它含进了口里。

他有丰泽的唇和微扬的唇角，音楼看见他的动作，霎时飞红了双颊。这花好月圆的夜，人心变得柔软了似的，可他这样佻挞，就算知道他是个太监，也不禁让人浮想联翩。

他神情餍足，眯着眼，慢慢咀嚼，仿佛在品尝美味。音楼靠过去，狗摇尾巴似的问他味道怎么样，他长长唔了声："好！"

她没吃过花，以前常听说有美人以花消遣，吃了能遍体生香。她也有些跃跃欲试起来，往上一纵摘下一朵，然而摇动了花枝，弄得落英满头。她也不在乎，摘下花瓣牛嚼，边嚼边品，慢慢皱起了眉头，咂嘴道："你哄我吗？我怎么觉得是苦的？"

"同一棵树上结的果子还有酸甜的差别呢，花就没有吗？你运势不好，摘得不讨巧。"他转过脸笑，又在她头上捏了一片下来，"尝尝这个？"

她听了忙来接，他却高高一扬道："转了手就不好了，还是让臣代劳吧！"

音楼是个傻子，她居然信了！见他递过来张嘴便接，他的指尖就势在她唇上一抹，眼波流转间收回手伸舌舔了舔，说不尽的妖娆魅惑，慵懒笑道："臣猜得没错，果然是甜的！"

音楼捂住嘴，面红耳赤地嘀咕："厂臣你正经些，不能这么调戏我，我可是很有脾气的人！"

有脾气的烂好人吗？他不以为然："娘娘这话就言重了，臣是太监，太监怎么调戏人呢？就是叫顺天府来断，也不过是个媚主的名儿，娘娘道是不是？"

"不是。"她回答得很没底气，细语重申，"我来你府上是暂住，你不能对我……动手动脚。"

"动手动脚？"他的表情简直像听了笑话，"臣对您动手动脚了吗？您忘了臣不是男人？既然不是男人，有些肢体上的接触，其实也无伤大雅。娘娘知道什么叫动手动脚吗？"

他的视线在她肩头领口乱溜，吓得她抱住胸退了一大步，颇为防备地斜眼乜他："你摸我嘴了，就是动手动脚。"

肖铎听了无奈摇头："娘娘果然见识得太少，这样可不成。往后您是要随王伴驾的,这么一点儿小动静就让您慌了神,回头皇上瞧来难免怪罪臣不尽劝谏之职。"他抚抚下巴琢磨起来,"宫里娘娘受人服侍泰然自若,那才是四平八稳的帝王家做派。您日后既要回宫,前途自是不可限量,揪住这些小细节,岂不是大大的上不得台面?既这么,臣对娘娘日常的看顾还是不能少的,一定得闲就来娘娘院子里瞧瞧。底下人偷奸耍滑,侍奉起来恐欠仔细。比方梳头、沐浴、更衣……"他笑得宛若骄阳,"臣虽愚钝,这些却都得心应手。娘娘要是不嫌弃,臣来伺候,比那些人要周全百倍。"

音楼被唬得目瞪口呆,还要伺候沐浴更衣?宫里娘娘们洗澡难道都用太监吗?这个肖铎满嘴跑骆驼,她不能信他!

花瓣纷飞,在他们之间簌簌飘荡,音楼突然生出些良辰美景奈何天的感慨来,也未及细想便道:"有彤云,就不劳烦厂臣了。您这么大尊佛,屈尊来伺候我,没的折了我的寿。"又笑了笑,"再说我不大喜欢和旁人接触,这是从小就有的毛病。"

"认生吗?娘娘这毛病是胎里带来的,不好治啊!不过不要紧,熟络了就好了。"他慢慢踱到她面前,把她交叉在胸前的双手拉了下来,"娘娘大节端方,这样的动作不雅,往后不能再用了。若是有人存心来轻薄您,单凭两只手是阻挡不住的。娘娘只需记住臣不是男人,娘娘在臣面前用不着遮掩。臣这样的身子,就算对您有些想法,又能拿您怎么样呢!"

他咬字清晰,一递一声在她耳边说,像凿子用力镶刻在了她脑仁儿上。他一再声明他是无害的,一再说自己不是男人,这话在音楼听来实在悲哀。她耷拉着嘴角叹气:"厂臣不要妄自菲薄,在我眼里您和那些堂堂须眉无异。命是天定的,您只是吃了出身的亏。那些话……自己叫自己难受,又何必说出来呢。"

他有片刻怔愣,苦笑道:"难不成娘娘还拿臣当男人吗?臣的这一生已经毁了大半,无家无室、断子绝孙,说不说都是一样。"

她垂手站在灯笼前,蹙眉道:"如果能重来一回,您后不后悔进宫?"

他认真想了好久:"不进宫,还在老家种那几亩薄田?每天吃了上顿没下顿?"

音楼觉得发展的空间其实很大,也不是非得面朝黄土背朝天。她咂嘴咂舌:"以您的相貌,还愁没饭吃?好些地方请堂客,光陪人喝酒猜拳,活儿不累人轻省,干得好的下回场子比花魁娘子还值钱。我和您说,我们那儿有家酩酊楼,里头有位连城公子,每回出游街口堵满了人,都是为一睹公子风采的。有一次花朝节我也去凑热闹了，远远看了公子一眼，看完的确叫人魂牵梦萦，可如今和您一比……啧啧，他连厂臣的一个指头都不及！所以您只要舍得一身剐，什么都不用干，站在那儿就能来钱。"

肖铎不知她哪里寻来的这些说头，慢慢眯缝起了眼："娘娘这是在教臣学坏。"

音楼莫名地看着他，心道你已经够坏的了，还需要别人教吗？不过这话打死她也不敢说出口，装样儿谁能和他比高低？她悻悻败下阵来，摸着鼻子道："没有，我就这么一说，厂臣听过便罢了，别往心里去。"

他却细细斟酌起了她的魂牵梦萦："那位连城公子样貌不及我？"

音楼连连点头："不及不及，厂臣风华绝代，连城公子比您差远了。"

"差了那许多还能叫娘娘魂牵梦萦，娘娘真是没挑拣啊！"他垂着眼睫拭了拭腕上珠串，"不过臣在想，娘娘话里是否另有寓意？莫非娘娘对臣肖想已久，却碍于身份不好明说，所以假托连城公子的名头，好叫臣知道吗？若果真如此，臣想想，娘娘早在悬梁那天，就已经被臣的风姿所折服了吧？"

他脸不红心不跳地说出这番话来，说完好整以暇地打量她，把音楼弄得张口结舌。

究竟是有多大的自信才能做到这一点啊！她眨眨眼，调过视线看花树："梨花花期短，这么谢法儿，估摸着再有个两三天就落尽了。"

她顾左右而言他，他的笑容有点悲哀。她和皇后不同，皇后目标明确，要什么一门心思只求达成。也许因为她还太年轻，不懂得里头周旋的妙处。不过常逗逗倒是挺好玩，她不傻，当然明白里头的玄妙，可惜碍于太稚嫩，使他有种难逢敌手的孤独感。

"夜深了。"她抬眼四顾，"大约快丑时了，厂臣早些回去安置吧，明儿还要入朝。"

他以前常忙于批红彻夜不眠，丑时对他来说不算太晚。况且眼下又有她在府里，说话取笑，更不觉得时间过得快了。不过怕她累着，他仍旧低低应了个是："娘娘颠颠半夜，也是时候该安置了。臣送娘娘入园，横竖没什么事儿，明天晚些起来，再叫她们领着四处逛逛。"

她笑着说好，这么交谈才是上了正轨，像刚才那样胡扯太不成个体统。音楼心里暗暗揣摩，不知道他在皇后跟前是不是也这么卖弄，抓住话把儿紧盯不放，直到把人逼进死胡同里，叫她这样下不来台面。

宫里的娘娘，走到哪儿都要人托着胳膊，这是一种排场，渐渐也成了习惯。他仍旧来搀她，她略顿了下，还是把手交给了他。

他引她上了湖旁小径，过月洞门，眼前豁然开朗。那是片极大的屋舍，直棂门窗、青瓦跷脚，廊庑底下四根大红抱柱，乍看之下颇有盛唐遗韵。她侧耳细听，有风吹过，檐角铜铃叮当，也不是多聒噪的声响，是细碎的一长串，很是悠扬悦耳。

园里几个丫头提着桶在台阶下走动，上夜有专门的灯座，半人高，石头雕成亭子模样，四面用竹篾撑起桐油刷过的细纱，既防风又能防雨。灯亭里的油灯是整夜不灭的，所以每隔一个时辰就必须有人添灯油。彤云以前在宫里就干这差事，提起来咬紧槽牙恨之入骨，现在当然是避之唯恐不及。

音楼进门的时候彤云正对插着袖子旁观，看见她忙上前来接应，笑道："奴婢算开了眼界了，先头跟着绕了一圈，脑子到现在还晕乎乎的呢！督主这宅子真大，处处都是景致，真漂亮啊！"

肖铎瞧她是音楼的丫头，待她也算和颜悦色，只道："你又不是东厂的人，也叫督主吗？"转过头叮嘱几个婆子，"好生伺候着，不许有半点怠慢。"说完对音楼哈腰打躬，"娘子安置，臣告退了。"

音楼欠身让礼，目送他出了院门才进屋。

房里帐幔堆叠，一层层的锦绣，一簇簇的妆蟒，这么像样的闺房，她只在音阁那里见识过。仆婢掌灯请她进卧房，打帘进去就是巨大的一张紫檀拔步床，乌黑油亮的木质，精雕细刻的人物鸟兽缠枝纹样，单单这么个木工活儿，挑费恐怕也巨万。

"难怪好些人甘愿净身入宫，看看，真是穷奢极欲！"音楼摸了摸银杏杏金漆方桌，这一屋子细木家伙真叫人肝儿颤哪！她突然笑了笑："不过我喜欢！"

彤云从外面接了个三脚红漆木盆进来，隔着袅袅白烟招呼她洗漱，又道："这样精雕细琢的东西谁不喜欢？所以肖掌印合您脾胃。想想奴婢家里的兄弟们，里头小衣明明有富余，情愿发臭都不换，难怪都说臭男人呢！您瞧肖掌印就香喷喷的，大约只有太监能这么精细。"解了她领上葡萄扣儿又解中衣，拧热帕子来给她擦背，问她，"我先头左等右等您不来，哪儿耽搁了？"

音楼想起肖铎那手戏弄人的功夫耳根子发烫，含糊敷衍着："没什么，经过一棵梨花树，看了会儿落花。"

"呵，三更半夜看花儿，您二位真好兴致！"

音楼摊着两臂让她左掏右挖,都擦完了换水洗脚,一面对搓着脚丫子一面道:"你进园的时候没看见那棵树吗?估摸有百来年了,花开得密密匝匝,要是树龄短,开不出这么些来。我经过那儿都走不动道儿了,这府里的人也懂美,怎么好看怎么装点。白花下头挂红灯笼,衬起来真可人意儿。"

"宅邸大,不知道有几条道儿呢,我来的时候并没有见着。"彤云道,"太监那类人,最爱弄些诗情画意的东西来讨好主子,要是自己有花园,当然怎么喜欢怎么打点了。只不过肖掌印倒是一点儿不忌讳,他权大招人眼,府邸弄得这么富丽堂皇,不怕那些言官弹劾吗?"

"弹劾就对骂,以他的口才还怕骂不过别人?有多大的脑袋戴多大的帽子,他这宅子好像是大行皇帝赏赐的,别人拿来较劲也说不响嘴。"音楼不为这些忧心,肖铎捏着批红的权,内阁的票拟要到皇帝面前必先经过他的手,拟奏弹劾他,他比皇帝还先一步知道呢,谁有那个胆儿!做人做到这么猖狂,可算登峰造极了。一般坏人都很难扳倒,要是轻而易举就解决了,这世道不就河清海晏了嘛!

洗完了上床,褥子早熏过了,又香又软,和泰陵里天壤之别。音楼折腾了这么些日子,今儿可算能够适意睡一觉了。撩帐子往外看,对彤云道:"我明儿去问问他,看闫苏琅的宅子在哪儿,他要是答应,我想去瞧瞧李美人,不知道她现在好不好。"

彤云往她值夜的床上一躺,瓮声咕哝:"自己这头才太平就操心别人……我听说肖掌印不常回府,他没家没口的,在衙门里也凑合。您且等他回来再说吧,不知道什么时候呢!"

这么的也没办法了,音楼叫吹灯,各自安置不提。

音楼在肖府被奉若上宾,因为府里主子不常在,又没别人要伺候,如今她一到,下人闹不清原委,自然百般尽心。

肖铎真是个体贴入微的好太监!音楼对着他派人送来的金银角子直乐,袋口揪拢了提溜起来约分量,对彤云笑道:"估摸有二三十两,这下子咱们有钱了。"

先前真穷得底儿掉,在泰陵里虽然狐假虎威,但一毛不拔还是不成的,她最后压箱底的那几两银子还是全供出去了,摸摸荷包儿,比肚子还瘪呢!如今到了这儿,一下子就又富余起来了。她知道肖铎的意思,深宅大院别愁花不了钱,下人们往来,打赏做脸还是需要的。没的叫人说新来的娘子小气,当面不好排揎,背后少不得指点。

近前服侍的人见者有份都发了赏，音楼又觉得不大好意思："你看咱们在肖掌印面前穷出了名，八成是高从多嘴说咱们到处赊账，他都知道了，才打发人给咱们送钱。"她捂住了眼睛，"往后可没脸见他了。"

彤云开解她："没事儿，您连命都是他施舍的，再施舍点钱财，那也不算什么。"见左右没人，又道，"您别当他这些好处是白扔的，肖掌印行的是长远之计，他瞧准了您就是个矿，开出来最次也有狗头金，到时候还愁不能连本带利收回来吗？就跟地主放账似的，年底一块儿结算。地主、督主一字之差，实际也是个差不离。"

彤云世事洞明，音楼也心安理得起来，横竖欠了就还，他以后若有用得上她之处，她竭尽全力也就是了。月洞窗外凤尾森森，她站在窗前看了一阵子，想起了家里人，叹道："我进宫，弄得要死要活的，那么长时候了也没人来探我，大约都当我去了吧！"

她的根底彤云都知道，她的确是步太傅家的小姐，不过不是嫡出，是庶出。她母亲在她六岁时过世了，她就记在正房太太名下养活。那位太太自己有个女儿叫音阁，比她大半岁，谈不上飞扬跋扈，但处处占优，这也是人之常情。音楼就那么窝窝囊囊地长大，长大后恰逢宫里选秀女，又窝窝囊囊地替音阁进了宫。说起来还是有些辛酸的，不过她倒没有怨天尤人，就像摔了一跤把脑子摔坏了，不高兴的事全忘了，仿佛从来没有受过委屈，管大太太叫娘也叫得心甘情愿。只是难过的时候想家了，等不来慰藉，自己爱站在窗前愣神。愣着愣着愣红了眼，就说风里夹沙眯了眼睛，三句两句玩笑一说，就带过去了。

那会儿才进宫，要提防的人多，不敢让别人知道步家拿她顶替嫡女。现在在肖府，就算肖铎摸清了底细也不打紧，因为皇帝瞧中的是她的人，和她的出身没什么相干。

"您别再惦记那个家了，往后咱们好好的，混点出息来给他们瞧瞧，叫他们进京跪在您跟前磕头，求着管您叫姑奶奶，咱们还不愿意搭理呢！"彤云愤愤道，"我们家那会儿是太穷了，那么多孩子怕养不活，才把闺女送进宫的。但凡手上灵便的人家，哪个不想法子躲人头儿？您家倒好，老太爷在朝中为官，能不知道皇上病势沉疴时选秀是为什么？还让您顶替嫡女，这不是把您往火坑里推吗？您不是太太养的，难道也不是他养的？"

音楼不爱记仇，因为总能发现点别人的好处，她垂着嘴角道："我爹不当家，家里都是太太说了算。我爹人很好，我上京城，他心里难过，送了我很远。"

那么一点恩德，亏她逢人就说，傻乎乎地感动了那么久。彤云哂笑："那是他对您有愧，既盼着您能有个好位分，又忧心您前途未卜。死了终归还是心疼的，毕竟是自己的骨肉！"

这人这么不留情面，音楼直瞪她："你不能叫我好过点吗？"

彤云忙着给鸟儿倒食水，根本没空看她："您别装样儿了，其实心里都知道，装傻充愣糊弄自己呢！"

说得也是，音楼看着糊涂，其实她可聪明了。但是人活着，糊弄不了别人再糊弄不了自己，那日子没法过了！总要自我麻痹一下，安慰自己至少父亲是疼爱她的，要不她魔怔了，记恨上全家人，那活着也没意思了。

她们正说着，门外有人迈进来，没来得及换衣裳，还穿着宫监的月白蟒袍，两手背在身后，操着单寒的嗓音斜眼道："真是一出好戏，没想到娘娘居然不是步太傅的嫡女，这样贸贸然进宫，要是给查出来，可要祸及满门。娘娘恨不恨他们？要是恨，臣一本参上去，叫步氏把那个逃避选秀的女儿送进泰陵守陵，您就可以正大光明地进宫受封了，如此一来岂不两全其美？"

主仆俩一看是肖铎来了，彤云忙蹲身行礼，他摆摆手叫免了，自己对音楼唱了个喏："给娘娘请安。"

音楼吓成了雨天里的蛤蟆，愣在那里半天，讶然道："厂臣这么早就回来了？"

他笑道："这府邸建成有半年了，我在这里逗留的时间不超过三天。眼下娘娘在我府上，不瞒娘娘说，肖某归心似箭。"

他嘴上占便宜也不是一回两回，不叫她局促誓不罢休。音楼老实，果然规规矩矩飞红了脸，可也一时顾不上，期期艾艾道："咱们先不说别的，您刚才说要具本参奏，还是不要吧！我一个人遭罪就算了，音阁都许人家了，让她太太平平嫁人，别去祸害她了。"

"自己弄成了这样，还管别人死活？"肖铎旋过身，捋了曳撒在圈椅里落座，底下人敬献了茶，他翘起小指捏着雨过天青的杯盖儿，眼波在她脸上兜了个圈，含笑道，"我可不信您一点儿怨恨都没有，心里有恨就发泄出来，臣不会坐看您受委屈，只要您一句话，管叫步氏好受。"

他的笑容里有阴狠的味道，他知道自己不是在开玩笑，她若是同意，明天就能把步驭鲁一门挫骨扬灰。

她惶惶摆手："不不，那是我的根基，你把步氏毁了，我算什么呢！我的那点私事上不得台面，不敢劳动厂臣费心。再说吃亏也不是一回，我早习惯了。"

他嘴角的嘲弄遮挡在茶盏之后，曼声道："娘娘心地真好，情愿自己吃亏也要成全别人，您的嫡母和姐姐可念着您的好处？只怕别人正舒舒坦坦受用着吧！"

这话自不必说，她们能感念她才是日头从西边出来了！她也有点气恼，不过一霎儿又想通了，坐在炕沿嘀咕："她们待我是不怎么好，可也不怎么坏。我在家时没克扣我吃喝，穿衣打扮也过得去，为这么点小事就把人怎么样，我心里会不安生的。"

彤云讶然道："这还小事哪？您是好了伤疤忘了疼啊！您忘了您挂在梁上做腊肉啦？要不是肖掌印，您这会儿已经入土为安啦！"

"那不是没死吗？！"她献媚地冲肖铎笑笑，"我也是因祸得福，如果没进京来，我也不能认识厂臣您啊！可见一切都是命里注定的，我不怨家里人，还要感激他们呢！"

既然她自己不在意，他也没什么可追究的，笑道："娘娘果然会说话，这么一来倒是臣多事了。也罢，打断骨头连着筋，臣也知道里头的难处，不提便不提吧！"又问，"娘娘用饭没有？臣那里置办了席面，请娘娘赏臣个脸面？"

他笑吟吟的，打商量的语气，手却已经递到她面前了。如此这般，音楼不能拒绝，只得清了下嗓子道："厂臣一片心意，我要是不去好像不大好。"

她迟迟没来搭他的手，自己捏着帕子往外走，走到廊下才发现不知道花厅在哪儿，还是得等着他来领路。

彤云本来要跟出去，肖铎抬手阻止了："咱家用饭不爱边上有人闲站着，要么坐下一起吃，要么走得远远的。"

真是个不讲情面的人啊！要跟他同桌吃饭，别说这辈子，就是下辈子也不够格。这是摆明了不要人跟着，彤云没办法，隔着窗目送主子，越看她越像砧板上的肉。也是个可怜人，被皇帝惦记就算了，太监还来凑热闹。左右逢源的日子不好过吧？逼奸倒不至于，毕竟肖铎忌讳皇帝，尚且不敢把她怎么样，不过揩油剪边肯定少不了。女人心软，便宜被占惯了也就默认了，渐渐把他当成了知己，当成了贴心的人，没准儿就开始走荣安皇后的老路了。

肖铎不是好人，音楼也是知道的，可他表面功夫实在做得漂亮，叫人误以为他不会算计你，其实都是假象。不两面三刀，那就不是个太监！忠肝义胆的也有，但可以肯定，绝对不会是他，因为耿直的太监干不出这些撩拨人的破事儿来！

"娘娘？"他有些幽怨地望着她，"您这是……"

这是不自在的表现！音楼无语望苍天。她憋得慌，也只能憋着，谁让她寄人篱下！他托着她的胳膊，能不能架着一个地方不动？能不能不要来回抚？这不是调戏是什么？打着伺候的幌子这么对她，她年纪不大，受不了他这么作弄！

她把胳膊往后撤，尴尬道："厂臣，这是在您府上，咱们不兴宫里那一套吧！您每天司礼监东厂两头忙，回来还要关照我，我心里过意不去。"

他不说话，就那么看着她，看得她寒毛乍立，心肝都搅成了一团。他眼风锐利，她实在招架不住，讪讪道："厂臣，我年纪还小……"

他嗯了声："我比您大七岁。"

她咽了口唾沫："所以我不能让您伺候着，实在不成我伺候您吧！我来搀着您，成吗？"

他爽朗地笑起来，眯着眼，咧着嘴，在这春日时光里显得出奇明朗："娘娘知道伺候太监的是什么人吗？臣倒是想，可惜没有闫荪琅那么好的福气。娘娘是皇上看重的人，臣心里舍不得，也还是要忍痛割爱。或者娘娘不愿意跟着皇上，倒愿意留在臣身边？"

他半真半假，转过眼来看她。她不觉得有什么好笑，心直往下沉，也不知哪里不对劲，仓促调过头去，只说："厂臣别这样，我的命是您救的不假，可也不能这么揶揄我。"

他的笑容凝固住了，见她要走，匆忙拉住了她的腕子，低声道："我是无心，不过随口一说，叫你不舒坦了？"

音楼抬头，透过头顶疏疏的枝叶看天，天上没有云彩，那么蓝，蓝得醉了人心。她摇摇头说："我没有不舒坦，也知道自己今天在您府上是为了什么。时候到了自然要进宫去的，我早有准备，厂臣不必一再提醒我。"

"我不是那个意思。"他慢慢松开她，心头有些惘惘的，自觉失态，忙敛起心神道，"既然娘娘不喜欢，臣以后自省便是了。"朝不远处的抱厦比了比，"花厅就在前头，请娘娘随臣来。"

她这一通脾气发得过了点儿，肖铎是这样的人，叫他碰个大钉子，弄得自己愧疚得很。两个人拉开了一段距离，似乎都僵着手脚。他在前面带路，她在后面跟着，几次想和他搭讪，话到嘴边又犹豫不决，最后拐个弯，囫囵吞了回去。

小花厅确实不大，窄窄的一长溜，南北搭着架子，架子上摆了各色的兰花。音楼跟他进屋，迎面异香扑鼻，她嗅了嗅，恰好找着个机会和他说话。

"厂臣喜欢兰花吗？养了这好些！"她矮着身子看那惠兰，花瓣是浅黄的，外围镶了圈紫色的裙边，越发显得玲珑精致。她喃喃道，"我以前也养过的，养了很大一盆，伺候了好几个冬天。后来叫音阁看上了，花朝那天趁我不在房里，偷偷给搬走了。"

她说这些的时候脸上带着无奈的笑，看得出不情愿，但也似乎并不特别生气。她不是个善于描画凄凉的人，受到不公正的待遇，心里惆怅一阵子也就过去了。往远处看，依然可以发现明丽的天空。

肖铎请她坐，给她斟上一杯酒，问她："喜欢的东西被人抢走，不觉得难过吗？"

"难过又怎么样？我以前也哭，哭了没有觉得好受些，反而胸口堵得慌。音阁的眼泪一掉就有大堆的人哄她，我却不是。因为我娘早不在了，我是乳母带大的。可能是我不讨人喜欢，我记得我只要一放声儿，她就隔着小衣掐我，掐在背上，我看不见有没有瘀青，也不敢告诉我爹，所以自己识相，下决心把哭给戒掉了。"她说着，端起酒盏抿了口，微微一点辛辣，但是入喉又淡了，恍惚浮起甜来。她转而笑道，"这酒酿得真好，夏天放到井里湃着，我大概能喝一壶。"

"喝多了会醉的，酒这东西品一点儿无伤大雅，过了头就不好了。"他托起琵琶袖给她布菜，一面曼声道，"若是娘娘能在臣府上住到八月里，等螃蟹肥了，咱们赏月喝花雕，那才有意思。只不过皇上怕是等不到那时候的，臣这里盘算着和娘娘一道过节，万岁爷没准也在养心殿算计着呢！"他举杯朝她抬了抬手，"臣敬娘娘，娘娘自便。"

音楼回敬他，两人默默对饮，窗口上一只鸟飞过，唧的一声拖出去好远。音楼转过头看外面的春光，三四月正是最美的时节，花圃里种了两棵棠棣，枝丫欹伸到窗前，也没修剪，几片叶子从雕花的镂空里探进来，油亮的绿，颜色喜人。

肖铎总关注她的一举一动，暗地里也嗟叹，这种疏懒的脾气，在宫里生活再合适不过。可是不争就不上进，不上进很快就会被遗忘，他放下乌木筷子，拿巾栉拭了拭嘴道："昨儿大行皇帝的丧期过了，原先的太妃们都移宫奉养，皇上也下诏册立了后妃。张氏是万岁龙潜时的原配，封后无可厚非。另有两个侧室晋了妃位，贵妃位却悬空着，对娘娘来说可算是个大好时机。"

音楼听了转过头来，愕然道："厂臣的意思，莫不是叫我去争那个位置？我这样的身份……我是先帝后宫的人啊！"

"所以臣说把步氏李代桃僵的事宣扬出去，这样千载难逢的好机会，娘娘何不好好考虑考虑？"他脸上无甚笑模样，薄薄的酒盏在如玉的指间摇转，缓声道，"娘娘刚才说起小时候的境遇，臣听了，心里替娘娘不平。要办大事，就得把儿女情长都放下。这件事交给臣去办，里头的官司也由臣去打，娘娘只需静待，什么都不用过问。"

音楼垂头丧气："我说了，不能够。"

她榆木脑袋不开化，他紧逼着不放不是法儿。论起骨肉亲情，她说得也没错，恨的时候满腹牢骚，真要死了怎么能舍得呢！他长长叹了口气："娘娘想不想家里人？"

她嗯了声，笑道："我就是个没气性的，他们不惦记我，我却一心惦记着他们。其实也不是多想念他们，就是故土难离。我们家门前有条小河，我那会儿常在河边上溜达。芦苇结得高了，芦花就在头顶上招摇，要是往哪儿一坐，自己不出来，没人找得着。"

他怜悯地注视着她，心道猫儿狗儿似的长大，能顺顺当当活到现在，的确算她命大。

"朝廷今年同外邦的丝绸交易到眼下还没谈妥，江浙一带又是养蚕织帛的要地，臣打算请缨，过阵子往江南去一趟。"他夹了百合片到她碗里，侧过头道，"娘娘要果真想家，和臣同行，也未为不可。"

音楼一时没转过弯来，嘴里叼着百合片怔怔地看他："厂臣说什么？要带我同行？真的可以？"

她那副傻傻的样子很讨人喜欢，也许自己欠缺，就觉得那份豁达难能可贵。肖铎含笑道："臣这里没有可不可以，只有愿不愿意。"

她啊了一声，忙站起来给他斟酒，絮絮叨叨地说："厂臣……厂臣……您这么好的人，以后谁敢说您坏话，我就和他拼命。"

他听得极受用："此话当真吗？"

她觍着脸道："只要您答应带我回浙江就当真。"想想又不大对头，他掌管着批红，这么要紧的差事，放下了怎么成？职权不能卸肩，一松手就归别人，他现在突然说要下江南，难道朝里遇着什么沟坎了？她觑他脸色，小心翼翼地问，"您被人弹劾了？"

他气定神闲地尝着菜色，呷口酒道："敢弹劾我的人还没生出来呢！不过皇上才御极，广开言路是必然的。娘娘知道伴君如伴虎的道理吗？昔日再依仗，一旦位置有了变化，看人的眼神儿就不对了。司礼监的权掌得大，圣上心里未必不忌惮,既然有了嫌隙,一点点收拢把持是早晚的事。臣和朝廷官员不同,再有能耐,不过是慕容氏的奴才。奴才是玩意儿,跑腿办事还犹可,独当一面得瞧皇帝的胸襟。与其被拉下马,还不如自己识趣儿,娘娘说对不对?"

音楼莞尔道:"以退为进,厂臣做得对。东厂和司礼监经手的事多,千头万绪,要想立时拔除恐也不易。我料着,皇上总还有托赖厂臣的时候,暂且蛰伏,紧要关头再出山,比时时戳在眼窝子里来得好。"

这番言论出乎他的意料,本来不觉得她是那种万事考虑周全的人,没想到不哼不哈,对朝中局势却自有见解。

"娘娘对臣信得过吗?万一有个闪失,权力架空了,可能再也回不来了。"他说着,天热起来,花厅里流动的风渐渐有了沉闷的感觉。他抬手解领上盘扣,略透了口气,叫人把酒撤了另送菊花茶来。

音楼背靠着圈椅上的花棱,脊梁骨硌得有点疼,挪了挪身子道:"您自然有万全的准备,我这里记挂的只是去南边的事儿,厂臣打算什么时候动身?"

杯里的白菊花被水泡得胖大起来,在杯中载浮载沉,喝上一口,酒气就渐渐淡了。他盖上盖儿说:"要瞧形势,到底什么时候还说不好,快则十几日,慢则个把月。带上娘娘不成问题,只是娘娘行动不好那么随意。譬如见家里人,论理儿您应当在泰陵守陵,这要露了面,倘或步家有人背地里使绊子,事情就不好收场了。"

这个她都明白,他能发善心让她跟着回趟老家,有什么是不能答应的?她点头不迭:"我都听您的,知道什么做得什么做不得。我说过,见家里人并不是必需,我就想回去看看。从当初进京到现在,虽然只有两个多月,可生生死死经历了这么多,一下子像过了十年八年似的。还能喘着气回浙江,我自己都没想到。"

"娘娘就没有挂念的人?"他抚着食指上的筒戒,突然想起来,"或者咱们去见见连城公子吧!其实臣对这人也挺好奇,究竟有多美,能叫娘娘芳心暗许。"

歪曲成了这样,音楼可算知道那些冤狱是怎么来的了。她干咳两声道:"其实不怎么美,只比一般人眉眼生得好些。听说他通音律擅丹青,那种地方的人原都是穷家子充进去讨生活的,能舞文弄墨的不多,像他那样的奇货可居,身价自然就水涨船高了。不过那位公子的身世也可怜,据说出自书香门第,后来一夕之间家里没落了,就流落到了酩酊楼。"

肖铎长长哦了声:"酩酊楼是个什么地方?青楼酒馆?粉头小倌卖笑的地方?"

这么一问倒把她问着了,其实她也就是听闻了连城公子的大名,知道他是那里的台柱子，具体以什么谋生真不知道。大约少不了陪着喝酒猜拳什么的，可是那么个清高的做派，又不像是供人调笑戏谑的。她眨着眼睛迟疑道："连城公子卖艺不卖身……吧！"

"在那种地方厮混，未见得有几个出淤泥而不染。"他摇着山水折扇道，"下回咱们去了浙江，点他的名头叫他伺候娘娘，如何？"

"不不不……"她吓得不轻，"我好好的女孩子，吃花酒成什么体统！"

他笑起来："那娘娘就在边上瞧着，臣来同他周旋，让您瞧瞧您的连城公子是不是您想的那样。"

世上总有好些她想不通的事，就比如一个小倌比花魁娘子还吃香，名声闹得那么大，钱总也赚足了，却还迟迟不从良，是不是人习惯了某种生活就产生惰性，再也不想挣扎出来了？音楼自诩为上道的人，当然着急要撇清。她拿团扇遮住了半边脸，细声道："我不过是爱美之心，见他顺眼便多留意了一下，哪里是什么芳心暗许！我那会儿小，见识也浅，当天做了一回梦，所以才牵扯上了魂牵梦萦。其实是我浑说，当不得真的。"

她果真是个无可救药的老实头儿，不说做梦梦见人家，谁还能知道里头的缘故？偏偏说出来让他捏着话把儿，存心调侃她："娘娘昨儿说过连城公子不及臣，那娘娘梦见过臣没有？"

起先不过是玩笑，不知怎么自己反而当起真来，肖铎屏息看着她，只等她点头似的。她却呆呆摇头："我还没有梦见过厂臣，到底不是谁都能入梦的。"

他沉默下来，也不言声，一味地盯着手里的杯子出神。

她摸摸鼻子，赶紧转了方向打听闫荪琅的府邸，试探道："要是我和李美人往来，厂臣会不会不高兴？"

闫荪琅是他手下得力的人，里头的内情都知道，也没有什么可避讳的。她在深宅里无聊，外人见不得，他们那头却可以走动："娘娘想见李美人就打发人传话，请李美人过咱们府上，比娘娘到外头串门子要妥当。"

他点了头，自然一切都好办。音楼正想应他，出廊底下有人隔着窗纱回话，说宫里发了口谕传督主，请督主即刻进宫面圣。

既然已经回来了，怎么突然又传？别不是皇帝要发难吧！音楼从案头上拿了描金乌纱帽递给他，轻声道："我送厂臣……今儿夜里回来吗？"

他倒是眉舒目展，没什么忧心的样子。她送他到角门上，外头早有东厂的番役候着，他请她止步，自己撩袍登车，坐在垂帘里想起她刚才的话，问他回不回来，突然觉得这府邸沾染上了人气儿，过了一个寒冬回暖了似的，真有种家的感觉了。

　　隔帘看她，她举扇遮挡头顶的日光，迦南坠子下垂挂着红穗子，丝丝缕缕拂在那弯弯的眉眼上。他抿了抿唇，想说话却还是忍住了。收回身倚在靠背上，车帷子隔断了视线，她在雕花挡板的另一端。

## 第四章 已着枝

　　肖铎午正时牌入宫，到乾清宫时中衣染了层薄汗，站在庑房前的穿堂里，风一吹有些寒浸浸的。

　　殿门上两个太监抱着拂尘侍立，见他过来远远躬身作了一揖。他上丹墀，透过隔扇窗朝殿内看了一眼，空旷幽深的殿堂里静悄悄的，只有湘妃帘轻拂，底下竹篾儿叩击在抱柱上，发出清脆的一点声响。

　　乾清宫有统领御前伺候的带班，原本司礼监的人因为大行皇帝的薨逝都撤换了，现在的一批人是明治皇帝钦点的内官，有宫里调拨的，也有当初福王府的老人。皇帝近身的人，自然要再三挑拣，当今圣上在这方面较为注重，这点倒比他皇兄强得多。

　　肖铎扫了眼迎出来的人，这是个男生女相的太监，个头不高，眼梢耷拉着，似哭似笑的一张脸孔，嗓门尖得吓人，见了他插秧拜下去，龇牙笑道："哟，督主来了，平川给督主请安！"

　　不是他门下，但他在宫里是大拿，但凡净了身的，见了他都要恭恭敬敬叫一声督主。

　　他嗯了声："主子不在乾清宫？"

　　平川道了个是："主子晌午见了两位章京，不知道说了些什么，发了一通脾气，连膳都用得不香甜。恰逢太后那儿传话来，说几个侍卫在后边煤山上打了两只野鸡，炖了一锅子汤，请万岁爷进些儿，主子就过慈宁宫去了。倒也没耽搁多久，回来脸色还是不大好，也没再看奏章，到了点儿就回养心殿歇觉了。"

皇帝的行踪，这么透露原是不合规矩的，肖铎听得出平川特特儿套近乎，大有投靠门下的意思。皇帝既宣了他来，又不见，照旧该歇就歇，看来这通脾气是冲着他来的。他有了提防，自问前前后后办的差事圆滑，并没有叫人挑剔的地方，回头问起来也不见得搪塞不过去。

他在平川肩头拍了拍："你是个伶俐人儿，好好当值吧！"

平川点头哈腰应了，见他下了丹陛，忙一面往月华门上引，一面笑道："奴婢才进宫，单挂在御前，身后还没个根基。今儿见了督主，厚着脸皮求督主个指派，奴婢往后必然处处以督主为先，竭尽所能孝敬督主。"

这么的也好，双赢的局面嘛！多少人削尖了脑袋要往司礼监挤，在那地方有一席之地，简直就是所有太监的理想。肖铎看他一眼，这副皮头皮脸的样子，又是福王府带进宫的，做个耳报神倒不赖，因而笑道："我记下了，你们这一拨人都是要指派，明儿叫闫少监给你在司礼监谋个缺，填进去就是了。"

平川千恩万谢，他挥了挥手，提袍进了遵义门。

皇帝午觉歇在养心殿的后殿里，这时候正是沉沉好眠，没有旨意谁也不能擅自进入。肖铎微微挑了帘子，给里间侍立的人使个眼色，里头会意了，皇帝一醒，必然要通传的。

太监就得有个太监的样儿，即便不在御前伺候，主子发了话传人，不管什么时候召见，都得在这里踏踏实实候着。他交叠双手站在廊下，估摸着还得再静待上半个时辰。皇帝午睡都有定规，也不会随着性子一觉到傍晚。

风轻日暖，正是柳困桃慵的时候，他想起临走时音楼的样子，这会儿她应该搭了竹榻在荼蘼架下小憩吧！这头思量着，倒觉时间漫长起来，静静等了两盏茶时候，恍惚间像过去了大半天。

也不知是不是皇帝发威，有意给他小鞋穿，伫立多时不见里间有传唤。他平时那样一个有头脸的人，先帝在世时向来有事便吩咐，无事便叫跪安，如今换了个主子，越发样样要谨慎小心起来。

正神思游转，忽闻得帘内一声咳嗽，听着是皇帝声气儿，他忙敛了神跨进门内，御前的管事上来回禀，说万岁爷起身了。恰好身旁有尚衣的宫人走过，他接了那个描金红木漆盘，微哈着腰进了体顺堂内。

皇帝才下床，正坐在南炕下的宝座上喝茶，见他托着常服进来，只略一瞥，声音里无甚喜怒，缓着声气儿道："候了多长时候？"

肖铎搁下漆盘，揖手行礼："回皇上话，臣是午时进的宫，到眼下正满一个时辰。"见皇帝站起身，忙请了衣裳上去伺候穿戴。整理了通袖的柿蒂云龙纹，又半跪下整腰带、膝襕，那份恭顺小心，足叫皇帝称意。

也是的，皇帝御极前和他交情匪浅，能顺顺当当登上帝位也有赖他的协助。不过此一时彼一时，既然登了顶，眼前豁然开朗，帝王的尊荣威严转眼之间就能生成，瞧人瞧事自多了几分挑剔捡点。肖铎这会儿低眉顺眼得恰到好处，他是聪明人，知道自己的位置。不管头上的衔儿多高，到底是主子给的。说得难听些，今儿能捧他，明儿就能灭了他。

皇帝垂眼看他，他在脚下，卑微顺从。肖铎少年得志，放眼整个大邺朝，有几个宫监能到他这样的地步？司礼监掌印，替皇帝掌管军机宫务，连锦衣卫见了他都要下跪……

"厂臣，"他轻轻叹了口气，"朕今天听见一个传闻，你猜猜是什么？"

肖铎手上没停，照旧替他拾掇玉带。挂好七事后左右端详，都收拾停当了方起身退到一边，恭敬道："臣虽执掌东厂，然近来宫中事忙，有些消息搁置了，还没来得及过问。臣不知皇上所说的传闻是哪一桩，不敢妄揣圣意。"

皇帝背着手绕室缓步游走，半晌才道："朕坐在奉天殿，消息倒比你还灵通些，看来你这东厂办得远不如朕想象的那么好。市井间给你取了个雅号，叫'立皇帝'，你难道没有耳闻？"他忽然顿住了脚，回身狠狠盯住他，"朕问你，你们东厂是干什么吃的？这样叫人心惊的话居然能流传出去，究竟是你办事不力，还是不拿朕当回事，有意叫朕难堪？"

肖铎心头一惊，本以为都压下去了，没想到死灰复燃，这话终于传到了皇帝耳朵里。他心里明白上头正找不着错处作筏子，如今有个好契机，大约是不会那么轻易罢手了。说不恐慌，那也显得太笃定了，脑子里忙着想辙应对，人先泥首跪拜了下去，伏在地上做诚惶诚恐状，颤着声道："主子这番训斥叫臣栗栗然，求主子息怒，容臣禀报。这话出自大行皇帝在世时，彼时秋闱放榜，各地生员云集京师，人多，难免有落榜举子哗众取宠。臣得知后立时就查办了，只因当时牵连甚广，况且这种嘴皮上的狂言，要找出处委实不易。也幸得主子皇恩庇佑，那个制造谣言的监生叫臣拿住了。臣是一时大意，原当找着了源头，事儿过去了便不想给主子添堵了，谁知树欲静而风不止……"他深深又磕一头，吸了口气道，"臣自知罪无可恕,求主子问臣的罪,对朝臣、对天下人,都是个警醒的榜样。"

其实到了这时候,要追究的早就不是那个始作俑者了,一切矛头对准了他,分明就是借此弹劾。中晌音楼说得对,暂且蛰伏比时时戳在眼窝子里给人添堵要强得多。一动不如一静,他自己有把握,皇帝还有用得上他的时候。此时就算收了他手里的权,只要没下令要他的脑袋,他东山再起亦不是难事。

皇帝自然也有他的考量,他从来不是手段老辣的人,皇父驾崩前考验他们兄弟才学武艺,曾深恶痛绝骂他妇人之仁。如今言官请旨清君侧,磨刀霍霍对肖铎,若真如了他们的愿,朝中势力靠什么来制衡?中宗时期倒是收缴过司礼监的权,结果弄得朝纲大乱,那些大臣拉老婆舌头,敢当着皇帝的面在朝堂上对骂。好好的奉天殿,一转眼就变成了市集菜场。他要处置肖铎容易,可短期内找不到其他称手的利刃,留着肖铎不是为旁的,还是为巩固自己的政权。毕竟他手上案子办得多了,午门外掌刑,十杖就能要了人命。有肖铎在,朝臣们有所忌惮,他的江山便坐得安稳。

皇帝不像先前那样震怒了,踱到他面前虚扶一把,换了个较为温和的口气:"厂臣不必惊慌,朕今儿既召你当面问话,就是念着以往的情义。朕对你,终归与旁个不同,为了这么个谣言就治你的罪,朕也于心不忍。眼下司礼监树大招风,全是从批红这上头来的。朕看这个职还是先卸下,你仍旧执掌东厂,替朕监督朝中官员一举一动,便是你的本分了。"

肖铎早料到了,皇帝要集中权力,必定先从批红上头来。批红和提督东厂,两者原密不可分,但既然到了这一步,不撒开其中一样是不成的。所幸东厂的番役不是吃干饭的,谁在背后打他主意,不出一个时辰就能反馈消息。只不过批红是大头儿,不拿回来到底不安生。他垂眼看皇帝膝襕上的海水江崖,这位君父做事全凭喜好,才上任时风风火火,等兴头过了,再寻摸几个绝色女子分分他的心,甩手掌柜干起来毕竟舒爽,不愁他朝政霸揽着不放。

他深深揖下去:"皇上是圣主明君,大事小情比臣周全百倍,臣在主子面前无地自容,一切但凭主子发落。"略顿了顿又道,"不瞒主子,臣早前有个想法儿,一直没寻着机会同主子说。前头顾忌批红的事儿放不开手,现如今卸了肩,臣倒要奏一奏江南缫丝的事儿了。往年这个时节,同外邦的绸缎买卖早就谈妥了。今年因着蚕茧歉收,织造厂的织机也老旧,码头上大笔的订单没人敢接,空放着有钱不赚,白白浪费了好时机。臣是想,坐在京里,断不能瞧出外头经济之道。若是主子应允,臣请旨南下,先把这笔账务理清,于朝廷也是一笔不小的进项,不知主子意下如何？"

皇帝长长地哦了声："头前儿操持大行皇帝丧仪，倒把这茬忘了个一干二净。你既有这心思，于国是大利，朕没有不答应的道理。这么着，朕封你个钦差，下月初就动身……"说到这里，突然想起来，问他，"音楼在你府上好不好？"

肖铎沉住气应了个是："今儿娘娘同臣说话谈及主子，臣听得出，字里行间对主子感恩戴德。臣和娘娘相处不多，但娘娘的脾气也摸着了些。娘娘毕竟年轻面嫩，心里想一出，说出来的又是一出。在臣跟前虽不讳言，见了主子却未必出得了口。"

皇帝听了很高兴："朕眼下想起那晚的事还有些后悔，当时是欠考虑，弄得像个急色鬼，难怪叫她害怕。你回去知会她，只要她好好听话，朕这里不会亏待了她。"吮唇琢磨后又道，"你要南下，她一个人留在你府里怕失了照应。朕想着，过两天传道恩旨让她进宫就是了。横竖是这么回事，弄出这些弯弯绕来也啰唣。"

肖铎垂手道是："主子念着娘娘，臣都知道的，可认真算时候，从大行皇帝龙驭归天到如今，左不过二十来日。眼下匆匆召进宫来，主子固然疼爱，但宫中倾轧，臣唯恐娘娘难以立足。况且……"他蹙眉斟酌了下遣词，"主子代天承命，要做仁治天下的明主，为这点子小事致使白璧蒙尘就不好了。臣以为主子且耐下性儿等阵子，或者到明年选秀时，臣想法子把娘娘充进秀女之中，届时主子是封是赏，也没有人敢说半个不字。"

这法子好是好，可等的时候太长，到明年开春还有十来个月，这叫人怎么等得及！皇帝又在地心琢磨："明年进宫未必就防得住悠悠众口，宫里人多，见过的也不在少数，自欺欺人好玩儿吗？索性就以太妃的名头回宫，朕特许的，谅着没人会有异议。不过你的话也不无道理，里子可以不要，面子还是得顾全些的……"他竖着一根手指头指点，"那就再过两个月，且叫她安心在你府邸住着，朕得了空便过去瞧她。"

肖铎有些迟疑，觑了皇帝的脸色道："臣无意间同娘娘提起南下的打算，娘娘听说了，脸上惘惘的，约莫是近来发生了太多事，心里记挂家人，似乎有些思乡情切。主子若真体恤娘娘，何不准许娘娘随臣同行？娘娘若是得知我主体天格物，自然对主子更生仰慕。至于娘娘一路的行程安危，有臣在，定然保娘娘万全。"

皇帝对着檐头挂的鸟架子琢磨半天，那鹦哥脚上拴着细细的银链，无论如何翻转腾挪都逃不出桎梏。他眉心舒展开来，颔首道："也罢，这段时间委实难为她，她要是想出去散心，有你仔细看护，朕也没有什么不放心的了。"

肖铎暗暗舒了口气，拱手长揖道："臣回去把这个好消息告诉娘娘，娘娘必定要高兴坏了。"

皇帝抬了下手："用不着你说，今晚宫门下了钥，朕微服到你府上，亲自把恩旨告诉她。你且回去，叫她准备接驾吧！"

肖铎心思百转，终归不便多说什么，自领命去了。

皇帝要莅临，这是亟须筹备的大事。肖铎回府后便命人置办起来，御用的东西要再三查验，大到坐褥龙套，小到杯盏碟勺，一应都要照规矩安排妥当。

府里的仆婢来来往往，他站在地心却不由发怔。也不知皇帝此行是抱着什么目的，为王时行事便不羁，现在成了九五之尊，某些无伤大雅的细节就更不放在眼里了。倘或就此临幸……虽然早晚有这一天，可总觉时候不对。还没有进宫，无论如何不能叫他沾身子。得不到时愿意花心思惦记，一旦到手便也不过如此，还有什么念想？

横竖就是不能够！他迈出屋子，在茜纱窗外的门廊里踱步。半仰起头，风从颈间流过，西边的日影移过来，映在他足尖前的青砖上。他慢慢退一步，旋开去，沿着抄手游廊转到了院子那头的女墙外。

惠风和暖，他站在木桥上远远眺望三进的那个庭院，青瓦翘角红抱柱，本来无甚特别，今天却在寸寸斜阳里发现了异于平日的美。他低下头，佛珠在指尖一颗接一颗盘桓，蜜蜡的质地，相撞起来有脆而圆润的声响。驻足片刻下了桥堍[1]，迎面遇上跨院里的那株梨花树，虽落花不断，但顶上开得越发茂盛，一束束花团簇拥着，连绵接上了天边的流云。

正静静地看着，曹春盎一溜小跑从院门上进来，喜滋滋地叫了声干爹："高丽、暹罗等属国贺新帝登基，从番地带了好些奇珍异宝进京来，拿大红铆钉箱子装着，板车足装了几十辆。这回不单有东西，还有七八个女人。高丽女人肉皮儿白，一掐一汪水似的，这会儿人都安置在四国驿站。那些使节进京还是老例儿，打听您在哪儿，说是新建了宅子，要登门拜访，儿子按您的示下都推辞了……只是干爹，以往都见的，这回怎么倒要回避？"

肖铎看了他一眼："咱们在天下中枢当差，不光替主子办事，揣度好主子的心思更是明哲保身的良方。新主子不比老主子，万事多留神，准没错处。那些进贡的

---

[1] 指桥头。

使节，腰里揣着数不清的好东西，他们就是个香饽饽，谁亲近谁有好处。朝中文武百官，个个瞪着两眼细瞧着，分得一样半样的没话说，捞不着油水的，他们就敢在皇上跟前放冷箭。怕虽不怕，到底忌讳些的好。别叫新主子看了馋嘴猫儿似的，见不得一点荤腥。"

曹春盎忙道是："儿子明白干爹的意思了，不过高丽人叫人送了上好的脂粉来，都拿白玉盒子装着，这会儿在前院搁着。儿子瞧了，小朱龙、媚花奴、嫩吴香、万金红……都是市面上几两银子一小撮的。说高丽人为什么肉皮儿好，就是洗参洗的。他们往粉里加了人参和珍珠，拿到咱们大邺来也是上等货。往宫里进贡的货色反而没那么精细，只说督主是讲究人儿，不能含糊慢待了。"

肖铎脸上木木的，这些外邦人觉得太监就该搽脂抹粉，所以每常进京，这类东西少不了。这片宅子的假山底下开凿了一条小河，通外头，是活水，库里堆不下的胭脂就倒进河里，把临水的石基都染红了。他不明白，送水粉就罢了，送胭脂是什么意思？男人往脸上涂胭脂，那些外邦人是看戏看迷了吧！

他背着手瞧着天色，想了想道："放着也是多余，都送到娘娘屋里去吧！"

曹春盎奇道："干爹自己不留些吗？"

他拧着眉头剜曹春盎一眼："你何时看见我擦过粉？"

曹春盎讪讪的，心道也是，何郎傅粉都未必有他干爹这么好的皮色，那些东西对他干爹来说无用，雕琢了反而掩盖了本来的姿容，画蛇添足罢了，遂弓腰应是："那儿子这就叫人送过去。"

他嗯了声，想起有些话要交代音楼，也不多言，自己过跨院去了。

游廊窄而长，弯弯曲曲多少回转。经过步步锦槅心的槛窗往里看，园子里两个下人提桶跟着，音楼正拿毛竹做的长柄水呈浇花。也不知怎么那么巧，明明离得很远，一抬眼视线便碰个正着，她抿嘴嫣然一笑，撂了手里的东西，往院子中路的青石道上迎过来。

他快步进月洞门，两边站班儿的太监对他行礼他也置若罔闻，走近了冲她揖手："西向的日头，娘娘不怕晒着吗？"

她拭了拭脸，视线在他眉眼间流转，和声问："厂臣进宫怎么样？皇上有没有为难你？"

倒叫她猜了个大概，发难是一宗，晚间要来才是个难题。他转身替她挡住了日光，故作轻松道："为难倒也算不上，不过缴了臣批红的权，臣总算可以轻省些日子了。"

他说不算坏事，她似乎不大相信，仍旧眯着眼打量他："我倒觉得，情愿放弃提督东厂的差事，也比罢免司礼监批红的权来得好。"

他眼里有笑意，背着手道："娘娘此话怎讲？"

"内阁的票拟不再经厂臣的手，你不害怕吗？"

还是变着方儿地说他坏事做绝吧！没看出来，她也是个口风犀利的人，先前低估了她，只当她傻乎乎什么都不明白。他叹了口气道："是啊，娘娘说得没错，皇上当时收权，臣心里是不大受用。不过塞翁失马，焉知非福？臣原本是草芥子一样的人，得先皇器重才有今天，不说主子封赏的东西，就连人都是主子的，自己心里明白，还有什么可不平的？"

她淡淡笑道："厂臣这么想是好事，该是你的，你就是虚拢着十指捧着也一分不会少。我瞧厂臣一直以来辛苦，有个时机歇一歇，也不是坏事。"

"娘娘说得是。"他哈了哈腰道，"皇上做这个决定在臣意料之内，所以下令的时候并不觉得突然。早前臣和娘娘提起过南下的打算，刚才进宫向上奏请，连带着替娘娘表了个愿，万岁爷也首肯了。"

音楼大喜过望，肖铎的形象在她眼里一下子又拔高许多。他是有把握的人，真如他说的那样，只要愿意，没有一样干不成。别人提起他的名号，都不那么待见，她却结结实实感激他，悄悄伸手牵了牵他的衣袖道："好话我也不会说，厂臣对我的恩情，我怕是没有能力来报答。"

"这是打算撂挑子赖账吗？"他低头看那纤纤五指落在他的云头袖襕上，笑道，"从咱们打交道那天起，我就对娘娘直言不讳，娘娘他日得了荣宠不忘记臣的好处就足了。臣可不是什么良善人，您尊养在我府里，看不见我做的那些坏事，要是哪天见了，只怕对臣再也亲近不起来了。"

她睁着大眼睛看他："我听说东厂的酷刑骇人听闻，都是厂臣想出来的？"

他摇头说："东厂成立有一百多年了，历史只比大邺短了几十年。厂卫杀人名目繁多，什么梳洗、剥皮、站重枷，全都是前辈们的法子。臣接手后无甚建树，不过略略改进一些。娘娘这么问，实在是太看得起微臣了。"

音楼听了大惑不解："东厂真是个奇怪的地方，下了大狱的人还能梳洗打扮？"

他扬唇笑道："娘娘会错意了，东厂的酷刑爱取文绉绉的名字，比方鼠弹筝、燕儿飞、梨花带雨……梳洗是拿滚水浇在身上，浇完了用铁刷刷皮肉，直到肉尽骨露，这个人就废了。"

他轻描淡写，并没有表述得多详尽，音楼却听得骇然，惊惶地捂住了嘴，吓得愣在那里。青天白日下明明是那么个温雅的人，说出来的话却叫人寒毛林立。她有些难以置信，难怪世人提起东厂和锦衣卫都谈虎色变，她看见的似乎只有他的好，却忘了他是以什么谋生的。

他和她并肩散步，分花拂柳而行，见她不说话了，转过脸来看她："臣吓着娘娘了？"

她嗫嚅了下："有一点。"

他嘴角微沉，语气无奈："这些手段是用来对付触犯了律法的人，娘娘一不作奸犯科，二不贪赃枉法，有什么可怕的？再说臣在这里，就算您害尽天下人，有臣给您撑腰，娘娘自当有恃无恐。"

这就是和恶人交好的妙处，不问因由地维护你。不过这种庇护不是无条件的，像他这样的人，八成和商人一样无利不起早吧！

两下里无言，她的身影就在他眼梢处。他轻轻叹了口气："刚才的话还没有说完，皇上答应让娘娘随臣南下，全是出自皇上对您的一片心。今晚圣躬亲临，请娘娘早做迎驾的准备。前院已经布置好了，待入夜就请娘娘移驾厅堂，这么的，臣在一旁也好有个照应。"

正说话的当口，门上曹春盎带人捧了木椟进来，躬身冲音楼行礼，朗声道："请娘娘金安！督主命奴婢给娘娘送胭脂水粉来，都是外邦进贡的上等货，颜色也合适，娘娘用来梳妆最为相宜的。"

廊下的彤云忙迎上去接下了，给曹春盎道了个福，便把盒子请进了屋。

肖铎不理会旁的，凝目审视她的脸："皇上过会子就要来，娘娘这么素净不成。臣命人给娘娘备香汤，娘娘好好打扮，是接驾的礼数。"

音楼支吾一下，怯怯问他："还要沐浴？依厂臣的意思，今儿皇上是不是……"

她没说完就红了脸，两颊染上薄薄的柔艳的粉，那颜色比施了胭脂更好看。他怡然一笑，眼里微芒点点："臣料想有了上回的事，万岁爷不至于那么唐突。不过圣心难测，究竟什么打算，一切仍旧在皇上。臣要叮嘱娘娘几句话，如果皇上有临幸的意思，请娘娘务必妥善周旋。女人的贞洁是最后的本钱，好歹要坚守住。皇上施恩不是不可，只是未到火候。臣看娘娘……婉媚不足，恐难留圣眷，所以还是先晋位再翻牌子，才能叫人信得实。至于怎么周旋，就全看娘娘的本事了。像上回咬人的事儿千万不能再发生，要知道今非昔比，触怒了天颜，后头的事儿就不好料理了,娘娘明白臣的意思吗?"

明白是明白了,但是他说什么婉媚不足,分明直指她没有女人味,留不住男人!音楼觉得很不服气,她有时候照镜子也孤芳自赏,越看越觉得自己漂亮,哪里就不能入他的眼?

她愤愤的,鼓着腮帮子道:"我知道厂臣的意思,可后宫妃嫔又不是外面粉头,婉约是必要,妖媚用上来岂非大不妥?"

他扬着眉梢调过视线去:"娘娘还是不懂,风情万种的女人,天底下没有一个男人不爱。后宫争宠,靠的绝不单是诗词歌赋,怎么留住万岁爷的心,全凭闺阁里的手段。我问娘娘,怎么叫男人挪不动步子,娘娘有没有成算?"

她生于诗书旧族,虽然凑合着长大,好歹也懂礼义廉耻,怎么叫男人走不动道儿不是她的强项,他问这个问题,她答得上来就不是好姑娘。

他等不到她的回答,唏嘘不已:"看来臣得替娘娘请两个师傅,娘娘要学的实在太多了。这些暂且搁置不提,娘娘赶紧叫她们伺候入浴,时候晚了怕来不及。"言罢看她面色不豫,他对笼着袖子歪着脖儿问她,"还是娘娘嫌她们手脚不麻利,要臣亲自伺候呢?"

她当然不会答应让他在场,自己闷不吭声地去了。

彤云替她脱了衣裙,仔仔细细在她肩背上打胰子,边搓边道:"有肖掌印在,我都不敢近您的身。他好像喜欢同您独处,不爱边上有人跟着,您说怪不怪?"

音楼掬水擦脸,含糊道:"他是不愿意叫人亲近,也没什么怪的,各人秉性不同罢了。只是刚才说起他们东厂的刑罚,把我吓得不轻。他这仪容,不报家门还当他是富贵人家的公子,谁知是这么辣手的人物……"

小小的浴房里光线黯淡,四周都落了帘帐,只有东边槛窗开了微微一道缝,有风送进来,帘上排穗便一阵阵轻摇。她往下缩了缩,水面上热气氤氲,熏得脸色绯红,唉声叹气道:"过会儿皇上就要来了,我怕他像上回似的,你说我怎么应对才好?"

彤云也想不出好办法,只说:"那也没辙,先前他夜闯二所殿时还是个亲王,这回可不一样,人家金銮殿上掌人生死,打定主意要临幸,我看您只有认命的份了。"

"可是肖厂臣说不能叫他得手。"她还在气恼,闷声道,"说我天分不高,留不住男人,要请师傅教导我。"

彤云正打手巾把子给她擦脸,闻言嗤笑一声:"您别说,肖掌印瞧人真准!有

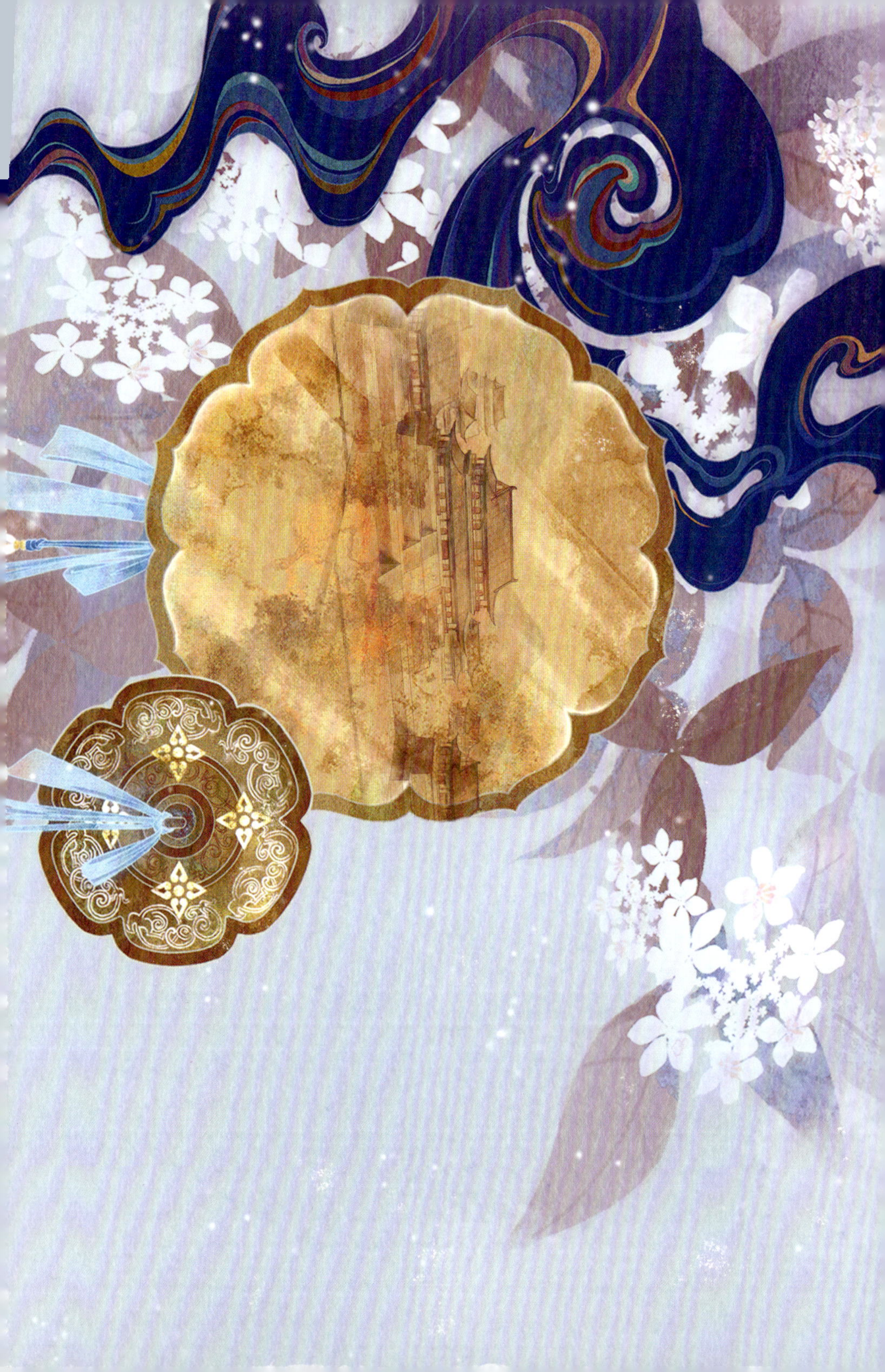

尤四姐 著
FUTUTA

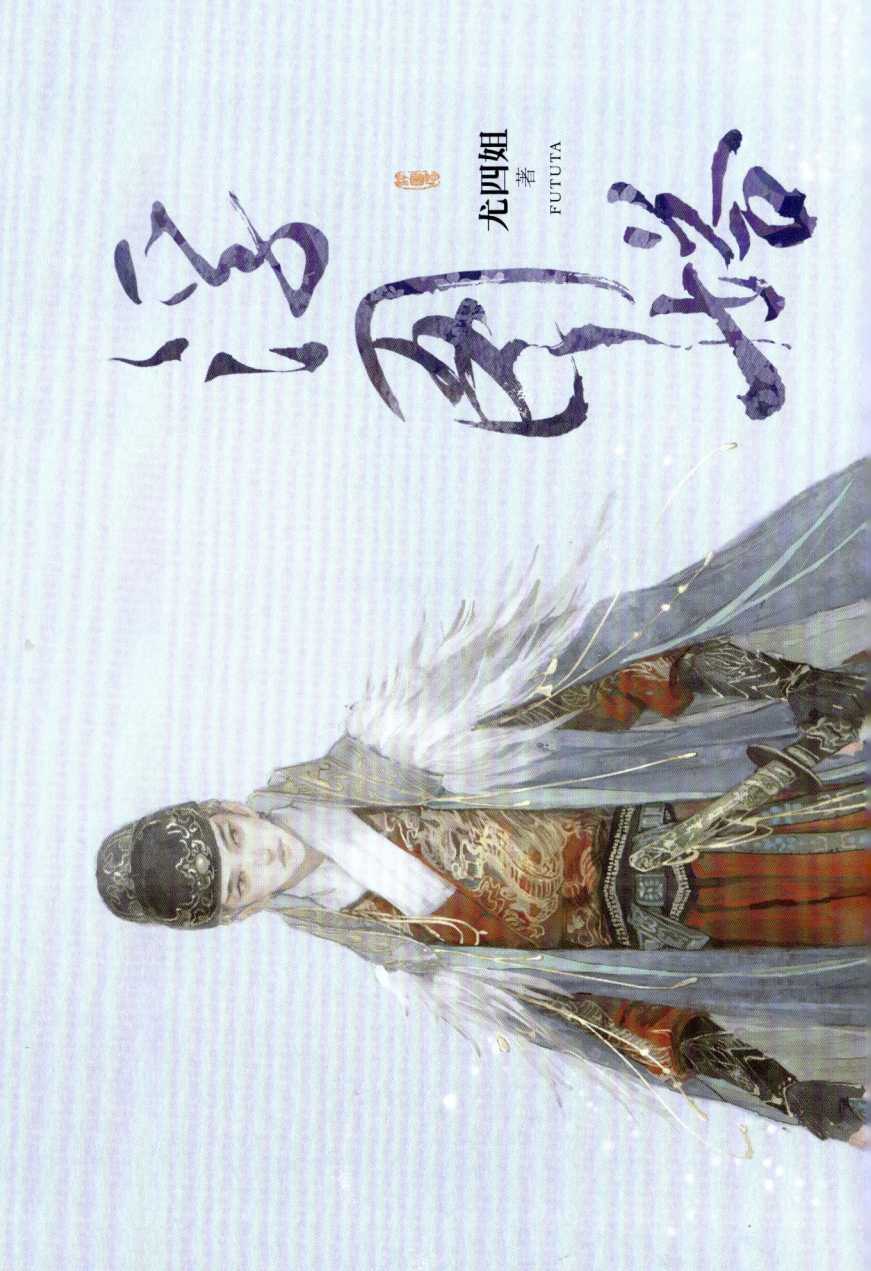

沒有溫暖的心，卻有世上最動人的眼睛。

他是惡鬼，也是佛陀。

何谓歧路？浮生若梦，一场753。

歧路之上，一见歧路，图式能欺瞒，以欺瞒坦荡依然的手。

的人媚骨天成，一个眼风就能把人勾得摸不着岸。您呢，您要是抛媚眼儿，八成就跟翻白眼似的，您天生没这份根骨。"

她被彤云取笑也不知道有多少回了，早就没了气性，转过身趴在桶沿上问她："你说他会给我请什么师傅？"

彤云把她的头发解开，皂角熬的膏子剜出来一把，慢慢在她发间揉搓，嗡哝道："什么师傅？八成是风月场上的老手，调情嬉爱的积年[1]。肖掌印想把您调理成一代妖妃吗？您这样的，教出来味儿不知道对不对。"

音楼不平地吸了口气："瞧不起人吗？我怎么就不能成妖妃？往后用心学，你瞧好吧！"

"我就说当下。"彤云满脸不屑，"您说说您，和肖掌印站在一块儿，您比他更像男人。"

音楼被打击得不行，真是个悲哀的事实，她就是空长了个女人的壳子，不懂善加利用，暴殄天物。说起暴殄天物，她眨着眼问彤云："那你说，我漂不漂亮？"

彤云唔了声："漂亮当然漂亮了，不漂亮也进不了宫。您瞧您浑身上下，四肢匀称，身条修长，该肥的地方肥，该瘦的地方瘦……脱了衣裳您也算个尤物，和我以前的主子比起来还强那么一丁点儿。"

"是吧？我也觉得自己能看，先前被肖铎一说，我都怀疑自己是不是长得不得人意儿了。"

她愁眉苦脸，无限惆怅，彤云顺嘴调侃："您这么在乎他的看法倒也怪，他又不是皇上，好不好他瞧了作不得准。您要是生得歹，皇上也不能费这气力来捞您。"

音楼怏怏应了，洗得也差不多了，叫彤云传人进来伺候。擦干身子穿了件鹅黄色撒花烟罗衫，自己绾发进了明间。

打帘出来，乍一看有点吃惊："厂臣还没走？"

他正立在梳妆台前查看胭脂，也没瞧她，托着一方白玉盒子，打开了盖儿低头嗅了嗅，那样慵懒从容的举止，衬着窗外的风光，既像个俗世翩翩佳公子，也有傲杀人间万户侯的气魄。

真个儿妙人也！音楼看得心头小鹿一通乱撞，这模样卖弄姿色，不知道存的什么心。所幸两代帝王都没传出好男色的传闻，否则这花容月貌还能安然无恙站在这

---

[1] 有多年实践，经验丰富的人。

里？鬼才相信！

地上铺着缠枝花的地毯，踩上去寂寂无声。有他在的地方周围人总不多，音楼左右看看，屋里侍立的仆婢都被打发了出去，肜云从里间出来，福了福身也退下了。她手里拎着软鞋有点无所适从，地毯上短密的细绒拱着脚心，她蜷起脚趾，忙把鞋放下趿了进去。

他拈起一点粉末在指尖轻揉，粉质细腻，香味也好，便抬眼道："臣替娘娘挑胭脂晕品，娘娘容光高洁，用太艳丽的颜色反倒衬不出，还是这小红春……"

话没说完却顿住了，她才出浴，水里过了一遍，人像早春新发的柳条，尤其新鲜灵动。轻而柔软的绫子覆着年轻的身体，站在一片缂丝弹墨帐幔前，眉眼生怯。头发没拿巾子包裹，随意地搭在胸前，把肋下一片都打湿了。

这么呆愣愣又惹人怜爱的形容突然令他感到无措，只是那无措也不过一刹那，再定下神来，他仍旧可以闲适地戏谑，和她说话。

"娘娘怎么愣着？"他搁下玉盒向她伸出手，"到这儿来，臣给您梳妆。"

她听了低着头过去，软烟罗有点薄，本来这气候在闺中穿正合适，没想到他在，叫她大大觉得不自在起来。到衣架子前取了件牡丹团花褙子边走边披，还没等胳膊伸进袖笼，就被他轻轻掀开了。

"头发还湿着，穿这个做什么？"他把褙子扔到一旁的圈椅里，牵她的手，拉她到妆台前坐下。

大铜镜里映出他们两个，一坐一立，他就在她身后。她是轻淡的一身装束，他穿朱红曳撒，戴描金翼善冠，浓淡相宜，倒可入画了。

他仔细地看，慢慢弯下腰和她齐高，盯着镜子里她的脸，在她耳边呢喃："娘娘把刘海儿捋起来臣才发现，原来娘娘眉心有颗朱砂痣！这样好的面貌，藏起来失了风韵，可惜了。"

她不太习惯和他靠得那么近，往后让了让，勉强笑道："我们那里没出嫁的女孩都打刘海儿，等出阁那天喜娘开脸才撩上去。"

他把手按在她肩上，隔着薄薄的纱地能感觉到融融的暖意。她刚才为了避让偏过身子，他不大满意，仍旧把她正了回来。自顾自地挑了个莲纹青花的宣窑小盒托在手里，棉纱上沾足香粉，就着镜子给她脸上均匀地扑了一层。

他流程熟稔，像是行家里手。音楼刚开始还不大适应，后来见他一本正经，心里又隐约落寞起来。他这么精细，想来是早前伺候皇后练出来的。她往铜镜上看了眼，轻声道："我这位分，怎么敢叫厂臣伺候，还是自己来吧！"

她打算去接那个粉盒，谁知他腕子一转，她的指尖正好压在他手背上。说来奇怪，他的体温似乎比常人要低些，几次接触都不觉得温暖，只有股子冷香。说不上来是怎样的一种感觉，凉丝丝的，夏天大约比别人更受用。

　　他没有和她对视，眼梢瞟了下，见她脸上带着些尴尬，忙把手收了回去。他心里觉得好笑，索性把她转过来，开盒换了螺子黛，略蘸了点水，弯腰给她画眉。盈盈秋水，自带七分潋滟，左面添两笔，右面添两笔，再三再四地斟酌计较，眉宇间颜色加深了，越发显出她的好气色来。

　　他满意了，丢了石黛笑道："娘娘平素都不上妆，那样的懒习惯要改了才好。女人容貌摆在头一条，就算等不来心头爱，也要打扮得光鲜靓丽，因为不定什么时候要紧的人就会出现。"

　　他离她那么近，近到呼吸几乎相接。音楼的心扑通扑通跳起来，嗓子一阵阵发紧，浑身紧绷，如临大敌。她实在受不住了，简直是要人命，他光明正大些会死吗？替人梳妆非得这么暧昧？她恼起来，太监就算不拿自己当男人，也该照顾照顾别人的感受吧！

　　她吸了口气准备扭身，无奈又被他绊住了，一道分量落在她肩头牵制，他低低道："别乱动，臣给娘娘上胭脂。"

　　他取玉搔头挑了一小撮小红春在掌心里，拿水化开了混合铅粉扑在她颊上。她底子生得好，加上脂粉都是高丽出的上等货，就着屋外的光看，细洁里透出一层朦胧的红晕，有种满带少女风韵的美。

　　他眯起眼，从前也和荣安皇后周旋，从来都是过目即忘，没有像现在这么上心过。他自己也有些混沌了，论色相，她并不是无可挑剔，大概就因为她偶尔的憨傻，才显得和别人不一样吧！

　　旁枝末节都料理妥帖了，好的自然留到最后。他的视线落在她唇上，她是正宗的樱桃小口，微微有些上扬的嘴角，唇峰分明，乍看之下动人心魄，仿佛随时准备亲吻。他按捺住，徐徐换了口气，挑了一盒颜色略深的石榴娇来，用细簪拈上点儿擦在她唇间，原本淡淡的唇色染了一抹猩红，立刻奇异地艳丽起来。她似乎想要闪躲，可他哪里能由她！一手固定住她的下巴，另一手探过来，指腹在那柔软的唇上游移，只觉满手幽香，禁不住心猿意马起来。

　　音楼也蒙了，眼前这人像毒药，轻易便能沁入她的血肉里。她不知他要做什么，他的动作缓慢缠绵，一寸寸一分分地靠过来，她看到他越来越放大的脸孔，幽深的眼睫，直挺的鼻梁，还有不点自朱的嘴唇。

急促的喘息声彼此都听得清清楚楚。血气翻涌，像浪头一样打过来，拍得人头晕目眩。音楼的脑子里一片空白，忘了他的身份，也忘了他的残缺。这么善于捕捉的猎手，比任何男人都来得可怕。她紧紧攥住衫子的下摆，心里慌得几乎要晕厥过去。他越靠越近，唇与唇的距离不过三指远，就在她以为他要亲她的时候，突然听见他说："娘娘抿一抿吧，这样唇色能均匀些。"

说话的当口他撤回了身子，仿佛一切都没有发生过，单留铜镜前一个呆呆的女人，满脸呆呆的表情。

音楼觉得自己要羞死了，这是睁着两眼做了场白日梦吗？她躬下腰背，把脸偎在臂弯里，才发觉出了一身汗，蓬蓬的热气从领口蒸腾而上，烘得她面红耳赤，没了计较。

所幸他转开身没再看她，悠着步子踱到八卦窗下，随手捡起棍儿有一搭没一搭地逗那笼中的画眉鸟。其实逗也逗得没章程，他知道自己并不比她好多少，这是犯了大忌的，莫名其妙动起了小心思，难道是疯了不成！

檐头铁马叮咚，廊下帘子卷起半边，几只大燕子忙于筑巢，衔了新泥从外面飞回来，两翅扇动，发出扑棱棱的声响。

太阳渐渐西沉了，半边脸儿挂在女墙上。他终于回过头来，她还倚着妆台，面上倒是淡淡的，也许缓过来了，不见有异。他走过去，取巾栉要来给她拭发，她先他一步站起来，接过巾栉退让开道："多谢厂臣，劳烦厂臣半日，罪过大了。请厂臣自去歇息，我这里有人料理的。"说完了扬声叫彤云，几个婢女鱼贯进来了，她也不去管他，自顾自去拉西边的竹帘，自己坐到余晖里梳理头发去了。

肖铎知道她是生气了，八成认定他又在捉弄她，心里不定怎么恨他呢！他无可奈何，有时真真假假，自己也混淆起来。这么下去好像要出事，他扶额叹息，正苦恼该怎么料理，院门上曹春盎脚下生风碎步进来，到廊庑底下垂手回禀："干爹，宫里传消息出来，万岁爷起驾了，正往咱们这儿来呢！这回没坐轿子，自个儿带着几个侍卫骑马来的，估摸着两盏茶工夫就到了。"

这头说话她那头也听见了，着急换衣裳绾发，忙得鸡飞狗跳。

接下来怎么样，事情也不那么容易控制。他收回视线迈出门去，抖了抖曳撒道："叫齐人，上大门上准备迎驾去吧！"

皇帝是文人出身，大多时候讲究个诗意排场。上回急吼吼对付音楼是情之所至，这回再见，势必要在美人跟前把面子拉回来。为王的时候可以放浪形骸，登上帝位之后少不得自矜身份，那份从容体现在驾马上，便是不紧不慢地，从街口的牌楼下缓缓游进了府学胡同。

肖铎在门前翘首以待，远远见通衢大道上来了一队人马，打头的皇帝倒是寻常装束，头戴紫金冠，身穿鸦青团领袍，背后随扈却着飞鱼服、配绣春刀，这样掩耳盗铃的出行倒是少见，大约以为换了龙袍就算微服了吧！

他回首一顾，音楼打扮妥当了就站在他身后，脸是俏丽的脸，只是眼睫低垂，连看都不愿意看他一眼。他心头微沉，现在暂且顾不上旁的，有什么不快都往后挪一挪，等接完了驾再议不迟。

他低声提点："圣驾到了，娘娘无须上前，跟在臣身后就是了。"

她无甚反应，耷拉着眼皮恍若未闻。他心里隐约不快，女孩家闹起脾气来憋屈死人，有什么话也不直说，钝刀割肉，比东厂的酷刑还叫人煎熬。

他以前没遇上过这种情况，荣安皇后那里向来是高高捧着，只要一味地顺着她的心思，你来我往的些些小意儿就叫她受用不尽了，哪里像这位这样难伺候！替她描眉画目，靠得近点儿就摆脸子。他忽然觉得灰心，愤懑里夹了点委屈。早知道是这么回事，当时就不该无所顾忌。原来女人和女人也不相同，有的爱勾缠，有的却轻易碰不得。

马蹄声越来越近了，他敛神领众人下台阶，在阀阅[1]底下三跪九叩，朗声高呼："恭迎圣驾。"

她和他微微错开一些，泥首顿在青石地上，香妃色如意云头的袖襕铺陈在他膝旁，缠绵的纹路洒在他眼底，他皱了皱眉，略侧过了头。

已经是将入夜了，暮色沉沉里掌起了灯。皇帝下马来，一眼看见人群里跪着的女子，肩背纤纤，头上戴狄髻，也是钿儿掩鬓，打扮得富贵堂堂。他快步上前去，一面让众人免礼，一面伸手去搀她，和声笑道："仔细磕着了，起来。"

音楼谢了恩，皇帝的手指搭在她腕子上，隔着袖口都能感觉那股力道。这样尊贵的身份，长得也不赖，只是目光如炬叫人受不住。她不能避让，只有一再微笑："皇上驾临，叫奴婢诚惶诚恐。厂臣早早就置办下了宴席恭候圣驾，皇上里面请吧！"

皇帝心里很称意，她细语款款，不像大行皇帝丧礼时候一张苦瓜脸了。甬道两旁按序有内廷的太监站班，隔几步挑一盏西瓜灯，烛火摇曳里看她的眉眼，盛装出

---

[1] 仕宦人家门前题记功业的柱子。

迎果然是不一样的，不再涩涩的，像打磨好的玉，看上去也更圆润细致了。

"这阵子难为你，那么多的事儿凑在一块儿，叫你不得安生了。"皇帝道，在正座上坐下来，两手抚膝看她，"朕瞧你气色还好，在这里住得惯吗？"

音楼欠身应个是："承蒙厂臣照应，一切都好。奴婢进提督府这些天，吃穿用度都是厂臣亲自过问，他一头忙着差事，一头还要照应我，我真不知怎么感激他才好。"

她绵里藏针的这一通，面上是在替他邀功，心里大概不无嘲弄他的意思。肖铎听了按捺下来，躬身道："娘娘纡尊在臣府上，寒舍蓬荜生辉。能为主分忧伺候娘娘，是臣职责所在，娘娘这话言重了，臣愧不敢当。"

音楼还在为傍晚的事生气，知道他这样媚宠，无非为了拿她讨好皇帝。她有些恼恨起来，索性送他一程子，故转身含笑对皇帝道："皇上若是怜我，就替我好好赏肖厂臣吧！厂臣这样不辞辛劳，我心里委实过意不去，皇上就这么白白瞧着我难受吗？"

这神来的一笔华美转折叫皇帝心头荡漾起来，看来肖铎果然说服她了，原先像头倔驴似的，这会儿居然懂得君须怜我了。他是那种功过完全可以相抵的当权者，白天吏部报上来的什么"立皇帝"惹得他勃然大怒，现在看看肖铎忠君之事，火气顿时消了一大半。不过批红缴了便缴了，赏赐还是不能少的，一桩归一桩嘛！

皇帝打量着那张尚且稚嫩的脸，她羞答答地低着头，大约没有这么和男人说过话，连耳朵根都红了起来。这小模样当真惹人怜爱，他心痒难搔，养在别人盆里的水仙不去触碰它，看着它一天天丰艳，慢慢开出花，倒比随手可以攀摘的妙趣得多。

皇帝心情大好，颔首道："厂臣辛苦，朕都瞧在眼里。候着吧，回头宫里自然会下旨意。"肖铎磕头谢恩，他三言两语打发了，只管就灯看美人，看了半天想搭话，又发现称呼是个难题，叫太妃似乎不合时宜，想了想还是直呼名字方便。等进了宫先复太妃位，看准了时候请太后示下，再另外册封也无不可。

叫皇帝单坐着不是方儿，肖铎哈腰道："主子这时辰出宫想是没有用过晚膳，臣这里备了宴席，请主子和娘娘共进。"

皇帝道不必："出宫前用了几块小食，不好克化，到现在还囤在心口。朕晚间有晚课，不能在这儿久留，没的叫太后知道了怪罪。朕就是来看看音楼，说几句话罢了。"

音楼听见叫她的名字，不由得抬起眼来，皇帝和颜悦色，在上首端坐着也没什么架子，看上去像寻常富家的公子。要论相貌，慕容氏的美名是历代皇族中拔尖的，鲜卑人五官立体，到他这里也是一样。尤其那眼睛，深得幽潭也似，要是把面貌和性格拆分开，高高立在庙堂之上，倒可以用来糊弄人。

有时候人很奇怪，仿佛喜不喜欢就在一瞬。本来音楼也不是死心眼，要是他能循序渐进，她自己权衡利弊还是心甘情愿充入他后宫的。可没想到中间出了那种岔子，没有什么感情基础不说，还趁夜闯进她宫里打算霸王硬上弓，她慌了神难免心生厌恶，现在看见他还是隐隐地不大自在。可是没办法，皇帝总是皇帝，她对肖铎还能赌气耍性子，对那位却不敢有半点不恭。

皇帝也知道，女人家面嫩，他那点不堪的腔调落了她的眼，后面要挽回大概得花些力气。他咳嗽一声，打算换个牌面示好，便道："今儿厂臣进宫请缨，过阵子要南下和外邦协商丝绸买卖，朕听说你思乡情切，想随厂臣一道去，有这事儿吗？"

肖铎早就把皇帝首肯的消息告诉她了，她暗自高兴，脸上却要做出可怜的神情来，怯着声气儿道："有这回事儿，奴婢离家两个月了，家父身子不大好，我在外也惦记得紧。本来进了京就不该再寻思回去的事了，可是奴婢眼下不在宫中，既然借居在厂臣府上，厂臣要南下，奴婢知道了难免动心思。"说着跪下叩头，"求皇上成全，让奴婢回去问老父一个安，回来后必定兢兢业业回报皇上。"

她这一跪，皇帝自然要去相扶，肖铎见状一个眼风把侍立的人都打发下去了，自己也却行退出了上房。不敢走远，站在檐下听动静，却不知怎么总是心绪不宁，一阵风拂过来，毛孔像全张开了似的，生生打了个寒战。

厅房里的人转眼都散尽了，皇帝携她起身，音楼忐忑不已，略往后缩了缩，他察觉了，也是轻轻一笑："你一片孝心，朕准你回去探望。不过去去即回，能做到吗？"他好言道，"朕对你一直挂念着，所以要快些回来，好早早入宫来。"

音楼其实不了解，她以为时间长了他就放下了，没承想他居然一时一刻也没有忘。说情不知所起，委实有点美化的嫌疑，她知道自己是个呆呆的人，在一道进宫的秀女里也不算拔尖，怎么就叫他一眼看上，实在说不过去。

"奴婢答应皇上，去去即刻就回。可是浙江到京畿有程子路，皇上不叫我和厂臣一起回来吗？"

皇帝拉她在帽椅里坐下，两个人之间隔着一张香几，几上的青花瓷盆里供着一株兰，透过宽阔的叶片，她的脸半遮半掩。他说："丝绸生意谈起来不费力气，要紧的是按时完工。从蚕茧到织机，样样都要查验把关，所以厂臣在江南逗留的时间恐怕有点长。你要回来不费什么事,他手下有的是锦衣卫,派几个人护送也就是了。你先前说朕若怜你,这话说得没错,朕是怜你,这段时候你大约过得也不高兴,往家乡去一趟,至少散散心,对你也有好处。"

他这样温煦,叫音楼大感意外,迟疑道:"皇上的心真好,奴婢以为您不会答应的。"

他笑得越发得意了:"那你说,我和先帝相较怎么样?"

这样的问题实在很难回答,音楼道:"我是妇道人家,朝堂上的事也不懂,就拿皇上早前和我说过的那句话来论,皇上说活人生殉有违人道,光是这句就叫奴婢折服。至于大行皇帝,我听闻推行的是仁政,应该也是个好皇帝吧!只不过奴婢未曾有幸见过圣驾,所以并不知道先帝是怎样的人。"

皇帝点头道:"也是,你进宫没有蒙过圣恩,真要谈缘分,还是咱们更有渊源。朕问你,你是不是遗失过一方帕子?素面黄绸底子,角上绣了梅花的?"

那是刚进宫时,她们一批人经过四五轮筛选留下了五十人,那天皇后领着几位嫔妃来瞧人,她随众从听差房里列队出来,挂在蝴蝶扣上的手绢不小心掉了,又不好去捡,眼看着被风吹远,后来就不见了。本以为找不回来的,没想到中晌一个小太监给她送了回来。横竖就是这么回事,但不知他怎么问起这个来。

"我是有这么一方帕子,丢了又失而复得了。"她古怪地看他,"皇上怎么知道的?莫非……"

"书生拾钿,美人捡扇,本来都是佳话嘛!"皇帝夷然道,"朕当时协理选秀事宜,正巧从花园那头过来,眼看着你掉了的。还就是那么巧,那方帕子兜兜转转被风带到了朕面前,朕捡了,叫惜薪司的黄门给你送去的。你看见上面题的字没有?朕写了'幼梧'二字,那是朕的小字,你竟不知道?"

音楼觉得脑子被木槌子敲了一下,尴尬道:"帕子送回来奴婢就叫人洗了,没有看到皇上的墨宝。"

皇帝听了分明一愣,这么香艳风雅的事足可以引为美谈,结果她居然没看到,直接就叫人洗了?皇帝有点着急:"你不细看看是不是你的帕子就收下了?"

她眨着眼睛道:"我看着像我的,那枝梅花是我的绣工我认得,也就没管那许多,交给底下婢女了。"

是了,婢女不识字,就算识字也未必想到和他有关。皇帝感到一阵头疼,捂着前额嗞嗞吸气儿。音楼吓了一跳,忙离座去看他:"皇上这是怎么了?被我气着了?这可怎么好!我去传厂臣进来吧!往后再有这种事儿,我一定打开好好看明白，成不成？"

还有往后吗？这种事就要巧遇，刻意安排有什么意思！大邺民风算是开放的，一些闲杂书流入闺阁不稀奇，她就没有看过那些戏文？比方《牡丹亭》《白蛇传》什么的，对爱情没有一点少女情怀和向往？

皇帝拉住她说不必："你晓得朕和你有过这么一段就够了，所以也别怕朕，朕不会害你的。"

有过这么一段，说得挺像那么回事，其实不过捡了回帕子，弄得缘定三生似的。音楼不敢置喙，唯唯诺诺应了，皇帝这回很上道，她原以为八成借着机会又有一出戏的，没承想他不过捏着她的手来回抚了好几下，边抚边道："惠王家上月生了一窝巴儿狗，今儿送了几只进宫给娘娘们玩儿，朕瞧了，宽脸大眼睛，长得很漂亮。要不要给你留一只，等你回宫了送到你殿里去？"

音楼一听来了劲，也由得他摸小手，追着问："一直让我养着吗？别不是养大了又叫别人抱去。"

"哪能呢！"皇帝心满意足，把那柔荑握在手心里翻来覆去，"给你就是你的，你不答应，谁敢抢狗，朕治他的罪！"

所以有皇帝撑腰是个不错的行当，音楼笑道："谢皇上了，我爱养狗，您好歹给我留一只。我听说巴儿狗胎里有缺陷，容易歪嘴，您叫人给我挑个嘴不歪的，搁在那儿先喂着，等我回来了给我做伴。"

皇帝说："成，给你挑个毛色好，叫起来响亮的，你瞧了准喜欢。"

两人说狗倒找着话头了，絮絮叨叨讨论了半晌。最后还是皇帝看时候不早，起身说要回宫，她才跟在后面送出来，一直送到正门外。和先前不情不愿的态度截然相反，帕子甩了一程又一程，娇声道："皇上好走，奴婢恭送皇上。"

皇帝上了马，拉着缰绳原地转圈，笑道："进去吧，有的是时候说话。"

她含笑那么一点头，居然风情万种。肖铎看在眼里，不由得大觉反感起来。

"娘娘和皇上相谈甚欢？"跪送过后他起身，伸手去携她，却被她躲开了。他的手尴尬地僵在那里，滋味倒比挨了一记耳光还叫人难受。

她瞥他一眼，表情淡漠："和皇上相谈甚欢不好吗？不是正如了厂臣的愿？"

她这话扔过来，有一瞬竟叫肖铎哑口无言。的确是有什么地方出了岔子，他一心一意把她往那条道上引，这会儿怎么又犹豫起来了？可他自有一股傲气，向来都是一手遮天，如今一个小小的太妃，也敢这样拿话噎他了！

他哼笑一声，冷冷道："娘娘忘了臣的嘱咐吗？娘娘和皇上在堂内两盏茶工夫，单只是说话这样简单？"

真是可恨可笑！音楼蹙眉道："厂臣管得未免太宽了！我与皇上如何，不劳厂臣操心。"

他们两个斗嘴，把边上众人吓得呆若木鸡。曹春盎拿肘顶顶府里管事的张溯，使眼色叫他上去劝谏。到底在大门口剑拔弩张不好看，且不论步音楼是什么位分，像督主这样的权势地位，和个女人大呼小叫，实在是扫了自己颜面。谁知张溯也怵，头摇得拨浪鼓一样，大胖脸一晃，满脸肥肉直颤。

曹春盎狠狠瞪他一眼，自己吸了两口气，正打算张嘴叫干爹，却听他干爹一声低叱："你们都走开！"

众人一激灵，纷纷缩脖儿溜进了大门里，谁也没敢回头。顷刻之间人都散尽了，门上一片氤氲烛光里，只剩乌眼鸡似的互瞪的两个人。

"你待如何？"音楼别过脸，尖尖的下巴高高抬起，"费了那些心思，不就是要我邀宠好给你开道儿吗？！我先前在皇上跟前替你美言了，皇上也答应赏你，虽不至于立时给你个高官厚禄，但是往后我尽我所能也就是了，你有什么不满意？"

他脸色阴沉，自问平常控制情绪的能力不差，今天被她撩得火冒三丈，看来她还真有四两拨千斤的本事！

"我是为这个吗？"他咬牙道，"娘娘哪里不满只管说出来，这么零星割肉，有意思？"

她闻言一哂："这话我就不明白了，是我哪里做得不好，厂臣何不明说？这世上的人并不是个个都如厂臣一样心思缜密，厂臣这么雷厉风行的人物，竟不明白我就是个傻子？"

她呲打他的时候，居然还可以一脸无赖样。肖铎只觉心口火气翻涌，一阵阵冲得他腿颤身摇。

月色如霜，彼此对站着，也不说话，就这么虎视眈眈。其实也不知道到底在气愤什么，照音楼的想法，她还在为他下半晌的所作所为恼火。一个太监，完全不自省，对她如此这般言行暧昧，不是引诱是什么？她可是清清白白的好女孩，他这么肆无忌惮，当她是面团捏出来的？反正她是打定主意了，下回他再敢靠得这么近，就别怪她不客气。他不是要调戏她吗，谁怕谁？她不过是个半吊子大家闺秀，这辈子也就这样了。想来真悔断肠子，他给她上妆的时候，要是她咬牙嚃上去一口，倒看他能怎么样！

这须臾工夫，谁知道她动了这些心思。肖铎昂首立着深深缓了两口气，他这么失态，叫人看了不像话，对她来说也是个笑柄。不是想着将来倚仗她的吗，要调理她，让她接荣安皇后的班儿，那他现在的态度就大大逾越了。捧着、敬着，全然忘了，那么混杂不清下去，怕到最后他打错了算盘，反被她拿捏住。

"娘娘息怒。"他勉强作了一揖，"臣适才无状，得罪之处望娘娘海涵。天色晚了，请娘娘进府，站在外头说话也不方便。"

胡同里偶尔有人来往，大庭广众确实有碍观瞻，她只得提裙迈进了门槛。偷眼看他，他很懂得自我掌控，很快就调整过来，且眉目平和没有一丝波澜，简直让她怀疑刚才气得直喘的人根本不是他。

他既然下了气儿，她也不能把架子端得太高，毕竟他暂时是她的衣食父母，回头还要跟着他回浙江，闹得太僵了，万一人家路上下黑手整治她，那她无依无靠可怎么办？

她咳嗽一声，换了副笑脸儿："厂臣言重了，我说话也有不当的地方，厂臣大人大量，别和我计较才好。"

"臣不敢。臣毕竟是担心娘娘，下半晌的话不知娘娘记下没有？"他委婉一笑，"皇上和娘娘在厅房内……"

就是说女人身子什么的，她焉能记不住？今天得以全身而退，还是皇帝手下留情了，要是像那天半夜里一样，凭她的榆木脑袋，除了被生吞活剥，想不出别的好出路来。

她拿脚尖搓搓地，嗫嚅道："我觉得皇上也不似我想象中的那么坏，我们刚才就聊聊天，皇上的言行举止还是挺尊重的。"

他嗯了声："单说话吗？没有别的？"

"摸了我的手。"她红着脸说，"可我觉得没什么，比起上回的事，摸手根本就是小事一桩。"

他温暾地勾了下嘴角："娘娘这份心胸，实在叫臣钦佩。"

不管他是夸赞还是讽刺，音楼都安然生受了："我总归是要进宫的，进了宫这种事免不了，现在犟脖子，以后就不伺候了？厂臣也曾劝过我，今非昔比，毕竟那是皇帝。您说您是草芥子，我何尝不是齑粉一样的人呢！"

他的眉头拧起来，要说和她的肢体接触，他不亚于皇帝，为什么她不以为意？是没有芥蒂，抑或是因为在她眼里他就不是男人？他叹了口气："娘娘能看得开，对自己有益处。臣尽快把手上的事交代妥当，好早些启程南下。免得耽搁久了，上头突然生变,近在咫尺没有推搪的借口。"

他这会儿倒不着急把她送进宫了,这么说来他这人也不是那么唯利是图。她扯了扯嘴角:"只是皇上有口谕,不叫我停留那么长时候,恐怕届时还要劳烦厂臣指派人先送我回京。"

他抬眼看她,略顿了下才道:"不碍的,南下自有随行的人,什么时候旨意到了,娘娘要回宫也不难。"

谈话似乎进了死胡同,再也进行不下去了。两个人相对而立,起先像斗鸡,这会儿各自蔫儿蔫儿的,精气神都散了。隔了好一会儿才听他长长呃了声:"近来因着是梨花洗妆的当口,天桥那头有夜市,灯笼挑了几里地,一路都是光亮的。若是娘娘有兴致,臣伴娘娘夜游如何?"说完审视她的脸,她还想端着,脸孔下半截强自忍耐,上半截却情不自禁地笑起来。他心情转瞬大好,冲远处观望的彤云招了招手,"替娘娘换身轻便的衣裳,手脚麻利些,我在这里等着。"

音楼不等彤云来搀,提起裙裾便跑,边跑边招呼:"快快快,正好去瞧瞧有没有瓦罐,我要养油葫芦。"

她一阵风似的进了垂花门,肖铎看她走远了才转回身来。刚才迎驾,自己也还是一身官服。曹春盎这个干儿子不是白当的,早就先他一步进了上房,伺候他换了件玉色西番花暗纹地绢衫,四方巾后垂皂条软巾,镜中一照戾气全消,俨然是个风度翩翩的生员。

"干爹脚程略慢些,儿子这就传令厂卫远远跟着。"曹春盎打了个热手巾把子来给他擦脸,嘿嘿一笑道,"皇上对娘娘挂念得很,儿子料着日后晋位,少说也得位列四妃。"

肖铎没言声,只说:"跟就不必跟着了,你去传我的令,好好查一查吏部尚书姜守治。不单他上任以来的政绩为人,以前的事也一桩不许放过。查他的家底儿行藏[1],只要有一点错处,就给我咬住往狠了挖。"他轻飘飘一个眼风扫过去,"别怕他疼,好生着实地查。番役那儿把话传到,他们自然晓得应该怎么办。"

东厂办事有一套单成的说头,比方笞杖,下手轻重全在秉笔太监的字里行间。"打着问"是最轻的,通常打过一遍还能让人开得了口说话;再重一些的叫"好生打着问",一顿下去皮开肉绽,离死还差一截子;至于打死不论,那就是"好生着实打着问",没有回头路,几杖一抡直接就去望乡台了。曹春盎东厂司礼监两头跑

---

[1] 指出处或行止。

的人，他干爹一说"好生着实查"就明白了。得罪他是可以随便蒙混的吗？向来只有他找别人碴儿，没想到有人胆敢背后捅刀子。欺负到他干爹头上来了是自寻死路，就算不见影的事儿也能让它有鼻子有眼，谁让那个姓姜的偏不信邪！

曹春盎应了是："干爹放心，儿子这就去传话。可您现在和娘娘出去，不叫人跟着怕不安全。天桥底下鱼龙混杂，没的叫那些臭人冲撞了，那可怎么好？"

他整了整衣领说无妨，隔窗往外一看，她已经来了，穿一件白底绡花衫子，底下配了条青绿马面裙。头上的金丝发冠比男人戴的略高一些，颊上的妆都卸了，白生生的清水脸子，真正是浓妆淡抹总相宜。

他撩袍出去，她打眼一看就笑了："丿臣这样打扮真好看，干干净净的，像个读书人。"

她夸起人来不知道拐弯儿，他听得倒受用，又有些不好意思，掩饰着清了清嗓门道："太监有专门的学堂，好些人的学问不比读书人差。"

她仰脸说："我知道，不成器的也不能替皇上批红了，对不对？"她高兴起来不忌讳那么多，自觉和他很熟络了，便过去挽他的胳膊往门上拉，"走吧，再晚夜市散了，那可就玩不成了。"

他任她拉扯着，走到门上接了盏风灯提着，袍角翩翩，裙角飞扬，两个人一闪身便下台阶走远了。

曹春盎和彤云对插着袖子目送，大伙儿都觉得很怪异。

"干爹的脾气什么时候变得那么好了……"

彤云觑着他敲缸沿[1]："我瞧督主的脾气一直都挺好的。"

曹春盎乜斜她："你瞧见的只是表面，司礼监和东厂那么厉害的衙门，提起他的名号哪个不是俯首帖耳？"他拿拂尘的手柄挠了挠鬓角，"刚才发那么大的火，一眨眼跟没事人一样，真是奇怪！以往他老人家总嫌别人臭，要是他瞧不上眼的，不小心沾了他的衣角，他都能脱下袍子砸在你脸上！"

彤云惊叹："督主高不可攀，真乃天人也！"

所以呢？这回他是看不太清了，反正下的本钱有点大，但愿事事皆在他老人家掌控中，别到最后白叫端太妃占了便宜才好。

---

[1] 在旁边帮腔奉承。

## 第五章 宜相照

挑灯夜游，从小道上走，羊肠一样的胡同曲里拐弯，窄起来仅容两人穿行。挤着挤着到了尽头，一脚迈出来，眼前豁然开朗。

唐朝文人爱在梨花盛开的时节踏青，欢聚花荫下，邀三五好友饮酒作诗，这种风雅的活动有个名字，叫洗妆，被后人推崇，于是一直延续到现在。坊间的夜市也应景儿，摊子一般要摆到四更天，大伙儿也不顾忌时间，漫无目的地在外面游走。年轻男女这当下最有热情，心里存着一份朦胧而美好的憧憬，摩肩接踵间说不定一个转身就遇上了有缘人，眉间心上，从此惦念一生。

小胡同外垂杨和梨花共存，青白相间里向远处绵延伸展。路上也有赶集的人，挑着花灯慢慢前行，遇见熟人点头微笑，并不多话，错身就过去了。

音楼深吸了口气，空气里带着梨花凛冽的芬芳，叫她想起儿时睡在书房的窗台下，窗外花树开得正艳，幽香阵阵，随风入梦来。不甚快活的童年，却仍旧叫她留恋。有时候只是怀念一个场景，比方那时恰好响起一首曲子，因为正是衬着明媚春光，多少年后再听到，当时的点点滴滴，大到山水亭台，小到一片落叶，都会像画卷一样铺陈在眼前。

"厂臣以前赶过夜市吗？"她转过头看他，灯笼圈口的光亮不稳，灯火跳动，他的脸也在明暗间闪烁。

肖铎说："臣晚上鲜少出门，自从执掌东厂以来只出去过一回，也是办案子。从北京到怀来，连夜一个来回，还遇到埋伏，伤了我的左臂。"

她显然不能理解，在她看来他是能稳稳拿住大局的人，怎么会有人伤得了他呢！她叹了口气："他们为什么要刺杀你？"

"因为我是坏人，仇家也多，人人想要我的命。"他慢悠悠道，这样的生杀大事仍旧一副无关痛痒的模样，"在我手上倒台的官员太多了，还有一些富户百姓，也曾遭到东厂和锦衣卫的屠戮，他们都恨透了我，最好的法子就是杀了我。"

"那东厂的厂卫呢？他们办事不力，没有保护好你？"她往他左臂看了眼，襕袍的袖口阔大，只看见那纤纤的一点指尖微露，还有他腕上手钏垂挂下来的碧玺坠角和佛头塔。音楼暗自嘀咕，真是个矛盾的人，明明说自己不是善性，但时时盘弄佛珠，想来是信佛的吧！就因为杀戮太多，所以求神佛的救赎吗？她轻声问他，"厂臣的胳膊眼下怎么样？旧伤都好了吗？"

他淡淡应个是："伤得不算太重，养息一阵子也就好了。"

"那些舞刀弄枪的人真可怕，厂臣以后出去要留神，知道仇家多，身边多带些人才安全。"想起来又讷讷道，"今儿就咱们俩，万一再有人蹿出来，那怎么办？"

他请她宽怀："那次是回程途中一时大意中了埋伏，真要论身手，臣未必斗不过别人。"他四下环顾，"再说这紫禁城里，哪一处没有我东厂的暗哨？老虎头上拔毛，谅他们没有那个胆量。娘娘只管尽兴，有臣在，旁的不用过问。"

她笑了笑，垂眼道："我哪里是担心自己，我又没有仇家，谁会想杀我呢！"

不是担心自己的安危，是在担心他吗？他用力握了握拳，没有去看她的眼睛，只怕那盈盈秋水撞进心坎里来，回头就不好收场了。

他这里百转千回，音楼却没有想那许多。摘下头上冠子，把簪叼在嘴里，自己停在一株花树下抬手折枝丫。短短的一杈子，顶上连着三两朵梨花，很有耐心地一枝枝嵌在网子上，左右盘弄，再小心翼翼地戴回去，在他面前搔首弄姿起来："厂臣快看，好不好看？"

梨花插满头，年轻的女孩子，怎么打扮都是美的。他含笑点头："甚好。"

她手里还有一枝舍不得扔了，犹豫一下，转身别在了他胸前的素带上："以前我娘在世时喜欢戴花，初发的茉莉最香，用丝线把每个花苞扎好挂在胸前，那种味道比熏香塔子好闻多了。"

他低头看花，花蕊上顶着深褐色的绒冠，那么娇嫩，叫他不敢大口喘气，怕胸口震动了，那些细小的绒冠会纷纷掉落下来。

一路无言，再向前就是市集。远远看见人头攒动，大道两旁花灯高悬，底下摆着各式各样的买卖摊儿，有捞金鱼的、卖花卖草的，还有卖糖葫芦、吹糖人的。音楼是南方人，好些小玩意儿都见过，唯独没见过吹糖人。大行皇帝在位时买卖人走南闯北要缴人头费，过一道城门就是几个大子儿，所以北方手艺匠人一般不上南方来。

吹糖人儿是个好玩的行当，她一见就走不动道儿了，和一帮孩子赖着看小贩做耗子。那买卖担子的摆设和馄饨摊儿差不多，顶上吊了盏"气死风"，底下扁担两头各有分工，一头是个大架子，两排木棍上钻满了孔，用来插做成的小玩意儿；那头是个箱子，下层放个炭炉，炉上架一口小锅，锅里放把大勺儿，用来舀糖稀。

城里的小孩儿有意思，有钱的指了名头叫现做，没钱的不肯走，情愿流着哈喇子眼巴巴看着。孩子和孩子之间也窃窃私语："这个好玩儿嘿，伸胳膊抻腿的，还撅个屁股。"

另一个摇头："可惜了啊，来的都是穷人，等半天没看见一个猴儿拉稀。"

音楼转过头看肖铎："什么是猴儿拉稀？"

他是高高在上的督主，胸口叫她插着花就算了，还要解释猴儿拉稀，未免有点折面子。再说这东西解释不清，干脆做给她看，便对摊主道："给咱们来一个。"

那摊主高呼一声"得嘞"，底下的孩子雀跃起来，轰的一声炸开了锅。音楼倚在他身旁看，见那小贩舀了一勺糖稀在手里搓，搓完放进抹了滑石粉的木头模子里，拽出一段来就嘴一吹，再稍等一会儿把模子打开，里头就是个空心的孙猴儿。

"也没什么，不就和范子货一样，照着模子的形状长嘛！"她有点不屑，这帮孩子眼皮子浅，这个也值得大呼小叫。

"您别急呀，后头还有花样。"那小贩咧着嘴笑，"要不孩子们怎么爱看呢，他们可都是人精儿，专挑有意思的玩。您瞧好……"

他拿苇秆蘸了糖稀来粘猴儿，最后在天灵盖上凿个孔往里灌糖浆，慢慢灌了大半个身子，那乌油油的颜色在灯下晶亮。他伸手递过来，另一只手托个小碗子，对音楼笑道："您在它屁股上咬个洞，屁股破了糖浆就流出来了，可不跟拉稀似的！"

想想真够俗的，可俗也俗得有意思。音楼听了龇牙去咬，肖铎在边上指点："碗和勺都是江米做的，一整套全能吃。"还想提醒她小心嘬口子，谁知她用力过了头，屁股咬下来半截，糖稀瞬间倾盆而下，流得满身尽是。

她傻了眼，摊主和孩子们也傻了眼，心说这是哪儿来的乡下人，连吃都不会，白长了这么大个子！再看看衣着光鲜，也不像穷家子，遂赶紧抽出手巾递过去，打圆场给脸："哟哟哟，头回吃这个免不了的，我们这些天桥小玩意儿入不了贵人们的眼，您瞧这闹的！"

音楼的白衫子上全是糖稀，她哭丧着脸问肖铎："怎么办？这回可玩到头了。"

肖铎只管拿手巾替她擦，来来回回好几下，才发现擦的地方高低起伏，似乎不大对头。他抬眼看她，她涨红了脸，只紧咬着嘴唇不言声。他突然一慌，忙把手巾扔给摊主，摸了块散碎银子撂下，找头也不要了，拉着她就往人少的地方走。

人堆里穿梭，他仰着头看天上月："刚才是臣一时失手……"她闷葫芦一样不说话，他停下来，显得有点局促，"臣是瞧您衣裳脏了，绝没有非分之想。"

还要有什么非分之想？她怨怼地看他一眼，隔着衣裳就不算吗？现在天儿暖和，穿得也单薄，有个剐蹭都在手底下。

她鼓着腮帮子的样子像条河豚，他睿着睿着发现招式不对，又不是初出茅庐的毛头小子，碰着了又怎么样？他无奈地笑笑，悄声在她耳边道："娘娘对臣这样防备，臣的一片苦心岂不白费了？您不是气量狭小的人，臣原就在内廷伺候，有些什么，笑一笑就过去的事儿，耿耿于怀可不好。"

他在她耳边呢喃，温热的呼吸直钻进她耳郭里。她缩了缩脖子："我气量本来就不大，是您高看我了。您好好说话，再凑这么近我要发火啦！"

兔子急了还咬人呢，他敢接着来就试试！

他果然抽身了，抱着胸审视她："惹火烧身的事臣从来不干，您这么说，大约是不打算跟我去江南了？"

他拿这个来威胁她？他是吃准了她，打算一辈子捏在手里耍着玩吗？

"厂……厂臣，此话怎讲呢！"她结结巴巴地说，"我跟您南下是皇上特许的，这是上谕，您公然抗旨好像不大好吧！"

"臣临行那天万一娘娘有恙的事耽搁了，留在京里对皇上来说求之不得，定不会为此怪罪臣，反而要赏臣呢！"皂条软巾被风吹到胸前，他两指挑起来往身后一扬，复哂笑道，"不瞒娘娘，娘娘忌讳的事儿，恰恰是臣最爱干的，真急杀人了，这可怎么好呢！"见她张口结舌，他越发舒心了，不过万事适可而止，真把她惹恼了，直肠子一根到底也难摆布。他正了正脸色左右探看，"当务之急还是找个摊儿买件衫子给您换上，您瞧瞧，孩子吃饭也不及您这样，要是遇上熟人，这副邋遢样子可要惹笑话的。"

音楼拗不过，只得跟他沿路找估衣铺子。夜市上真热闹，吃的玩的不算，还有杂耍。头上顶盘子、顶缸，拿人当靶子扔飞镖，还有耍叉吞刀，把她看得眼花缭乱。

最令人惊讶的是胸口碎大石，一个胖子精着上身，那层肥膘叫她想起了蒜泥白肉。就那么个身条儿滚钉板，肚子上压块大青石，旁边人一锤下去啥事儿没有，站起来还乱溜达。看客们拍巴掌称道，她也凑趣儿，拔着嗓门儿叫了一声好。

她就是个孩子脾气，脚下拌蒜不肯迈步，肖铎只能拉着她走。走了一段，迎面遇上个人，步子忽然就顿住了。

音楼转过头，乍看之下大感惊讶——那是个年轻女孩儿，十四五岁年纪，眉眼生得极好。鸦黑的头发随意绾了个髻，鬓边戴了个金蛙慈菇叶的小簪头，一对玉兔捣药耳坠子在灯下晃悠，兔子的两个宝石眼珠子嵌在白玉脑袋上，显得出奇地红。这身打扮其实不甚华美，可是那脸盘儿和通身的气度，一看就不是普通人家的女儿。这些还是其次，重要的是姑娘见了肖铎的神情，活像见着了鬼。音楼心下奇怪，再回眼看他，他轻轻蹙着眉，似乎有些不知怎么开口。

这是遇着旧相识了吗？到底什么情形暂时弄不清，只见那姑娘慢慢挪步错身过去，也不再流连市集了，带着贴身的两个人越走越快，一路往街口的马车方向去了。

音楼目送着喃喃道："看那两个长随走路的样子，怎么像内官？"

宫里的太监低人一等，不似寻常人昂首挺胸，当然像这位督主一样目空一切的更是凤毛麟角。正因为卑微，到哪儿都挺不直腰身，低着头抚着膝，脚下步子搓得快，一晃眼就过去了。

可既然是内官，怎么见了面也不请安？肖铎不是司礼监的掌印吗？她扭头看他，他屈起食指打了个呼哨，也不知从哪里冒出来五六个人，穿着百姓的布衣，却是满脸肃杀之气，上前拱手哈腰，叫了声督主。

他说："都瞧见了？跟着那车，务必平安送到。"

番子们领了命，来去也只一瞬，顷刻就不见了踪影。音楼咦了声："手脚这样快，会飞檐走壁似的！"又凑过去问他，"刚才那女孩是谁家娘子，生得这么漂亮！"

"娘娘从没见过她？"肖铎抻了抻衣袖，照旧不紧不慢地沿着街市走。找到一家门脸儿，不做衣裳只卖大氅云肩，也不挑拣了，拎了件鸟含花披风给她披上，盖住胸前那片糖渍就完事了。出门到一个古玩摊儿前停下来，捡起一串迦南珠子左右打量，神情淡淡的，刚才的错愕也是风过无痕，和那摆摊的小贩议起价来。

音楼觉得奇怪，听他的话头，倒像她应该见过那女孩儿似的。她应选是直接进的宫，要是有一面之缘，也应该是在宫中。但是宫里的人等闲出不来，难道她也和自己有一样的境遇？她再想追问，但碍于跟前有外人，只得忍住了。想想他刚才的模样，似乎颇有触动，想起他们头回碰面时，没看见他有那副表情，怪她长得不惊艳？还是他和那个女孩儿之间有渊源，不方便告诉别人？

音楼斜着眼睛看他，那姑娘瞧着年纪还小，肖督主和人家有牵扯，似乎有点不厚道吧！

肖铎并不理会她，只顾低头打量手里的珠串。迦南木珠用来礼佛是最好的，上等材料在手里摩挲的时间长了，表面会起一层蜡，托在掌心看，温润内敛，比珠玉做的串子更加名贵。坊间也不是没有好东西，就是要静下心来慢慢寻摸，运道好，说不定就能捡漏。

音楼感觉落寞得很，越是不告诉她，越是克制不住要打听。她跟在肖铎身后念秧儿："您说这么晚了，一个女孩儿怎么就跑出来了呢！身边带的人也不像有身手的，难怪您要打发人护送她。厂臣，她家住哪里？是哪个王府的千金吗？和您早前就相识的吗？"

她絮絮叨叨的，他古怪地看她："您问这么多，到底是对人家好奇呢，还是对臣好奇？"

音楼讪讪住了嘴，究竟是对谁好奇，她也说不出个所以然来，可看他这讳莫如深的样子，那姑娘一定不寻常。

他把那串迦南珠拍在她手上，低声道："娘娘得空多念念佛，煞煞性儿吧！刚才那位的名号您也听说过，她是当今圣上的胞妹，岁禄万石，仪同亲王。"他偏过头长吁了口气，"按理儿这个时辰宫门都下了钥，不该一个人偷偷出宫的。看来锦衣卫的差事办得欠缺，得好好开发才是。"

"哦，难为我猜了半天，原来是合德帝姬啊！"音楼听他报了名号，悬着的心莫名放了下来，转而笑道，"年轻女孩子总困在宫里也难耐，偶尔出宫一趟逛逛，你把宫门上的人都惩办了，势必要捅到皇上和太后跟前。您瞧她刚才见了您就躲，回头知道您把事宣扬出去，是不是会记恨您？"

他一脸漠然："臣按章程办事，错了吗？徜这种情，万一别人上疏弹劾，岂不是弄得自己一身骚？"

"锦衣卫上头还有指挥使，问罪也是一层一层地来。"她狡黠地眨眨眼，"再说公主出宫自然不愿意叫别人知道，只要她不认账，谁弹劾你都是诬告，厂臣大可以叫东厂法办他们。"

东厂的名声果然臭不可闻,反咬一口的事在她眼里也都顺理成章,不过她似乎并不反感那个吃人不吐骨头的地方,为什么?是因为有他吗?他居然感到欢喜,脸上也露出一种复杂的柔情来:"既这么,那就暂且搁置,等我入宫问明了再说不迟。只是娘娘倒也奇,眼下人人明哲保身,您还有空操心别人。"

她笑了笑,低头抚摩那串迦南珠,一圈圈缠在手腕上:"我知道这个年纪的人有多向往外面的世界,厂臣不是女孩儿,闺中岁月有时也难耐得很,出去走走是好事。"

他确实不懂女孩子的想法,她们的世界色彩斑斓,就算他愿意,也未必能走得进去。

他抬眼看夜色,地上灯火连天,把夜幕都照亮了。穹窿不是黑色的,隐约泛出一层青紫,像夏天的黎明,仿佛一眨眼就会朝霞满天。

"累了吗?"他问她,"散了这半天,再不回去明儿脚疼。要是喜欢,下次有机会再出来。离了京还要自在得多,一路上也有您瞧的了。"

"那咱们是走陆路还是走水路?"她兴冲冲地跟着他往回走,"沿途风光一定很好吧!"

风光虽好,车马颠簸,时候长了哪里还有什么兴致!男人耐得住摔打,女人身娇肉贵,只怕揉搓不起。他说:"走水路,省些力气,想上岸随时可以停船,也不妨碍的。尽早出发,约莫六月头上能到金陵。秦淮两岸可是好地方,诗上不是写了吗,'燕迷花底巷,鸦散柳荫桥。城下秦淮水,平平自落潮'。娘娘生在浙江,可曾夜游过秦淮?"

音楼被他说得神往,笑道:"我哪有那福气!我父亲辞官后曾四处访友,音阁倒是跟着,几乎把江南跑了个遍。我那时候念书,有一段记得很清楚,说那里'妆楼临水盖,粉影照婵娟',要是能去看看也不赖。"

肖铎怜悯地看她,这人活得甚可怜,在夹缝里长大,花朝节才有机会出趟门,结果回来一看,屋里的兰花还被人搬走了。他怕惹出她的心事来,也没敢多言,换了轻松的口气道:"这回娘娘南下,想去哪里只管同臣说,泊船上岸四处逛逛,花费不了多少时候。"

她轻轻地叹气:"唉,我想这也是唯一的机会了,还是要谢谢厂臣,我运道好遇见了您和皇上,捞了一条命,要不这会儿,正坐在坟头上看风景呢!"

他笑起来:"娘娘倒是会调侃自己。"

"要不怎么样?"她裹了裹披风道,"如果样样计较,我早把自己给折磨死了。"

他们走的还是来时路,天桥离提督府有一程子,走通衢大道敞亮是敞亮,可是绕路,要多行一盏茶工夫。原路返回是最近的通道,一条斜街兜转过去,脚程省下一半。

去时兴致高昂,一路上话多,心思也分散,转眼就到了。回来的时候沉淀下来,步子有些重,不怎么爱说话,沉默着走了一段,进了胡同,两边是灰瓦灰墙的四合院,一座连着一座,院门紧闭,灯光照过去,门上红漆斑驳。白天和夜间有两种截然不同的风致和心情,音楼往道旁看,之前下了四十多天的雨,好些门对子都掉了颜色,被水浸泡过一轮,变得淡而苍白。

"都成了这样,怎么不撕了?"她转头问他。

他说:"对子不能随意揭,就算残破了也要到年三十,换上了新的才能取下来。"

又是无言,胡同里转角重重,渐渐行至最窄处,不由得有些紧张,预感会发生些什么,心里七上八下的。寂静的夹道里只有他们的脚步声,步调一致,像同一个人。本来应该错开些的,一前一后走更容易通过,可两个人都没有要停下的意思。越走越挤,墙脚还有堆放的杂物,几乎是肩抵着肩。好几次触到她的手,每碰撞一次就叫他心头重重一跳。他突然渴想起来,究竟怎样平息他不知道,只知道浪高千尺,不可遏制。他想牵她的手,这个念头始终贯穿他的思想,可是现在又不够了……到底想如何?他打算对这个皇帝钦定的女人如何?同样身不由己的人,莫非生出惺惺相惜的情义来了?

她终于绊到一只篾箩,人大大地踉跄了一下。他也不知怎么想的,丢了灯笼两手来扶她,是乱了方寸还是借题发挥,全然不重要了。她保持住了平衡,然而那只灯笼毁了,热烈的一簇火光熊熊燃烧起来,就像昙花,转瞬又枯萎凋谢。周围陷进黑暗里,他闭了闭眼,手却没有从她肩头挪开,反而捉得越发紧了。

音楼听见自己的心跳得怦怦作响,刚才险些磕着,真把她吓个半死。她开始哀叹那只灯笼,离家还有一段路,没了灯照道儿可怎么走?他的手指越收越紧,有股咬牙切齿的狠劲,几乎要捏碎她的肩胛骨。她咝地吸了口冷气:"厂臣……"

"累了,歇会子。"他轻声耳语,然后手从她肩头滑下来,轻轻捏住她的腕子,"娘娘走得动吗?"

音楼有点难堪,这样面对面站着,不知道他是不是又要发作了,隔三岔五来上一出,简直让人摸不着门道。刚要说话,他一手抬起来抚她的后脖颈,往自己胸前一压,声音里有笑的味道:"娘娘一定也累了,臣勉为其难,借娘娘靠一会儿。"

想谢绝都没有余地，他把她带进怀里，她试图挣脱又使不出劲儿。他的手像铁钳，把她固定住，音楼觉得自己成了被针钉在柱子上的蝴蝶，躯干在他的掌握中，翅膀再折腾也是枉然。

"娘娘讨厌臣吗？"他把一边脸颊贴在她头顶上，语气里不无哀怨，"臣有时觉得自己不讨人喜欢，别人跟前倒还罢了，在娘娘跟前落不着好，想起来就万分惆怅！"

他能有此自知之明，说明还有救。步某人没有戳人脊梁骨的习惯，她总是带着诚恳而谦虚的态度，很善于安慰别人："厂臣自谦了，您就这么嚣张地活着也挺好。不能讨人喜欢就让人害怕，只要占一样，谁敢说您的人生不是成功的人生？"

他沉默了下，很认真地思索，然后语调越发暧昧了，揽着她轻声喻哝："那么娘娘对臣是什么样的感觉？要是臣猜得没错，一定是喜欢多过害怕吧！"

"厂臣说话真逗趣……我对您喜恶平平，非要找出一样来，那绝对是敬畏！"她打着哈哈垂死挣扎，他显然对她的话不甚满意，她折腾半天都是无用功，最后只能放弃。靠着就靠着吧，黑灯瞎火的时候干什么都合时宜，两眼一抹黑，朦胧里看见也只作看不见。横竖他是个太监，慢慢习惯起来，就和彤云没什么两样。

不过那力道倒是男人的力道，单用一只手，也叫她生出四肢全上尚不能奈他何的感慨来。她一面开解自己，一面又心跳如雷，嘀咕着少了一块到底也还是男人的外貌，这么高的个头，这么倜傥的做派……他的衣带上还系着她挂上去的梨花，幽幽的一点香气混合着瑞脑，飘飘摇摇钻进她鼻孔里，搅乱人的神魂。

"其实我不累。"她红着脸说，"东厂番子无处不在，厂臣虽是一片好心，可落了别人的眼，不知道会曲解成什么样，传出去只怕不好。天色不早了，还是回去吧！"

她这么在乎名声，是因为还要进宫，担心皇上怪罪吧！他对情绪尚且能做到收放自如，加之猛然之间醍醐灌顶，便发觉没有什么可留恋的了。他撒开了手一笑："天底下并不是谁都可以监视的，东厂有东厂的规矩，臣是提督，谁敢往外泄露一星半点，臣管叫他那双眼睛保不住。再说娘娘想得有点多了，道儿走累了，要借臣的肩头靠一靠，这事原本就光明磊落，有什么可忧心的？倒是娘娘这样忌惮，反而叫臣诚惶诚恐了。"

音楼有种秀才遇到兵的无力感，明明是他硬把她揪住的，怎么现在都颠倒过来了？她张嘴想辩驳，无奈口才不及他，只得忍气吞声："是啊，是我走累了偏要靠在厂臣身上，厂臣这回又是忠君之事，皇上还得赏您。"

他换了副谦卑的语气："话虽如此，叫人说起来终归不好，还是不要传到皇上跟前为妙。臣知道娘娘不拿臣当男人，可如今太监找对食的事儿也颇多，飞短流长，臣倒没什么，娘娘是女子，损了清誉，臣于心也不安。"

这下子音楼真的语塞了，话全被他说完了，他占人便宜还一副高洁的姿态，这世道真的变得让她摸不着框框了。

她垂头丧气："就依厂臣的意思，这事儿不叫皇上知道。其实当真是芝麻绿豆一样的小事，有什么可说的呢，您道是不是？"

他满意地点头："不单这个，往后臣和娘娘私下里的接触对外都要守口如瓶，这都是为娘娘好。"

私下里还能有什么接触？弄得有私情似的！音楼欲哭无泪："您这样欺负我，真的好吗？"

他歪着头看她："臣不会欺负娘娘，臣只会一心一意保护娘娘。"

这话半真半假，至少在音楼听来是这样。因为她还有一点儿利用价值，所以他愿意兜搭她。等哪天后宫出了真正意义上的宠妃，他找到更稳固的靠山，也许就会像对待荣安皇后一样，随手把她丢弃了。

她知道他的话靠不住，也不愿意当真，可是心里还是隐隐感到踏实。他说天暗，借口看不清路怕她摔着，伸手来牵她，她也没有回避。其实他说得对，她还是有些喜欢他的。这人除了性格刁钻说话刻薄，剩下的好像都是优点。

他紧紧攥着她，这回不是抬着托着，是结结实实握在掌心里。先头皇帝不是摸她手了吗？摸了又怎么样，现在总可以盖住了吧！他的拇指在她手背上轻抚，心里也急切起来，想快些把衙门里的事料理妥当，带她下江南，给她撑腰，即使回到那个家，也让她不再担心受人压迫。

批红的差事说撂就撂下了，不过御前有耳报神，伺候笔墨的人看在眼里，转头他这儿也就知道了。番子探回来的消息盘根错节，挑了几样过目，大抵是朝中官员的家底私事儿。他把文书倒扣下来问闫荪琅："姜守治的根底查得怎么样了？"

闫荪琅道："撒出去的人回了话，姓姜的不是书香门第出身，他祖上是富户，家里田地房产数不胜数，在闽浙一代很有些名气。为富则不仁，这上头有把子力气可使。就算是个菩萨一样的大善人，咱们用点小手段，坐实几样罪名全然不在话下。"

他眯眼唔了声："如此甚好，一个朝廷官员，家中田产数额惊人，谁能说得清这些产业的出处？越有钱，越是善财不舍。去查查他每年的收租，是三七还是二八，姓姜的说的不算，佃户说了算。上年闽浙又旱又涝，朝廷免了半年赋税，到底这项仁政摊到人头上没有？"他阴恻恻一笑，"我料着是没有，你找几个官员具本参奏，到了乾清宫，这桩案子还得落到东厂手上，到时候是揉圆还是搓扁，就看我的意思了。"

大邺从神宗皇帝起就痛恨贪官污吏，凡有为官舞弊者，皆以剥皮楦草处置。闫荪琅想起去年仲夏的一件事儿，几个小吏在自己家院子里露天喝酒，酒过三巡，其中一个脑子管不住舌头，夹枪带棍地把这位督主一通数落。其他三个吓得一身冷汗叫别说了，说话的那个正在兴头上，自以为家里的私话不会叫人听见，唾沫横飞地表示自己不怕："他还能剥了我的皮不成？"结果呢，说完门外涌进来一帮番役把人捆走了，下了东厂大狱，督主亲自监刑，让人把皮完整剥下来，放在石灰里渍干，填进稻草后缝合，给他家人送了回去。如今姜守治是要往贪赃上靠，一旦证据圆乎了，少不得是个灌人皮口袋的命。

东厂历代的提督太监都不是善茬，但凡有半点怜悯的心，也不能坐到这个位置上。别看督主面上温文尔雅，背后有个诨名叫"屠夫"，要不是厉害到极致，也镇不住那十二档头和上万番子。

闫荪琅哈腰道是："一切听督主示下。督主上回向万岁请命下苏杭，打算什么时候启程？"

他把伏虎砚的盖儿盖上，起身到盆架子上盥手，嘴里曼声应着："有你打点，我也没有后顾之忧。还有些琐碎事儿，安排妥当了就走。"底下人送巾栉上来，他接过去，一面细细地擦手，一面问，"荣安皇后和那些太妃都消停吗？"

闫荪琅向上看了眼："先帝后宫的妃嫔，除了殉葬和守陵的，余下有三十七位。如今新帝登基，位分高的留在宫里颐养天年，那些排不上名号的都送到别苑去了。荣安皇后近来凤体违和，前儿打发人传话要见督主，叫我给挡回去了。眼下督主瞧得不得闲儿，是不是过宫里探望一回？"

话是说到了，理不理会是他的自由。依照以往的惯例，那些过了气的主儿没有再搭理的必要，说不见也就是了。他天性这样，应付是没办法，对谁都没有十分的真情，说他凉薄，也不算冤枉了他。

原以为他撂句话叫太医过去瞧瞧就仁至义尽了，没想到他略顿了下："要见我？说什么事儿了吗？"

闫荪琅道："单只请督主移驾一叙。"

"想是无事不登三宝殿吧！"他仰脖儿长出一口气，也没说旁的，背着手缓步踱出了东缉事厂大门。

荣安皇后移宫奉养，早就已经不在坤宁宫了。他兜兜转转过御花园，进了偕凤宫，过琉璃影壁后就看见她在大荷叶鱼缸前站着喂鱼。毕竟今时不同往日，再没有赫赫扬扬的富贵装扮了，狄髻上戴素银首饰，脸上薄薄扑层粉，一眼看去人淡如菊。

她大约没想到他今天会来，表情怔了怔，不过很快就平复下来，隔着天棚传他进来，自己转身进了殿门里。

跟前的人照旧都回避了，荣安皇后在地屏宝座上端坐着。窗口半开，早晨的阳光穿过缝隙，斜斜地打在青砖上。他的粉底靴踩过那道光线，停在离她两丈远的地方。一样的俊秀面貌，一样的丰神朗朗，然而表情漠然，再不是一见她就眉眼含笑的模样了。

短短一个月而已，物是人非。赵皇后目光颤了颤，指着底下的杌子请他坐。

他仍然站着，打躬作了一揖："这阵子事忙，没得空来见娘娘，还请娘娘恕臣不周之罪。"

她有些悲苦地笑了笑，自己现在什么身份，哪里还能计较那些！从荣王暴毙那天到现在，她没有再见过他一回，也许是他刻意回避吧！她忽然觉得羞耻，那么多回的身体碰触没有让他产生一丝感情，她作为女人究竟有多失败！他今天愿意来，已经是天大的面子了，她还能多说什么？

她吸了口气，低头看膝襕上的朵云麒麟纹："厂臣近来好吗？金銮殿上换了人，厂臣的仕途想必一帆风顺吧！"

她是在嘲讽他被收了批红的权吗？肖铎哂笑道："有得也有失，拉了个平手罢了。娘娘差人来传臣，就是为了和臣叙旧？"

他这个脾气，永远和人亲近不起来，似乎懒得同她周旋，大概只差一句"有事请讲"了。荣安皇后心头荒寒，稍顿了顿才道："叙旧只是一宗儿，还有桩事想托厂臣帮忙。"

他扯了下嘴角道："娘娘也知道此一时彼一时，臣如今手上实权有限，不知能不能帮上娘娘的忙。或者娘娘说来听听，若是臣能斡旋的，一定尽力而为。"

荣安皇后道："也不是多难的事……我目下这样子，大势已去了，也不希图什么，只求娘家有个好依仗，将来我的日子不至于太过艰难。"她看了他一眼，"厂臣知道的，都察院右都御史赵尚是我叔父，他府上有位小公子今年刚弱冠，在承宣布政使司任参议。我是想,自己这头算完了,能不能叫族亲那一头和慕容氏结个姻亲?合德长公主的年纪也到了,倘或我赵家能有一人尚主,再没落也不至于差到哪里去。"

这一手牌打得倒不错,合德帝姬是两任皇帝的胞妹,谁能尚她,日后必定平步青云。只是那个赵还止是什么样的人?他以前接触过,门面长得不错,可惜骨子里那份卑微,简直比太监还不如。他掖手笑道:"倒是一桩好姻缘,可公主下嫁谁,不是臣能决定的。娘娘把这事交给臣,臣人微言轻,恐怕难担重任。"

她牵唇一笑:"谁不知道帝姬最听你的话!你要是没法子,那世上就没有能办事的人了。找个时机叫他们碰面,倘或生米能煮成熟饭,还愁不成就吗?"她下了宝座朝他走过去,站在他面前哀声道,"我只求你这一件事,你瞧着咱们往日的情分,好歹要帮衬我。"复探手去牵他袖子,"无论如何,这深宫之中我能托赖的人只有你了,你忍心让我瞧着赵家家业凋零吗?"

凋不凋零与他又有何干呢?不过借由这事更看清她的险恶而已。他不动声色地撤回了手:"虽说合德帝姬与臣相熟,可主是主,奴是奴,做奴才的怎么去干涉主子的婚事呢!"他略带苦涩地蹙起眉,"娘娘这是给臣出难题了。"

荣安皇后见他迟疑,早就没了念想,咬牙转身到天鹅绒帐幔后,取了个大匣子搁在他面前,打开锁头推过去道:"这是我这几年攒下的体己,少作少,几万两还是值的。厂臣若是不嫌弃就拿去使,我托你的事,千万周全。"

肖铎往那匣子里看了眼,各色头面首饰数不胜数,单是鸽子蛋大的南珠就有十来颗。只是他虽爱财,该得的不手软,不该得的却分文不会取。

"娘娘既然谈起情分,那么拿钱说事就见外了。"他随手把盒盖儿盖了起来,"这些东西娘娘自己收着,臣还是那句话,只要能办到的,必定尽我所能。不过成功与否不在臣,得看赵氏的福气。"

她知道他的习惯,但凡他应准的,绝不会是这样模棱两可的语气。荣安皇后看着他扬长而去,气愤之余用力捶打了下匣子,把里头的珠翠捶得哐当乱响。别当她锁在深宫之中什么都不知道,他如今有了新想头,府里留着那个神神道道的小才人,不就是打算学三国里的王允吗?!当时她就觉得死而复生的事蹊跷,果然里头有猫腻。

也罢,他肖铎以往铜墙铁壁水火不进,如今白落个短处在她眼里,逼急了,就别怪她拿捏他的七寸!

端午将至，今年不同于往年，倒春寒后的天气一路晴朗，到四月收梢，迎面吹过来的风是温的。曳撒的圈领做得紧，里面高高交叠着素纱中单，日头底下走一回，热得恍恍惚惚。

从喈凤宫出来，往南是一溜夹道。肖铎松了松衣带看远处，红墙、黄琉璃瓦殿顶，衬着蔚蓝的天幕，有种雄浑而别致的况味。过天街进保善门，掌印秉笔值房就在慈庆宫东南角关雎左门外。他撩袍过跨院，谁知一抬头，恰好看见了昨天偷溜出宫的人。

她梳了个祥云髻，身上穿浅绿色挑丝双窠云雁宫装，大概已经在门上伫立多时，脸颊烘得有些发红。出身高贵的帝姬，从落地起就有无数的管教妈妈教授言行举止，笑不可露齿，目不可斜视，所以不论何时，她站在那里就是一片傲然的风景，叫人等闲不敢忽视。

他忙整整衣冠上前行礼："臣请长公主金安。"

合德帝姬抬了抬手："厂臣不必多礼，我打发人到司礼监和缉事厂找你，都说你不在。后来听说上喈凤宫去了，料着你要回值房里来，就在这里等你。"

帝姬是个轻而柔的声口，文质彬彬进退有度，那是天家的教养和尊崇。但是年轻的姑娘，要她一直老气横秋地活着，确实够难为的。所以她昨儿背着人出宫，半道上偶遇叫他吃了一惊，后来再想想便也可以理解了。那么今天来找他，还是为昨儿夜里的事吧！他料了个七八分，她在他面前有些扭捏，他知道她的意思，左不过想打招呼不好开口罢了。

他静静地看她，突然间发现她大了，长得这样高了。还记得他任秉笔的时候，曾经被指派到她宫里督察宫务。她的乳娘因为一点私情和堂官勾结，公主那时知道要处置，惘惘地立在月台上，哭得满脸都是泪。她从小养在太后宫里，但和祖母不亲，只倚仗乳娘长大。现在乳娘要发落，也许流放，也许杖毙，她不能求情，只能吞声哽咽。帝王家的公主，金尊玉贵的体面人儿，暗里有无数的条框束缚，有时甚至不如平民女子。他看在眼里，居然动了恻隐之心。彼时她还小，七八岁的孩子，身量够不着宫门门扉上的金铺首。他站在一旁观察她半天，她只是哭，乳母被带走的时候跌跌撞撞追出去好远，却不敢再喊乳母一声。

按理是不轻不重的罪，他背后使了把劲儿，那乳娘受了笞杖后被逐出宫，仍旧发回原籍，并没有取她性命。他把乳娘的情形告诉她，帝姬对他感恩戴德。他在她宫里伺候了将近一年时间，除了日常的琐碎事务，也负责监督她的课业。他和她的关系说起来有点复杂，明面上是主仆，私下里他是她的良师益友。帝姬年纪小，面嫩心软,对他敬重和敬畏兼存,还有那么点刻意讨好的意思。她特许他在没人的时候喊她的名字,她的闺名叫婉婉,自从有了封号,这个乳名几乎不再使用了。彼时,她带了些轻轻的哀怨,皱着眉头对他抱怨:"我将来死了,恐怕也不会有人知道我究竟叫什么了。"

只是后来司礼监的掌印老祖宗年迈,他使了极大的力气才把那把交椅接过来,里面的艰难也不足为外人道。任了掌印离开毓德宫,转头提督东缉事厂,人贵事忙,渐渐就与她疏远了。

"长公主找臣,定是有事吩咐吧!"他缓声问,"臣要是猜得没错,是为昨儿夜里的事?"

合德帝姬面上一红,讪讪道:"厂臣何等聪明的人,哪里用得着我多言。正是昨夜的事儿,我想来想去,还是要来托付厂臣。先帝从显了病症到晏驾,这里头拢共半年时间,宫里愁云惨雾,也看不见谁脸上有个笑模样。上月龙驭宾天,我又连着在奉先殿祭奠祈福七日,弄得人都恹恹的。前儿听人说起宫外梨花节当口有夜市,就想出去找点儿乐子……"她顿了下忙又摆手,"你别怪罪我宫里人,没谁撺掇着我,是我不听劝,执意要离宫的。今儿来找你,就是求你别往上回禀,要是追究起来,只怕又是一场轩然大波。好歹替我捂着,我不能为了一时贪玩儿害了身边的人。横竖我答应你,往后必定恪守教条,再不敢越雷池一步。这回的事儿厂臣就网开一面,叫它过去就是了。"

肖铎明白她的意思,皇权虽更替,太后依旧是她父亲惠宗皇帝的元后,并不是她生母,要是有点小纰漏,就算哥子能带过,传到太后跟前,她一顿挂落儿少不得要担待。他颔首道:"长公主不必多言,臣昨儿早早就歇下了,外面的事一概不知,何来捂着一说呢!"

合德帝姬脸上闪过讶异的神情,很快回过神来,又悻悻然笑了笑:"厂臣说得是,是我失言了。"语毕眼波悠悠递送,踌躇了下,还是没能忍住,"那个姑娘……是谁?"

他听她这么说,抬起头来瞧了她一眼:"长公主问的是哪一个?"

既然从来没有在外面相遇,那么他和别人同行的问题她也没理由问。她顿时住了口,一时不知道怎么把话圆过来。他了解她的秉性,她太实诚,年纪又尚小,他那些迂回的手段也不忍心用在她身上,因而道:"臣这两天就要启程南下了,恐怕要在江浙苏杭一带停留阵子,您在宫中多保重,等臣回来,带些江南的小玩意儿供您取乐。"

她脸上倒淡淡的:"哦,江南好是好,但并非久留之地,厂臣还是尽早回来,没的走久了朝中格局大变,再要挽回又得花一番工夫了。"

肖铎听得出她话里有话,眯着眼道:"您是爽快人,今儿怎么黏糊起来?"

帝姬有些难为情:"厂臣别取笑我,我是吃不准消息有没有用。前儿太后宫里设宴,皇上也去了,在东配殿里和人说话,提起什么西厂,恰好叫我听见。这事儿厂臣知道吗?"

肖铎听了倒一怔,东厂监督天下官员,紫禁城内却不能明目张胆地安插太多人手,眼线一个未及,有些消息就错过了。好在帝姬是顾全他的,这会儿知道为时也不晚。他拱手长揖:"多谢长公主提点,臣记下了,自有应对。"想起荣安皇后先前的嘱托,再看看眼前人,低声道,"臣这一去三五日等闲回不来,长公主万事多小心。这浩浩紫禁城,人心隔肚皮,不是万不得已千万不可贸然赴别人的约。臣临行前会在毓德宫安排靠得住的人手,您有拿捏不住的地方只管交代他办。越是盛情难却,越是要称病推托。长公主记着臣的话了?"

合德帝姬是明白人,他这么说,心里大抵也有了分寸,点头道:"厂臣放心,我都记在心里。"

他这才扬唇一笑:"臣还有别的事要交代底下人,就不在这里多逗留了。天儿热起来了,您在外头走久了也不好,请早些回宫,臣办妥了差事再进毓德宫给您请安。"

帝姬脸上露出留恋的神色来,讷讷道:"我在宫里盼着厂臣的,好歹早去早回。"

他也未多言,比了个恭送的手势,她转过身,让宫婢搀扶着缓缓去了。

他进了值房,坐在高座上盘弄蜜蜡佛珠,心思百转千回,全在西厂二字上。司礼监秉笔有三员,除了闫荪琅,还有魏成和蔡春阳,见他心事重重,都撂了手上的事儿过来支应他,沏一杯茶往上敬献,小心翼翼道:"督主遇着什么烦心事了?卑职们虽愚钝,也愿意为督主排忧解难。"

他半晌才长出一口气:"皇上要设立西厂了,事出突然,打了咱家一个措手不及。"

那两人面面相觑:"东厂和大邺同寿同辉,这会儿横生枝节,究竟什么意思?"

他哂笑道:"新帝登基,急于替自己立威,不想倚重东厂,倒也情有可原。"

这件事牵扯到众人的利益,创立一个新衙门,多少人手上的权要跟着削减,大家一棵树上吊着,一损俱损,自然都不愿意眼睁睁看着。蔡春阳道:"怎么料理?

督主拿个主意，属下们听上峰调遣。"

怎么料理……他站起身踱步："皇上有新想法，好事儿啊，皇权集中嘛，哪朝哪代没有几次？东厂成立百余年了，要立时取缔是不能够的，再说皇上定准的事，我纵然手眼通天也难力挽狂澜，接下来如何，只有走一步看一步了。要是我料得没错，皇上急于让西厂立功，少不得把要紧差事都指派给他们办，别的我不管，姜守治的案子不能松手。西厂提督不论指派哪个，凭修为都不足以和东厂抗衡。咱们不必死盯着，只需紧要关头使些小手段就足够他喝一壶的了。到时也让皇上知道，兜个大圈子，最后靠得住的仍旧只有东厂。"

魏成一点就透，笑道："东厂旁的不多，就是番子多。那群牛黄狗宝，正事儿能办，砸窑倒灶也是一把好手。"

肖铎放下心来："我不在京里的这段时间你们多费心，我这头避了嫌，好多事儿更容易施展。手别软，但也不能没头苍蝇似的乱撞，正愁找不着你们的错处，送上门让人捏后脖颈就没意思了。我的行程耽搁不得，以免授人以柄。余下的事儿你们料理，倘或实在吃不准的，再来请我的示下。"

他笼统地交代一番，自己进养心殿辞了行便出宫去了。

世事多纷扰，他坐在轿中捏眉心，下手有些狠，觉得生疼。大概是捏破了皮吧！瞥见轿围子上挂的绣春刀，东厂的兵器配备是锦衣卫制式，不过锦衣卫是单鞘单刀，东厂是单鞘双刀。他随手抽出一把柄上刻"厂"字的来，刀身锻造得镜面似的，就着窗口的光一照，果然端端正正一个红色的菱形，像拔痧拔出来的。他哀哀地叹了口气，拿手指推了两下，被音楼看见，少不得借机嘲笑他。

回到提督府，他没进自己的屋子，负手过跨院，想去知会她一声把东西收拾好，明儿上船安置完了，后天就要动身。刚到廊子底下就听见里间窃窃私语，是音楼的声气儿："李美人，圆房的时候瞧见闫少监的身子了吗？还能不能管点儿用？宫里净身没准儿也有漏网之鱼，我总觉得肖厂臣没割干净，看见姑娘两眼放光，哪里有个太监样儿！"

肖铎站着，眼皮重重地跳了一下。

里间的李美人嗫嚅了下："太监也是人，看见漂亮的也会心动，这么就说人家没去干净，回头押到黄化门再割一回，可要老命了。"

"都没了还那么爱勾搭，敢情是骨子里坏。"音楼往前凑了凑，"那闫少监呢？怎么样？"

李美人越发局促了，支吾了半天才道："瞧是瞧见了，没法儿说。"她拿团扇遮住脸，隔着薄薄的绡纱还能看见她酡红的双颊，略顿了顿，唉声叹气，"嫁给太监的人，这辈子苦是吃不尽了，还能指着有体面吗？你不知道他怎么作践人……罢了，你是没出阁的女孩儿，告诉你也不好，没的污了你的耳朵。"

音楼和彤云对看了一眼："他对你不好？"

太监这类人，阴阳怪气的，心里想什么谁也拿捏不准。前一刻还是好好的，转瞬就拉下脸来折腾你。李美人满面哀戚，皱着眉头道："我就是个玩意儿，什么叫好呢？吃喝不愁，日子上头没什么不足，就是夜里难耐。可人家救了我的命，要不我这会儿在地宫里躺着呢！捡着一条命还有什么可说的？所以你听我劝，千万不能叫太监沾身。往后回了宫，就算再空虚寂寞也要离那些人远远的，记好了吗？"

李美人这话一说完，音楼立马想起肖铎来。自己也纳闷怎么牵扯上了他，大概被他三番五次挑衅，那点小小的怨念都刻在骨头上了。不过她实在对那些个内幕感到好奇，和李美人关系又不赖，便不懈地追问她："你不说怎么回事，我回头心猿意马收不住怎么办？"

李美人垂着嘴角打趣她："这也能叫你心猿意马，那你该让太医开方子败火了。"言罢叹气，"我也不避讳你，你想知道的我都告诉你，不就是净身嘛……"她说得豪迈，脸上恨不得红出血来，可是想起自己受的那些罪，转眼又觉灰心，"……那些有权有势的想回春尽干些造孽的事儿，据说吃小孩儿脑子顶用。"

音楼啊了声，对彤云道："上船后活动不开，咱们留神瞧肖掌印，看他会不会偷着吃什么奇怪的东西。"

彤云木着脸看她："主子您和他走得近，顺道儿打探就得了，奴婢可不敢，奴婢还想多活两年。水路上走不是好玩的，把我竖在江心里，我不会水，还能活得成吗？"

李美人笑道："这也就是乡野传闻，真吃小孩儿脑子的谁也没见过。别说是真是假，就算是真的也不能嚷，叫外人听见了要出事的。"

她点头不迭："我知道，这不是你在吗，外头我也不会说去，到底督主的脸面要紧，这么大尊佛押到黄化门，那太丢人了！"

屋外的人感觉浑身气血逆行，气得他平稳不住呼吸。她到底对他有多好奇？背后这么排揎他，还一口一个为他着想！果然女人是不能宠的，太抬举就爬到你头顶上来了。再侧耳细听，她的注意力集中到李美人怎么度过漫漫长夜上去了。女人凑在一起的话题居然这么外露，平时端庄贤淑的样子看来都是装的。

李美人很觉难堪，满肚子苦水没处倒，她问了索性一股脑儿告诉她："除了那处不济事，别的也没什么两样，全套功夫一样不落。只不过他心里憋闷没处发泄，一个伺候不周就打我。"她捋起袖子让音楼看，胳膊上瘀青点点，有的是新伤，有的时候长了，边缘渐渐发黄，横竖是满目疮痍。她拭了拭眼泪道，"咱们这些人哪里还算是个人！他打完了后悔，给我赔礼，跪在我跟前扇自己耳刮子，你叫我怎么样呢！虽然做对食有今生无来世，可浑身上下叫他摸遍了，和真夫妻又有什么差别？我知道他心里苦，挨了两下并不和他计较，过去就过去了，可他第二天变本加厉，不叫他碰就疑心我外头有人，叫他碰，我实在没这命给他消耗。"

各人有各人的苦处，既找了太监就别指望过好日子了。音楼听了也淌眼泪："这么下去怎么了得，三天五天还忍得，十年八年怎么料理？你好好同他说说，夫妻之间你敬我我也敬你，要是闹得不痛快了，往后还过不过？"

李美人摇摇头道："这道理谁不懂呢，就是他心眼子小，说我的命是他给的，作践我是人家的本分。"

"那他何必要救你？救出来还不叫你好过，这人心肝叫狗吃了？"音楼恼恨不已，"这会儿是瞧准了你有冤无处诉，这么猖狂也没人治得住他。"

李美人对现状感到疲惫："家里私情，清官还难断家务事呢，找公亲都认不准门。"

"宫里那么多对食，宫女死了，那些太监置办了牌位供在庙里，清明冬至都去吊唁，哭得什么似的。都是人，他怎么就和别人不一样？"音楼恨恨道，"回头我和厂臣说说，求他给你主持公道，也给闫荪琅醒个神儿。"

这是拿他当救星使，这些杂事儿也来麻烦他，谁有那闲空替旁人操心！肖铎面上做得不快，心里却隐约欢喜。一片雀跃像鹞子，高高地飞上了云端。

李美人识趣儿，摆手道："不敢劳动肖掌印，你别管我，我如今活一天都是赚的，照理阳寿早在两个月前就到头了。你只要好好的，往上爬，我将来兴许还能借你的光。他脾气虽不好，总不至于把我弄死，你只管放心就是了。"

后头都是些零零碎碎的私房话，他没了听壁脚的兴致，料她回头要来找他的，自己悠闲地迈着方步去了。进上房换了件宝蓝底菖蒲纹杭绸直裰，路上要筹备的东西自有府里管事料理，他坐在荼蘼架前看书，颜真卿的真迹，花了好大劲儿才淘换来的，市面上买不着。他逐页品评，一撇一捺铁画银钩，真是稀罕到骨头缝里的好东西！只可惜东西有些年代了，外乡人保管得不熨帖，有几张纸叫虫咬了，品相没那么好。他举起来对着光看，看着看着发现垂花门前有人，手里拎了什么东西，晃晃悠悠从甬道上腾挪过来。他转过身假作没看见，单拿余光瞥过去，只见她笑吟吟地站在矮榻边上，把手往前一伸，说了声"喏"。

他这才看清，是五彩丝带编的网兜，里面灌了一只鹅蛋一只鸡蛋。

他有点撮火，给他送蛋，拐着弯儿骂人吗？他抬头看她："娘娘这是什么意思？"

音楼道："今儿是立夏，吃了蛋就不疰夏[1]了。"说着掏出一个来给他看，"鹅蛋放在粽子锅里煮的，壳儿都给芦叶染黄了。鸡蛋皮薄，时候一长就裂开，还是鹅蛋好。我叫人送点调料来，厂臣蘸着吃，好不好？"

这人花花肠子不少，求人办事就开始大献殷勤。他起身接过蛋篓子道谢："搁着吧，臣不爱吃白煮蛋。"

她歪着头问："为什么呢？是不是嫌太大了？那我换几个鹌鹑蛋来？"

他不愿意和她讨论蛋的大小问题，刚才在外面听到的那些话他还耿耿于怀着，因而放下蛋篓问："听说李美人过咱们府了？"

他说"咱们府"，想来没有拿她当外人。音楼很高兴，笑道："我要跟您回浙江了，您又不叫我出去，我只好差人请她来话别。"

他嗯了声："单只是话别吗？"

"倒不止，李美人过得艰难，说闫少监对她不好，总是打她。"她眼巴巴地看着他，"厂臣，男人打女人，换作您您瞧得上吗？没本事的男人才拿女人撒气，您说是不是？"

他颔首道是："不过太监不算男人，拿男女那套来下定规，似乎不大妥当。"

她顿了下："别人不拿太监当男人，太监自己也这么想？"

他请她坐下，两个人面对面大眼瞪小眼："那娘娘把臣当男人了吗？臣是觉得对路的女人要疼爱着，善加保护，但别人的想法未必是这样。一样米养百样人，就是这个道理。"

当不当他是男人，她也说不上来。论理儿他是残缺的，可他做出点暧昧不明的事来，她又面红心跳六神无主。这个话题不能继续，否则又要被他绕进去了。她也不敢看他的眼睛，他的眼睛会勾人，看了要着魔的，她只好耷拉着眼皮道："我想闫荪琅是您手底下的秉笔，您能不能劝劝他，让他对李美人好一点儿？"

他哧地一笑："人家两口子的事儿，外人掺和进去合适吗？我是管不得别人的，自己这里处置好就不错了。"

她显得很失望，悻悻道："又不费事儿，顺便的一句话，为难吗？"

---

[1] 由于天气燥热而厌食，从而导致身体抵抗力下降的症状。

"臣和底下人除了公务没别的交集,闲事管到闺房里去,叫人说起来成什么话?"他正了正身子,婢女端个盅放在他榻旁的矮几上,他原不想吃,忽然想起什么来,探手去揭那青花瓷盖儿,才揭开一点儿又扣上了,慢回娇眼打量她,"娘娘回头收拾收拾,后儿一早就要起锚的。还有旁的事吗?没事就请回吧,臣要吃药了。"

音楼脑子一激灵,拿盅吃药没见过,吃的什么药?别不是李美人说的小儿脑吧!她只觉五脏庙翻腾,低头看看手里那个鹅蛋,喃喃道:"再大也不能变成两个,敲开了尝尝吃口又老,真可惜。"

他眉眼弯弯,含笑问她:"娘娘嘀嘀咕咕说什么呢?什么一个两个?"

她不能明说,迟疑了下把鹅蛋放回网兜里,挨在边上看那个盅:"厂臣身上不好?这是什么药?烫不烫?我替您吹吹好吗?"

他好整以暇地望着她:"臣是净过身的人,有些暗疾不方便和别人说。近来不知怎么,心头乱得厉害,唯恐带累到别处,所以时不时地要压制一下。臣的药不是寻常的药,轻易不能让人看见。娘娘请回吧,这药温着吃最有效,冷了烫了都腥气,您在这里臣没法用。"

她越听越惊恐,难怪他在荣安皇后跟前那么吃香,现在又用这么造孽的药,她果然是高看了他,忘了他是多丧心病狂的人。

"既……既然如此,"她没有勇气指责他,结结巴巴应着,站起来道,"那我这就回去准备。"

他不说话了,一双眼睛直望进她心里去:"娘娘脸色不好,是在担心臣的病势吗?娘娘对臣一片情,臣也知道……"他靠过去,几乎和她贴身站着,"有什么好奇的不必同别人探讨,直接来问臣,岂不更准确直接?太监净身,刀尖儿上留情就够人受用的了,只要调理得好,将来悄悄娶妻纳妾,和正常人没什么两样。皇上前阵子说起要赏臣几个宫女,臣也怕辜负了圣恩。"

音楼鄙夷地刨他:"哪个皇帝愿意让太监留着孽根淫乱宫闱?史上一个嫪毐还不够吗?厂臣想什么呢?宫女摆在那里望梅止渴就成了,还想伸手?抓着了仔细剥皮抽筋!"

做了太监都不消停,想入非非他也不嫌累得慌!以为他和闫苏琅不是同类人,谁知竟一样!她有点生气,呲打了他一通又觉得不大对劲,他怎么知道她刚才和别人聊了什么?难道一不留神疏忽了,让他刺探到了军情?

她顿时头皮发麻,扭身就要走,谁知被他牵住了衣角。他勾手一扯,皮笑肉不笑地道:"娘娘且留步,臣问娘娘,臣怎么见了姑娘就两眼放光了?神天菩萨看得见臣的心，娘娘疑心臣是假太监，就请娘娘跟臣进屋查验，省得后头你我同船而渡，瓜田李下有避不完的嫌。"

他力气很大，拽着她往上房拖。音楼吓得三魂七魄都移了位，使劲锉着身子哀告："这个怎么验？不好办呀！我看算了吧，还是给您留点面子，要不您该不好意思了。"

"臣好意思。"他一本正经道，"臣没有对食，衣裳底下也从来不叫人看见，既然娘娘好奇，臣在娘娘跟前无须隐瞒。"他眼波潋滟，复低低笑道，"至于怎么验，光看是看不准的，另有试探的法子。臣教娘娘，保管一教就会。"

音楼也就是嘴上厉害，动真格的她不是对手。他说光看没用，大概还得上手摸，这可难为坏她了，怎么说也是个黄花大闺女，不管他是不是真太监，叫她验身实在强人所难。怪她多嘴，道人长短居然会让他听见。这下子好了，人家打上门来了，想哭都找不着坟头儿！她决定努力挣脱，边挣边道："玩笑话，厂臣何必当真呢！您别拉拉扯扯，叫人看见了不好。不就是说您两眼放光吗，何至于恼成这样！放光的不是您，是我，成不成？哎，您大人大量，息怒吧！"

他不为所动："娘娘随口一说，臣却字字放在心上。娘娘随臣南下，几千里水路朝夕相处，如果臣是个假太监，娘娘的名节可就保不住了。臣身为司礼监掌印，本来就统管皇城中所有内侍，倘或监守自盗，就如娘娘所说，少不得落个剥皮抽筋的罪责。这种性命攸关的大事，半点不能含糊，与其战战兢兢相互试探，倒不如敞开了大家瞧瞧。"

他一头说，一头像老虎叼黄羊似的把她拽进了屋子。反手把门关上，他大喇喇地站在她面前宽衣解带。音楼目瞪口呆，美人脱袍的确叫她神往，可是这种情况下并不显得多有情致。他解开了直裰上的衣带，她慌忙给他系了回去，嘴里絮絮道："厂臣您不能破罐子破摔，我知道您心里苦，再苦也要周全好自己。我往后再也不敢质疑您有没有留下点儿了，假太监怎么能生得这么好看呢，您说是不是？您快把衣服穿上，万一叫谁撞见，以为我怎么您了，我浑身长嘴也说不清。"

他侧目瞧她："不管臣在别人面前如何，娘娘这里落了短儿，娘娘不替臣遮掩？当真不看吗？"他说着又解裤带，"还是看看吧，看过了大伙儿都放心。上了船臣要服侍娘娘的，娘娘对臣心有芥蒂，往后处起来也不松泛。"

她开始和他抢夺裤腰带，红着脸说："我相信您，冲您今儿愿意让我查验，就说明您是个不折不扣的太监！"

这个话听着有点别扭，他拉着脸道："瞧瞧也没什么，臣都不臊，您臊什么？真不看吗？过了这个村可就没这个店了。"

音楼忙点头："不看不看,看了要长针眼的。"

"娘娘是怕太丑,吓着自己吗?"他苦笑了下,十分哀怨落寞,"臣就知道,太监果然不受人待见,上赶着脱裤子验身都没人愿意瞧一眼。"

音楼愕然,不看反而伤他自尊了?可一看之下缺了一块,他自己不也感到寒碜吗?!她甚无奈,犹豫道:"您要是实在坚持,那我就……勉为其难吧!"

她居然松开了手,这下子轮到肖铎发怔了,她一副慷慨就义的模样,他拎着裤腰带迟疑起来。这人的思路和别人不一样吗?好歹是个姑娘家,你来我往几回就顺水推舟,她还真给他面子!他以往没遇见过这么尴尬的事儿,原只想戏弄她一番,谁知把自己给坑了。她要是个伶俐人儿,断不会走这步棋,是他太高估她了,其实她就是个傻大姐!

可是傻大姐也有灵光一闪的时候,音楼突然想起来他是个不做亏本买卖的人,万一看了他,他要求看回去,那她怎么应对?她到底打了退堂鼓,捂住眼睛说:"算了,非礼勿视的道理我还懂,厂臣就别抓着这个不放了,尽心当好差才是正经。您不是说皇上要赏您几个宫女吗,您盼着自己有能耐也是人之常情,可是我劝您一句,别吃那种伤天害理的药,要不就算能尽人事,心里也会不踏实的。"

什么有能耐,什么尽人事,她觉得自己就是在胡说八道。他看她的眼神越来越奇特,似乎也不打算追究了,双手抱胸低头道:"那几个宫女上月就赏了,臣拿身体抱恙推辞了。如花似玉的大姑娘,陪着我这个废人,岂不是暴殄天物!臣自以为洁身自好,和娘娘相处这些日子,只有瞧见娘娘才两眼放光,对别人从来就没有肖想,娘娘竟不明白臣的心吗?"

他又来这套,从行动到语言,暧昧无处不在。音楼也努力让自己习惯,可是每回仍旧忐忑不安。他的心思比海还深,凭她的功力不足以和他周旋,只要时时提醒自己不可当真,那就是独善其身的良方了。

他背靠着菱花门,天光透过镂空的万字纹照进来,把他照得周身镀金,像庙宇里的菩萨。她仔细看他一眼,他眉心的那点红对比着雪白的面皮,显出一种妖异的美来。以前有寿昌公主的梅花妆,如今有肖督主顾盼流转间的一抹胭红,叫人觉得神韵天成。

"这是哪儿来的?"她努力想分散他的注意力,咧嘴道,"发疹了吗?拔得跟二郎神一样,真好笑!"

他就知道她没好话,想起来又觉隐隐作痛,转身揽镜自照,边照边道:"下手过了头,好像擦破了皮。"

音楼头疼起来，拿牛角刮痧，很少拔眉心，怕留下印子难看。不过偶尔一回，弄出细长的一道，也没有把皮蹭破。他虽养尊处优，好歹是个男人的相貌，也不至于嫩成这样吧！这叫吹弹可破吗？难怪彤云说她比他更像男人。

太监爱臭美，手把镜举在面前翻来覆去地照，音楼问他："这会儿痧退了没有？"

他扶额叹气："头还疼着，回来听见娘娘那些话，越发疼得厉害了。"

她大感愧疚："是我的不是，我叫人来给你刮痧，单刮颈后几道就行了。"

他皱了皱眉头："我不爱叫那些臭人近身。"略一顿，满怀希冀地望着她，"娘娘不觉得报恩的时候到了吗？"

她迟迟地哦了声："厂臣的意思是要我动手？不是我不愿意，我以前没给人刮过，怕把您弄疼了。"

他撂下镜子一笑："那就试试吧！臣经得住摔打，娘娘只管放心大胆，练好了臣以后就有指望了。"

不把她归在臭人一类，原来是想培养一个专门替他刮痧的人。音楼没办法，再看他脸色发青，也料他现在很不受用。就像他说的，报恩的时候到了，他总是尊称她娘娘，其实她算哪门子的娘娘，没有他，她这会儿不知道在哪儿飘呢！

她搀他在罗汉榻上坐下，往杯子里续了茶水，找出一枚大钱来站在一边等他解衣领。他脱了外面的直裰只着中衣，薄而细的素纱把人衬得没了锋棱，歪在榻头的大引枕上，慵懒雍容，病起来也很销魂。交领解开了，露出结实的肩背，音楼偷着瞄了眼，有点难为情。没想到衣裳下的身体和她想象的不一样，她以为那么漂亮的面孔后面应当是纤纤素骨，至少看上去带些柔弱的，谁知他没有。明明是练家子的身形，但又不似那种肌肉虬结的，他很适中，有力度却不粗犷。这么一来倒发现了另一种相得益彰的美，仿佛这具身体比脸更有男子气概。

音楼垂涎归垂涎，顿在这里不是办法。他的冠下有碎发低垂，她一手撩起来，一手去蘸杯里的茶汤，拇指扣着钱眼儿，用力地划将下来，长长的一溜，皮下起了星星点点的红。

"疼吗？"她问，"疼就叫一声，我轻点儿。"

"不疼。"他咬了咬牙笑道，"轻了出不来，再用力一些。"

音楼也知道拿捏分寸，他让重就重，没的刮破了油皮。她还是那手势，在这道红痕上反复刮了几遍，看痧血像云头似的一簇簇聚集成堆，低声道："你这两天外头跑得辛苦，看看这么重的痧，难怪要头疼。我以前听说，索性从来没有刮过的人，一辈子也就那么过，反倒是破了例的，隔阵子不刮就浑身难受，像有瘾头似的。"

他伏在引枕上应她："以前家里穷，请不起郎中，一有病痛我娘就这么给我们兄弟治。我倒难得，我身底子好，扛得住。肖丞多灾多难，他刮得最多，每回背上横七竖八全是杠，吃了鞭子的模样，夜里仰天睡就抽冷气儿。"

她很少听他说起他兄弟，从泰陵回来的路上也是一笔带过，便问他："肖丞是你弟弟吗？"

他沉默了下方道："是我哥哥。"

"不在了？"她探手蘸水，觑他脸色，"是得了病？"

他说："这人吃人的世道，病死倒算好的了。他受人欺负挨了打，面上看不出伤，回去躺在床上，半夜里就死了。我只剩那么一个亲人，也丢下我撒手去了，你不知道我多恨那个打死他的人！后来在宫里当值，坚持不住了就想起他，不管受多大委屈都能挺腰子扛着。好在皇天不负有心人，让我坐上掌印的位置，仇人落到我手上的那一天起，东厂十八样酷刑轮番让他尝了个遍。我恨他多久，就要让他受多久的罪。死得痛快便宜了他，每天割他一块肉，插上香供奉肖丞，最后没处下刀了他才咽气。尸首扔在外头喂野狗，我就那么看着，直到最后一块骨头进了狗肚子，才觉得这些年的怒气得到了疏解……"

音楼听着，手上的动作早停下了，捂着嘴说："我八成也发痧了，恶心得不像话！"

他知道她在影射他的残忍，他不在乎别人的看法，不杀人就被杀，这是亘古不变的道理。闺阁女子不能理解，因为她们只看到春华秋实，花绷上永远绣着花开锦绣，哪里懂得什么是真正的悲苦？

他接过她手里的铜钱打岔戏谑："那正好，臣来服侍您。"

她往后退了一步，摆手不迭："不必了，我有彤云，让她伺候就行。厂臣这里也差不多了，那我这就回去收拾东西，有话咱们上船再聊。"

她落荒而逃，他站在榻前目送她。她上了申路，走出去好远还能感觉到他视线相随，回头看一眼，他白衣飘飘恍如谪仙。刚才那些话像中途打了个盹儿，怎么都和他这个人联系不起来了。

## 第六章 高唐路

　　音楼果然是小才人出身,眼皮子浅,以为南下的船无非就是乌篷,一叶扁舟在山水间游荡,多么孤寂且富有诗意!其实不是,督主到底是督主,不管实权怎样变更,瘦死的骆驼比马大,排场还是少不了的。

　　登船那天天气奇好,一行人出朝阳门乘的是哨船,到天津卫才换宝船。碧波蓝天下远远看见码头上停着个庞然大物,船头昂船尾高,上下足有四层。船艏正面是巨大的虎头浮雕,两舷有凤凰彩绘,舣板还有展翅欲飞的大鹏鸟。人站在陆地上,仰头也只看到船帮,要是登了船,不知是怎样一幅景象。

　　曹春盎见音楼在观望,趋身过来笑道:"老祖宗没走过水路吧?福建沿海管这种船叫福船,能远航、能作战,当年郑和下西洋就是用的它。这船是尖底,吃水深,九桅十二帆,开起来平稳,也经得住风浪。听说长有四十丈,宽也在十六丈,光一只锚就上千斤重呢!"

　　音楼点头道:"是大得很,我没坐过船,这回倒是托厂臣的福了。"

　　彤云在边上问:"小曹公公,您也随行吗?"

　　曹春盎说:"督主下江南,我这个做干儿子的不贴身侍奉,于情于理都说不过去不是?"他对音楼作揖,"督主临行前就知会奴婢了,老祖宗在船上的一切用度只管吩咐奴婢。这趟南下扈从一多半是东厂番子,老祖宗千万别随意走动,那些人都是大大咧咧的莽夫，一个闪失得罪了老祖宗，督主要问奴婢罪的。"

东厂和司礼监不同，只有提督是太监，底下的档头和番役是从锦衣卫里精挑细选出来的拔尖儿，都是结结实实的真男人。运河里航行，过沧州到镇江，少说也得跑上个把月，督主这么嘱咐，大抵是怕端太妃接触了男人，再弄出什么岔子来。他啧啧感慨，他干爹不知在上头花了多少心思，苦就苦在人是皇上先看中的，要不然供在府里做个管家奶奶，干爹这一辈子也就有了做伴的人了。

再厉害的人物，也指望着老婆孩子热炕头。但凡外面遇着点波折，再或者心里装了点儿心事，不告诉枕边人告诉谁呢？人不能憋久，久了要憋坏的。像他干爹这样的人才风度，要是上下齐全，多少女人排着队让他挑拣他都不稀罕！

音楼往前看，肖铎穿着官袍站在渡口，临水的地方风比别处大，狂啸着卷过去，吹起了他曳撒的袍角，高高扬起来。

船上放木梯下来，闫荪琅并几个送行的拱手长揖："督主一路顺风。"

肖铎嗯了声，撩袍上台阶，走了几步回头瞥了眼："能拿得定主意的事不用问我，切记胆大心细，莫逞匹夫之勇。"

闫荪琅道："从北京到南京，飞鸽传书一日应当能到。属下们不敢自作主张，必定事事请督主示下。"

他的话半真半假半带试探，即便是再倚重的人，也绝不敢十成十按谜面上的意思办，必定再三斟酌才敢回话。肖铎听了还算称意，又昂首想了想："你府里的事，我也有耳闻。劝你一句，终归是宫里出来的人，留些体尊脸面，不单是为她，也为你自己好。"

闫荪琅吃了一惊，抬头看他，很快又垂下眼来。没想到他会关注自己府里的事，李美人和端太妃走得近，料想是这里走漏了风声。他有些惭愧，躬身应了个是："属下失策，叫督主笑话，实在是没脸见督主。"

他扬唇一笑："牙齿和舌头还有磕碰呢，夫妻间这种事免不了的，日后自省就是了。"恰好音楼过来，他便不再多言，扶着扶手上船去了。

京杭运河是黄金水道，漕运往来都靠它。宝船起了锚，把帆都鼓起来，这就离港南下了。音楼原想到船头看看的，可是上了甲板环顾，四周全是锦衣华服腰配双刀的人，只得作罢。跟曹春盎进了后面船舱，里头帷幔重重，细木的家具摆设也很雅致，和陆上的卧房没什么两样。

她问曹春盎："督主的舱在哪里？"

曹春盎喏地一指："和您的舱一墙之隔，您在这儿敲敲木板，他那头听得见的。"言罢又抚膝道,"水路长得很,中途有几回停船靠岸,到时候老祖宗就能活动筋骨了。开头几天难耐,老祖宗有个头疼脑热的也不打紧,船上有太医,随传随到的。您瞧这阵子天儿热,快晌午了,一会儿我让人给您送食盒来,您将就用点儿,没事儿您就歇觉,也是作养身子的好时候。嘿嘿,我瞧着,老祖宗到咱们府里这么长时候,气色好了不是一星半点,还是提督府的水土养人!您只管好好歇着,到时候请太傅一叙,他老人家见您过得滋润,心里定然宽慰。"

这话说得很是,她这个位分的人,没有受过宠幸,吃穿都有限度。以前照镜子,觉得自己像个蔫茄子,自从到了肖铎府上,油水足了,人也活泛起来了,曹春盎这个功邀得很有道理。

彤云千恩万谢地把曹太监送出去,转回来伺候她坐下,挨在边上给她打扇子:"水上风大,咱们晚上睡觉窗户开条缝儿,后半夜只怕还得盖被子呢!"

音楼头有点发晕,船在水上走,再稳也觉得腾云驾雾。她长出一口气,仰在藤榻上喃喃:"这么多人,弄得跟打仗似的。我还想上船头看看,这下子也不能够了。"抬起手,拿手背盖住了眉眼,"刚才看见肖掌印和闫太监说话,我就在想,上回求他给李美人说情,他一口就回绝了,这人真是铁石心肠。"

彤云却不以为然:"他哪里是那种婆婆妈妈的人,还管人家两口子床上打架?李美人虽然可怜,今天这条路也是她自己选的,要不是闫荪琅救她,她能有命活到今天吗?有得必有失,活着本来就艰难,再熬一熬,兴许就熬出来了。"

也的确是,大伙儿都在苟且偷生,往后谁管谁的死活呢!

音楼翻个身合上眼,不知怎么心口堵得难受,胃里一阵阵翻腾起来。左右不是,坐起来往外看,两岸景色快速倒退,越发感到不自在了。

彤云看她脸色不对,急道:"主子怎么了?哪儿不舒坦?晕船吗?"

"好像有点儿。"她坐在榻上直喘气,半天顿住不动,感觉嗓子里的东西直往外推,忙让彤云找盆来,捧在怀里张嘴就吐。

彤云傻了眼:"好好的,又没风浪,怎么就吐了?"一面上去给她拍背顺气,一面往外张望,"您忍忍,我去找人请大夫。"

正巧曹春盎进来,哟的一声转身又出去了。没多会儿踢踢踏踏来了好几个人,音楼吐完了歪在榻上,天旋地转眼冒金星,勉强看清了人,难受得说不出话来。

肖铎指派大夫给她把脉,静待片刻问:"娘子身上如何?"

那大夫道:"回督主话,把不着尺脉,应当不是有孕。娘子只是心亏脾虚,气血不足,或针灸或按压穴位,都能起到缓解的功效。不过针灸不能立竿见影,要七日一次，连续十次才能根治。娘子眼下这情形，还是压穴更快捷些。"

音楼哼哼唧唧没力气瞪人，就是觉得大夫太不靠谱。她这副模样肯定是晕船，他先瞧的居然是喜脉，真有他的！

肖铎倒很镇定，问该按什么穴位，那大夫报出个"鸠尾穴"，说着就捞袖子打算上手，被他出言制止了。鸠尾在肋下三分脐上七寸处，那地方对于姑娘来说太隐秘，虽然病不避医是正理，可叫陌生人动手，他也怕她脸上挂不住。

"你去熬养胃的药来，这里交给咱家。"他把人都支了出去，自己坐在榻沿上看她，巴掌大的小脸惨白一片，全没了生龙活虎的劲头。他低声道，"臣给娘娘治晕船，可好？"

音楼又不习武，不知道鸠尾在哪里，料着大概是在掌心那一圈吧！因而点了点头，愧疚道："我这不成器的样儿，给厂臣添麻烦了。"

他温煦一笑："别这么说，前儿娘娘还给臣刮痧呢，算两清。"犹豫了下去解她胸前纽子，调开视线道，"臣唐突了，不叫外人治就是这个道理。穴道的位置……不太好料理，娘娘别介怀。"

音楼看着他揭开交领，脸上顿时一红。天热穿得少，里面绯色的肚兜透过薄薄一层白绸贴若隐若现，她简直没脸见人。彼此都沉默着，他探手摸她肋骨，难免有些跑偏，微微的触碰让她倒吸口气，颊上那片嫣红便无限阔大，一直蔓延进了领口里。

美人胸，温柔乡，肖铎花了好大力气才把持住不叫手乱窜，找到那个点反复按压。她起先皱着眉头说疼，后来慢慢平静下来，脸上神情也不那么痛苦了，他轻声问她："娘娘眼下感觉如何？"

她说："有劳厂臣，好得差不多了，已经不想吐了。"

他收回手仍旧替她把衣襟掩好，彤云端药来喂她，他立在一边看她喝完，这才道："闫少监那头我已经捯了话，他是个懂分寸的人，想来这样的事不会再发生了，娘娘大可以放心。"

这算出乎预料的好消息，音楼刚才还和彤云抱怨，岂知他早就悄没声地办妥了。她病恹恹地在榻上拱手："难为厂臣，其实我知道要求有点儿过分，别人的事那么着急，真是个穷操心的命。您给我脸，我感激您。您看我现在这样，没力道说话，只有等好了再郑重地谢您了。"

他寒暄了两句，没有久留便去了，也是顾忌日里人多，关心过了头叫人起疑。

音楼一向身强体壮，这回晕船俨然像得了场大病，一整天粒米未进，从榻上挪到床上，拢着薄被只顾昏睡。

最后一丝余晖消失在天际，窗外渐渐暗下来，不知道日行了多少里，船靠在一处弯道口扔了锚。这船上少说也有两三百人，吃饭是件大事。伙夫搬炉灶在甲板上生火造饭，锅铲乒乓，伴着水浪拍打船舷的声音。她在半梦半醒间想起了乡里的生活，石板长街，早上有邻居淘米泼水的动静。

外面的喧闹离了很远，船舱里还是静的。突然听见卧铺靠墙的方向传来咚咚的声响，缓缓的，一长一短。她支起身仔细听，曹春盎说过，这里敲墙他那里就听得见，她重新躺下来，说不清，心头若有所失。探手去触那上了桐油的木板，咚咚声又起，绵绵的震动，正敲在她指尖上。

行行重行行，三天工夫还没离开直隶地面儿。运河河道至青县段渐渐开阔，水流急起来，宝船吃水深，连带着前后六艘护卫的哨船，逆水行舟，还不如赶车走骡的脚程快。

又到天色将暗的时候，两面庄稼地掩映在沉沉暮色里，放眼望不到边。肖铎站在船头问："还有多久到沧县？"

探哨哈腰回话："再有三十里水路才到沧县，照这行程，要是一夜不歇，明早大约赶得上早集。"

他点了点头："那今晚照旧开船，明早找个码头泊上半天再启程。"

底下人应个是，按着佩刀下去传令了。东厂十二档头，随行的有四位，刺探之外更要紧的是行保护之责。大档头佘七郎是个行事稳重、颇有远见的人，待肖铎身边无人方上前来，唤声督主道："咱们离京，早有消息传到金陵去了，属下料着南苑王府必定有动静。督主这趟少不得要和宇文良时打交道，督主当得提防，此人面上君子谦谦，背后行事却未必光明磊落。上次的铜炉案，矛头直指南苑王府，最后消息居然断在半道上，可见那南苑王也是个厉害角色。"

肖铎脸上无甚表情，只往前面开阔的水域眺望。天上一轮明月高悬，船头水面自是银光点点。他背着手一叹："好月不共天下有，总有些不安分的人试图扭转乾坤。宇文良时这人，可以是敌，也可以是友。不过要斗起法来，大约也是个好对手。"

佘七郎见他这样说便不再多言了，他一个人一颗心，抵得过庙堂之上十个文儒。眼下皇帝新登基，踌躇满志整顿天下，他略往后退一步，对他的根基并没有大的妨碍。但是君王心毕竟深不可测，谁也不知道这实权将来能不能收回来。聪明人善于左右逢源，哪边都不得罪，处处都占着先机，可不就如他所说，亦敌亦友。要紧时候倒戈一击，他就是弓弩上的机簧，胜败也全在他。

"船上警跸自有属下们周全，督主旅途劳顿，还是早些安置。明早到了沧县，上岸填充些补给，接下来往东南过大浪淀百里盐碱地，恐怕是没有人烟的，再要停靠需到德州了。"

肖铎听了颔首，回身看去，音楼的舱门里透出光亮来，他心里记挂，便问曹春盎："娘娘的晕症都好了吗？"

曹春盎道："大夫留了话，叫每天压娘娘的第二厉兑穴，连着压上二十天，往后晕船的症状就能根治了。儿子每回给娘娘送吃食，总看见彤云捧着娘娘的脚在那儿按压，主仆俩有说有笑的，我料着娘娘的症候缓解得差不多了。干爹要不放心，何不过去看看？"

他想也是，以往在府里日日都要照面的，怎么到了船上反而避讳起来。东厂番子再厉害，都是他手底下的人，又有什么可惧的？他自嘲地笑笑，大概真的有哪里不对劲了，原先一味只知道戏弄她，她就像个玩意儿，是他机关算尽后最有趣的消遣。他也承认当初福王知会他时，他想过用对付荣安皇后的手段来对付她。女人嘛，有几个是油盐不进的？深宫岁月寂寞，不得君王恩的人，别处找慰藉也在情理之中。连荣安皇后都能沉溺，一个涉世未深的女孩儿，还能翻出他的手掌心吗？

可是他千算万算，忘了把风险计算进去。撩拨得久了，自己一不小心栽下去，摔了个脸面尽失。留是留不住的，不过不再指望互惠互利，把她捧上高枝，好好在宫里坐享富贵也就足了。

他缓步踱到她舱前，犹豫了下，还是在门框上敲了敲。

她在灯下描花样，不学无术了这么久，玩得有些厌了，那些女红再不拾掇起来，万一手生了就彻底撂下了。听见敲门声抬起头来，支使彤云去看看。彤云打帐帘出来行了个礼："督主来了？娘娘在里头忙呢！奴婢找小曹公公讨炭条去，督主里面请吧！"说着欠身出去了。

音楼手里的画笔顿在一簇花蕊处，突然心跳大作。他这几天来得稀松，但是夜夜临睡敲她墙板，这样含蓄温情的小动作，竟盖过以前的千言万语。她紧张起来，笔尖颤抖，满手都是汗。暗啐自己没见识，越来越受他影响，往后只怕要步荣安皇后的后尘了。她心里都明白的，可是明白又怎么样，她自控能力很差，自己还没察觉，就已经让人玩弄于股掌之间了。

定了定心神搁下笔，站起来的时候他正撩了水墨帐幔进来，月白的团领衫，头上戴累丝金冠,如玉的脸庞,印刻的是淡淡的笑意。

"娘娘在忙什么?"

她回身看了桌上一眼:"描几个花样,回头绣汗巾用。"又笑道,"厂臣现在这么拘礼,真叫我不适应。墙头敲惯了,进门也知道敲门了!"

他不来寻她的茬,她倒嘚瑟起来了!肖铎道:"臣敲舱板,也盼着娘娘有回应,可是连着两三晚都是石沉大海,臣还以为娘娘压根儿没听见呢!"

她不回话,心头微漾,只抿嘴一笑。比个手势请他坐,自己提壶来给他沏茶,往窗外看了眼:"都这个时辰了,还不停船吗?"

他呷了口茶汤道:"今晚连夜行船,明早到了沧州地界再歇上半天。您瞧瞧有什么要添置的,可以上岸筹备。"

她说:"这里样样都有,我也没什么要置办的。"稍稍一顿,抬眼看他,"厂臣,我给您做双鞋吧!以前我爹的油靴和软鞋都是我做的,他总夸我手艺好,懒了这许久,生疏了倒可惜了。明儿还是上岸买些尺头,厂臣是要靴还是要履?"

肖铎手里托盏,按捺住欢喜,低头看指上筒戒,怕不小心那份感情从眼睛里泄露,叫她捉住了引出尴尬来,便道:"内侍的穿戴有巾帽局打理,每年冬至从节慎库提数十万两银子用在这上头,样样都是现成的,娘娘何必费那手脚。"

"那不一样,我亲手做的,是我的心意!"她说着,又转过去挑拣花样子,自顾自道,"还是做靴子好,做得结实些,穿得也久一些。这趟回浙江是最后一次在外头晃悠了,等返京就得进宫去,往后哪里能那么随性!给您做个鞋,叫人知道了背后还得编派呢!说太妃和掌印怎么怎么了……"她憨傻笑道,"我是没什么,带累了您的清誉,那罪过可大了。"

前阵子他总和她提起进宫的事,她听得不耐烦了就发火,到后来他自发避讳,今天她倒敢于直视了。他不解地打量她:"娘娘愿意进宫?因为上回皇上许了您一只巴儿狗?"

"也不是的。"她低头把纸一张张收拾起来,夷然道,"不单是为一只巴儿狗,我觉得皇上脾气不错,深交了或者还是个良善人。再说你们大伙儿都认为我该进宫,那我就听你们的吧!难道厂臣想留我在肖府吗?"她认真地看他,可是他不答话,眉头渐渐皱起来,她心里倒松泛了,咬着槽牙说,"进宫就进宫,不过厂臣要助我摆脱太妃的衔儿,我要当妃子,生皇子,将来做太后!"

她有点苦中作乐的意思,自己调侃一番后掩嘴咻咻地笑了。

他叹了口气:"臣能为娘娘做的有限,不过娘娘的这些愿望,臣竭尽全力,也会替娘娘达成的。"

她期待的似乎并不是这样的回答，只觉失落慢慢涌上心头，再也笑不出来了。手里摆弄着那个艾叶填充的布老虎，艾叶防蚊，这种小挂件从端午过后就开始用，一直留到夏季的收梢。她转过身，踮起脚尖去够立柱上的银钩，因为向上伸展，身腰越发显得纤细了。肖铎默默看着，然后调开视线，突然发现一切倒转过来，伤嗟惆怅的反倒成了他，这个夜也因此变得异常恼闷。

初夏时节蠓虫多，运河上也有，遇见光亮，成堆地涌进来，撞击着灯罩噼啪作响。那些蠓虫寿命短，大概撞得太凶了，一下子毙了命，很快烛台下就聚集了一片，拢起来足能装满曲柄勺。音楼垂着嘴角抱怨："这些虫傻吗，也学飞蛾扑火，看看这下场，出师未捷身先死了。"

这话听着总有隐喻似的，他握紧佛珠低垂的坠角，两块碧玺相互摩擦，发出碳棒起焰儿般的细凑之声。沉默多时才回过神来，声气儿也恢复了平常模样，笑道："舱是木做的，吸了一天的热气，晚上一股脑儿都释放了出来，娘娘在里头不热吗？前面甲板上他们吃饭，臣领您到后边凉快凉快，去不去？"

登船好几天，一直没机会出去走走，他这么提议，音楼听了自然高兴。推窗往天上看，一轮皓月当空，空气微凉，果然比舱里舒服得多，便雀跃道："带上酒，咱们赏月划拳，那才热闹。"

她年纪到底还小，十六岁的姑娘，心里载得了多少愁绪？他应了声，出门吩咐曹春盉拿酒来，自己带着她往船尾去了。

这样大的船，信步游走都是开阔地。船上戒备森严，尾楼甲板上也有带刀的锦衣卫。他挥手命他们退下，提溜着酒壶，拖过两个木头杌子来，请她坐，把酒递给了她。

运河中心水流湍急，宝船挨边走，能减少些阻力。他站在船舷旁，堤岸高埠上的柳条从他肩头滑过，抬手摘了片叶子，冲她扬手道："臣奏一曲，给娘娘助兴。"

音楼拊掌道好，他吹的是《平沙落雁》，古琴曲，用柳叶吹出来又是另一种味道。曲调略快些，绵延不断，九曲回肠，在这寂静的夜里，从这铁血铸就的战船中飘出，是刚与柔的融合，说不出的哀伤幽怨。

一曲毕，音楼不知怎么称赞他，站起来颇豪迈地举樽："好！一点浩然气，千里快哉风！干杯！"

她没有等他共饮，自己先干为敬了。他对酒一向不大热衷，就算喝也只是小口,她却不一样,闷起来就是半杯。他劝她少喝:"喝多了伤身,要闹头疼的。"

她却不听他的,挥手笑道:"我是借酒浇愁呢!一想到回京后就得进宫,我脑仁儿都要炸开了。"

他听了歪脖儿问她:"娘娘不是有雄心壮志要做太后的吗?怎么这会儿又打退堂鼓了?"

她摇头道:"玩笑而已,我又没有媚主之姿,宫中佳丽三千,哪里轮得到我!厂臣上回不是说要给我找师傅的吗?如今寻摸得怎么样了?"她絮叨着,也不用杌子了,往甲板上一坐,两臂撑着身子,仰天看头顶上的月,"是该好好学学了,再不学就来不及了。不瞒您说,其实我很笨,也就是看着挺机灵罢了。"

肖铎花了好大的力气才忍住不嘲笑她,真的压根儿不算瞒,她本来就不怎么聪明,说机灵也谈不上。但是就这么个平平常常的人,莫名叫他体会了什么是牵挂。他也知道自己的脾气,但凡心思重的人,要喜欢上一个女人,除非她赛过自己,能叫他心悦诚服。否则干脆找个傻呆呆的,需要人保护,好让他英雄有用武之地,也是一种别样的满足。

他在一旁掖着袖子回话:"娘娘切勿妄自菲薄,臣瞧娘娘就挺聪明。娘娘对现在的生活不是没有怨言,只是碍于家人不能挣脱,是不是?"

她低头想了想:"是啊,我可以不在乎任何人,唯独父亲不能不管。我虽然是庶出,毕竟是他的骨肉嘛,他总是疼我的。"

"所以娘娘要学本事,也全是为了家里人?"他撩袍坐了下来,"上回说替娘娘找师傅,现在想想还是不必了。有些人媚骨天成,不用雕琢也如珠如玉。娘娘这样的……画虎不成反类犬,失了天质自然倒不好了。"

她横过来一眼:"真伤我心啊您!不过也是,要是进宫的是音阁,说不定早就宠冠六宫了。"

她递过杯子来,他同她碰了一下,慢慢长出一口气道:"果真如此,头一个殉葬的就是她。宫中路不好走,没有人扶持,太过拔尖了只有被毁掉,尤其这样的光景,谁也做不了自己的主。"

"厂臣也有身不由己的时候?"她打了个酒嗝,好像喝多了,看天上的星都在旋转。她闭了闭眼,有点坚持不住了,慢慢倒在甲板上。

他说:"谁没有身不由己的时候?别说臣,就连紫禁城里的一国之君也一样。"

她转过头来看他:"厂臣不怨皇上吗?你助他登基,结果他要学太祖了。"

"娘娘一点都不笨,居然全看出来了。"他笑道,"太祖杀功臣是把好手,臣应当庆幸现在还活着。"

音楼有些嘲讽地吊起嘴角："因为你是一把关刀，立在奉天殿上是个警示，提醒满朝文武不可有异动，总有一双眼睛替皇帝盯着他们。他们安分了，皇帝的江山才能坐得安稳，我说得对不对？"

他略顿了下点头："娘娘不光机灵，还天资聪颖。"

她咧着嘴摆了摆手："也许再等几年，经历了些事，人变得世故了才能勉强和聪明沾边吧！"真要聪明，就该一心一意等皇帝接她进宫，然后和这个权宦保持距离，努力不让他左右。但是她恐怕不能做到，所以这辈子都聪明不起来了。

她仰在那里，半天没有再说话。清风、明月，身边还有他，音楼觉得人生就停在这刻也很知足了。

可惜他是个太监，她一直遗憾，遗憾了很久很久。这个想法原本就古怪，是太监和她又有什么相干呢！可她就是怅惘，那种感觉比头一回看见连城公子要强烈得多。她想她或许是很喜欢他的，喜欢得久了就会变成爱。她蹙着眉头别过脸，忽然鼻子发酸，她觉得自己大概是疯了，不爱皇帝爱太监。历来宫廷中传出后妃和太监的纠葛，大多是丑闻，与肮脏下贱沾边。不管是不是发乎情，横竖就是不堪的，必须背着所有人。她总说自己不聪明，然而再笨的人，也能明白这种怨恨失落从何而来。

她看天上的月，看着看着越发朦胧了，透过水的壳，一切都在颤抖。她拉拉他的衣袖："厂臣，我心里很难过。"

他沉默了下，问她为什么难过。她不能说，说出来怕他会轻视她。就算不轻视，她也会成为他的负担，让他为难。

她勉强笑了笑："你还记得我的小字吧？我叫濯缨，你以后不要叫我娘娘，我喜欢听你叫我的名字……像家人一样。"

肖铎只觉心理防线土崩瓦解，然而不敢确定，怕她只是依赖他，自己想得太多，有意往他希望的方向靠拢。就隔着一层窗户纸，谁也不要去戳破，因为对现状无能为力，结果也许遗憾，但是对彼此都好。

他抿了抿唇："我也喜欢这个名字。"

她在月下的眼睛晶亮："那么你呢？你读过书，一定有小字。我连闺名都告诉你了，所以你也应该告诉我。"

这一刻，所有的警敏都放下了，也顾不得脏不脏，学着她的样子躺下来，但不能靠得太近，彼此相隔了三尺远，他一手扣着壶把儿，眼里有温暖的光："你读过司空图的《擢英集述》吗？荣虽著于方将，恨皆缠于既往……"他说，"我叫方将。"

音楼的脑子停顿了下，半晌才嗟叹："濯缨、擢英……咱们的名字真有些渊源！"

她不会知道他以前并没有小字，就因为她叫濯缨，所以他才往那个集子里去找。这么做有点幼稚，他笑着想，就算不能指望将来，细微处牵扯上，也可以一厢情愿地把这个人拉进生命里来。

他平静下来，转过脸审视她，她很贪杯，隔一会儿就去喝一口，然后笑吟吟地躺回去，徐徐向空中伸出胳膊，袖子落到肩胛处，两弯雪臂在夜色下洁白如玉。

"月色真好，今晚是十五吗？"她虚拢起两手，仿佛把月亮捧在掌心里。

"是十六。"他听见她嘟囔一声，支起身来看她，"娘娘醉了吗？"

她说："没醉！今天是个好日子！"好从何来，说不出个所以然，两个人在一起就是好的吧！她有点迷糊了，脱口问他，"你以后会找对食吗？和她同进同出，让她伺候你的起居饮食？"

不会，他知道不会，但是却告诉她："如果我能活到三十，也许会。现在年轻想得没有那么长远，等上了年纪就需要一个老来伴了。"

她把手收回来，端端正正放在身侧："你会好好的，长长久久地活下去。娶一房夫人也应该，越活越寂寞，总归需要找个人说说话的。"言罢又伤感，"你倒好，有人做伴，我呢？我留在宫里，这辈子就这么冷冷清清地过了。你会常来看我吗？时不时走动走动，给我带点宫外的小玩意儿也好。"想了想又叹息，"好像不能来往过甚，会被人说闲话的。"她想问他和荣安皇后的事，话到了嘴边，最后还是忍住了。她对他的一切都好奇，然而有些东西可以触碰，有些东西连提都不能提。他们还没有到无话不说的程度，她也害怕犯了他的忌讳，闹得不欢而散。所以就这样吧，不要太揪细，也不要惹他讨厌。他愿意和她坐在一起，或者像现在一样一头躺着看天，已经让她心满意足了。

掩藏好，不要叫他发现，但是自己可以悄悄地高兴。就像有了寄托，喜欢他，即便不能告诉别人，也会感到幸福。音楼闭上眼睛，眼角有些湿润，转瞬又挥发了，没了踪影。

她静静躺着，嘴角勾出浅浅的弧度，她在笑。只要她快乐就好。他往上看，天幕是鸦青色的，嵌着星星点点的亮，遥远且捉摸不定。

心平气和地正视，以前那么轻佻，像闹剧。她一定觉得他不是个正经人，加上太监的身份，再位高权重也不能改变什么。不改变的好，埋在心里，相安无事。可是似乎又不甘心,他在不平什么?既然选择了这条路,迈出一步就再无转圜了。没有当初的壮士断腕,就没有今天的种种。人这一生有得有失,究竟什么才是最重要的?以前是权势富贵,现在呢?

他侧过身来望她,有一阵没说话了,这样露天躺着不行,他轻声唤她:"娘娘,回舱里去吧!"

她不应他,呼吸匀停,是酒喝过了头,醉意袭来了吧!他试着叫醒她:"濯缨……"这缠绵的名字直叫人爱不释手。连唤几声都不见她有动静,他便放弃了,心想再躺会儿应该不要紧,毕竟这样的时刻一去就不会再有了,实在难能可贵。

她的手就在不远处,他垂眼一望,只要探过去就能握住。他知道不应该,但是越克制越渴望,一念起,十头牛都拉不回来。他屏住呼吸,一寸寸移动,堪堪距离两分的时候顿住了,有些迟疑,还是没能敌过那份贪念。触到她的指尖,柔软的,小而玲珑。他心里高兴起来,慢慢抓在掌心里,又怕她察觉,偷偷观察她的表情,她还是那样,这才放下心来。

就这样,握住了手,一起躺着。窃窃的小心思,像小时候看着大人把甘蔗填进地窖,知道来年还能再挖出来,满含喜悦后顾无忧。人若是知道满足,就没有得陇望蜀这个词儿了。他凝视着她,安然的一张侧脸,因为月色太好,看得见嫣红的脸颊和丰艳的嘴唇。这唇是干净的,没有人碰过……他挪过去一些,撑起身仔细看,她有上扬的唇角,这种人天生好运气,一生都能衣食无忧。

如果碰一下,不知是什么滋味?

他的脑子有一瞬空白,这个念头太强烈了,简直势不可当。船尾侍立的锦衣卫被他支走后自然会在前面把守,这半艘宝船空出来,就是个巨大的无人区,没有他的命令谁也不敢来——所以就一下,他安慰自己,反正没有人知道。

他压低身子,心跳得怦怦的。他杀过人鞭过尸,唯独没干过窃玉偷香的事。原来这份紧张比面对皇帝的诘问更胜百倍,既忐忑又甜蜜,一头栽进去就再也出不来了。

他横了心,低头去碰触,顿时魂飞魄散。有清冽的酒香,她一定醉了,醉得厉害,他稍稍拉开一些再看,她还是不动如初,那么可以继续吧?已经顾不得了,他心里有一捧火,熊熊燃烧起来,把他投进熔炉里。他吻她,一下又一下。似乎还不够,用舌尖描绘,柔腻的唇瓣,当真可以解忧。

这样的夜,旖旎的,如沼泽一样,几乎让他灭顶。他探出胳膊让她枕在颈下,靠过去,轻颤着把她圈进怀里,让她的耳朵贴在他的胸膛上。如果她醒着,会听见他不安的心跳吧！他的脆弱暴露在她面前，她会怎么看他呢？还好她没有醒，放纵也只有这一回，明天就好了，依然可以按照原来的步调生活下去，她不会知道。

他的琵琶袖遮在她脸的上方，她在那片阴影里睁开眼。

他以为能瞒天过海，其实瞒骗的只有他自己罢了。

该不该顺杆子爬，音楼也经过深思熟虑，最后还是放弃了。他们之间阻碍太大，中间横亘着皇帝，就算他再能翻云覆雨，也跳不出皇帝的手掌心。天威难测，一御极便迫不及待削他的权，那就是最好的证明。他自己也知道利害，否则不会多次试探后才来和她亲近。他应该以为她睡着了，选择这样的时机，根本没有指望得到她的回应，否则以他霸道的性格，早就直接同她摊牌了，还用得着偷偷摸摸的吗？

真是叫人难过的处境，音楼是个体人意儿的好姑娘，思前想后越发地心疼他。其实他很自卑吧！一个太监，残缺了还渴望男女之情，如果当场戳穿他，他会不会无地自容？现在这样，她至少知道自己不是单相思，如果吓退了他，他那么爱脸面的人，难保不撂出几句揶揄的话来。那是他惯用的伎俩，真假难断。他会为自己辩解，即便不是出自真心，她这半天的煎熬也必然白受了！

所以她宁愿含糊着。今日已经是意料之外的收获了，原本她不过是想延挨一会儿，故意装睡不搭理他，万万没料到等来了这种结果。她能感觉出来，他战战兢兢，那份忐忑和她无异，否则以他的审慎，不会连她醒着都察觉不出来。

辗转反侧了一夜，音楼第二天起得早，晨曦微露就已经坐在窗口发呆了。彤云端着蜜瓜露进来的时候，她正托腮看岸边的景致，髻上簪一支金丝楼阁步摇，衬着身上蜜合色透纱闪银菊纹便袍，这形容身姿，竟然像一夜之间变了个人似的。

彤云一面招呼，一面仔细打量她："主子今儿奇怪得很，要回家见爹娘了，乐得睡不着觉？"

她不理她，捏着团扇起身过来，勺子在盅里慢慢搅，心思却不在这处。今早番子要上岸置办东西，说不定他也要去。甲板上每有人走动她就竖起耳朵听，她能分辨出他的脚步声，也不知是从何时起的，或许早就上了心，只是自己没敢往那上头想而已。

书案上散落着画纸，彤云拢起来一张张翻看，有步步高升和万字纹，似乎是男人的样式。她古怪地回头："主子打算给谁做鞋？我来猜猜，别不是给连城公子吧！您可是要进宫的人，不能再在外头拈花惹草了。"

拈花惹草她倒也想,君子还好色呢!可是如今不成就了,有了人,心早就装满了,再也填不进闲杂人等。音楼掩着嘴凑趣儿:"不相干的人,我给谁做也轮不到他。不过你这提议不赖,回头去酩酊楼花钱买脸,叫他把脚伸出来我瞧瞧,才能知道他穿多大的鞋。"

"那这纹样是描给谁的?给皇上?不是照样不知道龙足的尺寸吗?!"彤云把东西归置起来,探头往外看,"过会儿我去讨个炉子来,样子剪好了该熬糨糊了。这天儿,撂到外面棚顶上,一天就干了。"

正说着,船身磕了下,想是找着了码头,抛锚靠岸了。她起身出舱门,看见他从船头过来,穿天青绛丝曳撒,通袖掐金丝行蟒,那份雍容弘雅的气派,外人不去刻意分辨,大约会以为他是北京城里的皇亲贵胄吧!他这样赫赫扬扬,于她看来却只有心酸。花团锦簇下是怎样的人生,只有他自己知道罢了。

她心头骤跳,很快退进舱里。他后脚也跟了进来,背着手站在幔下,脸上神情淡然:"再往前是盐碱地,大约过三四天才能到下个集镇。娘娘不是说要买尺头的吗,臣今儿得空,陪着娘娘一道去。"

音楼感到难为情,仓促地背过身去。他的目光像芒,扎得她万般不自在。她只有尽量克制,稳着声儿道:"我怕热,中了暑气又要添麻烦,还是不去了。厂臣去吗?要是去,替我带回来也一样。"

他堂堂的东厂督主,逛市集,给女人买布料,要是旁人说起来必定觉得可笑。然而是她,就有种家常的亲切,像柴米油盐的琐碎日子,没有那么多谨慎忌讳。

"你不去吗?"他似乎有点失望,"我叫小春子备好了,怕热可以打伞,晒不着的。"

她脸上推起一波血潮来,头也有些发晕了,搪塞着:"天热疲懒,实在不想走动,你们去吧,不用管我。"

他倒不强求,大方道:"既这么,那我也不去了。正好昨儿喝了点酒,这会儿还不太清明。"回身吩咐曹春盎,"你带着云姑娘上岸去,她要买什么尽着挑。人不够再带两个,只管搬回来就是了。"

曹春盎应了个是,很快冲彤云比画几下手,把人领了出去。屋里空出来,又只剩他们两个,昨晚出了这样的小意外,所有的镇定自若都是假象。他也觉得不好意思面对她,心里毕竟有愧,单独相处的时候,不安变得硕大无朋,他立在那里有点手足无措。

音楼听不到他说话,以为他已经走了,转过身来发现他还在,略吃了一惊。

怕他起疑，尽量要装得坦然，她撩起袖子到案上拿炭条，又去扯了张宣纸过来，笑道："我说要给你做鞋，可是没有鞋样子，只好现上轿现扎耳朵眼儿……哎，你坐，叫我画下尺寸来，就手剪也一样。"

一向指派人的人，这回受她摆布，显得有点呆愣，坐在圈椅里抬起脚问："要脱靴吗？"

"你的靴子合不合脚？"她低头看，厂卫的官靴是方头的，上面绣着流云纹。他是干净人，应该是上船才换了新的，连鞋底都一尘不染。她哀哀一叹，"内家样儿，样式的确是时兴的，不过鞋头太阔了，看上去呆蠢。"

他赶紧附和："就是鞋头阔大，没那么跟脚。"

她婉媚一笑："那些贩夫走卒东奔西跑，一双脚大得蒲扇一样，越阔越觉得松快呢！"说着蹲下来把纸铺在地上，伸手去替他脱靴，"还是照着脚样子做的好，大小都在手上。鞋小了脚委屈，鞋大了也一样委屈。"

他心头暖起来，可不好叫她伺候，往后缩了缩道："你别动，我自己来。"

音楼也不坚持，蹲在一旁静待。别的男人怎么样她不知道，肖铎的考究精细简直要赛过女人，靴袜都是簇新的，清清爽爽没有异味。她也曾留意过他的指甲，甲缝干净整洁，真挑不出一丝毛病来。邋遢的男人多了，像他这么个人儿，你有什么理由不眷恋着他？

所以还能靠得这么近就是好的，不要什么世俗考究，她给他描鞋样，他安然接受。晨光里拉长的身影斜铺在船板上，音楼偷偷地想，真有些寻常夫妻的味道。

肖铎垂眼看，初夏时节穿得单薄，女人的衣领也矮下去了，她垂着头，露出一截粉颈，纤细脆弱，叫人心疼。他说："我不缺官靴，你给我做双飞云履好吗？家常穿着舒坦些。"

她抬起眼来望他："怎么不要靴呢？我做得比巾帽局的好看。"

他嘀咕了下："做靴子费手，没的弄伤了，大夏天不好沾水不方便。我上回听你说给步太傅做油靴，外头什么没的卖，要你亲手做？那么厚的麂皮，针线穿过去是好玩的吗？"

他这一提音楼倒想起来，做油靴确实艰难，她还记得最后一针纳完，手指关节因为勒线都浮肿了，连拳都握不拢。她那时候期盼的是什么？不过是父亲的一个笑脸，一句称赞。因为音阁比她聪明，绣一方帕子都能让人抬举半天，她做得再多再好，却没有人愿意瞧一眼。

往事令人伤怀，她笑了笑，岔开话题："外面做的不及自己做的仔细，没穿几回就进水了。你要软履简单，两天就能做成一双。横竖在船上无事，皂靴我也一块儿做，外头走动好歹是个门面。"说完又惘惘的，"我进京应选，音阁也许了人家，我爹的鞋，现在不知道是谁在打点。"

"令尊怎么说也曾在朝中为官，家道很艰难吗？穿衣穿鞋还要你去料理？想来知道你爱听好话，哄着你做活儿吧！"他心里不大痛快，她小时候过得不好便罢了，长大还要替那个千金万金的嫡女进宫送死，做爹的两个里面挑一个，最后舍弃了她，她倒不记仇，还心心念念牵挂着，简直就是个傻子！这么个缺心眼儿，没人护着，往后怎么活？他拧眉问，"你替音阁进宫，她以什么身份许人家？应选的秀女都得是正房太太所出，她要是还顶着自己的名头，那岂不是要穿帮？"

音楼把画好大小的鞋样收起来，坐在书案前剪牛皮纸，边剪边道："我和她换了个个儿，原先我父亲就有意和南苑王府结亲，嫡女过门，料着一个侧妃的衔儿跑不掉，可后来她摇身变成了庶女，听说只能做个姨娘。宇文鲜卑是锡伯族的旁支，他们管王妃叫福晋，管侧妃叫侧福晋。音阁这样的只能做庶福晋，才比婢女好一点儿，因为我父亲没有功名在身，闺女也就不值钱了。"

他听了哂笑："令尊虽然辞了官，朝中风向把得倒挺准。和南苑王府结亲，真是个好买卖！不过他算错了，没想到你有这际遇。要是早知道他的女儿能叫皇上看中，必定后悔送进南苑王府做婢妾的不是你。"

他捅人心窝子不是头一回，话锋虽犀利，说的也都是实情。她怨怼地瞥他一眼："别这么说我爹，全家就他疼爱我。"

他似笑非笑地看着她："是吗？"

她语塞，坐在那里嘟起了嘴。有时她也问自己，到底那个家里有没有人把她当回事？人总需要寄托，所以宁愿相信父亲舍不得她。她逢人就说进宫那天父亲送出去五里地，其实并没有，是她自己骗自己。父亲和她的辇车一道出巷子，狗尾巴那么长的一段路，不是相送，不过是顺道。过了门楼就各走各的了，父亲甚至没有交代她一句话。

可是揪着做什么呢？那些伤囤在心里会变成坏疽的，倒不如忘了的好。

肖铎越发觉得这丫头可怜，他前几天命人去查过步驭鲁的根底，步太傅当初辞官的真正原因可不是身子不济。玩弄权术不得法，最后搬起石头砸了自己的脚，辞官能留个好名声，不辞官性命难保，这才离京回乡做起了闲云野鹤。她一直尊敬她父亲，那些话他就不说了，说了伤她的心，回头反过来怨他，何必呢！

各怀心事的当口，司礼监随堂裘安隔帘通传，说宝船停在渡口，沧州的都转运使得了消息，带着底下从四品以上官员来给督主请安。在岸上酒肆订好了席面，千万请督主赏光。

肖铎看样子很厌烦，皱着眉头对她抱怨："这些狗官，正经事不办，一个个脑满肠肥光知道吃喝，还要老子费心敷衍他们。做什么找了来？我又不大爱喝酒，凭什么要买他们这个脸？"

他嘀嘀咕咕的样子居然有些孩子气，音楼笑道："都转运使是从三品，官职虽不高，却是个肥缺。再说人家巴巴儿来请你，你当真不去吗？"

他磨蹭了会儿，无奈地把那乌纱描金曲脚帽戴好，转到镜前仔细查验帽正，这才捋了捋袖口褶皱道："我也没那精神头儿，敷衍两句就回来。听说沧州的驴肉火烧好吃，你等着，我打发人先给你送几个尝尝。"

音楼送他到门口，突然生出促狭的小心思来，眼波从他眉眼间滑过，曼声调侃道："督主今儿是怎么了？以前可不是这样的，冷不丁待我这么和煦，真叫我浑身起栗哪！"

肖铎分明怔了下，像被戳中了要害，脸上腾地红起来。也不搭她话，匆匆转过身，大步流星朝跳板那头去了。

南下南下，过了聊城上徐州，一路行来顺风顺水。

五六月里正是一年中最热闹的季节，曲岸垂杨，榴花照眼。推窗朝外看，两岸景致杳杳，隐约看见翠绿里夹带了几簇嫣红，一波一波，水浪一样向前绵延伸展。

所有一切都有条不紊，肖铎途经各州县，说是说不愿意惊官动府，然而宝船动静太大，只要一靠码头就有官员谒见拜会。他这人怕麻烦，要紧的应酬满脸堆笑地生受了，可是几趟下来也乏累。后来船就很少停靠了，或者夜泊，需要填补的用度由番子们大半夜进城挨家挨户敲铺门，那帮人名声不好又穷凶极恶，所经之处闹得人心惶惶。

音楼倒是过起了大家闺秀的日子，轻易不走动，在舱里绣花做鞋打发时间。就是害了病，每每坐在梳妆台前擦口脂都走神。那夜就像一个梦，留在记忆里，够她回味一辈子。

彤云似乎察觉到了什么，毕竟是贴身伺候的人，主子有点儿动静，做奴才的蒙在鼓里，很是对不起她每月领取的俸禄，于是挨在边上敲缸沿："曹春盎这人贼兮兮的，每回见了我就挤眉弄眼，不知道在打什么鬼主意。"

"他不是还小吗，这么点儿的孩子就打算找对食？"音楼说完回头想想，她就长了一根筋，除了这个想不到别的了。"

彤云装模作样地长吁短叹："这世道人心不古啊！干爹还没动静呢，干儿子倒想走在前边儿。主子，您说肖掌印多古怪呀，司礼监就他没往府里塞人了，他整天和东厂那些番子混在一处，别不是好男色吧！"

音楼不大高兴，他要是好男色，那她成什么了？她盘弄着衣带小心翼翼地辩解："那些阴阳人是什么样儿？走起路来扭得比我还厉害！厂臣有吗？他身条儿笔直，走道儿威风八面，高兴了他还迈方步……"

彤云哧了声："他也就迈给您看吧，奴婢可没见着。不过我看见他揭杯盖儿……"她在她面前示范，把无名指和小指高高翘起来，"这样式的！您见过骨子里是爷们儿的会这手势？"

音楼哑口无言，半天才道："那又怎么的？谁没个小习惯？你夜里还磨牙呢！"

彤云老脸一红："扯到我的短处上来，有意思吗？我背地里和您嚼嚼舌头，您就这么维护他？主子，我问您，您和肖掌印，是不是'那个'了？"

音楼吓了一跳："哪个了？我们清清白白什么都没干。"

彤云啧啧了一长串："瞧您这急赤白脸的样儿，越发坐实了！"言罢幽幽一叹，靠过来和她咬耳朵，"敢做就敢认，这半个月在船上，我看得真真儿的，肖掌印待您可不一样。我琢磨着和对荣安皇后肯定不同，肖掌印好像有点儿喜欢您，您自己没发现？"

音楼被她触到心事，发了一回怔。彤云打量她半天，料着她又要打哈哈推诿了，谁知竟没有。姑娘家有了心爱的人，心头那份窃喜怎么按捺得住？她也压抑得够久了，自己能憋出内伤来，于是拉着彤云问："要是喜欢上太监，那这人还有救吗？"

彤云悲天悯人地看着她："没救了。宫女和太监结对食是走投无路，但凡脑子灵光的，谁愿在那棵树上吊死！主子，其实我早瞧出来了，亏您把这个秘密守到现在，我真佩服您的定力！"

她愕着两眼似乎难以置信："我就这么藏不住事儿？"

彤云心说三两句话就把您勾得承认了，您能有什么城府！怕她挂不住，转头又安慰她："我和您亲近，这种事儿瞒不住身边人。那我问您，您打算怎么办呢？和肖掌印捅破窗户纸没有？"

"捅破了大伙儿都不自在，我不敢。"她可怜巴巴地看着她，"彤云，我往后可怎么办呢？"

"这是个难题啊！彤云抚着下巴说："您要三思，他可是个太监，您知道巧妇难为无米之炊吗？您还年轻，千万别干让自己后悔的事儿。"

音楼觉得爱情并不是建立在这些之上："他就算是个残废，我也还是喜欢他。"

局中人，脑子发热不顾一切，哪里想得到以后！彤云劝过也就尽心了，看她一脸坚定，知道这回捞不出来了。再想想隔壁那位，除了挨过一刀，哪样不赛过那些泥猪癞狗？其实她觉得她主子挺有眼光，不过怕撺掇了她，没敢说出口。

"这种事儿，一个巴掌拍不响。"她坐在胡榻上说，"您有两条道儿，不过得先知道肖掌印他对您有没有意思。您要是剃头挑子一头热，我劝您别吭声。那位和旁人不一样，他是属莲蓬的，心眼子多。要是知道您爱慕他，那您可放了软当了，将来腾等着接荣安皇后的班儿吧！可要是能找出那么点儿凭证来证明他爱您，那您胆儿就大啦，告诉他您也喜欢他，让他想辙去吧！横竖咱们不能先开口，没的掉了价，倒贴不值钱。"

音楼乜着眼问她："就这么直笼通地告诉他？"

彤云点头说："是啊，要不您打算藏着掖着，进宫抱憾终身去？"

音楼很为难："皇上那儿看着呢！"

"您想不出办法来，不表示人家也束手无策。要是他真爱您，让他带您私奔眼都不带眨的，全看他能不能放下现在的权势。"彤云说着笑起来，"哎，太监和太妃私奔，八百年没听说过，有点儿意思！不过您走得捎带上我，我不能回家，叫锦衣卫拿住可没活路了。"

这些也只限于闺房里的笑谈罢了，私奔牵连太广，普天之下莫非王土，能逃到哪里去呢！

不过彤云说应该告诉他，她斟酌了好久，心思果然有些活络了。似乎的确应该告诉他，不管他有没有能力改变她进宫的命运，让他知道她的心意和他一样，有了寄托，将来活着就不那么寂寞了。

可惜类似那天晚上的机会再也没出现过，他开始和司礼监的人议事，讨论怎么改农为桑、怎么提高蚕茧的产量、怎么和外邦人抬价谈买卖。从淮安到镇江，他都没有再踏进她的舱门。

时间长了，渐渐心灰意冷。一件事在脑子里琢磨太久，突然之间就觉得没有意义了。她在考虑怎么走进去的时候，也许他早就乏了，已经决定走出来了。

运河到余杭已至源头，宝船靠岸不在平常码头，造船局有专门承建的船坞，两岸泊满了福船和连环舟。州县的官员早在宝船进浙江辖下就得到了消息，厂公出行可是大佛驾临，不单是钦差大臣，简直顶半个皇帝。这么要紧的人万万不敢怠慢，船坞里清了场子，船工和大匠都轰出去了，戍军把整个船厂包围起来，为的是烘托郑重其事的氛围。

音楼跟在肖铎身后下船，在水上漂泊太久，踏上泥地竟觉脚下虚浮，趔趄着略崴了下，被他一手搀住了。众目睽睽之下不便多言，他收回手，脸上表情冷漠。音楼愣了愣，心头有些生凉，这阵子走得太近了，忘了他以往的那股骄矜贵气。其实这才是众人眼里的东厂提督，一身锦衣华服，同众人抱拳寒暄也有股不怒自威的气势，和她印象中的厂臣相去甚远。

一个穿大红贮丝罗纱、配锦鸡补子的官吏上前拱手行礼，笑道："厂公替皇上办差，风雨兼程实在辛苦。卑职等得了消息日盼夜盼，终于把您老人家盼来了！大家凑份子备好了宴席给您接风洗尘，公务暂且搁置，厂公好生歇息，等养足了精神，卑职们再一一向您禀报。"

官场上说话字斟句酌，苏杭鱼米之乡，官员们个个富得流油，摆上一个接风宴还要凑份子表清廉，在肖铎听来委实可笑。他轻轻一哂，摆手道："刘中丞客气了，咱家身负皇命，怎么敢提辛苦二字。大伙儿的日子都艰难，像您这样的巡抚，又兼着都察院副都御史的衔儿，堂堂的从二品，旁人看来都觉光鲜，可上年连宗祠塌了都没钱修缮，其中的艰难，咱们自己知道罢了。咱家今儿初来就叫诸位破费，这怎么好意思呢！"

众人面面相觑，东厂提督毕竟不是白当的，一个州府还设布政、按察二司，上下官员人数少说也有七八十。他眼波一扫，这个监史那个知州，有谁不在他掌握之中？刘懋那厮为什么肯出钱，不是没有，是和他堂兄闹家务，有意出难题。这种鸡零狗碎的小事儿拎出来，为的就是敲山震虎。

这里的官吏，有一大半是外放的，没有进京面过圣，更没有见过这位赫赫有名的掌印。看他长得年轻俊美，敬畏之余又存了几分试探，没想到他来这么一手，立刻把众人打退了半里地，越发小心奉承起来。

刘懋体胖，一头冷汗淋漓而下，忙抽出汗巾来，边擦边道："家务事体，叫厂公见笑了，惭愧惭愧……卑职们备好了官轿，请厂公移驾，厂公请！"

甬道尽头停了几顶朱红大轿，轿顶飞角描金，并不是一般官员的配备。肖铎看了眼，还算满意。东厂护卫见他默认了方过去，把抬轿的衙役都替换了，上百大红织金妆花飞鱼服的扈从环卫着，光看这排场就震慑人心。

肖铎在前面走着，音楼默默尾随。他回头看了眼，天青的纸伞下是一张甜美的笑脸。他虽不说话，视线却须臾不离她左右。她从下船起就两眼放光，故土真有这么叫她迷恋吗？他沉吟了下问她："你是随我住官署，还是先回家里去？"

音楼的家在吴山脚下，离这里不算太远，大约七八里地。她自然是归心似箭，可又怕给肖铎添麻烦，咕哝了下道："你忙你的，等忙过了再说吧！"

一旁的按察使看他们说话的调儿很家常，大邺宦官娶妻也是稀松平常，便不疑有他，笑道："官署太简陋了些，卑职们在西湖边上觅了处宅子，据说是当初神宗皇帝游幸江南时建造的，依山傍水，景致也好，厂公和夫人住那里正相宜。旅途劳顿，夫人先歇一歇，回头要上哪里，吩咐下来我让下头军门开道，护送夫人前去。"

音楼被他夫人长夫人短叫得很难堪，又不好说什么。看肖铎，他倒坦然得很，并没有要否认的意思，她也只得认下了。

"就依魏监史的意思办吧。"他淡声道，"上宅子里认个门儿，来去也方便。明儿让二档头送你回去，在家住两天就成了，出了门的闺女久留不香甜。我一得空就去接你，你要是住得不舒心，自己想回来也不难。"

他操心得太多，难免有点婆婆妈妈。表面上不苟言笑，可话里全然不是那么回事。音楼应了声好："你只管忙你的去吧，我回自己的家，哪有那么多忌讳！"

他听了扯着嘴角一哼："但愿一切都如意，不过倘或要我出面，你也别客气。知会一声，我即刻就到。"


女人上酒肆不方便，那些官员溜须拍马，另给她订了个包间儿，酒水一应和他们那头一样，请夫人单独享用。

音楼受得也安然，像彤云说的，账还是记在肖某人头上，像在泰陵里要吃要喝一样，横竖有他在前面挡着，她只管敞开肚子就行了。音楼小半辈子孤孤凄凄一个人，如今有他撑腰，心里很感踏实。主仆俩关了门大快朵颐，好好受用了一回，酒足饭饱，临入夜给送进了西湖畔的宅子里。

那地方有个好听的名字，叫鹿鸣兼葭，是一处典型的江南庭院。有水的地方灵气也足，踮足眺望，寺院佛塔掩映在山水间，一切熟悉而亲切。运河、西湖还有吴山，原本在一条斜线上，既到了西湖，离家也就不远了。算算脚程，要是坐轿走上三刻钟，大约能到南宋御街。

肖铎这回的应酬不同于以往，整晚都没回来。音楼站在檐下嘀咕："他又不喝花酒，难不成在外头打了一夜马吊？"

彤云正给她收拾东西，抽空道："谁说太监不能喝花酒？您上八大胡同里瞧瞧去，到处都是乔装改扮的内侍。点不了姑娘点小倌儿嘛，我告诉您，越是自个儿欠缺的东西越是稀罕！我以前和人瞎聊时听说的，御马监有位监官隔三岔五上勾栏院，一个堂子里的小倌都叫他玩儿遍了。后来没人敢接他的买卖，说他手黑，往死里整治人。怎么整治法呢，我给您学学……"她把腰上绦子扯起来，往上弹指，就跟弹琵琶似的，边弹边笑，"您瞅瞅，这不是活要了人命嘛！"

音楼明白过来，捂着嘴笑不可遏："这个缺大德的，难怪花钱也没人搭理他。这样的手段，人家不恨出他满身窟窿来才怪！"

"可不止这些。"彤云说这个最来劲，左右看了没人，压着声儿和她说起那些秽闻，后半截实在说不出口，便让她自个儿琢磨去了。

音楼听得害怕："太监这么作践人，李美人过的就是这样的日子吧！"她有种兔死狐悲的感慨，突然又惶骇起来，肖铎面上看着挺好，背着人又是怎么样的呢？他这种身份，就是弄死个把人也不会走漏风声吧！

彤云笑着宽慰她："我是胡诌，您别信我。得了我不吭声了，赶紧准备好，咱们家去吧！"

大门上早就停了轿，东厂的人也换了便袍，都在外面等着呢！音楼把脑子里那些乱七八糟的全打扫出去，撑起纸扇整了整马面裙，摇摇曳曳地出了二门。

二档头叫容奇，挺斯文的名字，但是长相不斯文。水里来火里去的人，脸上的刀疤就是他戎马生涯的见证。这种悍然的面貌往边上一站能辟邪，平常板着脸目露凶光倒罢了，遇着逢迎的时候也要笑。这一笑可遭了灾了，横肉丝儿像雨前的云头那样堆叠起来，一重接一重，看得人七荤八素。

他弯了腰，殷勤地打帘请她上轿："督主早前吩咐过，小人们只送娘娘到巷口，怕太张扬，叫左邻右舍看着不好。"说着递了个竹管做的哨子过来，"娘娘遇着事儿不必惊惧，咱们奉命护娘娘周全，并不会走远。您要传人就吹这个，哨声一响，刀山火海小人们转眼就到。"

东厂内部似乎是没有秘密的，她的身份档头们都知道，加之这趟南下经皇帝首肯，所以人后称呼上并不避讳。音楼道了谢，刚坐进轿子里就看见曹春盎抱着拂尘从岸边跑过来，边跑边招呼，一头叫留步，一头催促后面提盒的伙计快跟上。

到了近前，满脸堆笑地打躬作揖："督主公务上忙，今儿在绣坊约见外邦人谈订单上的事儿，您走他不能相送，打发奴婢来瞧瞧。您回去不能空着两手，督主早命人备好了盒子，礼上不能短，没的叫人说咱们不周全。"

彤云听得直咋舌，果然太监出身的就是揪细，还管着回门送礼，这份上心的劲儿，要是没点想头，能那么事无巨细？她上去接盒，悄声问曹春盎："督主这买卖要谈多久？"

曹春盎不大点儿人，派头倒很足，昂着脑袋说："这我可答不上来，得瞧洋人爽不爽利。遇上爽快人，半天就下单签契约了；遇上斤斤计较的，三五天不在话下。"他转回身对音楼笑道，"督主说了，请娘娘回去给老太傅带个好儿，督主得了闲再上门拜会。"

音楼点头应了，放下了轿帘。四个番子抬杆儿上肩，练武的人脚程快，没多久就到了南宋御街。停轿得挑僻静的地儿，音楼下了轿，容奇嘱咐几句就带人离开了。

## 第七章 一枕春

又站在老家的路上,熟悉的市口熟悉的巷子,是她魂牵梦萦的地方。幽幽的石板长街,每一步都满载回忆。音楼兴冲冲地带彤云上了台阶,指着那弯弯曲曲的小径道:"江南的青石路和北京的胡同不一样,江南的更婉约细致些。我最喜欢下雨天,雨水一冲,石板路上能倒映出人影来。"纵了几步到门楼下,再朝前一比画,不远处有对石狮的宅子就是她的家。

她几乎没有再想别的,很快迈进了高高的门槛。门上管家迎上来,仔细看了两眼,讶然地叫了声"二姑娘"。

"林叔,"她笑起来,"我回来了!家里人呢?老爷呢?"

林管家这才回过了神,忙命人接她带回来的食盒,吩咐小厮进去通传,自己堆着笑过来行了一礼:"我还当眼花了,以为哪家娘子走错了门,万万没想到是您!"边说边往屋里引,"二姑娘一路辛苦了,这是从京城回来?"说着回头朝门上看,"您不是进宫做娘娘了吗,怎么带着个丫头就回来了?"

音楼被他问得不知怎么回话才好,仿佛应该衣锦还乡的,单她和彤云两个人有点像逃难,难免叫他瞧不上。

下人绵里藏针她倒不甚介意,要紧的是她爹,她随口敷衍着:"皇上都龙驭宾天了,哪里还有娘娘可做!"

林管家哦了声，不说话了。对插着袖子踱出门，站在廊下吩咐人搬院里的盆栽，把她们干晾在堂屋里，连个上茶的人都没有。彤云看了她主子一眼，她眼观鼻鼻观心地坐着，遭惯了冷遇的人，似乎对一切都逆来顺受。彤云自己是个暴脾气，这么无礼的态度比京里放阎王债的还要讨厌，她低头道："您瞧见了吗？一个做奴才的就这么对主子？步太傅真是好规矩，官儿不做了，连下人都调理不好，长了这么对势利眼！"

音楼让彤云别说话，因为隔窗看见父亲来了。

步驭鲁是读书人出身，举手投足自有股子文人的傲气。穿一身月白直裰，头上戴四方平定巾，容长脸儿，长相倒很文质，但是眉毛疏淡，显得不够沉稳，这种面相的人，性情十有八九飘忽不定。

音楼是剪不断的骨肉亲情，见了父亲早就热泪盈眶了，跪在步太傅跟前只管磕头："女儿离家三月，日夜惦念父亲，今儿看见父亲身子骨健朗，心里才算安稳了。"

她伏在地上看不到她父亲的神情，良久才听见他长叹了一声："我原指望你光耀门楣，没想到是这样的结局。你是怎么回来的？到底宫里封了才人，有正正经经的诏书，论理不该发回乡里……莫不是逃宫吗？这可是株连满门的罪过，要果真如此，什么都别说了，跟我上县衙领罪去吧！"

音楼一时没转过弯来，她本以为父女重逢，总有一番感人肺腑的话要说。父亲心疼女儿的境遇，至少问问是怎么逃脱了殉葬，又是怎么长途跋涉回到杭州的，没想到兜头一盆冷水浇上来，怕她连累家里，要把她送进县衙撇清关系。

她有些伤心，但还是强打起了精神，不过也不是一根肠子通到底了，懂得保留三分，也想探探父亲的口风，只道："当今圣上圣明，念在您教过他课业的分上赦免了我。这趟朝廷里有人南下办差，就发恩旨准我回来了。"

发恩旨，这是什么样的恩旨？步太傅满心郁结，唯难表述。今上的确曾在他门下，不过这位天子为王时并不受重视，他也没怎么看顾过。就是因为交集不多，所以名头上施恩，暗地里是断送步家的前程吧！女儿嫁出去了，哪里还有接回来的道理？这么黑不提白不提的，就算休还娘家了吗？这倒好，搁在家里是个宝贝，受过晋封的，简直是个烫手的山芋，扔也不是，留也不是。

他烦闷地在地心旋磨，隔了阵子才想到叫她起来。回身看了这个女儿一眼，她垂首立在那里，倒像没受什么苦，气色很不错。他厌弃地调开视线，这丫头打小就是这样，什么事都不从心上过。别人眼里天塌下来了，她却还能吃得下睡得着，这么没心没肺，实在叫人恨得牙根痒痒。这会儿没事人一样地回来，回来干什么？好吃好喝地供着，让人背后戳脊梁骨，说步家女儿干了两个月的才人，又叫宫里打了回票？

"朝天女好歹还有个说法，你这样的算什么？没叫出家也没叫守陵，倒也奇了。"他烦闷地摆了摆手，"罢了，兄弟们也不希图受你荫及，外头待不下去，除了回我这当爹的家门，也没别的办法，谁叫我养了你！原来那个院子也别住了，我叫人腾出后面的屋子来，你带着你的人过去。没事也不要乱走动，免得落了人眼。"

音楼简直惊呆了，父亲以前虽然倨傲，有些话说起来不中听，可那是他的性格，他们做儿女的没有挑父母错处的道理。现在她九死一生回来了，听他的语气毫无舐犊之情，字里行间还颇有责怪她没有蹈义给家里兄弟挣功名的意思。她只觉浑身发凉，六月的天气，额头上一片白茫茫，手心里捏了满把的冷汗。为什么会这样呢？她不是他亲生的吗？怎么能盼着她去死呢！连原先的屋子也不让她住了，让她去住后院，她成了他的耻辱，他羞于让她见人。

她吞声饮泣，这是什么道理？该进宫的不是音阁吗？她替了音阁，现在还落一身埋怨，她的怨气和谁发泄？

彤云看不过眼了，上去搀她："主子别哭，什么了不得的大事，值当您掉眼泪？咱们不是没处去，还是吹了哨子叫他们来接，早早儿离了这里干净！"

步太傅一肚子埋怨的当口，听见下人敢唱反调，这一发火还了得？拿着嗓子呼喝："哪里来的贱婢，到我这里逞起威风来！叫他们来接？他们是谁？别不是哪里下三烂的混账行子，带坏了我步家的女儿！"

音楼哭得捯不过气来，彤云却不是善茬儿，既然有肖铎撑腰，这世上还有不敢干的事儿？正打算反唇相讥，门外有脚步声急急赶来，抬眼一看是个穿喜相逢比甲的妇人，戴狄髻插簪花，看见音楼一口一个我的儿，悲声呜咽起来。

音楼的母亲早年亡故，看这妇人的穿着打扮，应当就是步驭鲁的正头夫人曹氏。

曹夫人做戏是把好手，把音楼抱在怀里看，从头到脚每根头发丝都摸遍了，哭天抹泪道："我苦命的儿，在外头经历那许多，我瞧着人都消瘦了。如今回来了，在家总归千日好，到我跟前我也尽尽了心了。你垂髫之年没了亲妈，养在我身边十来年，一对姊妹花儿，在我眼里是一样地疼。你进京，这几个月来我哪一日不在牵肠挂肚？总和你父亲说起你，夜里哭得了不得，睁着眼睛整晚睡不安稳。前阵儿说先帝驾崩，我也托了你舅舅进京打听，唯恐你要殉葬，我对不起你过了世的姨娘。

今天你囫囵个儿到了家,我心里真是欢喜,即刻死了也瞑目了。"

她洋洋洒洒长篇大论,连步太傅都有些闹不明白了,扯了她的衣袖道:"发什么昏?嫌家里不如意的事还不够多吗?既然回来了,推是推不掉的,正好你在,把后面院子收拾出来安置她。从宫里赶出来的,还有什么脸面立足?将来传出去也不是个好名声。我看暂时留在府里,等过几天叫老三送她回盱眙老家去,眼不见为净也就是了!"

曹夫人一听就恼了,狠狠瞪着他道:"你就是这么当爹的?虎口里逃生的孩子,到了你身边还要往外推,我瞧你是猪油蒙了心!谁说宫里出来的就没脸见人?咱们是得了恩旨的,是几辈子的造化!倘或没有品级倒罢了,她是才人,吃着朝廷俸禄,哪一点叫你没脸?回头许人,女婿好坏要咱们挑拣,门第不够的还瞧不上眼呢!"说完了转过身来安抚音楼,"走了那么远的路,风尘仆仆的,想必也乏了。我叫人伺候你进去换身衣裳,梳洗梳洗,过会子娘有话和你说。"

音楼的心早就冷了,她回来只冲着父亲,眼下是这样的情形,还有什么可说的?曹夫人的手段她也见识过,当初骗她顶替音阁就是这模样,如果不是有事相求,断不会这么和颜悦色。

到底还能耍什么花样呢?她还有什么利用的价值?她把眼泪擦干,木着脸道:"我是水路回来的,并不十分辛苦。梳洗就不必了,您有话只管说吧,咱们自己人,哪里用得着拐弯抹角的。"

曹夫人听了微微一顿,便不再客气了,让她在帽椅里坐下,自己隔着香几坐在另一边,探过手来紧紧攥住她,长叹一声道:"我的儿,你想往后怎么料理吗?我是说当初进宫……"她看了彤云一眼,外人在场,似乎不太好直言。

音楼知道她要提冒名的事儿,彤云心里门儿清,也用不着避讳什么,便道:"这丫头从我进宫就跟着我,母亲有话但说无妨。"

曹夫人又看了彤云一眼,这才道:"你能回来是天大的喜事,也凑巧得很,明天是你姨娘的忌日,咱们进庙里筹神还愿,再请道士打几天平安醮[1]。只是……我现在忧心的是另一宗。人人都知道步家大姑娘进了宫,音阁这几个月来大门不出二门不迈,原想进了王府就是了,可如今你回来,再叫她去南苑,万一有点疏漏,两下里夹攻,问起罪来谁也担待不起。我的意思是,实在不成就换回来吧!横竖南苑王府只问了生辰八字,还没见过人,你去了,那头也不知其中底细。"

---

[1] 也叫"清醮",古代祭祀神灵以祈雨求风的民间文化活动。

简直是闻所未闻,一而再再而三,亏这女人有脸说出来!肜云真替她主子不值,日思夜想着要回来,谁知到了家面对的是这样冷血无情的父母。

肜云有些担心她,低头看她,果然音楼的手指紧握成拳,搁在膝头微微颤抖着,半晌才道:"母亲的意思是我还得顶替音阁,嫁进南苑王府做妾吗?"真是一把好算盘!嫌做庶福晋位分低,临时又反悔了,宁愿顶着才人的衔儿等好女婿上门吗?她气得心肺都疼了,转过头看她父亲,"爹的意思呢?应该换回来吗?"

步太傅起先弄不清曹氏的用意,后来渐渐听明白了,再三斟酌,发现这个提议真不错。和南苑王府结亲本来是好事,可惜庶女的名分拿出去终不响亮,最后连个侧妃都捞不到。音阁是他的掌上明珠,生来受不得半点委屈,到那里怎么和人低声下气?倒是音楼,面人一样的性情,遇到多少不公都能活下去。横竖她是不在乎的,三句好话一说就没了主张,叫她去她乐颠颠地也就去了。

步太傅绕室慢慢地踱步:"你母亲为你着想,你该好好谢谢她才是。譬如你这样的境况,能进南苑王府做侍妾也是好的。路要靠自己一步一步走,武则天当初不也是个小才人吗?!只要留住了王爷的心,日后升上一等也不是不能够。"

天底下稀奇的事多了,但像这么无耻的长辈真是叫人开了眼。原来一再让她给音阁做替死鬼都是为她好,她不但不能怨恨,还应该感激他们。

音楼哭过了,心也变得冷硬了。她天天惦记的家,不把她拆吃殆尽誓不罢休。她的母亲是通房出身,活着的时候不得父亲宠爱,连带着她这个女儿也不受待见。既然这样,她还有什么可留恋的?她心里攒着一把火,索性放任它烧起来,把妖魔鬼怪都烧得片甲不留!

"二老替我操持这许多,我要是不领命,也太不识抬举了。"她端坐着,抿嘴一笑,"那就这么办吧!我去南苑王府,替爹攀上一门姻亲,将来哥哥们的仕途也能更顺畅些。"

肜云吓了一跳,没想到她会破罐子破摔。她身上有太妃的衔儿,皇上又一门心思要接进宫去的,要是无缘无故被嫁进了南苑王府,上头怪罪下来,步太傅满门都是死罪。

解恨是解恨了,可也把自己给毁了,何苦呢!

步太傅和曹夫人却都满意了,要不是王府上一位老太妃刚薨,音阁只怕早就送进去了。万幸得很,音楼这时候回来,是音阁的造化。

亲人之间也不是无条件爱和抬举的,这句话在步家得到了充分的验证。音楼一点头,步太傅的态度立刻有了大转变,那张棺材板一样的脸上有了笑模样,连连夸赞她懂分寸、福气好。

福气到底好不好，哪个心里不知道？音楼正要敷衍，忽然听见外面脚步声大作，是官靴踩在石板路上的声响。抬头一看，正门上来了一帮穿公服的东厂番子，领头的人不等招呼已经到了廊下，撑着伞带着笑，一个流转的眼波抛来，秋水盈盈，当真是风华绝代。

"看来咱家来得正是时候。"边上人接过他的伞，上前解开领上金扣，把冰蚕丝的披风取了下来。他斜眼看步驭鲁，"一别多年，太傅可还认得咱家？"

是肖铎来了！音楼刚才无依无靠，只有自己挺起了腰身咬牙扛着。可是他一现身，她霎时像鱼鳔上扎了个针眼儿，什么勇气胆色都没了。满肚子唯剩委屈辛酸，哭丧着脸，扭过头去拿肩头擦眼泪。

她的每一个小动作都在他眼里，他脸上笑意不减，眉宇间却已然有了肃杀之气。早就知道是这样的结局，她不听人劝，非要碰了南墙才知道伤心。这下子好了，人家又要打她主意，步驭鲁生这个女儿就是用来填窟窿的。

做爹的不心疼，有他来心疼。原是在和洋人谈交易，左思右想都不放心，唯恐她吃了亏，急巴巴赶过来，还真撞个正着！

步太傅在朝中为官十几年，提起东厂就头皮发麻。心头惶恐起来，也不知是哪里欠妥，引得这些朝廷鹰犬登门上户来。肖铎这人他也打过几回交道，当年他辞官的时候肖铎已经接任东厂提督了，年纪轻轻的后生，甫上台就弄出一片腥风血雨，现在提起来仍旧有余寒。

他如今没有官衔傍身，忙携了曹氏敛神参拜："不知厂公驾临，有失远迎了。"

肖铎抬了抬手，慢悠悠道："太傅不必多礼，您老人家虽辞官归故里，毕竟还有生员的功名，咱家可受不起您的大礼。"

步太傅战战兢兢自谦一番请他上座，又让吓傻的家人上茶，只站在一旁察言观色，不敢造次。

欺软怕硬的人最叫他瞧不上，对闺女呼呼喝喝一副天王老子做派，看见他倒没钢火了。他乜了音楼一眼，他今儿来就是给她出气的，非得叫步驭鲁吃足暗亏不可！打定了主意，接下来就好办了。他和煦地笑了笑："太傅大人请坐，这么拘着，叫咱家也不自在起来。算算时候，太傅辞官有五六年了，这一向可好啊？"

他在那里闲话家常，别人看来却是讨命的符咒。步太傅应了个是："托圣上和厂公的福，家道还算过得去。倒是厂公突然驾临寒舍，步某来不及筹备，怠慢之处，请厂公恕罪。"

他嗯了声:"娘娘没有告诉您,她和咱家一路同行吗?这回咱家是奉了皇命到江浙一带办差,原以为手上的事儿够操心的了,没想到今儿凑巧了,遇上了太傅大人开的这么大个玩笑。"

步太傅悚然一惊,腮帮子上的肉连跳了好几下,打躬作揖道:"厂公言重了,某在乡间一直安分守己,何来玩笑一说呢!一定是厂公听信了什么谣言,对步某有些误会了。"

他摘下腕上珠串慢慢盘弄,眼角眉梢都是笑意:"太傅大约忘了我东厂是干什么营生的了。东厂之职,防谋逆妖言大奸恶等,上至王公大臣一言一行,下至黎民百姓柴米油盐,没有一样能逃得过东厂耳目。向来只有我东厂想不想查,没有查不查得到的说法。太傅大人今儿把话说满了,恐怕不太好吧!太傅要是个聪明人,就不该在咱家面前耍心眼子!咱家问你,当初太傅应府衙点卯,称进宫待选的是正头嫡女,可今儿嘴里泄了底,分明是以庶充嫡瞒骗朝廷。"说到这里面色骤变,突然拍案而起,轰的一声响,惊坏了在场的所有人,"这样的罪责,太傅做何解释?"

他这一番惊天动地的动静,立刻引来了十几个彪形大汉,步太傅一看架势,吓得三魂七魄俱飞到了九霄云外。既然已经被发现了,再多狡辩也无济于事。东厂番子是一群杀人不眨眼的恶鬼,你嘴越硬,落到他们手里日子越不好过。他颤抖着,带着曹氏一同跪了下来:"事出有因,步某一时糊涂才犯下滔天大罪,厂公积德行善之人,且看在步某一片拳拳爱女之心的分上,网开一面饶我性命吧!"

肖铎冷冷一笑:"拳拳爱女之心?娘娘不是太傅的亲生骨肉吗?周全了一个,叫另一个冒着杀头之罪李代桃僵,太傅这样做,实在偏心得厉害啊!"

似乎也触到了一点痛肋,步驭鲁的脸色十分尴尬,但也是转眼,立刻又言之凿凿地道:"厂公有所不知,只因为大的那个自小有不足之症,逢变天就咳嗽气喘难以自抑,这样的身子骨,怎么进京侍奉先皇呢!步某也是利欲熏心了,祈盼女孩儿有出息,悄悄让两个女儿对调了一回。如今知罪了,请厂公网开一面,步某愿进献身家,以答谢厂公活命恩典。"

步驭鲁这老狐狸,避重就轻很有一手,到现在还在为自己开脱。肖铎看了音楼一眼,她转过脸去,想必也在对她父亲的满口仁义感到不屑。看清了好,看清了就把肩上的担子放下了。他站起来,居高临下地俯视匍匐在地的两个人。愿意花钱消灾,倒也是个妙方儿。不过仨瓜俩枣想打发他简直是异想天开,音楼不能白担这些风险,所有的钱用来给她添妆,叫她以后在宫里的日子过得富足,也是他步驭鲁对闺女的补偿。

"如此就看太傅大人的诚意了。"他抬手一挥，把东厂的人都叫退了，自己亲自上去搀扶，又换了一副慈眉善目的模样，"太傅的难处咱家知道，十个指头还有长短呢，一碗水端不平的父母多了，不过像太傅这样敢冒天下之大不韪的却没有几个。太傅和咱家也曾同朝为官，相逼得太急，显得咱家不仗义。可是太傅当替几位公子想想，一位推官、一位都指挥经历，还有一位宣抚司佥事，都是才冒头的六七品小吏，铺好了路，他日前途不可限量矣。"

这么一说，不单是花钱买平安，更是花钱捐官做了。步太傅又惧又喜，点头哈腰道："有厂公这句话，就是给步某吃了定心丸了。只是在下辞官多年，日子勉强过得，厂公看……多少相宜？"

肖铎嗤笑："太傅明白人儿，官场上行走这些年，怎么还来问咱家？"横竖不会是一笔小数目，不掏光他的家底，对不起音楼受的这些委屈。不过步太傅要拿她送进南苑王府，这倒是个有意思的主意。他踅身坐回帽椅里，数着佛珠道，"先头太傅说要和南苑王结亲，咱家想着，既然事已至此，各归各位也是正理。咱家和娘娘有过同船的交情，趁着还在余杭，把亲事办了，咱家也好送娘娘一程，太傅以为如何？"

步家人肯定求之不得，音楼却大感意外。她本来也是一时愤懑才答应的，后来转念一想又后悔了。皇帝之所以答应让她南下，就是因为有肖铎随侍左右。要是莫名其妙嫁进了南苑王府，肖铎护卫失职，那她的意气用事就给他捅了大娄子。步家一脑门子官司是惹下了，他的眼药她也给上足了，他心里八成要怨她办事不经脑子。

她以为他会想法子转圜的，没想到他居然应承了。她又是哀怨又是难过，他一定生气了，再也不愿意和她夹缠了。她没了父母庇佑，现在又得罪了他，这下子真的陷入了山穷水尽的境地。

还要送她出阁？她稀罕他送吗？她颓然地站起来，对步太傅行了一礼道："女儿乏累了，先回房归置东西。父亲和厂臣叙话，我就不相陪了。"

步太傅才要点头，肖铎却懒懒地出了声："娘娘留步，臣和太傅大人的话也叙完了，这就要回行辕去。娘娘还是跟臣走吧，等到了出阁的日子再回步府也一样。"

他这么安排叫步太傅不解，到了家的女儿做什么还要被带走？他迟疑地拱了拱手："小女虽离家三月有余，府里一应的吃穿用度还是现成的。厂公行辕好是好，毕竟不如家里方便。这一路已经劳烦厂公了，再多叨扰怎么好意思呢！"

"太傅难道怕咱家吃了令爱不成？"他笑起来，眼中流光溢彩，"让娘娘跟臣去，自有臣的道理。"

什么道理含糊其词，谁能追着问呢！他既然坚持，步太傅也没办法，只得颔首应准。

他站起来，优雅地一抖曳撒，吩咐云尉道："你带几个人，等太傅大人筹备好了再回鹿鸣蕺莪。我出来半日也倦了，得回去歇一阵儿。"说完对步太傅抱了抱拳，"如此咱家就先告辞了，久不在外办差，稍一行动就累得慌，失礼失礼。太傅大人和那头议准了日子派人通知咱家，届时咱家要来讨杯喜酒喝的。"

这么尊大佛，简直比小鬼难缠得多。他算计你，你连怨言都不能有。步太傅心里苦成了黄连，脸上还要堆着笑，弓腰塌背把人送了出去。人一走，夫妻俩对视一眼，嘴角扭曲着，碍于边上几位千户等着运钱又不能合计，唯有长叹——这是把刀架在脖子上要钱啊，留下的还不是一两个人，得多少才能叫他们满载而归？肖铎果然手黑，太监都是没人性的，骨头里也要榨出二两油来。怎么办呢，地契房契赶紧变卖折现吧，兴许还能解一解燃眉之急。

那头音楼出了步府，连头都没回一下，直接钻进了轿子里。她心里难过，看天都矮下来了，活着不知道还有什么意义，倒不如当初死了干净。死了去找她亲娘，强似现在这样无依无靠。

她是满脑子乱麻，扯也扯不清。想起父亲的残忍，想起自己苦苦挣扎的感情，似乎什么都安慰不了她了。

江南的六月已经很热，竹编的小轿有风吹进来，依旧闷热难耐。轿外是轻快的脚步声，皂靴的粉底擦在青石板上，干脆利落。一路林荫，窗外有啾啾的雀鸣，她却提不起精神来，背上出了一层汗，心里沉甸甸的。她转过身，头抵着围子上闷声抽泣，渐渐恍惚起来，也不知道以后的路该怎么走，反正在父亲的眼里她不如音阁，在肖铎的眼里呢？或许也已经什么都不是了吧！

来时比去时还快得多，转眼就到了湖畔的宅子。轿子落了地，不是彤云来打帘，一只白净的手伸过来一撩，他的脸就在眼前。

她耷拉着眼皮下了轿，猛一抬头有些晕眩，他来搀她，被她避开了，最后她挽着彤云的胳膊进了门槛。

他有些丧气，什么都难不倒他，唯有她的一举一动牵扯着他的心肝。他跟在她身后，轻轻唉了声，她没有理他，这叫他心里不大痛快。他样样为她着想，她还不肯领情，女人怎么这么难伺候！

她进了卧房，叫彤云打水净脸，他站在门前看她忙来忙去，有点无从下手。

总算再也无事可做了，她不得不转过身来，面无表情地道："厂臣不是累了吗？还不回去休息？"

他似乎室了下，探究地打量她的脸："你还好吗？心里难过就同我说……"

她转过去拔簪子，想把狄髻拆下来，可来回好几次也没能成，恨得把簪子攒在地上一通踩，咬牙切齿地说了串江浙方言，不知说的什么，他一个字都没听懂。彤云看她气急败坏的样子想去帮着拆头，被他一个眼神制止了。他让彤云退下，自己亲自上手，把她扶进了圈椅里。

"我来得虽晚了些，不是照样给你出气了！"他弓马不敢说娴熟，头面上的东西还是有些了解的。替她卸下银篦子，把那顶黑纱尖棕帽取下来，垂眼观察她的脸色，低声道，"你父亲这样待你，你看清了吧？以后别指着家里了，保全自己才是最实际的。没想到兜兜转转，咱们是一样的命运，所以同病相怜，往后我更要护着你了。"

这下触到了她的伤心处，他是父母双亡，可她分明有父亲也赛过没有。她捧住脸，声音在掌心里翻滚，哽咽道："怪我没有先见之明，其实不该回来，回来遇上这种事又伤心……真瞧我好欺负的，一再叫我替嫁，我就是音阁的傀儡吗？活着就是为了成全她？"

"所以你不愿意嫁进南苑，是不是？"他把手压在她肩头，"那为什么要答应你爹？"

她沉默了下才道："因为我恨，我就是个面人儿也有三分脾气。小时候拿我当猪养，吃音阁吃剩的、穿音阁穿剩的都罢了，为什么替了一次不够，还要再替第二次？难道我不是人生父母养吗？不喜欢我娘却要给她开脸，病了死了都不管，随意一口棺材就打发了……我每年都翻皇历，到了我娘的生死忌都巴巴儿盼着，可惜府里从来没有操办过一回。后来我大了，懂事后攒了体己才托人出去买香烛纸钱……我听说死了的人全靠阳世里捎东西过去，他们在下面才好打点。肯花钱的少受苦，不肯花钱的就吊起来打……"她说到这里才哭出来，呜咽道，"我的亲生母亲，不知道在底下吃了多少皮肉苦了。没有钱买命，连胎都投不了。"

一个年轻姑娘，也像老辈人一样满嘴神鬼，换作平时他大概会借机调侃她，可现在唯觉她可怜。她的肩膀在他手下微微颤抖，他怜悯地看着她，她哭得凄恻异常，连殉葬的时候也没见她这样难过。他一直觉得自己不幸，然而她比他不幸十倍，至少他父母在世时全心全意护着他们兄弟。她呢？在她父亲手下没有过上几天滋润日子。她该有多强大的心才不至于长成阴暗狭隘的女人,也算得上是个神奇的存在了。

可是他心头的钝痛,慢慢扩大,把整个人笼罩起来。他转到她面前,让她靠在他胸前,叹息着在她背上轻拍:"哭什么?嗯?因为恨他们,所以折磨自己?他们叫你不好过,十倍百倍地奉还就是了。你没有能力不要紧,还有我。你常说你的命是我救的,那我索性帮人帮到底,不会白看着你被他们欺负。以前你是孤身一人,以后有我站在你身后,你什么都不用怕。我对付不得别人,还对付不得他们了?只要你答应,即刻让他们身首异处都不在话下。"

谢谢他借了块地方让她停靠,她痛快地哭了一阵,心头郁结也缓解了些。只是松开时觉得不好意思,把他胸口的行蟒都哭湿了。天青的素缎底子沾上水颜色就变深了,她尴尬地用帕子拭了两下,他抬手在她腕上一压,似乎并不十分介意。

他在等她的答复,她也认真考虑了,到底没有答应:"弑父屠家,我成什么了?如果是不相干的人,宰了也就宰了,可那是我爹……"

倒也是,能杀了亲爹的一般都不是正常人。他琢磨了会儿,换了个思路:"那也成,东厂有一种叫锡蛇的刑罚,锡管盘在身上往里面注滚水,隔山打牛一样能叫人痛不欲生。"他又笑了笑,"云千户运回来的东西我分文不取,你自己收起来好好保管。女孩家留钱傍身很有必要,你和音阁不同,她的妆奁[1]不用自己操心,你却样样都要靠自己。"

话虽如此,真要下手难免有顾虑。她嗫嚅道:"我这也算串通外人图谋家产吧?"

"钱都归你,骂名我来背,反正我的名声早就坏透了,再多一条罪也无妨。"他转过身,闲适地坐在罗汉榻上,调整了几回都不太称意,人也渐渐滑下去,枕着隐囊[2]吃道,"借娘娘的地头,容我躺会子。昨儿一夜鱼龙舞,真把人累得半死。"

音楼瞧了他一眼:"你就不知道推辞吗?"

他唔了声,闭上眼睛道:"难得高兴嘛!你猜我昨儿去了哪一家?"见她摇头,扬眉道,"我去了酩酊楼,还点了连城公子的名牌。"

音楼想起彤云的话来,怯怯问他:"见了之后呢?你都干什么了?"

他把手端端正正扣在肚子上,嘴角含着笑,扬扬得意:"没干什么,就是让他在帘子外弹了一夜的琴。不发话不许停,估摸着今儿是没法接客了,腿也粗了手也

---

1 泛指随出嫁女子带往男家的嫁妆。

2 一种靠枕。

肿了,看他还怎么卖弄!"

音楼很难理解他的所作所为,人家又没得罪他,为什么要下死劲难为人呢!大概还是源于自卑,太监看见齐全人,心里难免不平衡。正正经经的人都被他称作臭人,那酒坊小倌更不必说了。臭人一样不缺,自己香喷喷却少了一块,所以他寻人家晦气,别人难受他就高兴。

音楼不好说什么,委婉道:"其实你可以让他唱个小曲儿,连城公子的嗓子好,能反串。"

他立刻满脸不屑:"唱曲儿?这主意倒不赖,那下回就让他唱一夜。"

她被他回了个倒噎气:"不唱曲儿,行令也成啊!"

"行令?把这样的人叫到跟前来,大眼对小眼地坐着?"他鄙夷地一撇嘴,"他也配!"

他桀骜的毛病发作起来谁也不能奈何他,横竖爱怎么整治人随他高兴吧,她越是帮衬着那位公子,他越是有意寻衅。莫非是嫉妒吗?她悄悄地想,因为她提过人家几次,他心里就不痛快了?这是满腹苦涩里突然飘来的一股甜,音楼心下一慌,怕他瞧出来,忙起身把槛窗推开一道缝,想了想回头问他,"你做什么不让我住在家里?你说自有道理,是什么道理?"

他说:"没什么道理,就是不让你留在那王八窝里,回头趁我不备真把你送走了,那还了得!"

她听了又是一喜,这么说来他都盘算好了吧!她立在榻尾试探道:"那你是真的打算送我一程吗?"

他睁眼瞅她,然后又把眼皮合上了,喃喃道:"一个太妃,送到南苑王府做妾,你当我傻吗?你受那些罪,最后得益的是谁?那位步家大小姐不露面,天时地利却都占足了。她要是有担当,也不会任由他们算计你。你爹不是偏疼她吗,我就要让她颜面扫地,给你出这口恶气……一窝除了你都不是好东西,等着我一个一个收拾干净,你要是不解气,抬起脚就能把他们踩进泥里去。"

音楼先前难过坏了,如今光听他开导也解了一半的气。见他睡眼惺忪,全没了在步府上的狡诈奸猾,知道他是真的倦了,便道:"我一时脑子发热才答应嫁到南苑王府去的,现在想想,这么干连累的人实在太多了,到底也有些后悔。娄子我是捅下的,接下来怎么办,恐怕得看你的了……罢了,你睡会子,我出去走走,有什么话咱们回头再说也不迟。"

她到梳妆台前随手绾了个流云髻,从粉彩匣子里挑了把明月扇,打算带着彤云到西湖边上散散。才走了几步发现裙带被勾住了,回头一看,宫绦一端绕在了他手指头上,他倚枕轻笑:"闯了祸一气儿扔给我,我是娘娘什么人呢,这么不见外的!"边说边把那绦子往回收,曼声道,"娘娘这回算是后顾无忧了……午后寂寞,甜甜打个盹儿,岂不比在毒日头下颠踬的好!"

咦咦咦,这是做什么呢!音楼扭捏着攥紧了裙带:"我没有……没有午睡的习惯,喜欢大夏天在日头底下跑……你别拽住我,回头再让彤云和小春子撞见!"

他拉扯得越发凶了,笑道:"我又没对你做什么,撞见了又怎么样?小春子是我干儿子,万事不打紧的。彤云是你的人,靠得住就留着,靠不住割了舌头扔进西湖里就是了,怕什么?"

他一副欺男霸女的猖狂模样,上回那种轻轻的吻回味起来叫她沉醉,现在这样胡搅蛮缠却令她羞愤。她梗着脖子死撑,恫吓道:"你别闹,裙子拽掉了好看吗?再闹我可发火了!我发起火来六亲不认,回头可别吓着你。"

他哧地笑起来:"吓着我?你但凡有那能耐,也不至于叫步家欺负得这么惨了。今儿是我来得早,再晚怎么样呢?说不定被他们送进柴房,收拾收拾就抬到金陵去了,还能在这里和我耍嘴皮子?"

究竟怎么回事他自己知道,她在他眼窝子里戳着,他觉得一天都不能等似的。进步家大门的时候看见她哭就知道不妙,她孤零零地坐在那里,他不方便多问,也不方便安慰她,心里就算燎脱了皮也不能搁在面子上。回来了再想补偿补偿,又怕她知道了反感……他这样百转千回的心思真是天可怜见,再忍耐,忍耐到什么时候?她在他面前,仅仅几句话、几个眼神,哪里够得上填补他的相思!如今是午后,四下无人,有点小小的绮思,算不上罪大恶极吧!

她的反抗在他看来傻得厉害:"我又没有坏心思,你瞧这罗汉榻宽绰,咱们两个一头躺着说说话,不好吗?"

"那怎么行!"音楼还在苦苦挣扎,怎么能一头睡呢,传出去这话还能听吗?其实她明白他的难处,他助皇帝登基那已经是前尘往事了,这种功勋不能载入史册,加上皇帝有心避忌,当初的功臣就处在旋涡中心,随时面临被打杀的危险。皇帝成立西厂是为什么?东厂监督满朝文武,西厂则用来监督东厂。他在外的言行要慎之又慎,现在和她亲近,万一传到皇帝耳朵里,大家都会惹上麻烦。

她是没什么,窝窝囊囊贱命一条。他不同,他在她眼里比紫禁城里的皇亲国戚还要尊贵,爱或不爱,真的比性命要紧吗?上回她是盘算过要对他交底的,挑个合适的机会花前月下，她心里是极愿意的。可他这么个无赖样子唬着她了，上来就要一头躺着，这是什么意思呢！她两手拢着宫绦劝他："小心隔墙有耳，这么多随行的人，弄不好就有细作。"

"臣奉旨保护娘娘周全，出京也得皇上首肯，任谁告我都不怕。"他努力不懈，终于把她拽到榻前来了，想也没多想，张开双臂就抱上去。但是总有哪里不对，是她腿短还是榻太高？位置估算错了，一张脸居然笔直地撞在了她小腹上。

她惊呼一声"你这登徒子"，劈头就是一下子，打得还不轻，打掉了他的攒米珠发带。她呆住了，没想到自己居然会动手，不知道他接下来会怎么收拾她。

她骇然看他，他捂着后脑勺慢慢抬起头来，眼神冷冽，表情满蓄风雷。她吓得退后一步，料想他免不了一跃而起如数奉还，谁知竟没有，单嘟囔了句"有点香"，自己往罗汉榻内侧挪了挪，把引枕腾出一半来："躺下。"

音楼张口结舌，有点香？这个混账！她飞红了脸，他却歪着身子蒙蒙看她，又扮出一脸巧笑来，缎子一样的长发蜿蜒流淌在枕上，越发显出妖娆的美。只是这美里有警告的意味，乜着眼，勾着嘴角，就那么看着她，不再说话。

这一记不是白打的，她要是不照着办，天晓得会遇上什么样的惩罚！这人也真怪，非要一起躺着干什么？她延挨了一下："你热吗？我给你打扇子好不好？"

他想了想，慢吞吞道："躺下扇也一样。"

她没办法了，迟疑着坐在榻沿，心跳如擂鼓。虽然知道他不会拿她怎么样，终归还是有些忌惮。在甲板上露天躺着，玩的是诗意和狂放，屋子里同榻而眠性质就变了，怎么不叫人难堪。

他见她还在磨蹭，终于忍不住了，勾手把她放倒，夯土似的使劲把她压实了："很难吗？同我躺在一起很难？因为我是太监，你心里到底瞧不起我是不是？"

她慌忙否认："没有这样的事，我怎么会瞧不起你？"她明明把他当成男人，这才会感到为难，谁知竟让他误会了。她侧过身看他，他脸上神色不好，她摇摇他的胳膊道，"你别生气，要是因为刚才挨了打不痛快，那你就打回去，成吗？"

他抿着唇仰天躺下来，不再理睬她，待她好话说了一箩筐，半天才慢慢回暖。转身打量她，两个人面对面躺着，相距不过两尺来宽，可以看清她额角细碎的绒发。这么年轻的女孩子，这么鲜活的生命，每一处都经得起推敲，就是办事太鲁莽了点，他的后脑勺到现在还隐隐作痛。

他叹了口气："我只是想踏实睡个午觉，有你在，我觉得安心。"

他的话牵起她心里最柔软的部分，因为深爱，更能体会他的不易。她壮起胆在他肩头拍了拍："那我就守着你，你好好睡吧！"

"其实有些话，不知道从何说起。"他轻轻道，哀怨地顿了下，"你讨厌和我有肢体上的接触吗？"

音楼想起那晚船上的点点滴滴，从来没有感到一丝厌恶。闭眼回味，简直称得上喜欢……她摸了摸发红的脸，窘迫地说不会。

"那我搂你一下好吗？"他眨了眨眼，长长的睫毛撩得人心痒难耐，"你放心，园子外面都是我的人，没有允许连只蛾子都飞不进来。娘娘行事大方，断不会那么小家子气的。将来进宫不是还要同臣常来常往吗，不花大力气笼络人心，怎么好意思叫我给你带吃的玩的？"

音楼咽了口唾沫，这人真是蹬鼻子上脸，明里暗里搂过她多少回了，如今光明正大地要求，也不能怪她想得多吧！

"不好吗？"他显得很失望，修长的手指抬起来，从她手臂的曲线上缓缓滑过，若有似无的碰触，叫她浑身起了一层战栗，他却依旧是笑，"多少人想和我亲近，我都不愿意兜搭他们。难得遇上一个看得顺眼的，谁知还遭嫌弃。我算知道弃妇的心情了，娘娘对我薄幸，将来也不指望您能记得我。"

音楼沉下了脸，娘娘长娘娘短，还谈将来？他似乎从来就没有想过把她留下，难道那天偷着亲她都是假的？知道她醒着，故意占她便宜？她有些生恨了，他是铁了心要把她玩弄于股掌之间，枉费她这些日子的托赖和真情。

好得很，他敢这样有恃无恐，那她还怕什么？横竖是干干净净一个人，他不是说后顾无忧好吗！看看这媚眼如丝，天生的狐狸精！她心里憋着一口气，连城公子不过长得美点儿，他就唾弃人家，叫人家弹一夜琴。现在他自己怎么样？不止一次在她跟前卖弄风情，当她是死人哪？

她恶向胆边生，提督府上妆那回她就下过狠心，一直苦于鼓不起勇气来。这回他自动送上门，她势必要摆脱受他调戏的命运！

"厂臣闺怨这样深，叫我拿你怎么好？"她一把将他推得仰在那里，捏住他的下巴，拇指轻佻地在他唇上一刮，吊起嘴角学他的模样调笑，"我还记着你说我婉媚不足，上回让你请师傅，你又嫌我画虎不成反类犬，既这么，我只有现学现卖了……啧啧，瞧瞧这小模样，可人疼的！"

他一瞬惊惶，万万没想到这丫头会突然发疯。才想挣扎起来，她却不让，马面裙扬起个华丽的弧度，她抬腿钩住了他，小小的身躯，几乎半压在他身上。周围的温度骤然升高了，他错愕地看着她，她得意地大笑起来，一抹嫣红就在他眼前。她说:"人家都说名师出高徒,厂臣快评点,我究竟学得怎么样?"

到底是见多识广的人,遇到突发状况也能很快调整过来。输人不输阵嘛,他被她制在身下动弹不得,惊讶过后暗暗期待起来。索性摆出一副满不在乎的架势,唔了声道:"皮毛罢了,也敢拿出来显摆!要是就这些能耐,可叫我看轻了你。"

上回那甜腻的味道,现在想起来都令人悸动。彼此似乎都有意把事态往那方向引导,一个推波,一个助澜,然后有些事便脱离了掌控。

音楼觉得自己大概真的神志不清了,他这么骄矜,是看准了她不敢拿他怎么样。可是闷热的午后,月洞窗外是湖光山色,触手可及的地方是他饱满的唇。她虽是个女人,也有心神荡漾的时候。没有再给他聒噪的机会,羞怯也顾不得了,恶狠狠地捧住他的脸,恶狠狠地亲了上去。

什么滋味呢?和那天似乎不大相同。她紧张得一脑门子汗,应该有的甜蜜像飞灰似的抓不住,光知道这个人是他,他的鼻息和她相接,他们现在很亲昵。忐忑有之,安逸也有之,她只是紧紧贴着他,攀附他,别的都不去管了。习惯把难题扔给他,若是他有心,也会懂得她的意思吧!不过这件事继续下去,他要担负的东西远比她多得多。她有什么呢,唯一个人罢了,他身后却有千辛万苦创下的基业和华丽人生。

简直是个意外,第一次正儿八经的吻,居然就在这种情况下发生了!于音楼来说是迈出了一大步,至少她主动了一回,往后怎么样顾不得了,上次的遗憾这次补上,终于可以画个完美的句点。

或者注定失败,但有这刻也足了。

肖铎被她突如其来的奔放震得找不着北,他一直以为她是虚张声势,这么糊涂胆小的人怎么能做出那样的事来!大不了张牙舞爪流于表面,真要行动她还没那份勇气。谁知他也有估算失误的时候,他太小看她,越是木讷的人,越是有不顾一切的决心。他自诩聪明,却只敢在她酒醉时靠近她,和她比起来,自己居然怯懦得可笑。

但空有壮志,技巧不够,这也是个难题。单单嘴唇接触就是全部了吗?他虽没什么经验,胜在悟性比她强。让她主导忒失脸面,于是轻轻巧巧一个翻身,便把她压在了身下。

他低头看她,眉眼含春,想来她也是喜欢的。

人和人的感情真是说不清道不明,曾经不起眼的小才人,没有殉葬那一出,他也许永远都不会留意她。她的生与死,对他来说仅仅只是诏书上简短的几个字,匆匆一瞥，宣读过后就封存起来，没有任何意义。可是现在她在他身下，这都要感谢皇帝，没有他当初的慧眼识珠，哪里有他现在的红鸾星动！

他的手指抚摸着她耳后的皮肤，和她鼻尖贴着鼻尖，低低嘲笑道："学艺不精，差得远了。"

她神色迷离，幼嫩的脸庞和蒙眬的眼，简直催发了他的破坏欲。开弓没有回头箭，是她送上门来的，不笑纳，对不起她这番美意。然而为什么呢？她究竟是意气用事，还是真的像他一样，她也爱他？

他只觉血气上涌，现在说什么都多余，恨不能把她拆吃入腹，只恐人小肉少不够塞牙缝的。

久旷干涸的心，像见了底的沟渠突然注入清泉，转瞬便充盈起来。夏天的衣料薄薄一层覆在她鲜活的肉体上，透过繁复的做工和花纹，他能感觉到属于她的温暖。他贪恋地把她搂得越发紧些，然后重新吻上她的唇。轻轻一点碰触是试探，渐次加深，少女的幽香几乎把他溺毙。

四下里沉寂，连窗外的鸟鸣都远了，只听见怦怦的心跳，像乌云里翻滚的闷雷，声声击在耳膜上。他用舌尖描绘，用舌尖探索，她的行动远不如她伪装出来的豪放，笨拙的，迟迟的，但是有她独特的小美好。

他吻得很专注，她渐渐也懂得回应了，细细地吟哦，细细地轻叹。琵琶袖下两弯雪臂高抬起来，蛇一样缠上他的颈项，唇齿相依里有说不尽的温情。两个同样匮乏的人，可以从彼此身上找到慰藉。

肖铎觉得一块石头落了地，这次她是醒着的，并没有嫌弃他的身份，也不排斥和他这个阉人亲密。他们之间的纠葛全坐实了，谁会拿这种事开玩笑呢！他得到了答案反而越发惆怅，将来的路到底应该怎么走，恐怕要再三斟酌了。

一面沉迷一面忧虑，进退都是深渊，左右都让人彷徨。可能是有些分心了，突然发现她开始占据主导，像孩子得到了新玩意儿，她纠缠不休。从枕上仰起了身追过来，只管在他唇齿间勾绕啃咬。

要不是嘴给堵住了，他八成会笑出来。这个不知道害臊的丫头，他有这么好吃吗？督主大人世事再洞明，人情再练达，到底不过二十四岁年纪，心里爱的人在身下婉转承欢，他便有些把持不住了。这是和荣安皇后在一起时完全不同的体验，坤宁宫摇曳的烛火里，不管气氛怎样暧昧煽情，他始终可以心如止水。但是面对她，他动了感情，所以一切都显得不一样了。

他把双手嵌进她的后背，微微托起来，将她拗出个诱人的弧度。亲她的唇角、亲她的下巴、亲她裸露在交领外的脖颈。这暖玉温香，恐怕终其一生都挣不出来了！

悄悄看她，她气喘吁吁，柔若无骨。未经人事的女孩，哪里受得了这些撩拨！他转而用牙解她领上盘扣，一颗接着一颗，渐渐露出里面杏色的阔绲边来。她没有制止，他也没有想停下，直到对襟衣大开，缎面的亵衣因她胸前起势高高堆拱，他才惊觉事态发展得没了边儿，早就已经不在他的控制范围内了。

他慌了神，顿在那里不知道怎么料理才好。这是个分界点，前进或是后退，会衍生出两种不一样的结果。究竟是安于京城的悠闲富贵，还是亡命天涯时刻遭人追杀，他没有想好，也不能代她决定人生。

音楼很多时候脑子比别人慢半拍，她正沉浸在这春风拂柳条的无边缱绻里，他忽然停下动作，她才醒过神来。睁眼一看，他怔怔地撑在她上方，青丝低垂，眉尖若蹙，看样子是遇上了难题。

她心里明白了七八分，再瞧自己这衣衫不整的样子，脸上立时一片滚烫，忙支起身把衣襟扣上，也不知道怎么安慰他好。刚才是意乱情迷了，才糊里糊涂走到这一步。她有些自责，如果自己懂得体谅他，就不该贪这片刻欢愉，勾起他的伤心事来。是自己脑子发热起的头，他勉为其难也要附和，这下子可好，弄得彼此这样尴尬。

简直没脸见人了，她恨不得挖个地洞钻进去！手忙脚乱地把衣裳归置好，看他一副失神的样子，又是愧疚又是心疼。她不敢碰他，挨在榻角摸了摸他曳撒的袍缘："对不住，是我孟浪了……"

这种事，吃亏的不是女人吗？她认错认得倒挺快，他抬起眼看她："此话怎讲？"

怎讲？她也不知道怎讲，就是觉得对不起他。她坐在那里懊恼地揪了揪头发："我想你是没有邪心的，不过想躺会子而已，谁知道我兽性大发，险些玷污了你的清白。"她垂下头忏悔，"我做错了，万死难辞其咎。怎么能让你消火，你说吧！"

两个人也古怪，一下子从那个圈跳进了这个圈，她还颇有任他发落的意思，就因为他是个太监，最后没能把她怎么样，反倒成了受害者。

他笑了笑："怎么能怨你呢！错都在我，明明不能碰，还忍不住兜搭你。"

她愣愣地看他，他这话不单是冲刚才，更是冲着船上那夜吧！她听出来了，到底他还是后悔了，只不过一时情难自禁，今天又离雷池近了半步。她都懂，也能站在他的角度看待问题本身。一个位高权重的太监，立在皇帝的御案旁可以号令天下，一旦离了脚下那几块金砖，就什么都不是了。女人于他来说，也许仅仅是华美袍子上无足轻重的点缀。若是有一天连袍子都腐朽了，这样的点缀便半点价值都没有，反倒成了伤。

她徐徐叹息，心头一直揪着，这时却看开了，换了个松快的口气道："也许咱们都太寂寞了，需要有个伴儿。"

他脸上表情凝重，并不见笑容，垂着眼道："娘娘说得是，宫掖之中生活寂寞，臣也有恍神的时候。但是娘娘要相信臣，臣……"

似乎以往种种都过去了，翻过巨大的书页，一切夹带进了昨天，现在又是一片柳暗花明。他仍旧称她娘娘，仍旧自称臣，是想回到原来的轨道上去了。音楼忽然感到酸楚直冲上鼻梁，花了很大的力气才把眼里的雾气忍了下去。

她曾经犹豫该不该捅破那层窗户纸，之所以害怕，就是担心会出现现在这种情况，没有喜极而泣，两下里只有深深的无奈。她微哽了下："厂臣不必说我也懂得，刚才的事咱们各自都忘了，过去就过去了，就算是个玩笑，以后再别记起。"

他下意识地拭了拭唇峰，咬破了他的嘴，让他以后别记起……记不记起是他的事，但是她能忘记自然最好。想得越多心头越乱，便点头道："全依娘娘的意思办。我今儿着急上步府，绣楼里的买卖都搁下了，这会子歇是歇不成了，还是过去看看吧！把事情办妥了，好上南京去。临行前皇上有过旨意，南苑王府是唯一的外姓藩王，这些年风头日盛，再不辖制恐怕生乱……"他絮絮叨叨，连自己都不知道说了些什么。说完趿上鞋，转了两圈，又发了会儿呆才想起来束发，整好了衣裳后瞧她一眼，便匆忙背着手出门去了。

那厢步家着急打发音楼，三天之后就有消息传来，说六月十六是上上大吉的好日子，请厂公做个见证，南苑那头的花船一到就让人出阁。肖铎没有不应的道理，不过放不放人就是后话了。

嫁闺女，不单看日子，还要看吉时。那天一早步府就张罗起来，宇文家接亲的人都到了，却迟迟不见音楼回来，曹夫人在堂屋里急得团团转："明知道今儿要祭祖上路的，这会子还没动静，那个肖太监是什么意思？"她冲步太傅喋喋抱怨，"那天就不该让音楼跟着他去，哪里有女孩儿到了家又给带走的道理？宫里管事管上了瘾头，到咱们家做主来了！"见她男人不说话，心里越发焦躁，"你还戳着，脚底下这块地长黄金是怎么的？这样的当口还等什么？还不打发人上行辕里催去！拿了人钱财就这么办事的吗？要不是落了把柄在他手上，我倒要去问他，强梁还讲三分义气呢，他这么翻脸不认人，怪道要断子绝孙！"

步驭鲁被她聒噪得脑仁儿疼，又怕她没遮拦的一张嘴惹出事来，跺着脚叫她噤声："仔细祸从口出！还嫌事儿不够大吗？他是什么人，由得你嘴上消遣？已经打发老大请去了，那头不放人我有什么法儿？只有等着！"边说边仰脖儿长叹，"原想孩子上了轿就万事大吉了，谁知道出了这纰漏。南苑的人候得不耐烦了，再等下去只怕捂不住。"

曹氏听了哼笑："怨得谁？还不是怨你那好闺女！我瞧她进了回宫，旁的没长进，心眼子倒变多了。这头依着你，转过身来就给你下药！亏你还有脸在我跟前说她好，好在哪里？这是要把你亲爹架在火上烤，你背上烫不烫？生受得住吗？还指着她将来升发了孝敬你，瞧好嘛，不要了你老命就不错了！"

女人不讲理起来比什么都可恨，步驭鲁自己也没主张，只管立在门上瞧，烦不胜烦地打断她："啰唆能把人啰唆回来？什么时候了还在这里同我嚼舌头，有这闲工夫上前头招呼人去，把那几个嬷嬷安抚好，回了王府说几句顺风话，将来自有你的好处。"

曹夫人骂归骂，事情总不能撂着不管。想了想实在没法儿，便试探道："音楼替不了，索性把音阁屋里的秀屏打扮打扮送上花轿得了。她跟在音阁身边这些年，府里的事儿也不用多嘱咐。一个丫头出身的能进王府做庶福晋，她还不对咱们感恩戴德？只要她不说话，咱们认她做义女。至于你那个好闺女，这个家是没她容身之所了，叫她自走她的阳关道去吧！"

步驭鲁叱道："你疯魔了不成？进选的事惹得一身骚，这会儿替嫁替到王府去了，这世上别人都是傻子，只有你聪明？你让一个堂堂的藩王纳你府里的丫头做庶福晋，你脸可真大呀！成了，别想那些没用的了，好好琢磨琢磨怎么搪塞南苑王府的人吧！"

话音才落，管家从中路上一溜小跑过来，边跑边道："给老爷回话，东厂的肖大人来了，这会儿到了御街，眼看就进巷子了。"

步驭鲁大喜过望，忙整了衣冠到门上迎接，果然一乘金轿停在台阶下。轿里人打帘出来，锦缎蟒袍一身公服，日光照着白净的脸，也不言笑，宝相庄严恰似庙里的菩萨。风风火火抬腿进门来，步太傅在后面点头哈腰他都不管，倒是对院子里的嫁妆很感兴趣，转过头吩咐云尉："千户数数，太傅大人给大姑娘的陪嫁有多少。"

云尉应个是，大声检点起来，从一数到八，两指一比，不无嘲弄地道："回督主的话，太傅大人讨了个好口彩，大小共八抬。"

　　江南嫁女儿，三十六抬、四十二抬是寻常，像这样八抬的真是连门面都不装了。肖铎哂笑道："太傅想得周全，走水路嘛，嫁妆太多了运送不便当，还是精简些的好。咱家出门瞧了时候，到这儿也差不多了，大姑娘还没准备妥当吗？婚嫁图喜兴，误了吉时就不好了。"

　　南苑来的喜娘和主事面面相觑，步太傅家结亲的是二姑娘，大姑娘进宫封了才人，东厂提督一口一个大姑娘，里头是不是有什么说法？

　　步驭鲁遭肖铎釜底抽薪，登时脸上变了颜色。又不能发作，只得好言敷衍着："厂公弄错了，今儿出阁的次女……"

　　"你是说咱们太妃娘娘？"肖铎登时抬高了声线，故作惊讶道，"太傅大人竟不知道娘娘受封贞顺端妃的事儿？娘娘随咱家来余杭只是省亲，等回京了仍旧要进宫的。太傅大人莫名其妙安排了桩婚事，要将太妃娘娘嫁到南苑王府去……"他沉下脸来，扫了迎亲的人一眼，"咱家奉旨一路护娘娘周全，太傅大人这是为难咱家，想害咱家背上个失职的罪名吗？"

　　一石激起千层浪，在场的众人都傻了眼，步驭鲁和曹夫人更是万万没想到，听了他的话，腿颤身摇几乎要栽倒。

　　不是被撵出宫的小才人吗？怎么一下子成了太妃？原来都是肖铎在里头耍花样，左手要钱，右手作弄他们。可惜了一棵已经栽成的大树，早知道音楼封了太妃，她回来时断不会是那个光景。如今后悔来不及了，家底掏空了，南苑王府接人的又在等着，这是要把步家逼上绝路了！

　　肖铎看着那一门残兵败将很觉解气，半晌才叠着手道："闺女总是要嫁人的，留着也不能开出花儿来。我看太傅大人还是割爱吧，横竖冒名顶替的事儿办了不止一回，再来一回也无妨。不过要委屈大姑娘了，好好的正头嫡女上王府做侍妾，也不知王爷计不计较她原本应该进宫的身份，万一忌讳朝廷追究，那过了门的日子恐怕要煎熬了。"

　　步太傅早气得说不出话来，步家老大换了他爹道："肖厂公同这事也不是没有干系的，大庭广众下说出来，似乎有些欠妥吧！"

　　以为他拿了钱就同他们一条船了，肖铎用折扇遮住了半边脸，操着懒洋洋的声口告诉他们："天下没有瞒得住我东厂的事，东厂为皇上效忠，对主子也不会藏着掖着。这件事儿我在京时就透露给当今圣上了，圣上只说'且看'，这两个字是什么意思，太傅大人满腹经纶不会不明白。所以姊妹易嫁是为了步氏好，咱家言尽于此也算尽力了。"他转过身往门上去，经过嫁妆时略停了下步子，叹息道，"可怜见的，怎么说也是个嫡女，八抬嫁妆实在是寒酸了些。千户给我随十两银子的份子钱，甭登账了，算我给大姑娘添脂粉的吧！"

出得门来，心情大好。音楼的太妃身份一揭穿，杭州是待不下去了，恰好这里的买卖谈得有了成色，余下便是船运和供货。金陵原是大邺故都，秦淮河畔的船坞媲美福建船坞，肖铎一向对造船颇为看重，不光是由于大邺的水师加固，也因为东厂在工部插了一脚，采买建造，中间环节利润可观。这年月，放着现成的机会不往腰包里揽财的是傻瓜，太监爱财嘛，肖铎也是一样。算算日子，到了该结账的时候了，工部给的账册叫人信不实，还是亲自去船坞瞧一瞧的好。

"明早就动身，别声张，免得又闹出大动静来，没那力气应酬。"他坐在轿子里嘱咐，想了想又道，"另备几条小船，你和二档头带几个人跟我走，余下的人仍旧乘宝船，沿途官员一概免见，到了金陵再会合。"

云尉在轿外应了个是，略顿了下才问："步家的事就算过去了吗？步家老大对督主无礼，刚才情势一刀下去也是寻常，但碍于娘娘的面子不敢轻举妄动，还得请督主给个示下。"

说无礼，其实也就是一句话，换了平常人，谁没个受呲打的时候？但是肖铎不一样，自负惯了的娇主儿，在外受不得半点怠慢。所以步家老大出言不逊，在东厂的人听来就是出战的号角响了，腰间双刀随时准备出鞘。

肖铎倚着轿围子抚摩珠串上的佛头塔，并没有太大的情绪起伏，只道："娘娘性子善，受了再多的气也不愿意要他们的命，真刀真枪未免难看。步驭鲁也够受的了，南苑王府都知道步音阁是嫡女，她扎在那些妾和通房堆里还能抬得起头来吗？原本想掏钱消灾，没承想皇上早知道了，这下子花了冤枉钱，没准儿就此气得卧床不起。剩下的那几个儿子……你去知会他们供职的衙门，让他们赋闲在家也就是了，毕竟是太妃的娘家人嘛，整治得太出格了不好看。"

他爱说漂亮话的毛病是改不了了，把人家弄得鸡犬不宁，还一副放了恩典手下留情的好心模样。云尉他们在他跟前当了四五年的差，对他的癖好见怪不怪，笑着应承道："没了钱又丢了官，步老头这回只有指望宇文良时看在翁婿的面子上接济他了。"

肖铎哼道："宇文良时是什么人？一个侍妾哪里放在眼里！步驭鲁想在他面前以岳丈自诩，早着呢！"

正说得兴起，云尉抬头见容奇迎面来了，料着有事，便往轿内通传了声。肖铎低头抚着膝襕，金银丝线摸上去有些扎手，松了的一个线头在指尖盘弄了好久，只听容奇隔帘道："督主，闫少监那头有书信传来，说京里出了桩狐妖案，有个姓赵的生意人在蜀地做买卖，路上遇见了个绝世美人，色心大起便收了房。带回府后第二天阖府的人死了个精光，顺天府派仵作验尸，奇在居然连一处伤痕都找不着。众人皆亡，那美人却不见了踪影。后来打更的常看见半夜里有女子在外游荡，城里又接二连三死了好几个人，如今人心惶惶，老百姓天不黑全关门闭户，一到点灯时候整个京畿就成了座死城。皇上命西厂查办，于尊这人您是知道的，说话不留后路，满嘴应承下来，对皇上立了军令状，三个月内必定把案子破了。少监的意思是，咱们东厂在这事上要不要插手？如果先西厂一步把案子拿下，皇上势必对东厂另眼相看。"

肖铎听了抽汗巾拭了拭鼻子："他西厂是个什么东西？想来同东厂分庭抗礼？做他的大头梦！我要的不是皇上另眼相看，要的是成为他的左膀右臂！你给闫苏琅回个信儿，让他静观其变。要紧的时候叫人假扮狐妖外头晃一圈，多死几个人无妨，事情闹得越大越好，叫于尊去破。那厮是新官上任，正忙着建功立业呢！各处多点几把火，三个月够他焦头烂额的了。等三月期满随意丢个饵叫他叼着上御前结案去。"他点着膝头笑起来，"要是哪天狐妖溜达进了宫，在皇上窗外对月吟诗，不知道于尊和他的西厂是个什么下场。"

那笑声恍如金石相撞，轿外的人立刻会了意，容奇道"是"，看了云尉一眼，俯首领命去了。

回到鹿鸣蒹葭，让曹春盎收拾行李，带的东西不多，几件换洗衣裳和细软就足够了。大件儿叫底下人运上宝船，这回是兵分两路，他这个钦差难得也微服一回，要紧的是早在京里就答应音楼夜游秦淮的，既然有这机会，不能对她食言。

感情上做不到正大光明地回馈，自己加着小心对她好，处处照应她，这是他的自由，同她无关。

怕自己的爱给别人造成困扰，他也没想到自己会有这么一天。相思浓烈起来连自己都觉得可笑，那时候她在窗下替他做鞋，他每天从船舷上经过好多回，其实没什么事，就是走一回看她一回，顺便观察进度。后来还很后悔，早知道在两舱之间开个小窗，也省了在日头下暴晒的苦。她做的鞋他拿到手后舍不得穿，可是又想试试，怕踩脏了就在床上小走两步，自己扭身在镜子里看，越看越觉得合适。这辈子除了他母亲，她是唯一一个给他做鞋的人，穿在脚上刻在心头，以后恐怕再也跑不掉了，这是他的命。

然而经过了那个脸红心跳的午后，彼此都刻意回避，似乎有三四天没有好好同她说话了，也是因为尴尬，找不到适当的机会。明天准备离开杭州，去对她说一声，叮嘱她筹备，正是个不错的契机。

他摇着扇子出门，才下台阶，恰巧看见她过来，穿一身水绿的便袍，松松绾个髻儿，一缕发垂在胸前，很有些弱柳扶风的味道。

他心里一松快，忙迎上去笑道："臣正要去见您，没想到您过来了。"回身引了引，"进屋吧，外头还有余热。"

她脚下没动，摇头说："不了，在这儿说也一样。厂臣要去见我，有事吗？"

肖铎道："今儿步府里的事都办妥了，南苑王府的人等在门上，你父亲只得让音阁上了花轿。她这回算是折透了面子，你听了高兴吗？"他孩子气地讨好了一通，见她无甚欢喜颜色便有些讪讪，换了话茬说，"明天五更咱们动身上南京，你不是想去看看秦淮河上金粉楼台吗，咱们在桃叶渡停上两晚，也好见识见识那里的灯船箫鼓。"

她脸上的神色是向往的，可是仍旧缓缓摇头："我来也是有事想同你说，这趟南下的目的就是回家看看，虽然瞧见的是这幅光景，横竖心愿算是了了。南京我就不去了，你打发人送我回北京吧，早些进宫去，心就安定下来了。"

他被她浇了盆凉水，似乎不太能接受，蹙眉道："到余杭不过十来天，还没缓过劲来，何必着急回去？"

他难道不懂吗？她提前回京不是不想游览这江南风光，实在是在他身边，她再也不会有好兴致了。她心里的苦闷怎么同人说？她可以不在乎他是不是太监，但是他自己看重，她也不能多说什么。难道去开解他，让他别把这残疾放在心上？那不是往他伤口上撒盐吗！这世上能坦然面对自己缺陷的人没几个，尤其这样的终身遗憾，她怕开口会触怒他。就算他面上能够谈笑自若，心里大约早就血流成河了吧！

她做过一次努力了，铩羽而归，就算再没心没肺，这种事上绝不会再尝试第二回。所以把他埋在心里就好，让他依旧张扬地、无牵无挂地活着，比什么都强。

她深深地看他一眼："早晚还是要一个人先回去的，今儿走明儿走有什么差别？景致再好也留人不住，等将来逢着机会皇上下江南，要是在他跟前得脸，央他带出来，那时候再好好游历也一样。"

她说完了，没等他回话，自己转身又上了小道。这园子树木多，绿荫重重遮天蔽日。临近傍晚了，夕阳透过浅薄的云层射过来，脚下鹅卵石铺就的路斑斑驳驳，越发衬得晚照凄凉。

音楼安慰自己坚定地走下去，她知道他一定在看着她，即便感觉芒刺在背，也决计不能回头。一切都会慢慢好起来的，谁没有一段幼稚的感情呢！等日后稳定了，不说相夫教子，有了框架，过上循规蹈矩的生活，再回过头看现在的儿女情长，也会觉得十分荒唐可笑。

她略带无奈地垂下嘴角，终究还是太年轻了，也许到了荣安皇后那样的年纪，经得多看得多了，渐渐也就淡了。只是自己没有荣安皇后那样的福气，即便不得宠爱，也可以理直气壮地谈起丈夫。留下一两样东西，每年拿出来见见光，人死债消，后话里没有锋芒，他长他短，先帝也和别人的丈夫没有两样。然而自己的一辈子是不能落下什么了，想得到的离你太远，不想得到的别人偏要强迫你分一杯羹。但愿下辈子托生在个偏远的地方，能找个平常人嫁了，至少不用做妾，知道那个男人属于她。

彤云站在屋角等她，远远一道身影垂头丧气地从回廊里过来，噘嘴垮肩的模样，一看就知道是不欢而散。

"吵起来了？"她上去搀她，"肖掌印留您了吗？还是痛快点了头，您又不高兴？"

音楼静静琢磨了下："他现在干什么我都不高兴，我可恨死他了。"

彤云叹了口气："您恨他有什么用，人家兴许还恨自己呢！您要是恨着恨着能把那地方恨回来，奴婢陪着您一块儿恨。"

她耷拉着嘴角如丧考妣："东西都收拾完了吗？我刚才说得很坚决，一口咬定要回去，他八成也没办法。"

"他答应让您走？"彤云看看天上怒云，西边火红一片，喃喃道，"晚霞行千里啊，明儿肯定热得厉害。咱们是走水路还是走陆路？"

"不知道。"她说，"我都没敢多看他一眼就回来了，其实我现在恨不得一脚踏进宫里。前头过得浑浑噩噩的，上了一回吊把脑子吊坏了才喜欢上太监，等回了宫我打算喜欢皇帝，总比太监有盼头，你说是不是？"

彤云不知道怎么开解她，沉吟了半天唉了声道："说得是，那打今儿起您就什么都别想了，走一步是一步吧！我真没想到，肖掌印这么不爷们儿。您不嫌弃他，他还不顺杆儿爬，以前怎么伺候的荣安皇后呀！还是他忌讳您没承过幸，怕出了格万一皇上点卯您没法应付？真要这样，那您给翻了牌子再同他私底下走动，他大约就自在了。"

音楼瞪眼看她:"我是这样的人吗?进了宫走影儿,活腻味了?"

彤云比她还惆怅,一屁股坐在栏杆上长吁短叹:"要不怎么的?我还以为他会想个法子不让您进宫呢,他路子比咱们野,只要愿意,什么事儿难得住他?谁知道……他连镴枪头都不装了,他就是根棍子。"

音楼低头揉搓手绢:"你别这么说他,他有他的难处,我都知道。皇上和他不一心,他想往东皇上偏往西,他就算想留我,也得皇上答应才好。他是个不爱说满话的人,许了诺办不到,自己身子又不成,可能也怕耽误我。"

好嘛,这得爱得多深,都被人回绝了还帮着人家找理由呢!谁遇上这么识大体的女人,真是前辈子修来的好造化。可惜了,情路注定坎坷。彤云原当肖铎和别的大太监不一样,谁知也是个缩头乌龟。放不下手里的权势,毕竟是拿大代价换来的,留恋也应当。可怜了她的傻主子,一根筋了这些时候,在船上天天做鞋做到后半夜,给他一年四季的都备足了。

反正事已至此了,只等明天番子来接她们。

第二天早起天蒙蒙亮的时候,曹春盎过来传话,说船在渡口等着了,请娘娘移驾。音楼出了院子回头驻足,前院上房的门紧紧关着,只听见檐角的铁马在晨风里叮当作响。他没打算送她,也许心里同样难过,不见强似相见。她垂首叹息,就这样吧,反正下定了决心要忘记的,见与不见都不重要。

去码头的路上,她问曹春盎:"督主指派了几个人跟着?"

曹春盎道:"督主吩咐轻车简从,人多了反倒引人耳目。叫二档头和三档头乘后头的船跟着,一样能护娘娘周全。"

音楼颔首应了,横竖现在任由他们安排,只要能顺顺利利回到京里就成。

奇的是这趟准备的是舫船,大小至多只有宝船的一成,雕梁画栋,翘角飞檐,构造虽美,却适合在稳风静浪里航行。江南这种船多,或许到钱塘再换方艒吧。音楼上了甲板很觉惘然,也没进舱,在船头站了一阵,看那碧波浩渺里江帆点点,心也跟着载浮载沉起来。

## 第八章 过危楼

　　水面越行越窄，音楼记不得来时路，隐约觉得不大一样，站了会子转过头问彤云："这是到了哪一段？我怎么觉得走错路了？"

　　彤云站在一旁看天："兴许是抄近道了，从这儿斜插过去，一气儿就能到大壶口也说不定。"一头说一头琢磨，"这时辰还不出太阳，看来是要下雨了。"

　　音楼没听她嘀咕，往前看，到了分岔口，舵把儿就势一转，居然进了一条小河道。她咦了声："这是往哪儿？你瞧见东厂的人了吗？别不是上了拐子船，要把咱们卖了吧！"

　　河岸上的芦苇长得有两人高，芦花正是茂盛的时候，画舫从河道寂寂摇过，芦秆刮着顶上木柞的檐角，噼啪作响。就好比放着官道不走走田垄一样，芦苇荡一片茫茫看不到边，左右又没人，真有那么点遭到倒卖的意思。只不过知道是玩笑话，无非自己吓唬自己罢了，东厂要是连个人都护送不到，岂不正给了皇帝取缔的借口吗？！彤云挎着包袱道："估摸着出了岔道就能进运河。运河里也有急流，画舫光图漂亮了，吃水不深还是个方头，万一遇到旋涡怕出事。这条水路平稳些，回头换了船就能走原路了。"

　　反正都到了这儿，怎么走随意吧！先前说进了宫心里能踏实，其实上船后心境就不一样了，果然远离左右就能把瘾头掐灭，没了指望也还是那样过。音楼想起以前做才人的日子，在乾西二所里漫无目的地活着，有过那么一段等翻牌子的经历。后来知道先帝独宠贵妃，她就把人生所有的乐趣转移到申正的那顿晚饭上去了。

往后还得过这样的日子，她仰脖叹了口气。回头看那画舫，舫船两边没有可供行走的舷，端端正正一间通长的大屋子，后边有半间上下结构的小楼，红漆直棂门，檐下描江南彩绘。江浙人善于在最细微的地方花最巧妙的心思，这种匠心独具倒真是北方不常见的。

潇潇的穹隆下是接天的青芦，船在画里走，人心也觉得舒坦。彤云来搀她，两个人绕过锚绳往后去，走了几步才看见屋角挨着个曹春盎。音楼愕了下道："没见你上船呀！厂臣让你送我回京吗？"

曹春盎一脸痞相，笑道："娘娘说要回京，奴婢真替娘娘觉得可惜。您瞧督主这儿的差事都办完了，说话儿就上南京。南京是好地方，娘娘去过吗？十里秦淮，画舫凌波，到了夜里处处华灯，还有唱小曲儿的船娘和伶人。这么个好机会，娘娘不去可是要后悔的。"

音楼听了一笑："那岂不是连累了你？送我回京，害你也去不成了。"

曹春盎笑得更欢实了，搓手道："去得成，督主说了，先上南京逛一圈再送娘娘回京。进庙烧香没有不磕头的，既然来了就到处瞧瞧，横竖皇上没限制时候，要是讨巧呀，没准儿督主能和娘娘一块儿返京呢！"

音楼吃了一惊，说好了回北京的，先斩后奏是个什么意思？难怪乘画舫钻小道儿，都是事先安排好的吗？她有点撮火，拧着眉头问："你们督主人在哪里？我虽然没授过金册，好歹还有个衔儿，他也太不把我放在眼里了！"

曹春盎吓了一跳："娘娘您息怒，多大点事儿，闹生分就不好了。您也别着急上火，有话好好说……"

她没等他说完，重重哼了声就往舱里去了。

曹春盎胆儿小，瞪着两眼看彤云："娘娘这气性儿……不会出事儿吧！"

彤云把眼看天："换了我，气性儿也大。"背过身去自己穷嘀咕，"男人大丈夫，办事拖泥带水什么趣儿！又不肯接着来，又揂着不放手，想干吗呀？还游金陵，兴致倒挺高！"

曹春盎在边上掏耳朵："你一个人絮絮叨叨，说什么呢？"

她回过头来干涩地笑了两声："没什么，我说督主干得漂亮！娘娘原本一门心思回北京了，嘴里没说，心里伤嗟着呢！这会儿督主既然强留，娘娘大不了做做脸子，暗地里必定受用。"她一甩帕子打哈哈，"哎呀，我最喜欢说一不二的爷们儿了，办大事的就该有铁腕，没到山穷水尽就还有转圜，小曹公公您说是不是？"

曹春盎白了她一眼："别问我，我一概不知。做下人就该有个做下人的样儿，主子的事儿别议论，督主以往什么脾气你不知道？朝廷大员见了他都怵，他的事儿你就别操心了。"他抱着拂尘回身看，啧啧咂了两下嘴，"还别说，娘娘发起火来脸盘儿真吓人！"

那是当然，别看音楼平时一副笑模样，越不外露的人，冲动起来越是把持不住。她进了舱里，一眼就看见坐在十样锦屏风前品茶的人。他穿一身素纱大襟衣，头上戴金镶玉发冠，朱红的两道组缨垂在胸前，优哉游哉泡工夫茶的模样，像个徜徉山水的文人。

别以为摆个撩人姿态就能叫她煞性儿！音楼冷着脸看他："厂臣打量我好糊弄吗？明明说好了今天回北京的，把我骗上了往南京的船是什么意思？"

"没什么意思，臣就是觉得还没到时候，娘娘大可以再逗留几天，等臣觉得差不多了，自然会打发人送您回去。"他轻飘飘地看了她一眼，发现她拉着脸怒目相向，便蹙眉道，"怎么？娘娘还打算到皇上跟前告我一状？果真这样我也不阻挠，我就说我手上差事正紧，来不及过问娘娘行程，交代别人又不放心，所以拖延了几天。横竖我有搪塞的法子，要告你只管告去，我不怕。"

这不是无赖的调调吗？音楼被他拿话噎住了，气得干瞪眼："你真当制住了我，我不敢告你吗？"

"告我什么？娘娘手上还有旁的话柄能问我的罪？难不成是那天午后的事儿？我唐突了娘娘，娘娘记恨我到现在？"他有点不高兴，茶吊子往下一放，砰的一声响，"不痛快的话何必说，愿意就坐下品品茶，一会儿出了芦苇荡，再往前能接上秦淮河；不愿意你就干站着，到南京还有两天水路，到底怎么样都随你。"

音楼没想到他的火气比她还旺，这几天憋在心里的委屈都是硬着头皮扛过来的，如今被他这么一斥，突然觉得所有一切都很不值。他似乎不知道骂人不揭短的道理，那天的事她有多后悔，至今回想起来都觉得臊得慌。别人说他有副水晶心肝儿，到底玲珑在哪里？不过有手段倒是真的，把她这么不上不下地吊着，就是他纵横后宫的御人之术吗？既然说明白了就该两不相干，让她回北京有什么不好？偏要留着戳在眼窝子里，他是没什么，叫她怎么处？真像戏文里说的，爱恨也就一线之隔。她忽然意识到自己落了短处在他手里，既然这个人不值得托付，那她就得学着防备。恐怕他今儿能拿话堵她的嘴，将来也能拿这个软当挟制她。

各人有各人的苦处，肖铎是恼她抽身太快。他总觉得事情还有救，为什么她那么着急要回京？她究竟知不知道回京意味着什么？意味着皇帝会派人接她进宫，意味着她要开始苦厄的宫廷生活，意味着他要见她一面必须等到合适的时机。宫廷是个锦绣堆里埋刀锋的地方，光着脚走，没有不割得鲜血淋漓的。即便要进宫，也要让他亲自送她，至少能够好好替她安排吃住，凡事给她最大的便利……可是他舍不舍得？做不做得到？到现在他自己也不敢确定了。或许再等等，总能找到个两全的办法解决眼下的难题。然而怎么说呢，说求她容他时间？他也不知道最后的胜算能有多少，万一越陷越深，到时候只怕两人之中得先死一个，才能平息这场干戈了。

彼此都赌气，咬着槽牙互不相让，梗了半天脖子，还是肖铎先服了软。他站起来，倒杯茶递过去好言相劝："我想带你看看秦淮景致，美景良辰也要有人共享才热闹，都已经到了这里，为什么不能再逗留两天呢？"

她推开茶盏别过脸道："我这会儿一脑门子官司，哪有那兴致！你硬要叫我看景儿，我也感念你的好处，等到了南京再指派人送我上路也一样。"

他收回手，把蕉叶盏搁在矮几上，淡然道："我没打算让你一个人先走，往后有一辈子工夫在宫里，急什么？现如今皇后主事，皇后上头还有太后。皇上是个好人不假，皇后却不是好打发的。你进宫首先名分上是个难题，先帝和今上是兄弟，你是寡嫂的身份，又不是老太妃，说颐养天年够不上，年纪轻轻的姑娘从陵地里接出来，谁也不是傻子。皇上虽俯治天下，有些事上却优柔寡断，我不在，没人怂恿着册立，你进宫也是个尴尬的处境。"

"所以要等你一道回去，由你举荐着晋位吗？厂臣，我没想晋位，甚至巴望着皇上记不起我来，你知道为什么吗？"她目光灼灼，可惜他到底没敢同她对视。她有些自嘲地笑了笑，"如果进宫在所难免，我也不指望万千荣宠集一身。你要是为我好……我不求你别的，只求你想法子让我偏安一隅，不要有人来打搅我，我就对你感恩戴德了。"

等同于自我流放吗？他握紧了大袖下的十指，隔了很久才低语："我何尝愿意让你进宫，你以为我是个冷血无情的人……或许对别人是，可是对你，我自问尽了心力。"

音楼没想到他会突然说这个，怔怔地看了他半天，恍惚生起一丝希望来，只是信不真。她仔细看他，看他落寞的眼神，看他眉心的忧虑，试探道："我要的不是你尽心，你懂吗？你不想让我进宫，为什么不试着留住我？你焉知我不愿意呢？我已经没有家了，只要你收留我，我去求皇上放了我。我不会提你半个字的，只说是我自己的意思，好不好？"

这件事什么时候轮到他们自己做决定了？皇帝等了那么久，从把她放下房梁开始，到后来的入帝陵、入提督府、下江南，平心静气等了好几个月。眼看着要有收成了，结果又去哀告，说临时改了主意，不愿意进宫了。一个九五之尊，哪里来的这样的好性儿？肖铎考虑得多，虽觉得音楼意气用事了点儿，但是她的这番表态却让他受宠若惊。他自然心动，自然巴不得点头应承她，可是他有顾虑，东厂正值多事之秋，他要是站得稳脚跟则平安无事，若是有半点闪失让人抓住小辫子，绝不是丢官罢权这样简单，累及身家性命甚至死无全尸，不过朝夕之间罢了。

可是她这样迫切地看着他，他只觉心底某一处剧烈牵痛起来，颓然站在那里，一时不知怎样应对才好。

"你说话呀！"音楼上前两步，她已经把女孩儿的矜持都扔了，先前千般盘算，把他尽量往坏了想，可是到最后她依然无法舍弃。她喜欢他，还是想天天和他在一起。他对她没有用真情吗？为什么还在迟疑？她去抓他的袖子，近乎哀求地撼他，"厂臣，我不要做什么娘娘，我也不在乎那些世俗的东西。你要是怕皇上怪罪，悄悄找个地方把我藏起来，隔三岔五来见见我就成。我要求并不高，我只要你。"

她说这些，他的心都要碎了，怎么办呢，她把他逼到了绝境，他知道这回如果断然拒绝，也许她就真的死心了。其实那样对大家都有益，堂堂正正在大太阳底下活着，各生安好。但是他两难、他犹豫、他放不开。一个早就嵌进了心里的人，垂着泪对你说她只要你，甚至愿意从此不见天日，叫他如何应对？他在感情上没有她勇敢，他的顾虑实在太多，多到令她意想不到。他的软肋都是致命的，一旦哪天东窗事发，他连自己都保护不了，怎么有能力去顾及她？

他低头看这张脸，薄薄的水雾盖住她的眸子。隔着泪看他是什么样的？是不是病态的、扭曲的？他熬得灯油都要干了，哽了下才道："我是个太监，没法给你平常女人的幸福。如果跟了我，恐怕连孩子都不能有，你也愿意吗？"

她有些脸红，避开他的视线，却言之凿凿："我说了不在乎那些。"

他吸了口气，人站得笔直，微仰起脸，只是不愿意让她看见他眼里深重的苦难。心头天人交战，他怎么能辜负她的一片情义？又怎么能把她拱手让人？不叫她进宫有很多法子可以变通，可她是太妃的衔儿，永远不能像普通人那样随心所欲。要么进宫要么守陵，皇帝跟前闹出风波来，往后必定有更多人留意她，他就是想把她私藏起来也办不到。

"从进紫禁城那天起，我就没再指望有女人愿意追随我。"他冲她苦笑了下，

"蒙你抬爱，叫我怎么回报你才好呢？你也知道我如今的处境，前有强敌，后有追兵。东厂几任提督都没有好下场，到了我这辈儿，结局怎么样，我自己也说不准。今天富贵荣华，明天或者就锒铛入狱了，你跟着我就是在刀山火海里行走，我给不了你安定的生活。况且皇上那儿未必愿意松手，我爬得再高都飞不出他的手掌心，向来只有我替人做牛马，现在同他抢女人……我凭借哪一点优势呢？"他抬手抚抚她的脸，"娘娘，你只是和我走得太近了，才会误认为喜欢我。你这么年轻，还有大好的几十年，如果日日担惊受怕，总有一天你会厌烦的，到那时你会怨我，我又拿什么来补偿你？"

他满口为她着想，可是那些都不是她想听的。不中听的都不是好话，她简直抑制不住自己的情绪。女人同男人关注的东西或许不一样，他懂得放眼将来，她愿意看见的只有眼前幸福的一小块。他这样瞻前顾后，对她无疑是又一次打击，但是既然这么努力了，她不能轻易放弃。她把他的手压在脸上，哀声道："你不要同我说那些，你只说你喜不喜欢我。那天夜里我没喝醉，我是醒着的，你还要赖吗？"

他终于大大吃了一惊，愕然看着她，表情令人发笑，渐渐归于谎言被戳穿后的尴尬。他无奈地垂着嘴角叹息，这丫头总是天真又残忍，既然已经憋了这么久，为什么现在要说出来呢！他不断后退，她步步紧逼，真把人逼得没法子了，似乎只有妥协。他自嘲地笑了笑："既然如此，我还有什么可狡辩的？"转而把她的手合在掌心里，低声道，"难为娘娘苦恋我，肖铎以半残之躯得娘娘垂青，这辈子也算值了。不过咱们先约法三章，娘娘若是答应，咱们再图后计，成吗？"

音楼已经做好了失败的准备，没承想下了帖狠药他居然俯首帖耳了，这叫她欢喜坏了，有点土霸王抢亲得逞后百依百顺的意思，点头道："只要你从了我，我什么都答应你。"

他嗤笑一声："小丫头，口气倒不小。我从了你，只怕你生受不起！"那种甜甜的滋味盛在蜜糖罐子里，一旦砸开了口子就收势不住了。他孤独了那么久，对谁都小心翼翼地防备着，唯独她闯进他心里来，在她面前才得片刻放松，不必戴着假面示人。这种感觉会上瘾，戒起来也越发地难，他却愿意沉溺，把她推到木墙上，俯着身子靠在她肩头，换了个缠绵的声口道，"臣往后就是娘娘的人了，您要好好爱惜臣，莫要叫臣受委屈。臣在外再了不得，娘娘跟前终究提不起来。臣把心交付娘娘就是一辈子的事，您要是中途撂手，臣只怕会吊死在您床前的。"

真是幽怨得不得了，他向来爱小矫情，这种时候音楼的男人心膨胀得空前大，立刻满满都是怜香惜玉的情怀，伸手一揽，在他背上连拍了好几下："只要你乖乖听话，我是不会对不住你的。"

他嗯了声，自己都觉得好笑。拉她在榻上坐下，两两相对说不出的滋味。他沉默了下才道："咱们的感情只在私底下，人后你喜欢怎么样我都依你，但是人前要克制，不光言行，连眼神都要自律，能做到吗？"

这个不必他说，她也不是傻子，连连点头道："我省得，我最会看人眼色了，在外会管着自己的。"

他宠溺地在她颊上捏了下："我就喜欢娘娘这点，像块铁疙瘩，不娇贵，耐摔打。"

她听了不大满意："这是什么比方？你不把我比作花儿吗？好歹我也是个姑娘！"

他说："满地的娇花，有什么了不得？铁疙瘩多好，还能打钉子。"

她噘了噘嘴："你会不会觉得我耐摔打，往后就不替我着想了？"

他听了皱眉道："我和旁人不同，迈出今天这步不容易，你觉得我还有退路吗？早给你逼进死胡同了，你还说风凉话？"

音楼不由得心虚，觍脸笑起来："好好的，把我说得逼良为娼似的。"

她这么一来他立刻软和了，温声道："就算逼良为娼也是我自愿的，怨不上你。我为什么一直不敢同你交底，还是因为没把握。我没法许你未来，这点我很觉对不住你，所以心思再活络，也只能背着人。再说自己这身子骨……"他垂首轻叹，"我没脸想别的。"

他的顾虑她早就想到了，如今他说出来，她心里更觉不好受。宽慰的话说再多也不能弥补实质性的伤害，只能紧紧攥着他的手。

他略带愁苦地看她一眼，挨得更近些，似乎有些难出口，再三斟酌了才道："像上回在鹿鸣蒹葭那样的事，下次不能再发生了。我有时控制不住自己，接近你就想和你亲近，你要是不拦着我，后头恐怕难收场。咱们的心是一样的，但万事不能不做两手准备。若我留得住你，恩爱也是天经地义。若是留不住……我不能埋下祸根毁了你，你懂吗？"

音楼在宫里看过那些书，也知道是怎么回事，他这样约法三章真够直白的。话虽说得清楚，她也认同，可心里终归有些不受用。到了这时候他还要考虑那么多，究竟是什么意思？先前的欢喜霎时散了一半，又不得不委曲求全，花了大力气才争取来的东西舍不得松手，也许她爱他更多一些，所以会有做小伏低的错觉。

"那你和荣安皇后呢？"她嗫嚅了下，匆匆一瞥他，立刻又垂下了眼皮。这是困扰她很久的问题，就算是八百年前的事了，终归是他和别的女人纠缠不清，她总会不自觉地拿自己去攀比。

肖铎却被她问得愣在那里，过了很久才咬牙切齿道："谁和你说起这些的？是不是彤云那个碎嘴子？"

音楼吓得忙摆手，惹他起了杀心彤云就完了，便搪塞道："荣王暴毙那天我送皇后回坤宁宫，听皇后话里似乎有那么点苗头，我就记下了，和彤云没什么相干，你不要误会。"

他抿着唇冷着脸，像是被触到了雷区。一向从容优雅的人，那种狠戾模样很少看到。不过也只是一瞬，他又平静下来，漠然道："皇宫和市井没什么两样，里头弱肉强食，你也知道。自己不够强大，就得找个靠山，恰好皇后需要个替她卖命的人，我那时候又只是个小小的随堂，有这样的机会怎么能放过？我也不讳言，有今天全是依仗了她。她虽不得宠，但是瘦死的骆驼比马大，皇后的尊崇在那里，要提拔个把亲信易如反掌。来往得多了，渐渐发现单靠卖命远不够打下根基。"他脸上有些难堪，"所以……适时地关心一下，替她排忧解难，一来二去就往斜里岔了。"

"那你们到底有没有……"话到嘴边打个滚，又咽了下去。怎么问呢，问他们有没有肌肤之亲，像那天他们在鹿鸣蒹葭一样？

肖铎是聪明人，点到为止也能意会。她在乎的无非就是那些，女人心眼子小，一旦觉得关系明朗了，爱追究以往的种种，这也算是爱之深了吧！他垂下眼，表情不大自在："就同办差一样，小来小往是有的，但是她不能同你相提并论。我做什么扶植福王登基？如果当初拥立荣王，势必要和她牵扯一辈子。谁愿意被妇人拿捏在手呢！为了摆脱她，我做了个错误的决定，才到今天处处受人掣肘的地步。我心里没有她，所有一切都是应付。"他莫名红了脸，"至少我的身子是干净的，你要是不信，大可以验一验。"

他说着说着又不正经了，音楼扭捏了下，捂着脸啐他："这话好古怪，验得出来才妙！"

"你不信我吗？"他有些发急，"你当我谁都愿意将就吗？上回在船上，是我这辈子头一次亲姑娘！"

果然一受挑唆什么底都能抖搂出来，督主再有能耐，这上头还是不够老练。音楼暗笑他，心绪倒渐次安定了。他曾和她提过以前的苦难，关于他如何流离失所，关于他怎样痛失手足。那么多的不易，折便成委曲求全也能够理解。人在世上行走，遇见了矮处得弯腰，否则就会撞得头破血流。他不去讨好皇后，怎么坐上司礼监掌印的位置？又怎么去报仇？大丈夫能屈能伸，至少现在的他可亲可爱就够了。

她抿唇一笑，拧过身子靠在他胸前，瑞脑香丝丝缕缕渗透进她的皮肉里，她低声道："我信你，你说什么我都信。"

他把她的指尖捏在手心，侧过脸在她额头蹭了蹭，彼此都不说话，只听船篷顶上沙沙一阵响动，推窗朝外看，河面上荡起万千涟漪，阴了这半天，终于下起雨来了。

南方夏天的雨势很大，万道雨箭落进秦淮河里，溅起半尺来高的水珠。大约是久晴后的一场豪雨，不同于一般的雷雨转瞬即过，缠绵了近两天，时落时歇，进了金陵辖内才渐渐收住了。

云开雨散时已值黄昏，画舫在水汽氤氲中缓慢前行，肖铎倚在窗前直说运道好："入了夜河上比陆地还热闹，一直阴雨就没意思了，宝船要是先到，城里的官员得了消息势必倾巢而出，人多还怎么玩？咱们带两个人，瞧着哪家画舫有意思就上去听歌赏舞，腻了上岸就是夫子庙，往南还有个乌衣巷，你要是有兴致，咱们一里一里逛过去。"

他平常端着架子一本正经，那是摆谱，松泛起来也爱游山玩水。这回是微服，到了人多的地方没什么忌讳，凑个热闹搭个讪，乔装得像普通商贾。

音楼坐在窗口往外看，天色渐暗的时候河道两旁开始燃灯了，似乎不过一转眼，各家的河厅河房外都吊起了八角红灯笼，一片柔艳之色扩散开来，整个河面便笼罩在靡靡之间。河房之外还有露台，凌空架在水上，翠阁朱栏，竹帘纱幔，影影绰绰里有腰身曼妙的女子坐在帘后，手里纨扇轻摇，船从底下经过，带起浓浓的一股脂粉香气。

没有夜游过秦淮的人，见了这样的场景果然要迷醉的。音楼啧啧赞叹："锦绣十里春风来，千门万户临河开。这诗搁在这里真是再贴切也没有了！"她拉了他的袖子往外指，"那些临河而坐的女子都是卖艺的吗？给些钱，她们就给客人唱上一段？"

肖铎拿扇骨轻敲着掌心道："哪里光是唱一段儿！这些女孩儿都是鸨儿买来的，十来岁就开始悉心调理，诗词歌赋样样来得，比大家子养小姐还要娇贵。教上三五年，拔尖儿的挑出来能日进斗金。秦淮河上多是文人墨客，最爱风花雪月那一套。水槛河畔，闺人凭栏，从底下往上看自有一股妙趣。瞧上了的停桨攀谈几句，谈吐形容过得去的一拍即合，自此踏进温柔乡，挥金如土的日子也就开始了。"

音楼听彤云说起过太监逛八大胡同的事儿，他这么如数家珍，看样子也流连过花街柳巷吧！这么漂亮的人儿，就算别样上残缺，单看这张脸也赏心悦目，比那些猪头狗脸的纨绔强上百倍。要是再一提他督主的名号,那些粉头才不在乎他是不是太监呢,八成都抢着伺候他!

她不痛快了也不说话,就那么轻飘飘地乜他。他先前还兴高采烈的,见她这模样心里一紧,掩饰着咳嗽了声道:"独个儿逛这种地方的都不是正经人,背着家里偷偷摸摸的,不成个体统!我最瞧不上这号人,要是朝廷命官,必定是个贪官!"他又用扇骨指点江山,"再说能瞧上那些女人也奇,一双玉臂千人枕,今儿你明儿他,见谁都是小亲亲心肝儿,一头睡着不硌硬吗?要说美,哪点美?我瞧还不及你一成呢,不信你问小春子,是不是这个理儿?"

曹春盎在旁边憋了半天,他跟他干爹亲,有些事儿他老人家也不避讳他。就像之前和荣安皇后,他身边的人多少都知道。这回看来新娘娘是上钩了,听这话头儿和以前大不一样,果然督主有横扫千军之才,大姑娘小媳妇没有能扛得住的。干爹负责唱段子,他负责打鼓点儿。这会儿猛叫他名头,像按着了机簧,他立马跳起来回道:"干爹说得是,老祖宗要是不美,哪里能当娘娘?您千万别把那些窑姐儿暗娼放在眼里,那些人上不得台面,就像您老家俗话说的,吃腿儿饭的苦命人,冠了再多美誉也就么回事儿。"

这样着急撇清真是欲盖弥彰,音楼看了彤云一眼,那丫头很快调开了视线,可能是有点心虚,左顾右盼着哎了声,指着一台水榭道:"船上还能开铺子,买卖做到人家屋子底下去了,这倒挺好玩。"

大伙儿顺着她的视线往前看,原来是小商船倒卖零碎东西,河房人家把地板上的暗舱口掀起来,从上面顺下个篮子,篮子里头装钱,船户收了钱把东西搁进去,这一来一去买卖就做完了,十分简单便捷。

音楼想起以前的事来,得意扬扬道:"这不算什么,我小时候还用这种法子逮过鱼。淘箩上生根绳子,往里头撒上一撮米,沉进湖里等鱼来吃饵,然后往上一提,三五条是跑不掉的。"

肖铎听得直皱眉:"你到底是怎么长大的?好歹也算小姐出身,怎么还干这些?"

她倒不以为然:"我小时候和我亲娘一直在老家待着,并没有跟我爹进京。一个庶女嘛,没谁看重,也没有那么多的教条。其实最快活的还是那时候,不像后来学念书了,管束得多起来,就不自由了。"

横竖现在有人疼,心思开阔了,说话都显得底气十足。大伙儿谈笑几句上了甲板,天色在明暗交接的当口,那一串接着一串的灯笼在晚风里摇曳,把头顶上的天都染红了。

歌楼舞榭就在眼前，不去逛逛白来这一遭。音楼早就换好了男装，束皂条软巾，穿交领生员衫，折扇一打也是春风得意的小公子模样。她回头看了彤云一眼道："爷去花钱买脸，你好好看家，回头给你带小吃回来。"

花船基本都是撬舫船那种式样的，两条舫船拴在一起做成连船，中间打通可以自由来去。见有船靠拢，那头便把跳板架过来，音楼一纵纵上去，笑嘻嘻地站在船头等肖铎，看他手摇折扇款款而来，脚步实在过于从容了，有些等不及，便上去拉了他一把。

江南妓院青楼不像北地那么野性，姑娘讲究雅，越是有身价的，骨子里越是矜持自重。站在篷外迎来送往的都是下等，所以一艘花船即便是做那营生，表面看上去不但不流俗，还颇有几分诗意。

两个人站定了四处瞧，船上有专门接待的王八头儿，迎上来拱手作了个揖，一面满脸堆笑着往里引，一面道："客人们看着脸生得很，头回光顾咱们这里吧？"

肖铎撩了袍子进舱，点头道："我们是外乡人，秦淮佳丽艳名远播，今天是慕名而来的。"

王八头儿笑得更欢实了："一回生二回熟，咱们这里有最好的姑娘，琴棋书画、诗词歌赋，没有一样不精通的。客人点什么姑娘就能来什么……嘿嘿，要是客人爱听曲儿，昆曲、京戏、大鼓书，姑娘们全拿得出手。"进了一个包间儿张罗起来，肩上巾栉抽下来一通掸，给两个人清了座儿，献媚道，"客人稍待，姑娘们马上就出来。"

隔帘看见外面有几对先到的，正怀抱着歌妓调笑。肖铎瞧了音楼一眼，勾唇嘱咐王八头儿："不要红倌，叫两个清倌人唱唱曲儿就成了。咱们小爷年纪小，没的把他带坏了，对不住他爷娘。"

所谓的清倌人卖艺不卖身，红倌人是既卖艺又卖身的。肖铎懂行，预先就吩咐下了，音楼觉得那王八头儿很不把她放在眼里，招呼的似乎只有肖铎一个人。再说他也可恨，装样儿装得挺像，他找清倌人，她就不会找小倌吗？可惜没等她开口，里面就出来了几个怀抱琵琶的女孩子，仔细看看年纪都不大，清水脸子未施脂粉，盈盈一拜，在酒桌对面的杌子上坐了下来。

大概行内也有行规吧，点什么人什么人进来应卯，倒没有想象中的莺莺燕燕来夹缠，人家只是轻声细语地请安，一口官话说得相当漂亮："客人爱听什么曲儿，或是客人报名目，或是咱们挑自己拿手的来，由客人说了算。"

肖铎动了动嘴皮子刚打算说话，音楼却在旁边接了口："来段儿《情哥哥》

吧！"她冲肖铎笑了笑，"以前花朝时候偶然听人说起，没能有机会见识。既然到了这儿，不听听岂不是可惜了？"

这人脑子里装的东西和旁人不一样，肖铎已经不知道拿什么表情来面对她了，拧着眉头问："你点的是什么曲儿，你知道吗？"

音楼往杯里斟了酒，淡然道："不就是压箱底儿的体己歌嘛！到了这里不听这个，难道听《四郎探母》啊？"

他被她呲打了下，一时回答不上来话。坊间盛传的淫曲小调，吃这行饭的人张嘴就来，他却要忧心这种俚歌鼓词会不会污了她的耳朵。所幸她没点那出《偷情》，否则铺天盖地的艳白真要把人淹死了。

那厢清倌人接了令，弹着琵琶唱起来："情哥哥，且莫把奴身来破，留待那花烛夜，还是囫囵一个……"

他尴尬不已，把脸转了过去。音楼总觉得那歌词唱出来听不真切，歪着脑袋分辨半天，追着问他："红粉青蛾方初绽，玉体冰肌遍婆娑……后面那句唱的是什么？"

他垂眼抿了口酒，含糊道："别问我，我也没听明白。"

原本打算蒙混过去的，没承想边上侍立的人很尽职，弓腰塌背详尽地解释："这曲子说的是洞房前小两口私会，男的要干那事，姑娘怕娘跟前不好交代，死活不让。小爷说的那句，接下来是'周身绵软骨节散，眼底流火泪滟滟'……嘿嘿，咱们这儿姑娘不光曲儿唱得好，房里伺候也了得。二位爷要是乐意，我喊妈妈给二位挑最好的来，保管二位满意。"

听听曲儿不值几个钱，大头还在过夜上。可惜白费了心思，他们一个是太监，一个是女人，姑娘再好也无福消受。接着听唱词，越听越觉得不像话。音楼有点坐不住，屁股底下直打滑，愁眉苦脸地问肖铎："要不咱们走吧！我看见外面出了摊儿，去别处逛逛也成。"

他自然没什么疑义的，起身付钱看赏，便领她往门上去。刚跨出舱，迎面一艘画舫翩翩而来，船头立了个人，头戴网巾，一身便袍，老远就冲他们拱起了手。看那气度打扮不像一般的寻欢客，有几分朝廷官员的架势。

灯火杳杳里肖铎眯眼看，那人是个年轻后生，二十出头的模样，生得面若冠玉、温文儒雅。能让他看得上眼的人，满朝文武里真没几个，兵部武选司郎中钱之楚倒是排得上号的。不过那人一向和他没什么来往，今天在这里遇见有些出人意料。他微微颔首，待船驶近了方温煦笑道："巧得很，在这里遇见了枢曹。"

钱之楚作了一揖:"早前听闻大人南下,没想到今儿有缘遇上。无巧不成书,若是大人不嫌弃,请移驾卑职船上,卑职略备薄酒款待大人。"

肖铎处世虽然圆滑,但绝算不上平易近人。这个钱之楚不过五品小吏,和他基本没有什么交集,见面点个头已经很给面子了,上船敷衍根本犯不上。朝中想和他攀交情的多了去了,个个邀约喝两杯,他岂不是得忙死?正打算婉拒,却见他整了整衣冠冲音楼满揖下去,嘴里没说话,神情却恭敬谦卑,看样子是知道她身份的。

一个从京里出来的人,若是没有途经余杭就对一切了如指掌,那么这个人的来历就值得怀疑了。毫不掩饰,说明并不介意别人究底,肖铎挑唇一笑,看来这趟金陵之行必然要有一番动静了。

船帮和船帮紧挨在一起,一抬腿就能过去。他四下里扫了眼,云尉和容奇的哨船也适时靠了过来。他悄悄比个手势让他们待命,自己先撩袍迈过船舷,这才转身伸了胳膊让音楼借力。

钱之楚立在一旁敛神恭迎,哈着腰往舱里引导,道:"卑职也是今儿到的南京,后来过了桃叶渡,听说打杭州方向有舫船过来,料着就是厂公的銮仪。到了金陵没有不夜游的,卑职心里揣度,就处处留了份小心。没承想运势倒高,果然遇上了厂公。卑职从京里出来只带了两个长随,租借的船也狭小,厂公屈尊,切莫怪罪才好。"又来招呼音楼,俯首连说了两个请。

明人跟前原不该说暗话,肖铎既然登了船,就想看看他葫芦里卖的什么药。到舱前左右打量,画舫是单层,比他们的略小一点,也是直笼通的舱房,正中间两张对合的月牙桌,桌上供了酒菜,分明就是恭候多时了。他轻轻一笑,也不着急套话,只问:"枢曹不是在兵部供职吗,这趟来南京是朝廷有差遣?"

钱之楚应了个是:"今年秋闱的武试早在端午之初就已经筹备了,圣上御极方两月余,对这次的文武生员选拔很是看重。厂公离京半月后颁布了旨意,今年不同于往年,并不单要布政使司上报的名单,各州府县皆设人员核查,卑职就是派到两直隶监管乡试的。"

朝廷有点儿风吹草动哪里瞒得过东厂耳目,他人在千里之外,京中大小事宜却都尽在掌握。皇帝打发章京们往各地督察他是知道的,不过钱之楚在那些官员中并不惹眼,关于他的来历,记档只标明他是隆化八年的两榜进士,为官三四载,是个老实头儿,因此擢升不快,落在人堆里几乎挑拣不出来。可照着今天的形势,这人似乎远不是表面看来的那么简单。这倒引他侧目起来。他眼皮子底下也有漏网之鱼,说起来真是奇了!

他笑了笑，摇着扇子道："圣上勤政，万民之福矣！往年是有些人才，碍于这样那样的问题白白流失了，如今朝廷下了敕令，对某些人总是个震慑。"言罢眼波在他脸上流转，曼声问，"咱家突然想起来，枢曹是江宁人氏吧？衣锦还乡、如鱼得水，难怪要在此处设宴款待咱家。枢曹当初是谁门下？回到南京后可曾拜会过南苑王？"

钱之楚听了仍旧是寻常的一副笑脸，站起来提着八仙壶给他斟酒，细长的一缕注入银杯里，缓声道："卑职也是今日才到的，还没来得及入王府拜谒。不过说起监管，下月新江口水师检阅，皇上派了西厂的人来督办，这事厂公有耳闻吗？水师检阅一向归东厂调度，如今突然这样安排，工部的人似乎颇有微词，可是具本上疏都被驳回了，只怕批红也落入了于尊囊中。"

音楼转过眼觑肖铎脸色，心里有些怨恨眼前这个堂官。又不是什么好事，明知道东西厂不对付还捅人肺管子，这是为了挑起肖铎对西厂的不满，还是在他和朝廷之间制造鸿沟？连她这个榆木脑袋都听出他话里的机锋了，肖铎这样的明白人能不提防吗？

肖铎却波澜不兴，优雅地捏着杯子小嘬了一口："东西厂都受命于朝廷，为皇上分忧何论你我？东厂从成立之初起事无巨细，终归人手有限，疏漏是难免的。眼下西厂所领缇骑人数超出东厂，能者多劳也是应当。依枢曹的意思，难道有哪里不对吗？"

钱之楚被他反将一军也不慌乱，朗声笑道："厂公说得在理，卑职杞人忧天，似乎是有些钻牛角尖了。不过卑职的心思是向着东厂的，若是言语上有不足，万请厂公担待。"略顿了下又长出一口气，"不瞒厂公，今日来拜会厂公，也算不得巧遇，认真论，应当是受人之托。卑职在离京路上救了位姑娘，人站在厂公面前，厂公必定认得。"扭过头去吩咐小厮，"去知会月白姑娘，就说厂公到了，请姑娘出来一见。"

音楼听说是个姑娘精神立刻一振，打了鸡血似的伸脖儿朝后舱门上看，只见那红帷后的拉门滑过轨道，一双金花弓鞋踏进视线。往上看，是个姿容秀美的年轻女孩儿，至多十七八岁光景，雪白的皮色嫣红的嘴唇，叫侍女扶着，一副娇弱无力的病西施模样。见了肖铎婉转地叫了声"玉哥儿"，两行清泪缓缓淌下来，立刻成了一株雨打的梨花。

叫得这样亲昵，还玉哥儿？上回他说自己的小字叫方将，怎么没告诉她还有这么个销魂的乳名？

玉哥儿？音楼上下打量那姑娘，长得倒不赖，可对肖督主这么不见外真的好吗？看着形容是旧相识，旧相识又怎么了，上来就套近乎，难道想施美人计吗？人家可是太监，美人计没用！她花了好大心思才收服的人，能叫人这么勾跑了吗？

她转过脸看肖铎："哟呵，佳人多情，督主他乡遇故知，可喜可贺啊！"

可他没有理睬她，只是探究地审视着那姑娘，缄口不语。

钱之楚眼光往来如梭，奇道："厂公不认得她吗？月白姑娘当时遭人倒卖，卑职救下她时她亲口同卑职说的，早前与厂公颇有渊源……莫非是月白姑娘为了活命信口胡诌的？"

那月白姑娘有些着急了，上前两步哭道："玉哥儿，那回内东裕库分了道儿，你说过了那个劫难会来找我的。我一直在辽河等着你，盼星星盼月亮盼了那些年，本以为你死了，险些悬梁跟你去，可你既然活着，为什么不来？难不成做了高官儿，以前的情都忘了吗？"

音楼听得发愣，这是唱的哪一出？怎么好像关系匪浅，都已经到了生死相许的地步了？她骇然望着肖铎，他也不反驳，站起来温声道："这些年委屈你了，我有我的难处，也不足为外人道，回头再一桩桩告诉你。既然到了我身边，就不必再叨扰枢曹了。"抬手击掌，东厂番子立时出现在舱外，他低头嘱咐她，"你先跟着千户他们回我舫船上，过会子我来瞧你，咱们好好叙旧。"

音楼在一旁看得怒火中烧，这个骗子，还说什么心是干净的，身子是干净的，他哪里干净？居然和宫女子有染！内东裕库是大内库藏，他们在那儿分的手，可见两个人都在宫里当值。照这态势看，不单是老相好，恐怕暗地里还是对食！至于他为什么在升官发财后没有立刻寻回人家，是因为之前忙于应付荣安皇后分身乏术，后来扶植了福王又惹得一身骚，压根来不及考虑那些。永远别小看女人的思维和想象，音楼突然发现自己脑子好使了，遇上这种事，眼珠子一转就一个主意。然而琢磨得越透彻，心里就越发凉，瞧他那软语温存的声口，瞧他含情脉脉的眼神！他不是心里只有她吗？这会儿弄出个小情儿来，到底什么意思？

"我也回去。"她一拍桌子笑道，"我先道个乏，正好给月白姑娘安排住处。"

她想迈腿，肖铎没让，只是吩咐云尉把人带走好好安置。音楼打算跟上，番子早就把船撑开了，她看着干瞪眼，没办法只得坐了回去。

肖铎那厢还和钱之楚你来我往，敬了一盅道："枢曹这回帮了咱家大忙，这人情咱家记下了。日后有用得上东厂的地方枢曹说话，咱家必定鼎力相助。"

钱之楚却笑道："厂公言重了，不过是路上巧遇，没承想居然是厂公旧识，也算结了善缘。姑娘可怜见的，只剩个寡母，滥赌的娘舅霸占了田产还要卖人，卑职实在看不过眼就出了手。人是救下了，不过那恶舅舅发落得狠了点儿，打完一顿扔在沟里死活不知，万一要是出了纰漏，还请厂公多多周全才好。"

救了他的人，自然一切都好说了，音楼见他满口应承，别过脸撇了撇嘴很觉不屑，心里自发愁苦起来，才进了一步，现在又要退上十步了。她果然不够了解他，他那多姿多彩的过往岁月里，天晓得还有多少红颜知己！

钱之楚却在努力试探："那日救下姑娘后，她只简单说了遭遇，关于身家根底都没详谈。月白姑娘姓什么？家住哪里？我好打发人到她老家去一趟，把她的消息告诉她寡母，以安老人家的心。"

肖铎搁下酒盅换了茶盏，悠悠瞥他一眼道："枢曹相救已经是对她的恩典，往后的事有咱家接手，就不劳枢曹费心了。"他说着一笑，起身道，"不过是少年时候的一段情债，过去了五六年，她的模样也有些变了，冷不丁一见还真认不出来。如今寻上了门也无法，咱家倒是有些话要问她，就不在此间逗留了。先别过枢曹，等上了岸有机会再聚吧！"

他没等人相送，抖了抖曳撒出了舱门，那头哨船来接他们，很快便登船去了。

心里到底乱起来，似乎要出事。他回首一顾，钱之楚立在船头揖手，想来这人是个先锋，究竟是受谁支使，还要好好查探一番才知道。若是紫禁城里那位主子，那么形势便不大妙了，倘或是这金陵地界上的主宰，接下去还会遇上些什么，谁知道呢！暂且只能走一步看一步，那个凭空冒出来的女人，分明就是用来探路的手段，难道是他哪里露了马脚叫人拿捏住了吗？所幸有那一声玉哥儿，否则吃不准，事情更难应对。

夜尚未央，正是秦淮河上热闹的时候。肖铎闭眼深吸了一口气，晚间的风拂在脸上，终于有了丝凉意。番子蹲踞在船舷上打手巾把子呈敬，他擦了擦手唤容奇："你去把钱之楚的底细查清了来回我，还有南苑王府的动静，要一点不差地都探明白，去吧！"

吩咐完了差事转过身来，恰对上一双狐疑的眼睛。她阴阳怪气地一笑，抱胸问他："厂臣原来有这么段风流债，怪道功成名就了还孑然一身，是在等那位月白姑娘吧？"

他有口难言，实在没法同她解释。那样攸关生死的大事不能轻易告诉她，不是信不过她，是因为多个人知道多份危险。自己走到今天这步不容易，要是朝中倾轧倒罢了，可若在那件事上头翻船，不论他以前多少功绩都不能作数了，剥皮楦草，死罪难逃。

他侧过脸微微苦笑，终究怪自己不够狠心，要不是当初手软，也不至于惧怕别人翻他的底儿。可是眼前这人怎么料理？他要是心无旁骛地做戏，这秦淮河还不得染酸吗？又不能和她交底，这回真是进退两难了。

他拧着眉头看她："娘娘说过相信臣的，这话还记得吗？"

她转过头一哼："我向来一言九鼎，不像某些两面三刀的小人，说完了立刻反悔。"

边上有人不方便多言，他忍住了没搭理她，等哨船靠上画舫方道："娘娘先回房，臣那里处置完了再去见娘娘。"

音楼拧过身道："无妨，厂臣和月白姑娘叙旧要紧，我没什么了不得的大事，回头梳洗梳洗就歇下了，你不用来。"

她背着两手扬长而去，自认为表现得干脆利落，面子应当是没什么折损的。可进了舱门，心头拧巴得越发厉害了，无处发泄，扑在床上蹬被子，一边蹬一边数落："不是太监吗？太监还勾三搭四，要是个齐全人还能给别的爷们儿留活路？这人太可恨了，往后他来就说我不见！我要回北京，让他和他的月白姑娘双宿双飞去吧！"说完猛地翻起身来找袄子，打开柜门收拾东西，见彤云愣着便招呼她，"赶紧归置起来，他不让人送我，我自己走。"想想又不对，"为什么非要回北京？横竖我已经两袖清风了，倒不如挟资远遁，跟人到塞外做买卖去。"

彤云哧了声："您打算做什么买卖？卖皮货吗？那些主意快别打了，就算不顾家里人，连他也不顾吗？他带您下江南，肩上可扛着责任，您一走了之，不是要了他的命吗？"

这种时候还要顾念他，可他又在干什么？和以前的老相好私会去了！

音楼坐在床沿上捂住了脸："先前那个月白姑娘你看见了吧？曹春盎把她安置在哪里了？画舫上就这么大的舱房，怎么没看见她？"

彤云道："秦淮河上多的是游船租借，小曹公公是明白人，知道您心里不受用，让人另外准备了一艘。"推窗往外指点，"喏，就在那儿呢！"

两艘舫船之间离了大约有五六丈远，檐角灯笼的亮光倒映在粼粼的水波里，一漾一漾扩散开来，搅得人心神不宁。她坐着怔怔朝外看，对面舱内点了灯，糊着绡纱的窗棂像为皮影戏搭建的舞台，把一切都放大了。渐渐有人影移过来，身形妩媚，停在那里，仿佛一张美丽的剪纸。她没来由地吓了一跳，匆忙把撑杆放了下来。

舱内灯火跳动，肖铎看着那姑娘，除了棘手再没别的想头了。她似乎有流不完的泪，卷着帕子拭泪的当口幽幽抬眼看他，欲说还休。

他叹了口气请她坐，略沉默了下方问："咱们有几年没见面了？"

月白低头绞着帕子道："快满六年了，我在辽河边上等你，天天掰着手指头数日子。那会儿逃出宫的时候我才十五，到现在已经二十一了。六年时间过起来也是一转眼，其实这辈子都没想再有机会见你，要不是我那个黑了心肝的舅舅嫌我不肯嫁人，串通了外头牙婆把我倒卖出来，我还不知道你做了东厂提督呢！"她说着痴痴看他，嘴角浮起苦涩的笑，喃喃道，"真好，你还活着。我先前也怨你，为什么知道我在哪里也不来接我。现在看见你，那些怨恨都是小事了，只要你好好活着，比什么都要紧……那时候咱们多难啊，他们打你，我一点儿办法都没有，把攒下的月钱都拿出来请人上外头买伤药，结果钱拿去了，连个药末子都没见到。也亏得你早早安排下，要是我继续留在宫里，现在恐怕已经填了井了。"

肖铎起先浮躁，后来听她一递一声说着，心里也怅惘起来。宫里的苦日子，在那红墙绿瓦里待过的人都知道，走得好平步青云，走不好粉身碎骨，连那些后妃都是这样的道理，何况人下人呢！

他慢慢转动指上筒戒，扫了她一眼道："钱之楚救你之后，可向你打听过我以前的事？"

月白想了想道："旁的没问，只问你老家在哪里，家里还有些什么人。我好歹在宫里待过，知道有些话听来很寻常，稍有闪失就会害了人。况且你如今提督东厂，我更不能随意把你的事透露给别人，万一他要对你不利，岂不叫我悔断了肠子吗？！"

肖铎听了点头，算是个聪明人。不过宫女太监之间长情的不多见，他起身绕室游走，踱了几步回头道："前后六年，白蹉跎了青春年华。为什么不择个夫婿嫁了呢？你焉知我还活着，这样等我？"

月白脸上一红，低声道："咱们拜堂那天我就暗暗发过誓的，此生心无二致，就算你死了，我也给你守一辈子的寡……"说到此处突然像是意识到了什么，惊恐地望着他，颤声道，"你怎么说这样的话？是不是今时不同往日，你已经不想要我了？"

事情至此，终于变得十分糟糕了，他冷冷地盯着她，表情阴鸷："你也知道我以前在夹缝里生存，挨打是家常便饭。有一回被打伤了脑子，差点儿没能再醒过来，所以好些事都不记得了。你说和我拜了堂，可有凭证？"

明明是一模一样的一张脸，为什么给人的感觉全然不同了呢？这样陌生，似乎从来就没有熟络过。月白奇异地看着他，怯怯地道："咱们成亲是背着人的，在他坦¹里对着菩萨画像磕头就算行了礼。你腰上有个铜钱大小的胎记，每回给你擦背我都爱戳两下，这些你都不记得了吗？"她哽咽起来，大泪如倾，上前几步拉住他的袖子轻摇，"怎么办……我的玉哥儿！你仔细瞧瞧我，你怎么能忘了我呢！你还记得我叫什么名字吗？如果不是遇见了钱大人，是不是路上擦肩而过你都想不起我这个人来了？"

肖铎沉下嘴角，眼里阴霾渐起，却还按捺着问："这些事有没有第三个人知道？"

月白怔怔摇头："那时候你是个小火者，没有资格结对食，叫上头知道了是要被打死的，所以这事除了咱们俩，我从来没向别人透露过。"

果然灯下黑，他最该知道的东西不能派人查，结果竟像个疖子捂在皮肉下，今天浆痘破花，打他个措手不及。他定了定心神，收回袖子道："从今天起你不要见外人了，没有我的吩咐也不许下船去。我会派人照应你的起居，有什么需要只管同他们说就是了。"

说完没再看她的眼泪，转身出了船舱。

这是个不好的兆头，接下来的事不知还在不在他的掌控中。留着那女人，不说是个祸害，至少是个把柄。可要是下决心除掉她，似乎又对不起故人。他仰起脸长长一叹，蓦过身叫云尉："好好看着她，太平无事最好，可若是有异动……那就杀了吧！"

云尉哈腰应了个是，打哨子叫哨船过来接人，天色也不早了，是该歇着了。他上了画舫甲板往后舱楼上看，刚才还亮着灯的，一转眼就熄了。他无奈一笑，打翻了醋缸满世界酸味，眼下能睡得安稳吗？答应去见她，这事就算编出个理由来也得对她有交代。

进了舱，撩袍顺着楼梯上去，她卧房的门合着，叩了两声也没人答应，可是拿指尖一推，居然顺顺当当推开了。

他悚然一惊，忙推门进去，以为人去楼空了，可打起床上帐幔一看她还在，这才松了口气。

河上处处张灯结彩，外面的光照进来，她的轮廓清晰可见。这是气大发了吧，看看这别扭的身形！她背对他躺着，长发水一样流淌在引枕上。不是想装睡吗，这

---

1 指宫人宿舍。

微微颤动的肩头是怎么回事？他坐在床沿，伸手去触那青丝，勾缠在指间，有缠绵的凉意。她就是个直肠子，这样赌气还给他留门，终归是为了等他的解释吧！可是怎么解释呢，有些话他还是不能同她说。如果紫禁城回不去，带她远走天涯也不是个坏主意，然而到底是一手创下的基业，就算是留恋权势也无可厚非，牺牲了那么多，立刻变得一无所有，他怎么甘心？

他轻轻叹息，抚了抚她玲珑的肩头："音楼……"

她没好气道："已经睡着了，明儿再来吧！"

他嗤笑一声："那这是梦话……"

没等他说完，她就扑了过来，把他压在榻上，恶狠狠地问他："那个女人是谁，和你是什么关系？她为什么叫你玉哥儿？你们俩到底有什么不可告人的秘密？"

他哎了声："你先放开我，这样不好说话。"

"我压着你嘴了？怎么不好说话？"她又使劲推了推，"别把人当傻子，我糊涂的时候糊涂，明白起来比谁都明白。你的那点小九九，瞒得过别人瞒不过我！"

他好歹是东厂督主吧，被她这么拿捏着很没体面，可是闺房之中乐趣也在此，他不挣扎了，四平八稳地仰着，干脆把她捞到身上来。她还不屈服，昂着头想造反，被他揪住的后脖子一压，服服帖帖地枕在了他胸口上。

他在她背上安慰地轻拍，声音有些落寞："如果我求你别问，你还坚持吗？"

他说话的时候胸腔嗡声震动，音楼骑在他腰间，姿势不太雅观，但是可以踏踏实实和他贴在一起，似乎也觉得满足了。怎么会这样呢，她一定是太爱他，一不小心就被他蛊惑，他说这话，她就觉得其实不是多大的事，可以不予追究的。

"但是我心里有点不舒服。"她抬起头，尖尖的下巴抵在他肩胛上，"我等到现在，就是想听你说她认错了人，你不是她要找的人。还有那个乳名……你要是真叫玉哥儿，也只有我一个人能叫，你让她闭上嘴行吗？"

他的心里泛起温柔的疼痛来："你又想听我跟你说情话是不是？我说过这辈子是你的人，怎么还不信呢！我不叫玉哥儿，你说得对，她认错了人……"他无力地叹息，"她认错了，我不是她要找的人，她要找的人其实早就死了……我有很多心里话想告诉你，可是不能够，还没到时候。今天遇见的人和事，里头暗藏的玄机太多，我觉得前路恐怕不好走了。"他苦笑了下，"太平了六年，该来的终归要来，只是太快了点，在我刚刚感到幸福的当口……"

音楼在黑暗里睁着大眼睛看他，往上攀爬，和他鼻尖抵着鼻尖："到底是什么话，你说给我听。遇见了过不去的坎，咱们也好有商量。"

他牵起嘴角，用带着嘲讽的声口道："你答应过我不在人前摆脸子的，做到了吗？"他捏了捏她的鼻子，"坏丫头，要叫我提心吊胆到几时？也是太年轻了，怪不得你。以往遇到的事不算什么，你是个有福气的人，总有贵人相助，所以那点风浪没有对你造成影响。可要是把那些话告诉你，你就被我拖到九泉底下去了。所有的事让我自己背着吧，你只要高高兴兴的。如果可以，我宁愿你和我撇清关系。如果有一天我出了事，你还可以找个避风港安稳地活下去，不至于被我带累。"

他说了这么多，突然让她陷进无边的恐慌里。果然是要出事了，他不是无所不能的吗？为什么给她一种穷途末路的感觉？她紧紧抓住他肩头的衣裳："是因为东厂以前的作为，朝廷要翻旧账了？"

他闭着眼睛摇头："不是，比这个糟糕得多。我这样的人，为了站在权力的顶峰不择手段，爬得越高摔得越重。但是这世上，厉害人物不止我一个，螳螂捕蝉黄雀在后，或许我最终也只是别人的一颗棋子罢了。"

音楼越听越心惊："那么……我会成为你的致命伤吗？是不是和我纠缠不清你就会有危险？如果是这样……"她低下头，把脸埋在他颈窝里，瓮声道，"咱们就分开吧！我不愿意你被人抓住把柄，你是肖铎，一人之下万人之上。我知道你不能有闪失的，一步走错就会被人从云端里拽下来，你这么骄横的臭脾气，怎么能受人践踏呢！"

他听了会心一笑，骄横的臭脾气，以前可没人敢这么说他。道理都对，真要能像她说的那样倒好了，可是分开，谈何容易！若是从来不知道什么是爱情，他现在也许就不会那么被动。只是甚无奈，就像喝了罂粟壳煎的汤，太多太多，上了瘾如何戒得？

一对苦命鸳鸯，他心头隐隐作痛，舍不下抛不开，还有一丝希望他都不能放弃，否则她怎么办？会哭，会伤心欲绝吧！他慢慢抚着她的脊背，茧绸中衣下的身子很柔软，夹带着香气，温驯地攀附在他身上。这甜蜜的重量压得他有些恍神，遐思席卷而来，他深深吐纳，只道："再等等看，这样无疾而终，就算能保得住荣华富贵，我后半辈子也高兴不起来了。"

她嗯了声，微微哽咽："我不想和你分开，可要是山穷水尽了，你不要瞒着我，一定要告诉我。我会做个识大体的好女人，一定不叫你为难。"

她的话一字一句凿在他心坎上，他转过脸来，在狭小的间隙里和她四目相对："如果真的回天乏术，我带你远走高飞，你愿不愿意？可能要隐姓埋名，这辈子都不能回中土，但是我们在一起，你愿不愿意？"

似乎被什么堵住了嗓子，不管能不能成行，他有这样的心便足了。她低声抽泣："你这么聪明的人，这个还用得着来问我？"

他心里有了底便松泛了，这是万不得已的下下策，但凡有转圜的余地，谁也不想亡命天涯。他笑了笑，抵着她的额头道："娘娘，我好像有点把持不住了。"

音楼还在伤感，他忽然换了个套路，前言不搭后语的对话，叫她一时反应不过来。等弄明白后才红了脸，嗡哝道："那我该不该拦着你？"

他唔了声，手从她衣摆下游了上去，在那光裸的身腰上细细抚摩："条件放宽一点也不要紧的……只放宽一点儿……"

这样的夜色，外面有悠扬的吴歌小调，荒腔走板地唱着："日落西山渐渐黄，画眉笼挂拉北纱窗……"光彩往来，她的脸在明暗交替间滟滟然，他眯眼看着，就是个铁铸的心肠也要化了。

她凑过去亲他，这件事上她总是很积极，从来不用他发愁。亲了一下再亲一下，他有绵软的嘴唇，虽然有时候说话刻薄，但是滋味真不错。一切都顺理成章，没有半点不自在，之前的不快也忘了，他不让问就不问吧！他没有许她明确的未来，可是她相信他，即便有怀疑也是转眼即逝，只要他一个笑脸，什么都变得不重要了。如果能一直这样下去多好，天不要亮，那些钩心斗角的事也不要找上门来，让他们这样安静温情地独处。可是总觉短暂，总觉不够。她的声音在他唇间蔓延："今晚你留下，好不好？"

他半吞半含口齿不清，微喘着调笑："为什么？娘娘想把臣怎么样？"

她扣住他的脖颈嘟囔："我怕你半夜溜到人家船上去，我得看着你，哪儿都不许你去。"

他笑起来，捧住她的脸用力回吻过去："整天都在想些什么！"

唇齿相依，一种浓烈的感情袭上脑子，混沌不清像醉了酒似的。他听见她满足地轻叹，心头的火燃得越发高了，翻起身来把她压在床褥间，绵密的吻从那细致的下颌一路辗转到锁骨。她缩了缩，肩头从薄薄一层缎子下滑出来，娇小孱弱，扣人心弦。

他的手在她肋间盘桓，似乎有些犹疑，但还是没能克制住，缓缓往上推了些，露出半边饱满的胸乳。支起身子看她，她的眼眸在窗外那片火光下更显明亮。没有羞赧，只是坚定地看着他，两只皓腕舒舒搭在他胳膊上，旖旎唤他："方将……"

说不出的滋味在他胸口盘旋，逾越了，虽然本来就应该属于他，但这样的处境下，即便再爱也得留条退路。

他谨小慎微，却敌不过那傻大姐的肆意张狂。这件事总在这里止步不前，音楼知道他欠缺，可是不妨碍她想和他亲近的心。任何口头上的爱都是纸上谈兵，她着急，只想留住他，也许有了实质性的进展，就像在他身上盖上了她的大印，他以后就跑不掉了。

她往床内挪了挪，坐直身子抽掉了胸前的飘带，几乎没见她有任何犹豫，很快就把中衣摺在了一旁。肖铎目瞪口呆，她就那么俏生生挺胸坐着，雪白的皮肉衬着墨绿色的七寸宽锦缎主腰[1]，美得扎眼。密密的一排葡萄扣，解起来有些费时，她咬着唇往前凑了凑："你来帮我。"

男人遇上这种事，除了窃喜真的再没别的了。他很顺从地去触那盘扣，嘴里却颇为难："我不能……"

"我知道。"她声音里带着哀致的味道，倾前身子靠在他怀里，伸出一双玉臂紧紧搂住他，"我总是害怕，怕你哪天突然离开我。如果咱们之间牵扯得更多一点，给你足够的回忆，你就舍不得抛弃我了。"她苦涩地笑，"所以我得施美人计，叫你这辈子都忘不了我。"

所有的纽子都解开了，胸前空荡荡一片，她终于还是红了脸，连耳郭都发烫起来。这是无声的邀约，彼此都明白的。舱前的花灯隔着纱帐照进来，迷蒙的，像个妖异的梦。

他的手覆上来，她瑟缩了下，背上渐渐汗意升腾。他呼吸不稳，舔了舔她的耳垂转而来含她的嘴唇，含糊地叫她傻瓜。温热的吻一路向下，她弓起身子，因为太紧张，牙齿叩得咔咔作响。

这回算是迈出了一大步吧！肖铎横下心俯身相就，可是楼下却传来曹春盎的声音，慌里慌张地通传："干爹，不好了，那位月白姑娘沉湖自尽了。"

---

[1] 主腰：古时的一种内衣，和抹胸相似。

## 第九章 揽青冥

中途被打断果然是扫兴至极,他坐起来恨声道:"船上的人在干什么?任由她跳吗?"满腹的牢骚没处出气,平复了半天才又问,"眼下怎么样?死了没有?"

曹春盎啊了声:"干爹息怒,姑娘是从窗口跳出去的……人捞上来了,还没断气,可也醒不过来,您还是过去瞧瞧吧!"

真是会裹乱,还在犹豫要不要杀她,她自己倒寻短见了。撂着不管是不成的,既然姓钱的把人送到他身边来,必定时时关注着,闹了这么一出,岂不是不打自招了吗?!旧情人相逢没有甜蜜温存就罢了,还寻死觅活的,明眼人一下就能看出端倪。

他扶了扶额,回头看音楼,她四仰八叉地躺着,还没从震惊里回过神来。就这么走了总感到留恋,他重新躺回去,把她掬在怀里亲她的脸颊:"我得去看看。"

她推开他,手忙脚乱找中衣披上,招呼他:"那就快点儿吧,人命关天呢!戏都做到这份上了,紧要关头泄了底就功亏一篑了,那位枢曹大人一定在暗处看着吧!"

不追问并不表示她什么都没察觉,既然是错认了,之前在钱之楚舫船上的惺惺相惜又算怎么回事呢!所以里头总有玄机的,她知道他有他的道理,不方便告诉她她也不会刨根问底,只要不拖他的后腿,就是对他最大的帮助了。

肖铎听了有些意外,边扣盘扣边觑她脸色:"你明白的时候果然是极明白的。"

她头摇尾巴动地哼了声:"锋芒毕露有什么好处?我这叫藏拙,你不懂。"

他不懂,是啊,他一向都是耀武扬威唯恐天下人不知道他的权势,藏拙这点果然还不及她悟得透。不过这嘚瑟的脾气真招人恨,他扣腰带的当口照准她屁股上来了下:"你忙什么?你也去吗?"

她扭了个身道:"她是个可怜人,要找的人不在了,身边又没有个贴心的丫头伺候。这回投了河,心里不知道多艰难呢!我去照料照料她,和她说说话也好。"

他却皱了眉:"哪里用得着你照料,你踏实在房里休息就成了。"他是不赞成她去的,一则怕她露马脚,二则也担心她从月白那里探听到什么,回头又叫他里外不是人。

说她是个面人儿,其实很多时候她也不那么顺从,不爱听的话直接忽略了,探头往下叫彤云:"别挺尸了,赶紧起来!"

先前真是糊涂了,他到现在才想起她那个焦不离孟的好丫头没在她身边值夜,原来被她打发到下面舱里去了,想来是准备好了要干点什么的,所幸曹春盎及时叫住了,否则真着了她的道儿。

鸡零狗碎的小事多了,原本井井有条的生活就开始变得纷乱。他只是觉得又好气又好笑,果然是司马昭之心,下死劲地打他主意。碰上这样的女人,真叫人无可奈何。不过这会儿没空追究那些了,他束好了腰带趱身出门,曳撒上的褶子像开合的扇面,他走得脚下生风,也不等哨船来接,腾身几个起落就到了河对岸。

他这么连跑带跳的,音楼又不会,只得巴巴儿等云尉。打听打听问月白姑娘这是怎么了,为什么想不开,云尉口风紧,木着脸一问三不知。彤云耷拉着嘴角冲她耸了耸肩,看来只有上船才能见分晓了。

秦淮河上本就喧闹,悄没声地沉湖,悄没声地捞起来,过程应当不算长,所以一点儿没引人注目。她裹着氅衣踩上了船帮儿,往起一纵上了甲板。低头看舱面上湿了恁大一块,打量是刚才捞人的缘故。

轻手轻脚地上里间去,直棂门半开着,绕过屏风是个闺房。她左右瞧了,一面窗户半开,料着就是从这里扎猛子下水的。

她使个眼色叫彤云去关窗,自己挨在边上听大夫诊脉,打从气亏气虚上来,洋洋洒洒说了好大一通,到最后开方子叫防着寒气,又絮絮念叨亏得是大夏天,要是在严冬里,眼下就该准备棺材发送了。

那姑娘躺在榻上面黄如纸,胸口一点微微的起伏,看着气若游丝。肖铎问大夫:"什么时候能睁眼?"

大夫擦手道："不是大病厄，灌点儿姜汤，估摸至多一盏茶时候就该醒了。可人是救下了，气上不顺还得出乱子，大爷叫底下人紧着点儿心吧！"

肖铎没说话，让人把大夫送下了船。回身瞥了云尉一眼，他寒着声口道："叫你看人，怎么把人看进水里去了？"

上头怪罪，云尉也没什么可辩解的，其实大伙儿都知道，舫船没有船帮子，舱面上做的是满篷，只留两头供人摇橹掌舵。她从正当中跳下去，女人个子小，溅不起浪花来，扑通一声就没了影儿。也是万幸，还好有人看见了，要是一个大意瞧走了眼，再想找回来就不容易了。

他把头低下去，垂着两手道："属下失职，请督主降罪。"

降不降罪的，事情已经出了，再多说也无益。总算人是找回来了，要是进了秦淮河捞不着，过几天发得胖大海一样浮起来，那更要费心思遮掩了。他摆了摆手："明儿宝船该到了，先会合了再说。正经事要紧，这种旁枝末节我也不打算过问，你们料理妥当了就行。回头给她配两个人好生看着，我手上事多，哪里照应得到这里！还是老样子，有外客一概不见，太太平平的大家安生，再出一回这样的事，到时候别怪我活剥了你们的皮，晓得了？"

两个千户唯唯诺诺地应了，退到一旁按班侍立。他偏头看过去，音楼还在那儿伸脖儿探望，便道："夜深了，娘娘回去安置吧！这头有人看着，出不了事的。"

都是男人，照料起来不便当。月白从水里捞出来也没换衣裳，湿漉漉地摆在床上，衣角还往下淌水。她拿手指头点了点："我让彤云回去拿我的衣裳来给她换上，可怜见的，这么捂着，寒气进了肌理，喝多少姜汤都不管用了。厂臣自去歇着吧，今儿我在这里伺候她，等她好了再一道上岸。"

他背着手道："才投过河的人，鬼气森森不吉利。您是尊贵人儿，哪里用得上您支应！"

她压根儿不理他，过去探月白的额头，冷冰冰的，没多大人气儿似的。她叹了口气道："你别管我，横竖彤云也在，外头还有千户他们，不怕的。"

他没计奈何只得让步，叠手道："娘娘执意，臣也不强求了。臣在外间候着，要什么只管吩咐下来就是了。"

他撩袍出去了，彤云也抱了干净衣裳过来，两个人搭着手给她解袍子，又拧了热手巾上下一通擦，折腾得够够的，听见她低吟一声，好歹醒过来了。

她愣着，两只眼睛惶惶地看向四周："天爷，这是没死成吗？"

音楼端着热汤来喂她，笑道："活着多好，干吗要寻死呢！外头流民吃不饱穿不暖还想着延挨一口气，你好好的人，又是青春年华，哪里想不开？"

月白就着灯光看眼前人，舒称的眉目，不说多惊人的颜色，却也是令人一见忘俗的了。脑子活络过来后回想："头前儿钱大人船上见过，你是跟在他身边的小公子吧，没想到是个女的。"

她没有尊他官称，只说"他"，凭空把他们之间的关系拉近了不少。音楼也不介意，坐在榻沿上说："我是跟着他从京里来的，到余杭老家省亲，过两天就要返京。你这会儿觉得怎么样？听他们说救上来了催吐，把肚子里的东西都倒完了，我让人熬点粥给你点补补吧，你想吃什么和我说，我打发人给你置办去。"

月白靠着隐囊摇头，惨白的脸，在灯下形同鬼魅，呜咽道："全没了指望，救上来也是白费神，倒不如让我去了的好。"

音楼被她哭得鼻子发酸，递帕子给她拭眼泪。肖铎说她要找的人早就死了，一个姑娘跟着陌生人长途跋涉，不知道钱之楚的用意也有可原，至少就她来说满怀希望。可是见了不如不见，这境况恐怕是她始料未及的。际遇不好，又没了后路，就觉得活着找不到意义了。

女孩子心肠软，想起以前自己给送进中正殿殉葬，那时候也孤立无援和她一样，所以很能体会她的心情。自己是福泽厚，她却没有这样的高运。音楼在她手上拍了拍道："死过一回就罢了，断不能再生这样的念头了。活着还能谋出路，死了一口薄皮棺材埋在道旁，你愿意吗？好死不如赖活着，你有什么委屈别憋着，我虽说帮不上忙，宽慰你两句还是可以的。"

月白看她一眼，心里也攒了话，可没法儿吐露。她到底割舍不下，既怕他不念旧情，又防着他是身不由己没办法。要是前者，她一吐为快倒罢了，如果是后者，万一说出来坏了他的事更不好了。

她别过脸，吞吞吐吐道："自己的麻烦，告诉别人也不管用，风刀霜剑自己受着罢了。"又打量她，试探着问，"姑娘回余杭省亲，怎么是跟着东厂一道走的？"

要套出点话来，不把自己的根底告诉她，也信不过。反正这趟南下一路呼啸着从余杭过来，身份早已算不得秘密了。她端方坐着，摆好了马面裙道："也是赶巧，厂臣要到江浙谈丝绸买卖，顺道就捎带上了我。"她抿嘴笑了笑，"我是先帝后宫的人，原本要殉葬的，后来蒙今上恩典，晋了个太妃的位分。这趟回老家省亲也是得了特旨，跟东厂宝船一道来，行走坐卧好有人打点。"

月白方才明白过来，挣扎着要下床行礼，被她抬手压住了。

音楼心下计较，八成拿她当肖铎的对食了，所以话里话外忌讳着。这下子解了惑，心里就敞亮了吧！接过彤云送来的粥，吹了吹递到她手上，温声道："好歹吃一点儿，肚子空着后半夜没的饿醒了。"见她小口慢慢用了，便转了转眼珠子套起近乎来，"才刚听他们说你沉湖，我心里真难受得紧。女人就是命苦，好好的谁愿意去死呢！总是伤了心，缝补不起来了，才那么想不开……你和肖厂臣是旧相识吧？我听他说起来着。"

月白直起身追问："他说我什么了？说起以前的事了吗？"

她这样殷殷期盼，音楼到了嘴边的胡话又囫囵吞了回去。人家够伤心了，还胡编乱造诓人家，似乎不大厚道。她清了下嗓子："也就一带而过，没深谈。可我看他脸色不好，里头总有隐情的。"

月白定定地看她，像在估量她究竟可不可信。女孩儿之间天生爱亲近，不像对男人那么提防，月白顿了半晌凄然道："旁的都好说，就一宗，他记不得我了，这叫我心里怎么受用？我十四岁跟他，两个人吃了好些亏，他说将来发迹了忘不了我的，可如今……"她低下头来泪水长流，"我没指着穿绫裹缎，可他像变了个人似的，我回想起等他这些年受的委屈，真是一缸的眼泪都流尽了。"

音楼脑子也乱起来，看她这模样不像作假，便道："是不是认错了人？世上同名同姓的人多了。"

月白咬着唇摇头："他的来龙去脉我都知道，他哪天进宫、哪天生辰、爱吃什么、爱玩什么……我心里都有底儿。要是没见过面，凭着人名乱认亲倒罢了，可我和他在一处不是一天两天，明明就是他，我怎么能认错呢！他不是原来的他了，要不是脸盘儿长得一样，我都要怀疑他冒用了肖铎的名，才坐上今天的位置。"

不知怎么，音楼心里狠狠跳起来，他说过她要找的人死了，难道这里头真的隐藏着大秘密？

"那玉哥儿呢？你要找的玉哥儿，是厂臣的乳名吗？"

她缓缓点了点头："他那时候在前门大街上要饭，半中间儿给太监骗进宫的。就跟拉壮丁充人头似的，来历都是太监们随意编造，当不得真。后来和我结了对食，他才告诉我他在老家有这么个名儿。"她凄恻地笑了笑，"我老说他叫花子送幛子——穷凑份子，这么个苦出身，叫个锁儿、铁铃铛就得了，还叫玉哥儿，尽往自个儿脸上贴金。"

音楼越听越不对劲了，捏着心问她："那他有兄弟没有？他叫玉哥儿，没准儿他兄弟叫金哥儿呢！"

月白长长唔了声："兄弟倒听他提起过，说得不多也没得见。他有阵子在酒醋面局当差，跟着掌事的出去背货，有时候跑得远了，晚上来不及回宫，在宫外落脚，兄弟俩能见上一面。"

"那他兄弟没进宫？"音楼仔细觑她，小心翼翼地问，"那些太监在人堆里挑拣，只挑中了他，他兄弟没相上？"

"大概正好没在一处吧！"月白捋了捋搭在腰上的薄被，垂眼缓声道，"叫花子到处跑，没个准地方，所以一个吃了苦头进宫，另一个就漂泊在外了。"

事情好像不简单，音楼摸摸额头，一脑门子汗。她知道肖铎在宫外有兄弟，据说那兄弟得罪了人，后来被打死了，再结合月白的这番话，那么死的到底是谁？

她心里跳得厉害，那是个大秘密，太大了，果然要累及性命的。难怪他字里行间总有种说不出的忧虑，除了东厂对朝廷造成的震动，还有他自身的原因吧！

怎么会这样呢，真叫人没了主张！她咽了口唾沫看着她："你当初不是在宫里当差吗，后来怎么出宫了？还有厂臣那个兄弟，在外面做什么营生？一直做花子？"

月白也愁苦，没个能说话的人听她一肚子的愤懑不平，眼前这位既然是太妃，总还有点用处吧！要是可怜她，兴许能从中斡旋斡旋也不一定。她是这么打算的，刚要开口，外面进来的人颇具警告意味地扫了她一眼，那张脸阴狠可怖，立刻让她噤了声。

"有些人总是怨怪走背运，怪小人作祟，怪老天没长眼睛，可有几个回过头去掂量过自己的所作所为？"他冷冷望着她，"好与不好，不是别人造成的，很多时候都是自己的缘故。秋月白，你的话太多了。"

月白嗫嚅了下，看见他，再也没有半点亲近依靠的意思了。比陌生人更透三分冷淡，他的每一个眼神每一个动作都是厌恶，恨不得她从来没有出现过。她想自己真的是做错了，从遇见钱之楚开始就错了。他的生命里已经不欢迎她的存在，她来找他，对他来说是个累赘，把她救上来也不过出于道义，他对她早就没有半点感情了。

她忘了哭，只是呆呆地看着他。她奢望过自己寻短见至少会让他有触动，谁知竟是一场空。一个对你的生死都不在意的人，还拿什么去挽留？

他没有理会她，转过身冲音楼揖手："请娘娘回去歇着，万不要再逗留了。娘娘菩萨心肠不假，可消息要是传到京里，臣就是个照顾不周的死罪。娘娘不想叫臣人头落地吧？"

他半真半假的话即时点醒了她，音楼心慌气短，站起身强自按捺了道："厂臣说得很是，时候不早了，该回去了。"朝外看看，月落柳梢，按着日子来算快交子时了。她垂手给月白掖了掖被角，微微笑道，"那我就不多待了，你好好静养，等得了闲儿我再来瞧你。"有点落荒而逃的意思，她很快便出来了。

回到画舫上也是寂寂无话，她心思杂乱，想问他缘由却不敢问出口。看见他对月白的态度，那表情那声气儿，想想就让人心头发凉。太平无事的时候插科打诨不碍的，但是人人懂得自保，触到了他的底线，不知道接下来他会以什么面目示人。

音楼突然感觉他很陌生，仿佛只看到一个躯壳，躯壳后面空空如也，或许他不过是个戴着假面的恶鬼，一切的好都是表象。

她站在那里思绪如潮的时候听见他吩咐容奇："女人话太多了惹人厌烦，你去配碗药，让她以后都张不了嘴，省得聒噪。再瞧瞧她会不会写字，要是会……也一并处置了吧！"

音楼狠狠地打了个寒战，他是打算毒哑人家吗？毒哑了又担心人家会写字，要连同手筋一块儿挑断？她骇然看着他，低声道："月白姑娘是个可怜人啊，你为什么要这么对她？"

"为什么？"他哼了声，"因为她来路不明，管不住自己的嘴。本来我还念着私情，希望她识时务些，好让她活命。谁知道她自己不成器，偏要往邪路上走，可见我先前的妇人之仁的确错了，再容忍下去必定要出大乱子。"他往前两步低头看她，见她脸色惨白，哂笑道，"吓着你了？没想到我的手段这么残忍？"

灯下，他的脸一半在明一半在暗，全然看不出所思所想。事已至此，她再同情月白也无济于事了。人都是自私的，比起他的安危来，别人怎么样都不在考量之中了。她壮了壮胆儿，抓着他的衣襟问："究竟怎么回事，你打算一直瞒着我？"

他拧着眉头闭了闭眼："你想知道什么？那疯女人的话也听，倒不信我？她说的那些太稀奇了，说我换了个人，宫里那么多太监宫女不论，头顶上还有班领管事，天天在一处当值，不叫人发现，你信得实吗？在姓钱的船上随口应下，不过是想看他打什么主意，没想到一个将计就计，居然叫你当了真！亏我还夸你明白，要紧事上不知道好歹，还越打听越来劲了，焉知人家不是南苑王派来摸底的细作？"

他这么解释，好像也有点道理。音楼本来就不是个心思缜密的人，东一榔头西一拐子乱撞，自己觉得很有疑点，人家出面三言两语一糊弄，她就自发换了个立场去看待，觉得月白的话还真是漏洞百出。

不过也不能轻易信得，她上下打量他，然后把视线停在他腰带以下三寸的地方，心里还盘算，如果他真是冒名顶替的，那处是不是还完好如初？念头一兴起就有点控制不住了，看看这宽肩窄腰，两条大长腿真叫人艳羡。上回他盛情相邀，她小家子气拒绝了，现在想来悔绿了肠子。如果再来一遍，她必定欣然接受。别的弯弯绕绕都是隔靴搔痒，只有这个才是真刀真枪检验他身份的好方法。

左右看看无人，她无赖地笑了笑，靠上来，把脑袋抵在他胸前，身子却隔了一道缝。

暖玉温香应该令心神荡漾的，可他却感到不安。她一手揽着他的腰，另一只涂着红蔻丹的手悄悄搭在他的玉带上，手指头松了一根又一根，直到只剩一根食指挂着，摇摇欲坠。

脑子里激灵一下，再迟钝的人也知道她在盘算什么。他红了脸，一把推开她，语调有些惊慌："你要干什么？"

音楼本来全神贯注，做坏事的时候不能受干扰，可是抽冷子被他来了这么一下，吓得心肝都碎了。她恼羞成怒揉着心口打他："你才干什么，吓我一跳！我怎么你了？你鸡猫子鬼叫什么？"

他挨了好几下，她劲儿大，打得他生疼。抚着胳膊闪躲，这辈子遇上这么个女人，真是作了孽！阴谋败露了还反咬一口，他不吭声，难道挺腰子叫她上下其手吗？他气得去捉她两只爪子，咬着槽牙摇晃："你还是不是个女人？你是男的吧？这么没羞没臊！"

她很不服气，没有干成的事为什么要承认？使劲挣起来，在他皂靴上踩了两脚："含血喷人啊你，我除了小鸟依人什么都没干！"

还小鸟依人，真好意思！肖铎被她气笑了，这世上能叫他有冤无处申的也只有她，大言不惭敢用这个词儿！

"还敢狡辩？"他把她的右手举了起来，"别把人当傻子，你刚才想干吗来着？我要是不动，你是不是就要……嗯，就要……"

他说不出口，她睥着眼看他："你不爱我碰你，往后我不挨着你就是了，要是打算往我头上扣屎盆子，那我是抵死不从的！"

他恼得没法儿，又不好和她太较真，狠狠甩开了她的手。

眼看三更敲准，闹了这半夜，大家都倦了，该回房歇觉了。他垮着肩说送她上楼，她脚下却不动，定着两眼直瞅他的脸，把他弄得毛骨悚然，半天讶然开口低呼："了得，你怎么长胡楂儿了！"

他心里一惊，下意识去抚下巴，头光面滑明明什么都没有。再看她，她扶着楼梯扶手站在台阶上，勾起一边嘴角讪笑一下，扭身上楼去了。

他在原地站了好一会儿，才发现自己叫她作弄了，不由得唉声叹气。

转头看窗外夜色，微云簇簇拥着月，底下水面上依旧蓬勃如闹市。美景良天他却没心思赏玩，局势打从姓钱的出现就风云突变，一个秋月白还不是重头，接下去总归不太平了。西厂鼎立、水师检阅、绸缎买卖赶工赶料，再加上今天发生的种种，无数重压堆积上来，就算他三头六臂，也有疲于应对的时候。

回舱里囫囵睡了一觉，夏季日长，卯正天光已经大亮了。早起的太阳力道也不小，光线透过窗纸笔直地照在他脸上，他拿手遮挡，半醒半睡间看见曹春盎进来，不确定他醒没醒，一味立在帘外朝里张望。

他深深吐纳了一口，合着眼睛问："什么事？"

曹春盎进来请了个安："干爹今儿歇不得，宝船还没到码头，城里的官员已经知道您的行踪了。才刚呈了拜帖，这会子人都在岸上凉棚里等着呢！"

在秦淮河上露面就没指望能瞒过谁的眼，官员们来拜谒也在情理之中。他坐起来醒了醒神，随口问："拜帖里有没有南苑王府的名刺[1]？"

曹春盎抱着拂尘歪头道："儿子也觉得古怪呢，来回翻了好几遍，并没有见到南苑王府的帖子。照理说来者是客，干爹权倾朝野，就算宗室里正经王爷见了也要礼让三分，更别说一个外姓的藩王了。他这么端着，到底什么想头？"

他无谓地笑了笑："大约是等我登门拜访吧！"

曹春盎想了想问："那干爹的意思呢？他那儿明着一本账还装样儿，咱们接下来怎么处置？"

他起身到脸盆架子前盥手洗脸，下头人伺候着拿青盐擦牙漱口，坐在圈椅里慢慢进了碗清粥，才道："世上事儿，明白不了糊涂不了。他那儿不言声，我这里也用不着巴结。等差使办得差不多了，送个帖子过去就完了。不见最好，见了给人落话头子，何苦来？"

曹春盎道个是："那干爹歇个饭力[2]，过会子还是见见那些官儿吧！都在外头候了大半个时辰了，没的叫人说咱们拿大，不把他们当回事。"

他一手支着脑袋叹气："一大清早的，不叫人消停。"回头看楼上，"娘娘呢？还没起？"

---

1 名帖。

2 饭后短暂的空闲。

"昨儿睡得晚，今早起不来了。"曹春盎笑道，"咱们娘娘真是小孩儿性子，也是，说句逾越的话，半大的姑娘推上太妃位，怪难为她的。"

他听了不置可否，只是唇边慢慢泛起笑靥来，嗯了声道："叫她睡，昨儿是操劳了。"又问，"那边舫船上怎么样？事都办妥了吗？"

曹春盎哈腰道："干爹放心，都办妥了。云千户先进去探了话，说请姑娘给家里写封信，好送到辽河老家报平安，姑娘不会写字，打算请人代笔。后来容千户端进来墨黑的一碗药汁，捏着鼻子一气儿给灌下去了，儿子在旁边看着的，没消多会儿秋姑娘就直着嗓子嚎……形容可怜。"

可怜？天下谁人不可怜？他原没想这么待她，是她自己不好。音楼这傻大姐都能套出她的话来，换个人一样能够。人不为己天诛地灭，到了这步，他除了顾得了自己和音楼，别人的死活他是一概不论了。

瞧时候差不多，该换衣裳见人了。取了件黎色的素面常服换上，刚戴好发冠，舱外便有人来通禀，说南苑王宇文良时亲自来拜会督主，请督主移驾岸上一叙。

他别过脸嘴角微沉，早就知道没那么容易含糊带过，这位藩王要是能安生，钱之楚这个底不就探得没有价值了吗？！

既然来了，少不得虚与委蛇一番。

他整理好了仪容出舱，两个船夫拉着纤绳把画舫往岸边拖，站在船头望过去，一片花树下立着位锦衣公子，戴翼善冠[1]，穿盘领窄袖袍，常服两肩的蟠龙张牙舞爪，在他身上却不显得张扬。他是一副中正平和的模样，英气稳重恰到好处，脸上始终带着笑，眉眼间自有一道令人惊艳的辉煌。

肖铎抱拳揖手，在岸上颔首回礼，一来一往之间已经有了考量。

宇文氏是毓秀之家，世代与皇族通婚，美貌名扬天下。只不过藩王不得特旨不能擅离藩地，所以只有隔年岁末进京朝贡时，才和肖铎疏疏有些走动。撇开暗藏的野心不论，宇文良时这人算是个有风骨的君子。江南富庶繁华，南京又是六朝古都，在此间为王，原就比别人更受瞩目。但他懂得处世之道，铮铮一身傲骨，不趋炎不附势，对谁都是敬而远之。朝中言官提议削藩时，先帝也多番对南苑暗查试探，结果历代南苑王身家清白得连东厂都拿捏不到把柄。先帝本就无意挑起争端，借此下台阶后，便渐渐对他消除了防备。

---

[1] 冠名。以乌纱覆之，折角向上。

偌大的家业，恁多的人口，就算再高风亮节也不见得没有疏漏，但是宇文氏做到了，反倒更让人起疑。彼时碍于无处下手，只得捂在里头，现在终于露出了狐狸尾巴，却又动他不得了。

跳板架在船舷上咔嗒一声响，肖铎方敛神下了船。宇文良时早就迎到堤上，笑道："厂公同本王太见外了，今早才听说厂公到了金陵，事先怎么不派人送个信儿，我也好早早筹备起来。如今样样仓促，少不得要叫厂公笑话了。"

肖铎忙道："万不敢当的，王爷直呼咱家的名字就是了，在王爷跟前哪里配得上厂公二字！咱家也是昨儿入夜才到，自己在河上逛逛，本不想惊动王爷。王爷机务忙，原打算送个帖子，过两天寻时候拜见，早起听小子说王爷到了，倒把咱家惊了一跳。这样热的天气叫王爷受累，咱家心里过意不去。"

做宦官的，一套嘴皮子功夫练得十分溜。看人下菜碟是本事，次个几等的官员不是不搭，搭得稀松罢了。藩王毕竟是王，礼数上须得周全，要谦卑小心，就算心里都明白，面子上也得掩得过去。

宇文良时和悦道："到了我金陵地面上，我却不尽地主之谊，叫人说起来成个什么？下回本王进京，不也要仰仗厂公多方照应嘛！"说着含笑来携他，"夫子庙前有家春风得意楼，是金陵顶有名的菜馆，离这里不远，环境清幽，天下文人墨客到了秦淮必定要去那里尝尝他们的菜色。今儿得知你来了，本王包了个场子，不叫外人打搅，彼此好说话儿。"

这位藩王生长在南方，张嘴却是一口地道的京片子，这点也叫人称奇。现在想来是早就有了准备，果真处处都盘算好了。南蛮子进京不至于语言不通，官话说得转，嫌隙也就少了。

不过这样温言体恤真叫人受宠若惊，肖铎的腕子被他牵着，浑身不自在，又不好做在脸上，只得一再地敷衍："王爷破费了，以往王爷来京匆匆而过，咱家在宫里当值脱不了身，几次想宴请都不得机会。进庙烧香是常理，这回还是由咱家做东，也是咱家对王爷的孝敬。"

宇文良时却并不接话，兀自道："我来时见衙门好些官员都候在亭子里，乱哄哄的，人又多又杂。我知道厂公爱清静，这大六月的，全聚在一块儿也难耐，就发话让他们先散了，明儿再见也不迟。你瞧这气候，南方不比北地，热起来要人命。住在舫船上虽惬意，也不是长远的方儿。正好我在乌衣巷有所宅子，林荫深处的，夏天住着清凉。回头把行辕安置在那里……"到了春风得意楼的门坊下，边往门里引边笑道，"厂公行动便利，太妃娘娘要夜游也不费事。"

他的行藏，这里早就盘摸清楚了，太妃随行并不是什么秘密，肖铎听了不过报以一笑："王爷盛情，那咱家就却之不恭了。本来在哪里落脚没那么多考究，可碍于凤驾在前，这一路的行辕确实也煞费思量。有王爷安排，自然是再好也没有。咱家是初到，对金陵还不熟悉，总归万事要倚仗王爷，咱家这里先谢过了。"

又是热热闹闹几句场面话，进了春风得意楼，四下里看，的确是个雅致的好去处。天儿热，各面墙上槛窗开着，窗外有繁茂的芭蕉树，巨大的叶子招展着，根茎有合抱粗。上了二楼，四面垂挂竹帘，篾条间隙不时挤进来一阵风，把夏日的暑气冲淡了好些。

一大清早喝酒是不成的，满桌佳肴先搁置着，到酒肆亭子里坐下品茶也很得趣。南苑王玩得一手好茶道，伴着悠扬的古琴声颠来倒去地炮制，每一道都尽善尽美。暗地里算计江山的人能这样恬淡从容，这份胸怀倒值得人佩服。肖铎想起前几天在步府上闹的那一出，想必早就传到他耳朵里了，便笑道："那日陪娘娘回府省亲，没想到遇上太傅的小姐出阁，打听之下原来是同王府结亲，还没恭喜王爷迎得如花美眷呢！"

宇文良时垂着眼分茶，茶汤注进闻香杯里，将品茗杯倒扣其上，腕子轻轻一转换了杯，双手奉了上来，淡声应道："不过一个妾侍，叫厂公取笑了。说来是个闹剧，步太傅办事欠周全，本王一直以为迎娶的是他家二姑娘，谁知兜了一圈，二姑娘成了太妃，进门的居然是个嫡女。"他叹了口气，缓缓摇头，"如今是结了亲，好些话不方便说了，只是这样戏弄朝廷，亏得皇上不追究，要是怪罪下来，连南苑王府都要受牵连。"

肖铎抿了口茶赞叹："王爷手艺了得，果然是齿颊留香！咱家对茶道兴趣甚浓，只是总不得闲，慢慢也就撂下了。"话锋一转，方接上他的话茬，"当今圣上宅心仁厚，咱家在京里把太妃顶替入宫的事儿如实回禀了，也是怕将来牵扯，引出不必要的麻烦来。今上听后倒没说什么，咱家料着就算翻过去了。这会子姊妹易嫁，往好了说也是美谈，王爷不必忧心。"

"承你吉言吧！"他松泛地站起来，舒展了下手脚打帘朝外一指，"瞧见那青瓦翘角的院落了吗？当年谢氏的旧宅，谢家从陈留搬到南京，高宗的可贺敦皇后还在这里省过亲的。乌衣巷有名的乌衣晚照，那儿就是。两百年前住过皇后，眼下又迎来一位太妃，这园子好大的脸子！"说罢轻轻一笑，"才刚没见着娘娘，回头我叫庶福晋过来走动走动，毕竟是姊妹，又各自出了门子，有些什么小过节的，眨眼儿就过去了。"

他有意调停，肖铎也不便多说什么，只道："这事得听娘娘的主意，倘或要见，咱家再打发人过王府传话；倘或没这意思，庶福晋去了也是白跑一趟，就别费手脚了。"

宇文良时回过身来看他一眼："倒也是，是我欠考虑了。不过今儿来拜会厂公，另有一桩事要向厂公打听。"

闲扯了半天，这才终于要入巷了。肖铎正襟危坐，敛了笑容道："王爷有话只管吩咐，但凡咱家拿捏得准的，知无不言。"

他点点头，略顿了下，脸上神情似悲似喜，吮唇道："私事儿，实在有些无从开口。头回见面就啰唆这些，虽是男人大丈夫，自己也觉得没脸……"他说着，歪脖儿笑了笑，"因着守驻地，难进京，这事儿一直悬在心上，办不成又丢不下，心里委实煎熬。今天既然见了厂公，我也顾不得那许多了。我知厂公曾在毓德宫主过事，关于长公主的消息，也只有厂公这里的才让人信得实了。"

肖铎本以为他远兜远转，最后无非给自己抻抻筋骨提个醒儿，没想到他把主意打到合德帝姬身上去了。果然好计策，先帝后宫也曾有过一位宇文贵妃，可惜那位贵妃福薄，晋位不久就病逝了。当今圣上即位是在预料之外，早前没有通婚，且宇文氏族中没有待嫁的姑娘，所以就换了个方向，打算尚大邺唯一的长公主吗？

宇文良时似乎是看出他的疑虑了，嗒然道："厂公也知道我王府里的情况，妾侍是有几位，但嫡妃的位置一向悬空，不为旁的，只为和长公主当年的一面之缘。彼时我十三岁，随我父王进京朝见。那是我头回进紫禁城，见了那么大的阵仗心里也好奇，当天入夜宫里设宴，趁着人多就尿遁了。宫里守备森严，大宴仪设在奉天殿，两边的武成阁和文昭阁我都逛了个遍，转晕了头，迷迷糊糊跑出右翼门，结果被锦衣卫拿个正着。藩王世子不懂规矩乱窜，要是回禀上去，必然要折我父王面子，正急得没法儿的时候，遇见了长公主，是她卖了人情儿，让他们把我放了，就为这，我一直惦记到现在。"他说完，自嘲地笑道，"不算什么大事，却叫人念了那么些年，我据实以告，叫厂公看笑话了。"

若是这种儿女情长放在普通人身上，他是一千一万个能理解的，但是对象换成了宇文良时，到底怎么样就不好说了。他做恍然大悟状，点头道："原来王爷和长公主有过这么段渊源，可是咱家在毓德宫主事的时候没听长公主说起过……那王爷是什么打算呢？既然心里惦念，何不具本上奏，求万岁赐婚？"

他是明知故问，大邺帝姬下嫁藩王的少之又少，就说宇文氏，以往通婚的不过是些郡主县主，凤凰不落无宝之地，正头公主一个都没进过门，就算请求赐婚，事情也未必能成。正因如此才要借助他的力量,他一推二五六,是打算站干岸吗?

宇文良时抿嘴一笑,窗外的日光照亮他眼里的光环,灿若星辰。他换了个奇异的声口,低声道:"具本上奏的事我也想过,只恐没有胜算,这才想请厂公助我一臂之力。兵部的钱枢曹,厂公认得吧?据枢曹所说,厂公也是性情中人,既这么,应该不会不懂本王求而不得的苦闷。"

所以钱之楚是他底下的人,这点毋庸置疑了,可是他究竟知道多少,还需探探底。肖铎低头盘弄手里的折扇,淡然道:"王爷不开口倒罢了,如今既然提起,咱家也想起来,临出京的时候,听说荣安皇后打算撮合长公主和右都御史的公子。那时候咱家正忙着手上差事,后来怎么样也没有心力去过问……"

"厂公这样灵通的人,在本王眼里赛过当朝一品。只要应准的事,必定会替本王尽力达成的。"

他说得很笃定,这种气势上的较量虽不动干戈,却也暗流汹涌。肖铎探究地看他,他还是那个优雅的笑模样,转到坐榻前提紫砂茶壶,揭了盖儿,连水带茶叶泼进了窗外一片芭蕉林里。回过身来重新往壶里加新茶,不紧不慢道:"厂公可是深谙茶道?这步叫马龙入宫,程序简单,不过是往茶壶里放茶叶,为了凸显韵致,变着方儿寻摸出了这么个名字。世事也是如此,再眼花缭乱,万变不离其宗嘛,这话别人或者不明白,厂公没有不明白的道理。宇文氏是世袭的藩王,到我这辈已经是第九代了,越发地庸碌无为,自觉愧对祖先。有时候成功不过缺个契机,这契机也许是时运,也许只是个人。"他抬眼一笑,"不瞒厂公,我对厂公敬仰已久,今儿见面,更觉未语可知心了。人在世上行走,总有落了短处的时候,比方厂公当年在西四牌楼经历的那些艰难,也亏得有贵人相助不是?眼下本王和厂公那会儿是一样的,唯有指望厂公鼎力协助了,他日事成,定然不会忘了厂公好处。"

这回是落进套子里了,话到这份上,连西四牌楼都掺和进来,不能不说他下足了功夫。目前单提了合德帝姬这一桩,已然叫他觉得棘手,后头的事更进一层,怕是真要把人熬成芦柴棒儿了。


男人酒桌上谈事,通常可以相谈甚欢,至少明面上是如此。

宇文良时懂得人情世故,点到即止方为上,扒下脸皮来不好,伤了情分,往后共事各自心里有了芥蒂,怎么通力合作呢!不过适时的敲打还是需要的,画龙点睛似的穿插一两句,大家都不是糊涂人。过了脑子,细一斟酌咀嚼,心头自有一番滋味儿。

长城不是一天建成的，这种拉拢人的事得慢慢来。送人出了门，宇文良时别过脸叫跟前的长随："容宝你去，好好地布置，吃穿住行务必让人舒心称意。太妃那儿也不能简慢，好歹是门亲，巴结住了有益处的。"

容宝扎地一千儿应了个嗻："奴才明白主子的意思，进可攻退可守，打个巴掌给颗甜枣儿，照着这个模子来准没错。"

宇文良时瞥他一眼："悠着点儿，这可不是两直隶的官儿，叫你一蹶驴腿挤对到南墙根儿上去的。他手底下人多，东厂那帮番子……不好对付。要动是动不得的，到底时机还没到。零碎剪点边儿，时候长了牵连上，不是也是，明白？"

容宝笑得满脸开花："爷说得是，跟爷这么久，奴才旁的没学到，就学会撬人墙脚。人都说奴才是钻地鼠，其实主子才是钻地鼠的祖宗……"

"你姐姐的！"宇文良时笑骂，一巴掌拍在那颗尖顶橄榄头上，"少在这儿卖弄嘴皮子！打发人在楼上好好瞧着，别走近，宅子边上有东厂的人。办事警醒着点儿，船坞那头叫人往里灌银子，狠狠地灌，灌完了要留破绽，捂得太严实被人卷了包儿，亏空要你自个儿掏家底儿填补，记着了？"

"啊是是……"容宝应了，撒腿就承办去了。

他站在牌楼下顺光看，晌午的太阳炙烤着这座古城，地面上起了热旋儿。肖铎在一片扭曲的影像里走得闲适从容，这样的人，泰山崩于前而面不改色，收服了是膀臂，收不服则会毁了他的根基。事到如今谁都没有退路，一切各凭本事吧！

曹春盎给他干爹打着伞，错眼儿回头一看，低声道："儿子打量这南苑王，话里都带着股子劲头儿，这是一心要拉拢您哪！您瞧都走出去这么远了，他还在那儿，都快赶上十八里相送了。"

肖铎眉眼低垂，摇着檀香小扇道："那个酸王不简单，叫人防着点儿。这会子就是个互相牵制的境况，我动不得他，他也动不得我。大约还会彼此监视，想来真好笑。"他昂首看，蔚蓝的天幕上间或飘过一丝云彩，背上热汗淋漓，浑身黏缠得难受。他拿扇骨挑了挑领口，懒散地问，"乌衣巷的屋子叫人去看了没有？"

曹春盎应了个是："大档头他们都到了，里里外外查看了一遍，样样熨帖。后来上舫船把娘娘和月白姑娘安置了过去，这会儿过了饭点儿，估摸着都歇下了。"

他嗯了声，开始嘟嘟囔囔地抱怨："南方果真是热，看看这一身的汗！这样的气候办差伤元气，白天就不出去了，要紧事攒到一块儿，起早或是太阳落山后再议不迟。"又问，"金陵有什么特色小吃？"

曹春盎开始掰手指头："秦淮八绝干爹知道吗？茶叶蛋、五香豆、鸭油酥烧饼、杂样什锦包子，还有油炸臭干、鸭血汤……说是八绝，其实是成套，远不止八样。干爹怎么的，刚才没吃饱？您想吃什么，儿子给您买去。"

他左顾右盼，有点嫌弃的模样："路上东西干不干净？你说的那些忒杂了，有没有能清热降火的？"

"干爹有内热？"曹春盎问，见他突然横过眼来，唬得忙咳嗽打哈哈，"嘻，这天是太热了，该降降火，不然嘴里要生疮的……儿子想起来了，南京人爱喝菊花脑鸡蛋汤，那个清火好。光喝汤喝不饱，儿子再买一屉子小烧卖，您就着下了肚，一准儿连晚饭都顾不上了。"

他背着手琢磨了下："也成，我先回园子，你去办吧！办完了送娘娘屋里。"

曹春盎怔了下："不是您要吃吗？"想想谁吃也不打紧了，又添了一句，"那月白姑娘呢？就办一份？"

他拧紧眉头瞪他："你热晕了脑子？这种小事也来问我？"

曹春盎缩脖儿告饶："儿子瞧月白姑娘是干爹的……"怕又要挨骂，往自己脸上拍了下，"我没成色[1]，惹干爹生气了。您进巷子，儿子掂量着办就是了。"说完伸手一招，立马有人上来接应，肖铎没再理会他，踱着方步进了石拱门里。

乌衣巷说长也不算长，总共百丈进深，白墙黑瓦翘角檐，极有江南风韵。宇文良时拨的那个园子在小巷最深处，女墙参差，绿树环绕。不似北京方方正正的四合院，一进二进明明白白，这里的玲珑雅致延伸到每个细微处，比余杭落脚的鹿鸣兼葭更显深幽。站在门廊上是看不见正屋的，北京善用影壁，江南则工于巧思。一条甬道建得九曲十八弯，所到之处像装订成册的画本，必须一页一页地翻看，才能发现其中曼妙。

他进院子略走几步，回头朝春风得意楼的方向看了一眼，这才反剪着两手进了上房。

甫一抬头，看见高案上摆着大大小小几个红纸细麻绳捆扎的盒子，音楼正弓着腰，拿手指头抠其中一个盒子的角。他纳罕，走过去问："谁送来的？"

她收回手道："那个钱之楚不知葫芦里卖的什么药，巴巴儿地送来了拜礼，我还以为里头有象牙玛瑙，结果捅开一看，就是些果子。"

肖铎一脸讪笑，没言声，坐在上座自顾自打起了扇子。

---

[1] 不成熟，不稳重。

他刚从外面回来，身上热气蒸腾。美人汗湿的样子最销魂，领口半开，微微袒露出白净的颈项，衬着那两颊艳若桃李，半歪在香几上的模样简直叫人血脉偾张。音楼艰难地咽了口唾沫，挨过去拿团扇给他扇风，温言道："热坏了吧？瞧这一头一脸的汗！我叫人备了香汤，趁时候还早去梳洗梳洗，还能歇会子午觉。"

他抹抹鬓角道："也好，半天光顾着和宇文良时斗法了，消耗不少心力，一顿饭吃得食不知味，还不如寻常清粥小菜。"站起来问，"你吃了吗？中晌吃的什么？"

音楼道："几个凉拌菜就打发了，这天热出蛆来，吃什么都没胃口。"说着觑他脸色，"宇文良时同你斗什么法？他安生做他的藩王，咱们也没碍着他，怎么见你来了，要给你小鞋穿吗？"

和她解释不清，回头追问起来牵扯得太多，不知怎么圆谎才好，索性不告诉她反倒干净，便敷衍道："没什么要紧事，官场上你来我往，无非权财交易。做官的嘛，一年清，二年浊，三年就成墨汤儿了，到一处还能是什么？"又打趣道，"你别说，人家这会儿是你姐夫，才刚还说要叫你姐姐和你勤走动，被我婉言推辞了。我瞧音阁不是什么善性人，敬而远之对你有好处。"说罢举步往后身屋去，迈了两步又退回来嘱咐，"刚才回来的路上让小春子给你买吃食，你稍用点儿就回去歇着吧！"

他这副自说自话的劲头，一点没留给她发挥的机会。她拉下脸来："你就这么走了？"

他站住脚嗯了声："怎么？是你让我去洗澡的。"

"我的意思是……"她腼腆地笑笑，"你不是要人伺候更衣吗，我来替你擦擦背，递递手巾什么的，这些我都会干。"

他略顿了下，歪着头蹙起了眉："你非得这么不加掩饰地打我主意？"

她脸上发烫，扭捏道："上回话都说开了，咱们不是相互喜欢的吗？！既然如此，你和我这么见外做什么？再说我又不会眼巴巴看你，我一个女孩儿家，也会不好意思的。"

这话说出来，她自己信吗？真想把她脑仁儿晃荡开看看是什么做的，怎么就和别的姑娘不一样呢！他木着脸问她："那么换言之，你洗澡的时候我也可以进去搭把手？"

这个问题她真没想过，主要是他的身份成谜，勾起了她探究的欲望罢了。不过细想想，月白一路和钱之楚同行，不知道里头究竟有什么玄机，万一在钱之楚跟前露过口风，那他的处境可就堪忧了。

她幽怨地嗫嚅："我只是关心你，你防贼似的防我吗？"

他似笑非笑地看着她："你何尝不是防贼似的防我？你心里犯什么嘀咕我也算得出，无非是想知道'那个'顶不顶用。"这么直喇喇地出口，果然把她镇住了，见她不应，他长长地叹了口气，"顶用怎么样？不顶用又怎么样？我记得你说过，不在乎我是不是太监。如今呢？到底还是跳不出世俗眼光！"

音楼终于开始自责了，她满脑子乌七八糟到底在想什么！他说得对，当初认准了他是太监，现在又为什么这样计较？她还记得甲板上脸红心跳的吻，记得泪眼婆娑里情真意切的许诺，这些和他是否健全无关，她单就爱他这个人。如果他真是顶替了别人入宫的，如果他是完整的，那也只能算是意外之喜，不能因为这意外确定不下来，就把他全盘否决了。

"是我不对。"她懊丧地绞着手指道，"我被月白那些话圈糊涂了，整天想给你验明正身，白天想夜里想，想得丧心病狂！这会儿我明白过来了，不能这样。"她怯怯地抬了抬眼，"你会生气，就此和我一刀两断吗？"

她还是怕他会抛弃她，因为太寂寞，无依无靠，她把他当作救命稻草。他低头看她，略沉默了下方道："不会，只不过这宅子是宇文良时的，保不定周围有多少眼线，咱们说话办事都要仔细。屋里还好些，露天的地方千万留神。我原想悄悄带你去观灯会，或者躺在房顶上看星星，但依着现在这形势是不能够了。"

他越说她脑袋垂得越低，看来被他刚才几句话吓着了。他又揉心揉肺地痛起来，甚至不消她说话，他自发就没了底气。

怎么对她才好？这下子追悔莫及的成了他，担心自己的话太重，伤了她的心。好在宅子里是不打紧的，里外都是东厂的人，连只苍蝇都飞不进来。

他犹豫了下，把手按在她肩头："我不是怪你，怪只怪秋月白，是她搅局，弄得咱们生分了。"

音楼忙摆手："怪我自己，你别再迁怒她，她已经够可怜的了。"

都说秋月白可怜，或许她的确可怜，从辽河被贩卖到京城，再被钱之楚搭救带到江南来，一切都是宇文良时一手安排的。她想寻回她的幸福，于情来说无可厚非，可是人生就是这样，并不是非对即错。她失了庇佑，那是她最大的悲哀。他要当好人可以，当完之后必须承担结果，真的有必要为个无足轻重的人去冒这个险吗？他若是悲天悯人，哪里能够活到现在，恐怕早就已经尸骨无存了！

"用嗓子换一条命，她的买卖并不亏本。往后只要我还在，就有她安身立命的地方，这么的也算对得起她了。"他替她抚平了肩头的褶皱，曼声道，"至于你，我总要想法子给你个交代。我一直没同你说，其实暗自盘算了好久。不想进宫只有一个方儿，带病的宫人不能伺候皇帝，等回京后我上道条陈谎称你染了病，这事就有转圜。"

音楼喜出望外，他一直闷不吭声的，她心里也没底。今天突然告诉她这些，说明他也为她的去留发愁。可是仅凭他一面之词，皇帝能信吗？

"万一皇上要验证怎么办？"

他说："宫里那些太医我还说得上话，知会一声，总有办法糊弄过去的。"

她听了晏晏笑起来，眼里的快乐像流动的活水，怎么都含不住，拉着他的衣襟悄声呢喃："我就知道你舍不得我进宫，我也气哭过，可是从来不怀疑。你一定要想好应对的法子，叫皇上不稀罕我，我就可以永远陪在你身边了。"

听上去那么圆满，简单几句话勾勒出一幅色彩浓烈的画卷，实在令人向往。他拉她绕过屏风，躲到一个别人视线触及不到的地方，弯腰把她揽在怀里，在她耳边喁喁细语："再等一等，打发了宇文良时咱们就回京去。早些让皇上撂了手，咱们就能踏踏实实过自己的日子了！"

枝头鸟鸣啾啾，树荫下摆着一张躺椅，椅上仰着个人，拿书盖住了脸，午后时分正沉沉好眠。

容宝有事要回，又不得近身，只能在假山脚下找个背阴的地方搓手探看。园子里古木参天倒还清凉，可是肩上扛着事，实在静不下心来。边等边琢磨着，那掌印太监真不是个好相与的主，人横，阎王爷也怕他。就说他主子嘱咐往船坞填银子的事，事情过去了好几天，一直没动静。原以为肖铎是闷声包圆儿了，没承想今天派人传了工部驻守的员外郎问话，要他摊账册子清查账目，然后大大方方地把多出来的二十万两银子供到了台面上。

这不是有意打人脸吗？！造船就跟盐务似的，没有一年不往上报亏空的，如今这笔款子怎么来，以他这样的明白人会不知道其中因由？横竖是遇上了狠角儿，他们主子这回是碰钉子了。

正神游，呼的一声响，背上重重挨了下，火烧一样疼起来。问心里恼不恼，肯定得恼，可是不能梗脖子，反倒满脸堆起了笑，转身膝头子点了点地："给二爷请安。"

二爷澜亭还是那模样，上山下河样样干的主儿，整天弄得灶眉乌眼，浑身没有一块干净地方。人小，挥舞的武器不短，怕扎手剥了树皮，整根枝条油青光亮。看他一眼，奶声奶气却一副小大人腔调："你这杀才，在这儿探头探脑瞧什么玩意儿？再不讨饶，吃爷一枪！"

"哟哟哟！"容宝两手合十拢住了呼啸而来的枝条，矮着身子觍脸笑道，"二爷就是长坂坡的赵子龙，涯角枪使得生风，奴才只有跪地求饶的份。"

这儿夹缠，树后转出来个稍大点的孩子，不过七岁光景，却老成干练，和二爷天壤之别。叫了兄弟一声，让他别闹，转脸问容宝："你找父王有事禀告？"

容宝一迭声应是，这位大爷是王爷的第一子，虽是庶出，在王爷跟前的分量却极重。一个没长开的孩子，有时也旁听机务，小小的人儿颇有自己的见解，可知将来必定能青出于蓝。容宝平时爱巴结他，当狗当马无怨无悔，刚想攀谈两句，听见那边咳嗽一声，王爷醒了。

他赶紧搓着步子撺过去，行了礼，一五一十把事儿回明了，垂着两手等示下。宇文良时脸色不好，咬牙道："不识抬举，偏要刀剑相向才痛快！"

可是事情又不太好办，真要面子里子都不顾，肖铎的秘密固然是好把柄，自己图谋江山的罪名也叫他拿捏住了，最后两败俱伤，倒叫皇帝得利。所以要压制住他，恐怕等价交换还不够。就算他是假太监，绝户无牵无挂，逼急了散摊子走人，临了参他一本，自己家大业大，亏就吃大发了。

他靠在椅背上，手指咚咚地点那虎头扶手："还探到些什么？忙了好几日，肖铎就是个太极图，也该有离缝的地方。"

容宝哈腰道："回主子话，肖铎的确是严丝合缝，连个插针的地方都没有。不过倒是有个意外的收获，是关于端太妃的。"

他转过头来看他："一气儿把话说完。"

容宝道是，毕恭毕敬地回话："端太妃是先帝后宫的人，怎么受的徽号、怎么下的江南，钱枢曹都同您说了。可今儿探子来回，前两日皇上游园子，在湖心亭里作了幅画儿，画的是个美人追帕子，还问左右的人像不像端太妃……难怪太妃进帝陵十来天就给接到肖太监府上去了，奴才瞧这形容，太妃大概同当今皇上有点儿什么勾缠。"他说着嘿嘿一笑，"紫禁城里的那位主儿，龙潜时是出了名的多情王爷，保不定弄出个叔接嫂、嫂就叔的戏码来。主子瞧瞧，咱们在肖铎这里打不开口子，是不是往太妃身上使把子劲儿？"

他才说完就被边上的大爷接了话茬，那孩子站着还没他父亲坐着高，淡淡扫视他一眼道："这是想同人攀交情吗？那论情谊，太妃究竟和谁更亲？是朝夕相对的肖铎，还是素未谋面的父王？"

这句话问到了点子上，人情往来，就算花再多的心思，塞再多的银子，都没法和肖铎相提并论。宇文良时见儿子开口，也有意抬举他，便道："那依你说，父王接下来如何行事为宜？"

大爷一双眼睛灼灼望着他父亲，咬了咬唇道："父王不知道三十六计里，有一招叫借刀杀人吗？太妃南下，安危都在肖铎一身。太妃平安，皇帝赏肖铎，太妃死了，皇帝杀肖铎，是不是这么回事儿？父王何必花心思去讨好一个不一定能拉拢的人，让皇帝和肖铎斗，最不济三种结果，一是肖铎被诛，父王少了大对头，对咱们有利；二是肖铎为了保命投靠父王，即便逼不得已，木已成舟，父王仍旧如虎添翼；至于第三种……他要是豁出去把父王拉下水，恐怕就有些麻烦了。不过也无大碍，他有把柄在父王手上，届时咱们反咬一口，他两罪并罚，还是逃不掉个死。"言罢仔细观察他父亲的脸色，谨慎道，"儿子人小，脑子也没长全，但儿子就是这样的想头，不知父王以为如何？"

稚嫩的声口说出叫人震惊的话，且条理清晰有根有底，宇文良时终于露出赞许的笑，伸手在他总角上抚了抚道："好儿子，有肚才。咱们父子同心，果然想到一块儿去了。"言罢转过头问容宝，"大爷的话都听明白了？"

容宝被这么丁点孩子的心机唬得回不过神来，发怔的当口听见王爷叫他，忙应了声道："是，奴才听明白了。小主子的心思就连王府幕僚都比不上，三国时候曹冲称象称出了美名儿来，要是和咱们小主子比，那算什么！可是奴才想破了脑子也没法儿，乌衣巷里全是东厂的人，要动太妃恐怕没那么容易。或者请庶福晋出面，把太妃约出宅子，咱们外头动手？"

宇文良时含笑看儿子："澜舟，你的意思呢？"

大爷低头摸摸腰上的鲤鱼香囊道："庶福晋好歹是王府的人，和这事有牵扯不好……不知道太妃爱不爱吃鱼膏，上回阿奶瞧我们兄弟长个儿，叫人给我们炖了两盅。那东西本来就是鱼肚子里的，不怕浸水，往里面下点药，就是洗也洗不干净。父王的银子与其花在油盐不进的人身上，不如调过头来买通肖铎手底下的人。东厂番子那么多，总有个把爱财的。"

宇文良时听得越发高兴了，嘱咐容宝道："就按澜舟说的办，肖铎要是知道这些主意是个七岁孩子出的，不知他还能不能笑得出来。"

说办就办，到了江南吃水产是寻常事，一条新鲜的黄鱼膏拿绳穿着，顺顺当当送进了乌衣巷的后厨房。

这宅子后边有栋绣楼，太阳将落山的时候整片沐浴在晚霞里，连同这深深的庭院一起，组成了个金黄色的梦，那就是赫赫有名的乌衣晚照。太阳渐西沉，又到了华灯初上的当口，音楼爱在那里倚柱听秦淮渔唱，兴致来了盘弄曹春盎寻摸回来的古琴，远眺秦淮河上的夜景，弹上一曲不成调的《落霞与孤鹜》。

肖铎照例是白天歇着晚上办差，因为怕落人眼，和她走动不算勤。人前相处公事公办，娘娘长娘娘短叫得震心，只有半夜回来的时候悄悄潜进她屋子里，摸着黑上床和她一头躺着，静静的，不说话，十指交扣，彼此也能感受到温情流转。

关于月白，音楼总是很惧怕看见她。要不是那天套她的话，也不会害她被毒哑。音楼拨弄琴弦，古琴的琴声仿佛哀鸣，莫名让人觉得悲伤。她问彤云："看见月白姑娘了吗？"

彤云叠着两手一脸惨然："她的卧房在西边，我每回打水从她门前过，总看见她呆坐在窗前，定着两个眼珠子，像行尸走肉。"一头说一头叹气，"秋姑娘真是命苦，接连遇到这样的打击，换作我简直活不下去！不是我说，肖掌印手太黑，把人弄成这样，还不如让她投水死了算了。也没听说过这样的事，救上来再杀她一回，这套路倒稀罕。"

人在刀山火海里行走，顾得了自己顾不了别人，能怪他吗？乱世出奸人，要是没有宇文良时在里头搅和，月白在辽河老家，靠着回忆也能活下去。这会子可好，来了、见了，万念俱灰，其实最可恶的还是那个宇文良时。

"好在肖掌印对您过得去，这就足了。否则以他的为人，都不敢跟他在一间屋子里待着。"彤云又絮絮说着，把托盘里的盅盖儿揭开往前推了推，"您还没吃晚饭，这两天不是胃口不好吗，外头买了鱼膏进来，听说最养胃，贵得黄金似的，趁热吃了吧！"

她笑起来："女孩儿吃了鱼膏长屁股，回头发得磨盘似的，那可怎么好？"

彤云嗤笑道："爷们儿喜欢屁股大的女人，两截粗中间细，那样才勾人。"

音楼斜她一眼："连这个你都知道？"

"在宫里混了那些年，我也是根儿老油条了。不信您问问肖掌印，我说得在不在理儿。"她舔嘴咂舌卖弄，突然啪的一声拍在脖子上，就着外面的光看，手心里拍了挺大一摊血，"唉，蚊子真多！您屋里点过了艾把子，蠓虫都熏没了。这儿黑灯瞎火的，早点儿回去歇着吧！"

她唔了声，搁下勺子捶捶胸口："有点儿堵得慌。"

彤云搀她下楼回房，细看她脸色，拿蒲扇给她刺剌地打，边打边问："身上不爽利吗？肖掌印还没回来，我让人去找大夫来瞧瞧？"

她说没事儿，脱了半臂倒头歪在篾枕上："大约是天儿太热，中了暑气，迷瞪一会儿就会好的。"

彤云再三再四地看，她只是仰在那里合上了眼，料着没什么大事，便道："那您歇着，我在外间睡，有什么事儿就叫我一声。"

她嗯了声，梦呓似的喃喃："困得眼皮子都掀不起来……你别啰唆了，下去吧！"

彤云应了，踢踏的脚步渐远，随即传来门臼转动的声响。勉强睁眼看，屋里熄了灯，窗外月光透过绡纱照在床前，淡淡的一层光，像深秋的严霜。

浑身上下都不大对劲，音楼难耐起来，僵卧移时，不知怎么，神志有点恍惚了。五脏六腑突然火烧火燎，满腹的痛，痛得不可名状。她害怕了，试着挪动身子，然而四肢像被千斤重担压住，半分不能自已。动不了，脑子却是清醒的，她想叫彤云，张嘴竟发不出声音。

一阵冷一阵寒袭将上来，她痛得满身冷汗，肠子拧在一处，像小时候犯过的绞肠痧，来势更要凶险百倍。

也许是不成了，她直着嗓子喘气，可是气短得厉害，几乎续不上。再这么下去，死在屋里也没人知道。帐外的矮桌上放着茶盏，她拼尽全力想去够，只差一点儿——尽可能地张开五指，但都是徒劳。眼前蓦地升腾起一片迷雾来，所有的摆设都随之扭曲，她被吸进一个无底的深渊，不停地往下坠，离光亮越来越远，原来这就是濒死的感觉。

可惜还没同肖铎告别，似乎来不及了，再也不会有机会了。她的手终于跌落下来，带动了一床的纱帐，铺天盖地的白色迎面扑来，无声无息地把她覆盖住了。

## 第十章 两牵萦

肖铎回来，依旧是赫赫扬扬的排场。只是怕惊扰了附近人家，那些昂首挺胸的番子进了乌衣巷便放轻脚步，一路肃静，抬辇滑进了巷子深处的来燕堂。

月是满月，照得地上清辉一片。他的脑子才从那笙箫鼓乐里清静下来，站在檐下深深吸了口气，也不及梳洗，避过耳目，人影一晃，便进了她的闺房。

以前是留门，现在是留窗，因为彤云在外间值夜，天天厮混在一处也有忌惮，所以来去总是悄悄的，背着人，更觉美得不可名状。像市井里的糙话，越睡感情越厚，虽然什么都没做，但是黑暗里能环着她的腰，就已经万事都足了。

怀里揣着蒸儿糕，摸了摸，还温着，她最爱吃的。如今也像寻常男人那样，在外牵挂着家里。不管是办事还是应酬，往那里一坐，静下心来那个身影便在眼前晃。今天原本不能那么早回来，州府的官员们硬拉着请他听锡剧，那种地方的戏他也听不太明白，台上咿咿呀呀地哼唱，他坐久了，没来由地一阵心慌，索性辞出来，回到她身边才能心安。

熟门熟路地转过仕女屏风，后面是她的绣床。他带着笑进去，提起小包袱扬了扬手，想讨她一个好，可入眼竟是空荡荡的床架子。他一惊，快步过去看，床上隐约蜷曲的人形被纱帐盖住，像个小小的坟茔。

他的笑容凝固住了，蒸儿糕脱手落在地上。忙登了踏板去掀蚊帐，帐下的人脸色煞白，那种绝望的、死气沉沉的景象太突然，简直把他惊得魂飞魄散。

"音楼……"他悚然去摸她颈间脉动，不甚明显，但是隐约还在跳动。这到底是怎么回事？心脏仿佛被一只无形的手扼住了，他慌得不知如何是好。语不成调地叫来人，然后把她半抱起来。

这位太妃在南下的行程里是大人物，个个都万分小心地看顾着，蜂拥进屋里的人谁也没想到会出这种意外，大家你看我我看你，一时都愕成了泥雕。

彤云扑上来哭得撕心裂肺，又不敢摇撼她，在边上放声号啕："先前不是好好的吗，怎么一下子成了这样？主子……您可别吓唬我……"

人群乱得沸水顶锅盖似的，佘七郎看了彤容转身对外吩咐："什么时候了还愣着？赶紧叫方济同来！另去几个人在外间收拾床榻，方便大夫诊治。其余的人散了，把园子围起来，不许走漏半点风声。谁要是嘴不严，老子在他脸上钻窟窿，快去办！"

被他一斥，众人登时作鸟兽散。曹春盎急得没法儿了，看见他干爹抱着人不撒手，这可不是个事儿，便上前道："爹啊，这么搁着没用，挪个地方吧！方神医本事高，叫他看一看，兴许老祖宗还有救。"

肖铎能坐上今天的位置，自有他处变不惊的威仪。如果是冲着自己，他连眼睛都不眨一下，可伤的是她，就像腰子上挨了一拳，痛得直不起身来。眼也花了，腿也颤了，他支配不了自己的身子，只有紧紧抱着她。

这模样，在场的人都明白了七八分。真情实在掩不住，这种时候怎么叫他施展运筹帷幄的本事？所幸都是信得过的人，几个档头跟他出生入死好几年，即便是窥出了端倪也不会往外宣扬。佘七郎见他挣扎不起来，这么窝着也不成，便上前道："督主定定神儿，遇上了这样的事儿，后头要处置的多了，全靠您指派。您把娘娘交给属下，属下抱她上榻。"

他摇摇头，确实不是伤情的时候，心里略定了定，方把她拗起来，挪到外间的胡榻上去了。

方济同是随船南下的大夫，在东厂供着职，治疗伤风咳嗽、跌打损伤很有一套。太妃遇险的消息传来前他喝了点小酒，倒卧在那里鼾声大起，徒弟叫他不醒，跪在床沿上啪啪左右开弓乱扇耳刮子，这才把他弄下床。穿衣穿鞋忙得找不着北，临出门还在门槛上绊了一跤，从驿馆到乌衣巷的半里地，跑得披头散发。

进门时病人已经安置在榻上了，他定睛去瞧，娘娘惊悸抽搐，再不见当初顾盼生姿的灵动了。他疾步过去跪下诊脉翻眼皮，掰开嘴一看舌头乌紫，再看指甲盖儿也发黑，当下就说是给人下了药。

果然料得没错，要不好好的，怎么一下子糟践成这样？普天之下敢在东厂眼皮子底下动手脚的，除了南苑王不作第二人想。肖铎双拳捏得骨节脆响，勉力按捺住了道："少废话，开方子救人！"

方济同忙道是，吩咐左右把人搬到地上："伏土接地气儿，天物佐治，兴许还有说头。"又捞袖子叫人拿盆来，问肜云，"娘娘今儿进了什么？看是吃口里着了道儿。"

肜云红着两眼说："外间弄了个大黄鱼膏，据说是好几十年的老鱼，炖了甜汤加枸杞给娘娘补身子，谁知道一进嘴就成了这样。"

方济同错着牙道："是了，大黄鱼膏子掺进雪上一枝蒿，不死也得消耗半条命。"说着撬嘴催吐，吃下去的都是汤水，进了肚子吸收得也快，吐是没吐出多少来，到最后隐隐带着血丝，肜云骇然问怎么回事，他抽身到桌前磨墨锭，边磨边道，"要是猜得不错，掺进去的是雪上一枝蒿里的短柄乌头。这味药性猛善走，用得好是以毒攻毒的良方，要是用得不好，轻易就能要人命。"说着艰涩地看了肖铎一眼，"督主，娘娘耽误的时候有些长，毒走全身，瞧四肢僵硬的程度就知道中毒之深。眼下小人开了竹根、芫荽、防风，以水煎服，但愿还有成效。只是到底能不能救回来……小人也不敢担保。"

肖铎一脸狰狞地乜了他一眼："别给我甩片汤话，治不好你试试，一准儿叫你陪葬！"

他这么不讲道理真少见，方济同心头急跳，点头哈腰地应了："督主少安毋躁，少安毋躁……"说着忙掏了针包儿出来，叫肜云搭手解衣裳，取针针灸封穴道。

这里救治，人多看着不方便。肖铎横了横心转身出去，底下人都跟着进了旁边梢间，他在上座坐着，匀了半天的气才道："那个黄鱼膏儿怎么进的乌衣巷，谁送来的，厨里谁经的手，给我一五一十查明。辟出间屋子来做刑房用，但凡有嫌疑的都带进去，问不出话来不许撒手！还有南苑王府……"他想起她活络时刁钻的样子，如今躺在地上生死未卜，真觉得心都能拧出血来。不替她报这个仇，往后怎么有脸见她？他顾不得那许多了，什么狗屁藩王，惹恼了他，哪怕拼尽一生道行，他也要叫他血债血偿！因而对佘七郎道："挑几个精干人，瞧准时机下手，我要宇文良时的项上人头！还有他谋逆的罪证，抓不着就给他现造。朝廷最忌讳藩王拥兵自重，犯了这一条，宇文氏永无翻身之日！"

佘七郎道是，脚下却没动，迟疑着问他："那娘娘遭了黑手的事，督主打算具本上奏吗？"

容奇接口道："自然是要的，这事瞒不住，万一娘娘出什么岔子，上头怪罪知情不报，督主少不得要受牵连。"

他却摇头，他和音楼合计过装病的戏码，那是个万全的法子，皇帝再不乐意，也怨怪不上谁。可是能病不能死，死了一顶帽子重压下来，不论是不是遭人毒手，他想逃脱干系都不能够。事到如今，并不是怕受责罚，也不是怕仕途受阻，他只怕自己折进去，没人来替她申冤。

他垂手抓住曳撒上的膝襕，闭了闭眼道："不能上奏，这事务必要瞒住。倘或消息传到京城，接下来刑部和都察院都会插手，反倒不好施展拳脚。既然打算对付宇文良时，这头就得风平浪静，才不致遭人怀疑。娘娘……方济同一定能把她医好，她不会有事的。"

他这话是安抚他们，也是安慰自己。照他现在的想法，恨不得夜闯南苑王府，把宇文家杀个片甲不留。但是人活着，不能单凭意气，在没有十足的把握之前，一切只能暗中进行。他蹙眉看窗外的月，长长地叹了口气道："水师检阅的日子要到了，西厂的人正在途中，咱们的事必须尽快办妥，否则腹背受敌，接下去处境更艰难。"

千户们应了个是，门外曹春盎正好进来，众人便都退下去承办差事了。

肖铎站起身问："怎么样？有起色没有？"

曹春盎道："瞧着喘气儿续上了，比先前好点儿。方济同拿针扎娘娘十指，放出来的血黑得墨汁子似的，浇在盆景里，鼠李¹都死了半边，真够毒的！方济同说了，这回使出吃奶的劲儿也得把娘娘救活，要不您非弄死他不可。只是担心毒解不好，会落下好几宗病根儿。短柄乌头的毒叫人浑身发麻，血脉不活络，能把人弄瘫了；还有说话，要是几天不清醒，舌头僵了也难办，没准儿就大舌头结巴了；再有个眼睛，娘娘眼皮子翻开看充血，眼珠子定着不动，还有可能瞎……"

他越听越恨，巴不得立时把宇文良时抓来大卸八块才痛快。那些后遗症都不打紧，只要能救活她，哪怕是个瘫子瞎子，他都认了。

先头是又惊又气，眼下吩咐完了事，便感觉心力交瘁起来。提袍过绣房，进门见方济同站在一旁，彤云跪在席子上给她喂薄荷水，抬眼看看他，一脸惭愧地放下

---

1 灌木的一种。

碗勺伏地磕头，哽咽道："是奴婢照顾不周，娘娘的吃食奴婢应该先尝，要是有毒也该是奴婢先中……这会子这样，真比我自己撂在这儿还难受。督主责罚我吧，都是我的过错。"

他的确恨她疏懒，可音楼是小才人出身，宫里待着，从来没有奴才尝菜这一道，到了外面更谈不上。如今出了事再来追究就是马后炮，这上头不怪她，怪只怪她值夜，连里间出了这么大的事她都不知道。中毒之初，一点症候都没有吗？她还能安稳睡觉！要不是他回来得早，到发现时音楼尸首都凉了！

只差那么点儿，他想起来都害怕。习惯了那丫头的聒噪，如果再也见不到了，他以后的日子该怎么过？他迁怒彤云，恨声道："你是她的人，我暂且不处置你，等她醒了自然有决断。如果她不打算留你，你只有死路一条。所以好好地伺候，如果你还想活命的话。"

卷进旋涡里的人，要完全脱离只有横着出来。彤云瑟缩着道是，她是依附在她主子身上的，肖铎平常和颜悦色是瞧她主子的面子，一旦她主子有什么不测，头一个该殉节的就是她。

他不再理会她，问方济同："药服了？"

方济同道是："这会子只有等着了，要是娘娘体气儿壮，兴许还能醒。最好是有人在她耳朵边上说说话，别叫她脑子顿住。人想事儿的时候眼珠子也跟着动，眼珠子一动就能担保她老人家不瞎，这一桩病根儿就去了。"

他点头说："知道了，你们都退下吧，我在这儿守着就成。"

他发了话，谁都不敢多嘴，屋里人行了礼，悄没声地退到梢间里去了。

音楼还静静躺在那里，地上只铺了张草席，他们拿细竹竿扎了个架子挂蚊帐，她就安然在那一方小天地里，孤苦伶仃的样儿，叫人看了心酸。

他撩帐子钻进去，盘腿坐在她身旁，低声道："鱼膏儿做甜汤，亏你喝得下去！不腥吗？他们说炖起来黏糊糊的黏牙，你究竟喝了多少把自己毒成这模样？"他抱怨着，视线渐渐有些模糊了。探手摸她四肢，略微软乎了些，便打趣她，"还不醒？打算叫我抱着一块腊肉过夜？方济同这人也真不靠谱，以前听说狗吃了耗子药，灌几口仙人掌，伏土能活过来。现在他拿这招对付你，你怨不怨他？要怨，你自己起来骂他，不许他回嘴，好不好？"

他絮絮叨叨地说，仔细看她的脸，似乎变得既熟悉又陌生了。他心里着急，不知道怎么办才好，哀声乞求她："你睁眼看看吧！我才走一小会儿，你就把自己弄成这样，对得起我吗？说好了一块儿回北京想办法的，你这么中途撒手，叫我怎么办?我多着急,你知不知道?真不叫人省心啊你!就这么一直睡下去,嗯?"

见她还是毫无反应,他也昏沉沉地支撑不住这身体了。侧过去倒在她身旁,把她冰冷的手焐在掌心里:"你不是一直好奇吗,好奇我的秘密。只要你醒过来,我就全都告诉你。你想看我洗澡我不轰你,你想对我上下其手我也不怪你……我做了这么多让步,你不打算就坡下驴吗?"真是越想越辛酸,有温热的液体从眼梢流出,很快消失在鬓角,他简直不能自已,把她的手压在唇上喃喃,"你有没有执念?我有。我还没厌烦你,还没迎你过门,如果就这样结束了,我不甘心。"

好转的迹象是有,但是不明显,肖铎守了她一夜,头天晚上浑身冰冷,他不得不把她搂在怀里取暖。到第二天晌午开始发烧,满脸潮红身上滚烫,鼻翼翕动着,喘气又急又密。

叫方济同来看,他把昨天的三味药换了,换成茶叶、甘草、金银花,再扎针排毒,折腾到近黄昏,她的体温渐渐趋于正常,但是喝什么吐什么,明明还在昏迷,闭着眼就吐他个满身。吐完了再发抖,黄豆大的汗珠子噗噗落下来,真没见过这样出汗的人。

肖铎寸步不离,这种无力回天的凄凉让他想起西四牌楼的那一夜,看着生命一点一点地从指缝里溜走,他最亲的人在他面前痛苦呻吟、挣扎弥留,他却什么都做不了。六年前是这样,六年后依然是这样。不管他怎样翻云覆雨,总有一种命运不断重演的恐慌。这种刻肌刻骨的悲怆一下子扼住了他的咽喉,再略用些力就会要了他的命。父母兄弟都死了,他以为世上再也没有什么能牵制他,可是出现了音楼。得到后再失去,比从来一无所有残忍得多。

东厂彻查这件事,牵连在内的人很快就被逮住了,只不过宇文良时办事疙瘩,明明知道是他,但是照旧没法指证。刑房里哀号震天,隔着几堵墙尚能隐隐听见。他在槛内静坐,心里做好了打算,要是音楼有什么不测,他就亲自找宇文良时索命,证据不证据,那些都不重要了。

佘七郎从甬道那头匆匆而来,到门前望了屋里一眼,立在廊下回禀:"宇文良时这个缩头乌龟,躲在王府里不露面。他府上护院身手了得,要是硬闯,动静只怕太大。"

他迟迟哦了声:"那就让他多活两天,实在不成我登门拜访,他还能避而不见吗?"

佘七郎有些讶异,看他模样,才一天光景,就弄得憔悴不堪。情劫最难渡,但凡是个人都逃不脱吧！他蹙眉道："督主且三思，这时候越急越不得要领，事情交给属下们，督主目下就不要过问了。娘娘的安危固然牵动人心，您自己的身子也要保重。您这样儿……没的叫人瞧出来。"

他冷冷地看佘七郎："瞧出来什么？娘娘有个好歹，谁能脱得了干系？前途未卜，我忧心有错儿吗？"说着似乎连自己都听不过去了，垮下肩头叹了口气，"瞧出来就瞧出来吧，又怎么样呢！大档头，你喜欢过女人吗？"

他这么一问很叫佘七郎意外，东厂除了提督都是实打实的男人，他们是锦衣卫出身，有家有口能娶妻生子，和他自然不一样。这是他的伤心处，平常大伙儿都小心翼翼地规避，今天他自发提起来，倒叫人措手不及了。

佘七郎舔了舔唇，斟酌道："属下有个相好，门第不高，未入流干事的闺女，长得也不顶美，但是属下同她在一起觉得舒坦，如果说喜欢，大概这就是喜欢。"

他有些奇怪："相好是什么意思？没有成亲？"

佘七郎应了个是，似乎有点难为情，尴尬道："庙会上认识的，当天夜里就翻了窗。后来杂七杂八的事儿多，一直耽搁着，这趟回京打算上门提亲去了，再那么下去只怕掩不住，她肚子里有了我的种。"

肖铎听了点头："那是该办了，大着肚子拜堂也不好看，今儿成亲明儿生孩子，要叫人笑话的……娶过门之后呢？还会纳妾吗？"

佘七郎说："不会。东厂差事说闲是闲，说忙也忙。外头奔走，回去震不动卦，娶多了干放着也糟心。"

他淡淡笑道："是这话，一辈子遇上一个人，好好待她。少年夫妻老来伴，将来有点什么，不至于后悔。"

听他声口看破了红尘似的，简直像个出家人。佘七郎不由得发怵，仔细打量他道："督主今儿怎么了？"

他从门前的小杌子上站起来，缓缓踱了两步说："没什么，羡慕你们罢了，遇上了合适的，下聘过定，花轿抬进门就是你的人。我呢……"他回头看看，她卧在草席上，全然没有要醒转的迹象。别人可以明媒正娶，他怎么才能给她这些？他摆了摆手，"盘查别搁置，南苑王府的埋伏也别落下，我等着你们传好消息回来。"

佘七郎不便多言，自领命去了。

他转身去月牙桌上倒了杯水，把她扶起来靠在胸前，拿银勺一点点往她嘴里喂，慢慢道："刚才你听见大档头的话了吗？原来这世上不只我一个人爱翻窗，他也一样。他这个没出息的，还把人肚子弄大了，全忘了自己是干什么吃的。这贼头贼脑的样儿，老丈人要是知道了，非打得他不敢进门！"他撼了她一下，"你听见我说话了吗？睡了这么久，该起来活动筋骨了……你说他翻窗管别人叫相好，那咱们这样的算吗？你也是我的相好？"他歪着脖儿咂弄滋味，"这名头不好听，忒俗了些。要是成了亲，称呼倒多了，拙荆？贱内？糟糠？"他哧地一笑，"都不好，把媳妇儿叫得这么寒碜，那些人是怎么想的？换了我，叫心尖儿，人前人后都这么叫，别人笑话也不管。"

她不应他，仍旧是惊悸，突然之间一阵抽搐，把他的心都要掐碎了。他咬着牙按她入怀，用力压制，似乎能好一些。

头顶隐约传来隆隆的声响，他偏过头看窗外，天色暗下来，芭蕉顶上那片穹隆乌云翻滚，看样子要下雨了。他轻吁口气，放下她叫方济同："变天了地上潮湿，可以搬回榻上去吗？"

方济同过来把脉，眉宇间有了欢喜的颜色："督主别愁，我瞧娘娘脉象，不似之前那么冲，平和了好些。这会儿虽然一阵阵痉挛，也是毒性没散完。我已经吩咐人烧热汤去了，回头让娘娘泡个活血的药澡，把肌理间残余的毒蒸出来，料着到明天就该清醒了。"

这是个天大的好消息，肖铎怕听错，又问了他一遍："明早能醒，你确定吗？"

方济同满口应承："我给督主打保票，要是不醒，您砍我的脑袋当板凳。"又吮唇想了想，"娘娘醒后手脚不听使唤，您不能让她这么躺着，得让她活动开。比如五脏六腑，麻痹得久了，内里运转不过来不成，得颠腾颠腾她。扶着走两步也行，横竖别叫她闲着。"

这些都容易办到，只要她醒过来，醒了才好说以后的事儿。

又是一声焦雷，转瞬下起了夜雨，雨势大，把坛子里的芭蕉叶打得簌簌颤抖。万道银线破空而过，只听见隆隆水声击打在青石板上，偶尔卷进一阵风，并没有想象中的清凉。南京的夏日，即使被洗刷了，也还是闷热潮湿的。

彤云在门前探了探头，如今她有点怕他，说话的时候甚至不敢看他，垂着两眼叫了声督主："依着方大夫的吩咐都准备妥当了，奴婢来接娘娘入浴。"

他应了声，打横抱起她，让彤云在前面带路，直接送进了浴室里。

音楼不能行动，让彤云一个人伺候，她也没能耐把人搬进木桶。眼下没什么可避忌的，草草替她脱了中衣，他调开视线弯腰抱她，很快便放进了药汤里。

水温有点高，彤云去扶她的时候看见她皱了皱眉头，忙低声叫她："主子，是不是水太烫了？烫点儿好，烫了能把毒蒸出来，明儿您就又活蹦乱跳的了。"

她不言声，脑袋耷拉着，水是齐胸深，恰恰没过她主腰的上沿。脱成了这样他原不该看的，一时没收管住视线溜了眼，那纤纤的肩胛下有饱满的曲线，墨色的药汁子里看不见乾坤，单是裸露在水面上的那一片白洁，就足以叫人神魂荡漾了。

一片温热的血潮汹涌地袭上他的脸颊，他匆忙转过身去，心里倒好笑，她吵着闹着要伺候他洗澡，结果自己先被他看了个遍。不知醒来之后是何感想，大概除了要赖斗狠，没别的办法了吧！

他信步踱出去，未走远，只在廊庑下等着。

外面雨下得很大，滔滔落在砖沿上，溅起的水花打湿了他的袍角。游廊那头传来一溜脚步声，他转过头看，曹春盎托着红漆托盘，上面搁着一只盅，近前哈腰道："干爹一天没吃东西了，儿子叫人炖了鹿尾汤来，您喝些，免得身子撑不住。"边说边揭开盖子往前递，"娘娘出了这样的事儿，如今吃食里都下银针试毒。真是没想到的，南苑王也不怕惹上一身骚。毕竟是他的地界儿，娘娘要是遇了害，皇上不问罪吗？州府固然失职，他可是大头，干这样的缺德买卖，也不知道是什么想头。"

他接过盅慢慢喝了口，到底还是搁下了，拭拭嘴道："我先头脑子乱，没想起来，你传话给几个千户，想法子把宇文良时的儿子弄回来。他能祸害娘娘，我一样能折磨他儿子。他想让我痛失所爱，我就让他断子绝孙！"曹春盎大约是听见了那句痛失所爱，嘴张得能塞下两个鸡蛋。他轻飘飘地瞥了曹春盎一眼，"别愣着，办差去吧！"

天渐暗，檐下挂上了"气死风"，他背手站着，开始琢磨是否该借着这回的事件往紫禁城里递话。解了毒，身子虚弱分辨不出，如果趁这当口说染了病，是不是个好时机？

正盘算着，里头彤云出来叫了声，说时候差不多了，该出浴了。他趱身进去看，她泡得热气腾腾的，模样不像之前那么苍白，很有些面含桃花的况味。然而放进去容易，要提溜出来难。隔着木桶不好借力，手也无处安放，于是似有意又似无心地，按在了那绵软的胸脯上。他心头猛然跳得厉害，好在她还没醒，否则少不得闹，说他借机占她便宜。

又是巴巴儿守了一夜，不过方济同的话很靠得住，将近五更的时候，果然听见她低低长吟，他一个激灵凑过去看，她睁开了眼，大着舌头说渴。那一刻他真高兴得要纵起来，手忙脚乱地沏茶喂她，抚她的脸，抚她的手，颤声道："老天保佑，总算醒了！这会子觉得怎么样？还疼吗？"

她定着两眼，摇摇头，说不出话，只有豆大的泪水滚落下来。他心里痛得刀绞似的，把她抱在怀里温声安慰："好了，都过去了。你命真大，两回全让我遇上，我是你的福星啊！"

她想抬手，略微动了下，又软软搭在一旁。窗外晨曦微露，他干脆把她负在背上。屋子里还暗着，便在一片迷蒙里绕室行走。她软软地枕在他肩头，他转过脸能触到她的前额。仿佛在海面上漂流了几天，终于看到岸，满心说不出的感激和庆幸。他把哽咽吞下去，勉强稳着声气儿道："大夫说了，不能一直躺着，得颠腾，让五脏活动起来。你不能走，我背着你，你别使劲儿，靠着我就成。"

她嗯了声，说不了太复杂的话，只道："你累。"

肖铎鼻子里是盈满涕泪的酸楚，他紧了紧手臂说："我不累，只要你好起来，就是背着走一辈子我也愿意。"

音楼脑子还是混沌的，听见他的话，转过脸亲他的耳朵，咻咻的呼吸喷在他耳郭上，像只迷走的小兽。

他笑起来，步子更坚定了。渐渐天亮，渐渐日上三竿，雨后的天幕像杭绸织就的锦缎，间或飘来一两朵白云，有种落花流水式的轻轻的哀伤。

不过言多必失，这是亘古不变的真理。

背着她走了两个时辰，情况好了很多，她的胳膊用点力，勉强可以扣住他的脖颈。舌头也捋直了，说话口齿略微清晰，不过麻烦事也来了。

肖铎眼下有点多愁善感，尚且沉浸在这两天的坎坷里不能自拔，却听见她说："你摸我了。"

他迟登了下："什么？"

"昨晚洗澡，"她语气淡淡的，"你有没有摸我？"

他惊出了一身冷汗："我不是有意的，一个大活人要从水里提溜出来很难，我没处下手……"

"怎么样？"她没听他辩解，大病初愈中气不足，只道，"摸上去还凑手吧？"

他简直要被口水呛到，心慌意乱地搪塞："事有轻重缓急，你成了那模样，还让人活吗？我一心记挂着你身上的毒，哪里有心思想那个！"

她开始费劲地抬手，僵着指头解他领上金纽子。他不知道她要干什么，脚下也顿住了，然后一只柔荑滑进领口直达胸怀，她一手覆在那处，无赖道："摸回来。"

他腿肚子都软了,只觉手指在那一点又揉又捻来回撩拨,再好的耐力也要破功了。他头昏脑涨,又不能把她从背上扔下去,唯有哆哆嗦嗦喝止:"住……住手!叫人看见像什么话!"

他如今对她来说就像只纸老虎,她不觉得他有什么可怕。如果没有爱她至深,怎么会在她病榻前哽咽流泪?所以她是有恃无恐的,凭借着他的爱,确信他就算生气也不能把她怎么样。何况他未见得真的生气,情人之间的小来小往尽是甜蜜,他也喜欢的。

她笑了笑:"我觉得心尖儿很好听。"

他又一愣,这是到了秋后算账的时候了?单是这样倒也罢了,料着再往前她中毒正深,应该捏不住别的短板。可是她接着一叹,幽幽道:"当时你们说什么我都听得见,只不过身子像有千斤重,自己支配不了……你说的那些还算数吗?"

他的步履有些蹒跚,红着脸顾左右而言他:"方济同说醒后还要调理,再吃两服药,把残余的毒性去尽了,就能够行动自如了。"

她一只闲着的胳膊勒了他一下:"我问你,说过的话算不算数。"

他迟疑了下:"我说过些什么,已经记不起来了。"

他是看她醒了,打算要抵赖了。她咬着唇沉默下来,隔了好一阵才怏怏道:"走了这么久,歇一歇吧!放我下来,我自己能站着。"

她的不快通常不加遮掩,心里有事便做在脸上,他自然是察觉到了,不得已,把她放在了黄花梨的雕花交椅上。

音楼抬眼看他,虽然衣冠不整香汗淋漓,但督主毕竟是督主,依旧一副"火树银花"的漂亮模样。只是眼下发黑,连着两夜没睡好,到底有些憔悴。她心里怜惜,伸手示意他过来。他弯腰蹲踞在她面前,温声问她怎么了,她不说话,紧紧搂住他的脖子。

就这样,也抵过千言万语了。他在她背上轻轻地拍,言辞颇有些伤感:"你瞧见了吗,和我有牵扯,就是这样下场。我这两天一直在想,把你留在身边,究竟是不是害了你。如果我那天回来得晚一些……我简直不敢想象。要是你死了,我可能会疯的。"

她还是叹息,细声道:"我也害怕见不到你,最后一刻我还在念着,你怎么还不回来。如果我就这么死了,一定是个屈死鬼,不为别的,就为没有和你道别。"

他酸楚难当,把她搂得更紧了一些:"所幸有惊无险,我们还能这样面对面说话。我以前一直以为自己缺少爱人的能力,现在看来不是这样的。我对你算得上痴心一片,你这么傻的一个人,我爱你什么呢!"

她也不生气,轻轻道:"爱我善良美丽,你身上没有的美德我都有,所以你投奔我意味着弃暗投明,是你这辈子做出的最正确的抉择。"

他哑口无言,这样自我抬举的人真少见,得亏大着舌头,要是嘴皮子再利索点,不知会描摹成什么样。他苦笑了下,但是话说得没错,实在没有什么可反驳的。他嗯了声:"你把我要说的话都说了,我突然发现你口才比我好。以前我是满嘴荒唐言,以后大概不会了。"

音楼觉得安定踏实,这样才是真正把她放进心里了。他曾经有意把她变成第二个荣安皇后,那么轻佻浮夸,只为搅乱一池春水。战术屡试不爽,那些华丽的手段也叫她心潮澎湃,可是到底不一样。就像现在,去伪存真,其实这才是原来的他,洗尽铅华,他的心他的人,敦实厚重可以依靠。以前种种像官袍上的金银丝满绣,太烦琐冗长,盖住了他质朴的本性,因为身在其位,他必须善于周旋逢迎,那也是没有办法。现在他对待她,没有赘词,不需要精雕细琢,却叫她打心底里暖和起来。

"就这样,我也知足了。"她摸摸他的脸,瓮声嘱咐他,"巧舌如簧只许用来对付男人,宫里的女人都很寂寞,你对她们过于体贴,会让她们误会的。"她长长松了口气,"我是个醋缸,你要做好准备……可是你真好,这么守着我,一步都没有离开。我那时在想,如果你撇下我忙着对付南苑王去了,那我也没什么活头,死了算完。"

他牵起她的手,亲吻她的指尖:"报仇都是后话,你要死要活的,我顾不上那些。如果你真死了,我一定叫宇文氏满门给你殉葬。"

她咻地一笑:"我是个挂名的小太妃,叫藩王殉葬,下去了也很有面子。"静静靠着他,外面树上的知了鸣得声嘶力竭。她转过头看,午后一丝风也没有,明明很热,她额上却只有薄薄的一层冷汗。还是很虚弱,她闭了闭眼道,"这两天难为你了,去洗个澡换身衣裳吧!"

他顿了下,忙低头嗅了嗅:"怎么,有味儿吗?"

督主什么时候都是香喷喷的,她笑道:"没有,我是怕你穿着湿衣裳难受。"

他果然扭捏了下,站起来走了两步又顿住,觑着她的脸色问:"要一道去吗?"

音楼突然笑不可遏,连咳嗽带喘地道:"我很想一道去,可是身子骨不争气……来日方长的,等我好些了……你逃不出我的手掌心。"

他怨怼地剜她一眼，把领口的纽子扣好，整了整曳撒到门上叫人，彤云和曹春盎很快从耳房里过来，他只说看顾好娘娘，便自己撩袍出去了。

　　自打音楼撂倒了，彤云就没机会近她身，这会儿终于到跟前了，嘴咧得葫芦瓢似的，扑在她膝头上哭："主子，我不好，您被人下药全怨我。要是我多长个心眼儿，您也不能成这样！您恨我不恨？您打我吧！我心里亏得慌，我白长了这么大的脑袋，里头没长脑浆子。"

　　音楼给她一通揉搓长出气儿，唉唉叫道："再摇就散架了！说得真吓人哪，拍碎了才见脑浆子呢！你这是干吗，谁怪你了？别往自己个儿身上揽事。"

　　彤云哭得两眼通红："我没伺候好您，肖掌印恨不得活劈了我……怪我睡得死，里头闹这么大动静我一点儿没察觉，还是亏得他发现了，要不您这会儿已经不喘气了。"她絮絮叨叨认了错，然后略顿了下，一时没转过弯来，脱口道，"不过没见他从门上进去，怎么就到了屋里呢……"

　　说完看了曹春盎一眼，曹太监清了清嗓子，把脸转了过去。

　　这个细节就别追究了吧！音楼笑得很勉强，指指脸盆架子说："给我打个手巾把子来擦擦脸，小曹公公置办一下，等厂臣洗完了让他进些东西吧！"

　　曹春盎知道他们的关系，再不敢在她跟前拿大了。这是谁？闹不好就是将来的干娘！他搓着手说："老祖宗，您千万别叫我小曹公公，看把我折得没了寿元。您随我干爹叫我小春子吧！您放心，往后我一定好好孝敬您，就跟孝敬我干爹一样一样的。"他说着咽了口唾沫，"至于吃食，厨房里炖着呢！先前我干爹他老人家见您这模样吃不下，现在您大安了，他胃口也该开了，一会儿等他回来我就让人给他送过来……"

　　话音才落，有人站在廊子下叫曹春盎，问督主人在哪儿。音楼听了是云尉的声气儿，便叫千户进来说话。

　　云尉进门作了一揖，笑道："娘娘凤体康健了，给您道个喜。头前儿真吓着咱们了，那么凶险的。"

　　她抿嘴一笑道："我也没想到，怎么突然出这样的事。所幸命大，且死不了，就是闹得大家不安生了，怪不好意思的。"朝外看了看又说，"厂臣换衣裳去了，过会子就来，千户找他有要事？"

　　云尉唔了一声："这回的乱子叫督主不痛快得很，咱们受命逮宇文家的小崽子，伏了一夜，今早可算得手了。眼下关在刑房里，是杀是剐，等督主过去料理。"

　　音楼有些吃惊："抓了孩子吗？回头别闹大了！"

"闹不大,你放心。"他换了件佛头青素面细葛布直裰,站在门前没进来,瞥了云尉一眼,转身往刑房方向去了。

说刑房,其实是后面园子里辟出来的一间柴房,两间打通了,统共不过五六丈面阔。之前拘过人的,酷刑过了一遍,青砖地上淋漓全是血水,进门就是一股化不开的腥气。这种味道对他来说是闻惯了的,并没有什么了不得,宇文家的小崽子却不成,吓得脸色煞白,站在木架子前只管发抖。

他找了张圈椅坐下来,偏头打量那孩子,个儿不高,穿着小号的象牙白山水楼台圆领袍,头上束玉冠。宇文氏果然是盛产美人的,这么点儿的孩子粉雕玉琢,有点观音座前善财童子的模样。

他和颜悦色地笑了笑:"叫什么?多大了?"

那孩子毕竟小,瑟缩了下道:"宇文澜舟,今年七岁。"

他点点头:"知道我是谁吗?"

澜舟很快摇头:"我不知道,也不想知道,左不过是我父王的朋友,接我过府玩儿的,回头就送我回去。"

他的眉毛慢慢挑起来,拿扇子遮住了口,笑道:"好伶俐的孩子,不知道我是谁,也不知道这来燕堂是谁的产业吗?不愧是宇文良时的儿子,打马虎眼倒是一等一的。我不是你父亲的朋友,今儿请你来也不是玩的。你父亲欠了我一笔债,我追讨不回来,只好把你带来充数。"

那孩子直勾勾地看他,眼睛纯澈得水一样,稚声道:"这么的,阿叔何不同我父王坐下来好好商谈呢?我父王是个守信的人,欠了钱财或是人情,必定会尽力偿还。至于我,我只是个庶子,在王府里无足轻重,就是来了,恐怕对阿叔也没什么帮助。"

受人掳掠,最要紧的一点是示弱,这孩子倒明白。肖铎若是个寻常人,大概会被他纯良的外表蒙蔽,只可惜他阅人无数,小小年纪到了这种刀山血海的地方不哭不闹侃侃而谈,那就叫人信不实了。

肖铎使个眼色命人把他吊起来,那孩子终于有些惊惶,咬着唇挣扎不休,昂首道:"阿叔何必这样,我今年才满七岁,大人的恩怨和我有什么相干?我一心只在读书上,阿叔为难一个孩子,是君子所为吗?"

他歪着头打量了半天:"虎父无犬子,宇文良时后继有人了。看看这张铁口,留到将来必定是个祸害。"檀香扇骨点了点道,"原本各种刑罚都该过一遍,可究竟是个孩子,能从宽还是得从宽。咱家瞧他挺有骨气,就把脊梁抽出来得了,回头找个瓮装上，王府就近扔了，宇文良时早晚能发现。"

那孩子骇然大叫起来："阿叔留着我同我父王谈条件不好吗？为什么非得杀我？"

他漠然道："谁是你阿叔？你要怨就怨你父亲，他招惹谁也不该招惹我！事到如今谈条件是用不着了，子偿父债，你有什么冤屈，上阎王殿申告去吧！"

他发了话，那头两个番子拿着大铁钩上来，抽脊梁骨这种活儿还得老手干。东厂这帮施刑的人，对杀人有特殊的癖好，手段越是离奇越是喜欢。闻见血腥气就癫狂的人，要开杀戒简直像节日的狂欢。嘴里哼唱着，围着那孩子打转，手一扬，一钩子扎在他头顶的木架子上。刑具拿乌黑的托盘托着，从中挑出一柄锋利的小刀来，一把挽起他背后的头发撕开衣裳，像裁缝裁衣似的，在那孱弱的脊椎上仔细丈量。

吹吹刀锋，嗡然一声响，正打算下手，佘七郎进来禀报，说宇文良时到了。番子们停下手等督示下，那孩子颤着声道："阿叔三思，冤家宜解不宜结，若是能化干戈为玉帛，不单对我南苑王府，对阿叔也有大大的益处。"

一个孩子有这等缜密的心思，天底下只怕找不出第二个来。不过他眼下没有心思理会这个，既然南苑王找上门，总归会有些说头。他看了宇文澜舟一眼，未置一词，起身往门外去了。


横竖是到了这样的地步，弯弯绕绕也用不上了，宇文良时见了肖铎便开门见山，拱手道："稚子尚年幼，务请厂公网开一面。"

肖铎漫不经心地瞥他，叫人奉茶，缓着声气道："王爷何出此言？贵公子和咱家没有牵搭，哪里谈得上网开一面呢！"

装蒜打太极，这些是官场上惯用的伎俩。换作平常，你来我往不过消耗点时间，他有兴致同对方较量。可如今形势不对，澜舟往学里去，还是王府的宗学，不过十几丈的路程，居然半道上叫人截了和！当下的南京，非此即彼，不用猜便知道其中缘由，左不过挟私报复，拿孩子撒气罢了。可是肖铎的反应太不正常，按着牌面不该是这样的，结果他简直有点不顾一切的架势，这说明什么？

一个胸有成竹的人，只有被摸着了命门才会方寸大乱。当初话里话外对他身份的点拨没有起到应有的效果，原来他的七寸不在这处，而是在另一个人身上。

身在高位感情用事，这是个无可挽救的大错误。肖铎被爱情冲昏了头脑，别处都掩盖得很好，却不该在余杭默认太妃是他的夫人。顶个名头就是所谓的顾全大局吗?说穿了其实是私心作祟!真太监尚且对女人有思慕之情,何况是他!眼下虽然又有了一宗挟制他的把柄,但澜舟终归在他手上。他心里也焦急,但愿还来得及,若是那孩子懂得周旋,拖延些时间总是可以的。

他定了定心神道:"事出突然,犬子今早遭人掳掠,那帮人身手极快,分明就是内家功夫。"他煞了气性儿复又抱拳,"近来天热,本王前几日外出督查营田中了暑气,回来就躺倒了。厂公在我辖下,也没顾得上好生款待,是我大意了。倘或有不周全的地方,本王先向厂公赔个不是。小儿懵懂,他才七岁,明白什么尺长寸短呢!厂公是信佛的人,还请慈悲为怀,好歹放他一条生路。"

父子俩都长了张巧嘴,能把方的说成圆的。本以为他这趟来总要有个讲头的,谁知避重就轻,绝口不提音楼中毒的事,这算是有交涉的诚意吗?肖铎突然失了耐心,重重盖上了茶盏盖儿:"咱家信佛虽信得三心二意,但绝不是那么小心眼儿的人。王爷事忙,咱家也没闲着。朝廷盼咐的差事办起来棘手,东奔西走的,也知道王爷的辛苦。至于王爷说府上小公子被掳,您这会儿最该找府衙,让他们打发人出去寻摸是正经,到咱家这儿来说这一通话,难道是想请东厂出手相帮吗?"他冷冷地笑了笑,"咱家要是斤斤计较些,恐怕就要误会王爷的意思了。"

宇文良时到底不说话了,脸上神色也不好,背手道:"既然如此,且请厂公屏退左右,本王有要事要与厂公商议。"

肖铎听了称意,摆手叫人都退下,冲圈椅比了比道:"王爷请坐,坦诚相见不失为一个好法子,咱家也正有要事向王爷请教。"

两人各占厅堂半边,各自都是气势如山,宇文良时直言道:"厂公是明白人,本王的想头若是再加掩饰,就显得矫情了。塞北江南,大好河山,却在慕容氏治下一天天枯萎腐朽,厂公不觉得可惜吗?本王在金陵,厂公在京畿,只要你我通力合作,开创出一个繁华盛世,金钱权力还在其次,厂公日后能光明正大做回自己,这样的契机,对你来说难道没有意义吗?厂公固然对朝廷忠心耿耿,可是当今圣上是如何对待厂公的?即位便收缴了司礼监批红的权力,又设立西厂试图架空厂公,这样处心积虑,保不定日后会出什么乱子,厂公就没替自己打算退路吗?"

挑拨离间这一套不是什么新鲜手段,经历了这些年的风雨,肖铎早就习以为常了。慕容高巩称帝,虽有意一步步削减东厂势力,却不会立时下令取缔。若是助宇文氏谋反,一旦宇文良时俯治四海,东厂还有容身之地吗?没了东厂,他肖铎又算什么?不论成败都是死局,若是不掺和进去当然是最好,可他有意拿捏自己,事情就不太好办了。

当然这种情形怕是不怕的,他说四牌楼,自己相应也能抓住他谋逆的短处,打成了平手,他能奈自己如何?岂料他不甘心,脑筋动到音楼身上来了,打算让自己获罪,彻底砍断自己的后路,这样狡诈阴狠,即便投靠了他,将来也不得善终。

他垂眼掸了掸膝上的灰尘:"咱家听王爷的意思,似乎倒是个双赢的好提议。只不过咱家没闹明白,王爷既然有诚意,为什么还要对端太妃下手?娘娘九死一生才回过魂来,王爷现在同我谈合作,似乎为时已晚了。"

宇文良时故作讶异道:"有这事?厂公且想想,娘娘在本王的属地出了事,本王也难逃干系,又怎么会派人对娘娘下手?厂公少安毋躁,据我所知,这两日已有西厂暗哨陆续抵达南京,厂公焉知这种手段不是西厂所为?现如今东西厂势如水火,将东厂踩在脚下,西厂便能一枝独大。本王和厂公是一条船上的,愿与厂公携手对抗西厂,把这根半路出家的秧苗掐断,厂公在朝中仍旧可以呼风唤雨。厂公安,则良时安,你我同进同退,皆大欢喜。"

肖铎蹙眉看他,简直一派胡言!西厂的探哨到没到,他这里瞧得明明白白,想嫁祸脱身,真拿他当傻子。

可是拉得下脸的人,总会给你意外一击。宇文良时略顿了顿,复笑道:"本王有句话,不知当讲不当讲?"

他颔首:"王爷但说无妨。"

"关于厂公和娘娘的事,其实本王也略有耳闻。"他说着,视线在肖铎脸上转了一圈,"如今局势,厂公不为自己考虑,也要为娘娘考虑。至少和本王合作,能保娘娘平安。我知道你是条汉子,自己舍得一身剐,可是你忍心让心爱的人死在自己前面吗?况且本王听闻太妃娘娘和今上还有千丝万缕的关系,厂公搅在这盆浑水里,要是谁使坏往上递一封密折,不但厂公,连娘娘都要受牵连。"

果真是不能有半丝短处,一旦叫人拿了软当,就要一辈子受制于人。肖铎握紧了袖下的拳头:"王爷从哪里得来的消息?这种不实的传闻诋毁娘娘清誉,王爷该把那造谣者拿下,而不是到咱家跟前来传话。"

宇文良时叠着手道:"之所以把话传到厂公耳朵里,全是为了厂公好。本王旁的不敢担保,事成之后许厂公和娘娘一个结果还是可以的。如果大邺一直维持下去,厂公和娘娘何去何从,我不说,其实厂公心里也有底。封号颁了就是颁了,载进了玉牒[1],再难更改。厂公是司礼监掌印,论宫里规矩,比我更知道。"

---

1 皇族族谱。

他没有正面回应肖铎的话，只管卖弄追随他的好处，可见是确信有此事的了。肖铎横下一条心来，他知道这么多秘密，怎么还能留在世上？永远封住他的嘴，再把他底下那些人清剿干净，就可以太平无事了吧！

然而南苑王终究不是个好对付的人，他既然敢单枪匹马来，说明事先早有了防备。见肖铎眼里杀机渐起，忙又道："今儿来见厂公，说实话有多少胜算我心里也没底，所以临走前留了个锦囊，万一我有什么不测，保管明天书信就送乾清宫的御案上了。就算厂公舍弃眼前一切带娘娘远走高飞，锦衣卫和我南苑戍军几万人倾巢而出，流亡逃窜的日子艰辛，厂公还需多斟酌。"

实在是纳不下这口气，可是又待如何？他一头的小辫子等着让人抓，似乎除了屈服别无他法了。

他转过脸一哂："王爷不要逼人太甚，惹恼了我，我自有法子叫南苑王府永世不得超生。东厂虽说没有先斩后奏的特权，但既设了诏狱，就表示可以对文武百官随意刑拘逼供。王爷日子过得安逸，莫非想尝梳洗断椎的滋味吗？"

一个桀骜的人，想轻易收服不大可能，总要经过一波三折。宇文良时略沉默了下，半晌才道："厂公先消消气，我只想与厂公结盟，没有任何要难为厂公的意思。大业不是一天就能够开创的，来日方长，厂公可以慢慢考虑，等想好了再命人通知本王也是一样。"他站起来，朝外看了看，蝉声阵阵，却听不见澜舟的任何动静。他心里着急，勉强定住了心神道，"横竖不管厂公与本王谈得如何，孩子总是无辜的，还请厂公高抬贵手。"

若问肖铎的意思，父子俩一道投进刑房才痛快，无奈叫他掣肘，一意孤行对自己也不利，便蹙眉道："王爷认定了令公子在我这里，我若坚持说不在，王爷打算如何？"

宇文良时怔了怔，似乎是经过了巨大的挣扎，喟然长叹道："看来是他的命……大约是底下人弄错了，本王寻子心切也没多加考证，失当之处望厂公见谅。"

听这意思，交易谈得差不多了，儿子的死活就不那么重要了。肖铎眯眼看过去，果然是成大事者，所谓的亲情对他来说又值个什么？那小子虽可恶，弄死了容易，但如果当真迫于形势同他合作，害死他儿子的仇不过是早报和晚报的区别，到那时候少不得又是一场动荡。

他只得退一步："话既到了这份上，王爷的意思咱家明白了。我也不瞒王爷，娘娘险些遭遇不测，按着我的意愿是要拿人活祭的，不过王爷的面子总要让，不是怵，是敬，王爷应当能够体谅肖某的心情。"他松开了拳头，踅过去叫了声大档头，"把小公子送上王爷的辂车，园外的人都让开，不许追，让他们来去。"

这个令下得不情不愿，看着宇文良时扬长而去，他头一回感觉自己活得窝囊。卑躬屈膝得来这万丈荣光，原以为就此可以坐享富贵了，没想到流年不利，一桩桩事接踵而来，到如今已经难以招架了。

唯一值得庆幸的是几次到了雷池边缘，犹豫再三还是没有踏出那一步。如果真的无力挽回，也许音楼进宫才是最好的出路。跟着他冒险，朝不保夕地活着，她才只有十六岁，人生那么长，万一他有个闪失，她独自一人怎么办？

天边最后一丝亮也敛尽了，他到她的院子里，彤云刚伺候她洗漱完，端着一盆水出来，站在砖沿上往外一泼，转身看见他，叫了声督主，自发退到耳房里去了。

他进门时她正努力扶着桌子站起来，在灯下蹙着眉头抱怨："走两步腿就麻得厉害，会不会变成瘫子？要是瘫了皇上应该不会要我了吧，正好寻着了不必进宫的理由。"她腼腆地看着他，"就是行动不方便了会拖累你，那多不好意思！"

他笑不出来，脑子里乱得厉害，只问她："洗过了吗？我抱你上床。今儿一天也折腾得够够的了，明天接着来，慢慢就恢复了。"

她温驯地应了，伸出两手来等他抱，娇憨的模样，像个被宠坏的孩子。他没奈何，把她打横抱起来，绕过屏风放在拔步床上。原想退后坐在杌子上说话，袍角却被她牵住了。她拍拍篾席的另一半，自发往里让了让，笑得眉眼弯弯。

他拒绝不了，心里只顾怅然。登上脚踏也没思量其他，歪身仰在她的引枕上。

屋里点着香，是用来熏蚊子蠓虫的，微烟袅袅，空气里有股艾叶的芬芳。音楼看他不说话，神色也不大好，便支起脑袋来打量他："怎么了？事情办得不顺遂吗？"

他说没什么，让她不必操心。

他越是这样，她越感到好奇，靠过去枕在他胸口上，喃喃道："说好了不瞒我的，出了什么事都要告诉我。"说完探出一只手掐了掐他的脸颊，"八成遇上难事了吧，看看这一脸臭样！"

他把她的手摘下来握在掌心里，轻声问她："我的话，你听不听？"

她嗯了声道："那是一定的，我以前心眼儿可好了，死了小猫小狗都要难受好几天，现在心肠变得有点硬了。就拿月白那件事来说，我心里很怨自己，可是我觉得你做得对，所以连情都没替她求……还有今天他们抓了宇文家的小王爷，不知道你会怎么处置他，说到底他只是个孩子，我应该站出来劝你的，结果我还是什么都没做。想来想去可能是近墨者黑,被你带坏了。"

他啼笑皆非,在她鼻子上刮了下,惆怅道:"我对不起你,这回的仇恐怕不能替你报了。"

她说:"不要紧,如果为此和南苑王结仇,我也觉得没有必要。再说只是怀疑他,又没有确凿的证据,万一错怪了好人,岂不是白害了那孩子的小命?"

他缄默不语,隔了很久侧过身正色看她,仿佛鼓了半天的勇气才下定决心,毅然道:"我有个把柄落在了宇文良时手上,关于这个把柄,也是你一直好奇的……如果你想知道,今天就全都告诉你。"

【未完待续】

Staread
星文文化

浮图塔
下
尤四姐 著

长江出版社

# 目录

第十一章 · 解沉浮　001

第十二章 · 不成归　023

第十三章 · 自飘零　050

第十四章 · 梅蕊重　070

第十五章 · 眄乔枝　091

第十六章 · 万象尘　111

第十七章 · 春色替　132

第十八章 · 良宵永　150

第十九章 · 泣乾坤　172

第二十章 · 风义尽　194

番外一　220

番外二　247

## 第十一章 解沉浮

音楼睁着大眼睛看他:"宇文良时这回可算做了一桩好事!你如今是打算和盘托出了吗?你晓得我好奇什么?"

他叹了口气:"你满脑子歪斜,我怎么能不知道!"说着调开视线,似乎不敢看她,坐起身,把袍子脱下,扔在了旁边的衣架子上。

难道准备就此舍身了?音楼飞红了脸,扭捏地揉弄衣角,悄悄觑了他一眼,娇声道:"有话好说,你这么直愣愣的,弄得我怪不好意思的!你看外面有人把守,我要是失手把你怎么样了,万一叫人听见了多不好!"

他解衣带的手顿了下,虽然早就习惯了她的奇谈怪论,但终究还是忍不住感到羞赧,轻声嘀咕道:"这种时候不该是你担心贞洁不保吗?我是男人,你还能把我怎么样!"

她眨巴着眼儿心想,怎么又成了男人?上回月白那事里扯出来的丝缕,她没来得及印证就被他回了个倒噎气,一口咬定月白乱认亲,是南苑王派来的细作。其实他的话细想想也不靠谱,人家找的就是肖铎,这天底下有几个肖铎?再说他待细作这样手软吗,留着她的命,还说有他在就亏待不了人家,不是愧疚是什么?

她心里隐约知道,离真相不过一步之遥,可她不愿意去探究,他的假话她也权当真话听,只要是他告诉她的,她都信。抹抹脸,突然觉得自己这样善解人意的女人不多见了,谁要是娶回家相夫教子,是那男人的福气。

她舔了舔唇,斜躺着看他脱得只剩薄薄一层里衣。他的身坯就是好,匀称修长,骨骼清奇。要紧一宗儿他爱穿丝帛的料子,那种料子很轻盈,做工上乘的多半是带些透明的,虚虚实实地拢在身上,略一动此起彼伏,那结实的身子就在里间若隐若现,叫人垂涎三尺。

他的脸色有些沉重,抬眼略一扫她,很快又避让开了,轻轻道:"先收起你的色心,我给你讲个故事。这故事首尾其实也同你交代过一些,今儿把它补全……"他又躺回她身侧,说书似的娓娓道来,"十一年前,在阳谷县,有个姓肖的人家。这家有哥儿俩,哥哥叫肖丞,弟弟叫肖铎,他们是一对儿双胞,长着一模一样的脸。有一年阳谷县遭了蝗灾,肖家大人都病死了,剩下哥儿俩没处安身,就随乡亲们上京讨生活。"他转过脸来对她一笑,"那年哥儿俩十三岁,正是长个子变声儿的时候。他们白天讨饭,晚上住窝棚,合计着开了春就上铺子里找活儿干,哪怕是当苦力,给人扛米送水,也要靠自己的一双手挣饭吃。可是冬天那么长,那么冷!有一天弟弟身上不大好,哥哥让他歇着,自己出去走街串巷。走了几步回头看,弟弟正和几个孩子一块儿蹲在牌坊底下晒太阳。哥哥放心地走了,在豆汁铺子偷偷揭蒸笼盖儿顺了个窝头,叫人发现了,追出去一里地远。幸亏哥哥跑得快,否则腿都能给打残。哥哥兴冲冲回来,可是弟弟已经不在了。问边上人,说来了个肥头大耳的人找杂役干活儿,弟弟留了话,自己去挣钱,叫哥哥安心等他,回来一定带只烧鸡给哥哥打牙祭……"

他哽咽了下,花了好大的力气才平复下来,顺了顺气,又接着道:"哥哥等了很久,个把月没有弟弟的消息,他着急,每天出去打听,都是无功而返。后来有一天弟弟回来了,是趁着师傅在茶馆歇脚的当口偷偷溜了号。兄弟俩见面,弟弟也没说什么,把半两银子交给哥哥,让哥哥收好。哥哥不明白哪儿来的钱,追着问他,他才说自己给骗进宫净了身,这是买他子孙根的封口钱。"他说到这里愤恨地捶打床铺,"谁稀罕这个钱!再苦再穷,没人想过要做太监!可是木已成舟,身子废了,不进宫还能怎么样?弟弟又走了,幸好是在酒醋面局供职,偶尔也能回窝棚看看……就这么过了几年,宫里的日子不好糊弄,他地位太低,经常挨打,哥哥总能发现他衣裳底下大片的瘀青。终于有一天他回来,捧着头说头疼,原来他发现节慎库里有人倒卖字画器皿,那几个大太监给他下马威,一顿拳脚之后告诫他,敢透露半个字就要他的命。他被打伤了脑子,打碎了心肝,半夜在窝棚里咽了气。哥哥横了心找仇家讨命,于是换上了弟弟的衣裳,两个人对调了身份,没有人看得出来。哥哥咬碎了牙,小心翼翼地往上爬,终于进了司礼监,从随堂开始,直到坐上了掌印的交椅,然后报仇雪恨,权倾朝野……"他眼里有奇异的光,灼灼的,叫人不敢逼视,但是慢慢又熄灭了,变成一片死寂的灰。他长长叹了口气,低头落寞一笑,"你怀疑得没错,其实我不是肖铎,我是肖丞。肖铎早在六年前就死了,所以不管那个秋月白的存在是多大的隐患,我都不能杀她。她是肖铎的女人,是阖宫唯一对他一片真心的人。"

故事并不多复杂,不过就是一出李代桃僵的戏码。以前要遮掩,自己也感到乏累。如今一口气说出来了,有种逃出生天的感觉。

本以为音楼至少会表示一下惊讶,结果她待了半天,缓缓点头,不无哀致地道:"果然不出我所料!可是你兄弟就那么死了,留下个痴情的月白又成了这样,可不是一对儿苦命人吗?!"说完上下审视他,很快从忧伤里脱离出来,咽着口水问,"阐明事实罢了,你脱成这样是为了提供佐证吗?"

她最近总能把他唬得一愣一愣的,他的适应能力早就上了好几个台阶,因此镇定自若,只说:"今儿之所以告诉你,是因为这秘密被宇文良时发现了,他拿这个短板威胁我,要我跟他谋反。"

她终于愕然:"谋反?这可是株连九族的大罪!"

"是啊,株连九族。不过老家闹蝗灾的时候族人死的死跑的跑,眼下还剩几个不得而知,就算活着,也是流浪在外查不出根底了。"他抬起手,拇指缠绵滑过她的脸颊,"如果单是这个把柄,我尚且不拿他当回事。可是他还牵扯上你……我可以不顾天下人,但是不能不顾你。"

音楼怔怔道:"因为我吗?他怎么知道咱们的关系?"

他微微皱了皱眉,这种事,只要旁人留心就不难看出来。她这趟鬼门关转一圈,他简直有点生无可恋了,当时没了主张,现在想起来还是太草率。难关过去了,由此引发的一系列问题却让人陷入绝境。他浮起一丝微笑来,但是笑容里全是颓败的味道:"他说是就是吗?我自然不会承认的。我并不怕他拿私情说事,怕的是他对你不利……也或者是我办事还不够稳妥,露出这么多马脚,现在想想很后悔。"

音楼垂下了嘴角，忽然感到害怕，为什么有种他要和她一刀两断的错觉？她是真的成为他的负累了。她知道他们一开始就不应该，如果是彼此利用建立起来的交情，反倒是可以接受的，如今动了真情，那就是一场灭顶之灾。

"怎么办呢？我怕他不肯罢休。"她靠在他身旁，他衣襟半开，她的胳膊从丝帛底下游过去，茫然抚着他肋下那片皮肤，"不是你不够稳妥，是我不好。我这样横冲直撞，把你的步调都打乱了。如果没有我，宇文良时哪里是你的对手！你因为要顾及我，弄得自己举步维艰。"

他居然没有马上反驳，略一沉默才道："所以我的想法是……"

"我要和你在一起！"她慌忙打断他，怕他说出什么绝情的话来，于是就先发制人，仿佛这样能叫他改变心意。她几乎有点耍赖样式的，扳过他的脸来吻他，"我不管你是肖铎还是肖丞，我只知道你是我的方将。你爱我吗？你说，你爱不爱我？"

她那套缠人的功夫拿出来，他简直无力招架。面对这张脸说违心的话，他没有那勇气。他当然爱她，爱得自暴自弃。

他回吻过去："你知道的……为什么还要问？"

她张开双臂紧紧箍住他："因为我想听。"

他和她拉开些距离，看得见她脸上细密的汗，扯着袖子仔细替她擦，嗡哝道："是啊，我爱你，从梨花树下那刻起我就爱上了你，只不过你很多时候很傻，看上去呆呆的没有灵气，我就安慰自己，是可怜你才会保护你的。"

她在他腰上拧了一把："爱就爱，做什么顺便踩一脚？我最讨厌你这种口是心非的人！"她蛇一样盘上来，凑在他耳边悄声问，"你说你是肖丞，那……"

眼神和动作配合得很好，往下一看，意思明明白白。他面红过耳，郁郁道："你关心的一直是这个，对不对？"垂下眼，长长的睫毛把一双眼眸覆盖得惺忪蒙眬，就着光瞧，总有一股难以言说的诡秘。他幽幽叹息，"我这阵子不停反省，当初的确不够狠心，假如了断了这后顾之忧，就不怕任何人来挑衅了。"

她但笑不语，一条细洁的腿在他大腿上逗弄，隔着丝帛柔滑的质地，像纵了一把火，要把人点燃。她凑到他耳郭边吹了口气，细声道："那就是说还在？我不信！"

"我知道你的意思，横竖就是要验！"他咬住了唇，闭上眼把头歪向一边，灯下一副任人宰割的模样，慷慨道，"要来就痛快些，别磨蹭！"

音楼早就哈喇子直流了，可真要叫她上手，她又畏畏缩缩瞻前顾后。毕竟是个姑娘家，在某些事上好奇不假，可这么个大活人横在她面前，她却腿颤身摇不知从何处下手。她摸了摸耳朵看他，迟疑道："你就这么挺腰子叫我验？"

他眼睛睁开一道缝："要不怎么？还叫我脱了让你过眼？"

死过两回的人，还有什么可怕的！音楼恶向胆边生，直接在他胸口薅了两把。美人儿不经摸，碰一下就颤一颤，简直叫她不忍心下手。从胸前到肋下，她给自己壮了好几回胆，瞧瞧这肤如凝脂，不糟蹋他都对不起这份！她把槽牙咬得咯咯作响，终于摸到了那根裤腰带，三下五除二就给抽了。她观察他的表情："放松些，不要紧张。"

他的声气儿倒很平稳："我不紧张。"

音楼抖得腿都麻了，把那宽滚的裤腰提溜起来往里一看，裤子挺宽松，烛火透过来照亮了两条长腿，腿上汗毛不像那些粗汉子黑黝黝一大片，反正是标准的美人腿。样样俱好，可为什么里头还有条亵裤？她瞪大了眼睛看，隐约有个形状，隆起的，大概就是那个吧！她的心一下蹿到了嗓子眼儿，往后缩了缩，倒头就躺下了，盖着眼睛呻吟："哎哟我不成了，你预备叫我看，为什么还穿两条裤子？这么没诚意，我怎么信得实你？"

他无奈地看着她，最后还是把她拉进了怀里。

她的肩头小巧圆滑，覆上去，只占据他半个掌心。低头吻她，手指从上臂逶迤滑到腕子上，他极缓地牵引过来，低喘道："叫你一打岔，哪里还看得出是不是真男人！这会儿静下心来，跟你耳鬓厮磨才有用。只是以往压制的药用得多了些，恐受影响……不过也不碍的，你亲自上手，实打实地摸一摸，什么疑虑都消除了。"

她的注意力都集中在他说的药上，讶然道："不长胡子也是吃药吃的吗？这么的肯定很伤身子，那药吃多了，你会不会变成女人？"

他正专心致志地舔她脖子，听了她的谬论简直气结："至多情欲受些控制罢了，怎么会变成女人？你看我像女人吗？"一不做二不休，狠狠把她的手按上去，横眉冷眼道，"究竟像不像，你今儿给我说清楚！"

"果真……不一般！"

隔着两层料子都能感觉到他的热血澎湃，督主就是督主，每个地方都完美无瑕，很好！

音楼有时候也爱耍耍小娇情，嘴上埋怨他孟浪，手上却来来往往忙碌异常。心里还赞叹，可见着活的了，简直和春宫图上画的一样！虽说没过眼，但是凭手感也能描绘出形状。啧啧，怎么这么招人待见呢！

真真悸栗栗酥麻了半边，这得要好到什么程度，才能把自己最宝贝的地方贡献出来啊！音楼觉得他是拿她当自己人了，怎么也顶大半个媳妇儿，就差最后一步就能功德圆满。隔靴搔痒越搔越痒，她细细地揉捏，捏着捏着换了地方。往他裤腰上攀爬，拉起他的中衣把自己的脸盖住，壮胆儿说："既然已经这样了……我就别客气了吧！"

他咬着唇没吱声，落到她手心里还有什么退路？汹涌的欲望、汹涌的情感，瞬间垒起了欢愉的高墙，把这空间密闭起来，只有他们俩。要不是今天宇文良时那里横生枝节，此情此景恐怕是耐不住了。他脑子昏沉，只觉那处不断复苏，隐隐作痛。有她的抚慰，莫名疏解了些，但抓挠不着，越发困顿煎熬。

她的手探下去，温热的手掌，不敢造次，只轻轻覆在那处，然后脑袋在他怀里拱了拱，热烘烘的嘴贴在胸脯上，瓮声怅惘："你一直是这样吗？这样穿裤子多不方便！男人的苦处，真是……难以启齿啊！"

他愣了愣，也是，她只看过春宫图，没有见识过真刀真枪。该怎么和她解释呢，他看着房顶，艰难地打比方："这东西就像潮汐，有涨有落才正常。如果时时这样，那这人大概就活不长了。你不去撩拨它，它安安分分的，穿裤子也便当……"他突然觉得自己无聊到无药可救的地步了，为什么要和她谈论这个？她这糊涂样儿，难保接下来还有什么古怪想法。

果不其然，她想了想道："谁撩拨都能长大？"

他闷哼一声，把她搂得更紧了些，微喘道："它认人，并不是谁都好相与的。遇见你，它就……嗯，活了。"

"我还是个良方儿呢？"她惊喜不已，"真是和我有缘！"

他笑起来："可不是嘛！只是它柔弱，娘娘要好好怜它……可惜常年用药，似乎不大灵便了。"

她一把撩开了他的中衣，急切反驳："不是的，我看册子上的也不及你！"

真是毫无预警的，她话音才落就把他的裤子褪到了膝头上。他的脸瞬间红得能拧出血来，不管多威风八面的人，这时候已经再无颜面可言了。

音楼却觉得很高兴，她爱的男人不是太监，全须全尾在她面前，她心里的大石头可算落了地。不过这种情况下装也要装出害臊的样子来,她扭捏了下,扭捏过后干脆枕在他肚子上,这样既不必看他屈辱的表情,离得很近又能仔细观赏。

她抚了抚,自己悄声嘀咕:"真好玩儿!"

他低头看她,忍得牙根儿发酸:"我怕拿不出手,叫你笑话。"

"这么自谦可不像你。"她摆弄了几下,喏了声道,"很得人意儿嘛!"

男人听见这样的夸赞,比封侯拜相还舒坦。可照理来说本该缠绵悱恻的步调,怎么一点儿没按照他的设想发展?至少她应该慌乱娇羞,该捂着脸大肆嗔怪,然后柔若无骨、欲拒还迎……可是什么都没有!她像得了个新玩意儿,仔仔细细地研究起来。所幸上头没有榫头铁钉儿,否则难保她不会拆开了再重新组装。

他不耐烦,也不知道在焦躁什么,横竖小督主有他自己的想头,这种冲动叫他陷入两难,进不得退不得,夹在中间委实难办。

他把她捞起来,定定地看她的眼睛:"这回瞧也瞧了,摸也摸了,接下来应该怎么办?"

她屈肘抵在他胸前,和他大眼瞪着小眼。似乎过了下脑子,她慢慢脸红起来,低声道:"你想怎么样就怎么样,我都听你的。"

四周冒热气,心在腔子里扑腾,血潮没头没脑地扑了过来。他虽没有身体力行,但是知道接下来的流程。脑子里一直有个声音在提醒他,他也清楚迈出那一步要担多大的风险,然而克制不住,鬼使神差地把手盖在对面那片高耸的胸乳上,隔着肚兜揣捏,陷进一个昏昏的梦,怎么都醒不过来。

靠近一些,解她背后的带子,她闭着眼顺从,嘴角有轻浅的笑意,探过胳膊来环住他:"吃了那些药,还能生孩子吗?要是能生多好,这样你就有亲人了,想起肖铎也不要难过,你连带他那份一块儿好好活。"

她是个不会拐弯的,想什么就说什么,这回他并不想取笑她,只是张开五指,从她背后的琵琶骨一路蜿蜒而下,滑过那细细的腰肢,停在丰腴的臀上。

"音楼……"他叫她,带着鼻音,有糯软的味道,"我想和你成亲,可是前路恐怕不好走……如果有一天咱们不得不分开,你会不会恨我?"

"我会。"她连考虑都没有考虑,"我知道你可以办到的,不要退而求其次。我不要求名分,我只希望想你的时候你在身边,即便只是看我一眼,牵一牵我的手,我也足意儿了。可要是见不到你,会相思成疾,然后变成了傻子,你站在我跟前也认不出你,到时候你后悔可就来不及了。"

她的威胁只是把自己变成傻子吗？多古怪的手笔，但是细想之下叫他悚然。他习惯了被她需要，倘或有一天她真的不再依赖他，那他的世界还剩下什么？实在可怖，他不敢想下去，转而啄她的唇角，手在那片温软间重重捏了把："这只是最坏的打算，要想不受牵制，就必须保证你完好无缺。所以暂时不能生孩子，你还记得咱们的约法三章吗？我逾越的时候，你要想法子拒绝我……"

说是这样说，做出来的事却截然相反。肚兜被随手扔在了一旁，他的唇和她分开，混沌中含住了心口那一点，音楼简直觉得自己只有进气没了出气。

男女之间还有这么多花样，她拱起脊背，把他紧紧压在胸前。越多越好，她在细细的颤抖里恍惚地想，越是牵扯不清，他就越没办法斩断和她的联系。也许她有点自私，只顾自己，反正希望他不要停，他自控得好是他的事，指望她去阻止，这辈子都别想！

大邺的男人，十三四岁就往房里接人，二十四年的宝刀没开过锋，除了他大概只有庙里的和尚了。以前清心寡欲不觉得有什么不妥，总吃药的缘故，这方面似乎也不比正常的男人。实在熬不过，手指头告了消乏便过去了，谁知现在碰见了她，俨然是积攒了多年的岩浆一朝冲破了桎梏，那股汹涌的架势连他自己也吃惊不小。

原来不是身子不济，是没有遇见对的人。他感到无能为力，掐着那一捻柳腰缓缓而下，她的亵裤半遮半掩没了作用。他吻那圆而小巧的肚脐，再往下，仿佛要溺死在那片绚烂的春潮里。

她捂着嘴轻声吟哦，一手把住他的臂膀，尖尖的指甲抠进他皮肉里。他抬头看她，问她还好吗，她羞涩地看他一眼，请他继续。

这丫头没救了，这么煽情的时候他为什么想笑？全怪她，或者她幽怨地一瞥，反倒更让他动情。

不过这样也够他消受的了，他重新躺回去，灯火摇曳里审视她的脸，她眉目舒展，笑得餍足。他抚着她的唇，那片柔艳的红成了刻在心头的朱砂。她蒙蒙地睁开眼，丁香小舌在他指尖一扫，顺势含进了嘴里。

他脑子里轰然一声响，天摇地动。这是要劝阻的姿态吗？她分明在促成！他的呼吸越发粗重，万分艰辛地唤她："音楼，这样不成事。"

她唔了声："那就不要成事，我不介意。"那纤细的手往下探，似乎犹豫了下，最后还是包裹了上去。

他的背上起了一层细栗，纳罕她的小聪明总用在稀奇古怪的地方，自己琢磨出一套本事，轻易就能要了他的命。忍无可忍的时候他翻身覆在她身上，她狡黠地瞅他，嘬着嘴说："督主亲亲。"

他发狠吻她，把她吻得捯不过气来，这下该知道他的厉害了！他已经晕头转向辨不清南北，腿心抵着腿心，只差一丁点……只差一丁点……

"天爷……"他居然发出似哭似笑的声音，"这是要憋死人了！"

她十分慷慨，拍着胸脯说："我来帮帮你。"

既然如此就不必客气了，他猛地合拢她的腿置身进去，销魂蚀骨的感受从尾椎直攀上头顶。一浪高一浪低，他不好意思地看她，懊丧地别过脸去。

音楼在宫里习学画册子，因为传看的人多，拿到手的时候已经不那么清晰了。反正依稀是那么回事，她觉得踏实了，像给他上了镣，有了这事，以后就是他的人了，他再也别想撒开她。

情到浓时她还很配合地唤了声："我的爹，快活死了！"然后他的腰臀顿住了，一股暖流疾劲而来。她长长地嘤咛一声，拥抱他，在他背上温存地轻拍了几下。

他覆在她身上喘息，缓了半天才懊恼地咕哝："往后不许看那些话本子，把人脑子看坏了。"

她扭了扭腰："真快活还不许人说？难道你不快活吗？"

他很羞怯的样子，眼波流转间俱是融融春意，红着脸抿嘴一笑："我自然也是快活的。"

快活就好，她看他一脸的汗，拉过肚兜来给他拭："这活儿干起来怎累人，督主一向养尊处优，这回可消耗大了。"

他耷拉着嘴角看她，想说什么，最后还是忍住了。支起身找汗巾子，凑过手来问："我给你擦擦？"

到这会儿像烧红的铁块淬了火，彼此相视都有些难为情了。音楼见他直勾勾地瞧着自己，忙手忙脚乱地遮掩说不必，接过汗巾子啐他："你转过去！"

他清了清嗓子，很快披上中衣。下床站着系裤带，谁知腿里不得劲，踉跄地跌坐了下来。回头看看，尴尬地讪笑："还真是养尊处优得太久了，往后早上起来得打拳强身。"

她眨着大眼睛说："我看是体虚吧！那些药毕竟损元气，下劲儿大补两回，可能就好了。"

要她发傻的时候她来得伶俐，他越发左右不是，勉强笑道："有道理，不过补是不能补的，一补就该出事儿了。"

可怜见儿的，人家男人鹿鞭、羊腰子，他连盘儿韭菜都不敢吃。她长吁短叹，拉他回床上，扭身放好了帐子倚在他身旁抱怨："受这份罪！你打算一直这么下去吗？当一辈子的假太监，一辈子糟践自己的身子？你自个儿不心疼，我可心疼。我看咱们还是死遁吧！哪天去游河，船翻了，生死不明，多好！"

似乎是个不错的主意，可是他这样的人，朝廷找不回尸首是不会罢休的。再说苦心经营才得来的一切，说放下就放下，哪有那么容易！

人算不如天算，这话真没说错。在你喜滋滋憧憬未来的时候，有些噩耗会从天而降，以惊人的速度和你相撞，撞得你头破血流，撞得你魂飞魄散。

西厂的人如期而至，再隔两天就是水师检阅的大日子，皇帝派了提督来，美其名曰东为正西为副，其实还是不满先帝在位时养成的弊病，打算分散势力。这也是没有办法的事，当权者有他的考虑，即位之初总有一番雄心壮志，这要破那要立，大家硬着头皮挺过去，皇帝的热乎劲儿过了就否极泰来了。

可是音楼似乎没有这样的好运气，于尊抵达南京的头一件事就是入来燕堂参拜。那么多正事撂着不管先来见礼，看来准没好事儿。她长了个心眼儿，招他后院相见，没面对面说话，叫彤云放下了纱帘，她歪在罗汉榻上做出了一副要死不活的模样。于尊上来打躬磕头，她抬了抬手，弱声道："厂臣一路辛苦了，长途跋涉的，还没安顿就来瞧我，真难为你。"

"这是臣的孝心，应当应分的。"于尊道，挓挲着两手往帘上看，帘后光线暗，虚虚实实也瞧不真，便道，"听娘娘声气儿似有不足，臣斗胆问问，可是凤体违和吗？"

音楼叹了口气："一言难尽，身上是不大好，叫大夫看了，也吃了药，半点起色没有。身上乏力，这会儿还热一阵儿冷一阵儿的，到了夜里多梦盗汗睡不着，瞪着两眼就熬上一宿。"瞎扯了两句才问，"厂臣这回来，是不是奉了主子的差遣？"

于尊应了个是，立在堂下回话："圣上挂念娘娘，臣离京之时再三吩咐，见了娘娘带个好儿。"

"蒙圣上垂询，我心里也惦记着。这回一走两三个月，到底路远，一道请安折子来回就要十几天……"她咳嗽了两声，"圣躬康健吗？"

于尊是福王府上的老人儿，和大内好些宫监一样，习惯了奴颜婢膝，爬上高位也涤荡不了骨子里那份谄媚相。看人的时候眯觑着两眼，脸上含着笑，然而这笑容里有更深层次的东西，那点精悍外露都夹在了眼皮子底下。

他不动声色，笑着应道："圣躬安，请娘娘放心。臣这趟不单是来问娘娘好，也带着主子的旨意。主子说了，水师检阅大典一结束，就请娘娘随臣上船，由臣护送娘娘回京。"

音楼虽然早有了防备，冷不丁一听也禁不住心头乱跳，微支起了身道："这样急？那厂臣这趟来金陵，除了水师检阅没别的差事吗？"

他哈了一下腰，恭恭敬敬答道："回娘娘的话，的确是没有旁的了。其实认真说，臣跑这趟，大头还是为着娘娘。大邺水师再重要，有肖大人坐镇，还有什么不放心的？这不是主子打发臣来接娘娘嘛，顺带便地搭把手，给肖大人分忧，也免得肖大人既要照应丝绸买卖又忙船务，两头不得兼顾。"他说完，歪着脑袋又添了几句，"在主子眼里，新江口水师检阅要紧不过娘娘。几回了，用着膳突然就顿下，边上人候着听吩咐，主子就问肖大人走了多长时候了，自个儿在那儿翻皇历算日子，说按着行程娘娘该到杭州了，见了家下大人就该回京了。等了几天，东厂的几封条陈单说差事，报娘娘的平安，没提起什么时候返京，主子就笑说娘娘玩儿性大，连家都忘了。索性命西厂伺候娘娘，也好让肖大人腾出空来专心料理手上的事务。"

连家都忘了……这话叫音楼迟疑了下，那个冰冷的城池能称得上家吗？不过似乎没有推诿的理由，她本来就在皇帝跟前挂了名，虽然他所谓的喜欢来得莫名其妙，可事情已经这样了，早晚要面对，就算不得圣宠也还是太妃，没有在外面飘着的说法。如今要收网了，她得过且过了那么久，突然觉得一脚踏进了泥潭里，死到临头了。

以前或许说走拍拍屁股就走了，自打这里有了牵扯，要撒手何其难！一头催逼一头又沉溺，怎么办呢！她着急，心里也没底。看看外头艳阳高照，能合计的那个人一早出去了，到这会儿还没回来，她只有先打发了于尊再图后计。

她咳嗽得越发厉害些，带着喘说："我明白皇上的意思，也体谅于厂臣的差事，可你瞧见了，我眼下这样，怎么动身呢！你说他们的折子单报平安，大约我染病的消息递到御前，你已经在途中了吧！退一万步，就算勉强上了路，我心里也不自在。宫里规矩严，这病模病样儿的进宫门，几个局子里的尚宫都要过问，更别提太后和皇后娘娘了。"

　　她自己觉得话说得很圆融，虽说证明病太重不能进宫，也许要费些手脚，但一关一关过了，往后就是通衢大道了。正常想来皇帝都很怕死，要是像瘟疫那类病症，弄进宫不是要祸害一大片吗？！所以不能确诊前必然会很慎重，没准儿往上一报，吓着了皇帝就糊弄过去了。

　　她的设想很不错，但结果并不尽如人意。于尊哈着腰，姿态谦卑，话里却没有转圜，赔笑道："娘娘抱歉，臣瞧出来了，听娘娘话头儿，顾忌得也没错处。是这么的，臣走到镇江那段儿的时候，接着了朝廷八百里加急的手谕，想是肖大人最近的一道条陈到了紫禁城，皇上立马就有了示下。手书上写明，娘娘越是有病症越是该回京，宫里名医荟萃，治起来也方便。"他往上睨了眼，"臣是个心直口快的人，照臣看，皇上的意思明摆着的，娘娘和宫里那些人不同，身上一时不利索不打紧的，吩咐下去一声儿，给娘娘把哕鸾宫腾出来，宫里也没别人儿，叫一帮奴婢好好伺候着，您静养一阵子，过了这三伏天，立马百病全消了。"

　　于尊是个舌上生莲花的人，滔滔的长篇大论堵住了音楼的嘴。正不知该怎么搪塞，听见门上传来了肖铎的声气儿，朗朗道："回娘娘话，臣办完了差，来给娘娘请安。娘娘今儿身上好些了吗？"

　　真够像样的，以前他进门从来没这套虚礼，现在有外人在，也不得不谨小慎微了。音楼冲彤云使了个眼色，彤云打帘出去，叠着手躬身道："娘娘叫进，肖掌印请吧！"

　　他迈进来，一副意气风发的模样。冲帘子里行礼，一打躬一弯腰，行云流水。东西两厂的提督都在，一样的飞鱼服、描金乌纱帽，穿戴在不同的人身上，显出不同的韵味。譬如一株是修竹，一根是朽木，似乎完全没有可比性。昨晚揭笼盖儿偷窝头的肖丞早就不见了，眼前依旧是八面玲珑的肖铎，神色安然，眉眼坦荡。

　　他转过身一瞥于尊，笑道："于大人一路顺遂吗？我听说聊城那段连着下暴雨，运河决了口子，两岸的庄稼全淹了。你西厂也管奏报，这会儿河堤修得怎么样了？"

　　这口气里已经带了询问的味道，东西厂原就不是平级，虽说西厂有点儿后来居上的架势，但论起资历来，和东厂差了不是一星半点。于尊这会儿尾巴翘得再高，说到根儿上不过和司礼监秉笔相当。一个闫荪琅都比他体面，要入肖铎的眼，还得再多历练几年。

他自己也知道,心里再不服气,依然得对肖铎作揖:"州府调了戍军,勾着胳膊搭人墙,日夜壅土、垒沙袋子,宝船收锚的时候已经治得差不多了。"

肖铎笑了笑:"那地方的中丞好客得紧,当初咱家宝船经过,他在岸上送了七八里地远,于大人这回赶巧泊了船,应当走动过吧!"

东西两厂互相监督不是稀奇事,于尊是屎壳郎翻身,半路出家的官儿,捞银子挣进项,忙得顾不上穿鞋。人不能贪,贪多嚼不烂,就容易露马脚。太监心窄,白的黄的越多越好,可是越多动静越大。刚掌权不晓事儿,其实千石万石,还不及一卷轴的古画实惠。

他含笑看着他,于尊给抻了一下筋骨。也是不动如山,不过打打马虎眼,顺着话茬应承了两句。

音楼在里间听了半天,连咳嗽带喘地叫了声肖厂臣,拿手绢捂着嘴说:"于大人刚才传了口谕来,说京里主子叫来接人,我这病可怎么好?舟车劳顿的,怕挨不住。"

肖铎沉默了下,问于尊:"是皇上的意思?我这儿还没接着旨意。"

于尊皮笑肉不笑地道:"正是呢,肖大人要是不信,我这儿随身带着手谕,请大人过过目。"说完他把怀里的鎏金竹节筒拿出来,揭了盖子倒出纸卷儿双手呈敬上去,又打圆场道,"我也知道娘娘艰难,这大热的天儿,路上颠簸委实不好受。卑职这也是没法子,主子下令奴才照办,不单卑职,肖大人不也一样嘛!"

有金印,是皇帝的笔迹,下令把人接回说得通,但是"纵沉疴,亦须还",这样的笔触似乎有些失常。他心里思忖,不能做在脸上,把手卷交回去,领首道:"主子的意思咱家明白了,横竖明儿水师检阅,于大人也才到,歇歇脚再说。千里马再好,总要吃料的。咱们同朝为官,以往没什么来去,这次借着机会攀攀交情,往后协作的地方多了,熟络了好说话。"他温暾一笑,"娘娘精神弱,咱们别扰娘娘清净,出去再叙话吧!"说着对帘内插秧一揖,却行退出了厢房。

江南是白墙黛瓦,四四方方的天井又窄又高深。他踱到一片芭蕉茂盛的游廊处驻足,回首看于尊匆匆而来,收拾了心情重又堆砌起笑容:"住处安排好了吗?住驿馆还是包宅子?"

于尊不在太妃跟前也不拘礼了,背着手道:"横竖留不长,本想在驿馆凑合两天,没承想到这儿府台已经预备好了行辕,离乌衣巷不算远,就在前头柳叶街。"

肖铎哦了声:"那个柳叶街有说头,相传太祖为了抓两条出逃的鱼精,把那儿一条小河沟里的鱼都捕上来,拿柳枝穿着晾晒,这才得的名。于大人住到那里……倒应景儿。"话锋一转又问,"怎么样?狐妖案告破了吗?"

于尊脸上挂不太住,囫囵道:"是一伙强人装妖精谋财害命,查得差不多了。"

肖铎眉梢一扬,不再追问,只道:"这么最好,西厂才创立不久,能破宗大案子,圣驾前也有功劳。闲话扯远了,我原是想说,早前订了画舫给于大人接风,今儿入夜再使人来请尊驾。"言罢朝廊外看看,摇头叹气,"这月令是南京最热的当口,白天外头走,能把人烤个半熟。还是晚间好,晚间凉快又可夜游。秦淮河的万种风情咱家领教过了,于大人来了不去瞧瞧,可惜了的。"

于尊虽是个太监,也是风月场上的积年,极力克制,仍旧露出些向往的笑意来。这模样儿,瞧着恶心!肖铎转过身去,慢慢朝门廊上踱,顺势道:"于大人行程,紫禁城里未必都知道。依着咱家的意思,既然来了就多留两日,江南烟花圣地,同北方是大不一样的,三日五日,哪里经用!再说娘娘凤体,这两天一里一里委顿下去,大夫瞧了也不见好。你这会子立时就要请走,恐怕根基消耗不起。万一出了岔子,手谕上说的恐怕也不顶用了,到时候雷霆震怒,于大人担待不起。"

于尊斟酌再三,心里明白利害。天威难断,眼下和风细雨,谁知道转过脸是什么境遇!他伺候皇帝多年,面上看着率性的主儿,也有突如其来的缜密,因而蹙着眉点头:"肖大人言之有理,虽不能拖延太久,缓上几天还是可以的。娘娘凤体要紧,上了船就不停靠了,一气儿到通州码头,大家安生。"

肖铎所思所想全在那六个字上,茫然附和了几句,把于尊送出了门廊。

重新折回去,音楼在八卦窗下站着,隔窗问他:"还有法子可想吗?"

他抿着唇思量了好一会儿:"你问我,我暂且答不上来。那道手谕你没看见,'纵沉疴,亦须还'……似乎是打定主意了。"

"就算是尸首也得带回去,是吗?"她脸色煞白,摇摇晃晃撑在案头上,"算算从先帝驾崩到现在,将满三个月,他等得不耐烦了……这么说来,也许没有退路了。"她眈眈望着他,"咱们还能不能在一起,全在你一念之间。如果你愿意带我走,我跟你海角天涯。即使将来吃糠咽菜,我也绝不后悔。"

女人动起了真感情,不需要资本,只要有爱情就能续命。男人不同,男人的眼界更开阔,想得也更长远。那些必不可少的成分,舍弃哪样都让人觉得不圆满。富贵丛中打过滚的人,突然丢失了半壁江山,什么况味?

可是她就在眼前,隔着一扇窗,眼里满含热忱。他忽然感到难以启齿,同她说大道理,她能够接受吗?

他皱了皱眉:"事出突然,我没有料到皇上会下这样的旨意……"

音楼心凉了一大截:"你就这样对我吗?昨晚咱们说得明明白白的,你都忘了?"眼泪封住了口,她勘不破他的想法,之前种种不过是他的消遣,大祸临头了他还在犹豫,宁愿看着她入宫吗?

她想起皇帝就有些反感,倒不是他长得寒碜不招人待见,实在是她不能接受他以外的男人。她这里一片丹心,他呢?他还在瞻前顾后,难道不是真心爱她?她和权势放在一起,原来双美才是最好,如果只能挑拣一样,她似乎只有被丢弃的份了。

然而她不甘心,认识他这么久,虽然他性情飘忽难以捉摸,但她一直坚信他对她是有真情的。她凄然看着他,他的手搭在窗台上,她盖上去,轻轻握了握:"咱们离开这里好不好?带上钱,到个没人认识的地方开铺子过日子。不管怎么样,总能活下去的。若是怕客来客往被人认出来,我到绣坊接活儿,在家里做女红也是个进项……"她殷殷地摇撼他,"你说话,我太着急了。"

人爬得越高心越大,从老家逃难到北京,在大街小巷游荡的时候,看到那些做小买卖的人忙碌着,即便只是个腾挪不开的汤饼摊儿,他也感到十分羡慕。也许是穷怕了,有时候夜里做梦,梦见数九寒冬只穿一条老棉裤在冰上走,前后茫茫看不到边,冻得两腿直哆嗦……正因为这样,越发地舍不下。不单是怕穷,现在更怕害了她。

如果那道手谕上只说把人带回去,不是这么言辞激烈,一切倒还有转圜。但是分明活要见人死要见尸,皇帝似乎是察觉了什么,有所提防了,这会儿在眼皮子底下动手脚,不管怎样隐秘,有点风吹草动就是一场轩然大波。

他懂她,经过昨晚那些,她和他是心贴着心的。她不愿意和他分开,他又何尝舍得?所以得想个两全的法子,既要自己脱身,又能把她藏起来。

"你先少安毋躁,容我想辙。"他安抚她,"不管怎么样总会有办法的。"

"又是想辙!"她吞声饮泣,"要想到什么时候?新江口水师检阅,接下来又忙蚕茧桑苗,还能腾出空来吗?到了那天就让西厂把我押走得了,你想辙去吧!每回同你说你都是推诿,只当我不知道,你就是留恋权势,舍不得抛弃荣华富贵。真要这样何不同我明说，叫我死了心就是了。"

简直凄凉得无法言语了，这个坏人，玩过就撒手，把她当成勾栏里的粉头吗？她是遇人不淑，身子丢了，他不要她了！

看来不叫人活命了！她退回去，倒在罗汉榻上捂脸号啕，把旁边侍立的彤云弄得不知所措，慌忙安慰她："从长计议，别着急，没的急坏了。不是还有好几天吗，一步一步地来，你要相信督主。"

"相信他个甚？没良心的，怪我瞎了眼！"

肖铎心头烦乱，绕进门蹙眉看着她："你这是打算逼死人吗？要走有什么难，我这会儿命人备车，立刻就能离开南京。出了城之后呢？不能一气儿走出大邺疆土，你就会发现铺天盖地全是锦衣卫和东西厂的人。驿道、客栈、城门、酒馆……你以为会有让你落脚的地方？"

"横竖就是逃不脱，是吗？"她收住眼泪，挺直了身板坐着，缄默下来，狠狠搅起衣带，一圈一圈，把手指头勒得发紫，半晌才道，"没有鱼死网破的决心，你为什么要来招惹我？这是你的策略，其实在你眼里，我和荣安皇后还是一样的。"

他脸色很难看，转头让彤云出去，音楼提高了嗓门："彤云别走，该出去的是你！你只管去想你的辙，日子过起来很快，几天工夫眨眼就到跟前。到时候我跟他们走，我进了宫，那些阎王账就了了，对你有好处。"

彤云夹在当中进退不得，最后遭他一声断喝，吓得夺路而逃。

音楼冷冷哼笑："果然一针见血，瞧一个人是不是真心，大难临头就有端倪了。夫妻尚且如此，何况你我！我一刻也等不得，现在就要你给句痛快话。"

他被她逼得走投无路，答应带她私奔，然后像过街老鼠一样躲起来，过上不见天日的日子吗？她的这腔热情能维持多久？能不能维持一辈子？东躲西藏上几年，某一天揽镜自照，看着镜子里疲惫憔悴的脸，再想想曾经有机会昂首挺胸走在紫禁城的天街上，那时候她会是怎么个后悔法？爱情是衣食无忧里衍生出来的美好，居无定所的情况下，连最初的那点怦然心动都会变得不堪回首，何论其他？

"音楼，"他煞了煞性儿，好言道，"我说过很多次，你和荣安皇后不一样，我同她有那些牵搭，对我自己来说是耻辱，你懂吗？你不同，我千珍万重把你放在心上，你为什么总是拿自己和她比较？你先冷静下来，还有几天时间……"

她根本不想听他那些拖延之词，一冲动就不管不顾了，直愣愣道："你是打算始乱终弃？因为我是皇帝看中的人，你抢过来，就是为了泄愤！"

## 第十一章 解沉浮

他不可思议地望着她："你这样看待我？为了泄愤，我把攸关生死的秘密告诉你，让你有机会拿着武器反戈一击？你真是疯了！"

他说你真是疯了，把她说得泪水涟涟。她心太急，真的心太急，她自己也知道。她只是担心会变成弃妇，昨晚那些不算数吗？她还偷偷庆幸自己终于把他拴住了，其实没有，他时刻保持着一颗清醒的头脑，原来陷进去的只有她。她不是无理取闹，也不是没有耐心，她在乎的仅仅是他的态度。他为什么不答应带她私奔？说一套做一套也行，至少喂她一颗定心丸吃，结果他指东打西，全不在点上。

"我是疯了，进宫伺候皇上是好出路，可是我现在怎么有脸？"她颤悠悠的手指抬了起来，直指他面门，"你这个……陈世美！"

肖铎张口结舌，她一心以为自己的清白被他毁了，他怎么同她解释根本没有？她是半瓶子晃荡，看了一册烂糟糟的春宫图，再加上市面上寻摸回来的乌七八糟的艳情话本，就以为自己全明白了，她到底明白什么了？

他也赌气，心绪翻涌，脑子里一阵阵发晕，扶着月牙桌咬牙道："如果你觉得我不带你走就是始乱终弃，就是陈世美，那走就是了！只希望你将来不要恨我，万一落到他们手里……你别怕，我自己去死，也会想办法保住你。"他坐下平复心情，然后吩咐她，"挑要紧的东西归置好，我去安排，等明儿人都上新江口去了，咱们就上路。"

音楼眼巴巴地盼着他点头，可是真点了头她又犹豫起来。这样荣耀的人物，一旦离开这个位置就什么都不是了。在外面隐姓埋名，说不定还得被那些泥猪癞狗呼喝。他说希望她将来不恨他，当真走投无路的时候，恐怕自己反倒要担心他怨她了。

所以他站起来要走，她哭丧着脸拉住了他。下不了这狠心，光是设想就叫她头皮发麻。到底都不是极端的人，都吃过苦，有时候隐忍和妥协也是一种自救。

"你刚才说想法子，是个什么法子？有谱了吗？"她泪眼婆娑地垂下头，"我细斟酌了，一走了之似乎不太可行。"

他唯有叹息，怜悯地打量她，见她狄髻上的挑心[1]松了，仔细替她压实了些，道："你这个一点就着的性子，真叫我张不了嘴。你且听我说，西厂护送你回京是

---

[1] 一种妇女首饰，造型如簪，比簪更华丽精致。

个好机会，你随他们去，到了德州那段要找借口让宝船靠岸，到时候我派精锐乔装了来劫你。你是在西厂手上丢的，所有责任都由于尊背。不过皇上怀疑我是肯定的，大不了连坐，我赚了个大活人，也不亏。"他摇了她一下，"这么的一箭双雕，既叫西厂吃暗亏，你又不必进宫，你说这法子可行吗？"

好聪明的人儿！音楼心里霍然敞亮了，一拍大腿拦腰抱住了他："我怎么没想出这么好的主意来？督主真是智勇双全！"

这一会儿阴一会儿阳的脾气叫人头疼，他无奈地在她耳垂上捏了捏："你除了铆着劲儿同我闹，还会什么？我就这样让你回宫，你不得恨我一辈子吗！"

她讪讪笑了笑，似乎还是不大踏实："万一皇上下令让东厂寻人，你办事不力，岂不是白给了皇帝打压你的机会？"

他倒看得开："有一得必有一失，了不起罢了我东厂提督的衔儿，反正那位置原该由秉笔太监任的，让给闫荪琅就是了。这六年来早已盆满钵满，我退回内廷做我的掌印，也如鱼得水。"

她不痛快了，醋味儿四散："在女人堆里打滚，很舒称吧？"

他品出了滋味，笑道："那些后妃也不好应付，哪里能舒称呢！好歹再熬两年，等时机差不多了就称病，慢慢卸了肩上差事，到时候或是远航，或是归隐山林，全听你的。"

他低着头，西窗下一抹斜阳打在他袍角上，眼里满是细碎的温暖和柔情。

就算需要时间，只要给她希望，不管多久她都愿意等。她把脸贴在他腰间的玉牌上，冰冷一片。她说："但愿皇上罢你的官后不再重新起用，届时咱们舒舒坦坦地走，没人满世界追逐，能过两天好日子。"

他也向往，抬眼看窗外的天，似乎看得见未来似的："养几只鸡，生几个孩子。还有巴儿狗，你喜欢我买给你，别稀罕别人的。一只狗就叫人勾走了魂儿，那点出息！"

她嗤笑起来，敢情他还惦记着那天皇帝说给她预备了一只狗做伴呢，这人心眼儿其实很小，平时装模作样摆架子，一件小事在心里埋了那么久。

他见她取笑，伸手挠她痒痒："好笑吗？哪里好笑？"

两个人在罗汉榻上扭打成一团，折腾累了都平瘫下来，枕着竹枕，勾着手肘，她靠在他肩头慢慢说："爷们儿有时候叫人信不实，我也有点怕。老家一个寡妇，年轻时和族里表亲好上了，丈夫死后她当家，被那个表亲骗走了田地房产，最后靠人布施过日子。那个表亲倒过得滋润，还娶了几房年轻漂亮的妾，全是用她的钱，也不管她死活。"

他嘟囔了句："所以女人得擦亮眼睛，别听两句甜言蜜语就找不着北了，好男人不摆花架子。"

他还有脸这么说，以前自己简直满头插花，这会儿正经起来了，说得响亮了。她抿嘴一笑，侧过身来推他一下："你说昨儿……会怀孩子吗？"

他皱着眉头笑："你究竟不懂，傻得厉害。"压低了声儿在她耳边说，"你还是清白身子，要不今天该下不来床了。"

她听了有点惆怅，原来还是没成事……那就下回吧！下回给他补一补，也许就一举得男了。

私奔无果，还得按照正常步调行事。新江口的检阅是个盛典，体现大邺水师实力的好机会，不仅官员云集，观礼的百姓也不少，有点端午看竞渡的意思。堤岸、坝台，到处都是乌泱泱的人头。

事办完了还有冗长的夜宴，这也是老规矩。南苑王做东，把秦淮河畔最有名的凤凰台包了场子，这是个格调高雅的地方，姑娘都是清倌人，能歌善舞，卖艺不卖身。倒不是充门面装正气，大邺并不限制官员出入风月场，老辈里的皇帝励精图治是很久以前的事了，打从第五代天子即位起就自诩为诗魂画骨，当的是"仁政"，更不能违逆了"大伦"。之所以选这个地方，是因为这里干净，不光接待男客，女客进门也不用避忌。各走各的门，各自吃席听曲，互不打扰。音楼是南京目下最大的人物，太妃抵半个主子，少不得要抬出来以示天恩浩荡，受官员们磕头见礼。

音楼本来托病不想去，可是南苑王派了人来哀求，说步主子进了府门想家人，终日啼哭。几回打算去来燕堂叩见，都叫王爷拦下了，下令不许给娘娘添麻烦。这回逢着大典，眼瞧着娘娘要回京了，务请娘娘赏个脸，算是给娘娘饯行，顺带姊妹道个别。

音楼自己不拿主意，万事听肖铎的。肖铎计较良久，忖着如果要出岔子，与其闭目塞耳，倒不如明明白白迎击。因而点头应了，让她万事多长心眼，见面可以，只囫囵听，不要答应任何事情。

于是太妃被华辇接出了来燕堂，新江口太远，避免劳顿就不去了，傍晚时分直接到凤凰台，升了座儿放帘受朝拜。一通俗礼过后，官员们鱼贯退出，这时候命妇进来，按着品级又是一通跪拜，好话听了一耳朵，简直能堆起茧子来。

凤凰台女眷这头伺候的人都替换过，全是南苑王府派来的府监，隔着竹帘看过去，两面宫灯辉煌，太监们按班侍立，门上空杳杳的，似乎已经到了收梢。她心里纳罕，怎么没见音阁？但也不方便问，不来就不来吧，横竖见了面也是尴尬。

正要叫彤云卷帘，往外一瞥，进来个年轻女人，戴狄髻，穿香色交领褙子，有娟秀的脸庞和微扬的眼角。音阁的确称得上美人，经了些事，看上去比以前沉稳些了。上前来不敢造次，跪在织花地毯上磕头："奴婢步氏，恭请太妃娘娘金安。"

以前占尽先机的人，如今俯首帖耳顶礼参拜，人生真是峰回路转。不管是不是赢家，至少这刻她高高在上。音楼长长吁了口气："姐姐不必拘礼，请起吧！"

彤云转出帘子搀扶了把，顺势退回来，因得了音楼示下，依旧把帘子卷了起来。

音阁朝上觑了眼，很快把眼皮子垂了下来。记忆里这个妹妹是个不拘小节的人，现在进宫挂了名儿到底不一样了，还在先帝孝期里，穿得很素净，只戴银饰，鬓边一朵珠花，拾掇好了也是明眸皓齿。

她有点拘谨，以前自己霸道，欺负她是家常便饭，没想到她得了高枝儿，在宫里露了脸，连掌印太监都向着她。这回联姻的事上狠狠刁难了一把，她爹吃亏也不敢言语，只得乖乖把她送进南苑王府。

不知道她怨她不怨，认真比起来自己还是占了便宜的。嫁给宇文良时虽然是做妾，在后院里也受够了耻笑，总算男人活着。不像她，年纪轻轻的先帝就晏驾了，这辈子也只有吃素抄经的份了。

给她赐了座，音阁没敢领受，站在一旁说话："自打娘娘进宫应选起，奴婢就日夜念着娘娘。也许娘娘不信，我心里真是愧疚得紧，只愁没机会再见娘娘。这回是借着东风，好容易央求王爷让我出府，我在娘娘跟前磕个头，罪孽也能减轻些。"

音楼笑了笑："姐姐真客气，过去的事了，还提做什么？同人不同命，你母亲是正房，我母亲只是个妾，所以咱们年纪虽相差不大，嫡庶有别，就没什么可怨怪的了。你如今在南苑王府好不好？父亲给你结的这头亲，倒是门好亲，就是位分不高，将来有了孩子，也是个庶子。"她阴阳怪气地呲打几句，感觉痛快了好些，撩袖比了比手，"哎，别站着，你坐。"

音阁面红耳赤，谢了座挨在椅角上，前面的话也不去计较了，单问："听说再隔几天娘娘就要回京城了？这一别，往后再要出宫就难了。"

音楼淡淡应道："是啊，进了宫不就是一辈子的事嘛！这趟出来蒙圣上恩典，往后没有这样的好运道了。还得谢谢爹，要不是他，我这会儿仍旧是个埋汰丫头，哪里有机会进紫禁城见识！"

她恨她爹，从骨子里往外恨。没有让她替选，她的人生绝不是这样的。如今错的时间遇见对的人，不知道要走多少弯路才能完成这场朝圣。音阁知道她不待见自己，承受她的怒气时分明瑟缩了下。今时不同往日，她没法发作，只有兜着。

"奴婢斗胆……虽没有进宫，也知道深宅大院里的空虚孤寂。如果娘娘恩准，将来奴婢求王爷，让奴婢递牌子上宫里探望娘娘。"她怯怯看她，"娘娘，咱们不是一个母亲，但是同祖同宗。娘娘怪罪是应当的，奴婢以前年轻不懂事，不知道给娘娘添了多少麻烦，现在想来悔断了肠子……"

音楼看了她一眼，葫芦里卖了药的。宇文氏不是要谋反吗，一点儿一点儿接近京畿，常来常往就让紫禁城里的人放松戒心了。

她端起茶盏吹吹那几片漂浮的茶尖儿，虚应了声："好自然是好，不过宫里规矩严，递了牌子能不能进来也难说。姐姐晓得的，我不过是个小小的太妃，上头还有皇太后、皇后。宫眷探视都要经那里首肯，我自己做不得主。"说完略带歉意报以一笑。

音阁嗫嚅："是，奴婢见识浅，竟没有想到那个……"

她抿了口茶搁在一边："姐姐也别奴婢长奴婢短，弄得我心里怪难受的。以前的事过去就不提了，亲姊妹离得远，越走越稀松，渐渐就淡薄了。好好伺候王爷，将来养个儿子，母以子贵，也是一样。"

她端着，全是训诫的口吻，音阁听了唯有诺诺称是。一时沉默下来，音楼就有些恹恹的。身上短柄乌头的毒没清干净，应付久了力不从心。她转过头问彤云："听说底下有灯会，开始了没有？外头瞧瞧去，憋久了有点儿难受。"音阁听了忙上来搀扶，她笑着把胳膊抽了回来，"今儿见也见过了，姐姐吃席面去吧！我听雅间里热闹得紧，回头还有人唱堂会呢！"说完没再理会她，自己提起裙角下台阶迈出了门槛。

外面果然是清明世界，没有檀香和脂粉混杂的味道。站在台上往下看，疏朗的柳树间镶嵌着五颜六色的灯，让她想起那天逛夜市的情景。一样的夜，融融的暖意，买一个猴儿拉稀，弄得满身都是糖汁子……

"这会儿身上怎么样？"彤云拿了件披风给她披上，她总是浑身湿津津的全是冷汗，其实于尊面前倒也用不着装，的确体虚得厉害。她给音楼整了整肩头，一面搭金扣儿一面道，"要是乏累了我叫人准备轿子，早些回去歇着吧！"

音楼点了点头，转回身的时候看见石亭子那里立了个人，光影下眉目模糊，但身形如松。彤云告诉她，那是南苑王宇文良时。

## 第十二章 不成归

回京的日子转眼便到了……

西厂用的是两号福船,比他们来时使的小很多,停在桃叶渡南,需从秦淮河上乘舫船出城。

桨橹声声,肖铎随船亲自相送。在船头看了风向回到舱内,她安静地坐在圈椅里,低着头不说话。他知道她一定是在担忧,左右船多,又怕一不小心落了人眼,只叠着手道:"娘娘一路多加小心,臣同娘娘交代的话,娘娘切记。"

他把什么时辰、德州哪个渡口都嘱咐好了,只要按着他说的办就万无一失。音楼抬眼看他,没接他的话茬,自顾自笑道:"今日一别,厂臣自己保重身子。自先帝龙御起,一宗一宗的事儿接连而至,厂臣对我诸多照顾,我记在心里,这辈子都不会忘记。眼下天儿热,还需多避日头。我看了皇历,再过二十来天就要入秋了,南方秋老虎也厉害,不过过了性儿就转凉,秋衣要早早预备好。如果织造坊手脚麻利,这头的差事办妥了就回京复命吧!终归是京官儿,外放久了不好。"

他疑惑地看她,她转过头去避开他的视线,似乎在勉力支撑,下颌线条紧绷。他心里不忍,上前两步:"娘娘……"

她抬了抬手:"厂臣别管我,我就算有些离愁别绪也是应该,毕竟相处了这些日子，我不拿厂臣当外人……以后见了，恐怕不能像现在一样了。横竖不管在哪里，我都会念经礼佛，求菩萨保佑厂臣平安。"

她越说越不是味儿，他心都提了起来："娘娘宽怀，臣手上的事料理完了，仍旧在娘娘跟前尽心伺候。应当用不了多久的，娘娘只管放心，臣应准的事，有十成十的把握。"

她的唇角浮起淡淡的笑，颔首道好。目光在他脸上流连，收不回来。看着看着，眼前的一切渐渐模糊了，毅然闭上了眼。

如果周围没有外人就好了，就算哭着也要仔细瞧他，把人刻进脑子里，可以相伴一生一世。

她还记得初受册封那天，曾远远看见他领着宫监从天街上经过，朱红的曳撒映着汉白玉的莲花栏杆，目空一切的样子，仿佛乾坤都被他踩在脚底下。那时候他是天上的太阳，简直比奉天殿里的皇帝还要耀眼。这样的人，没承想被她从神座上拽进泥坑里，滚得满身泥泞，连通袖的行蟒都快无法辨认了。

她终于知道她的存在会对他造成伤害，她一直是个糊涂人，就像彤云说的，需要时不时地被醍醐灌顶。

那天遇见宇文良时，他对她说了一些话，内容很直白——肖铎是朝中栋梁，他不希望看见他有陨落的一天。身处这个位置没有退路，一旦他放弃权势，那就是他大限将至之时。所有的人，不管是受过他迫害的，还是依仗他爬上高位的，都会像野兽一样扑过来撕咬他。他手上没有了利器，和普通人无异，只有坐以待毙。

她知道宇文良时全是为了他自己，或许预感她这次回京注定不平静，提前来晓以利害。既想保全肖铎，又想牵制她，她厌恶这样深的心机，可是再三权衡，不得不承认他说得对。

其实肖铎对未来的畅想都是安慰她的吧！真要按照他的计划去做，也许会是这样一幅画面——几只鸡，几条狗，还有孤零零独自坐在夕阳里的她。她怎么会相信他的话？不做东厂提督退回内廷当掌印，不说旁人，接替他的阉苏琅第一个不能放过他。你会让随时可能复用的前任挡在面前吗？东厂陈芝麻烂谷子的破事儿多了，所有的前账都算在他头上，再了不起的人也别想活命。她愿意看着他下诏狱，让他们用铁钩子穿他的琵琶骨吗？愿意让那些番子几笞杖打碎他的腿骨，打出里面的骨髓来吗？她那时听宇文良时的描述，就像一盆冷水从头顶浇下来，浇得她寒毛倒立。不能够，她就是自己死了，也不能让他遭受这样的践踏！所以只有成全他，让他好好活着，比什么都重要。

舫船顺风前行，很快就到了桃叶渡。他许是察觉了什么，言辞也好、动作也好，都有些犹豫。一个在刀锋上行走的人，这么儿女情长不是好事。她冷静下来，站在旁观者的角度上看，可以看出端倪。他突然优柔寡断，在别人眼里是怎么样？

彤云伸出手臂让她搭靠，她不再看他。西厂的人恭恭敬敬地戍立在她前行的路上，她把血泪都吞了下去，没有和他道别，慢慢迈步，慢慢上了船梯。只有拐弯的时候才能含糊地瞥一眼他，这一眼也许就是万年了——

他在船舷笼罩的那片阴影里，表情平静，眼里夹带着哀愁。

天未明，一队快骑飒沓而来。马蹄声急，呼啸过幽暗的林荫路，惊起树顶上停落的昏鸦，呱的一记悲鸣，直冲云霄。

从南京到德州，陆路比水路要快得多，如果日夜兼程，约莫六七天工夫就能赶到。西厂的宝船走后，东厂一切行动如常。隔了几天肖铎称要亲自下乡间查验秋蚕，这原就是他的差事，没人质疑，于是他出了城向南，一路往乌溪方向去了。

秋蚕要查看，不过是个幌子，只停留了一天，次日便悄悄北上了。

佘七郎曾规劝他："接回娘娘的事交给属下们，督主自在坐镇，万一州府要请示下，也方便应对。"

他明白道理，可是她临走那眼神叫他寝食难安，躺下去就梦见她隔窗而立，轻声问他"你想我不想"。还有别的什么，他记不太清了，依稀是在艰难地做取舍，喃喃说着"和不和我在一起不重要，重要的是你平安"。

不知道是日有所思造成的，还是恋人之间真的可以灵犀相通，他开始惶恐，每一刻都显得空前漫长。他不是个没有耐心的人，可是一旦牵扯上她，他就方寸大乱。她走得似乎有些绝望，如果下了宝船立刻看到他，她连日来的担惊受怕就可以得到疏解吧！所以他要去，这是最后一次，即便荒唐也是最后一次。

他这么固执，难为坏了身边的人。那些人都是他平时最信赖的，说的话他大多会考虑，可这次不一样，几乎斩钉截铁，自己抖了马缰就走，众人无法，只得狂奔尾随。

沿途不进驿站，只找小饭馆儿，填饱肚子便上路，跑了将近四天，运河到聊城地界有个拐弯，那时已经赶上宝船了。他勒缰在堤岸上远眺，云水之间船队缓慢前进，几只哨船前后护航，宝船两舷站满了西厂缇骑。

他放下帽上的皂纱，拨转马头直奔德州。先前同她交代好的，不限日子，将到老君堂渡口就想法子叫停船，谎称要置办东西，傍晚时分上岸，趁着渡口晚集人多，逃脱起来也容易。只要她按着他的话做，让他触到她的手，这辈子就不会放开了。至于前途怎么样，私奔之后死路一条，半道上劫人，至少还有一半胜算。这可能是他最没有把握的一次冒险了，然而还是愿意试一试。就算不能全身而退，替她挣个自由身，哪怕将来别人接替他，她依旧可以好好生活。

简直爱得癫狂，他也没想到，自己会为了女人断送这些年积攒下来的道行。人总要疯上一次的，不然还叫什么人生！

他们提前抵达了老君堂，离宝船到码头还有大半天光景，一行人找了个驿站部署好，打发番子出去探了又探，只等时候一到就动手。

云尉进来送茶点，看见他坐在一片阴影里，脸上喜怒难断。他搁下托盘，低声道："连日奔波，督主也累了，先进些东西，趁着还有半天时间好好休整。"

他点了点头："过会子人到了，咱们兵分两路，你护送娘娘往东，我回南京。"

云尉看了他一眼，迟疑道："督主有没有想过接下来会是怎样一场变故？大邺地广，要藏个把人是不难，可是西厂和京里能善罢甘休吗？"

他缄默不语，起身推窗往外看，这里离渡口不远，站在楼上能看见河段全景。时候还早，只有漕运的船只来往，他抚了抚发烫的前额："兵来将挡，只要后顾无忧，我自有应对的办法。西厂的那起狐妖案似乎搁置下来了，传令蔡春阳，再给他大肆搅和搅和。注意力一分散，就对咱们有利。皇上倚仗不了西厂，最后还得靠东厂。"

云尉应了个是："上回督主盼咐彻查姜守治的家私田产，查下来了不得。刚才接了闫少监飞鸽发来的密函，请督主示下，是现在就拿人，还是略缓两天？"

他咬唇想了想："就今儿吧，水搅得越浑越好。等娘娘安定下来，我回南京打个呼哨就收拾返京。皇上再决断，毕竟即位不久根基弱，这会儿随王伴驾，兴许还能捞着点甜头。"他脑子乱，心里忐忑也想不了那么多，摆了摆手道，"旁的先放一放，手头上的事办完了再说。"

云尉瞧他心浮气躁，便不再说什么，躬身退了出去。

底下廊子上碰见了佘七郎，把话传到了，回身朝楼上望了眼："这失魂落魄的样儿，真叫人忧心。一个女人罢了，值当这样？"

佘七郎想起自己半夜爬窗的经历，表示很可以理解："你懂个锤子！赶紧找个女人,哪天不娶进门晚上睡不着,你就明白了。"

天一点点暗下来,渡口点起了纵向的两排风灯,菱形交错的竹枝灯架子上糊着桐油纸,上面拿红漆写着大大的三个字"老君堂"。

三伏的当口,官船都挑晚上靠岸,所以渡口到了夜里反而更热闹。摆摊儿的出来了,卖臭豆腐、鸡蛋、烧酒、鱼干儿……一般多是吃食。小贩连吆喝带拽地招呼人喝茶吃炊饼,七八个大高个儿男人过来,不多话,一屁股坐在了条凳上,二把手仰脖子叫了声"一人一碗汤饼",声儿大,吓人一跳。

东厂的人原本都带着匪气,穿上短衣扎上裤脚,头上再箍个网巾,看上去像一群劫号的响马。横竖是要装强盗,有意识的在交谈里带着黑话,什么片子(刀)、挺子(匕首)、捆包儿(截包儿[1]),将来就算官府查到这里,顺道就拐到姥姥家去了。

肖铎长得白净,往脸上抹了点锅灰,珠玉蒙尘,混在人堆里也不那么惹眼了。找了个视线不受遮挡的地方坐下,隔一会儿抬眼看看,漕船倒不少,却没见西厂宝船的影子。

哪里不对吗?都查探好了的,不至于从眼皮子底下溜走。正焦急着,下面的番役压着声通传:"前头一里地看见哨船了,估摸一炷香时候就到。"众人交换了眼色,蓄势待发。

他人在这里坐着,心头阵阵骤跳,血潮拍打得耳膜鼓噪。用力握了握拳,愈是急切愈是要沉淀下来,成败在此一举,错过了就再也没有机会了。

耐下性子等,周围的嘈杂都相隔很远似的。渐渐看到了几艘窄长的哨船杳杳而来,但航线却在河心,并没有要靠岸的意思。他拧起了眉再往后看,那福船前额瞠目欲裂的虎头在夜里若隐若现,十二道桅杆上风帆鼓鼓,一个虚晃,错眼就过去了。

没有停靠!他愕然站起来,佘七郎见状早就蹿了出去,直赶到河堤上,只见宝船船尾的红灯在暗夜里越去越远,慢慢消失不见了。

回来无须回话,踟蹰地摇了摇头。肖铎看着他的脸,感到前所未有的迷惘。和生命里最要紧的东西失之交臂,他又回到了孤独的境地,没有亲人,没有爱人,什么都没有。

---

[1] 偷抢东西。

脑子里乱成一团，难道她被于尊控制住了，要求停靠他不答应吗？这种情况的可能性不大，她是皇帝点名要的人，于尊善做场面文章，绝不敢慢待她。那是为什么？为他好，不想连累他？若果真这样他越发恨得咬牙，谁要她顾全大局？他既然敢下决心，自然有他应对的办法！

难道是她怕了吗？和他分开十几天想通了，打算从这场荒唐的闹剧里挣脱出去了。

他突然有种被愚弄的愤怒，自己没日没夜地赶了几千里来接她，结果只为看宝船弹指之间翩然而过吗？既然后悔，为什么不明说，偏要把他耍得团团转？自己做了场春秋大梦，闹得底下人人笑话。他的爱情只是他一厢情愿，别人如何看他？一个太监，妄想攀龙附凤，结果怎么样？马不知道脸长罢了！

瞧瞧这一身可笑的打扮，瞧瞧这张被涂黑的脸，他简直恨不得挖个洞钻进去！堂堂的东厂提督被一个小太妃玩弄于股掌之间，亏他愿意舍命去守卫爱情，原来是不堪一击的自欺欺人！看来当初没有答应带她私奔是对的，她太年轻，只可同富贵，不可共患难。

他失望透了，也冷静下来，再不需要身边人苦口婆心。他痴傻了那么久，被她弄得神魂颠倒，也是时候该清醒了。

默默坐了一阵，几个千户眼光如梭，云尉试探道："咱们再往前赶一程子，二十里外还有一个渡口。"

他冷冷一笑，下个渡口还是不停靠怎么办？再往前吗？再往前该到北直隶地面了，难道一气儿追到通州码头？

"去牵马，回南京！"他声气儿不高，站起来霍然转过身，仿佛一下子跳出了轮回，仍旧是那个杀伐决断的东厂提督。

马蹄声她听不到，耳边只有船头划开水浪的激荡。

舱里灯火朦胧，音楼坐在月牙桌前，呆滞的眼神、惨白的脸，也不哭，只是定着两眼看那灯豆。

彤云有些着急："主子，你要是难过就哭出来，我关好了门窗，他们听不见的。"

她不应她，过了很久才问："老君庙……过了吗？"

彤云应个是："早就过了，岸上的人八成已经部署好了，先头只要您张张嘴，咱们这会儿没准在东厂的马车里。"她无奈地看她，"但是奴婢知道，娘娘这么做是为肖掌印好。真要不管不顾走了，也就一时痛快，后头不知道会遇见什么样的险阻呢！我觉得娘娘做得对，喜欢一个人应该盼着他好，就像一朵花儿栽在花盆里，看着那么喜人。您养它，天天给它浇水施肥，它必定开得更灿烂；可要是您手痒痒把它摘下来，至多不过半天，它就死给您看了，何苦来！肖掌印就像那朵花儿，您远观吧！以前咱们在宫里对他垂涎三尺，这回南下一趟他差点儿没成您的人，您已经挣足面子了。"

明明是劝慰她的话，她听着听着却泣不成声了。扒着桌沿蹲下来，胸口痛得没法呼吸。他一定很恨她，恨她爽约。她应该在登船前和他说清楚的，说清了也许就放下了，不用来回折腾了。可她当时不能说，那么多人，那么多眼睛都看着，万一有个闪失，岂不是大祸临头！她也想过留信给他，但是信里写什么呢？恐怕提笔尽是对他的眷恋和不舍，让他陷进更大的痛苦。

她选择回宫，就是不想和他有其他牵扯。与其处处照应露出马脚，不如让他恨，视她于无物。宇文良时不是拿她威胁他吗？只要没有她，南苑就不能把他怎么样。她顾全他是没错，只可惜了她的一片情！她对美好的向往全部都在他身上，现在丢了，她注定精着来光着去，还是一无所有。

彤云来搀她，给她拭眼泪："过阵子就好了，时间一长慢慢忘了，您还可以像刚进宫那时候一样。"

"好不了了……"她颤着声说，"我这辈子都好不了了。别人两情相悦可以在一起，为什么我不能呢？！"

彤云看着灯底那片黑影叹息："不是的，有情人终成眷属，那是戏文里唱的。您没看见，天底下伤心的人多了，各有各的难处。"

她不知道别人怎么样，反正自己快要坚持不住了。她坐回机子上不言声，管箩里放着个花绷，是她绣的半朵牡丹。她伸手拖过来，一支针插在花瓣上，她拔下来，狠狠扎进了指腹。手指痛得厉害了，心里就会好受很多。她看着血涌出来，一滴两滴，很快染红了花蕊。

彤云一个疏忽没瞧她，突然发现她这么糟蹋自己，慌忙扑上来拿手绢给她包裹。她挣扎着哭道："你别管我，我想他，想得没法儿。可是我知道往后不能够，只有这么着，想他了就拿针扎自己，也碍不着谁。"

"给自己上刑，多造孽啊！"彤云也跟着一块儿哭，抽噎道，"早知道这样，咱们情愿在泰陵里待着，别进肖府就什么事儿都没有了。您也是多灾多难，死里逃生好几回，又欠了这么份儿情债，可怜见的！"一头说一头抱住她，"您别怕，您没了他还有我，往后咱们相依为命，我一定豁出去保护您，不叫谁欺负您……别怕！"

她紧紧抓住彤云，没想到最后陪着自己的还是她。她们一直生活在一个圆圈里，从这头抛出去，转了半天，又回到原点。皇帝一声令下，她只能听候安排。反正她本来就是紫禁城里的一粒尘埃，飘得再远，落下来，也不过是为这腐朽添砖加瓦。

天气不好，刚回到北京就是一场倾盆大雨。雨点落在伞面上，力道之大，简直要砸穿油布。几个小太监弓着腰，大半个身子露在外面，主子头顶上的遮盖不能有偏，自己就是淋烂了也不碍的，一味谦恭小心地往神武门里引。因着有于尊亲自护送，门禁上的锦衣卫没查牌子，挺腰站着看了眼，挥手让放行，一行人便进了幽深的门廊。

徒步到顺贞门，那头有抬辇候着，两个穿葵花团领衫的内使打着伞立在檐下，黄栌色的伞面倾斜，挡住了上半身，只看见犀角带下层层叠叠的曳撒，和脚上簇新的黑下桩宫靴。许是听见脚步声了，抬起伞沿看过来，一见人到了忙收伞上来打躬："恭请太妃娘娘金安。"

音楼点了点头，细看那个长相精明的宫监，侧过头问："你是闫少监吧？"

那人的身腰立刻又矮下来三分："臣不敢，娘娘叫臣闫荪琅就是了。"

她没言声，由太监们搀扶着登上了抬辇。

于尊绕到辇旁长揖下去："臣就送娘娘到这里，一路顺遂，臣幸不辱命，这就上前朝向万岁爷复旨了。"

音楼笑道："一路受厂臣照应，多谢了。"

于尊越发弓下身子去，又行一礼，却行退回了神武门。

闫荪琅扬手击掌，抬辇稳稳上了肩，一溜人簇拥着进了花园，他扶辇回禀："臣先送娘娘回哕鸾宫，往后那儿就是娘娘寝宫。历来仁寿宫和后面那一片都是安置先皇后和太妃的，五六个人住在一块儿，行动也不方便。养心殿里早有了示下，您回宫前把人清干净了，后头喈凤宫是荣安皇后处所，中间哕鸾宫不往里填人了，专用来奉养端妃娘娘……娘娘回去换身衣裳，防着皇上要来的。至于慈宁宫里请安，皇上的意思是暂缓。或者要去，也等皇上在场，以免旁生出什么枝节来。"

这样安排的用意显而易见,皇帝要走动,不能在人眼皮子底下进出,把一排屋子都腾出来,他爱干点什么也不落别人的眼。难为他想得周全,总算也替她考虑了,没叫立刻去参拜太后皇后,否则不知道等着她的是什么。

音楼心里的伤还没愈合,其实有点置生死于度外的劲头,横竖两可,他们怎么安排就怎么听吧!

只是怕,害怕皇帝相逼,她如何守住这清白?肖铎多好啊,他始终替她着想,那天都这样了,最后还是忍住了。他给她留了退路,就像话不说满是美德一样,事不办绝更是菩萨心肠。可是留着,无非让她腰杆子更硬气些罢了,被不爱的人霸占,迫于无奈下的妥协,其实更是一场泼天的灾难。

她忧心忡忡,含糊地回了句"知道了",又做出个为难的样子来:"只是我这会儿病着,圣驾前面怕失了仪,这倒难办了。"

闫荪琅笑吟吟道:"不打紧的,皇上知道娘娘身上不好,也不会认真计较那许多。"

抬辇出了琼苑左门打乾东五所前面过,再行几步是宫正司六尚局,那所南北狭长的屋子分割开了东六宫和仁寿宫那一片,先帝的宫眷和圣眷正隆的是两样的。

抬辇的太监脚底下很轻快,蹚着水在夹道里穿行,间或踩到水洼,啪的一声脆响,便继续稳稳前行。北京的盛夏和南方不同,凉爽好些。空气被雨洗刷过了,带了一股凛冽的湿意,迎面扑上来有点凉。音楼窝在座儿上往前看,宫墙被雨一淋,红得分外浓烈,两侧重重的黄琉璃瓦殿顶一拨一拨地往后倒退,在宫里到处都是一样的风景,人在其中像上了重枷,再也走不出去了。她叹了口气,默默闭上了眼。

哕鸾宫和喈凤宫一样单门独户,一座大殿,两边有梢间但没有配殿,其实有点孤零零的,毕竟只是太妃们颐养的地方,没那么多的排场考究。不过论清幽毫不含糊,进了门一座琉璃影壁,后面栽着一棵很大的银杏树,树龄不知道有多长了,绿油油的叶子像堆叠的小扇子,遮天蔽日。

要使的下人也早有指派,阖宫十个火者、四个尚宫、八个宫婢,见主子到了,整齐列着队上来见礼,自报家门等主子训话。音楼看着这些人,一个名字都没记住。不过没记住不要紧,有彤云在,要办事叫她吩咐下去也一样。

闫荪琅把人安顿好辞了出去,音楼在殿里来回逛,地方太大了,明间里空旷幽深。一架地屏宝座设在八仙落地罩后面,没有人侍立的时候像个供奉佛像的神龛,让人莫名有种敬畏感。

她站在一片帷幔后，风鼓起了幔子的下沿，连带两边系带上垂挂的流苏也一道纷纷飘起来。彤云领人托着衣裳进来伺候她换洗，她摆手把人支了出去，低声道："今天起我就装病不见人了，万一皇上来，你只管说我惶恐，不想叫他过了病气，能挡就挡回去。"

彤云为难道："人家路远迢迢把您接回京，见肯定是要见的，奴婢要是能三言两语把人打发走，也不在您这儿当差了，早就上内阁做首辅去了。"

也是的，怎么料理呢！她站着发怔，彤云替她把半臂脱了下来，道："不是我说，主子这回该看开了，到了这步还计较什么？江南之行就当是个梦，以后偶尔拿出来回味回味就是了，不能当饭吃，要不一辈子陷在里头出不来。我估摸肖掌印南京的差事办完了就会回宫的，他还在内廷走动，您也能见到他，可是见面不相识，您能做到吗？现在先适应起来，将来也好应付。"她蹲下整理裙角，往上觑了眼，她还是呆呆的，便提醒她，"主子，宫里忌讳苦大仇深。"

她说知道，自己把胸前的纽子整理好，回身坐在窗前，看雨把坛子里的花草打得东倒西歪。盼着别停一直下，绊住了皇帝的脚，他不来吵鸾宫就天下太平了。可是夏天阵头雨，来去都很快。一转眼工夫日头旸起来，树顶的知了攒足了劲儿，越发叫得震耳欲聋。

竹帘间隙筛进日光，一棱一棱照在地上，光影里有细小的微尘浮动。音楼坐在那里，隐约听见有击节声传来，心里一惊，吩咐彤云去外头看看，果然见门上小太监压着膝头跑到廊子底下传话，声音不甚大，但是听得很清楚，说："万岁爷到了，请老祖宗准备准备，出来接驾吧！"

来得这样快！音楼怔忡着站起身，彤云进屋瞧了眼，她脸上没什么血色，嘴唇白得纸似的，这样倒好，病西施的模样，皇帝但凡有点人性也不忍心下手。

上来替她整了整掩鬓搀扶出去，音楼迈出门槛在廊下静待，影壁后面出来一溜太监，她也未及细看，低头下台阶跪拜，两手扒着砖缝道："奴婢音楼，恭迎圣驾。"

雨后的太阳威力未减，热辣辣地照在她背上，稍停留一会儿就觉烧灼生疼。皇帝的皂靴踏进她的视线，然后一只手探过来，袖口挽着端正的一道素纱，掌心平摊，没有丝毫僭越的地方，反而看出些细腻的温情来，连声音里都含着笑："你身底儿弱，礼到了就是了，快起来。"

音楼有些彷徨，看着那只手犹豫不决。脑子里千般想头奔腾而过，猜测若是把手放上去，后头是不是顺带着会衍生出别的什么来？可是不领情又不行，皇帝给你脸，你敢叫皇帝下不来台？她没法子，伸手搭了下，很快便收回来，退到一旁谢了恩，欠身把皇帝往台阶上引："外头这样热，万岁爷仔细中了暑气，快里头请。"

皇帝和颜的时候眉目里有种难得的温润，那种平和没有棱角的神情，不像个俯治天下的君王，却像个享尽了荣华的贵公子。她这样局促，他也不觉得哪里不好，只是一笑，提了袍角进殿去了。

登座看茶，见她在下首规矩站着，上下打量了一番道："气色还是不好，别拘礼，来坐下。回头传太医过宫里瞧瞧，究竟什么病症儿，拖了这样久！是不是肖铎伺候得不好？在南方没叫人看吗？"

她抬起眼说："肖厂臣尽心尽力的，传了东厂的医官，又请当地的名医把了脉，都说不出缘故来，只说体虚体寒，用了很多调节的药都不见好转。万岁爷别担心奴婢，奴婢草芥子一样的人，劳动圣躬就该万死了。"

皇帝缓缓点头："想是到了北地扎根儿，回南方反而不适应了。我看了好些县志，南方近年动辄赤地千里，还有疫情，难保不是沾染了六邪。"遂吩咐御前总管太监崇茂道，"给王坦传个口谕，让他亲自过来。要仔细地瞧，用药也别苛减，只管上库里提去。"

那王坦是太医院院使，正宗的一把手，历来只给君王瞧病，这回破例让他伺候一个太妃，实在是很大的脸面了。崇茂应了个是，退到帘外发话去了。

音楼正要道谢，隐隐听见两声狗吠，才想起来南下之前皇帝曾经答应送她一只狗。又想起肖铎那天别扭的话，说她没出息，就叫一只狗勾了魂儿，真是五味杂陈。

转头往外看，穿飞鱼服的内侍进来，到近前站定了，胳膊往前凑了凑，笑道："娘娘您瞧，奴婢奉了主子旨意伺候狗爷。主子疼爱，一直叫养在养心殿里，奴婢半点不敢怠慢的。今儿娘娘回来了，奴婢送狗爷物归原主，向娘娘交差啦。"

音楼听了觉得有意思，这些太监谄媚，连狗都冠上爷的名号了。再看那巴儿狗，还是半大，狗头搁在他肘弯处，湿漉漉的黑鼻子，两只眼睛又大又亮。她伸手过去抚了抚，不龇牙很温驯。再摸摸鼻梁，大概手上有糕饼的味道，它扭过来顺势好一通舔，柔软的舌头，来回像墩布擦地。

音楼笑起来，淡淡的唇色还带着病气，歪在锦囊上，像一幅水墨的仕女画。

皇帝心里高兴，对那太监道："甭在娘娘跟前摇尾巴了，知道你图什么！崇茂，平川养狗有功，赏他一把金瓜子儿。"说着也去狗头上捋了几下，笑道，"惠王家产的那一窝，就数这只最拔尖儿。你瞧，毛色好，头大，脸盘儿开阔，是朕精挑细选的，你喜欢吗？"

有点邀功的味道，音楼这才好好看了他一眼，抿嘴笑着点头："您费心，我谢谢您。我小时候家里也养过狗，不是什么名贵的种儿，是只土狗二板凳。我经常往厨里偷偷拿东西喂它，后来我母亲嫌叫得烦心，让人打死吃了肉。自那以后我就再没动过养狗的心思，怕善始不得善终。"

皇帝说："那是以前的事儿，眼下在宫里，有王法的地方，谁敢打死你的狗？你只管养着，这狗通人性，比养虫好。你跟它说话，它还会歪着脑袋琢磨，很有意思的玩意儿。"

一只狗也不值什么，见她有了要抱的意思，平川赶紧递过来，捏着嗓子叫留神："狗爪子虽不及猫爪子，万一钩着衣裳也不好。奴婢寻思着回去给它做几双袜子，这么的娘娘要抱也不用顾忌。"

深宫寂寞难耐，养狗做伴也是个出路。音楼把这狗肚皮朝上，抱孩子似的仰天抱着，转头问："叫什么名字？"

平川道："没名字，等着娘娘给取呢！不过先头为了招呼方便，奴婢和底下几个猴崽子管它叫狗爷，也是应个急，不当真的。"

这个急应得好，瞧它摇头晃脑的样儿，叫狗爷名副其实。音楼在那狗胸脯上抓挠几下，吩咐彤云说："咱们给它打扮打扮，链子不好，绞了毛怕它疼得慌，去匣子里挑个玛瑙串子来给它戴上。"说着啧啧逗弄，把贵客忘到后脑勺去了。

皇帝坐着有点心不在焉，咳嗽了几声她也没回头看，便道："你还没大安，狗这东西逗逗就行了，别一直抱着，对身子不好。"

她这才愿意搭理他，嗯了声道："我省得。"再没有其他了。

她和以前不大一样，以前更跳脱些，不及现在沉稳。虽然他从来没被热络地对待过，但这种刻意的疏离他也察觉得出来。他半带讥诮地勾了下唇角，那笑容像瓦上的轻霜，被风一吹，转瞬就淡了。

"消遣归消遣，可别太当桩事。"他站起身道，"朕是来瞧瞧，瞧过就该走了。养心殿好些奏本堆在那里，时候长了不办耽误事。你好好将养，朕明儿再来看你。"

她听了把狗交给旁边的宫婢，起身一直送到门外，和声劝谏道："政务再忙，皇上也该小心身子。跟前那些人养着就是给主子分忧的，万事都要您亲力亲为，那您太委屈了。逍遥是一辈子，劳碌也是一辈子，别亏待了您自己。累了就挑几个信得过的人代办，您也好钓钓鱼赏赏花，松泛松泛。"

进完了言自己哑哑味儿，有那么点奸妃的意思。突然想起来后宫不得过问政事的规矩，唬得忙抬头看天颜。所幸皇帝似乎并没有往那上面想，背着手踱到了台基上，笑道："历任皇帝都把批红权交给司礼监，朕收回来才知道里头苦处。隔阵子，等肖铎回来了再作计较吧！"一头说，一头走进了日光里。

头顶上有巨大的华盖，满世界晃眼的金色。他走出去几步，将近影壁时回身看，她纳福蹲着恭送，眼睫低垂，拒人于千里之外。

出得哕鸾门，刚上肩舆就瞥见夹道那头有人翩翩而来。皇帝凝眉看过去，宫人撑着绸面伞，那伞面明明是一片水色，若描上花瓣或柳叶还在情理之中，但她们的不同，忽然飘来说不清的几笔，像《山海经》话本上鬼怪出场时的烟雾，铁画银钩，纠结缠绕，横扫过伞骨的大半边。

皇帝工书法，对美有独到的见解，看到这种不伦不类的布置如鲠在喉，让太监们停下，待人走近了方道："皇嫂的伞是哪里出的？这布局新颖得很，没见过。"

荣安皇后撤开了伞面向上纳福，微讶着笑道："我还当我是头一个来串门子的，没想到皇上来得比我还早。"话锋一转又道，"前儿有兴致，从造办处要来的白伞面，自己信笔画的。我可不及皇上妙笔生花，胡乱两下子叫皇上取笑了。"

皇帝原以为是匠作处的手笔，少不得要骂上几句，后来一问是荣安皇后的巧思，就不便再说什么了，只闲闲道："皇嫂也来瞧端妃吗？"

照理称呼当称全，这么叫端妃，谁知道是现任还是前任！不过说起来皇帝册封的妃嫔里没有设这个封号，所以应当算不上口误，没准儿已经下了决心要把那"太"字去掉了吧！

荣安皇后笑应了个是："我和端太妃同是先帝后宫的人，如今住得又近，可不要来看看嘛！不过于尊手脚倒是快，才一个月不到就把人迎回来了，皇上接下去打算怎么办呢？"

皇帝勾着唇角哂笑："皇嫂聪明人儿，这种事就不必问明了吧！于尊办事朕是放心的，这奴才抓得住，肚子里多少弯弯绕绕朕都知道。不像别人，要重用，还得防一着。"

荣安皇后摇着团扇领首："皇上圣明，那些奴才原就是猫儿狗儿一样的，闷了拿来消遣，用不上了就装进笼子里。连命都是主子给的，怎么能不尽心伺候着！不过菜不放在一个篮子里，皇上自然懂得制衡的道理。于尊这人……"她缓缓摇头，"还是小家儿气。我听说贪得厉害，皇上手底下的人，脸面也要紧。"

皇帝看着她，笑容里带着悲悯的味道，高高在上地嗯了声："朕怎么用人就不劳皇嫂费心了，皇嫂去瞧端妃朕也不拦着，只是她才从南边回来，身子也不大好。皇嫂最体人意儿，替朕宽慰几句，什么话该说，皇嫂自有分寸的吧？"

荣安皇后咬着牙笑道："那是自然，皇上这样体恤，是端太妃上辈子的造化。"

皇帝转过脸不再多说什么，崇茂抬手击掌，步辇稳稳往前去了。

"主子……"她身边的女官低声咕哝了句，"皇上怎么有点翻脸不认人呢！"

她哼了声道："他要是重情义，也不会前脚上台，后脚就把扶持他的人给打压下去。肖铎机关算尽有什么用，棋差一着，搬起石头砸了自己的脚，现在弄得丢盔弃甲，有意思吗？"说完一时缄默下来，提起裙裾迈进了哕鸾门。

那厢音楼送走了皇帝才要歇下，门上又进来通传，说嗻凤宫荣安皇后到了。她一听大皱其眉，却也无法，只得强打起精神应付。

荣安皇后自恃身份尊贵，没有想象中的热络，在她面前依旧以大半个主子自居，就像那天夜里送她回坤宁宫时一样，她端着，淡淡的，坐在宝座上让她伺候着喝茶，问她南下顺利否，途中有什么见闻。

音楼明白言多必失的道理，赔笑道："娘娘知道的，东厂护送，番子人又多，我不方便抛头露面。加上天儿热，索性不出舱，吃穿都由曹春盎送进来，因此谈见闻，还真是说不出来。"

荣安皇后扫了她一眼："那多可惜的，外头转了这么大一圈，什么都没见识到，还不如在紫禁城里呢！"她把蔽膝铺陈熨帖，又嗟叹，"当初那么多人，伴驾的伴驾，守陵的守陵，原以为这辈子也不能再有见面的一天了，没承想里头还能有人回来。要说你的运道，真是天底下最高的了，殉葬没殉成，守陵也落了个半吊子，如今回宫来，不知道太后跟前是个什么说头。到底你是先皇的宫眷，冠着太妃的衔儿，还是我这边的人。进庙拜菩萨，回宫也得见人，不单是为礼数，也为以后好走动。你捯饬捯饬，看时候皇太后的午觉该歇完了，我领你过慈宁宫去。万一上头要发作，有我在，也好替你打个圆场。"

先前闫苏琅传了皇帝的口谕，说叫她见礼暂缓，谁知道荣安皇后来了，立马要带她过去。人在这儿坐等,她总不能推辞,横竖伸头一刀缩头也是一刀,躲在皇帝后头,倒显得她怕死似的。既然遵旨回宫,这世上没有不透风的墙,恐怕没进顺贞门,消息就已经传遍东西六宫了吧!

彤云站在一旁听了,又不好出言阻止,上来对荣安皇后蹲了个安,笑道:"娘娘请稍待,我们主子中晌才到的,叫人熬的药还没来,奴婢去催一催,等吃过了药再去,就是耽搁一会儿也不碍的。"

荣安皇后这才转过脸来瞧音楼:"怎么?身上不好?是什么病症哪?"音楼照原样说了一遍,她长长唔了声,"这种说不清来头的病最难料理,只有靠调息了。先帝在世时缠绵病榻,我也读过两天医书,女人的身子属阴,归根结底还在经血上,只要运行得顺畅,没有养不回来的。"说着对彤云摆了摆手叫去,自己摘下纽子上挂的十八子手串来盘弄。一眼看见她腕上的迦南珠子,欣然笑起来,"妹妹也信佛?"

音楼低头在珠串上抚了抚,这是那天逛夜市时肖铎送她的,不知道是哪个年代传下来的,珠面包了浆,是有些年头的老物件了。她含笑应道:"家里人给的,当初开玩笑让我念佛煞性儿,我原来也当是佛珠,后来叫人看了,没有佛头塔,只能算手串子。再说念佛要心诚,说句打嘴的话,我对神佛那套本来就将信将疑,几回想静下心来也不成就,就索性抛下了。"

荣安皇后听她一口京片子,奇道:"我记得你祖籍是杭州的,这口官话是进京才学的吗?"

她说:"我娘是北京人,后来跟着我父亲去了浙江,我自小是她带的,所以进宫说官话也不显得生疏。"

彤云本想借着她主子身上不好搪塞过去,结果人家荣安皇后不为所动,也没办法了,只得把药端了进来。

音楼想早早把人打发了,也不像平时那样嫌苦了,直着嗓子灌进去,底下人伺候漱了口,便起身道:"叫娘娘久等,不好意思的⋯⋯咱们这会子就过去吧!我心里也悬着,要是有哪里不周全的,还请娘娘帮衬我。"

荣安皇后没言声,不过一笑,扭身离了座儿上廊下去了。

天儿热,是干干的那种热气,前头下的雨似乎没起什么作用,被太阳炙烤一阵儿,风过无痕。本来以为沉闷的午后时光难挨,各宫娘娘们怕热,都躲在寝宫里不露头了，其实不是。进慈宁宫门槛时听见里头的笑声，说什么大奶奶生孩子请宴、老姑奶奶六十大寿演《锁麟囊》，全是家长里短的事儿，你一言我一语，人还不少。

音楼心里倒没什么不自在的，她是光脚的不怕穿鞋的，做过最坏的打算，如果皇太后瞧她不顺眼，申斥几句罚进冷宫去倒是好出路，只要不挨板子，她都认了。不过恐怕不遂人愿，皇帝费了周章弄进来的，打狗不得看主人嘛！太后不是皇帝的亲娘，也怕母子闹生分。

脑子里乱哄哄地琢磨着，慈宁宫管事的出来引路，她忙敛了神进明间，人都在配殿里打茶围，外间一掀帘子，里边立刻就没了声息。她低头跟荣安皇后进去，分明觉得气氛有点僵。怎么说呢，面见太后倒没什么别扭，要紧的是底下这群嫔妃。论辈分是平辈儿，各自的男人都是做皇帝的，一个龙御了，一个日正当空，不管是她还是荣安皇后，都有些寄人篱下的感觉。喈凤宫和哕鸾宫的人，本来就是这泱泱大内的异类。

"给太后老佛爷请安。"荣安皇后纳了个福，往后一指道，"这就是上回我同您提起的步氏，今儿回宫的，带来给老佛爷见见。"

音楼跪下来磕头，只听见四周坐着的人窃窃私语，无非是把她殉葬后的奇事兜底儿又翻炒了一遍。

皇太后上下打量了一通，忖着她颜色也不很惊人，狐颜媚主这一条倒当不上了，便倚着肘垫道："可怜见的，也算遭了大罪，上了吊又活过来，以前只在大鼓书里听说过，没见过真的。"想起来要没皇帝看上这一出，死了就死了，哪能还阳呢！到底是爷们儿背手使了手段，大伙儿心里知道，不过面上帮着掩一掩罢了。说着使眼色叫左右把她搀起来，"这么福厚的人是当尊养，皇帝把人接回来，我看是对的。"又嗫嘴思量了下，"先帝宾天，我只管伤心，也没照料前头的事儿。上回问裘安，说颁了徽号，论理不当的，谁也没想到这出，就不做那么多讲究了。往后就按太妃的例儿，皇后那里照应着点儿，总归是先帝留下来的人，也不容易。"

太后这么指派，大家没处可反驳，按着辈分说来还是嫂子，就是对现任的皇后也不需行磕头的大礼。音楼谢了太后的恩又给皇后纳福，太后赐了座，也就随分入常了。

中秋将至，众人的话题又转到过节上来，皇后道："照理说先帝才驾崩不久，宫里摆宴不该大办的，但皇上的意思是老佛爷心神不好，为这事郁结了好几个月，借着中秋让老佛爷高兴高兴。半月前传令内务府购置菊花，昨儿全进京了，各式种类上万盆，什么涌泉、银针、金绣球……好些名目我也叫不上来，到那天都布置上，老佛爷和皇嫂赏月赏菊也开开怀。"

荣安皇后笑应了，慢条斯理道："今年还请宫外至亲进来聚吗？要是照往年的惯例，前后宫门有阵子得大开着，今年是不是忌讳些？人太多，叫锦衣卫谨慎办差，来往的人要盘查清楚了，大伙儿图个心安。咱们在深宫里待着，不知道外头局势，四九城一到夜里关门闭户，都两三个月了，闹得人心惶惶的，节也过不踏实。"

皇太后起先歪着，听了她的话撑起身来，骇然道："还是为了那个杀了几十口子，连鱼也掐死的案子？这都多久了，到这会子还没办妥吗？刑部和都察院是干什么吃的？皇帝才登基，不能还百姓一个安稳，市井里回头可有话说了！"

荣安皇后忙道："这事不怨刑部和都察院，案子交给西厂办的，是那头办事不得力。"

太后是有了岁数的人，说起这种精怪的事浑身寒毛乍立，当即虎着脸道："我就晓得，才创立了几个月的衙门，能靠得住才奇了！要论办案子，还是东厂那帮老人儿好，手上经历得多，是钉是铆提溜起来一瞧就知道。皇帝是和谁置气吗？把肖铎派到外头去谈什么绸缎买卖！这种事儿户部调个人就成的，偏叫他！算算时候也有两个月了，多早晚回来？还是他在叫人放心。皇后也要劝谏皇帝，立威是一宗，太平才是最要紧的。西厂办不了，何不交给东厂？赶在八月十五前拿住贼人，让百姓痛快过个节，那才是造福万民的大好事！"

太后发了话，皇后只得喏喏答应。音楼在下面静静坐着，听见他的名字从别人嘴里说出来，有点恍如隔世的感觉。从那天登船起到现在，分开有二十多天了，不知道他差事办得怎么样了、南苑王还有没有威胁他、夜深人静的时候他是否惦念她、会不会怨怪她心狠再也不想见到她……她又隐隐燃起希望，听太后的意思是要急召他回京办案子主持中秋宴，这样真好，她也不再想着长相厮守了，远远看一眼就够了。人到了没有指望的时候果然懂得退而求其次，只是这种顿悟是走投无路下的妥协，实在叫人难过。

"为什么忤作验不出伤呢，因为狐妖把芦苇插进人耳朵里吸脑子，书上就是这么说的。"

她胡思乱想的当口听见边上一个声音说，转过头看，那是一张年轻秀美的脸，有海子一样清澈透亮的眼睛，和她视线相撞，低声笑道："我见过你，那天夜市上，和他在一起的就是你。"

音楼吓了一跳，正正脸色道："长公主认错人了，我没去过什么夜市。"

合德帝姬轻轻嗯了声："你别怕，我不会和别人说的。他南下那么久，也没给我写过信，你一直和他在一起，他好吗？"

音楼觉得有点奇怪，上次在外面看见他吓得大气不敢喘，背后却还打听他，不知道他们之间有什么渊源。她拿团扇遮住嘴，悄声道："我离开南京的时候他一切都好，后来怎么样我就不知道了。这不是太后要召他回来嘛，想是用不了多少时候了吧！"

帝姬有点惘惘的："倒也是，只是他提督东厂后就不怎么和我来往了……"说完像是发现了个新玩伴，又笑道，"回头散了咱们花园里逛逛去，说说话儿，可好吗？"

宫里人心隔肚皮是不假，但也用不着刺猬似的胡乱扎人，能结交几个朋友总是好的。帝姬是皇帝的妹子，和那些妃嫔不一样，没有利害冲突的人，相谈甚欢是可以交心的。音楼抿嘴笑着点头，各自沉默下来，耐心等着上头叫散。

闲话说了有阵子，太后又招待大家吃了冰碗子，吃完抹嘴跪安，众人纷纷退出了慈宁宫。

慈宁宫南边有个小花园，叫慈宁宫花园。这皇宫虽说大，消遣的地方其实有限，也就南北两座花园和断虹桥十八槐那里还常走动。帝姬知道她身子不大好，就近指了咸若亭，让人先去布置。两个人携手出了宫门，后面荣安皇后赶上来，笑问："姐儿俩是要去逛吗？端太妃不回哕鸾宫？"

音楼还没来得及说话，帝姬嘟囔了句："皇嫂要做晚课，就不拉您一道了。眼看着太阳要落山的，叫菩萨等着多不好。"言罢拉起音楼的手就进了长信门。

音楼回头看，荣安皇后一张脸五彩缤纷，唬得她赶紧调开了视线，低声道："长公主怎么这么同娘娘说话呢！惹得她不高兴，下回见面尴尬。"

合德帝姬不以为然："我就是不喜欢她，这宫里已经不是她说了算了，她还到处瞎掺和什么？"请音楼上亭子里坐下，和颜道，"按着位分我也该管你叫嫂子，可宫里是这样的，除了正宫一概不算数。叫封号又显得生疏，还是叫名字亲切。我打听过你，知道你叫音楼，往后你就叫我婉婉，咱们不分你我。"

音楼迟疑地看她一眼，无缘无故的恨叫人纳罕，无缘无故的爱也让人不敢领受:"长公主这份盛情……"

她盈盈笑道:"你在他身边待了那么久,还能全须全尾回来,说明他并不讨厌你。就冲着他愿意带你去夜市,瞧得出他很待见你。既然是他待见的,我自然要高看两眼。"

看来还是仗着肖铎的牌头,音楼笑道:"长公主和肖厂臣交情很深吗?"

她听了低下头,眉心笼上了薄薄的哀愁,缓声道:"我那时候还小,他在我宫里做过管事。这个人看着和气,其实脾气不大好,说一不二,我都有些怕他。可是他心地不坏,我要是受了什么委屈,他会想尽办法替我出气,他对于我来说亦师亦友,很难得。"她牵着袖子提吊子给她斟茶,又道,"我刚才说讨厌荣安皇后,有我自己的道理。她几次三番在太后和皇上面前说要给我做媒,想让我出降[1]到她赵家。我心里不乐意得很,可是单凭自己能力不够,我怕太后被她说动了,万一真把我指给赵家,那我怎么办呢?所以盼着厂臣快回来,回来我就有依仗了,他是神通广大的人,一定有法子救我。"

每个人都觉得他能只手遮天,可是有几个人知道他的无能为力呢!音楼叹了口气道:"没打发人好好探探吗?万一赵家那个小公子可行,岂不是白错过了好姻缘?"

她摇摇头:"必定不成就的,厂臣走前大约是得到了什么消息,嘱咐我哪里都别去,不管谁邀约都要推辞掉,我料着他也不中意那个赵还止。只要他不点头,再好的人家我也不会嫁。"

音楼心里直打鼓,想起南苑王意图尚公主的事,按捺住了问:"他说合适你就嫁,长公主这样信得过他?"

帝姬带着笑,语气婉转却坚定:"人这一辈子总该有一个能够信得过的人,我知道厂臣不会害我的。"

帝王家出身的人,举手投足间有种清华气象。合德帝姬却不大一样,温婉的面貌下仿佛隐藏着某样惊人的力量,实在难以捉摸。不知怎么,音楼有点替她难过。南苑王一步一步逼迫肖铎,尚公主这事早晚要提起的,就是猜不透到时候肖铎怎么安排。帝姬是个简单的姑娘,她的世界只有美和丑,只要肖铎让她嫁,她可能毫不犹豫就答应了吧!

"如果皇上明天颁旨让厂臣回来,路上走半个月,料着八月头上就能到京城

---

1 帝王之女出嫁。因帝王位处至尊,故称降。

了。"她右手纤细的手指捏着一盏菊瓣翡翠茶盅，手背撑着下颔，慢慢转过脸去看夕阳，美好的侧影，画笔难描绘其神韵之万一。她说着嘴角渐渐扬起来，"其实我年纪也不小了，的确到了谈婚论嫁的时候，可是我也说不清为什么，就是不想嫁人。嫁了人得离开紫禁城，在外面建公主府，厂臣又不能跟我过去，我自己当家管事，怕没这个能耐。"

她很依赖肖铎，音楼也看出来了。少女情怀才刚萌芽，也许还混杂了一点无法言说的爱慕。有的人就是有这种魔力，去得再远，想起他时脸上也会浮起微笑。彼时她还不知道那个大秘密，就算他是真太监也照样魂牵梦萦。就像中了邪，一头扎进去出不来，帝姬应该也是这样的感觉吧！

真是好笑，两个人思念着同一个男人，不起冲突，相安无事，这算什么？她低头看盏中茶叶，那君山银针半悬在澄黄的茶水中，摇一摇，飘飘荡荡，屹立不倒。

半晌，帝姬道："你这次回来，我听说是皇上钦点的，这么说是想充你入后宫吗？"

是人都看出来了，她苦笑了下："朝臣和言官们，这回为什么都不吭声？"

"因为事情是东厂承办的，没人寻这晦气。"帝姬笑着摇头，"果然名声太坏了鬼见愁，好些人都敢怒不敢言。现在的朝廷，文官贪钱武将怕死，仗义执言的良臣已经没有了。我想皇上应当会重新册封你吧！哕鸾宫也是暂住，和荣安皇后做街坊，没把人弄傻了。"

音楼笑着周旋了几句，天色渐暗，再过会子就要下钥，也该回去了。

两人寝宫不在一个方向，出花园就分了道儿。傍晚暑气消退了，彤云搀着音楼慢慢往回走，过隆宗门的时候遇上平川，那猴崽子咧嘴笑得满口牙，上来哈腰道："娘娘可出来了，奴婢在这儿等半天了。"

"有事儿？"音楼左右看看没旁的人，不知道他打什么主意。

平川道："给娘娘道喜啦！主子爷发了话，今儿晚间过哕鸾宫，排膳也在那头。奴婢先给娘娘通个气儿，娘娘回去好有准备。宫里娘娘们都这样的，事先安排好，花些巧心思在小地方，回头主子高兴了，娘娘也得利。"

对别人来说是好事，对她来说却是大祸临头了。她慌张得没了主意，问平川：

"这意思……是要走宫[1]吗？"

平川小眼睛一斜："这奴婢可不敢下定论，横竖用膳是在哕鸾宫，后头怎么样，奴婢长几个脑袋也不敢妄揣圣意。不过您想啊，您是太妃，明着背宫[2]是不成的，万岁爷想来往，也只有走宫一条道儿了。"

简直晴天霹雳，这么快，谁也没想到。彤云眼看着她主子站不稳，忙一把拗起她的胳膊架住了，从怀里摸出块碎银子塞过去，笑道："咱们主子年轻脸皮薄，这么直愣愣的可吓着她了。谢谢您报信儿，这钱拿着买茶喝，咱们这就回去布置了。"说完赶紧把人半扶半搀进了夹道。

这个消息于音楼来说是天塌了，回到哕鸾宫也不多话，在地心慢慢腾挪，紧咬着牙关道："这是要把人往死路上逼了。"

彤云看她那样子心里也乱了，压着声儿说："主子，您别吓唬我。咱们回宫前也说起过这事儿，皇上御幸总是难免的，您自己也看开了的，这会儿怎么又成这模样了？"

彤云不懂，说的时候是一出，真轮到头上了，又是另一种况味。她没羞没臊地和肖铎纠缠，那是相爱的两个人，他就算把她吃进肚子里她也甘愿。可换了个人，不一样的形容举动，甚至连气味都是不一样的，她觉得怕。她和肖铎最后虽没到那一步，但她心里拿他当自己的男人，要是承了帝幸，那就是她对不起他，连远远看他的资格都没了。

可是她不傻，皇帝火急火燎地把她弄回来，火急火燎地当天就要见真章，是不是察觉了什么，对肖铎起了疑心，着急要验证？自己抵死不从明摆着不打自招，要消除他的疑虑，只有打落牙齿和血吞。

到了这种举步维艰的境地，似乎没有别的出路了。不说肖铎远在南京，就算他人在京城，恐怕对这事也无能为力。要推诿总有借口，说身上见了红，男人避讳这个，绝不会对你下手。但是这样保得住几天？叫人说起来，一点你的卯就来事，还是里头有猫腻！

她站在地心抬眼看房梁上，藻井是海曼花卉的，边上椽子一色的透雕嵌雕，装

---

[1] 古代宫廷侍寝的一种方式。指御幸妃嫔自己走进皇帝寝殿侍寝。

[2] 古代宫廷侍寝的一种方式。指为了保证皇帝的安全，御幸妃嫔事先把衣服脱光，用斗篷围着，由太监背到皇帝寝殿侍寝。

饰着鹤鹿回春和二十四孝图……

彤云见她眼神不对,忙上来断喝:"哐哐,作死的要来勾人吗?滚得远远的!"一把把她拉到宝座上坐定了,连着摇晃了好几下叫她醒神儿。老话里常说,那些屈死的阴灵要投胎得拉人垫背,紫禁城里旁的不多,吊死的最多。遇着点儿沟沟坎坎就想着往房梁上看,那是鬼在勾人魂魄,引诱你给她做替身。眼见着天暗下来,这眼神可叫人头皮发麻。她在旁劝谏着,"心思别往窄了去,咱们再想法子。您看上头干什么?悬在那儿顶什么用,皇上照旧为难肖掌印。"

音楼低头嗫嚅:"我不怕你笑话,这身子我就想留给他。"

彤云为难道:"奴婢跟了您这么长时候,您心里想什么我都明白。您是一颗心付与谁,此生就无二志了,这样真傻,可我还就觉得您这么局气才是条汉子!"

她转过脸来苦笑:"我琢磨过了,这回我不能躲,躲了授人以柄,对他怕是不好。既然没别的法子,我就侍寝吧!伺候一回也算对得住皇上早前的救命之恩了,然后……拖上三两个月的再死,也牵扯不上他了。"

彤云听得发瘆:"您这是一心不想活了?活着也不单为那些情情爱爱的东西呀!"

"我还为什么?"她红着眼圈说,"和家里闹成了这样,我从来都是一个人。后来遇见他,知道不应该,可架不住想凑对儿做伴。"

彤云看她真可怜,什么凑对儿做伴,弄得宫女找对食一样。自古有义奴,自己这种贴身伺候主子的宫人出宫无望,反正这辈子也就这么回事了,不如自己横下一条心来,好歹成全了她。左右看看无人,抓着她的手说:"奴婢知道您的苦处,您和肖掌印要死要活地折腾,我心里不是滋味儿。眼下有条路,娘娘愿不愿意听我指派?"

这丫头鬼点子多,音楼知道她脑子活,点头道:"我听,你说怎么办?"

她运了好几回气,手上越抓越紧:"过会子皇上来用膳,您下死劲儿灌他,把他灌得迷迷糊糊的您就出去,后头的事儿您别管,交给奴婢来办。"

音楼一听吓得三魂七魄都飞了:"你别不是要弑君吧!"

"哪能呢!"她打着哈哈摆手,"您家里和您不亲,我还想着乡下老子娘呢!闯了祸,叫一家子跟着掉脑袋吗?"

"那你怎么打算?"音楼觉得没底,心里不大踏实,"你什么想法得告诉我,我搭把手也好啊!"

"到时候我再嘱咐您,您先沉住气,好好伺候,别叫人起疑。您不是要把身子留给肖掌印吗?"她把她鬓边垂落的发顺到耳朵后头,铿锵道,"奴婢一定帮您想法子。这么的您就能好好活下去了,我也弥补弥补上回害您中毒的过失。"

音楼一直觉得彤云脑子比自己好使,她既然有了主意,自己就摸着了主心骨,一切行动全照她的指派来。

皇帝装了那么久的正人君子,小宴后半截的时候剑走偏锋,也许真是喝高了,大着舌头拉住她的手说:"其实朕登上这宝座,有一半儿是为了你。朕不是个有野心的人,打小人嫌狗不待见。皇父瞧不上,总师傅也不拿朕当回事,在上书房读书,朕只能坐在最后一排。朕就这么缺斤短两地长大……后来开衙建府,总算有了自己的地盘儿。皇帝换成了我皇兄,我没被外放就藩,瞧着是天家骨肉亲情,其实还不是怕我在外头图谋造反!这回好,留下我,留出祸来了……"他比出个手刀唰唰砍了几下,"宰了他那只小崽子,老子自己称王……"

音楼心里踏实下来,连这种话都说,证明他是真醉了。保险起见再添上一杯酒,往他嘴里灌:"我主英明神武!今儿高兴,多喝几盅也不碍的。"

他迷蒙着两眼看她:"没错儿,今儿是高兴……你从南边回来了,朕连早朝都没上好。"她穿着便袍,袖口阔大,他伸手一抄就探到肘弯那里去了,在那片冻乳一样的皮肤上尽兴地抚,喃喃道,"洞房花烛夜,金榜题名时……"

音楼被他摸得浑身起栗,索性上去搀他,在他耳边媚声道:"万岁爷乏了,御前送了起坐的褥子来,都归置妥帖了,奴婢扶您过去歇着。"

他手不老实,在她颈间胸口乱窜,她没法子,只有咬牙忍着。好容易到了床上,男人分量重,几乎是垂直砸了下去,他一手勾住她,直接压在了身下。

他喝了太多的酒,酒气熏人。明明是天底下最尊贵的男人,靠近了却令她不适。她心慌意乱,他力气那么大,简直让人招架不住。密密的吻席卷过来,音楼欲哭无泪,好容易抢出了嘴,勉强喷道:"皇上好不体人意儿,总要先容奴婢洗漱洗漱。才刚帮看菜来着,这一身味儿,怎么好意思伺候皇上。"边说边挣出来,憋了一嗓子莺声燕语,"主子等着我,一会儿就回来。"

闪身出了帘子,到外间的时候两条腿还在哆嗦。找彤云也不在,正慌得不知怎么好,这时梢间的菱花隔扇门打开了,幽幽一股香气扩散开,定睛看,彤云穿着她的海棠春睡轻罗纱衣从明间那头过来,曼妙的身姿在罩纱下若隐若现,音楼才发现这丫头原来那么好看!

可她这是要干什么?打扮成这样,是打算替她吗?这怎么行!她迎上去,低声道:"你疯了,这就是你的好主意?"

彤云在她手上用力握了下:"没别的法子了,就这一回!然后您就称病,或是说来月事,拖到肖掌印回来再做打算。奴婢不值什么,埋在这深宫里也是这么回事,横竖没人在乎我是不是干净身子,我也用不着对谁交代。您不同,您有爱的人,不为自己也为他。奴婢羡慕您,能轰轰烈烈为自己活一次。我这辈子是无望了,就指着您好!"

音楼能感觉到她镇定掩饰下颤抖的身躯,为了保全自己毁了她吗?她干不出这样的事来!她拉着脸说:"你这法子不可行,宫女自荐枕席是什么罪过,不用我说你也知道,我不能拿你的性命开玩笑。"

"我进去把灯吹了,皇上不发现就没人知道。来不及了,您也别和我争,不把您扶持好,我往后怎么仗着您的牌头耀武扬威?"她含泪笑道,"又不是上断头台,怕什么?您踏踏实实在梢间等我,等四更梆子响了咱们再换回来。我托您的福,也做回女人,要不守着身子到死,白来人间走一遭了。"音楼再要说话,她把手指压在音楼唇上,轻声说"我去了",便回身进了配殿,轻轻把门掩上了。

彤云胆儿太大了,她早有准备,似乎就在一瞬,想阻止都来不及。音楼眼看着她的衣角翩翩消失在门后,站在那里发愣,脑子一时清醒一时糊涂,突然晕眩起来,脚下站不住,跌坐在重莲团花地毯上。

殿里的蜡烛果然熄灭了,她怔怔地盯着门上的龟背锦槅心,觉得自己罪孽深重,死了恐怕要下十八层地狱了。彤云真倒霉,跟了她这个没用的主子,没让她过上一天横行霸道的日子,现在还要为她这点可悲的儿女私情葬送清白,往后叫她拿什么脸去面对她?所幸皇帝来哕鸾宫的排场和别处不一样,没有候着叫点儿的太监,也没有敬事房拿本子记档。阖宫的人都打发了,偌大的殿宇静悄悄的,只有案头莲花更漏发出嘀嗒的声响。

她浑浑噩噩地退回梢间里,倒在榻上看窗外的月,细得游丝般的一缕,堪堪挂在殿顶飞扬的檐角上。她开始怀疑,自己这么死心眼到底值不值得。一个好好的彤云为她牺牲了,肖铎呢,在南京稳妥得很,恐怕真的是恨透了她吧!还不回来吗?如果这回的事穿了帮,等他到京城,恐怕她和彤云都停在吉安所了。

也不知道过了多久,蒙眬间睡着了,听见门臼吱扭,猛地警醒过来。起身看,彤云摇晃着迈进门槛,她上去搀她,小心翼翼地问她还好吗,她似哭似笑地看了她一眼:"不太好,有点疼啊!男人心真狠!"

她说得尽可能轻松,音楼的眼泪却簌簌落下来:"我对不住你,让你吃这样的暗亏。开了脸又不能讨利市,还得瞒着人,实在太委屈你了。"

彤云咧嘴道:"利市您赏我就行了,我看上您那套缠丝嵌三宝的头面,一直没敢开口呢!"弯腰坐下,又一通吸冷气,"哎哟要了命,这是木桩子揳进肉里,疼死我了。"一头说一头把身上的衣裳脱了下来,招呼她,"您快换上,赶紧过去吧!我料着时候差不多,寅时三刻该起身准备上朝的。不过皇上要是想再来一回……您就装疼,疼得要死要活的,千万不能答应。"

事已至此,也是走投无路了,总不能功亏一篑,于是音楼换上纱衣,悄悄潜回了配殿里。

檐下的风灯照进微微的亮,皇帝背对着帐门,身上搭着黄绫薄被,露出肩背白晃晃的皮肉。她吸了口气登上脚踏,在他身侧躺下来。北京的后半夜有点凉,看他半个身子裸在外面,替他把被子往上拽了拽。

这么一来把他闹醒了,他翻身过来揽她,嗓音里夹着混沌,咕哝道:"才刚出去了?什么时辰了?"

音楼吓得不敢动弹,唔了声说:"才三更,还早呢,再睡会子。"

他把脸埋在她颈窝里,梦呓似的喃喃:"朕很高兴,明儿和皇后商议,晋你的位分。"

她大大地心虚起来,怕深谈把他的瞌睡赶跑了,真像彤云说的那样再来一趟,那可怎么抵挡!便含糊道:"奴婢困得厉害,明儿再说吧!"

他只当她害臊,笑道:"你身上不好还伺候朕,难为你了。"

她背过身去不说话,他也不生气,靠过去一点,把手放在了那饱满的胸乳上。

五更起身她没有相送,卧在床上磕头。皇帝一向有怜香惜玉的心,提着龙袍的袍角登床来看她,坐在床沿抚她的脸:"你好好将养,让太医来请个脉,昨儿夜里伤了元气,吃几剂补药就回来了。朕原想不声张的,可又怕委屈了你。还是让敬事房把档记上,不能让你白担了虚名。该有的赏赐一样不能少,等着吧,回头给你恩旨。"

音楼不知道说什么好,想推辞,皇帝压根儿不等她张嘴,径自让人伺候着出去了。

"皇上留宿没避人，一觉睡到大天亮，这会儿紫禁城里怕是没谁不知道的了。他说得也没错，您不能枉担了虚名，否则宫里上下都得笑话您。晋位就晋位吧，肖掌印要是和您一条心，别说您没侍寝，就是真让万岁爷翻了牌子，他也不该怪罪您。"彤云坐在荼蘼架下分析得头头是道，兜了一圈话又说回来，"不过他这人儿吧，讲理的时候讲理，不讲理的时候也难办。反正您别犟脖子，他要是和您闹，您把实情告诉他，请他想想法子。皇上不是就图个新鲜吗，劲儿一过就忘了。譬如寻摸几个绝世美女送进宫来，往养心殿一塞，皇上有了新玩意儿，别说您这头，恐怕连奉天殿上朝都忘了。到时候批红还得落在肖掌印手里，皇上忙找乐子，肖掌印忙揽权，各忙各的相安无事。"

这丫头该多大的心啊，能够说得这么事不关己。音楼巴巴儿地看着她："你往后可怎么办？女孩儿家遇着这样的事儿，我知道你比死还难受。"

彤云笑了笑："我不难受，对我来说真没什么，只要您好好的，别寻死觅活的，我怎么着都认了。我自己没出息不打紧，主子有了体面我也跟着荣耀。再说那位毕竟是皇帝，又不是市井里的泥脚杆子，我也不吃亏。我以前跟主子，跟谁谁嫌我，我明明是关二爷转世，那些有眼无珠的愣没认出来！等下回我得上咸安宫转转，里头有我伺候过的两位主子，还有跟前那些欺负过我的亲信们，我让她们瞧瞧，我是娘娘身边女官，我在外头横着走，她们只能关在佛堂里吃斋念佛守一辈子孝！"

音楼知道她在安慰自己，越是这么越难受："做奴婢就是横着走也不体面，自己要能晋位才好。我得想个法子，早晚把实情告诉皇上，那些赏赐和封号都该是你的，我占着算怎么回事呢！"

彤云哧地一笑："我的主子，您别傻了！从古到今后宫被皇帝临幸过的宫女有多少啊，要是全受封晋位，那还不乱了套了！我听说老辈儿里宫人更苦，没赏赐不说，主子知道了还会骂狐狸精勾引万岁爷，要被挖眼睛打断腿。和她们比比，我可强多了。"

她说得轻巧，还是自己给自己找退路。音楼心里都明白，这上头亏欠，别样上得好好补偿她。反正她们两个臭皮匠，合起伙儿来偷梁换柱糊弄过去了。

皇帝金口玉言，说出口的话就一定会办到。中晌的时候坤宁宫的懿旨来了，除了例行的赏赐，还把她端太妃里的"太"字去掉，不管她乐不乐意，打今儿起，她就正式成了明治皇帝后宫的一员。

不过到底算是收继婚，不像正牌的妃嫔们说得响嘴，不管皇帝给多大的脸，到她宫里来道喜的，除了合德帝姬就没别人了。这样正好，她也落个清净。皇太后那里的晨昏定省告假缺席了，不来不去大家都高兴。帝姬隔三岔五串门，带来些各处搜罗的消息，告诉她皇帝是如何力排众议册封的她，皇后是如何劝说皇帝暂缓让她移宫，太后又是如何下令惩治不让谣言流传……总之那些东西对她来说无关痛痒，她倚着竹枕听，帝姬的声音像涓涓细流流过耳畔，因为心在别处，所以她也心不在焉。

"皇上已经下令了，命肖厂臣接旨后即刻回京。"帝姬的语气变得雀跃，"据说是叫快，要很快地回来。从南京到北京，走陆路十几天就到了。只是天热，我觉得可以早晚和夜里赶路，白天找驿站休息，这样才不至于中暑。"

音楼心里暗生欢喜，又夹着一丝说不清的惆怅。如果他现在就出现，她却不知道自己有没有胆量面对他了。

"夜里赶路不方便，小道枯树断枝多，绊着了马怎么好？"她笑道，"他这么矫情的人，又该骂骂咧咧地抱怨了。"

这话换作旁人听了少不得要起疑，不过帝姬是单纯的人，她的欢乐在于庆幸遇见了知音，抚掌道："这话不错，原来不止我一个人觉得他矫情。他讲究起来简直像个女人，肚子里又疙瘩，又不好相处。总算他有能力，宫里的人包括太后，说起他都很信得过……"

音楼悄悄叫彤云拿珠线来做盘长结，每天编一朵祥云，连着编上十五天，一个小扇坠做成，他也就回来了。

## 第十三章 自飘零

城里的狐妖案闹得不像话，人死了一拨又一拨，越传越玄乎。到最后像变戏法似的，同个时间多个地点出现，露脸就杀人，一夜能杀七八个。

皇帝在乾清宫大发雷霆，拍着桌子骂于尊："当初设立西厂，你胸膛捶得放闷炮似的，张嘴拼尽全力报答主子恩情，现在怎么样？瞧瞧外头这份乱，这就是朕治下的大邺江山？隆化年间的金鼎案前后死了多少人？你那宗狐妖案，前后又是多少人？"他伸出一根手指头来，"整整一百了，你这西厂提督，除了会半夜敲门，还会什么？"

于尊跪在地上磕头："主子息怒，臣要回的也正是这事儿。主子想想，这案子头前儿不是这样的，越往后头端倪越多，一会儿在城南，一会儿在城北，要不是真有妖术，那就是一伙。"

"废话！瞎子都看出来的事儿，要你说？"皇帝气得在地心旋磨，"法也作了，控也布了，你倒是揪根狐毛来叫朕瞧瞧啊！你这废物点心，办事不力你还有脸见朕！今早哕鸾宫里传话来，昨儿半夜端妃起夜，看见窗户外头有个人影飘过去，吓离了魂，这会儿还在床上不省人事呢！狐妖都进大内来了，你瞧你办的好差！"说到恨处一脚踢了过去，"朝里多少大臣匿名参奏你，你知不知道？朕还指着你制衡，制你个蓬头鬼！你光知道听人夫妻炕头说悄悄话了，正事儿一点不干，你知罪不知罪？"

于尊一个西厂提督给踢得满地打滚实在不好看，崇茂趋着身子上来回话："万岁爷，才刚有消息传进宫，说肖铎打南边回来了。"

皇帝听了一喜："也就十来天工夫，脚程这么快？那怎么不进宫来复旨？"

崇茂说："到了府里就撂下了，说是中了暑气起不来，太医去了好几拨，断下来直晃脑袋，估摸一时半会儿缓不过来。"

皇帝背着手仰脖子看藻井，好好的，进了京就躺倒了，连旨意都不能复，看来是他肖铎心里不痛快，有意做脸子拿乔吧！不甘心被收走了批红的权，一看朝廷还有重用西厂的意思，如今西厂解决不了要他出面，就装病站干岸，恐怕还有股子要他上门去请的意思。皇帝倒也想得开，这是造福万民的事儿，低个头就低个头吧！当天傍晚就去了提督府。

说是起复东厂，其实也算不上，东厂本来就没闲着，只不过头儿袖手旁观，底下人也敷衍了事罢了。皇帝知道这回见面必须要做出些让步的，对病榻上的人好言慰问了几句，表示厂臣乃国之栋梁，不论风云如何变幻，东厂在大邺的地位是任何人都动摇不了的。

病榻上的人一脸哀容，身子倚着隐囊，缎子一样的黑发从暗八仙的榻围子上垂挂下来，看了皇帝一眼，无奈道："皇上驾临，臣惶恐之至。臣对主子一片丹心，就算别人欺我谤我，主子听信谗言对我起疑，我依旧恪尽职守为主子效力。主子今儿说这番话，还是信不及臣，臣再辩解也是枉然。但请皇上思量，臣若是有欺君的心思，断不会狂奔几昼夜从南京赶回来。"言罢幽幽长叹，"说一千道一万，都怪臣这身子骨不争气，不过既然主子来了，就算把臣打成钉儿，臣也会竭尽全力还主子个太平。"

皇帝大大松了口气，本以为他少不得打蛇随棍上，没承想这么容易就松了口，顿时觉得自己先前的种种猜测和做法都有些不够光明磊落了。他坐在榻沿上拍了拍肖铎的肩头："厂臣这么说，朕心甚慰！不单是朕，连宫里太后老佛爷也一心信任你。朕原本设立西厂，是不忍你太过劳累，想让西厂替你分分忧，你肩上的担子也能轻些。谁知于尊那没用的东西，一个狐妖案折腾了两三个月，一点头绪都没有，最后还是要靠你东厂来解决。眼看中秋将至，太后是菩萨心肠，不忍百姓提心吊胆过节。朕盼你中秋之前能把案犯绳之以法，朕在母后跟前也好有个交代。"

西厂三个月破不了的案子要求东厂半个月内办妥，如果不尽如人意，到时东厂的口碑恐怕连西厂都不如了。皇帝自有皇帝的打算，轻飘飘地嘱咐完站起身，临要走时想起什么来，回过头道："端妃从守陵开始就得你照顾，总算囫囵个儿回到朕身边。月头上朕重新册封了她，那些言官谏言一概叫朕打回了。朕是堂堂天子，喜欢个女人还要被他们指手画脚，当朕是面团捏成的吗？横竖你替朕做的这些，朕都记在心里。等狐妖案有了结果，届时再一并封赏。"

肖铎脸上波澜不惊，挣扎着下榻伏在青砖地上磕头："谢皇上恩典，微臣恭送皇上。"

皇帝走了，脚步声杳杳出了院子。曹春盎送完驾爬起来，看他干爹长跪在那里起不了身，忙上去搀扶，低声道："干爹不叫往前传话，儿子和档头们也没敢回禀……老祖宗月头上侍了寝，皇上第二天就下令宗人府造了册。皇后颁的懿旨，端太妃晋位端妃，还养在哕鸾宫，说是照应娘娘身子不好，宜静养不宜搬动……"

"掌嘴！"他没说完就听肖铎断喝，"我吩咐的话你全忘了？说了不让再探她的消息，谁要你多嘴？"

曹春盎愣了下，没辙，啪啪左右开弓扇自己耳刮子，边扇边道："叫你没成色，干爹跟前乱嚼舌头！娘娘的事和干爹不相干，说了多少遍还记不住……扇你的大嘴……叫你再舌头痒痒！"

当然扇也是雷声大雨点小，边说边看他干爹脸色，他老人家神色倒是没什么大起伏，回到书案前把笔帖收起来，长而洁白的手指抚过泥金笺，两只湖笔涤了笔尖拿缎子手绢吸了水，妥当收进锦盒里。再慢慢腾挪过身子，举步到梳妆台前挑了把犀角梳篦，立在镜前一下下梳头。头发长，足有腰齐，披披拂拂垂在身后，槛窗支起来半扇，有风从窗底溜进来，头发共纱衣翩翩，这样子绝代风华又掺着些哀致的味道，实在叫人不敢哑弄。

曹春盎看呆了，手上也忘了动作："干爹，儿子伺候您梳头……"

他从镜子里瞥他一眼，没理会，只道："刚才皇上的话也听见了，去传令底下几个档头，这两天更要小心行事，再做两票大的，慢慢收手。至于那个真的，好好盯着，让她在外头多晃荡几夜，到最后逮起来，账全算在她身上。"

这阵子死的全是平民，皇上再不把案子交给东厂，不知道接下去还得死多少。

万幸的是总算接了过来，再折腾几天就完事了。曹春盎道是，向上觑了觑："那儿子去了，干爹一路上劳顿，早些休息。"

他嗯了声，凑近镜子细细地看脸上新生的那颗痣，生在眼尾，居然是颗泪痣。

手上的梳篦"咔嚓"一声断成两截，他取下来搁在镜台前，翻出根玉簪，把头发绾了起来。

晋了位，因为侍寝……他已经说不清自己的所思所想了，只觉得心里堵着一口气，一点一点上涌，到了喉头那里卡住了，仿佛要扼断他的嗓子。他闭上眼，强自缓了很久，这静谧的夜，多空虚无聊！

他迈出上房在游廊下徘徊了一阵，不由自主地往后院去。经过跨院时，特地绕了道儿去看那株梨花，花虽谢了，枝头却硕果累累。他才想起来，那日拈花一笑不是昨天，已经过去好几个月了。

水红色的宫灯依旧挂着，照亮的不是一簇簇花枝，而是这繁华过后的坟茔。他定定站着，有些恍惚了。蒙眬里看见她在树下站着，白色的裙襦白色的狄髻，没有回身，只是仰头看着树顶。

他轻轻往后退，退到垂花门上，已经没有勇气再去她住过的园子了。他垂头丧气地回到自己的卧房，在临窗的藤榻上躺下来。

脑子里空无一物，他总有这个能力，伤心到一定程度就什么都忘了，只要看不见，就可以当作什么都没发生过。但是她侍寝了，这几个大字像贴在他脑仁上，他参不透，她怎么能够接受别的男人亲她抚摸她。他还记得她蜷在他身旁，抱着他的一只胳膊，睡梦里都是甜的笑……现在她在别人身旁，是不是依旧是那样憨态可掬？她会不会难过？其实她没心没肺，一直都是。

这样一个女人，点了一把火就跑了。他努力压抑努力淡忘，也许时间还不够长，听见这个消息，他依然觉得恨她入骨。进了宫就意味着要伺候皇帝，他知道一切不能避免，他恨的不是她在别人身下承欢，而是她的逃避。如果老君堂那天她下了船，就不会是今天这种境况。但是他觉得这种选择糟糕透顶，对她来说也许进宫是最好的出路。回到正轨上，不必提心吊胆，只要两两相忘就可以了。

他又茫然起身，打开那只福寿纹多宝箱，把里面的鞋一双双搬出来。这是她临走前托付给曹春盎的，原来她偷偷做了那么多，一直不好意思当面交给他。果然兆头不好，做得越多跑得越远。

不再看了，一股脑儿重新装回去，叫张溯进来，命他连箱子一块儿抬走，送到野地里烧掉，自此干干净净做个了断。

他不想见她了，可是音楼那里已经得知了他回来的消息。

"奴婢刚才往毓德宫送芸豆卷儿，正遇上司礼监来人。蔡春阳端着一个大漆盒，里头装着一套羊脂茉莉小簪和几柄檀香小扇，边上的小太监还提溜着一对儿松鼠，说都是肖掌印孝敬长公主的。"彤云上去扶她坐起来，压着声儿道，"我打听明白了，他今儿一早进宫，就在慈宁宫花园南边的掌印值房里。"

她听了挣扎着下床，因为要在皇帝跟前装病，已经有十来天没有走动了，躺得两条腿发软。他回来了，她一下子看见了希望，虽然不敢奢望他救她于水火，至少他离得近了，她就能坚强起来。

"他在掌印值房……"她趿进鞋里，"咱们去花园逛逛，兴许就遇上了。"

彤云劝她三思："才往上报了说给狐妖吓着了，一听他回来就活过来了，这不是上赶着叫人抓小辫子吗？"

"那怎么才能见到他？"她很焦急，声音里带着哭腔，"我忍不住了，我忍不住要见他。"

彤云想了想道："这么着，您在屋里别出去，我借个名头上御酒房，经过司礼监的时候我闪进去，见着肖掌印我就说娘娘身子不好，请掌印过来瞧瞧。"

这是个好辙，音楼点头不迭："我听你的，我不出去了，等你的信儿。"

彤云哎了声，仍旧扶她躺好，自己打着伞出了哕鸾宫。一路上遇见几个熟人，扬胳膊问她"郑姑姑上哪儿去呀"，她愁眉苦脸地说："我们娘娘发热，退不下去，太医嘱咐用烈酒擦手心脚心，我上御酒房讨烧刀子去。"就这么搪塞着，到了掌印值房门口。

往里头张望，几个穿葵花团领衫的宫监回完事出来，她挨在一旁避让过去，再回身探看，突然一个熟悉的身影走过，她差点没叫出声来。忙捂住了嘴收伞进门槛，才上甬路里面的人就发现了她，也不说话，就那么冷眼看着她。

不知怎么，总觉得这回不会太顺利。他的样子不大热络，简直和以前不认得时一模一样。她壮了胆儿过去，屈腿蹲了个福："督主……"

他漠然点头："有事？"

彤云突然发现不会说话了，心里怦怦直跳，嗫嚅道："娘娘身子不好……"

"你走错地方了。"他冲门前侍立的一个小太监抬了抬下巴,"带她去太医院。"说完不愿意多夹缠,转身便走开了。

彤云哭丧着脸回来,坐在杌子上嘟囔:"主子,肖掌印把我撅到姥姥家去了。我说主子病了,他让我找太医……看来他是想明白了,往后不打算来往了。"

音楼似乎早料到这结局了,听了也没有大的反应,靠着榻围子点头:"他做得对,真要来了反倒不好。其实你一走我就有些后悔,我是猛地听说他回来脑子犯了浑,先前打算好的又忘了……不该再找他的。"她慢慢滑下来,直挺挺躺在那里,"叫他知道我还恋着他,害他为难。他一定是以为我侍寝了,所以死心了。这样也好,紫禁城那么大,要避开谁其实并不难。彤云,不该我的东西我再也不念着了,只是委屈你替了我一回,我心里过意不去。等皇上再来,我就告诉他上回侍寝的是你,求他给你个名分,我不能再叫你这么不明不白下去了。"

彤云听了在她榻前跪了下来:"我知道您是觉得亏待了我,一心要补偿我,可是这事儿不能声张,要烂在肚子里。您听我说,别瞧宫里眼下风平浪静没人找您的碴儿,一旦这事抖搂出来,那些看戏的、落井下石的就全来了。她们会使劲儿往下踩您,尤其是喈凤宫里那位,少不得要祸害您。奴婢死了不打紧,就怕您身边没个知冷知热的人,会被她们欺负得直不起腰来。您心疼我吗?要是真心疼我就不能吭声,记好了吗?"

音楼泪眼婆娑,趋前身子搂住她,哽咽道:"我只是觉得害你平白牺牲了,早知道是这样,那晚我就自己侍寝,不会带累你。我觉得自己总在兜圈子,想尽办法摆脱,可是最后还是回到原点。不停地挣扎,不停地害人,谁和我离得近谁就倒霉,我是属扫把的。"

"胡说。"彤云替她擦眼泪,给她宽怀,"您自己算算,从记事起到现在,您害过谁?人活着,总有身不由己的时候,别说咱们,就是乾清宫里的皇帝老子、慈宁宫里的太后老佛爷,谁没有糟心事儿?您进宫做妃子,是您自己愿意的吗?我不同,我替您是我的荣耀,我自己乐意。在主子跟前立了功,往后您会善待我,就算做奴才,我也高人一等,您说是不是?做这个决定您以为我没走脑子吗?其实我也有私心,谁不为自己打算?所以您别把那件事放在心上,过去了就忘了吧!只有一点,您要想好以后的路怎么走,您不能一直这么下去。本来以为肖掌印回来了咱们就有救了,谁知道完全指望不上,咱们还得靠自己。奴婢说句您不爱听的话,您伤心伤情都该有个头，这世道，谁离了谁不能活？以前没肖掌印，咱们在乾西五所还不是过得好好的！您坑蒙拐骗滋润透了，我就记得那时候的吴选侍傻，玩儿雀牌您拿她的一两银子当本金，您输了八钱银子就还她八钱，自己落了二钱，她还觉得钱讨回去了很高兴……那时候的您哪儿去了？现在遇着个爷们儿就傻眼了？他不就是比别人长得俊点儿、荷包里钱多点儿嘛，有什么了不得！他不见咱们，咱们自己好好的，乐和给他瞧，叫他难受去吧！"

音楼深吸了口气说："对！不和他多纠缠，对他有好处。上回老君堂没下船是我大仁大义，否则这会儿他正疲于应对朝廷呢！他不念着我的好就算了，他还怨我……"她歪着嘴一咧，"多情女子负心汉就是这么回事儿，是吧？"

"没错儿！"彤云点头如捣蒜，"咱们上对得起天下对得起地，他想不明白是他的事，咱们都撂下手不管了。可是主子，那天过后您就一直称病，皇上来过几回都没能把您怎么样，我觉得一直推诿是不成的，您装病不能装一辈子，下回要翻牌子怎么办？头一趟他烂醉了我还能替您，他要是清醒着，这种事可不能再干了。"

音楼说："没有下回了，这么躲着不是长久的方儿，我该收收心过正经日子了。先帝的小才人，当今圣上的端妃，我就是个做宫人的命。你放心，侍寝前我使尽浑身解数讨好皇上，把上回的套路改改，就说是他喝醉酒强幸了你，咱们讹他一回，请他给你个交代。只要你晋了位，我心里一块大石头就放下了，往后没男人什么事儿了，咱们就快快活活在哕鸾宫做伴吧！"

她说得眉飞色舞，像真的似的，其实心里总还有牵挂。这事过后大病一场，到底上回的毒没清干净，加上伤透了心，果然躺下了又是七八天，发烧说胡话，把彤云急得团团转。

皇帝是好的，他连着几天来哕鸾宫探视，后来见情况不妙，索性留下不走了。批红和朝里的条陈上奏都暂缓了，耽搁了两天不成就，终于松口让肖铎暂管，自己一门心思照料起病人来。

这是无心插柳，肖铎不愿意见她，可是架不住皇帝在，他要回禀政务，还是得踏进哕鸾宫。

彤云端着药进来的时候，他正站在殿里候旨。就隔着一道竹帘，看不见里面的光景，但是听得见说话的声音。

"主子一直在这儿？"她声气很弱，甚至不及在南京的时候。喘了两口推他：

"有跟前的人伺候,您远远看一眼就忙您的去吧!我好一阵儿坏一阵儿,不知道要拖累到什么时候。您这么看顾着,我罪过太大了。"

皇帝说:"你别言声,好好养着。不就是受了惊吓吗,朕是九五之尊,比那些菩萨管用。你害怕就搂着朕,朕给你挡煞。"

她长长叹了口气,用力握紧他的手:"主子这份心田,我碾碎了也报答不了您了。"

"别浑说。"皇帝替她拂开额上的碎发,"心境开阔就什么都好了,往高兴处想,想想要吃什么,想想什么款式的衣裳好看,明儿叫人进来裁秋衣。等你好了朕陪你出去,到大觉寺还愿酬神。你那串半吊子的迦南串子没开过光吧?拿到供台上念几轮经,带了佛光鬼神就不敢近身了。"

肖铎听见提及迦南珠串心上一震,他记得,珠串是那天逛夜市随手买来送她的,没想到她还戴在身上。

他下了那样的狠心说不见她,可是仅仅听见她的声音就有些支撑不住了。以前的场景像拉洋片一样一幕幕从眼前滑过,她中了毒,他寸步不离、五内俱焚,现在换了人来照料,他只能隔帘听着,因为不得传唤没有资格进配殿里去。

茫然站着,眼睫低垂,表情和姿势都控制得很好,可谁也不知道他里头是空心的,轻轻一捅就坍塌了。

彤云站在边上看了好半天他都没察觉,不由得哀叹起来,嘴上再厉害有什么用,有本事心里不要想。明明都撒不开手,偏只能隔山望海不能到一起,实在是太苦了。

她过去纳了个福,心想若是有什么话要带进去,她可以代为传达,哪怕是问一问娘娘病况也好。可惜没等来,他僵直站着,对她视而不见。她只得绕过垂帘进去,西边槛窗半开,外面的光线从竹帘的边角和间隙里透进来,青砖上铺满了一道道虎纹。

"万岁爷,主子该吃药了。"她端着红漆茶盘过去,"奴婢来的时候看见肖掌印在外头候着,想是有事要回。"

皇帝唔了声,也不急,端过药碗来拿勺搅了搅,打算亲自喂她。

音楼摇了摇头:"您的政务要紧,我这儿有彤云,她伺候我就成了。"

皇帝这才把碗搁下,撩袍出了配殿。

他就在外面,想见不能见,心里真痛得刀割似的。音楼靠着喜鹊登枝隐囊发怔,也不敢问彤云,怕外面的人听见,唯有拿眼神询问她。彤云一脸无奈,扶她起来靠着自己,凑在她耳边说:"他挺好,万岁爷把批红交还给他了,主子您歪打正着,又帮上他的忙了。您这叫旺夫啊,要是能坦坦荡荡在一起,那还得了!"

她欢喜了,勾起浅淡的唇一笑:"看来病得是时候,万岁爷要安抚他,也得师出有名。这趟拿回批红的权,西厂就不足为惧了。"

爱一个人,无时无刻不在替他打算。彤云突然觉得她主子是最可怜的人,她默默忍受了那么多,多少的日思夜想、多少的担惊受怕。她和那些有家族撑腰的妃嫔不同,她真的是一个人,两头皆茫茫,什么都没有。

音楼喝了药靠在彤云肩头,静静听外面交谈,听到他的声音,她心里莫名沉淀下来。他来回禀东厂捉拿狐妖的经过,多么的费尽心机险象环生,最后好歹拿住了。拷问过后才知道那女人不是真狐妖,不过会些小小的法术,剪个纸人能叫它自己行走,吹口气还能幻化成人形。至于为什么害人,她说不为钱财,只想找个有情人,可是遇见的无一不是觊觎她的容貌,带回来都是做妾。再往后就没什么可问的了,她坚信杀的都是负心人,试图逃脱,被东厂的档头一刀砍成了两截。

皇帝听后很高兴,困扰了那么久的难题解决了,最要紧的是中秋大宴可以隆重地举行,这是他登基后的头一场盛宴,没了后顾之忧便能尽情取乐。

"厂臣果然是朕的福将,有了你,朕的大邺江山固若金汤。"皇帝大大褒奖了一番,加官晋爵不在话下。

音楼抬起头和彤云对看一眼,笑得心满意足。这样就很好了,皇帝会越来越信任他,慢慢回到隆化年间,他做他的"立皇帝",没有为难没有苦厄,尽情享受他的辉煌。自己呢,在后宫无声无息地活下去,偶尔得到他的消息,从别人嘴里听说他过得好就够了。

"我累了。"她闭上眼睛,"睡会子。"

彤云却觉得忧心:"您怎么老是睡呢,一天睡十来个时辰,这么下去不成。您听我说,咱们好好养身子,再有五六天就到中秋了,那天人多,到处可以走动,您明白我的意思吗?"

她笑着摇摇头:"我哪儿都不想去了,就在宫里待着。"

"这样您会把自己拖累死的。"彤云见她一日不如一日,捂住脸哽咽起来,"我头前儿和您说的话您都忘了?咱们说好了的,要快快活活做伴,您有个三长两短,叫奴婢怎么办?您想让我换主子,再去给人添灯油吗?"

正说着,皇帝进来了,看见彤云在哭,愣了一下:"这是怎么了?"

音楼探手给她抹了抹泪，笑道："这丫头犯傻呢，让我下床走走，怕我睡久了睡死。"

皇帝倒是细斟酌了下，也赞同彤云的观点："是应当活动活动，躺久了没的连路都不会走了。朕搀着你出去散散，不出宫门，就在外头园子里。"

她争不过他们，加了件褙子起身。立秋过去很久了，天也渐渐凉了，离开褥子就寒浸浸的，她抚抚胳膊："有点冷。"

皇帝让彤云取了大氅来，把她整个包了起来，问她这样好些吗，半抱着把她搀下了脚踏。

她现在也不太排斥他了，连自己都快忘记的人，万般不挑剔了。不管皇帝背后有什么样的考虑，面子上配合还是有必要的。就这么走了几步，迈出配殿抬眼看，才发现他还在，恭恭敬敬地侍立在一旁，模样没什么大变化，只是瘦了些，还是那么从容练达。

心绪霎时翻涌如潮，她觉得脑子都木了，可是不能表现出来，尤其皇帝还在。她脚下顿了顿，淡声打了个招呼："肖厂臣来了？许久不见，厂臣安好？"

他打躬长揖下去："恭请娘娘金安！谢娘娘垂询，臣一切都好。"

这样一问一答，是最标准的相处之道。她嗯了声，偏过头靠在皇帝肩上，轻声道："梧桐树下摆张躺椅吧！我腿上没劲儿，想在那儿坐会子。"

皇帝忙叫人去办，她低下头再瞥他一眼，收回视线，心也平静下来。一切都尽如人意，还有什么不知足的？就这样吧！

她倚着皇帝踏出正殿，站在滴水下看，寸寸斜阳从宫墙顶上移过来，像个金色的罩篱把三千世界都扣住了，人在其中，荣和辱又算得什么！

他不记得是怎么踏出哕鸾宫的了，回到掌印值房的时候天已经黑了，直棂窗里透出昏黄的光，他在院子里站了一阵子方进屋去。值房里几个宫监捧着册子静候，见他进来了往上呈敬，是当天宫门出入的记档，和尚仪局彤史[1]记录的后妃承幸造册。

他接过来，边上人一一检点了各处钥匙，按序挂在墙头，都收拾停当了打躬行礼，纷纷退出了掌印值房。

---

[1] 古代宫中女官，掌记宫闱起居等事宜。

他坐在案后，什么都不想干，脑子里全是她的影子。她倚在皇帝身侧，苍白孱弱，那么叫人心疼。可是他有什么理由心疼？她不是他的了，就算有过一段感情，也像枝头悬挂的露水，太阳一出来就蒸发完了。

这跳跃的火光灼伤了他的眼睛，不知怎么眼梢火辣辣地疼起来，他抬手捋了下，怔怔盯着指尖的水珠愣了好久。

简直不可思议，从他变成肖铎的那天起他就没再哭过，即便被人打骂，被人当脚蹬儿踩在泥地里，也从来不曾想过流眼泪。现在为个女人吗？为了那个抛弃他另择高枝的女人？凭什么？她何德何能？

他把脸埋在手掌心里，只觉神魂都脱离躯壳飞了出去。无休无止的压抑，什么时候才是个头？他以为不见不想就能逃出生天了，可是难以避免，她的面孔她的身形撞进他视野，像伤口上撒了盐，疼得几乎直不起身来。不能相爱就尽量让自己恨她，以为这样可以掩盖住，混淆自己的视听，谁知竟没有用。爱和恨是分离开的，一面痛恨一面深爱。他的思念和苦闷一层接一层地堆积，突然决堤，他再也不想阻止了，吹灭了案头的灯，他在黑暗里独坐，泪流满面。

然而日子依旧要过，不但要过好，还要过得八面玲珑。

太后下懿旨，中秋的大宴全权交由他监办。皇帝在一片凄风苦雨里继位，没有庆典，连祭天地都没挨得上，所以这回要办得隆重。皇族中的亲眷不算，另召集在外就藩的王爷们进京，恩威并施，也是君王的治国之道。

藩王进京，宇文良时应当不会错过这大好时机。他到外东御库提东西的时候还在盘算，一抬头，恰好看见帝姬从甬道里出来。他回宫后没有四处走动，所以自上次一别有三月余了，她也没想到会遇上他，难掩惊喜地叫了声厂臣。

他笑着作了一揖："长公主别来无恙？"

帝姬点头道："托厂臣的福，厂臣也都好？"

他应个是："除了有些忙，别的都好。长公主打哪儿来？"

帝姬往后一回首："我近来无事可做，在宫里闲着也是闲着，常去哕鸾宫看看端妃。她身子真弱，回来后就没好的时候。你从外头带回来的松鼠我很喜欢，养得胖胖的，本想送一只给她，她却不要。说她养的那只狗爷横行不法，怕把松鼠给吃了。"她一头走一头叹气，"也不知道她有什么心结，躺在那里不爱说话，盯着一个地方能看半天。照理说她一切都顺遂，没有什么不足意儿，可她就是不快活，插科打诨也没见她个笑模样。"

他静静听着，心脏缩成小小的一团，装出个无关痛痒的语气来："各人有各人的难处，长公主何必探究呢！有些事，知道了不过徒增烦恼，不如蒙在鼓里的好。皇上斋戒，这几天一直在斋宫里，臣也没往哕鸾宫去，端妃娘娘的病症怎么样了？"

帝姬说："比前两天好多了，前阵子烧得连人都认不得，现在缓和下来了。前儿退了热，傍晚时分进些粳米粥，闹着要吃萝卜条儿，御膳房没那个，叫人连夜出去寻摸回来的。今儿再去瞧她，人有劲了，蹲在地上逗狗玩儿呢！我想是不是我可子斋戒的时候和佛爷祷告了，瞧瞧这么快就好了。"

他笑了笑，转过脸去看天边流云。宫里御医请脉只把出气血不畅、内伤多虚，并看不出她体内有余毒。还是让方济同配了药，买通了治她的医官带进去，这才渐渐好起来的。宫里这帮庸医，有时候连个喜脉都把不出来，指望他们治病救人，除非是瞎猫碰上死耗子。

"我有件事想问厂臣。"帝姬望着他的侧脸，迟疑道，"赵还止，厂臣知道吗？"

他嗯了声，也没兜圈子，直截了当地告诉她："如果您觉得不好，千万不要勉强自己。大邺对于公主的婚嫁，算得上是历朝历代最开明的，没有一位和蛮夷通婚，公主们有选择驸马的权利。这是您一辈子的大事，千万不能草率。"

他这么说，她心里更有底了，他果然是不看好赵还止的，所以这个人完全不用再考虑了。公主可以自己挑驸马，说是这么说，其实限制还是有很多。喜欢的人不能选，非但不能选，甚至不能向任何人透露。她低下头踢了踢脚尖的石子，唯一能做的是听他的话，多年后有人提起她，他还记得曾经有那么一位公主，她就已经很高兴了。

肖铎送了她一段路，快到毓德宫时问："长公主还记得南苑王吗？"

帝姬凝眉想了半天："我知道这个名号，只是没见过本人。听说南苑王是位仁人君子，朝中口碑也很不错，厂臣怎么突然提起他？"

他说："在南京时听南苑王说起和您的一段渊源，臣有些好奇罢了。"

"和我有渊源？"帝姬脸上带着不确定的笑，"我竟是一点都记不起来了……"

他仍旧扬着唇角，松泛道："不碍的，不过随口一问，记不起来也不打紧。臣就送您到这里了，后儿大宴要筹备的事多，一时都闲不下来。"他伸手往影壁方向比了比，"长公主进去吧，臣告退了。"

帝姬目送他走远，回身看了身边伺候的宫女一眼："我怎么全然记不起这个人了？以前见过吗？"

"主子忘了，也是好多年前了，南苑王那时还是藩王世子，前殿设宴他误闯乾清宫，被锦衣卫拿住了要问罪，是您发话让放了他的。"

帝姬这才长长地哦了声："有这么回事，他和厂臣打听，难不成要报恩吗？"她笑起来，年轻的女孩子总是天马行空，满脑子奇怪想头，看了好些话本子，里头的义妖结草衔环报答救命之恩。她从小就很少和外人打交道，做过的好事也就这么一桩，运道高，说不定就像故事里一样了。

其实报不报恩是后话，她是觉得厂臣既然提到，总有他的用意的。恰好又是赵家试图攀亲的当口，也许是他结交了南苑王，觉得不错，先来探探她的口风吧！横竖中秋宴就快到了，她倒隐隐期待起来，似乎会是个不寻常的契机吧！

天公作美，秋高气爽的好气候一直延续到中秋那天。

傍晚的落日余晖映红了大半个紫禁城，西边太阳才落下去，东边一轮明月已经升得老高了。彤云推窗往外一探，招呼音楼来看："今儿月亮怎么是红的？和往常不大一样啊！"

音楼手里盘弄着兔儿爷的小泥胎，顺着她的手指一看，咦了声："倒是，上了红漆似的，邪行。咱们还是不去了吧，在院子里设香案，自个儿宫里拜拜月就完了，那么一大群人乱哄哄的，我不爱凑那热闹。"

"叫人说咱们拿乔？"彤云给她换上一件蜜蜡黄折枝牡丹圆领褙子，道："不爱久待没关系，露个面儿，皇上跟前递个笑脸，再给太后、皇后请请安，爱坐坐会儿，不爱坐就道乏回来。您现在身子过得去，再整天躲着不见人，叫那些妃嫔背后说嘴。我瞧着她们不来找麻烦，一则是您圣眷正隆，二则也是碍着肖掌印。到底咱们从殉葬那阵起就和他打交道，她们吃不准咱们和他什么交情，不敢贸贸然给您小鞋穿。怕万一得罪错了，回头克扣她们宫里的供给，牌子上天天叫她们出缺，太监整治人有的是手段……"说着顿下来觑她脸色，"主子，您真不打算再和他见面了？"

她站在铜镜前，侧过身戴上一对金丝楼阁小坠子，淡声道："我已经见过他了，他挺好，我也放心了。彤云，我真觉得这么着就圆满了，不一定非得在一处。咱们这样的身份，除非我变成荣安皇后那样的人，否则永远不可能。如果真有那么一天，我又要疑心他待我是不是和原来一样了。所以到此为止，远着远着渐渐淡了，再过两年半道上遇见，没准儿看见都当没看见，就么错身过去了……"

她说着，忽然沉默下来，脸上浮起一种恐慌，似乎是触到了最难以面对的境况，人狠狠地震了下。

彤云上去扶她坐定，慢慢往她狄髻上插虫草簪，温声道："别逼自己，承认舍不得也不丢人，谁心里不留着一亩三分地呢！只要小心自己的言行就是了，您偷着喜欢他，就像我没入宫前偷着喜欢同村的小木匠一样，不说就没人知道，现在不也挺好？"

音楼讶然看她："你有喜欢的人？"

彤云笑着点头："那是五六年前的事儿了，小孩儿家，看见一个模样俊的就流哈喇子。现在那个小木匠早就成亲了，没准儿孩子都好几个了，前尘往事，不提也罢。"

是啊，前尘往事，隔上几年就忘得差不多了，再提起也不过凝结成了个遗憾的疤。

收拾停当了就出门赴宴，今儿宫里人来人往，再也没有下钥的说法了，各门洞开，四通八达。中秋大宴设在乾清宫，离哕鸾宫很近，穿过几条夹道就到了。隆宗门那一片是任人来往的，赏月登高上慈宁宫花园，也是为了照顾皇太后，让众人伴太后取乐。

这样礼制森严的紫禁城，各处装点上了奇花异草，到了夜间悬灯万盏，布置得花海一样，全不似白天庄严得叫人喘不上气的景象了。音楼从门上进去就见人头攒动，她也没有特别相熟的人，有过一面之缘的只是点头打招呼，到了人堆里反而要找皇帝。越过了重重屏障才到殿里，一眼看见帝后和太后在上首坐着受人朝拜，忙敛裙上去磕头。太后和皇后还没说话，皇帝倒先出声了，示意崇茂搀扶，笑道："你才大安的，别拘礼，回头血冲了头不好。"

她起身一笑，也不多言，退到一旁赏花去了。

菊是好菊，种类繁多，看花人眼。音楼对这个有些研究，一盆一盆指给彤云看："这是玉翎管，这是金丝垂钓，这是春水绿波……"

皇帝不知是什么时候潜到她身后的，斋戒了七日的人，两只眼睛看人直放光，压着声儿问她："身上好些了？瞧着气色不错。朕在斋宫里也不放心你，传了人问，说现在不发热了？"

她应了个是："这阵子叫万岁爷一块儿跟着操心，奴婢心里过意不去。"见他腰上九龙玉片歪了，顺手替他整了整，"今儿真热闹，灯好看，月色也好。这是个好兆头，大邺到了主子手上国运昌隆，咱们后宫的人也跟着沾光。"

她不会说场面话，马屁拍得不痛不痒，但是这样才让人喜欢。看看这病后初愈的样儿，俏生生的，比平时更美三分，皇帝急得抓耳挠腮，凑在她耳边说："大宴完了朕过你那里去。"

音楼心里一跳，有点慌，还是稳住了神，难堪地一嗔："这么些人说这个，真是！"

皇帝只当她害臊，笑着在她手上一捏，旋即放开了。音楼抬头往外看，太监引人从御道上过来，青身青缘镶云滚的保和冠服，眼波流转间俱是融融笑意，宇文良时终于还是来了。这尚且是预料之中，叫她惊讶的是随行的人，梳狄髻穿马面襕裙，居然是音阁！

"这个南苑王，又在打什么主意？"彤云低声道，扯了扯她主子的衣袖，"奴婢料着是想借姊妹情义攀搭您，没二两情分还觍着脸打秋风，好意思的！"

音楼拉着她让进人堆里，悄声道："咱们避开，看他们怎么样！一晚上没见长公主，不知道在哪儿玩呢，咱们找她去。"

从殿里出来，迎面是微凉的空气，一盏盏料丝宫灯高悬着，向隆宗门上蜿蜒伸展。中秋登高不能够了，假山没什么可爬的，到临溪亭赏月倒是美事。她琢磨着到那里占两个座儿，让人给她们准备上一壶黄酒，听松涛吃螃蟹，肯定比在乾清宫里惬意得多。

过了隆宗门打算托人去找帝姬，没想到抬眼一看，斜对面的永康左门上站着个人，大半边身子在暗处，只看见手腕上珠串缠绕，一对天眼石坠角在水色的宫灯下，发出乌沉沉的光亮。

不相见，太思念，时刻都在心上。如今他就在面前，音楼却又有些胆怯了。

她在怕什么，她自己也不知道。就是觉得已经跟不上他的步伐，再兜缠下去会拖他后腿。他怨她恨她，寻着说话的机会，不定怎么挖苦她呢！她心里存了好些话，可是细思量，还是不能够。外面怎么谣传他心狠手辣，那都是空话，她没见过他害人的手段，她只知道他有坚硬的壳，里面包裹的是最柔软的心。

毕竟有过那么深的感情，也许只要对着他哭，就能融化他堆砌起来的坚冰。可是然后呢？然后怎么办？把他重新拽回水深火热里来，互相捆绑着，你拉着我我拉着你，一起坠进地狱里去吗？已经坚持了那么久，何必功亏一篑！

可是她那么渴望，如果能再触摸到他，如果能再抱抱他……

她的手在袖笼里颤抖，脑子也阵阵晕眩。人来人往，都是虚的，模糊的一团，快速闪过去，连面目都看不清楚。只有他，站在抱鼓门墩儿旁，静静的，松竹一样挺拔的身姿，即便整个人都藏匿起来，她也知道那就是他。

可惜看不清他的表情，她想起捉弄他时他红着脸的样子，那么可爱可笑……一切都是从前了，再美也在回忆里，现在遇上是偶然，未见得他就在等她。说不定下一刻就转身走开了，是她自己想得太多。

他不在的岁月里，她慢慢学会了控制情绪，有时平静下来只需要一瞬。她做到了，偏过头嘱咐身边的小宫女："你上毓德宫看看，找着长公主请她来，就说我在临溪亭等她吃酒。"然后举步朝永康左门走过去。

渐渐近了，她没有迟疑，提起裙角从他面前翩然而过。他的心直沉下去，沉进不见底的深井里。

他也不知道自己在执着什么，他为什么出现在这里，明明那么多的事等着他去料理……她往慈宁宫花园去了，他心头有怒气，拼尽全力隐忍，定定地站了会儿，还是踅身跟了上去。

音楼腿颤身摇，每一步都走得万分艰难，经过他身旁时，天晓得她花了多大的力气才让自己坚持住。她不能让他看出端倪，她要标榜自己过得很好，然后他也好好的，这样才是双赢。

总归是有惊无险，她垮下双肩，倚着彤云说："他在那里吓我一跳，真要面对面，我都不知道说什么好。想见又怕见，你知道多难受吗？"

彤云咧嘴说："我是不明白的，多好的机会，往后大概要见面不相识了。"

她嗯了声，抬头看天色，月亮森森然挂在半空中，是红的。因为大如银盆，上面有斑驳的黑影，看上去有点可怖。

她们从览胜门进去，这里人还少些，往前几步是含清斋，傍着宝相楼而建，前后房西次间有穿堂相通，形成个独立的小院落。先帝驾崩守灵那几天，后妃们也到这里来小憩。这排屋子规格不太高，灰瓦卷棚硬山顶，红墙不鲜亮，树荫底下又暗，灯笼照着也觉得阴森。

还好临溪亭前灯火辉煌，到那里相距不多远，斜插过去就是了。她整整衣襟上的香囊，刚打算迈步，手肘被人狠狠拽了下，连带着彤云也一通跟跄。她骇然回头，是他，他跟过来了，不声不响就把她往含清斋里拖。

音楼有忌讳，这附近人虽不多，前面宝相楼里却有不少结伴游玩的贵妇。还好他们在暗处，但若是起了争执，依然引人注目。

她压着声说："干什么？"

他没理睬她，对彤云道："走远些，别在这里打转。"

彤云就那么愕着，眼睁睁地看着她主子被拖进了黑黝黝的门洞里。

含清斋也点灯，两盏红蜡在明间的佛龛前高燃，烛火照得到的地方把人影投射在槛窗上，太惹眼。他知道如此，于是一直把她拉进了后面的屋子里。月色很好，墙上花窗半开着，清辉照进来，在青砖地上铺成一个拱形的圆。脚步在那片光影里错综，因为她试图抗争，越发地凌乱起来。

"叫人看见！"她终于忍不住低呼，腕子被他捉得很痛，甩又甩不开，她气急败坏，"外头那么些人，厂臣不要命了吗？"

他听了哂笑："厂臣？娘娘这一声真叫进臣的心坎里来了！你放心，别人看见也不敢说的。"

眼下他收回了实权，要谁生要谁死，一句话而已。谁敢多嘴，那个剥皮楦草的姜守治就是好榜样！所以他有恃无恐，也不在乎为今晚的事多费手脚，他只要一个答案，虽然这答案已经无关紧要了，可是他像疯了一样，想亲口听她说出来。

又是一顿抢夺，可能有些粗暴，他只要她安静下来听他几句话。女人的力气终究没法和男人抗衡，她气喘吁吁，终于屈服。

"那天……"他调节了下语气，声音沙哑，"我是亲自到老君堂来接你的。你知道看着宝船从眼前经过，我是什么样的心情吗？那时候我真想杀了你，你这样辜负我……我问你，你为什么不下船？是于尊不答应吗？"

他就站在离她一个转身的地方，音楼却不敢看他，怕看了会克制不住，会把自己所有的脆弱全部告诉他。她昂起头，让眼泪流进心里，喉头咽得生疼，勉力支撑住，淡声道："不下船是我自己的决定，你是聪明人，知道我这么做的用意。只是我没想到你会亲自来，那么远的路……"

是她的决定，他早就料到的，还是替她辩解："你是怕毁了我的前程，怕朝廷不放过我，对不对？"

她点点头，又显得很怅然："这是原因之一，不忍心你为我一败涂地，这话我不否认，但是更要紧一点，其实还是为了我自己。你知道我惜命，从殉葬开始，我真恨透了这样的颠簸！我在鬼门关溜达了两回，有多害怕你知道吗？你只说把我从于尊手上劫走，之后呢？整个大邺都在找我，我还要时刻胆战心惊地活着，这样的日子，什么时候是个头？我上了西厂的宝船，冷静考虑了很久，最后选择放弃，也是情非得已。"

这话半真半假，他不想去参透了，咬紧牙关问她："那些旁枝末节一概不提，我只要你回答，你后不后悔？一个人的时候，你想不想我？"

他这样问，她的心顿时像被碾碎了一样，眼泪流淌成河，但是依旧不回头，坚定地告诉他："我不后悔，半点也不！我们现在这样有什么不好？你还是那个大权在握的肖铎，我做我的端妃，受皇上的宠爱……"她没能说出口，今晚也许真的要和他告别了，一个女人，身子给了谁就是谁的人，即使再爱他，最后也唯有渐行渐远渐无书，还能怎么样！

然而她的话在他听来是莫大的嘲讽，他的忍耐果然是有意义的，成全了她，难怪皇帝会说"囫囵个儿回到朕身边"，如果没有他的悬崖勒马，她还有什么资本谈宠爱？他背靠在墙上，早已被她折磨得体无完肤。今晚又做了回傻事，这结果并不稀奇，可偏偏不甘心，还想求证。他是没有被她伤透，留着一口气就是为了让她践踏的。说到底是他敌不过相思，就算知道她会这样应对，他也认了，因为实在是太想她。

"那么我回宫那天，你让彤云来找我又是为什么？"他咽下苦涩，觉得自己简直像个乞丐，拼命找出她还爱他的佐证。他希望她无话可说，如果她沉默，或者他能好受些。

两个人的步调总无法一致，她回过身来看他，月色朦胧，她看不清他的脸。低下头轻轻叹了口气，她说："我那时病得不成了，彤云是没了主意才想去找你，结果……还好你没来，来了我真不知道说什么好呢！"

这么铁石心肠，她还是个女人吗？亏他在值房里挠心挠肺半天，原来竟是丫头的自作主张，并不是她授意。

他恨透了心肠，一把扼住她纤细的脖颈抵在旁边的立柜上，渐渐收紧五指，切齿道："你一次次愚弄我，很有趣是不是？把我耍得团团转，叫你很有面子是不是？如果我不爱你，你以为你还能剩下什么？你的命是我从绳圈里解救下来的，只要我愿意，明儿就能把你再送上去。"

横竖他这样恨她了，果然让她死了，各自就都解脱了。柜角的锋棱压住她的背脊，再痛也抵不过心头千刀万剐，她冷冷哼笑："你的那点秘密我都知道，我劝你最好不要惹恼了我。有能耐今天就一气儿解决，我欠你的命你拿回去，往后奈何桥上遇见了也没有牵扯。"

她善于挑战他的底线，脖子上脆弱的脉动就在他指尖，杀了她，比踩死一只蚂蚁还要简单。爱极也恨极，他已经不敢确定她心里究竟是怎么想的了。这场兵荒马乱的爱情简直是泼天的灾难，他跌进来，才发现自己远没有想象中的聪明。他根本就是个傻瓜，他患得患失，甚至弄不清自己到底要什么。她说往东他就往东，她说往西他就往西。别人拿捏他倒罢了，连她都在用那个秘密威胁他！她明明该死了，一个小小的妃嫔陈尸在这僻静的地方，大不了走程序查上一圈，最后还不是不了了之！可是他下不去手，他宁愿自己死，也不会动她分毫。

音楼也恨自己，说出这种话来有多伤他，委实难以想象。他的手停在她脖子上，淡淡的温度，是她一直眷恋的。他本来就不是个热血的人，她能叫他这样痛不欲生，自己到底可恶到什么程度了？

假装讨厌他的触碰，作势掸开他，是不是可以短暂握住他的手？她打算这么做，可是门外有脚步声传来，她惊慌失措，这黑灯瞎火里私下会面，要是被人撞个正着，那传出去就了不得了。

正急得火烧似的，他突然把她揽在臂弯旋了个圈儿，很快闪进那大立柜里。关上柜门的一刹那，灯笼的光也从门上照了进来。透过密密匝匝的雕花看过去，是合德帝姬带着两个嬷嬷寻来，嘴里嘀咕着："明明说上花园来的，怎么到处找不见？这丫头该不是和我躲猫儿吧！还邀人吃酒呢，自己倒没了踪影……"

含清斋里本来就布置得极其朴素，讲究个"轩楹无藻饰，几席有余清"。屋里陈设仅是一座一案一立柜，视线扫一圈就能看遍的。帝姬边说边朝这里腾挪，音楼吓得腿打战，柜子里空间小，满鼻子都是他的瑞脑香。她和他紧紧地贴在一起，一手捂住了嘴，真担心他衣裳上的熏香味儿太大，直接把人引过来。

心跳得怦怦的，太害怕，觉得这回非得被拿个现行不可。他的手环过来，紧紧把她压在胸前，她不敢往外看了，缩着脖儿闭上了眼。

肖铎也紧张，灯光穿过镂空雕花，仿佛要把人射穿。他盯着外面动静，见帝姬一步步过来，将到跟前，忽然转过身去，笑道："走吧，再去别处瞧瞧，没准儿这会子在临溪亭解螃蟹呢！"

一行人又去了，屋里暗下来，柜子里漆黑一片，整个世界经过了惊吓都是混沌的。

她松懈下来，靠着他只顾喘气，待缓过神才发现两个人贴得严丝合缝，他僵着身子，反应有点大——他在她面前永远都是个正常男人。

她羞红了脸，慌忙去推柜门，裙子却被门上云头铜栓钩住了。低头一看，一片裙角夹在门缝里，脑中轰然一声巨响，帝姬之所以匆匆离开，原来就是因为这个？这下子可糟了，看来是察觉到什么了，要是闹着玩的，没理由不来开门拿人。

她心乱如麻，捂着滚烫的脸颊想抽身出去，谁知根本挣不开。他倒欺得越发紧密了，还没等她反应过来，就扳开她的手，直愣愣地吻上了她的唇。

## 第十四章 梅蕊重

　　不见那夜甲板上的款款深情，他吻得有些蛮横，不顾一切，恨不得把人的魂魄吸出来。

　　音楼想抗拒，但是做出来的姿态是欲拒还迎的。实在没有办法，她的眼泪在一片混乱中渗透进来，彼此都尝到了，难以言喻的苦涩。她想他还是爱她的，也许恨之入骨，但仍旧丢不开手。他的吻在唇齿间肆虐，她逃不开，也不想逃开。思想模糊了，她被吻晕了头，整个世界都是他的气息，她一无所有，可是还有他。

　　脑子里千般想头都汇集成他的脸，他动情，没有任何伪装的冷漠。音楼还在可惜，她好不容易建立起来的堡垒，瞬间就被他攻破了。拿他怎么办呢？男人有时候就像孩子，越是得不到越是孜孜不倦。你退一分他进十分，避无可避的时候，只能由他予取予求。

　　她还残存着一丝清明，不能这样下去，再纠缠，又是苦海无边。然而她的手违背了她的意志，攀上他结实的肩背，她多渴望和他靠近，已经忍无可忍了。

　　她回吻他，笨拙地，但是真心真意地吻他。单是这样没关系吧！老天爷原谅她的情不自禁，他是她深爱的人啊！即便是因为这样那样的问题他们不能在一起，她还是爱他，做了再多的努力都无法解脱出去。

## 第十四章 梅蕊重

他感觉到了，这个口是心非的女人！他暗里欢喜，把她揽得更紧，简单的吻满足不了他，他想要更多，把她拆吃入腹，似乎这样才能弥补长久以来所遭受的苦难。这狭小的空间提供了足够的便利，他感觉自己在颤抖，张开五指挎住她的腰肢，往上一推，便把那层罩衣推到了胸乳之上。

她没有反抗，他急切地覆盖上去，一团柔软揣捏在手里，尖尖的一点拱着他的掌心，叫人浑身酥麻。心痒难搔，越发使劲，她轻轻抽了口气，他放开那里，手指顺着曲线一路往下，滑进了她的襦裙里。

音楼在汹涌的狂潮中颠荡，他是最好的爱匠，每一个细小的动作都令她沉溺。她伏在他胸口，他的唇一直未和她分离。以前也曾这样亲密，她毫无保留地在他面前袒露，因为觉得自己就是他的。但是今时不同往日，一切都不合时宜。他触到那处，她突然惊醒过来，一把推开他，慌慌张张地从柜子里钻了出去。

他被打断，半是失落半是苦闷："怎么？这就要走？"

她很快整理好衣裙，寒声道："厂臣逾越了，这是欺君犯上的死罪，本宫不追究，到此为止吧！才刚人都找过来了，我躲在这里不成事。万一主子传，我不在跟前，回头惹得雷霆震怒怕吃罪不起……"她手忙脚乱地抿头，喃喃道，"我要走了，以后厂臣见了本宫也请绕道。"

她端出后妃的架子来，又是"本宫"又是"我"，只是运用不熟练，不过狐假虎威罢了。他心头一片荒寒，抱着胸道："娘娘以前总追问臣和荣安皇后的事，如今不愿意试试吗？娘娘是怕和臣走影[1]，对不起皇上？"他走过去，手指用力扣住她的臂膀。回身插上门闩，把她推在了花窗旁。靠近她，逐字逐句地从牙缝里挤出来，"侍了寝便没有妨碍了，不是吗？你本来就应该是我的，可惜便宜了慕容高巩。咱们长久以来的纠葛，还有你欠我的，今儿一并清算了吧！"

音楼大骇，没想到他忽然变了个人似的，这副杀气腾腾的模样叫她害怕。她往边上闪，抓着衣襟说："你疯了吗？这是要干什么？"

他一手控制住她的肩，一手抢夺她的衣带，咬牙道："我是疯了，叫你给逼疯的。以前你不是千方百计勾引我吗？不是吵着闹着要给我生孩子吗？如今被皇帝临幸，就装得三贞九烈起来。臣虽不才，好歹也是万万人之上，你要什么，只管向臣开口，臣对自己的女人还是很慷慨大方的。"言罢又换了个暧昧的语调，在她耳郭

---

[1] 男女幽会私通。

上一含，笑道，"就是太吃亏了，第一次给了个色中饿鬼，想来都叫人愤恨。你先前不是说起臣的秘密吗，如果让它变成咱们共同的秘密，还用担心你嘴不严？"

他居然是那样轻佻的语气，音楼不能求救哭喊，只有咬着唇吞声呜咽。

八月里天还不算凉，穿得也不多。他下手毫不留情，很快就把她剥了个精光。她在那片月色下，凝脂一样的皮肤染上一层淡淡的蓝，丰乳肥臀，果然很有勾人的资本。

再谈什么感情都是空的，要毁灭就一道去死，反正已经这样了！他不让她移动，强迫她靠墙站着。她怕透了，畏畏缩缩像个做错事的孩子，这才让他心头略感畅快。她大约觉得尊严都被他盘剥尽了吧？那又怎么样！跟他相比这点算什么？他在东厂那帮心腹面前早就颜面扫地了。

他扯下鸾带，解开蟒袍，用力把她顶在墙上。她打了个寒噤，颤抖着推他，却并不讨饶。他恨她这样嘴硬，小小的人，拿起主意来胆大包天。其实只要她低个头，他不是不能放过她。他有预感，走到这步，往后就是个死局，他的爱情一去不复返了，剩下的可能只是她满腔的恨。

她为什么不肯服软？说她后悔，说她也想他，他们可以商量着再谋出路。可是她咬紧牙关不松口，他的困顿无处发泄，不能打她不能骂她，但是有别的法子报复她。

窗外的月色不知何时变得凄迷了，他捞起她的一条腿，把自己置于她腿心："我再问你一遍，你后不后悔当初的决定？"

她抖得像风里的枯叶，朦胧的光线里看得见她满脸的泪，那形容实在可怜。她一面推他，一面哆嗦着嘴唇，半天说不出一个字来。

他到了崩溃的边缘，答案显然不重要了。他们纠缠在一起，只要再推进一分，她就是他的了。可他又感到可悲，以前的自己连别人碰过的衣裳都不肯再穿，现在面对她，他的那点桀骜全不见了。他不在乎她有没有侍过寝，他一心要她，要为这半年来的苦恋讨个说法。

"不要……"他一点点挤进来，她疼痛难当，奋力地反抗，"求求你，不要这样……"

求得不在点子上，他全然不理会。夜色更暗了，抬头看，那轮巨大的明月边缘缺了一块，筹备了十几天的中秋节，临了居然月食了。

外面的人群沸腾起来，吵吵嚷嚷地叫喊着："天狗吃月亮了！"然后照着古法盆碗齐上，用筷子刀叉敲击底部，据说声音越大越好，吓走了天狗，就把月亮吐出来了。

一片喧闹声里她忍不住号啕，因为太痛，感觉自己被劈成了两半。他艰涩难行，反而更加激进，腰一沉，没头没脑地嵌了进来。

音楼听得见皮肉撕裂的脆响，哽咽全堵在了嗓子里，憋得一头汗。他贴着她，急促地喘息，似乎不大明白她为什么这么痛苦。横竖是蚀骨的所在，不管怎样她都是他的了。他退出一些，然后又狠狠撞进去，不停地重复……不停地重复……那里渐渐滑腻了，他有点高兴，他想她应该也是快活的，只是不愿意承认罢了。

温热的液体蜿蜒而下，很快冷却，在腿上留下冰凉的轨迹。满世界嘈杂，哐哐的声响像砸在脑仁上。她的十指抠破了他的皮肉，他浑然不觉。月亮一点一点被吞噬，连最后一丝光亮也消失了，痛到极致分外清醒，心头的枷锁突然打开了。她还在担心皇帝翻牌子时没法交代，现在这个难题迎刃而解了。已经是最好的出路，分明两全其美，可是为什么她那么难过，她甚至觉得爱错了人。

无休止的黑暗，无休止的喧闹，他来吻她，嘴唇火热。她打起精神回应他，心都荒芜了，还惦记着善始善终。她一点都不快乐，和上回完全是两样。她一直以为这种两情相悦的事应该是美好的，毕竟耳鬓厮磨就已经足够幸福了。可是现在这体验，对她来说是场噩梦。

月亮还不出来，太黑了，她看不见他的脸，却知道他的感受和她截然不同。无所不能的肖铎，满以为她已经不是囫囵身子了，所以纵情肆意吗？想想也好笑，分明是个样样玩得转的娇主，在这上头居然这样不通。

只是难为她，痛得火烧火燎。腿里酸软站立不住，埋首在他胸前，带着哭腔求他慢些："我好痛……"

他语气依旧不善："就是要你痛，痛了才能解我心头之恨。"

话虽如此，他的动作还是缓了下来。她的呻吟里哑不出甜味，总觉得有哪里不对。他把手绕到她背后，贴墙的一大片皮肤没有温度，冰冷入骨。他心里一惊，才想起她久病初愈，经不起他这么折腾。他索性把她抱起来，到宝座上去，她发出似哭似笑的声音，分辨不出是什么滋味。

他放她仰在那里，俯身来吻她的额头，流连着，慢慢挪到她耳畔："不要爱皇上好不好？你会和他日久生情吗？"

她窒了下，他的声气里有哀恳的味道，这种话不应该从他嘴里说出来，她不知道怎么回答。她抬起手扶住他的腰，带动起来，这是无声的邀约，他懂的。果然他忘了刚才的话，投入新一轮的燃烧。音楼眼角蓄满泪，在黑暗里抚摸他的脸，仔仔细细地描绘，即便有了肌肤之亲，也还是看不见未来。除非大邺真的土崩瓦解，否则他们这样的身份，没有别的出路。

他也怕吗？怕她爱上皇帝。他不知道那些都是表面文章，人总要向现实低头，她早就妥协了。

窗外渐渐转亮了，花园里敲打的声响也淡了，月亮从一团黑影里脱离出来，仿佛从来没发生过什么，照样若无其事地洒得满世界清辉。

他的眉眼恍惚，但是极其熟悉。他那么好看，曾经高不可攀，没想到最后竟然落进了她的荷包里。她的手从他腋下穿过去，压下他的肩头，让他紧紧抱住她。隐约地，疼痛里升腾起快意，她抬了抬腰，轻轻吟哦。他立刻得了鼓励，越发激烈地碰撞，每一下都要撞碎她的心肝。她是不打紧的，只要他快乐。

又是一轮疾风骤雨，她在昏沉里感到腌渍的痛，痛得脚趾都蜷缩起来。终于过去了，她的手覆在他背上，氤氲的汗气渗透过缎面，他安静下来，难得地温驯。隔了一阵撑起身子，想说什么又不知从何说起，只是定眼看着她。她轻轻推开他，蹒跚着找到衣裳，一件一件重新穿回去。整理好了狄髻拔门闩，没言声，提裙便出去了。

他不放心，很快扣好鸾带跟在她身后，她人有些木然，经过穿堂到了前面屋子，也没左右看就要迈腿，被他重新拉了回来。

他看她的脸色，两颊酡红，但是精神头不济。自己对她做了这样的事，还能盼着她好吗？！他羞愧难当，嗫嚅道："今天的事……"

"就当没有发生过，"她撑着门框说，"再也不要提起。"

他抿紧唇，蹙眉看着她，脑子里千头万绪，却不知道怎么挽回她。女人绝情起来，任你使尽浑身解数都没有用，他颓然靠在案上，半晌慢慢点头："如果你真的这么希望……"

她转过脸往外看，树下人影徘徊，是彤云。见她露面忙来接应，低声道："人都上乾清宫赴宴去了，主子不能久留，回头叫人起疑。"说着瞥了肖铎一眼，颇有责难的意思，但不敢发作又吞了回去，搀着人悄悄转出了随墙门。

他心都空了，在含清斋里怔忡了好久，直到曹春盎来找他，探头探脑地说："升平署都筹备好了，只等干爹吩咐就往花园里来……"这猴崽子眼尖，盯着他的膝襕看了半天，咦了声道，"干爹衣裳上是什么？怎么像血！"

他低头看，果然巴掌大的一片，因为是墨绿的料子，边缘已经变成了黑色。他愣在那里，突然一道惊雷直劈过脑子，他一把揪住那块血迹，嘴上敷衍着："浑说什么，哪来的血！大概是先头在值房里不留心蹭到的墨，你另取一件来我替换。"

曹春盎领命去了，他端起蜡烛往后身屋子里查验，地上倒是什么都没有，可是宝座的锦垫上留下浅浅的一摊，虽不明显，也能分辨出来。她一直缄口不语，果真里头有玄机吗？尚仪局对宫妃的月事有专门的录入，他知道她的时候没到，那这说明什么？敬事房明明有她侍寝的记档，难道是弄错了吗？

他扶住额角，半开的花窗外有一口井，这个月令了，不知怎么井口停了只流萤，尾翼一明一暗，慢腾腾飞起来，越飞越高，飞到树顶上去了。

每腾挪一步都是步履艰难，彤云下劲架住她，见她神色不对便追问："肖掌印把您怎么了？您瞧您迈不动步子……"毕竟是开过脸的人，回过神来顿住了，愕然道，"您是不是被他……这人怎么这么坏哪！"

音楼忙去捂她的嘴："留神，别声张。"看天街上空无一人，也打不起精神来应酬了，身上疼得厉害，拉了彤云说，"咱们回去吧，我一刻都站不住了。"

彤云再不多话，闷着头搀她进了甬道。回到哕鸾宫伺候她躺下，吩咐底下人打水来，回身看她，她歪着头闭着眼，霜打的茄子似的，看着形容不大好。她没办法，蹲在榻旁唤她："主子，奴婢给您擦洗擦洗吧！"

她不说话，脸上灰败一片。彤云上去解她的腰带，褪下了马面裙再褪亵裤，这惨况不免让她讶异——血都干涸了，挂得两条腿上尽是。她突然抽泣起来："姓肖的还是人吗？这么作践你！"

她睁开眼睛摇头："别哭，赶紧的，回头皇上怕是要来。"

"都这么着了，来了不得要人命吗？！"她越发泗泪滂沱，主子不心疼自己，做奴才的在跟前服侍久了，心贴着心，就像亲姊妹一样。看见她弄得这么狼狈，比自己受了委屈还难受。她吸溜着鼻子绞手巾，替她把血迹擦干净，再浣帕子来热敷，嘀咕着，"他不知道您是头一回吗，肿成了这样！这个没王法的，仗着自己手上有权横行无忌，偏偏咱们还不能拿他怎么样！"

她却还向着他，只说是自己不好："我没把那天侍寝的事告诉他，他好不容易收回了批红的权，别因为我给西厂拿住什么把柄。你想想，眼下宇文良时又来了，他的处境也艰难。于尊恨他恨得牙根儿痒痒，这帮下九流，正经事办不好，下套子祸害人有的是手段。我帮不上他什么忙，好歹别打乱他的心神，叫他专心应付眼前的难题最要紧。至于我……"她侧过身来搂住彤云的腰，把脸埋在彤云裙裾上，"我一介女流，算得了什么。"

彤云皱眉道："他又不是傻子，就算您不说，他也定然知道了。"

谈起这个她红了脸："他还真是个傻子，压根儿没发现。"

彤云目瞪口呆："没发现？他怎么可以没发现呢！天下第一机灵不就数他吗，到底是真不知道还是装不知道？"

这种内情没法和她细说，难道告诉她肖铎也是第一回？音楼盖住了脸，低声道："我宁愿他不知道，就不必再纠缠下去了。临走的时候说明了的，当这事没发生，以后也不来往了。"

"这算什么？"彤云义愤填膺，"叫他白占便宜糊涂过吗？主子您就是太善性了，才把自己弄成这样！"

她也不想解释，拥着被子蜷缩起来，神思恍惚间听见檐下有人说话，问："端妃娘娘回来没有，在不在宫里？"

彤云打帘出去看，来人是御前总管崇茂，上了台阶推推头上的帽子，笑道："云姑娘在呢？咱家是奉旨来传主子爷口谕的。"

彤云忙把他往里头引，周旋着："劳您大驾了，我们主子体气儿弱，在外头转了两圈就乏累了，早早地回来，这会子在寝宫里歇着呢！"

崇茂迈进门槛，在半片垂帘前站住了脚，竹篾疏朗间见榻上人起身穿鞋，忙吊着嗓子道："万岁爷吩咐过的，请娘娘别拘礼，就是口头上的话，用不着磕头接旨啦。"

里头闻言道了声谢，又说让把人请进去。彤云在前边引路，屋子里帷幔重重、香烟袅袅，绕过一架沉香木雕四季如意屏风，端妃坐在三围罗汉床上，含笑道："麻烦总管走这一趟，主子什么示下？"

崇茂见了礼道："才刚好好的，闹了出天狗吃月亮，老佛爷老大的忌讳，万岁爷脱不了身，今晚上怕是不能过娘娘宫里来了，叫奴婢递个话儿，娘娘身子才利索，没的让娘娘久等了不好。"

这对音楼来说无疑是天大的喜讯，她按捺住心情，颔了颔首，凑嘴说了两句顺风话："您代我给皇上带个话，请他宽怀。不过是天象，也不用太较真了。先头月色还不及后来的好，就好比镜子脏了要拂拭，擦了擦，越发清辉照河山，有什么不好？"

崇茂笑得两眼眯成了缝："娘娘这比喻贴切，皇上听了定然高兴的。这事儿吧，还是得怪钦天监。观天象都观到小腿肚里去了，这么大的走势居然没个预测！今儿的大宴宫里多上心啊，成百上千的人，全是亲戚股肱，大家伙儿乘着兴来，遇上个狗啃月亮，主子嘴上不说，心里不犯嘀咕吗？还是肖掌印出来周旋，说了一车漂亮话，才把老佛爷安抚住了，回过头来惩办钦天监，料着那边头人要换人做了。老佛爷有了岁数，信鬼神，怒气过去了，心里还是不踏实，话里话外还有怨怪的意思，说主子爷斋戒心不诚……"他往上觑觑，嘿嘿两声，"这里头的况味，娘娘是知道的。不过朝中有人好做官，亏得娘娘和掌印有交情，嘴皮子一挫话就带过去了。"

音楼笑了笑："这么说真要好好谢谢厂臣了，皇上跟前有他伺候，好些事都能大事化小小事化了，这也是他的本事。"

崇茂诺诺应了，略顿了下，卷着袖口小心试探："跟南苑王一道进宫的那位，不知娘娘瞧见没有？我听下头人说，是娘娘老家的族亲？"

音楼迟疑了下方道："不是族亲，是嫡亲的姊妹。总管怎么想起来打听这个？"

崇茂笑得越发谄媚了："没什么要紧的，主子才刚问来着，奴婢记得有这头亲，就和皇上回禀。皇上说了，娘家人来趟不容易，让娘娘别忌讳，留庶福晋多住几天，姐妹叙叙旧也不碍的。"

这话意味深长，看来有猫腻。宇文良时带音阁来京没安好心，谁知道皇帝糊涂，还真撞上去了。音楼的笑容更深了，对彤云道："咱们万岁爷真是体恤，我原想着不知道怎么回禀呢，他倒替我周全好了。既这么，可用不着烦心了。南苑王在银碗胡同有封赏的府第，留她在京里落脚，有空了进宫来说说话，也好解闷儿。"

彤云躬身道是："不知道南苑王在京里逗留几天，明儿奴婢打发人去请，问明白了好做安排。"

崇茂来这儿，其实这事才是大头。都是聪明人，稍稍一点拨就成，用不着说得多透彻。崇茂见她会了意也好交差，点头哈腰打躬作揖："娘娘早些安置吧，奴婢身上还有差事，这就回御前去了。"

彤云直送到滴水下面,看他出了啰鸾宫,踅身进来,奇道:"这是什么说头?难不成万岁爷瞧上大姑娘了?"

音楼摘下狄髻上的满冠叹了口气:"恐怕正是的,这形势不妙,眼看着就掉进人家网子里去了。"

彤云万分懊恼的样子,嘀咕道:"才几天光景,这移情也太快了点儿。难怪好色的名头如雷贯耳呢,这么不长情的倒也少见。"

她分明有些低落了,音楼看着,心高高地悬起来。彤云是她身边最知己的人,本来和她一条心的,万一对皇帝动了情,那就说不准了。像她一门心思为肖铎一样,将心比心,彤云还能站在她这边吗?如果她一倒戈,事情闹起来就收势不住了。

音楼小心地观察她,拉她来身边坐下,轻声道:"你听见这事不高兴,是不是对皇上……"

她忙摆手说:"我只是替您不值,当初花了大力气把您弄到身边,这才多久,回宫个把月,立马盯上了别人。先前那些委屈都白受了,熬心熬肝的,和谁说理去?您别以为我陪他睡了一回就不知道自己姓什么了,我明白着呢!"一头说一头攥紧她的手,"主子,您信不过我吗?"

音楼摇头,在她手背上拍了拍:"我知道你不是这样的人,只不过刚才闪神,突然蹦出这么个念头来……你为我做了这么多,我不该疑心你,可是我知道爱一个人的苦处,要是你真的喜欢上他……"

"主子信不实,就替我求求情,放我出宫去吧!再不成,让肖掌印把我给杀了。"她垂着嘴角嘟囔,"我就是想反叛也得有这个胆儿,东厂那么厉害,惹恼了他,还没得宠就给凌迟了。"

音楼听了发笑,又怅然道:"我答应你的事暂时办不到了,本来想着侍寝的时候和万岁爷说的,可这会儿我说不响嘴,这身子……说了就是个死。"

彤云咳了声,扶她重新躺下,在她边上温言劝慰:"您上回说我就觉得不靠谱,只不过那时候您心思重,我顺着您,不和您争罢了。摊到台面上说,不知道是个什么结局,好心办坏事,何苦呢!万岁爷不来对您有益处,我知道您应付得累,他要迷上大姑娘,您舒舒坦坦在啰鸾宫独过,神仙似的,有甚不好?"说着替她掖了掖被角,转过头看案上灯台,嘴里喃喃着,"咱们如今,走一步看一步吧!"

似乎除了这样别无他法了,不过打发出去请音阁的人还没回来复命,合德帝姬倒一早就来串门子了。

音楼看见她有点心虚,坐在竹榻上吃藕粉桂花糖糕,连眼睛都不敢抬一下。帝姬倒像故意逗她似的,挨在边上问她:"昨天怎么没见你?还说请我吃酒的呢,我到了园子里,找了一圈没找着人……你昨儿去含清斋了吧?"

她当然不能承认,含糊道:"我本来是想找你赏月的,后来受了点寒,撑不住就回哕鸾宫了。你瞧约了你,临了又爽约,实在对你不住了。"

帝姬坐在帽椅上,两条腿悬空,前后踢踏着说:"爽约了不打紧,别样上补偿就是了。上回库里拨给你的鸟衔瑞花锦,不是做了条裙子吗?瞧瞧还有剩没有,送我一块,回头我要做个香囊装瑞脑。"

那匹缎子是早前高丽进贡的,数量有限,宫里拿来做裙子的不多。不单这个,她又提起瑞脑,着实把她吓了一跳。正犹豫着怎么答复她,她却哧哧笑起来,掩口道:"罢了,不逗你了。外头秋高气爽,咱们去御花园里走走吧!"说完也不等她点头,便拉她起身,扭捏一笑,"我有桩心事想告诉你呢!"

音楼最爱听人说心事,已经请了音阁进宫也忘了,和帝姬手挽着手过夹道,到万春亭里的石凳上坐了下来。

帝姬有点不好意思,小声说:"昨晚我遇着点事儿,这事儿不大好说,你还记得赵还止吗?荣安皇后这人居心不善,她派人请我在金亭子叙话,我去了,没承想等在那里的是赵还止。这人好大的胆子,寒暄几句就敢对我动手动脚。大约觉得公主也是女孩家,吃了暗亏更加没脸告诉别人,所以才敢这样放肆!"她起先还很平静,越说越气愤,还比给她看,一手按在了她肩头,拇指压在她锁骨上,"不是我见识浅,这样是不是无状?还没人敢这么对我,我想推他推不开,他两只眼睛冒火星子似的,真唬着我了。幸好这时候来了个人,一下把他摔了个大马趴,你猜那人是谁?"

还用猜吗,必定是宇文良时。音楼笑得很无奈:"难道是南苑王?"

合德帝姬讶然:"你怎么知道?正是他!"

年轻的姑娘遇见个叫人心动的男人,脸上的神情就不一样了。不管宇文良时为人怎么样,卖相却是一等一的好,再加上危难之中英雄救美,帝姬这种涉世未深的女孩自然招架不住。音楼看着她,仿佛看见了以前的自己。她的半边脸沐浴在晨光里,那么明朗典雅,像佛堂里当空坐着的菩萨。

"上回厂臣和我说起他,我一时没想起来,原来小时候就同他有交集的。"她腼腆道,"我救过他一回,这趟他还回来,大约算是扯平了。"

这哪里是来报恩,分明是来算计人的!音楼不大忍心打断她的遐思,只能装作遗憾地摇头:"南苑王好虽好,就是纳妾太多。我姐姐六月里过门的,已经是他的第四房姨太太了。虽说他的元妃之位悬空,可对女人没挑拣,总归不大妥,你说呢?"

帝姬脸上果然黯淡下来:"有点权势的男人都是这毛病吗?我长在宫里,看见父亲和哥哥们三宫六院七十二妃,没想到那些藩王也是这样。"她低头叹息,"说来说去还是厂臣好,我有时候想,要是他小时候没遇着饥荒,和那些仕子一样做学问,进京为官,不知道现在又会是个什么样子。可见世事总难两全,每个人都有难处,像我这样的,说起来金枝玉叶,还不是照样打在人家的算盘里吗?!"

小小年纪弄得苦大仇深,这种烦恼倒是所有闺阁女子都会有的。音楼才想疏导几句,却见她宫里的小太监从角门上跑进来,到了亭子下仰脖儿往上拱手:"回娘娘话,四六差事办完了回来复命。姨奶奶往宫里递了牌子,肖掌印经的手,这会子带人过来,已经到哕鸾宫了。"

音楼心里咯噔一下,他什么时候闲得发慌,这种带人引见的事儿也过问起来了。碍着帝姬在,她没法打探他是不是也在哕鸾宫,还是把人送到就离开了……她心里惆怅难言,有了这层关系,再见面也当是含情脉脉的。听见别人提起他,她心里直颠腾,恨不得飞扑进他怀里。她可以任性,知道他会善后,但是这种恣意会给他带来麻烦,她不想看他在感情和生计间两难,所以她必须压抑,这也是对他最大的保护。

是啊,她想保护他,以她力所能及的唯一方式。

她偏过头嗯了声:"把人招呼好,我这就回去。"

帝姬还是挽着她的手,眯眼笑道:"我和你一道去,去见见你那姊妹。昨儿在宴席上看见她,长得确实很美,眉眼那么秀丽。"一面说一面上下打量她,"说实话,比你还美些。"

音楼也承认音阁比她美,可是这么直愣愣地说出来,简直打击人心。她嘟起嘴:"你眼睛不好使,我在男人眼里貌美如花。"

帝姬安慰性质地点点头:"你自然长得也不错,只要记住了就忘不掉。你是耐看的,越看越好看。"

音楼歪着头想了想，勉强接受了，两个人笑闹几句，拉拉扯扯回到了哕鸾宫。

音阁被安置在西配殿里，听见说话声忙站起来迎接。音楼从门上进来看她，她穿着缃色底子黄玫瑰的缎面对襟褙子，底下配丁香凤尾裙，立在那里螓首蛾眉，果然是个妖俏的美人儿。

不但人美，礼数也很足。见了她们敛裙上前，跪地叩拜下去："奴婢步氏，给长公主请安，给端妃娘娘请安。"

音楼命人搀她起来，笑道："都不是外人，别拘这种俗礼了。"携手请她坐下，和煦道，"昨儿人多冲散了，想找姐姐说话也没寻着时机，只好今儿叫人请来。"环顾一周没见肖铎，心里略觉怅惘，不过很快又把心思挪开了，问她打算在京逗留几天，几时回南京。

音阁在座上欠着身子回话："王爷事忙，娘娘也知道的，藩王在京里的时候有限制，左不过拜会几个旧友，转天就要准备回南京的。"说着叫人把东西呈敬上来，两个大匣子，里头齐整码放着各式的小锦盒，有成套的美人梳篦、碧螺春茶、紫砂壶和檀香木苏扇。她叠着两手一笑，"这些都是苏杭一代产的特色玩意儿，宫里什么都不缺，送给娘娘和长公主，也就图个新鲜。我们王爷是仔细人，另准备了一对惠山泥人给长公主玩儿。这泥人是老手艺匠做的，和京里的泥人不一样。"

帝姬听说是专门给她带的，搁下茶盏偏过身来，就着宫婢手上看，白胖胖的一对童男童女，一个抱着元宝，一个拎着钱串。江南产的东西做工精细，连娃娃眼梢儿都描得一丝不苟。这些小玩意儿不名贵，却讨巧得人意，帝姬接过来把玩，娃娃头上扣的六合一统帽居然能摘下来，褪掉帽子就是个圆溜溜的大光头。她笑起来："请代我向南苑王道谢，娃娃有意思，我很喜欢。"

音阁道是，又说："我们王爷常提起长公主，只是遗憾没有机会报答少时的恩情。"

帝姬转过眼来看她："陈年旧事了，难为王爷还记得。"

音楼在一旁喝茶，听她们你来我往，再瞧帝姬的神情，心头隐隐觉得担忧。先前拿宇文良时姬妾多来说事，帝姬似乎并没往心里去。人到了这时候，总能盲目生出一种自信来，以为自己是不一样的，男人有了自己就会改变，再多的纷扰也许都敌不过真心相待。这年月，侧室的地位低下，当家主母不高兴了，叫人牙子来卖掉也是常事，所以对集万千宠爱于一身的公主来说，完全构不成威胁。

帝姬的矜持弘雅也恰到好处，实在是个端方的人，即便下意识的一点打探，不细咂也叫人品不出味道来。音楼暗暗琢磨，要想法子再阻止才好，可是又不能吐露实情。但愿还来得及，要是帝姬真叫宇文良时诓骗了，那这辈子恐怕都不能好过了。

正神游着，从菱花隔扇窗里看见个明黄的身影一闪而过，没来得及知会她们，皇帝已经到门上了。

屋里人赶紧起身行礼，皇帝笑吟吟的，满身意气风发，抬手叫免礼，不忘来照应她，两手把她搀扶起来，温声道："今儿怎么样？听说早上用膳用得香甜？"

她嗯了声，眼梢瞥见同来的人，不敢正眼看过去，让了宝座扶皇帝坐下，应道："谢万岁爷垂询，眼下样样都好，吃得下睡得着，长公主常来陪我说话，心境也开阔了。"

"那敢情好。"皇帝眼波从音阁身上流转过去，扬唇道，"朕昨儿叫崇茂递的话，你都晓得了？"

音楼欠身一笑："都晓得了，姐姐才到，我还没来得及同她说呢！"转过脸对音阁道，"昨儿和主子讨了个恩旨，我在京里举目无亲的，实在是寂寥。姐姐既然到了京里，何不留下住上一段时日？这么的咱们姊妹好往来走动，等冬至时南苑王进京，姐姐再跟他回南京去……只是害你们新婚宴尔分居两地，不知道姐姐愿不愿意？"

音阁嘴角有淡淡的笑意，视线落在皇帝胸前的团龙上，安然道："娘娘的美意，万岁爷的恩典，奴婢万万不敢推辞。回头告知了王爷，奴婢再进宫来复旨。"

皇帝大为欢喜，嘴上不好道谢，手上用力揉搓了音楼两下，对音阁道："这是天伦，也凑着时机正好。端妃这向身子弱，你们姊妹在一处有了照应，朕这里也放心。往后进宫就不需要再递牌子了……"说着吩咐肖铎道，"厂臣知会宫门上一声，看见庶福晋放行就是了，回回往上呈报，没的耽误工夫。"

肖铎垂手道是："臣早就传令下去了，再过阵子天要冷了，另安排了小轿在顺贞门上，庶福晋进宫瞧娘娘乘坐，也好省了脚力。"

要说一个人能在六年里坐上掌印的位置，那不是靠嘴上天花乱坠得来的，得办实事。知道皇帝有这心思，早早就替他铺好了路，音阁进宫后上了小轿，轿帘子一放谁知道里头是谁。到时候是上养性斋还是咸若馆，全由得皇帝指派。

皇帝很称意，得着了宝贝心里乐透了，和音楼说话也心不在焉，眼睛直往音阁胸前扫。

音楼看见只做没看见,自己心里也存着事,哪里有心思照管这些!倒是帝姬有些反感,站起来说:"我出来半日,该回去了。母后那儿答应了陪着上香的,还要筹备过两天潭柘寺放生的布施呢!"起身朝皇帝纳了个福,"臣妹告退了。"

皇帝迟疑着哦了声:"小妹妹要走啊……"

帝姬没言声,抿嘴一笑便下了脚踏,肖铎在前面引路,送到宫门之外去了。

屋里三人对坐,气氛有点尴尬,都像傻子一样一再微笑。最后还是音阁先开口:"瞧时候不早了,奴婢也该出宫了。王爷这两天就要离京的,我早早回禀一声,好早作打算。"言罢冲皇帝福身,却行退了出去。

肖铎仍旧来接应,皇帝从槛窗里张望,浑身抓挠,如坐针毡。

音楼眉眼弯弯,笑问:"垫子坐得不舒坦吗?我叫人换个厚点的来?"

皇帝装腔作势地抿了口茶说:"不必了,朕想起来内阁有朝议要再奏,不能在这里多停留。你好好养息,朕一得空就来瞧你。"

她说好,温驯地将他送到台阶下。皇帝似乎突然良心发现了,回握住她的手道:"昨儿月食的事儿,皇太后很不高兴,朕怕这两天来往太多她会迁怒你,不在你宫里留宿也是为了保全你。"

眼下他有了新玩意儿,音楼也觉得坦然了,在他手上轻轻拍了拍道:"我都明白,主子疼惜,我没有不感恩的理儿。我这里不打紧的,一切有人照应,倒是您,圣躬也要加仔细。祖宗有训诫,前朝不叫我们妃嫔随意走动,我想去瞧您都不成。月食的事别放在心上,您圣明烛照,还忌讳这个?"

皇帝唔了声:"肖铎举荐了个西洋传教士,据说观星占卜样样来得。钦天监换了人,往后就没有这种扫兴事儿了。"

音楼点头不迭:"是这话,这么大的天象测不出来,白拿朝廷俸禄了。"

皇帝低头在她脸颊上亲了口,这么柔顺的人儿,虽不及她姐姐颜色惊人,但是一颦一笑自有妩媚之处。且养着吧!养着自有她的用处。他背着手伴伴踱出去,上了九龙辇,找他的乐子去了。

音楼应付完了回身上台阶,进殿里叫小宫人把帘子放下来。彤云今早起来不爽利,告了假在梢间里歇着,她命人给她送了盏冰糖燕窝羹,稍歇会子再过去瞧她。这丫头可怜见儿的,跟了她这个不成器的主子,明亏暗亏吃了好些。上回代她侍寝，过后让她歇她又不放心，强撑着一直到今天。

她从螺钿柜里挑了盒香出来，边上小太监揭开景泰蓝熏笼的盖儿，正要往里投，见肖铎从门上进来。她心里吃惊，手上一抖，香篆落得满地尽是。

一颗滴溜溜滚到他足尖前，他弯腰拾起来，捏在掌心里一摆手，殿里侍立的人甚至不用看她脸色，立时都退了出去。

音楼有点慌神："厂臣不是伺候皇上吗，怎么又回来了？"

他转到圈椅里坐下来："御前有专门服侍的人，掌印用不着样样亲力亲为。况且他和人私会，也不愿意让我在场。"他乜着眼看她，浓密的睫毛交错起来，遮挡住深邃的眸子。他说，"你坐。"一副反客为主的气势。

音楼尽量不让自己显得无措，把手里的沉香盒子搁在月牙桌上："有事吗？"

"我有话问你。"他从琵琶袖里掏出一块缎子递给她，"你瞧瞧这是什么。"

音楼接过来看，墨绿色的缎面被什么浸透了，一块沉甸甸的污渍，摸上去发硬。她不明所以："这是什么？"

他讪讪一笑："你居然问这是什么？这是从我昨天穿的曳撒上剪下来的，送来给你过过目。不明白吗？这是血迹，是你留在我身上的。"

她脑子里轰然炸开了，顿时红了脸："胡说，哪里来的血，你唬我吗？！"她甩手扔了回去，绞尽脑汁地开始回忆，昨晚他确实穿的是这个颜色，当时黑灯瞎火的，又那么混乱，果然是留下罪证了。可是不能承认，虽然十分蠢，也要咬紧牙关抵死狡辩。

他却拐了个弯，不在这上头争论了，慢悠悠地把那块染血的缎子卷好，重新塞回了袖笼里。她呆呆看着，脸红得能滴出血来，可是讨不回来了，他说："留着，是个念想。"慢慢唇角浮起一丝笑，对她伸出手，"过来。"

她咽了口唾沫往后退了一步，情况不在她意料之中，真讨厌他这种奸诈的样子，仿佛样样游刃有余。这是她的寝宫，他毫不避讳地公然进出，不怕被人告发吗？

"过来。"他又说一遍，语气强硬。她并没有打算照他说的做，她不过来，那只好他过去。

她脸上青白交错，往后退，一直退到髹漆亮格柜前。他无奈地叹了口气："你怕什么，我只想问你还疼不疼。"

"不疼。"她打定主意反着来，避开他灼灼的目光道，"我以为昨儿说清了，你也答应的,今天还来干什么?"

那是脑子发热,被她一副急于撇清的姿态惹毛了,她还当真吗?其实不管她是不是第一次,只要有了那一层,这辈子就注定纠缠不清了。她侍过寝,他也不介意,当然没有的话,更是意外之喜。他也不否认,男人嘴上说得光彩,其实心底里还是在乎的。他是她的头一个男人,他自然欢欣雀跃,虽然困境可能接踵而来,横竖到了这地步,也没有什么好怕的了。他只是后悔,自己这么急赤白脸的,叫她吃了大苦头。

"我来向你赔罪。"他低头牵她的手,"音楼,我昨儿太鲁莽了,要是细心点儿,不至于连这个都没发现。是……因为外面太吵,而且地方不对,再加上我生你的气……所以下手不知轻重……"

他也好意思,怪张三怪李四,就是不肯承认自己反应迟钝。和他谈这个简直叫人无地自容,音楼想把手抽回来,他却握得越发紧了。她叹了口气:"这事不要再提了,宫里人来人往这么多双眼睛,叫人背后说嘴有意思吗?"

他对她的话置若罔闻,切切道:"以前药用得没有忌惮,往后看看减轻剂量,或是让方济同换几味药……"

"你傻了吗?"她说了半天他都答非所问,不知道是什么算计。没忍住一个高声,似乎是吓着他了,他分明怔了下,那双鲜活的眼睛愣愣地看着她。音楼居然感到愧疚,换了个平和的语气才道,"不能换药,不能冒这个险。再说你换药做什么?不打算在大内行走了吗?"

其实音楼说完就回过神来了,这人是贼心不死才想作养这方面。有些恼他顾前不顾后,她别过脸去不想瞧他,他落寞地站了一会儿,低声道:"昨晚我一夜没合眼,总是颠来倒去地想我们之间的事。如果来燕堂里打定了主意私奔,如果老君堂你下了船,咱们现在会不会是截然不同的境遇。运气好,或许逃出了大邺疆土,可以有自己的孩子。"看她脸色缓和了,他试探着去拢她的双肩,慢慢把她嵌进心头的裂缝里,人像死透了又活过来,顿时生起前所未有的妥帖。

她僵直站着,想回手抱他,又怕这样一来前功尽弃了。但是相互依偎,这么美好,她舍不得推开他。

"厂臣……"她喉头哽咽了下,"我们没有将来了。"

"有的,你容我想办法。"他和她的脸颊贴在一起,她身上有温腻的香气,是属于他一个人的甘甜。微拉开些距离,他想找她的唇瓣,可是她的手在他胸前撑了下,很快脱离出去。他怀里空了,不禁有些伤感,"怎么?你不愿意听我说吗?"

她低头站在那里,慢慢腾挪过去,在榻上坐了下来:"咱们以前也为这事苦恼过,算计了半天,最后还不是进宫了吗?!在外时尚且没有出路,现在我晋了位,前途更加渺茫了。"她抬眼看他,"你坐,坐下好说话。"

他在边上的圈椅里落座,蹙着眉头道:"你还记得于尊带来的那道手谕吗?"

她点点头:"纵沉疴,亦须还。我那时就在想,皇上哪来的那么坚定的意向,一定要我马上回京。后来想想,大约是有什么用意的吧!你打探到了什么?"

他靠着围子转过头去,绡纱遮挡不住阳光,万点金芒落在他身上。他眉目平和,说得无关痛痒:"是荣安皇后的伎俩,真有意思,我府上居然有她的人。皇上听了她的话才急于让你回宫。咱们的事,似乎没能瞒住紫禁城里的人。"

这下子音楼惊呆了:"怎么会这样呢!那为什么我还能活得好好的?"

"因为皇上还需要我为他卖命。"他笑了笑,十指交扣起来撑在鼻梁上,缓声道,"你在宫里,对我是最好的制约。你看看,如今你成了香饽饽,人人都来算计你。"

她心里跳得擂鼓一样,这可不是什么好事情,现在想起皇帝的体贴来,别有一种毛骨悚然的感觉。她紧紧抓住裙裾深吸了口气:"既然你都知道,就更应当和我保持距离。你不怕被皇上拿个现行吗?"

他沉默下来,抿着唇,眼里渐渐有了愁云。皇帝知道里头的渊源,之所以不发作,对她恩宠有加,也是为了安抚他。就像千里马虽好,也要喂豆料一样。他没有治理的手段,驭人却有一套。这么大的祖宗基业,到了他手里怎么传承,凭他自己的力量,利用吃喝玩乐后剩余的时间定国安邦,显然不可能。所以把主意打到了他身上,音楼就像个诱饵,让他看得见,带不走,他为了保全她,只有勤勤恳恳地闷头干活。

女人于皇帝,重要也不重要,全看兴头。当初一心惦记着,果然到了手,又觉得没什么大不了的了。皇帝富有四海,自然有数不尽的女人前赴后继,一个没怎么上过心的傻丫头,缺乏兴趣的时候就搁着,横竖也不耗费什么。

"上月初敬事房的记档,明明写着万岁夜宿哕鸾宫,为什么你还是完璧之身?"他心里关注的终究是这个,"你要如实回答我,很要紧。"

音楼嗫嚅了下,权衡再三只得告诉他:"那晚是彤云替了我,皇上喝醉了酒,糊里糊涂什么都不知道了,彤云为了保住我,逼不得已假扮我进了寝宫。"

他听得眼睛直眯起来:"你们胆子不小,这样的事也敢偷梁换柱。那皇上究竟有没有察觉?"

音楼被他一问似乎也疑心起来,模棱两可道:"后来相处,瞧着和以前大不一样,没什么避讳,还爱动手动脚……"

他的太阳穴跳了下,脸色也不霁,斟酌良久,料着皇帝是当真了。慕容高巩那样的人,没有长性。只要知道这女人归他,若是没有足够的手段,君恩定然难留。事到如今一切还有转圜,他想了想道:"彤云要尽早送出宫去,留着是个隐患。这世上最靠不住的就是人心,今儿对你披肝沥胆,明儿就能在背后给你捅刀子。她是你身边的人,知道的内情太多,万一哪天叫人收买,或是动心思想攀高枝了,到时候再掐就来不及了。"

音楼自然是不答应的:"她一心为我,眼下过了难关就打发她,我成了什么人?我要想法子让她晋位,毕竟她是伺候过皇上的,随意把她配人,她心里不愿意,岂不是委屈她一辈子?"

他却说:"咱们可以在别样上补偿她,替她找个官衔过得去的,往上提拔是轻而易举的事,将来封个诰命,也不枉她跟你一场了。"

想得虽好,到底要彤云自己答应。音楼垂首道:"我明白你的意思,不是我不开化,只是我拿她当亲人,坑害她的事我做不出来。我就是有心想问她,也难开这个口。"

他沉吟了下:"那等我得空了找她谈,她若是愿意配人,我这里给她准备丰厚的嫁妆,绝不会亏待她。"

音楼忙说别,他这种气势,商量也像下令,她有胆儿反驳吗?大义凛然替主子挡了祸,结果反过来受他胁迫,还不得悔不当初?她垂着嘴角道:"你别管了,等逢着机会还是我来同她说。"说完缄默下来,觑他一眼,犹豫再三才又开口,"我想托你一件事。"

他点头:"你说,什么事?"

她开始绞帕子,迟疑着,慢慢红了脸。起身踱开几步背对他,小声道:"宫里红花是禁药,等闲弄不着的。你挑个时候让曹春盎送些来,以备不时之需。"

他愣了下才反应过来,她是担心怀身子吗?女孩儿变成女人,心思真不一样了。她羞怯地不敢看他,他心头倒急跳起来。以前在一块儿她是满嘴胡言,他听过只觉好笑,因为知道不可能发生,所以不当回事。现在已经走到这步,忽然如梦初醒似的。她和他有了牵扯，是切切实实的一种关系，再来谈受孕，便混杂了说不清的辛酸和甜蜜。

他过去牵她的手："我昨儿问了方济同，他说以往用的方子寒性大，不停药的话，很难叫女人怀上。"

她越发难堪了，支吾着："那就好，我担心了一晚上。"

他略顿了下道："过会子还是让人送一包来，你我是不忧心的，怕只怕彤云。上回万岁爷临幸，想法子规避了吗？"

那时候在宫里两眼一抹黑，他人在南京，她们求告无门。事情出了就出了，就像彤云说的，只有走一步算一步，谁还敢让太医开避子汤吗？！她摇头说："总觉得只一回，应该没大碍的。"

"那咱们也只一回，你怎么又上赶着要红花？"他笑得有些暧昧，摩挲着她的手背，一点点往上挪，挪到她肘弯那里去，"你们私底下是不是也谈论这个？两个臭皮匠凑在一块儿，彼此答疑解惑吗？"

音楼大感窘迫，这种事怎么好摆在嘴上说呢！何况都是头一次，比死还难受，谁也道不清里头的缘故。她把他的手拂开，看了看外头天色："宫里快传膳了，你来了这半天，不怕落了人眼吗？早些走吧，皇上既然存了份心，少不得叫人盯着。这宫里火者、宫婢这么多，也不是个个知道底细的，小心总错不了。"

他却黏缠起来："你放心，那些人不敢乱嚼舌根。外间的人都换了信得过的，难得来一趟，时间略长点儿也不打紧。昨儿晚上那件事，我心里真高兴。我也不怕你笑话，其实我的确不懂。我这身份，从来没见识过那个，害你吃了那些苦头，现在想起来悔断了肠子，你还怨我吗？"

事情都说开了，好赖他也知道了，再避着没意思。年轻男女，又是那么相爱的，有几个架得住心里向往？她踟蹰了下，还是伸手揽住了他的腰，把脸埋在他胸前的行蟒上，感觉到一种尘埃落定的安稳。

人一倦怠就再打不起精神来了，她瓮声嘟囔："我何尝怨你，都是你在怨我。我为了你，命都能豁出去。别说叫我索居宫中，就是进庙里做尼姑，我眼睛都不眨一下。水师检阅那天，宇文良时见了我，和我说起你的处境。他不是好人，我原本是不会听他的，可是细斟酌，他虽然句句话都有用意，但也不得不承认很有道理。我以前小孩儿心性，只想要你，什么都不顾，那样不行，会害了你。何况他说，只要我这头有闪失，你在皇帝跟前就不成事了，索性扳倒了扶植于尊。于尊只爱钱，爱钱的人容易控制……我害怕他会告发你，不说旁的，你这身子总藏不住，到时候怎么办？我想了很久，我是无足轻重的，你在这位置上，不能有半点偏差。我最坏不过进宫，你有个闪失就得丧命，孰轻孰重，还用得着考量吗？"

他呼出口浊气："我就知道你耳根子软，我也不是认真怨你，有时候想得太厉害，就必须用恨来勾兑，要不然能怎么样呢？我白天装作若无其事，可是夜里难熬。我也想过一刀两断，可花了那么大的力气，结果一败涂地。"他说着，在她光致致的额头上捋了捋，"刘海梳上去了？"

音楼老家有习惯，闺中女子打刘海，出了阁的就该有个规矩了。不管昨天多惨烈，说到底姑娘生涯至此为止。于是今早起来坐在梳妆台前，蘸了桂花头油仔细地撩上去，左看右看，有点不适应。长时间缩在刘海后，仿佛有一层遮挡，如今收拾干净了，好像赤裸裸地暴露在光天化日之下似的。

她扭捏了下："很丑吗？"

他说不，手指抚摸着她眉心那颗痣："这样更好看。"

她有些腼腆，目光闪了闪，依旧在他脸上盘桓。那么久没能细瞧，简直觉得疏远了。凝目看他眼角，针尖大的一点黑，以前从没见过。她咦了声："这是才长出来的？"

他促狭一哂："是啊，哭出来的泪痣。"

她微讶，分明笑着，却泪盈于睫："你哭过吗？"

他半仰起脸，眼眶发红却坚决否认："我又不是女人，动不动哭鼻子算怎么回事！"

"真的吗？从来没有哭过？"她偎在他胸前，眼泪滔滔落下来，"我不是，我经常哭。有时候明明不伤心，它自己就流出来了。我和彤云说，一定是泪海的坝决了口子，得想法子堵起来。"

他低头看她，笑里含着苦涩，吻她的眼睛："我来试试，我虽不是工部的，也知道一点防涝的手段。"

似乎是雨过天晴了，她急切地寻他的嘴唇，把满心的委屈都倾泻出去。她知道他该走了，再晚些膳房里送食盒进来，人多了不好。然而自己又会宽慰自己，他是掌印太监，出现在紫禁城哪个角落都是正当的。偶尔一次没关系的，其实别人眼里并没有什么奇怪，不过是自己心里有鬼，总怕惹人注目。

他们的吻里有哽咽，是吻得最痛苦的一次。她捧住他的脸，这次轮到她和他约法三章了："不要常往唼鸾宫跑，不要触怒皇上。你晓得的，一切都有底线，他以为你是太监，所以睁一只眼闭一只眼。咱们就在他能容忍的范围里，悄悄地，只要我知道你在念着我，就够了。"

他的手臂紧紧环住她："音楼，我觉得好苦。"

她含着泪微笑："不苦，已经好得出乎我的想象了。他如今迷上音阁，对我来说是好事。可是宇文良时对长公主存着坏心思，我怕婉婉受他蒙骗。你和宇文良时究竟是怎么协商的？是打算助他一臂之力了吗？"

他说："我不从中作梗，已经是对他最大的帮助了。长公主那里，遇着机会请她三思，但一切顺其自然。各人有各人的命，瞧瞧咱们自己，现在来个人劝你回头，有用吗？"

话是这样说，可眼睁睁地看着帝姬走进圈套，她心里实在不落忍。还想再商议，只听甬道上一溜脚步声到了廊下，隔窗通禀："回娘娘话，喈凤宫赵老娘娘到了。"

赵老娘娘指的就是荣安皇后，因着后宫有两位皇后，为了方便区分，太监们便自发换了这个奇怪的称呼。她是无事不登三宝殿的，或者是知道肖铎在，有意进来会面的吧！两个人松开手一坐一立，音楼整了整裙上褶皱，安然道："还要通传什么？快请进来吧！"

## 第十五章 眄乔枝

荣安皇后身穿深色的襦裙，两边有宫婢搀扶着，从甬道那头翩翩而来。

看一个人走路的姿势，便大抵能猜到这个人的性格。荣安皇后的人生是辉煌的，虽然死了丈夫不再众星拱月，但在后宫依然是尊养的。及笄便封后，坐镇中宫掌管过大邺半壁江山，气势摆在那里，不容任何人小觑。

她来，就算是寻衅，也给人一种纡尊降贵的感觉。迈进门的时候音楼还是站了起来，笑迎上去，蹲了个福道："娘娘今儿得闲？有什么事儿打发人来说一声，我过去也是一样。"

"没什么要紧事。"荣安皇后说，往边上瞥一眼，嘴角撩了下，"原来有贵客在，我来得不是时候？"

肖铎躬身作了一揖："娘娘说笑了，臣为南苑王庶福晋的事来，到端妃娘娘这儿打听些消息。"

她漠然哼笑："肖厂臣贵人事忙，如今是请都请不动了。大行皇帝的灵还奉安在玄宫里，我深居后宫不问事，不知谥册宝印都筹备妥当没有。请厂臣过喈凤宫商议，结果来了个蔡春阳，结结巴巴连话都说不利索。"她在宝座上坐定，归置了下八宝立水的裙脚，"藩王小妾的事要紧，大行皇帝的事不是事吗？厂臣替皇上分忧之余莫忘旧主，才是立世为人的正道。"

给他碰个钉子，也好解解心头之恨。本来这种露水姻缘，谁都没指望能得长久。只不过须臾之间撇得一干二净，这肖铎未免太绝情了些。

音楼在一旁听得很有意思，转过眼看肖铎，见他叠着手道："先帝入陵寝后的一切事宜都由蔡春阳监管，臣派他来回事再合适不过。既然娘娘嫌他说不清原委，那臣回司礼监问明了，再到喈凤宫回话就是了。"

荣安皇后的脸色略缓和了些，对这样的答复还算满意。接过宫女奉上的茶水抿了一口，又垂着眼皮道："我记得厂臣南下前，我曾和厂臣提起过长公主下降的事。昨儿宫里大宴，还止和帝姬说上话了，似乎相谈甚欢。厂臣得空替我向皇上提一提，这事到底还需万岁爷圣裁的。"

音楼几乎可以肯定，这位赵老娘娘来她这里，目的就是为了找肖铎说话。也可怜见儿，以前随便一个眼风就围着她打转的人，现在渐行渐远，问个话还需三邀四请，这种落差实在叫人难堪。她也不言声，只在一旁作壁上观，宫人进来问排膳的事，她叫摆到梢间里去，好和彤云一道用。

肖铎没那份怜香惜玉的心，听她说起赵还止就口气不善："娘娘大约还不知道，赵还止今早被请进东厂问话了。对公主无状，这是杀头的大罪，娘娘事先没有嘱咐过吗？再好再赖，管住自己的手脚，毕竟那位是御妹，不是小门小户的闺女。眼下倒好，这事查明了，恐怕还要连累娘娘。"

荣安皇后大惊："这样荒唐的话是从谁嘴里传出来的？厂臣该抓的是那个传播谣言的人，先掐了这苗头才是道理，怎么不问青红皂白就拿人？好歹是我娘家兄弟，厂臣这样做，毫不顾及我的脸面吗？"

"这是长公主亲口对臣说的，臣若是不顾及娘娘脸面，这会子应该把事捅到皇上跟前去了。"肖铎冷声道，"窈窕淑女君子好逑，原是常理，谁知赵家公子这样急不可待。臣是娘娘，闷声不响大家安生，再追究下去，于谁都不利。"

荣安皇后张口结舌，怔了会儿讪笑一声："不是我说，这个长公主当真是少不更事。姑娘家不知道羞耻吗，竟拿来说嘴！厂臣还是劝劝她，既然事都出了，不如过了门子算了。好歹名节事大，传出去，就算她是公主，哪个清白人家要她？"

音楼听得气煞，又不好过激，便淡声道："我料着赵公子和娘娘大约是一样的想头，以为有了点什么就不得不下嫁了。可帝王家的体面摆在那里，莫说没到那步田地，就是真吃了亏，也不会这么捂嘴囫囵过的。依我看厂臣还是往上呈报的好，是是非非请太后和皇后娘娘定夺。赵老娘娘和赵还止是至亲,眼下不抽身,招来无妄之灾多冤枉啊!"

那句赵老娘娘拍得荣安皇后半天回不过神来,她简直痛恨这称呼,她是有意拿这个来恶心她吗?当即咔啪一声,把手里的茶盏搁在了桌上:"往上呈报?我也觉得往上呈报的好!皇上是做大事的人,不管后宫这些琐碎。有些事是要叫皇后和太后知道,大家心里有数,将来算起账来钉是钉铆是铆,别叫谁钻了空子。"

她恨不得把她掌握的把柄扔到他们脸上,一个不起眼的小才人,以为找到肖铎做靠山就敢这样同她说话了?肖铎是个唯利是图的人,今儿和她站在一条战线上,明儿就能打她一个漏风巴掌。当初她把他扶上掌印的位置是要拿他当刀使,现如今他有了实权,缺的是枕头风。说到底不过互相利用,自己多少斤两还没瞧清呢!

音楼满心疙瘩,再要和她论长短,又觉得自己腰杆子不够硬。真要是闹得满城风雨,这后宫还怎么待下去?

肖铎却哂笑:"娘娘且消消气,报不报都是后话,回头臣让人送样东西请娘娘过目,娘娘瞧过之后就什么都明白了。"

荣安皇后探究地看他,不知道他在打什么主意,暂且按捺下来,对音楼道:"我来是为传句话,过两天潭柘寺进香,我另安排了大殿给先帝超度。你眼下虽晋了位,好歹曾经是先帝的宫眷,侍奉今上也别慢待了亡主。一没殉葬二没守陵,万事总要说得过去才好。"言罢也不愿再逗留了,站起身道,"到那天穿戴素净些,珠翠满头不好看,跪在那里涂脂抹粉的,不成个体统。"

几乎就是训诫的语气,吩咐完了叫人搀着,一摇三摆地去了。

音楼直瞪眼,不是厉害人,不懂得反唇相讥,只是鼓着腮帮子嘀咕:"这算什么呢!"

肖铎无奈地笑:"笨嘴拙舌的,没能伸张正义,最后还被人反将一军。罢了,你去用膳,后头的事交给我。往后见了她不必畏缩,她不过是前皇后,还管不到你头上。"

她站在那里脸色不豫,他心里怜爱,在她颊上捏了下,不能再耽搁,匆匆撩袍出了宫门。

荣安皇后果真没有走远,站在夹道里等他,眯着两眼,把身边人打发开了,回过身道:"我原以为你回了宫至少会来瞧我,没承想我连个闲杂人等都不如。今儿我要是不过哕鸾宫来，恐怕还不能同你说上话呢！我问你，还止的事你打算站干岸吗？"

他背手看着她："娘娘想让臣怎么做呢？"

荣安皇后隐约有些动怒了："我刚才说得很清楚，最好是能抹平了，合德帝姬下嫁，皆大欢喜。"

他转过头去，对着广阔的天宇森森一笑："娘娘知道我是看着帝姬长大的，不可能让她嫁给一个扶不起来的阿斗。这事我劝娘娘不要再过问了，您在后宫安享尊荣有什么不好，偏要混在泥潭里。今时不同往日，江山易了主，不认也得认，就算让赵还止尚了公主，又能怎么样？千帆过尽，日子还是照旧，何必生出那么多事端来！"

从头至尾他都没打算帮她一把，以前那个有求必应的肖铎早不见了，有了新主子，把老主子忘到脚后跟去了。荣安皇后凝眉看他："肖铎，你费尽心机栽培那个小才人有什么用？你该不会想把她扶上后位吧！只是这趟用力过猛了，假戏真做，对你有好处吗？"

他眼里浮起严霜："臣其实还是给娘娘留了余地的，只是娘娘没有发觉罢了。娘娘在臣背后动的那些手脚，您以为臣不知道？坏了臣的好事，娘娘眼下还敢挺腰子和臣说话？"他拱手一拜，"娘娘回宫去吧，安分些，臣念在以往还有些交情的分上不为难你。倘或你不知好歹一意孤行，饿死的张裕妃只怕就是你的榜样！"

他愤然一拂袖，转身扬长而去。荣安皇后被他几句话弄得呆怔在那里，又是愤懑又是心慌，腿脚颤得站都站不住。

"这个阉贼，敢这样同我说话！当初要不是我可怜他，他这会儿还在酒醋面局数豆子呢！"她气疯了，狠狠攥紧了双拳朝他离开的方向怒斥。

她跟前女官怕惹事，压着声儿拉扯她的衣袖："娘娘千万息怒，闹起来对咱们不利。您才刚没听见他的话吗，他是打算饿死咱们啊！"

荣安皇后奋力把她格开了，尖声道："没用的东西，叫人一句话吓成了这样。真饿得死你吗？拿我和张裕妃比，瞎了他的狗眼！"

她气急败坏，掉过头来往喈凤宫疾行，进了殿里见东西就砸，好好的瓷器摆设，转眼成了渣滓。

扑在床头痛哭流涕，觉得什么都挂靠不上，她才是真正意义上的孤家寡人。早料到会有这么一天，只是没想到来得这么快。他曾经说过的话全不算数了，原来甜言蜜语是用来锦上添花的,到了穷途末路,周全自己都来不及,还念往日的旧情吗?!

可是说狠话也罢了,没想到他干的也不是人事。

临入夜裘安送了个匣子过来,点头哈腰说是督主给娘娘的赔罪礼。她白天的气倒消了不少,心想他要是退一步,自己顺着台阶下,重归于好对自己也有利,便叫宫人把匣子呈上来。女人喜爱的左不过是珠宝首饰,再不然就是零零碎碎的可人小玩意儿,肖铎一向懂得揣摩女人心思,料想也不会差到哪里去。她是满怀期待的,谁知道打开盖子,一记重拳便击在了她脑门上,把她吓得魂飞天外。

居然是一双眼珠一根舌头,血淋淋的,拱在锦缎的垫子上。

她尖叫一声扔出去,眼珠子骨碌碌滚到门槛那里,舌头高高抛起来,啪地落在了脚踏前的青砖地上。她捂住耳朵叫得声嘶力竭,殿里的人都吓坏了,女孩子们上下牙叩得咔咔作响,紧紧抱成了团。

裘安站在那里,脸上带着呆呆的笑,灯下看起来有点恐怖。他往前两步,捏着嗓子道:"督主让奴婢带话,娘娘最看重小双的舌头和眼睛,督主叫人把它们归置起来,一并给娘娘送来了……怎么,娘娘不喜欢吗?"

小双是她安插在提督府的人,从端妃进府开始就监视着他们的一举一动。无关紧要的一个低等婢女,混迹在杂役里根本不会引人注意,没想到肖铎居然把她挖了出来,还用了这样的极刑。

她已经没法说话,倒在宝座上浑身痉挛。脑子里嗡嗡直响,眼前天旋地转,只是心里都明白,肖铎这回真要冲她下手了。他现在胆大包天,西厂不在他眼里,他又回到了原来权倾朝野的时候,莫说后宫的女人,就连内阁的首辅都要看他的眼色行事。他这是杀鸡给猴看,为了那个步音楼,翻脸来对付她了。

裘安继续慢条斯理地劝谏:"娘娘,不是奴婢说您,见好就收的道理您得懂。您是尊贵人儿,到今天这地步,有意思吗?以前的皇后,再怎么荣耀也是以前了,俗话说英雄末路、美人迟暮,您不服不行。这宫掖,虽说是万岁爷当家,可掌人生死的毕竟还是督主,您得罪谁也别得罪他不是……"觑眼瞧瞧,座上人抖得发疟疾似的,看来说什么都是打耳门外过。他摸摸鼻子也不打算多费唇舌了,旋过身踱出啮凤宫,回掌印值房复命去了。

潭柘寺进香是每年必有的一项活动,通常在中秋之后,叫作"酬月",是为答谢皓月常照九州。虽然今年老天爷开了个不大不小的玩笑,但是该有的礼节不能少,得罪不起只得妥协,谁还能和老天爷对着干吗?

这些不愉快暂且不去论,宫眷们对出行仍旧抱有极大的热情。九门都戒严了,锦衣卫清路,御道两旁拉起了黄幔子。潭柘寺在门头沟东南,从紫禁城过去有程子路,皇后和太后有她们专门的卤簿¹,各色华盖凤扇,各式香炉、金杌、金唾壶……排场大得惊人。宫妃们呢,也有自己的快乐。邀两个要好的同乘一辆翠盖珠缨八宝车,带上几个贴身的宫女太监,混迹在浩浩荡荡的仪仗中,没有太多拘束,心境格外开朗。

音楼是队伍里的异类,说到底忌讳她是先帝遗孀,晋了位也没谁真的爱搭理她。好在有帝姬,帝姬喜欢和她凑作堆,请她坐她的金凤辇车,车轮滚滚里给她介绍潭柘寺的历史和有趣的地方。

帝姬倚在窗口点着手指头道:"有句老话叫,先有潭柘寺,后有北京城。据说紫禁城就是仿照潭柘寺建成的。历代的后妃又在那里斥巨资修缮,不知道多少回了,花出去的银子堆成山,才有了今天的格局。"

帝姬今天梳了个桃心髻,髻上压葵花宝石簪,头发高高绾起,衬着朱衣上的素纱领缘,那脖颈显得异常玲珑。这样如玉的脸孔,窗外是连绵起伏的山麓,像流动的画卷里落了枚朱砂印章,鲜活而贵重。音楼看着她,不由得生出许多感慨来,年轻就是好啊,自己比她大不了多少,现在打量她,居然像隔了一代,有种日暮沧桑的感觉。

"今天的布施是朝廷出银子,我打听过了,统共三十五万两白银。"她蹙眉摇头,"三十五万两啊,够一省百姓吃半年的了。不是说修庙不好,可积德行善也得看时候。如今国库连年亏空,把钱拿出来干这个,还不如用来扩充军需。咱们女流之辈,不方便妄议朝政,听说厂臣倒是劝谏过,结果运了一脑门子气。我那哥子不会当家,这么下去怕是不妙。前几天淑妃撺掇着建个揽仙楼,说登得越高离瑶池越近,这种祸国的谬论,皇上居然大感兴趣!真真家业越大败起来越尽兴,如今就瞧阁老们怎么进言了。"

音楼没想到她对政事还很有见解,直起身道:"自那天音阁进宫后我就没见过厂臣,前朝的事我也没处打听。皇上拨款修建潭柘寺他出过面了,建楼再制止,怕皇上心里不称意。"

---

1 古代帝王驾出时扈从的仪仗队。

辇车已经到了山脚下，芦潭古道上山风阵阵，帝姬转过脸看外面的景致，惆怅道："皇上的脾气我知道，他何尝愿意听人劝？自己决定的事，悄没声地就去办了，办完怎么收场他也不管，横竖底下人会帮着料理。以前为王的时候是这样，现在做了皇帝，这毛病更改不掉了。"

好好的出游，被政事搅得不高兴起来。这么庞大的帝国，要腐烂也是从芯子里开始。歌舞升平，气数将尽，元贞皇帝时期起就是这种惨况。不过时间消耗得久了，人渐渐地麻木和适应了，以为大邺本来就应该是这个样子的。

音楼担心的并不是皇帝今天又花了多少银子，她只担心肖铎，他劝谏太多，如果是有道明君还则罢了，遇上慕容高巩这种好赖不分的，万一触怒了他，不知道又要给他下什么绊子。

往前看，乌泱泱的人群看不见首尾。今天进香是他伺候的，皇太后信得及他，总说他办事有分寸，皇帝不能照料的事，叫他总没错儿。倒是个好机会，离了宫，挑个没人的时候说上几句话也方便。她心里不能放下，知道他是最懂得审时度势的，也还是忍不住要劝他明哲保身。真是老婆子架势了，半是忧心半是甜蜜，猛想起含清斋那晚的情景，脸上一阵火辣辣袭上来。

宫里后妃们凤驾光临，潭柘寺早就封了山，再不许闲杂人等进香了。到山门前各自下车，彤云上来搬脚踏搀扶，她转过身四下看，红墙灰瓦掩映在青松翠柏之间，大殿的面阔和布局竟然真的和紫禁城相仿。

众人都肃立在一旁，等太后和皇后先行。肖铎是近身伺候的人，一身绯衣玉带在前头引路。太阳照在通袖和膝襕的金丝妆花上，瞧他整个人就是云锦堆积起来的。一个男人家穿红，不显得俗气，反倒有种异于常态的妖媚，果然是用来疼爱的人儿啊！

他从她跟前经过，眼皮都没撩一下，相当谨慎从容。音楼也很坦然，携了帝姬上台阶，在宫里颐养得太久了，几十级台阶一爬，累得气喘吁吁。

刚开始大伙儿是要紧跟太后和皇后的，各处拈香参拜。一溜的佛爷跟前都周到了，慢慢到了最高处的观音殿。宫里供佛，供得最多的就是观音。抬头往上瞧，这里的观音和想象中的不大一样，金身三头六臂，一眼看过去分不清男女。大殿里站满了妃嫔和随众，举香揖手，边上小沙弥来接了往香炉里安插，接下来就是一轮抛钱布施。

程序走完了，大家可以松散松散，各处逛逛看看。不知怎么，今天荣安皇后告了假，没有同行，可是替先帝超度是回禀过太后的，音楼想逃脱也不能够。好在那位赵老娘娘不在，没谁死盯着她不放。众人折回毗卢阁祭奠了先帝，便各自散去了。因着她身份特殊，大殿里诵经做佛事的都是和尚，她一个女眷在场不方便，遂另辟了文殊殿容她一个人静心悼念。

帝姬送她进去，看她在蒲团上伏身叩拜。一个小沙弥托着木鱼和念珠来搁在她面前，她执起楗椎，耷拉着眼皮咚咚敲打起来。帝姬叹了口气，问那小沙弥："要跪多久？"

小沙弥合十一拜道："全凭心意，没定规的。"

越是这样才越是难弄，全凭心意，一两盏茶说明心意太轻，有了新主忘了旧主；一两个时辰，她这趟潭柘寺之行就全交待在这文殊殿了，哪儿都别想逛。

帝姬也没法子，陪着跪了一炷香，膝头子实在受不住，最后败下阵来。安慰式地在她肩头一拍，低声道："你且耐住了，我去给你寻摸点佛果子来，吃了消灾解厄的。"言罢吐舌一笑，抽身出了文殊殿。

外头风光正好，这八月的天，正是硕果丰收的季节。帝姬站在滴水底下眯眼吸了口气，空气里满是香火的味儿，闻着有点浊，却叫人心定。沿廊子信步往东走了一段，上年来潭柘寺进香看见那里有棵枣树，算算时候，这会儿应当满树繁茂了吧！她把腰上荷包解下来，里头的金银角子都倒在宫女手心里，自己拎着抽绳便往舍利塔那儿去了。

果然没记错，那棵枣树极粗壮，枝头缀满了枣儿，大约和尚不吃果子的，皮都长得鲜红了也不见人采摘。她欣然笑起来，宫里的瓜果都是从各地进贡的，一个个装在白玉盘子里，没有她自己动手的机会。毕竟是十几岁的女孩儿，左右无人登时欢天喜地，猫着腰转到树下，伸手去够，还没摘到果子，手腕就被树上的尖刺划破了。

她咝地吸了口冷气，定睛看看，那些刺有半寸来长，怪自己不小心，果子没吃着，自己倒先弄伤了。正懊恼着，舍利塔后转出个人，也没言声，试探着伸过手来，轻轻握住了她的腕子。

那是一双白洁有力的手，帝姬原只当是跟前宫婢，可是触到之后便觉得有异。她心里一跳，待要看又怯懦了。日光下的人影斜陈在她足前的草地上，颀长俊秀的身条，束着发冠，绝不是随扈的太监。可是整座寺庙都戒严了，怎么会有外人在呢？！

她慢慢抬起眼，对面的人正低着头仔细拿手绢包扎她的伤处，单看见一对浓眉，还有直而挺拔的鼻梁。

"你……"

他终于和她对视，一双光华万千的眼，笔直地撞进人心坎里来。她居然长长松了口气，是南苑王。

他放开她，谦谦君子的模样，温文笑道："长公主要摘枣儿吗？树上刺多，摘的时候得留神。这么的，你在边上接应，我来替你摘。"

他个儿高，探手一够，不费吹灰之力。帝姬张着荷包站了半天，想想又觉得不大对劲。

他怎么来了呢！是有事求见太后，还是为别的？一想到"别的"，自己禁不住红了脸。心底里隐隐咂出一丝快乐，渐次扩大，越来越鲜明，再多的礼教都压不住自发上扬的唇角。风吹散了鬓边的头发，痒酥酥地拂在颊上，她歪脖儿在肩上蹭了蹭，恰好他回过头来看她，她怔了下，越发难为情了。

两两缄默总有些尴尬，她说："那天的事想向王爷道谢，一直没寻着机会，今儿倒是凑巧。"

他和颜道："小事罢了，不足挂齿。只是长公主日后要多加留心，这种居心叵测的人务必要远着。幸亏这事肖大人接了手，姓赵的在东厂也是活罪难逃，要不我离了京，真有些放心不下。"

这话怎么说呢，什么叫放心不下？她垂首揉弄荷包上的缎带，酡红的脸，在太阳光下鲜活得像花儿一样。不好意思顺着他的话往下说，转而道："你让庶福晋带进宫的东西我也很喜欢，多谢你。"

他只是笑："小玩意儿不值什么，喜欢就好。"说着转过身眺望远处庙宇，稍顿了下又道，"今天费了大力气，才求得肖大人放我进来。也没什么要紧事，就是来同长公主道个别。明早我要回封地去了，等冬至祭天地的时候才能再来京城……"他似乎有些苦闷，眉心拢了起来，"其实里头相隔的时候并不长，两三个月而已，不知怎么有点迫不及待似的。人还没走呢，就开始想念，长公主会笑话我吧？"

帝姬背过身去，心跳得要从嗓子眼儿里蹦出来，勉力稳住了声道："王爷这话我不太明白，是因为端妃娘娘要留庶福晋在京，王爷才会如此吗？或者今儿来找我，是想请我从中斡旋，让庶福晋跟你回南京去？"

她是有意装糊涂，他也不着急否认，话锋一转道："许是在南方住惯了，总觉得江南的气候比起北地来要宜人些。金陵是久负盛名的古都，若是有机会，将来迎公主过去逛逛，良时必定要尽地主之谊，好好陪公主游历一番。"

一个没出阁的姑娘，怎么可能独自去那么远的地方，他话里的隐喻耐人寻味。帝姬含糊道好，究竟心里什么想头，冷暖自知。

"彼时年纪尚幼，行事也不稳重，多亏遇上了长公主。时隔多年，偶尔做梦还能梦见。可惜藩王不能常进京，即便面圣，公主在深宫之中，想见也难，所以梦里看得见身形，看不清脸。"他回过身来，眉眼含笑，目光专注。绿树白塔间的翩翩公子，自有天成的神韵，不需要做什么，只要站在那里，就足叫人刮目相看了。

帝姬盈盈一笑："芝麻绿豆大的事，叫王爷惦念这么些年，倒弄得我怪臊的。"

"于公主来说是小事，于良时却是天大的恩惠。那时恰逢朝里有人弹劾我父王，若是我这里出了纰漏，话到有心人嘴里又是另一种滋味儿。回禀上去，我父王的脸面也没处搁了，所以公主的善行，必然要叫我惦念一辈子。"说着嗓音低沉下来，微微的一点沙哑，有种愁苦的况味，"今日一别，下次不知还有没有机会再见。怕只怕下次来京时听见长公主的婚讯，那个时候再想像今天这么说话可不能够了。"

帝姬一颗心被他搅得七上八下，不知道他兜兜转转是什么意思。这么钝刀子磨人实在难熬得很，她心里也隐约明白，已经涉及婚嫁了，可能接下来就该掏心挖肺了吧！她腼腆道："这是没法子的事……王爷要是有什么话要交代，庶福晋常在宫里走动的，叫她带到就是了。"

他不言声，眼睛里却有千言万语。金丝发冠后的组缨垂挂在肩背上，风一吹，回龙须穗子丝丝缕缕飘拂起来，莫名地把视线隔断了。就那样觑眼相望，枝头鸟声啾啾，一只黄鹂腾飞出去，翅羽拍打出棱棱的声响，才把人的思绪重拉了回来。他复一笑："有的话可以托人转达，有的话却不能。长公主能不能答应我一件事？"

帝姬是善性姑娘，他的语调总像给人心头上了重枷似的，托付的事便也不忍心拒绝，便颔首道："王爷请讲，我办得到的，一定尽力而为。"

"等我三个月。"他突然说，走近一些，广袖下的手指隔着那块缂丝云帕，悄悄握住她纤细的腕子，"良时对公主倾心已久，今生能得公主相伴，死而无憾。只不过宇文氏没有尚公主的先例，想是朝廷有意规避的，可我……想试试。我等了七年，等公主长大，如果这趟错过，恐怕这辈子再没有机会了。"一头说着，一头垂下眼睫，"公主是怎么瞧我的呢？会不会觉得我有意攀附？宇文氏虽是小小的藩王,在江南尚且能够自给自足,公主下降,我给不了更多的,却可以许公主举案齐眉,相携白首。府里那些姬妾,讨回来也是碍于祖宗规矩,公主若是瞧不上眼,或是遣散或是送到别苑去,都听公主的意思。那么公主……能应准良时吗?"

虽然早在暗里设想过千百回,可他一说出口,还是叫她手足无措。似乎一切都来得太快,快到令她招架不住。她凝目看他,这张脸,真像前世里就见过的。不是八岁那年残留的记忆,而是截然不同的感觉,熟悉的,思念过,触摸过,仿佛沧海遗珠,失而复得。她心里安定下来,明明欢喜,脸上仍旧轻描淡写,避开他的目光,轻声道:"好,我等你三个月。"

相信宿命吗?其实遇见一个对的人,就像是宿命,心甘情愿地停滞下来,不管身处什么位置,把自己交付给他,便觉得自己今生有了依靠,开始随波逐流。比如音楼和肖铎,虽然音楼从来没有向她透露过什么,但她都知道。那夜立柜门上的裙角、屋子里挥之不散的瑞脑香,他们有情,所以音楼这样的傻大姐才可以在后宫这口大染缸里安身立命。

其实她也喜欢肖铎呢,喜欢了好多年,可惜不能有更进一步的发展。她和音楼不同,音楼是紫禁城的一部分,他们可以相互扶持着,即便需要避人耳目,仍旧近得触手可及。她却不行,她终究要离开,下嫁他人,甚至不能留在北京城里……这样也好,遗憾之余又觉得完满。总算可以把心收回来了,眼前这人和肖铎有些像,一样的青年才俊,一样的沉稳可靠。退而求其次,对自己也是种宽宥吧!

文殊殿里的直棂窗悄悄落了下来,彤云缩回身子道:"不知南苑王和长公主说了些什么,我瞧他们处得挺高兴,南苑王还拽着长公主不撒手。"

蒲团上的人合十念了声佛号:"阿弥陀佛,这回可糟了,要劝也劝不住了。怎么办呢,全看各人的造化吧!"

彤云摇头叹气:"真凑到一块儿,将来长公主多难啊,站在哪头好?要我说宇文良时缺德得紧,好好的人叫他拖进棋局里,不摆布死不踏实吗?"

"他管那些个!尚了公主他就是皇亲,这年头,情义值几个大子儿?"音楼也觉得没计奈何,数着佛珠道,"厂臣给长公主提过醒儿,人到了这种时候,什么话都听不进去了。你瞧那南苑王,长得眼睛是眼睛、鼻子是鼻子的,年轻姑娘架不住他的手段,几句好话就哄得找不着北了。"

彤云唔了声,再想说什么,站在神案旁咽了两口唾沫,脸色一下变了。音楼心里发紧,跪得起不来身,仰脖儿问她:"怎么着?又不舒服了?"

她说:"没什么,胸口堵上一阵,一晃眼就过去了。太医瞧不出所以然来,我们家祖上也没听说有死在心病肝病上的,料着不是什么大症候。"瞧她跪了半天了,在边上劝慰着,"您忒实诚了,跪着上瘾是怎么的?起来吧,赵老娘娘不在,偷会儿懒不要紧的。说起来那天冷不丁听人这么称呼她,真叫我笑得小肚子抽筋。这名号是谁取的?听说是肖掌印的手笔?这么会损人,谁得罪他可算倒了八辈子霉了!"正前仰后合,错眼儿朝门上一看,说曹操曹操就到了。她笑了一半硬是憋住了,蹲身叫声督主,自己识趣儿,敛着裙子退出去了。

音楼仍旧跪在那里敲木鱼,咚咚之声不绝于耳。

他先头忙,到这会儿才得闲。那些后妃都安置到行宫殿里去了,她们忙着找高僧摇卦解签,他趁着去方丈室交接布施账目的当口遁了,知道她在这里,心里热得一捧火似的,着急忙慌地赶过来,来了见她还在装样,不觉有点好笑。他踱过去,立在边上探看:"娘娘的法事要做到什么时候?"

她拉着长音说:"我得对得起旧主,毗卢阁不停,我有什么道理溜号啊!"

"你还真把荣安皇后的话当回事?"他背着手弯腰道,"意思意思就成了,先帝看得见你的忠心。"

她兴叹起来:"我在这儿跪着,先帝在上头又腰琢磨,心里八成嘀咕呢——这姑娘是谁啊?瞧着有点儿面生,别不是认错亲了吧!其实先帝压根儿不认识我,我连圣驾都没见过一回。"

"所以我说,面上带过就行了。"他把一条胳膊伸到她面前,"娘娘请起吧!跪了这半天,膝头子都跪破了,臣看了要心疼的。"

她红着脸低低啐了一声,到底搭着站了起来,扭头问他:"是你把宇文良时放进来的?他和婉婉在舍利塔那儿叙话呢,不知道说了什么,我怕他哄人,婉婉着了他的道儿。"

他低头拂了拂牙牌:"咱们不是佛祖,天下事多了,再忧心也不能代人家做决定。我知会过她的,她不是孩子了,有自己的主意,我总不能强逼她。"

音楼鼓着腮帮子看他,这人很多时候缺乏同情心,即便是在他跟前长大的孩子,他劝过、提点过就已经仁至义尽了。听不听是人家的事,他同样的话绝不说第三遍,这么看来真够没人情味的。

"你就眼睁睁地瞧着婉婉被他骗走?"

"要不怎么?自身都难保了,还管别人的闲事?我如今只想着你,忙着给你撑腰、替你出气,心都操碎了,哪有那劲道在其他事上耗神!"说着往外瞥一眼,见左右无人,一下子把她拖到帷幔后头去了。欺身贴上来,张开五指压着她的脊背,让她服服帖帖地趴在他胸前。

低头看她,她仰起脸来,颐养得滋润,体态较前一阵子更显丰盈了。熟了的桃儿,一咬一口水。他捏着她的下巴,狠狠在她颊上亲了口:"我把荣安皇后治了一通,听说吓病了,这才没能来进香。我估摸着短期内她不敢来找你的碴儿,过阵子就不知道了,所以你万事小心。倘或发觉有哪里不对的,赶紧打发人传话给我,小事捂着就成大事了,记着了?"

她听话地点头:"记住了。不过人家好歹跟过你,你这么对付人,手太黑了。"

他的眉毛直挑起来:"浑说什么,什么跟过我?各取所需罢了!她给我高官厚禄,我替她铲除异己,就这么回事。"言罢笑着晃她一下,"怎么,还吃味儿吗?"

她在那儿冒充大铆钉:"我器量可是很大的,虽然知道你和那些后妃不清不楚,我也从来不恼火。"给他整整盘领上的金纽子,觑了他一眼,不阴不阳地嘀咕,"我瞧太后对你宠信有加,别不是有说头吧!太监也这么吃香,可见宫里女人苦。"

还说不醋,分明醋大发了,连太后都牵连进来。他在她鼻尖上亲了下:"你傻吗?以前为奴为婢的时候要借助她们登顶,如今到了这位置,靠的是自己的能耐。你只当单凭邀宠就能坐稳掌印的宝座?"他起先还嗤笑,转瞬又睨起了眼,目光落在佛堂西墙张贴的仪文上,"接下来得想法子彻底摧垮西厂,留着于尊是个祸害。至于咱们的事,暂且只有按捺。皇上既然有了耳闻,断不会轻易放人的,咱们要在一处,恐怕得费很多周折。"

这么说来真有些伤感,不过音楼想得不怎么长远,她觉得只要他们之间没有误会,皇帝视而不见,她一直在宫里生活下去也没什么不好。

她两手一抄,挎住他的腰:"等我老了,你还会在我身边吗?如果权力越来越大,大到你不用忌讳任何人的时候,你会不会嫌弃我,又去找年轻貌美的姑娘?"

他在她臀上暧昧地抚摩:"你现在虽年轻,貌美也才沾边,我还不是在将就嘛!你放心,真到了那个时候,我头一件要办的就是把你讨回去。咱们关起门生一窝孩子,好好振兴肖家。"

她有些惆怅:"我连想都不敢想,但愿真有那么一天。今早听长公主说,皇上要布施,要建揽仙楼,你劝谏了,闹得很不痛快,是不是?"

他叹了口气道："国运衰败是不假，当家人要是勉力挽救，或许能多拖两年。我也不愿意看着大邺就这么毁了，改朝换代，对我这样的人来说没有好处。所以尽我所能拉扯一把，可惜收效甚微。"

他一副无可奈何的样子，音楼觉得很心惊，拽着他的衣襟道："船到桥头自然直的，你依着他，不要违逆他。横竖这江山是他慕容家的，他爱作践就由他去吧！我怕你触了他的逆鳞，回头再生嫌隙，他又要借机削你的权。咱们现在这样很安稳，维持下去也很好。你就算为了我，别管他的闲事，成吗？你不知道我听见这个有多担心，我是个没用的，不像当初的荣安皇后，你遇上什么难处还能帮衬一把。我都指着你呢，万一你有个好歹，那我真不能活了。"

他掩住她的口，低声说："我都明白，也有分寸。顺着他的意儿，我也想，可要国库里调拨得转才好。眼下批红他是不管了，户部的票拟他连看都不看，光知道伸手要钱，哪里来的银子供他驱使？这么大个国，兵部、工部、吏部、各衙门各司，睁眼就有开支，这些钱哪里来？"说了半天才发现把她说闷了，她又不懂这个，叫她跟着操心也没意思。两个人难得见面，身贴着身说话更是少之又少，把时间花在议论国政大事上，白白浪费了。

佛堂里整天香火不断，烟雾缭绕中看她的脸，别有一种朦胧的美态。其实他说错了，她不是和美刚沾边，她在他眼里一点毛病都挑不出来，都是他喜欢的——他喜欢的脸架子、他喜欢的五官、他喜欢的身形，连那个自以为是的狗脾气都是他喜欢的。喜欢到一定程度，恨不得把她嵌进眼眶子里去。四下寂静，只听见毗卢阁隐约传来铙钹的声响，清脆的碰撞，一记记敲得不紧不慢，像一出冗长的悲歌。

他心潮澎湃，但终归不好意思，扭捏道："这会儿行宫殿里开了素宴，太后和主儿们都在用斋饭，咱们……找点事做？"

音楼哦了声，无限落寞："她们吃饭都不叫上我。"

他听了很不是滋味："吃饭有那么要紧吗？比和我在一起都要紧？"

他委屈的声口，叫她心疼起来。这么大的人了，有时候还像孩子。她摸摸他的脸，踮起脚尖亲他的红唇："自然是你要紧，婉婉给我摘佛果子去了，回头在车里吃，也饿不着的。你刚才说找点事做，做什么呢？一道出去走走吗？我怕人看见，传到皇上跟前不好。"

"那就不出去了，外头大太阳照着，有什么趣儿！"犹豫了一下，试探道，"做什么好呢……你听过《玉堂春》吗？有个桥段，苏三和王金龙，那个……神案底下叙恩情。"才说完，气血倒流，一张白净的脸霎时涨得通红。

音楼怔了下，心道这人真太坏了，这样的地点，他却在想那些东西！满肚子花花肠子，偏偏长了张薄脸皮，在外面长袖善舞，往旖旎处说，又是另一种截然不同的姿态，简直叫人匪夷所思。她忙对菩萨拜了拜："阿弥陀佛，罪过罪过……"

他垂下眼，浓密的睫毛盖住了里头跳跃的火焰："好不容易见上的……我叫人在外头守着，不许任何人进来打搅。"说完含情脉脉地瞅着她，探过来牵起她的手，轻轻压在那个地方，小声嘀咕，"这模样，怎么出去见人呢？"

音楼大窘，想缩手他又不让，只觉小督主热力惊人，隔着料子都能描绘出剑拔弩张的形状。她叹了口气："你以前是怎么料理的？外头走着，突然……这样，那多危险啊！"

他怨怼地看她一眼："以前从来用不着为这个操心，现在就像我那把三刃剑，尝过了血，一靠近猎物就震动嗡鸣。"

音楼忍不住扶额，好个比喻，十分形象贴切。

"咱们就别蹉跎这大好时光了吧！我提前知会了方丈，才把你安排在这文殊殿里的。这里安静，来往的人也少，倘或有个动静，外头能即时传报的。"他一面说，一面咬了咬嘴唇，把手放在她高耸的胸乳上，"不着急，慢慢来。"

她酥倒了半边，想起上回的经历，心里有点怕："没的玷污了佛门圣地，要遭天打雷劈的。"

他倒懂得开脱："菩萨救苦救难，知道咱们这段苦情，定然也可怜咱们。"

说着细打量她的脸色，见她半合着眼睛不说话，想来已经默认了吧！他窃窃欢喜，壮了胆子解她的交领，两个人都紧张，大殿的落地罩上垂挂着赭黄色的帷幔，背靠在上面瑟瑟发抖，那幔子也跟着高低起伏。他低头吻她，手指盘桓在那一捻柳腰上，逐渐撩起她的裙角转移过来，找到原点轻拢慢捻，她倚向他怀里，梅蕊初绽，不胜娇羞。

青山古庙，斜阳在翘角飞檐下一寸寸扩散，照着庙墙顶上朱红的连檐和六角门簪，鲜红如血。

依旧是赫赫扬扬的富贵排场，因为要赶在下钥前回宫，交未正时牌就已经清道摆銮仪了。彤云搀音楼登车，车里的帝姬显得呆呆的，手肘支着窗棂看外面山水，眼梢隐约夹带着笑意。不说话也好，音楼自己满脑子昏沉，索性闭目养神，于是各藏心事，一路无话。

回到寝宫人也乏力了，本打算用过膳早早安置，没想到才躺下，宫门上吊嗓子高喊"万岁爷驾到"，把她惊得纵起来，慌忙穿鞋抿头到滴水下迎驾。

皇帝走得极快，没等她磕头已经上了台阶。经过她面前脚步并未停顿，声气儿也不好，冷冷扔了句"朕有话问你"，举步便进了正殿里。

她心里发慌，和彤云交换了下眼色进殿里，笑道："主子这会儿来，用膳没有？我打发人去置办起来，伺候主子进些。"说着回身对彤云摆了摆手。

皇帝一脸阴沉，寒声道："不必了，朕这会儿心里不痛快，什么都不想进。"看了她一眼，眼神像薄薄的刀片划过她鬓边，"端妃，朕问你，你可知罪？"

音楼吓了一跳，脑子转得风车也似，唯恐皇帝知道了今天文殊殿的事，又或是音阁那里出了什么岔子，要来寻她的晦气。横竖心乱如麻，咚的一声跪在了驾前："主子这话叫奴婢惶恐，奴婢究竟哪里做得不好，惹主子动了怒，求主子明示，奴婢就是死，也好做个明白鬼。"

皇帝嘴角噙着冷笑，并不搭话，站起身绕室踱步，半晌才道："今儿潭柘寺之行，端妃游得可还畅快啊？"

音楼伏在地上，心头跳得隆隆作响，勉强稳住了声息道："回主子话，一切都还顺遂。"

"顺遂？"他哼了声，"前儿朕去皇太后处请安，太后曾经提起过，荣安皇后奏请在潭柘寺为先帝设坛超度，念着天家骨肉亲情，朕没有不应准的。可是万事皆有个度，该当多少高僧做法事，只管安排就是了。你呢，你做了些什么？朕亲手写诏册封的妃子，居然不顾礼制，在大行皇帝神位前焚香悼念了两个时辰，这么大的动静，你把朕的颜面置于何处？这就是你的誉重椒闱，秉德温恭？套句市井里的糙话，你还记不记得自己的男人是谁？"

他只是申斥，语调里没有大怒，却冰冷入骨。音楼没想到是出于这个原因，顿时松了口气。这事上不管怎么惩戒，只要不牵搭上肖铎，一切都有转圜。心里的担子放下了，面上却不能做得松泛。也亏得她有一副急泪，伏地泥首，哽声道："主子，我不敢狡辩，是我自己没成算，主子训斥得对。可这事是皇太后首肯的，奴婢也是奉了荣安皇后的令儿……奴婢在后宫是个面人儿，自己没出息，没法儿抬头挺胸地活着，别人说什么我都照着做，一时失算，扫了皇上金面，绝不是出自奴婢本意。"

他转过脸去，背手鹄立着："荣安皇后的令儿？她是个什么东西，你要遵她的令儿？这多事之秋，你偏给朕寻麻烦。当初册封你，朝臣诸多劝谏，都叫朕一一驳回了。没承想你不给朕长脸，先帝手里的诤臣闲置在那里无事可做，这回可又有话说了。你给朕出出主意，朕应当怎么处置你才好？"

音楼膝行两步上去抱住他的腿，仰脸哭道："主子念在往日的情儿，且饶了我这一遭吧！奴婢也是没法儿，跪得打不直腿，谁愿意受这份罪呢！您不心疼我，叫我往后怎么活啊！"

我见犹怜的一张小脸，在灯下哭得震心。皇帝垂眼看她，叹息着在那纤巧的轮廓上描摹："时候不对，或前或后，朕都能赦你，可惜是这当口，朝中有人对朕的话有疑义，大概还在计较朕和先帝的功过。你曾经是先帝的后宫，如今叫人说起来一心念着旧主，连朕的枕边人都三心二意，那些臣子还怎么服？"他直起身来，漠然道，"去吧，去奉天殿前的天街上跪着，跪到明早卯时上朝，叫那些旧臣看看，也是个警醒。"

原以为了不得罚俸思过或是打入冷宫，没承想他居然这么算计。她醒过味来，拿她作筏子，不是要给别人看，就是为了给肖铎抻抻筋。现在这时期，朝中的诤臣早就闭口不言了，只有肖铎苦巴巴的，为了国库中那些银钱伤尽脑筋。她心里只觉难过，自己去跪着倒不要紧，叫他看见怎么样呢？他大约会牵肠挂肚，然后想法子满足皇帝所有的愿望。

她一味地垂泪，这回不是装的了，是突然顿悟后的痛心。她捂住脸，抽泣道："求主子贬黜奴婢，奴婢愿回泰陵，青灯古佛了此残生。"

他冷眼打量她："晋了位再回去守陵，从来没有这先例。真要打发你去了，不但叫人说你心系先帝，连朕都要得个抢占寡嫂的罪名。得了，什么都别想了，收拾收拾过去吧！"

倒也没有撕破脸皮，因为留着可以继续利用。他的銮驾出了哕鸾宫，音楼瘫坐在地上，神魂俱灭。

彤云上来搀她，嘴里絮絮骂着："真不是个人，朝廷里的事带进后宫来，算什么能耐！一样的爷们儿，这位真叫人瞧不上！"又细看她的脸色，小声道，"我让四六去找曹春盘，不知道今儿肖掌印在不在司礼监，通个气好做打算。"

她摇了摇头："皇上下的令，他那儿得了消息又能怎么样？没的叫他操心。不就是一夜嘛，我去跪。他这会儿得沉住气，倘或言行出格了，更叫皇上吃准了拿捏他。他也难，前有狼后有虎，有时候我想想，自己死了倒干净了。"

丧气话说了一筐，该去还得去。一个晋了位的妃子，前阵子还心疼肝断处处小心呵护，转眼就罚到奉天殿前跪青砖去了，这反差太大，音楼觉得丢不起这人。幸亏是晚上，天将暗的时候人也不走动了，各处都下了钥，只有大殿两掖的石灯亭还有微微的亮。因为离得太远，像个橘黄色的铜钱，颤抖着，在黑色的幕布上泛出模糊的光晕。

她不让人往肖铎面前传，可他是干什么吃的？这宫掖甚至整个北京城，没有一样事能瞒得住他。人不在宫里，消息照样能够递过来。

曹春盎跑得气喘吁吁，进了东厂胡同来不及和门上人搭话，麻溜蹿进了衙门口。

时辰不早了，屋里人却还没散。他干爹坐在官帽椅里，展开一张画了押的供状偏头看，灯下的颈子拉出极漂亮的弧度，笑着夸赞底下档头："做得好，一桩一桩慢慢清算，回头砍了姓高的脑袋，给咱家挂到灵济宫的旗杆儿上去。"

灵济宫是西厂的厂署，听这意思又是得了什么好信儿了。屋里人笑着应承，乱哄哄地调侃上几句，再顺势奉承拍马一番，等督主发了话，一个个按着刀把儿去了。

曹春盎上前叫了声干爹："宫里出事儿了。"

他转过头来，脸上敛尽了笑容："说！"

"皇上责怪端妃娘娘过问先头主子爷的佛事，罚在奉天殿前跪一宿，要跪到明儿五更散朝才叫起来。"曹春盎咽着唾沫道，"娘娘不叫人传话给干爹，彤云急得没法儿，说主子病气儿才散，要是露天跪一晚上，明儿又该病倒了……干爹您怎么打算？"

他眯眼看灯花，喃喃道："这是给我下马威呢！横竖是要钱，要不着就为难她。我也瞧明白了，他慕容家的江山，想怎么折腾全凭他。既然如此，我霸揽着做什么恶人？明早同内阁协议，各省税赋调高三成，这么着来钱最快，连他都不在乎百姓死活，我一个当差的，我怕什么！"

他起身要走，曹春盎忙拦住了："干爹这会儿进宫吗？皇上既然罚娘娘跪砖头，边上定然有人看守的，您这么直愣愣去了，叫人什么想头？"

"什么想头？我是宫里掌印，还过问不得吗？其实大家心知肚明，就算我眼下去，他也未必会动我。"他语气再平静，里头风雷仍旧毕现。气愤之下一掌捆开了桌上的山水茶盅，那茶盏哐的一声撞在香几上，茶水淋漓泼得满地尽是。惊动了门外把守的番子，进来查看，见了这情形没敢多嘴，却行退了出去。他在地心转圈，略顿了下吩咐,"你去传我的令,把东厂的人都散出去,连夜去敲那些富户的大门……"想想不对,又叫住了,扶额叹气,"我真是气昏了头,这么做只会授人以柄。还是暂缓,等明儿天亮了再听我示下,倘或自作主张了,这笔账最后不知道要算在谁的头上。"

曹春盎道:"正是呢,干爹这么说吓了儿子一跳。依儿子看,您暂且忍了吧!娘娘受罪就这一晚上,咬咬牙也就过去了,后头咱们再想辙。于尊干放着不使,白便宜了他。明儿复议后,富户那头筹钱的差使索性交由西厂办。那龟孙子急功近利,为了讨好皇上,多没章程的事儿都干得出来。他一出马,还不鸡飞狗跳天下大乱嘛!等他把钱筹到,言官们弹劾的条陈也拟得差不多了。皇上是又想快活又不愿意脱裤子,但凡这种情形,必定要推人出来顶缸,到时候咱们不费一兵一卒,照样坐收渔翁之利,嘿嘿……"

满口污言秽语,说得却很有道理。肖铎乜他一眼,出门看天,今晚星月全无,要她跪上整整一夜,到明早不知人还能不能瞧了。

眼下心急火燎地进宫确实不太明智,别人举枪等着,你往枪头子上撞,就算那是个镴枪头,一不留神也容易弄伤自己,所以只有等着。

等着,等得他油里煎熬似的。越等心里怨恨越大,他和音楼的将来不知是个什么结局,如果一直由慕容高巩执掌乾坤,还能不能有真正团圆的一天?他早想明白了,要在一起,除了改朝换代别无他法。皇帝只知道他和音楼的私情,却不知南苑王已经虎视眈眈。自己不想做有负家国天下的事,可若是被逼得走投无路了,不得已也要想办法自救。

这一晚极其难熬,他彻夜没合眼,四更便整理了仪容进宫。掌印值房在慈宁宫以南,离奉天殿只隔着一条甬道两堵高墙。他站在院子里努力眺望,看不到,唯见晨曦之中紫色的一团雾霭。快了……时候快到了,他踅回值房里,在案后坐了下来。只这么静静坐着,窗纸渐渐泛了青,他趋身吹灭油灯,屋里仍旧昏沉朦胧。

迎他上朝的人到了门外,细声禀告:"老祖宗,是时候了。"

他站起来,撩袍出门,从夹道里过去,进西朝房候旨。

西朝房是枢要,内阁的首辅和阁老们都在。东厂权倾朝野,自打他起复之后风头更健,内阁的人见了他都要行礼参拜。他对外倒是一直温文儒雅的,手段可以黑,嘴上却客套光彩,进门和众人让礼,笑着请诸位落座,对户部尚书道:"皇上不看折子，那咱们就费些工夫，嘴上上奏也是一样的。把今年的进项和开支细细地罗列一遍，也好让圣上心里有数。"他对插着袖子长长叹息，"咱们做臣子的，就是要为主子分忧。家国家国嘛，国也譬如一大家子，账房上没银子，什么都干不动。今年的水涝、旱灾、时疫、船务、军需，明摆着的大头，不说那些，光是黄河口决堤就花完了丝绸买卖的全部货款。前儿主子提出来，要建个楼。按说这也是应当，从古至今，哪朝皇帝不兴土木呢！可如今咱们两手空空，我这头是没法子想了，各位呢？有什么好主意没有？"

说到钱，大伙儿都束手无策，国库的充盈与否都要看百姓的，羊毛出在羊身上嘛！只不过谁也不敢贸贸然提增加赋税的事，闹得不好就是个佞臣的大帽子。

他低头沉默了会儿："咱家知道大伙儿的忧虑，都不提，这事没法解决。今儿朝议咱家开个头，大家伙儿都附议吧！先过了这个坎儿，等财政好转了再免税，也是一样。"

这是没办法的办法，众人自然诺诺称是。

天街上响起了羊肠鞭，啪的一声破空，激彻云霄。众臣手执笏板，整理衣冠，出门往奉天殿方向去了。

他打头走在第一个，上了御道放眼四处，脚下从容，心里已经滴泪成冰。终于在丹墀一角找到她。小小的身量，跪在那里低垂着头，应该是羞于见人，尽可能地缩成一团。一夜过来，精气神都散尽了，就像个破布偶，离他不远，他却不能奔过去抱紧她。

他掉过头，浑身剧痛，只有咬牙把酸楚咽下去。那些大臣嘀嘀咕咕交头接耳，在他听来犹如凌迟。他死死攥紧笏板，边角压进肉里，似乎这样可以缓解胸腔的疼痛。不去看她，即便腿弯里没有力气，也要昂首挺胸走完全程。

## 第十六章 万象尘

音楼是被太监们抬回宫的,因为入秋后天气转凉,夜里起了雾,青砖地上泛潮,湿气渗透过袍子钻进膝盖里,阴沉沉地痛。她连腿都没法伸直,更别提走路了。跪得太久,连腰都出了毛病,只能保持一个姿势,稍动一动,就像木家伙脱开了榫头,可以听见那种恐怖的吱呀声。

不过短柄乌头的毒都驱散后,她又是以前那个耐摔打的音楼了。一夜过来除了受点罪,面子折损殆尽以外,基本没什么大的妨碍。瘫在榻上喝白粥就酱菜,粥是彤云自己点炉子拿砂锅熬煮的,勺儿搅一搅,连米粒都看不见,全炖烂了,这就是火候!

她把酱菜嚼得咯嘣响,嘟囔着:"半夜里差点没饿死我。"说着把碗递过去,让再添点儿。

彤云知道她又在装样儿,心里不定苦得黄连似的,盛了粥捧过来,低声道:"五更看见肖掌印了吗?"

音楼筷子点在菜碟里愣神,隔了会儿才道:"我没敢抬头,臊都臊死了,哪里有脸见人!"说着眼里聚起了泪,搁下碗尽情抽泣起来,"我往后不能踏出哕鸾宫了,满朝文武,整个大邺后宫,谁不知道我在奉天殿罚跪!我要是个宫女就算了,我头上还顶着妃子的衔儿，这算什么？"

她总得发泄，彤云垂着嘴角看她："都过去了，等别人把这茬忘了，您又能出去走两圈了。"

"真的吗？"她放声嚎了一通，缓过劲来拿手绢擦擦眼泪，重新捧起了粥碗。

吃完睡一觉，醒来的时候天快黑了。口渴想找彤云，叫了两声人不在，底下小宫女上来蹲安："主子要什么？姑姑身上不大好，说主子要是醒了，就让人上梢间叫她去。"

"又不爽利吗？"她挣扎着下了榻，心里隐隐担忧起来。她披了衣裳过梢间里，见案头一盏灯火摇曳，炕上被卷儿卷得蚕茧似的。她过去扒拉扒拉，把她的脸抠出来，一看她脸色铁青，吓得忙回身喊，"来人，快去听差处请王太医！"

外面的小太监应了，撒腿便跑出去。太医院设在钦天监之南，礼部正东，从哕鸾宫过去有挺长一段路。暮色昏沉里低头疾行，刚过外东御库夹道口，迎头撞上一个人，对方哎哟一声："这是哪个宫的猴崽子，走道儿不长眼睛吗？"

小太监定睛一瞧，是太医院值房的二把手陈庆余。他插秧作了个揖，笑道："奴婢是哕鸾宫的人，着急找王院使瞧病，天黑没留神磕撞了您，对不住了。"

陈庆余掸了掸衣襟："哕鸾宫的人啊！找王坦？他今儿不当值，我跟你去吧！"

小太监有点迟疑："咱们宫是专派给王太医的……"

陈庆余咂了下嘴："我分管着慈庆宫这一片，是你们老祖宗定下的，王院使不在，值房我说了算。你硬要找王坦，回你主子一声，让人出宫上他们家找去吧！"说着转身就走。

没法子了，只有死马当活马医。小太监上去点头哈腰说了一车好话，最后把人请进了哕鸾宫。

音楼见来人不是王坦，转过脸问："进了值房没有？这位太医瞧着好面生。"

小太监到底没上听差处看，便心虚应道："回主子话，今儿王太医休沐，这位是副使陈大人。王太医不在，值房里一切由陈太医支应的。"

陈庆余上前请了个安，正色道："下官医术虽没有王院使精湛，普通的伤风咳嗽还是能瞧一瞧的。"

音楼有戒心，外人看病总不踏实，便道："您别误会，我倒不是信不及您的医术，主要是王太医常来常往，一向是他经手的，咱们这里的病根儿他都知道，瞧起来心里有底儿，不费周章的。"

陈庆余应了个是，弓腰道："娘娘只管放心，臣和王院使是一样的心。早前肖掌印使人来知会过，臣领了掌印的令儿，不敢有半点马虎。"

这么说来是肖铎这边的人，音楼打量他神色从容，说话铿锵，料着不会有差池的。再看看彤云那模样，耽搁下去就要坏事似的，也顾不得那么多了，让了让手道："那就劳烦陈太医了，要用什么药只管说，我打发人上司礼监要去。"

陈庆余连声道好，坐下撩袖子号脉，号了一遍再号一遍，然后重新把被角给病人掖好。又让张嘴看舌苔，这才起身，一头写方子一头道："倒不是什么大症候，臣细瞧过了，姑娘脉涩，舌质紫暗，应当是气机郁滞而致血行瘀阻。吃两剂药，善加调理一番便无大碍的。"

音楼松了口气，又问："看她冷得厉害，是什么缘故？"

陈庆余笑道："血瘀便体气不旺，阴阳失和，寒邪就顺势入侵了，身上虚寒也在情理之中。要实在冷得厉害，先用汤婆子焐着，等吃了药，转天就会好起来的。"写罢方子哈了哈腰，却行退了出去。

底下人跟着去抓药，音楼坐在她炕前看护："吃了东西再睡吧，我叫人准备。你也真是的，身上不好怎么不告诉我？这么憋着能成吗？才刚大夫说你血瘀，我也不太明白，什么叫血瘀呢？你肚子疼吗？"

彤云唔了声："有时候抽抽地疼，浑身不舒坦。月事过了二十来天了，大约血瘀就从这上头来吧！"

音楼讶然道："过了二十来天了？怎么现在才说？"

彤云似乎不以为然："以前就爱往后挪，晚个三五天的常有，我也没在意。后来宫里事儿不断，我忙前忙后的，把这茬给忘了。横竖不打紧的，大夫不是说叫吃药吗，颐养两天就好了。"

音楼越想越不对，先头的王太医从来没提过血瘀这个说法，便问她："上回是什么时候来的？"

彤云想了想，红着脸道："侍寝前刚完。"

音楼心里一跳，凑近了说："我以前刚进宫时尚仪嬷嬷指点过，才落红最容易受孕，你该不会是怀上了吧？"

这下子傻了眼，简直像道破了天机，两个人怔怔对视着，半天没回过神来。

"要是有这说头，两个太医怎么都不言声？"彤云撑身坐起来，自己心慌得厉害，压着胸口低喘，定了定神道，"才一回，不能这么巧。"可是细思量，这症状以前都没有过，真往那上头靠，越靠越实在了。她惶骇地捧住了她主子的手，"被您一说我真不踏实，是不是两个太医都忌讳我是宫女，不方便直言？"

音楼也没了主意，喃喃道："他们都是肖铎的人，应当不讳言的。"回身看外面，天都黑透了，宫门下了钥不好走动，暗琢磨着明天天亮得请他来说话，看能不能把方济同带进来。宫里御医的手段似乎并不高明，上回她要死要活，还是外头带药进来治好的。彤云这病症拖了有十来天了，总不见好，万一真有了身孕，捂着可要捂出大祸来的。

然而算计虽好，不及变化来得快。早上才睁眼，慈宁宫就来了几个嬷嬷，进了啰鸾门各有各的去处，两个进来给音楼请安，两个直奔梢间。音楼披了氅衣出门，看见彤云被人从被窝里拖了出来，披头散发连衣裳都没来得及穿，她心里吃惊，高声喝道："这是怎么回事？衙门拿人是怎么的？"

两个嬷嬷赔笑着蹲了个安："端妃娘娘别着急，咱们是太后派来的。因着太后今儿早起听了些不好的传闻，要请娘娘和彤云姑娘过慈宁宫问个话。娘娘快收拾收拾，这就跟奴婢们过去吧！"

惊动了太后，看来要出大乱子了。如果是潭柘寺祭祀的事，昨儿罚了一回，皇帝也说了既往不咎的，那今天这是为什么？音楼知道不能慌神，一慌神容易露马脚，左思右想，既然牵扯上彤云，大概是昨晚那个太医那里出了岔子。

"太后问话，我们没有不去的道理，嬷嬷这么急吼吼的做什么？见老佛爷总得叫人穿戴好，这模样到跟前，好看吗？"她上前格开了架住彤云的人，扶她进殿里去，扬声叫宫女伺候更衣，悄悄对站班的太监使个眼色，让他赶紧上司礼监通知肖铎。

"主子，这回大事不妙了。"彤云紧紧扣住她的腕子，手指勒得发白，"不管怎么样，您什么都不能承认。奴婢着了道不打紧，有您和肖掌印，我就有指望。要是您松了口，把他拖下水，咱们就什么都不剩了。您光叫冤，可劲儿哭，问您什么您都不知道，记住了？"

再多的话来不及嘱咐了，慈宁宫的人等不得，进来瞪眼瞧着，扯过宫婢送来的衣裳粗手粗脚地一通包裹，拉扯着就把彤云搡架了出去。

音楼没法子，只得在后面跟着。进了慈宁宫简直是三堂会审的架势，皇太后在宝座上坐着，两掖是贴身的哼哈二将。下首还有皇后、荣安皇后和贵妃，一个个觑着两眼瞧她们。领人的心眼儿坏，一把将彤云搋到地上，她身子本来就弱着，哪经得起她们这通折腾，伏在地上连跪都跪不起来。

音楼上前搀住了，给太后和皇后磕头，哭道："老佛爷是最慈悲的人，我跟前宫女哪里不周到，犯了错处，我这个做主子的替她赔罪。她今儿身上不好，瞧瞧病得一摊泥似的，委实受不得这么施排。老佛爷开开恩，救人一命胜造七级浮屠。"

太后坐在南窗下，一脸怒色地打量底下伏跪的人，恨声道："你别忙，用不着替你奴才讨人情，回头问明了，连你一道发落。"往前挪了挪身，咬着槽牙冷笑，"我原说不能晋位，皇帝闹得不成话，这才破格封了妃。如今这是什么意思？竟要成精了不成？把那些污秽气儿带进来，好好的宫闱叫你们弄得不成个体统！"手指往彤云面门上一指，"我问你，你肚子里是谁的种？老实交代，还能留你个全尸，要是敢跟我耍滑，管叫你死无葬身之地！"

音楼一下子塌了腰，果然是的，大约先前孩子小，王坦瞧不出症候来。昨天又发作一回，偏巧换了人，这事就捅到皇太后这里来了。

荣安皇后自从上回被肖铎恐吓，好几天打不起精神来。陈庆余是她的人，盯着哕鸾宫许久了，本来是防着音楼坐胎的，没想到捡了个天大的漏，高兴得她一晚上没睡好。步音楼可恨，她身边的人也都该死，这回终于叫她抓住了把柄，一气儿把主仆俩踩碎了才合她的意，于是今早宫门一落钥就急匆匆赶过来告发了。

"活了这么大，没听说这么荒唐的事儿。阖宫只有皇上一个爷们儿，端妃记档也只一回，怎么主子没动静，奴才倒怀上了？"她靠着椅背拨弄手里的十八子手串，转脸对皇太后道，"老佛爷，这种秽乱宫闱的事儿，一定要彻查才好。宫人走影儿，那是要剥皮下油锅的。多亏陈副使留了个心眼儿来通禀我，否则大伙儿都蒙在鼓里，回头孩子落了地，岂不是要贻笑大方嘛！"

音楼早料到是荣安皇后在背后捣鬼，她抬眼看她，哂笑道："赵老娘娘不是今天才算计哕鸾宫的，里头内情，我不说，留你个脸面，你不要欺人太甚！你说彤云怀了孩子，证据呢？咱们宫一向有专门的太医伺候，王坦是太医院院使，也是皇上亲指的，曾替彤云瞧过两回病，从没有怀孕一说。娘娘眼下言之凿凿，无非是依据陈庆余的话，我这里却要质疑，是不是娘娘串通了那个太医来诬陷人？你说彤云有孕，我说没有，怎么计较出个长短来？"

这时候陈庆余进来复命，对太后长揖下去："回禀太后老佛爷，臣在太医院，专攻的就是女科。宫里女眷有孕，但凡孩子着了床，哪怕是一个月大小，臣也能断出来。昨儿替端妃娘娘宫里的宫女诊了脉，这宫女寸脉沉，尺脉浮，表象虽不明显，但凭借臣数十年行医的经验，可以断定是有孕无疑。"

音楼急起来："你一派胡言，老虎还有打瞌睡的时候，何况是你！你是来吹嘘自己医术高明吗？院使还不及你一个副使？举头三尺有神明，你站边儿别站错了，这么诬陷人，仔细天不饶你！"

皇太后听他们打嘴仗听得不耐烦，一个咬定说怀上了，一个死都不肯承认，这么下去没个决断了。她转而狠狠看着彤云："孩子在你肚子里，你主子维护你没用，今儿要你说个明白。供出奸夫是谁，尚且能饶你一家子的性命。要是嘴硬，我这儿有一百种法子逼出真话来，不信你试试！"

彤云也不哭，只管咬牙磕头："没有的事儿，老佛爷叫奴婢怎么承认？奴婢捧着一颗心对大太阳起誓，和外间男子有染，叫我不得好死！求老佛爷给奴婢做主，给我主子做主。我主子就是受了赵老娘娘的坑害，前儿罚在奉天殿外跪了一宿，今儿才活过来，老娘娘又出么蛾子要置咱们主仆于死地。我主子可怜，怕搅了皇太后的好兴致，不敢来向您诉苦求情，有委屈也自己直嗓子咽下去，我们做奴才的心里也疼。横竖老娘娘要奴婢的命，奴婢一头碰死就是了，好歹别害我主子，就是老娘娘积德行善了。"

"公说公有理，婆说婆有理，这叫人怎么断？"皇后含笑看了贵妃一眼，"弄得这样儿，我这个中宫也没法向主子爷交代。妹妹你说，依着你，怎么料理才好？"

贵妃垂着眼抚抚蔽膝，轻笑一声道："娘娘聪明人儿，倒来问我？这还不简单，太医院又不是只有一位太医，据我所知女科圣手也不少，都传来，来个会诊，不就真相大白了嘛！"

荣安皇后却有顾忌，王坦是肖铎那头的，他又是正院使，既然他没诊出来，别人就算看明白了，谁敢呛顶头上司？她抢先道："何必那么麻烦，老佛爷跟前的嬷嬷费费心，带人进去验个身就是了。倘或还是完璧，前头的话权当白说；倘或不是，那可有一论了。或者进了宫才破的身子，万岁爷在哕鸾宫只留宿一晚，总不见得主仆两个都进幸。我看还是请端妃一道进去……"她挑起唇角一笑，征询式地看了对面的现任皇后一眼，"都验验，又没有坏处的，皇后说是不是？"

音楼涨红了脸："我是皇上钦封的端妃，这样侮辱我，你把皇上置于何地？"

这话也是，皇后迟疑了下，对皇太后道："底下人怎么处置都好，没有主子连坐的道理。我看带彤云一个人进去就成了,母后以为呢?"

皇太后耷拉着眼皮应了声,慈宁宫的人才要动手,门上小太监进来通传,说司礼监肖掌印到了,在廊子外求见皇太后。

"来得正好,宫里出了这么大乱子,早该打发人传他去了。"太后一手搁在紫檀嵌螺钿炕桌上颔首,"传他进来吧!"

门上帘子一挑,他从外面进来,先对皇太后深揖下去:"臣身为掌印,未尽督察之职,这样的事闹到老佛爷跟前,臣万死难辞其咎,请老佛爷责罚。"

他当的虽是太监首领,兼的却是首辅的职权,一个人操持了宫里还要忙外头的事,也怪难为的。皇太后是从元贞皇帝时期起就瞧着他的,一个年轻孩子,人能干,办事圆滑,嘴上又谦让,自然样样讨人喜欢。皇太后对他印象极好,这点鸡毛蒜皮当然不会苛责他。因而道:"这事不和你相干,你也不必着急往自己身上揽。你来前必定问明白原委了,这头正要叫嬷嬷给她验身,验完了自有决断。"

肖铎朝地上的人看了眼,复对太后又作一揖:"验身的事暂且缓一缓,臣传了良医所医正来给彤云诊脉。不论如何,宫人有孕事关重大,请医正瞧明了大家踏实。等尘埃落定,臣这里还有个奏请,要求老佛爷的恩典。"

太后沉默下来,忖了忖,似乎两样都不能放松。不管有没有孕,就像荣安皇后说的那样,验一验总没有坏处。宫人若破了身子,那也是罪无可恕。她长出一口气:"既这么,先叫医正瞧吧!我知道良医所的人都是靠得住的,正经药王的后人,说出来的话有分量。等瞧过了脉再验,宫闱要紧一宗就是清白,倘或不是处子,有没有孕都是一样处置,传你东厂的笞杖来,拉到外头打死,对宫人也是个警醒。"

皇太后这话叫音楼打战,这么说来今天是非要有个决断的,就是肖铎在也无可挽回了。她瑟缩着看彤云,她倒是一副大无畏的样子,嘴唇紧抿着,许是视死如归了。

肖铎应了个是,回身命人放医正进来,抽了空打量荣安皇后和陈庆余,笑吟吟道:"臣这两天正在彻查宫里门禁记档,发现喈凤宫传太医传得十分频繁,白天倒罢了,夜里下了钥还有走动……怎么,娘娘身上不好吗?"

他这是什么意思?是在警告她,还是打算往她身上泼脏水?荣安皇后脸上五颜六色,又是恐惧又要强作镇定,别过脸去不搭他的话。反正只要除掉哕鸾宫的人,往后怎么样,她也顾不得了。

眼下大伙儿的心思都在彤云这里,巴巴儿地等着医正的诊断。那医正取了脉枕来垫腕子，侧着头拧着眉，一副苦大仇深的模样，断了半天道："请姑娘撩起衣襟。"又探手在她腹上按压，边压边问痛不痛。

彤云当然是搅得越乱越好，碰到哪里就痛到哪里。那医正起身看了肖铎一眼，转而向上拱手："启奏太后，臣适才看了这宫女的脉象，并未发现孕脉。又查验了肌理，胸肋胀闷、刺痛拒按，乃是个瘀血内停、食积火郁之症。"

"积了食？"太后觉得不可思议，转头问陈庆余，"你说她有孕，这会子怎么成积食了？"

陈庆余自肖铎进门起就吓得一脑门子汗，眼下点名问他，骇然不知如何自处。本来已经这样了，就算说是误诊也不打紧，可是扳不倒她们，落到肖铎手里只怕没活路了。他结结巴巴地道："回老佛爷话……臣查出的……确实是孕脉。"

"有没有不打紧，且看验身的结果吧！"荣安皇后不耐烦了，锐声道，"老佛爷跟前的人总是靠得住的……"

她话没说完，却见肖铎跪了下来，在皇太后宝座前伏地叩拜："臣说要求老佛爷恩典，正是这一宗。臣奉皇上旨意伺候端妃娘娘南下，这期间与彤云互生情愫，可碍于皇家体面，一直隐瞒到今天。眼下事情既然已经出了，臣在老佛爷跟前便不讳言了。臣十三岁入宫，这些年来兢兢业业为主子效命，上回皇上曾要赏宫女给臣，臣一直推诿，全因彤云舍不下端妃娘娘不肯随臣去。说来没脸，臣是个六根不全的人，本该心无旁骛，可一天差事下来，每常周身不适。底下小子伺候总不及女人仔细，今儿硬着头皮来，恳请老佛爷成全。"

所有人都惊呆了，音楼简直像吃了一闷棍，没想到他会想这个法子来超生。这是逼到绝路上了，不得已而为之，可是她心里好苦，单是听着就已经痛不欲生。

荣安皇后跌坐进圈椅里，心里隐隐觉得大势已去。这个肖铎总善于出其不意给人一击，上回荣王继位的事是这样，如今彤云怀孕的事又是这样。他和一个婢女两情相悦？滑天下之大稽！终归还是为了保全步音楼，她真不明白，这么一个姿色平平心智也平平的女人，哪点值得他煞费苦心去爱？

太后震惊过后倒平静下来了，嘴里喃喃着："原来是这么回事，怪道呢！宫里太监宫女结对食，祖上没有明文禁止，我想想，连各局管事的都盖宅子成家立室了，你一个掌印要讨房媳妇，也说得过去。"小儿女的私情不足为外人道，验身就不必了，验出来也打脸。皇太后有点尴尬，摸了摸额头道，"这事儿我做主了，把这丫头赏你。回头具道懿旨给你们赐婚，该操办的就操办起来吧！"又嘱咐音楼，

"她好歹伺候过你一场,打点妆奁送出宫就完了。"

音楼道是,磕下头去:"老佛爷慈悲为怀,奴婢感激涕零。"

一场热闹的大戏就这么收场了,后妃们都有些意兴阑珊,纷纷起身蹲安告退。皇太后冲地上的人摆了摆手:"起来吧,不闹起来还不知道有这样的内情。既然都说开了,收拾起来早些去吧,留下也不成个话。"言罢甚感头痛,揉着太阳穴往偏殿里去了。

肖铎起身,转过头来看荣安皇后,眼神恨不得生吞活剥了她。在慈宁宫里不好发作,待退出慈宁门,外面早有锦衣卫候着了,他一挥手,两个人上前把陈庆余的胳膊反剪在背后,押着听他示下。他狰狞一笑:"活腻味了,送进诏狱里去。先吊着,回头咱家亲自审问。"

陈庆余吓瘫了,傻了似的被架了出去。荣安皇后哆嗦着,由边上的女官搀扶着想趁乱遁逃,被他扬声叫住了:"赵老娘娘且留步,早该知道这结局的,何必触霉头呢!我原想上回小双的事叫娘娘看见臣的决心,没承想对娘娘没有半丝触动。今儿这事倒是个契机,本来忌讳娘娘的身份,没有罪名贸然处置了,皇太后跟前不好交代,现在这难题迎刃而解了。"趔身下令魏成,"把喈凤宫的人都给我撒干净,一个不许剩。今儿起断了喈凤宫的供应,一切等我审完了陈庆余再做定夺。老娘娘虽过了气儿,私通太医也不光彩,别说谥号,连玉牒里都要除名!我劝娘娘,活着丢人,不如一条绫子去了倒干净,也省得咱家多费手脚!"

荣安皇后瞠大眼睛瞪着他:"肖铎,你好狠的手段!"

"彼此彼此。"他冷笑一声,对左右喝道,"还等什么?把她叉回喈凤宫,宫门上打发人把守,今天起不许任何人进出,办去吧!"

魏成忙应了,飞快地示意人接手。两个太监上前,像拉扯刑犯一样,吭哧吭哧就把人往夹道里拖。荣安皇后还在不屈尖叫,被人往嘴里塞了帕子,后来就呜呜咽咽听不清口齿了。

事情都过去了,音楼腿还在打战。她也说不出话来,刚才的一切都像做梦似的,彤云保住了命,可是要嫁给肖铎了。她闭起眼,简直就像一出闹剧,往后的路该怎么走,她一点头绪都没有。

"回去吧!"她拉了拉彤云,"回去准备准备,你得早些出宫才好。"

肖铎有话同她说,碍于大庭广众下不方便多言,只得眼睁睁看她去了。

他回过身来，放眼望去，天是潇潇的蓝，再明丽，看上去也显得孤凄。

只怪发现得太晚，红花只能堕胎不能避子。哕鸾宫里没有派嬷嬷，两个年轻女孩子什么都不懂。刚才医正给他使眼色，就说明彤云的确是有了身孕，脉象上可以敷衍，验身却无论如何都逃不脱。一个皇帝留宿一宿，两个女人都开了脸，怎么说得过去？他要是不站出来，彤云必然是个死。人在生死面前，什么情义都是空话，若是把老底一股脑儿交代了，那大事可就不妙了。东厂再了得，不过是个刑侦的机构，玩阴的可以，明着来还是有顾忌。大邺的五军都督府就驻扎在皇城里，在他没有完全控制锦衣卫之前，任何妄动都是送死。

所以只有转圜，虽然现下三个人的关系变得很尴尬，但是不影响什么。彤云控制在他手里才能让他放心，倘或随意放出去或是找个人配了，就好比头顶上悬着一把刀，不定什么时候就要落下来。

曹春盎伺候他回司礼监，轻声问他："干爹真要迎娶彤云姑娘吗？"问完了自己不满地嘀咕，"儿子是盼着干娘呢，没想到最后是彤云！"

肖铎不理会他，只问："给皇上引荐的道士带来没有？"

曹春盎应了个是："太宵真人已经在宫门上了，只等干爹的令儿就可进宫来。"

当今圣上是一天一个方儿地折腾，近来头晕体虚，太医院开了药也没用，没想到被一包香灰吃好了，这下子悟上了道，一发不可收拾。

要想随心所欲，皇帝太圣明不是好事。他收罗了不少各地奇闻，都是关于道教的，如何炼丹长生不老，如何得道白日飞升，把个二五眼皇帝唬得一愣一愣的。心生了向往，一切都好办。要仙人指引，就出去寻访；要炼丹鼎炉，就花重金购置。横竖皇帝要称心，全按他说的办，国库空虚也好，民不聊生也罢，全不在考量之中了。

他出门，亲自引了太宵真人往乾清宫去。皇帝一见道士的平冠黄帔，立时被这身道骨仙风折服了，下了宝座以礼相待。太宵真人会些小把戏，左右环顾，断言乾清宫有阴灵作祟，以至于皇上晨昏神思不得清明。于是桃木剑左劈右砍，一道符纸当空一抛，刺中后浸在瑶池仙水里，登时整个银盆都红了，这叫杀鬼见血，替皇上清理了业障。

皇帝顿觉眼前一亮："果然好仙术！真人若愿留下，可封国师矣。"

肖铎敛袖笑道："道家手段颇多，驱邪伏魔、消灾祈禳，全凭个人意思。不瞒皇上，臣以往是不信这些的，那天拜访真人，路上遇见一大家子围着一个落水的妇人号哭，那妇人已经气息全无，四肢也僵硬了，没想到真人念了几句咒便将那人的魂魄招了回来，臣旁观过后大受震动。如今皇上要封国师，臣以为真人实至名归。"

太宵真人谦和一笑："举手之劳罢了，也不是什么高深的法术，不敢在皇上和督主跟前卖弄。"

"好、好……"皇帝却满心欢喜，携了仙人的手问，"朕是一国之君，虽一心向道，毕竟肩上担着江山社稷。若不出家，道行是否会大打折扣？"

太宵真人捋着胡须道："出家道士在道观内，所受拘束多了，只为个人修行，很难修道有成。火居道士却不然，世间俗务缠身尚能注重道教传承，一切顺其自然，待到功成之日，道自然而来。"

皇帝喜出望外："如此甚好，国师打消了朕的顾虑，便可全心全力供奉老君了。"回身对肖铎道，"传令下去，在西苑兴建宫观，朕要跟随国师静心修玄。"

肖铎长揖道是，看准了皇帝这会儿五迷三道，趁机上奏："臣今早的疏议还要讨皇上一个示下，锦衣卫拿人向来要由司礼监出具印信，如今指挥使郭通率缇骑诈伪，进出关防、下衙门提审全不需佥签驾帖[1]，如此大权独揽、目无法纪之事，还请皇上裁度。"

皇帝哪有时间过问这个，潦草应付道："朕已悉知，一切都交由厂臣料理，无须问朕。"说着引真人往斋宫，讲经论道去了。

他直起身来，长长松了口气，回过头吩咐闫苏琅："着东厂拿人，让大档头持咱家信物，倘或胆敢反抗，格杀勿论。"说完摘下牙牌一抛，自己背着手缓缓踱过了隆宗门。

曹春盎在边上哈腰侍候，他远眺宫墙上的那片蓝天，喃喃道："春子，你说她会怨我吗？"

曹春盎回过神来，知道他说的是端妃，便道："娘娘识大体，也知道今儿这局势没有退路。何况干爹迎彤云过门不过是幌子，娘娘心里有数，不会怨恨您的。"

他摘下蜜蜡珠串茫然数着，过了很久才道："府里赶紧布置起来，尽快接彤云出宫。她在宫里夜长梦多，没的再出什么岔子，神仙也救不了。"

---

1 指秉承皇帝意旨，由刑科签发的逮捕公文。一般执行公务时，须持有"驾帖"以证代天子行事，并且由刑科给事中的"佥签"。

皇太后的懿旨下得也挺快，第二天傍晚就到了。彤云托着手谕愣神，回过身来看她主子，蹭过去，不知道说什么好。

音楼还在打点，把首饰匣子捧出来，拣好的给她包上，道："出阁要有个出阁的样子，我是头回嫁丫头，不知道怎么料理呢！你瞧瞧，缺什么你说，我让人到库里取去。"

彤云拽住了她的胳膊："奴婢就觉得自己成事不足，要是早早地发觉自己身子不对付，也不会闹得今天这地步。这叫什么事儿呢！我盼着您能和肖掌印成事的，没想到最后嫁他的变成了我。您怨我吗？我知道您怨我，我简直没脸见您了。"

音楼也揪心挣扎，可是这份委屈和谁去说？彤云走到今天也全是为了她，要不是她替她侍寝，自己和肖铎早就断了。时运不济没法子，一晚上就坐了胎，老天爷太会戏弄人了。最委屈的还是彤云，怀着孩子，不能和自己的男人有个结果，跟了肖铎也是个不尴不尬的身份，她心里的苦处必然不比自己少。

"你别这么说，再说下去我该挖个洞把自己埋起来了。"她拉住彤云的手，引她在罗汉榻上坐定。两个人对视了好一会儿，都觉得很难堪。她叹了口气，问她："这会儿觉得怎么样？才刚良医所的医正说了，你是体虚盖住了孕症，不大好断，这才耽搁了时候。现在这样也好，到了宫外强似在宫里担惊受怕。肖铎面上难处，其实他是个好人，你在他身边，我也能放心。"

彤云却哭丧着脸说不："肖掌印这会儿八成恨我恨得牙根儿痒痒呢，我怕是一到提督府就被他给弄死了。"

音楼哑然失笑："怎么会呢，你别瞎想。"

"是真的，上回您中毒，您没看见他怎么对付我，恨不得把我活撕了。眼下和他拜堂，不把我脑袋拧下来才怪！"她往她身边靠了靠，"主子，曹春盎不是给咱们送过红花吗，我把药喝了吧！孩子这会儿小，打下来就成了，我还想留在宫里伺候您。您身边没个知冷知热的人，我就是死也上不了路。"

音楼看着她，替她捋了捋鬓角的发，眼圈一红道："别浑说了，什么死不死的，花大力气圆了谎，就是为了再叫你死一回？你别怕，我想法子给他递封信，请他好好待你。我这辈子没福气嫁给他，你就再替我一回，和他拜堂成亲，跟在他身边代我照顾他。你比我脑子好使，不像我，天生是个累赘，要他操碎了心周全我。现在想想，这样的结局是最好的。你对我的情，我自己还不了，让他帮着还。我也不知道自己将来是个什么命运，与其大伙不死不活地在宫里耗着，还不如送你出去，总比两个人困在一起强。也别说打胎的话，女孩儿打胎是好玩的吗？有了不要，想要的时候怀不上，那才是罪过呢！再说老佛爷赐了婚，你不出去就是抗旨，木已成舟了，咱们大伙儿想着怎么过好是正经。就是……我真舍不得你，你一走，我连个说话的人都没有了。"

主仆俩说到伤心处抱头痛哭，彤云直搔肚子："也是个孽障，就这么不请自来了。"

音楼忙压住她的手："你怨他做什么！他是自个儿愿意来蹚浑水的吗？也是个可怜孩子，要是托生在富户人家，不知道多少人盼着他呢！你好好作养身子，毕竟是你身上的肉。我没能在皇上跟前保你晋位已经太对不住你了，让你把宝宝生下来，也算赎了我的罪。"

彤云呆坐着，自己想想还是没有出路："怎么生呢，就算借着肖掌印的排头出去了，他是个太监，凭空来个孩子，也说不过去。"

音楼垂头丧气："这是个难题，还是得听他的意思，看他有什么法子没有。或者把你藏在别院，等孩子落了地再回来，对外就说是抱养的，也成。"

正商量呢，嗜凤宫里又传来了哭声。哕鸾宫和嗜凤宫是前后街坊，隔了一堵墙，大点儿的动静这里都能察觉。彤云瞧了她主子一眼，低声道："活该，好好的日子不过，非搅得大家不安生。这下子好了，恶人自有恶人磨，遇上个手黑的肖掌印，就看着她活活饿死吧！"

音楼垂着嘴角叹息，这荣安皇后说起来也是个可怜人，以前万丈荣光养成了个犟脾气，死都不肯认命，才落到今天这步田地。太后不过问，现任的皇后八成盼着她早点死，合德帝姬心眼儿好，可她连她都得罪了，谁还能去救她？

她嗟叹一阵，转身接着收拾，虽说知道是演戏，该有的排场也得像样。肖铎因为被赐了婚，反倒来不了了，叫曹春盎送了两回东西，说府里都布置得差不多了，明儿就开宴把人接过去。

她的男人，娶了她最好的姐妹，她知道自己不该心窄，可一个人的时候还是忍不住垂泪。她想嫉妒吃味儿，可惜连个由头都没有，自己心里憋得难受，就是说不出来。

彤云宽慰她："主子，您别吃味，我敬畏肖掌印都来不及，不敢打他主意。您放一百二十个心，他还是您的，跑不了。"

音楼强撑着面子应付，自己心里明白，他们真拜了堂，往后大伙儿都硌硬得慌，看见他就想起彤云，哪怕他们有名无实，他也再不是只属于她一个人了。

她强颜欢笑实在累，打发她道："眼看着天黑了，你去歇着。如今不像从前，太劳累了亏待孩子。"扬声叫底下小宫女,"搀姑姑回梢间去,明儿出门子,今晚好生睡个囫囵觉。"

彤云一步三回头地去了,她转身去开螺钿柜,取袱子出来包东西。新做的几身衣裳她还没舍得穿,全给彤云吧!晋封时皇帝赏的头面原就该是她的,也一并带出去。收拾好了包裹再想想,把现有的金银锞子都包好塞进包袱里。一切都料理完了,她站着无事可做,坐下来发了会儿愣。后面啫凤宫里嚎得人心头发凉,荣安皇后断水断粮快两天了,这么下去恐怕真要饿死了。

音楼心里乱糟糟一团,腾挪到南炕上做针线,一块鸳鸯枕巾绣了两个月还没绣完,要是早知道有今天这出,早点儿完了工好给彤云添妆奁。

烛火跳得厉害,她揭了灯罩拿剪子剪灯芯儿,好好的来了一阵风,把火苗吹得东摇西晃。抬头看,落地罩外进来个人,走到她跟前也不言声,在炕桌另一边坐了下来。

她把花绷放在笸箩里:"你怎么来了?外头不是下钥了吗?"

他嗯了声道:"我要过门禁,没人拦得住我。今天懿旨发下来了?"

她点了点头:"我这儿已经筹备起来了,小春子中晌送红绸来,说府里都安排妥当了,宴席备了多少桌?朝里同僚八成都要走动的。"

他略沉默了下才道:"那些都交给底下人去办了,又不是什么高兴事儿,我也没心思过问。"说着探过来牵她的手,"音楼,这是逼不得已,你别难受。等面上敷衍过去,彤云还是处置了吧!留着终究是祸害。你要是早答应,就没有今天这种事了。"

音楼惶然抬起眼来看他:"什么叫处置了她?"

他说得心平气和:"这世上有哪个奴才能一辈子对主子忠心?她眼下怀了孩子,心思还能和从前一样吗?万一回过神来,想让孩子认祖归宗做皇子,到时候怎么办?她手里捏着咱们太多的秘密,要叫我放心,除非她永远开不了口。"他在她手背上慢慢地抚摩,"你心太软,这样可不好。人心隔肚皮,今儿掏心挖肺,明儿就捅你刀子。我之所以把她讨出去,可不是为了和她过日子的。她到了宫外,解决起来方便得多。咱们要成事,少不得牺牲个把人。你也别说我心狠,我全是为了咱们的将来。"

音楼白着脸摇头:"不能这样,她没做错什么,不能杀她。哪怕是设法把她远远送走,好歹留她一条命。"她心里害怕,几乎是乞求他,"我知道你想得比我长远,可是彤云千万动她不得。我娘家亲人不亲,你也看见。音阁留在北京,和皇上偷鸡摸狗多少回,从不到我宫里来坐坐。上回慧妃问起我,我都不知道怎么接人家话茬儿。彤云就像我的亲人,她一心为我好,比亲人强百倍。你杀她,我成什么人了?她才刚也和我说来着,怕你要她命。她是聪明人,必定管得住嘴的,你行行好,叫她平平安安把孩子生下来吧!"

女人哪,就是头发长见识短!他无可奈何,沉吟了会儿才道:"那就只剩一个办法了,孩子是务必要生的,落了地就远远送到外埠去,叫她不知道下落,也好牵制她。"

人到底都会替自己打算,音楼权衡了很久,这已经是他做出的最大让步了,再要求别的,恐怕是在自寻死路。她颔首道:"只要不动彤云……"说着顿下来,脸上浮起一层愁苦,"其实她是个好姑娘,如果咱们不能有将来,她在你身边,尚且可以弥补我的缺憾。如果能行,你和她……"

他眉头一拧:"别说胡话!那件事你知道就罢了,多个人搅和进来,嫌我命太长吗?我说过的,我没那么爱将就,谁都能过日子,我找你干吗?"

她听了低头抽泣:"可是我心里好难过……我对不住彤云,也舍不得你。说起你们成亲,就像拿刀活剐我似的。我一直想嫁给你,可是不能够,你晓得我多眼红彤云吗?"

她哭得他束手无策,唯有开解她:"都是做戏,你明知道的。等这事一过,我就让人把她送走,往后显了身腰,北京城里也待不下去。"说着离了座儿来抱她,"你可算尝到我当时的痛了吧?听说你进了幸,我心里就是这滋味儿。"

她扭过身来,脑袋偎在他脖子上:"咱们你来我往的,算扯平了吗?"

他一手压住她小小的脑瓜儿,在她额上亲了口:"会好起来的,慕容高巩眼下迷上了道术,打算移宫到西苑去,等他一走,咱们能转腾的空间就更大了。只要把号令缇骑的权夺过来,我就有底气和五军都督府抗衡。紫禁城里没有人能掣肘,还有什么可叫我忌惮的?到时候你有意犯个错引老佛爷发落,略使些手段我就能把你接出宫。"

音楼心里燃起了希望,欢喜得坐不住,摇着他的胳膊问:"是真的吗?你说话算话?"

他笑起来:"三天没见,脑子都不好使了?我何曾骗过你?就像你说的,和家人不亲,没了彤云,你还有我。我比奴才更忠心,而且能保证忠心一辈子,你永远不需要提防我。"

她上去搂住他的脖子，蹬掉了脚上的软鞋踩在他脚背上，仰脸道："有你这句话我就安心了，可是宇文良时那里怎么料理呢？"

他揽紧那纤腰，在一片柔艳的灯光里负载着她慢慢挪步，她就那么挂在他身上，像一簇依树而生的菟丝花。分开这样久，到一起都是匆匆的，人前小心翼翼，他甚至记不清上回在太阳底下正大光明地打量她是什么时候了。

他低头在那嫣红的唇上亲吻："为什么要料理？他要颠覆朝纲就由他吧！这江山又不是我的，我得逍遥时且逍遥，只要有你在我身边，管他谁做皇帝。"

皇帝昏庸，底下人才好浑水摸鱼，要换了个精明人儿当家，断是容不下他这样的。她贴在他身上惆怅不已："到时候咱们只好离开大邺到别处去了，走得远远的，谁也找不到咱们。"

他笑了笑，小声道："通州码头停了艘宝船，是我偷偷安排在那里的。船上什么都有，哪天见势不妙咱们就跑吧，不拘去哪儿，到番邦隐居也不错。"

仿佛那种生活触手可及似的，彼此紧紧依偎，坚信走过这段波折就顺遂了，以后有大把的时间可以弥补之前的遗憾。众目睽睽下大声地笑，放肆地手牵着手，谁也不能把他们怎么样，想起来就让人快活！

他按在她腰背上的手渐渐滑下去，落在紧实的臀上，嗡哝道："我今儿不想走，至少前半夜不走，成吗？"

她当然想留他，高抬起手来抚他的脸，广袖落下去，露出雪白光洁的臂膀。他见势立刻追过来，揪住了仔细地吻，从手腕一直到肩头，可是她却笑着往回缩："不成啊，小不忍则乱大谋。"

他丧气地蹙起眉，暗道这丫头突然长出心眼子来了。正懊恼，隐约听见有悲鸣，高一声低一声，九泉底下飘上来般。他不耐烦道："陈庆余那头都招了，明儿回禀了太后，这事该有个了断了。"

她迟疑了下："你是说他们真有染？不是你屈打成招吧？"

他瞪了她一眼："你糊涂吗？她如今这样的处境，没这层关系，哪个会冒这份险？一个小小的太医，能得皇后垂青，脑子一热连命都不要了。可惜她所托非人，草芥子一样的下九流，能帮衬到她什么？她要是识时务，就不该来招惹我，这下子倒好，害人终害己。送她一程好叫她上路，一切都是她自找的。"

肖铎果真是个说到做到的人，第二天是他大婚的日子，他完全没有讨利市的想头,或者根本不在意吧!从议事处散出来便去了慈宁宫。

皇太后心里也有底,荣安皇后这回的确是得罪了他,自己身又不正,结果被人拿住了把柄。她有些怅然:"可怜她寡妇失业……"话说半句又咽了回去,人证物证俱在,倘或有个偏颇,后宫那么多宫眷都看着,树了这个榜样,往后还得了!太后闭了闭眼,"赏她个全尸吧!"

他行了礼退出来,宫门上早就有人候着了,两个膀大腰圆的太监看他眼色行事,进啮凤宫把人又出来。中正殿是紫禁城里的诛仙台,不管你品级高低,赏了绫子就得去那里上路。他叠手站在门墩前,见人来了便在前面开道。今天天色不大好,昏沉沉的,似乎要下雨。从南至北,笔直的甬道上人影全无,大约各宫都知道这事了,怕触了霉头,有心避讳。

寒风瑟瑟,像牛芒细针,从领口袖口里钻进来,直插心脏。荣安皇后仰头往上看,宫墙顶上一株枯草吹得折了腰,一切都是灰蒙蒙的。她做了十一年皇后,临了连个送行的人都没有。三天没吃饭了,却也不觉得饿,只是腿里乏力,走起来艰难。进了中正殿的宫门,那正殿像个张开的巨口,叫人心生惧意。

她如今已经没有什么可反抗的了,横竖到了这步,再往前一点就超脱了。两个宫人把矮桌搬到廊子底下,桌上供着吃食,那是她的断头饭。她在中路上站定了脚,看了肖铎一眼:"把他们支开,我有话同你说。"

他原不想听,但念在她曾经提拔过他的分上,姑且按她说的去做了。

她沉默了下:"你真的那么恨我吗?"

他说:"我给过你机会,你自己没有珍惜。"

"你知道我为什么这么做吗?"她眼神哀戚,嘴唇颤抖着,站在风里摇摇欲坠,"因为我嫉妒。我承认,刚开始你在我眼里不过是个消遣,互相利用各取所需,应当没有感情的。可是自先帝驾崩,我所有的支撑都垮了。别人指望不上,唯有你……我甚至不恨你帮助福王夺位,只要你还能顾全我,前皇后便前皇后吧!但是出现了个步音楼,一个跳墙挂不住耳朵的傻丫头,哪点叫你念念不忘?你为了她多番违逆我,到底我在你眼里算个什么?"

他表情淡漠,连声音都是没有温度的:"你想知道?你对我来说是雇主,有钱有权我替你卖命,如今你什么都没有了,我念在往日的恩情上,也愿意保你荣华到老,只可惜你并不领我的情。至于音楼,她不过太年轻,从来没有受人重视,活在夹缝里,活得战战兢兢。所以不要说她傻,你这么说她,我会忍不住再杀你一回。"语毕往台阶上比比手,"时候差不多了,娘娘用饭吧!你放心,你虽入不了皇陵,我会另外替你修墓,不会叫你暴尸荒野的。"

她听了苦笑起来:"原来我的结局还不如邵贵妃,至少她能陪在先帝身边。我呢?连个妃园都进不去。"

"这样不好吗?"他侧目看她,"这一生是黄连镀了金,我劝娘娘来世莫再入这帝王家,小门小户里过日子,能够安享天年最要紧。"

他对送人上房梁这套不怎么感兴趣,料着话也说得差不多了,扬声唤人进来。蔡春阳抚膝上前唱了个喏,对荣安皇后道:"奴婢伺候娘娘。娘娘用些饭,下去道儿长,吃饱了好上路。"

她傲然抬高了下巴,蔡春阳见她不挪步便伸手来拉她,被她狠狠一把格开了。中正殿前有口金井,平时不上横木,她宁愿自己死,也不要被人架住了往脖子上套绳圈。回首看了肖铎一眼,冷笑道:"我若阴灵不远,就等着看你如何求而不得,身败名裂!"

大伙儿一个闪神,她提裙便往井亭那儿跑。蔡春阳要拦也来不及了,只见裙角一旋,井里水声轰然四起,再要论长短,荣安皇后早就不见踪影了。

肖铎拿手绢拭了拭鼻子,边往外走边吩咐:"回头把人捞起来停在安乐堂里,着袭安打点,在城外建了墓地再通知她娘家人。宫廷丑闻,传出去不好听。叫她娘家人管住嘴,祭奠祭奠就罢了,别整出大动静来,顾全些脸面。"

出夹道口的时候恰巧碰上了合德帝姬,她前两日伤风歇在宫里,嬷嬷关起门来到处熏醋,连外头出了这么大的事都不知道。眼下遇见了,她愣着两眼看他:"你打哪儿来?"

他行了一礼:"从中正殿来。"

她往他身后张望,蹙着眉头喃喃:"要足了强,最后落得这样的下场,何必呢!"又问他,"听说你今儿娶亲?"

他怔了下,她不提起,自己简直要忘了。

帝姬只是轻叹,自觉和他远了一重,好些话也不方便说了。初听闻他问皇太后讨了彤云,真让她大吃一惊,还琢磨是不是自己弄错了。后来想想他们里头故事多了,自己一个局外人看得似是而非,也不好随意打听,便不再多言,转身朝哕鸾宫去了。

天还没黑,过大礼要到晚上,这会儿音楼正忙着给彤云上头。本来一个宫女出嫁，不兴那么多讲究，大不了换身朱衣就算天大的面子了。但他们不同，是皇太后赐婚，又碍着肖铎的身份异于旁人，掌印嘛，天字第一号的，所以彤云可以戴狄髻插满冠，打扮全照命妇的排场来。

帝姬进门，坐在槛窗下旁观，笑道："果然人靠衣装，宫女常年穿紫袍戴簪花乌纱，瞧上去一个模子里刻出来似的，这么一打扮，和以前大不一样了。"示意随行的女官把贺礼呈上来，和煦道，"今儿是你的好日子，这是我的一点意思，给你添妆奁的。"

彤云忙蹲身下去："谢长公主的赏，奴婢微末之人，劳动长公主大驾，真不好意思的。"

帝姬扭过身子端茶盏，应道："我和你主子常走动，你出门，我理应来尽一份心，也不枉相熟一场。只可惜了咱们在宫里讨不得你的喜酒喝。"说着探过去拉了下音楼的衣袖，"彤云走了，我料着你也寂寞。回头我吩咐下去，今晚不回毓德宫了，在这里和你做伴。旁的没什么，万万别遇上万岁爷翻牌子才好。"

音楼有些难堪："我在宫里出了名的留不住皇上，你不知道啊？"

她当然知道，听旁人说酸话都听了多少回了，她那位姐姐虽然藏着掖着，所受的帝幸却无人能及。皇上这会儿迁到西苑炼丹，据说步音阁悄悄跟着一道去了，这下子是老鼠落进了米瓮里，要不是碍着她是南苑王的宠妾，只怕老早就下旨册封了。

帝姬想起她那哥子就皱眉头，亏他有这个脸，臣子的女人，说霸占就霸占了。南苑王怪可怜的，一走三个月，再进京发现物是人非，也不知是个什么想头。

她抿口茶道："皇上炼丹炼得正火热呢！据说打算造丹房，那个太宵真人是常睡梦里溜达上天的，说仿着太上老君的来，你道好笑不好笑？前儿早上我遇见皇上，他说炼成了给我送两丸尝尝鲜，我可不敢。往里头加那些个乌七八糟的东西，万一吃死人怎么办？"

音楼对炼丹很好奇，坐在杌子上打探："你说真有长生不老的仙丹吗？"

帝姬囫囵一笑："要有，秦始皇也不死了。我只知道皇帝玩物丧志不是好事儿，历朝历代你去瞧，哪个信佛信道的人君能治理好国家？如今朝政他是不管了，好在有厂臣，样样能帮衬上，否则这偌大的社稷，干放着怎么料理？我知道他心里大约也忌惮，看元贞皇帝早逝，难免忧心起自己的身子。要我说那些都是假的，修身养性才是延年益寿的良方呢！"

音楼和彤云一道笑起来:"可惜你不是个男儿身,要不也能支撑起大邺的半壁江山来。"

大伙儿挪揄调侃,不知不觉时候渐晚了,往外一瞧天擦了黑,不一会儿门上曹春盎进来,对帝姬和音楼行礼,复对彤云跪下,磕头叫了声干娘:"儿子打发人抬肩舆来,顺贞门上停着花轿,等到宫外再给干娘换代步。"

彤云被他叫得发蒙,张皇地回头看音楼,音楼起身,亲自挽了包袱递给曹春盎,笑道:"这是小春子的礼数,该当的。花轿既到了就走吧,别误了吉时。"

阖宫的人都去送她,等她上了肩舆,音楼上去给她放盖头,在她手上握了一下,"别忘了我说的话,到那儿好好的,当心身子。得了空常进宫来坐坐,再不然托人捎信进来,我在宫里闲着没事儿,时候长了没消息叫我挂念。"

彤云应个是,略躬了躬身,排穗簌簌轻摇,她在盖头后面齉着鼻子说:"主子,奴婢去了,您也要好好保重,过阵子我一定进宫来瞧您。"

音楼道好,往后退一步,裹着红绸的滑竿儿上了肩,一路寂静地往夹道深处去了。

帝姬也有些惘惘的,一直目送着,直到拐弯看不见为止。"回去吧!"她叹了口气,"就这么嫁了,心里怪难受的。"

音楼想象不出提督府眼下是怎样的一番热闹景象,一定是客来客往、高朋云集。再看看这哕鸾宫,总觉冷清没有生气。还好有个帝姬陪着她,这月令,晚间已经点熏笼了,音楼要了壶酒,揭开笼罩温在里头,两个人坐在月牙桌旁,喝酒佐茴香豆。

"荣安皇后死了。"帝姬说,"我来的时候在夹道里碰见厂臣,他刚从中正殿出来。"

音楼打了个寒噤:"死了……"一条人命就这么没了,突然有点看破生死的意思。人活着,今天不知道明天的光景,也许一不小心命就丢了。

帝姬呷了口酒道:"死了,死在中正殿,大概是赐了绫子。这帝王家……说到底就是这么回事儿。各人自扫门前雪,宫里本来就不能谈感情。荣安皇后与人不善是这样,换个老好人受了难,其实也是这样……我问你,你今儿难过吗?"

音楼被她问得发愣,稍顿了下老实点头:"有点儿呀。"

帝姬不知道怎么安慰她,因为她从来没向她透露过真实感情,一切都是自己瞎猜罢了。她捏着酒盏和她碰杯:"咱们没喜酒喝,自己也得找点乐子。来,干杯。"

音楼回敬她，一仰脖子灌了进去。拧眉嘬嘴，觉得花雕的味儿不算太好。不过你来我往几轮，慢慢服了口，就咂出些味道来了。

"你和厂臣是怎么认识的？我听说很有意思。"帝姬托腮问，"他救了你的命是吗？"

她嗯了声，低头道："我那时本该在中正殿吊死的，是他提前让人把我放了下来，虽说他是受命于皇上，可我心里真正感激的还是他。没有他我这会儿早死了，也不能坐在这儿陪你喝酒了。"

帝姬笑道："缘分有时候说不清，没想到他最后娶了你身边的人，你也算做了回月老。"

"是啊……"她屈起胳膊，把脸枕在肘弯上，喃喃道，"真好……你说彤云这会儿该到了吧？那么多人观礼，新郎新娘拜天地，结发为夫妻，恩爱两不疑……"

她说得好好的，突然顿下来，把脸埋进臂弯里，嘟囔了句真困，可是帝姬分明看到她颤抖的肩背和紧握的双拳。她不好直笼通地宽慰她，静静在她身边陪着，是她唯一能为她做的了。

音楼知道自己失态，缓了很久才缓过来。酒气冲头，手脚发冷，脸颊却热烘烘燎人。她站起身挪到熏笼前，提起盖儿扣上去，透过勾缠的镂空雕花往里看，炉膛里燃着红箩炭，那炭是炭中最上等的，火光绰约，若有似无的蓝，稀薄跳动。坐下来探手去焐，视线也挪不开，看着看着，仿佛穿过纵横的街巷，一直抵达提督府上空。俯视下去，他穿着公服，乌纱帽两侧簪花，站在台阶最高处，脸上带着公式化的微笑。新娘子从中路那头过来，他眼睛里看不出悲喜，只是笑着。到他面前，他把她的手拢在掌心里……

不敢再想了，她捧住了脸，指缝间冰凉一片。

## 第十七章 春色替

跨马鞍，跨火盆，拜天地，众目睽睽下携手入洞房。

洞房里的布置红得扎眼，进了门该喝交杯酒了，肖铎把人都打发了出去，新娘子揭了盖头在桌旁坐下来，喘着气笑道："托干爹的福，我这辈子也能当回新娘子。"边摸索着拔下狄髻上的头面边感慨，"女人真辛苦，一脑袋首饰怪沉的，把我的脖子都春短了半截。"

肖铎调开眼，贼头贼脑的半大小子，穿金戴银涂脂抹粉，多看一眼都能叫人吐出来。关于拜堂的事，他终究不能对着一个陌生女人弯下腰去。这是人生大事，礼一成，就算自己不承认，事实上那个人已经是你的女人了。就像银锭上打了签印，要抹去除非重新锻造。还好有这个干儿子，要紧时候派得上用场。他身量和彤云差不多，装扮起来盖上盖头，谁也看不出端倪。这是临时起意，但能叫人心里稍感安慰，将来要散伙，也不至于愧对彤云。

曹春盎想起今早他干爹看他的神情就觉得好笑，在司礼监围着他打转，把他吓得浑身寒毛直竖。他实在受不了了，佝偻着身子表忠心："干爹有事儿只管吩咐儿子，儿子肝脑涂地为干爹效命。"

他干爹抚着下巴问他："会学女人走路吗？"

太监整天和宫妃宫女打交道,再说身上缺了一块,有意无意也往那上头靠。便应了个是,花摇柳颤地走上几步给他干爹瞧,他干爹大为赞许:"准备一抬小轿,从角门上把彤云接进后院,花轿你来坐,过礼也全由你顶替。"

他愣了好半天:"干爹呀,男人和男人也不能随便拜堂,拜了堂就是契兄弟,您是我干爹,辈分不对……"话没说完脑袋上被凿了个栗暴,后来不敢多言了,怕多嘴挨揍。

好在流程走完了,后面就剩交杯酒了,他嬉笑着倒了两盏,觍脸递过去:"善始善终嘛,把酒也喝了吧!"

肖铎白了他一眼:"彤云都安顿好了?派人前后把守住,别叫她有机会捅篓子。"

曹春盎讪讪的,把两杯酒都闷了,抹抹嘴道:"干爹放心,儿子早就布置好了。您只管上外面招呼客人,后头有我呢!我去看着,保证出不了岔子。"

他嗯了声,到镜前整了整衣冠,出门应付酒席去了。

他一向不擅长饮酒,喝几口就撂倒的名声早已远播,朝中同僚来参加婚宴,本来抱着讨好攀附的意思,绝不会像外间那样,劝酒灌酒无所不用其极。大家知趣,小来小往,点到即止。他穿梭在宾客间,洁白的手指捏着一盏芙蓉杯,游刃有余的模样,就是新晋的状元郎都不及他那派儒雅风采。

于尊也来贺喜,东西厂暗流汹涌,面上光彩,各人心里都有一杆秤,好赖还是分得清的。

"太监娶亲,好大的排场!"他哼哼笑道,"瞧瞧这满朝文武,皇上难得一回早朝都有人告假,这位娶活寡奶奶,来得倒齐全。"

"可不!"一桌上全是他西厂的人,窃窃道,"早前的立皇帝,如今皇上移了宫,他可就成坐皇帝了。"

于尊嗤的一声道:"也得看他有这个命没有!上回的狐妖案他出力不少,打量咱家不知道。他东厂想一家独大,西厂也不是吃素的。世人都怕他,咱家可不怕!他不是不喝酒吗,老子非叫他喝不可!"

一帮酒囊饭袋,暗地里耍猴似的欢呼起来。眼看着他来了,众人都站了起来。于尊是副雌鸡嗓子,抖呵呵的声调,像根立在风口里的破竹竿。

"肖大人大喜啊!"他抱拳道,"前儿就听说了府上要办婚宴,今晚过府来讨杯喜酒喝。皇太后赐的婚,"他大拇指一竖,"了得!这种好事儿以往都是背着人干的,现在名正言顺了,您可真给咱们太监长脸!"

"太监"不离嘴，叫别人不自在，也不在乎是不是连带着自己一块儿损了。肖铎转过脸一笑："于大人气色不错，看来最近皇差办得顺遂？"

于尊往上拱了拱手："托皇上的福，赋税和征银都顺顺当当的，我还要具本请万岁爷放心，主子的意思就是奴才的本分，只要主子舒心，上刀山下油锅咱家连眼睛都不眨一下。"

肖铎笑着点头："于大人这份忠心叫人敬佩，今儿人多，有不周全的地方还望海涵。在下酒量不济就不献丑了，以往公事来往一板一眼，不像现在是私下里的交情，诸位尽兴畅饮，千万别客气才好。"

通常主家提前打了招呼，有眼色的人客套几句就对付过去了。于尊不是，他满脸堆笑地拦住了他的去路："今儿和往常不同，是您小登科的好日子。您瞧咱们来得也齐全，"他蒲扇似的大手豪迈一挥，"我底下当事儿的档头都到了，就是为了来给肖大人敬酒的。您要是推诿，那实在太不给面子了。"

面子岂是人人配讨的，只不过今天不宜发作，他耐下性儿来笑了笑，手里半盏残酒往前一探："那在下就略尽心意，诸位见谅吧！"

他喝了，可是于尊并不肯就此罢休，吵吵嚷嚷道："咱们桌上八个人，肖大人只喝半盏怎么成！来来来，满上！"碗碟间一只青花缠枝酒壶霍地夺过来，撩袖就要往他杯子里斟。

借酒盖住了脸，难办的事也变得好办了。于尊兴致高昂，以前肖铎没少给自己上眼药，这回也换自己来消遣消遣他。推推搡搡间肖铎握住了他的手腕，一个小白脸，能有多大的力气？他压根儿没放在眼里。可是一阵剧痛袭来，痛得他简直要失声。手里的酒壶悬在他酒盏上方，还没来得及倒酒，突然啪的一声四分五裂了。

他骇然抬头看他，他脸上依旧挂着淡淡的笑意，眉头却蹙了起来："于大人用力过猛了，喜宴上弄碎东西是大忌，莫非于大人对肖某有所不满？若是为了朝堂上那些过节，朝堂上解决便罢了。今天是肖某的大喜之日，弄得这般光景，看起来不大体面啊！"

宾客们都看过来，于尊一时下不来台，他随行的档头疲于解围，牵五跘六怪上了窑口，要不是胎子不好，哪里那么容易碎！

肖铎逐个打量席面上的人，沉下脸道："这是先帝御赐的贡瓷，东西不好，就要追究地方官员的罪责，可不是随口一句话就能敷衍的。"

眼看着难以收场，闫苏琅忙上来打圆场，笑道："罢了罢了，督主大喜，碎碎平安嘛！于大人也别放在心上，总归是奉旨完婚，力求尽善尽美。这种事儿，外头喜宴尚且忌讳呢，更何况咱们这样的人家！"一头说一头招呼小子来收拾，口头上周全几句也就完了。

于尊气性却很大，拱了拱手道："今日多有得罪，原想大伙儿乐和乐和，没想到闹得这般田地。咱们戳在这儿也碍人眼，就先告辞了，改日再来登门赔罪。"言罢一拂袖，负气去了。

众人面面相觑，这算是东西厂督主明面上头一回针锋相对，不知往后会有什么样的轩然大波呢！肖铎倒没事人一样转过身来，笑着招呼大家继续吃喝，不必理会那些无关紧要的人。

"督主打算怎么办？"人群安抚下来，闫荪琅瞧准了时候低声道，"于尊这是仗着捐银的事办得深得皇上的意，存心到咱们跟前显摆来了。"

他抚着筒戒哼笑一声："他也不瞧瞧这差事是谁派给他的，我能叫他这么安逸地立功吗？他西厂捐银，弄得虎狼模样，那些富户，哪家子在朝里没有点关系？等钱筹得差不多了，发动他们上顺天府告状去，瞧着吧，一告一个准。皇上要名声，总得推出个替死鬼来，于尊这会儿张狂，过两天就落到我手里了。"

闫荪琅想了想道："那些富户告状，皇上要办于尊少不得追缴那批银子，到时候怎么料理？"

他调过视线看向天幕，夷然道："进了国库的银子再吐出来是不可能的，朝廷了不得打欠条。皇上的欠条，谁敢接？那些人都不傻，这是个人情儿，权当破财消灾，就算把钱堆到他们跟前，我料准了他们也不会收。"

闫荪琅笑起来："原来督主都有成算了，这么的最好，属下知道该怎么办了。"

他嗯了声："你替我招呼客人，我去去就来。"说着抽身出了前院。

彤云被安顿在音楼住过的那个院子里，院墙上每隔几步就有一扇镂空回纹窗，一路走来且行且看，中路两侧的灯亭前站着人，举了把铜柄勺正往碟子里添灯油。他进门去，她早早就看见他了，放下手里的东西上来蹲安，表情有点难堪，嘴唇动了动，不知说什么好，到底还是沉默。

"我记得音楼说过，你以前在别的主子那里当差，最讨厌的就是添灯油。"他冲油桶抬了抬下巴，"今儿怎么重操旧业了？"

她缩脖儿笑道："眼下不当差，我闲着不知道干什么好。"

"是个闲不住的人。"他道,"你身边婢女是我信得过的,叫她们伺候着,自己小心身子。我也不瞒你,原先是打算处置你的,是你主子好话说尽求我饶了你,但愿她这个决定没做错。你才过门,不能一下子凭空消失,在京里逗留一个月,然后我叫人送你上庄子里待产,生完孩子再回来。毕竟是老佛爷赐婚,人说没就没了,万一问起来不好交代。你记着,你能活着全赖你主子,忠仆历来不会受亏待,可要是耍花枪,叫我知道了,你的下场比月白惨一万倍。"他站在灯火下,白净的脸孔看起来有些瘆人,睨着眼问,"至于孩子,你有什么想法没有?你要是想让他认祖归宗,宫里有的是妃嫔愿意装怀孕替你认下这孩子,究竟怎么样,全听你的意思。"

彤云脸上有了怯色,嗫嚅道:"奴婢绝不敢有这样的想头,主子留着奴婢已经是顾念咱们主仆的情儿了,我把孩子送进宫,这不是要了主子的命吗,我绝不能干这样的事儿!"她咽了口唾沫向上看,"奴婢和主子说过想把孩子打掉的,主子念咱们可怜没答应。督主眼下替奴婢拿个主意吧,督主说怎么就怎么,奴婢全听督主的。"

果然是个聪明人,很懂得生存之道。落在他手里可不像在音楼身边可以讨价还价,他刚才说送孩子进宫不过是试探,只要叫他看出她有一丝攀龙附凤的心,必定连骨头渣子都不能剩了。

回答还算满意,他慢慢点头:"既然音楼想让你生,那孩子就留下吧!我还是那句话,好好颐养,孝敬主子要放在心里,光凭嘴上说没用。往后自称奴婢的习惯也要改掉,毕竟身份不一样了,万一叫外人听见不成体统。"

他这口吻简直叫人害怕,彤云瑟缩着道是:"那奴婢……我,我往后在督主跟前伺候吧!我答应主子照料您的起居。"

"不必了,我身边人用得称手,你如今身子沉,保重自己才是当务之急,旁的一概不用过问。"他转身朝门上走,走了几步顿下来吩咐,"别在外头晃悠了,万一有个好歹,我没法向你主子交代。"

彤云蹲身道是,目送他出了院子,忙快步进屋关上了房门。

后来的日子很平静,两个多月时间,一眨眼就过去了。

临近年底,滴水成冰的天气,西北风呼号起来没日没夜。头一天睡下去还是月朗星稀,第二天一推窗户已经是白雪皑皑的琉璃世界了。

音楼倚在炕桌上看彤云写来的信，她在别院学了字，歪歪扭扭写得不甚好看，但是勉强能看明白。满纸都是对主子的思念，又说孩子的境况，说肚子大起来了，这阵子长得飞快，站在那里低头看不见脚。

屋里供了炭盆子，她看完摺进炭火里，火舌翻滚，一团艳丽的亮，转眼燃烧殆尽。

有时也给她回信，说说自己的情况。比方肖铎给她指派了新的女官，她们把她照应得很好；十月里她病了一回，有幸得皇上赏赐金丹，搁在桌上没敢吃，第二天嵌进盆栽里，结果过了半个月，那地方竟然长出了一棵草……

说起皇帝炼丹，这回大有十年如一日的决心，声称在国师的指引下很受启发，随时可能脱胎换骨位列仙班。

帝姬对这个哥子是无能为力了，提起他就摇头。宫廷里的事不让人舒心，外头却另有高兴的事。她端端正正坐在炕上，红着脸说："南苑王进京了，他上回让我等他三个月，现在期限到了，不知是个什么结局。"

音楼蹙眉看她："你喜欢他吗？"

帝姬歪着头忖了忖："刚开始不觉得喜欢，后来分开了，倒是越想越记挂了。"

她明白这种感觉，和那时候恋着肖铎是一样的。偶尔他会从脑子里蹦出来，蹦跶的时候长了，渐渐成了习惯，不爱也爱了。可是明知道宇文良时用心险恶，她却没办法告诉她，只得旁敲侧击："在一方称王的人心思必然深，这回找时候处处，瞧准了人品再说吧！"

帝姬颔首，才要说话，门上宝珠进来冲音楼蹲身："主子，姨奶奶来了，在宫门上等召见。您没瞧见，两只眼睛肿得核桃模样，想是遇着什么大事儿了。"

音楼纳罕，和帝姬面面相觑。虽说不待见她，既然找上门来总不能回避，便叫传进来。看看她葫芦里卖的什么药，反正这大雪天里闲着，也是个消遣。

透过槛窗往外看，中路上太监打着伞送音阁过来。她披着一件宝蓝的鹤氅，干净的一张巴掌小脸未施粉黛，看上去气色不大好。进门来细瞧更觉惨白得厉害，和平时判若两人。上前向座上请安，本想说话的，看见帝姬便顿住了，拿脚尖搓着地，欲言又止。

音楼颇觉纳罕："姐姐这是怎么了？受了什么委屈吗？外头冰天雪地的，看冻着了。"说着示意宝珠往炉膛里加炭，努嘴道，"横竖没外人，姐姐在熏笼上坐着，暖暖身子吧！"

音阁道了谢，细长美丽的眼睛也不像往日那么有神采了，怯怯看了帝姬一眼，勉强笑道："长公主也在呢？"

帝姬点了点头，直白道："是啊，我也在。怎么，庶福晋有体己话和端妃娘娘说？我在这里不合时宜，就先告辞吧！"

她作势站起来，音阁忙起身压她坐下："不不……长公主和娘娘交好，我原没什么要紧话，不过进宫来瞧瞧娘娘……"

早不来晚不来，偏南苑王进京了就来，里头必然有猫腻。音楼也不忙着追问她，她要是能憋住就不来这一遭了，故意地远兜远转，笑道："今儿这雪下得好，我做东，都别走，在我宫里吃饭，下半晌凑上宝珠，咱们摸两圈。"

帝姬自然是应承的，搓着手说："许久不摸雀牌，手指头都不活络了。以前不沾边儿还好些，自打跟你学会了，简直像上了瘾，晚上做梦还梦见呢！瞧瞧，都是你带坏的。"

"怨我吗？"音楼笑道，"是谁死乞白赖要学，连晚上都不肯回去的？"

她们你来我往地戏谑，音阁到底忍不住了，却也不说话，只是频频拿手绢拭眼睛。她这模样，那头两个人终究不能再视而不见了，只得问她："到底出了什么事，哭得这样，眼睛都要擦坏了。"音楼又吩咐底下小宫女打水来给她净脸，从梳妆台上挑个粉盒子递给她，口气有些生硬，"姐姐别这样，你到我这儿来哭，外人不知道的以为我欺负你。你有话就说，这么半吞半含的，你不难受我都要难受了。"

音阁道是，挪过来在下首的圈椅里坐定了，踟蹰了下才道："我们爷来京了，您听说了吗？"

音楼哦了声："这个我倒没听说，来京做什么呢？"

"冬至皇上要祭天地，年下要往朝廷进贡年货，都是事儿。"音阁的声音渐次低了下去，"可是……我这里出了岔子，我们王爷跟前没法交代了。"说完捧脸抽泣起来。

音楼和帝姬交换了下眼色，似乎这岔子不说也能料到七八分了。音楼叹了口气道："我也勘不破你到底遇着什么难题了，我在深宫里待着，抬头低头只有咛鸾宫这么大一块地方，也帮不上你什么忙。要不你说说，说出来咱们合计合计，出个主意倒是可行的。"

音阁渐渐止了哭，低头搓弄衣带，迟迟道："我说出来怕叫你们笑话，昨儿身上不好,请大夫看了脉象,我……有了。"

大家都有点尴尬,帝姬嘟囔了句:"南苑王这三个月不是不在京里吗?哪儿来的孩子?"

其实也是有心戳脊梁骨,一个人造不出孩子来,还不是偷人偷来的吗?!

音阁臊得两颊通红,扁着嘴道:"我是个女人,自己再多的主意也身不由己。娘娘,咱们嫡亲的姊妹,您好歹替我想想法子。我昨儿知道了吓得心都碎了,这种事儿……我可怎么向王爷交代啊!"

音楼心里都明白,她留在京里是为了什么?南苑王就差没把她送给皇帝了,心照不宣的事,哪里用得着哭哭啼啼!她数着念珠道:"我也想不出好办法来,要不你找皇上,请万岁爷圣裁?你瞧咱们女流之辈,谁也没经历过那个,冷不丁这么一下子,真叫我摸不着边儿。"

她是事不关己高高挂起,压根不愿意蹚这浑水。音阁也不计较,转而苦巴巴地看着帝姬哀求:"长公主心眼儿最好,您就帮帮我吧!您对我们爷有恩,替我求个情,强过我说破嘴皮子。还有万岁爷那里……好歹是龙种,是去是留要听主子意思。您是主子御妹,您替我讨主子个示下,我给您立长生牌位,感激您一辈子。"

帝姬讶然指着自己的鼻子:"我?我一个没出阁的姑娘,怎么管你们这些事儿?"回过神来笑道,"我打从开蒙起嬷嬷就教授《女训》《女则》,里头的教条从来不敢忘记。如今连听都是不应当的,更何况掺和进去!我想木已成舟了,说什么都没有用。孩子的事儿,你不言声谁知道呢!皇上的子嗣不单薄,序了齿的统共有十一位,你这儿的……留不留全在你。"

音阁被她这么一说倒愣了,音楼要笑,忙端起杯盏遮住了嘴。音阁进宫不是冲着她,八成是听了南苑王的指派来和帝姬套近乎,恰好帝姬在她这儿,这才顺道借着看她的名头进来。他们里头尔虞我诈她不想理会,可是音阁怀孕,这倒是个好契机。音楼虽傻,也有灵光一现的时候。她闲闲地捏着杯盖儿看过去,音阁大约对晋位的事儿也很感兴趣吧!便道:"我有个主意,或许能解燃眉之急。"

音阁转过脸来看她:"请娘娘赐教。"

音楼道:"咱们一路走来,其实太多的阴差阳错了。原本该进宫的是你,我顶替了,你只能嫁到宇文家。谁知缘分天注定,兜了个大圈子又回来了。现在眼见你这样,怀着身子东奔西跑地求周全,我心里也不落忍。我瞧出来了,你和皇上是真有情。要不你去求求皇上,让皇上把我的妃位腾出来给你,只要南苑王那里不追究，宫里的事儿，悄没声地就办了，你说好不好？"

帝姬愕然瞪大眼睛瞧她，连音阁都有些意外："这是大逆不道，借我个胆子我也不敢想。娘娘为我我知道，可是……皇上怎么能答应……"

还是有松动的，到底没哪个女人真正不计较名分。以皇帝的昏庸程度来说，当初的初衷也许早忘了。她往前挪了挪身子："皇上心地良善，你同他哭闹，他总会给你个说法的。本来这位置就该是你的，皇上心里也有数。以前大伙儿都不认真计较，现下你有了身子，不替自己考虑，也不替龙种考虑吗？"

音阁并不知道音楼和肖铎的关系，作为宇文良时的棋子，唯一的使命就是勾引皇帝，其中什么利害她一概不通，也没人把内情告诉她。她初初是心仪宇文良时，那样一个英挺的贵胄，又是自己的男人，是个女孩都爱的。正因为爱，什么都无条件答应。后来见了皇帝，皇帝的温柔体贴实在令人心醉，一个是藩王，一个却是一国之君，高下立见。于是爱情转移了，爱皇帝多过了南苑王，自己当然想求个好结局。

可是当真要夺音楼的位分，那不是与虎谋皮吗？她迟疑了很久，尤其这个建议是她自己提出的，危险性太大了，靠不住。

帝姬不声不响，却明白音楼打的什么算盘。也是的，她在宫里这样蹉跎岁月，能逃出生天是桩好事。这些日子和她相处，发现她实在不适合宫廷里的生活，她和这个紫禁城格格不入，要不是头顶有把伞替她遮风挡雨，她连自保的能力都没有。不过没什么心机的人，相处起来叫人放松，所以她喜欢她，宁愿看见她自由，也不想见她枯萎在深宫中。

"这也是没办法的办法，毕竟兹事体大，什么都能缓……"帝姬瞥了音阁的肚子一眼，"皇嗣只怕等不得。且去试一试，成不成的再说吧！"

她们异口同声，音阁不得不静下心来好好考虑。未必要取代音楼，那么多的位分，为什么偏要眼热一个端妃？皇帝说过爱她至深，这辈子不会再看上别人，那她何不把眼光放得更长远些？受命于南苑王是不假，也要有自己的打算才好，总不能一直这样偷摸下去吧！

好话不说二回，全由她自己考虑。音楼起身往墙上挂梅花消寒图，回过头笑道："明儿就冬至了，肥过冬至瘦过年，那天上花园里去，半道上看见几十个太监运面。宫里人口多，连着擀上三天馄饨皮才够过节用的。"

帝姬道:"每年馄饨不算,还要吃锅子、狗肉。说起狗肉,狗爷得打发人带出去,冬至宫里不养狗,一个不小心跑出去了,打死不论。"

音楼哟了声,低头看那只伏在脚踏边上打盹的肥狗,在那大脑袋上摸了两把:"这么好的乖乖,打死可舍不得。"

音阁在旁应道:"我难得来,这狗也和我亲,叫我带出去吧,等过了节再送进来就是了。"

倒不是真的和谁亲,这狗就是个人来疯,见谁都摇尾巴。音楼说:"你怀着身子呢,万一克撞了不好。回头我让人装了笼子,太监们下值出宫带到外头寄放一天,也不碍事儿。"

音阁是真喜欢那只狗,上回叫人寻摸,天冷下的崽子少,里头挑不出好的来,就搁置了。这回听说狗要送出去,自己心里发热,央道:"横竖装着笼子,它也不能胡天胡地乱跑。满世界打狗呢,托付底下人倒放心?还是给我带走吧,借我玩儿两天就还你。"

她这么黏缠,音楼没办法,看了帝姬一眼道:"你瞧着的,她硬要带走,回头狗闯了祸可别来找我。"

音阁见她松口喜出望外,什么龙种、晋位全忘了,忙招呼人套上绳圈装笼,笑道:"你放一百二十个心,就算叫它咬了我都不吭声,反悔的是王八。"

就这么收拾收拾,打发人提溜上就出宫去了。帝姬靠着肘垫子发笑:"她今儿进宫来是为的什么?"

音楼心里明白,为的就是让她知道她哥子对不住南苑王,这会儿珠胎暗结了,南苑王何其无辜,遇上这种倒霉事儿,她这个做妹子的也该跟着感到愧对南苑王。

她笑了笑:"依你看,音阁会不会去和万岁爷说?"

帝姬抻了抻裙上膝襕道:"她如今在南苑王身边待不成了,皇上再不管她,往后日子可难挨。她又不傻,不见得真撬你墙脚,但闹着要晋位是肯定的。"

音楼往外看,雪末子静静地下,倒不甚大,细而密集。一个宫婢端着红漆盆跨过门槛,脚后跟一抬,撩起了半幅裙摆,出了宫门冒雪往夹道里去了。

音阁这回没乘轿子,因着皇上在西苑,她进宫也光明正大不怕人瞧见。南方雪少,不像北方常见,她有这好兴致自己走上几步,并蒂莲花绣鞋踩在积雪上,发出咯吱咯吱的声响。她笑着,恍惚回到了童年。跟着父亲的乌篷船走亲访友,途中遇上了风雪,忘了是哪个渡口了,总之停了两天,她还专程上岸堆了个雪人。

穿过御花园的时候也爱挑雪厚的地方走,她身边的婢女怕她摔着,两掖紧紧挽着不放。太监们抬着狗笼子跟在身后,狗爷不习惯被关着,在里头呜呜吹狗螺。她回身看,掩嘴笑道:"可怜见的,关在里头舒展不开筋骨。"于是盼咐太监,"把笼子打开,绳头儿给我,我牵着它遛遛,不会有事儿的。"

太监们有些为难,她立马板起了脸,底下人没办法,只得把狗放出来,把牵绳交到了她手里。

巴儿狗块头不算大,浑身的毛长,直垂到雪地里,走起来屁股带扭,十分有趣。她牵着慢慢走,走得好好的,狗爷突然对着一个方向吠起来,她转过头看,不远处站了两位华服美人,是皇后和贵妃,正带着几个宫女踏雪寻梅。

要说狗,大概也有对付和不对付的人。平时老实温驯,今天不知怎么龇牙咧嘴起来。音阁怕它扑上去,狠狠攥住了绳子,一头叫着它的名字,一头蹲下来安抚。太监们见势不妙忙把狗关回了笼子里,黑布帘子往下一放,终于让它安静下来。音阁正要蹲身请安,却听那头皇后身边的女官道:"果真什么人养什么狗,冲谁都敢乱叫的!主子没吓着吧?"

皇后吊着嘴角一笑:"不打紧,一只畜生罢了,还和它计较不成?"

皇后姓张,皇帝为王时就封了福王妃,出身很有根底。本来是个韬光养晦的人,可皇帝近来的反常令她很不称意,加上听说音阁几乎随王伴驾,便觉得皇帝一切的荒唐举动全是这狐媚子撺掇的,不由得咬牙切齿地恨起来,说话也就没以往那么圆融了,颇有点指桑骂槐的意思。

音阁怀了龙种后自觉身份不同,被她们这样夹枪带棒地数落,哪里担待得住!本来要见礼的,这下礼也不见了,敛了裙角兜天一个白眼,转身就走她的道儿。

有时候触怒一个人不需要说话,只需一个动作、一种姿态。皇后见她这样倨傲,怒火中烧,高声道:"站住!你是什么人,见了本宫怎么不行礼?这皇宫大内是市集还是菜园子,由得你说来就来说走就走?"

看来是杠上了,音阁也做好了准备,碍于不能落人口实,潦草蹲了一安:"见过两位娘娘。"皇后贵妃不分,统称娘娘,就说明没把这个皇后放在眼里。

贵妃是精明人,有意在皇后跟前敲缸沿:"这不是南苑王的庶福晋吗?中秋宴上见过一面的,瞧着满周全的人,怎么形容这么轻佻怠慢?"

皇后微错着牙哂笑:"我是不大明白那些蛮子的称呼,单知道福晋就是咱们说的王妃，却不明白什么叫庶福晋。后来问人，原来庶福晋连个侧妃都不是，不过是排不上名的妾。咱们主子爱稀罕物，不是瞧上先帝才人，就是和藩王的小妾对上了眼。尤其这两位还是出自同一家子，你说怪诞不怪诞？"

贵妃点到即止，叠着两手不说话，含笑眯眼看人。音阁骄矜的脾气发作起来就控制不住，脑子一热便阴阳怪气地接了话头："可不是吗，皇上放着凤凰不捧，偏兜搭我这样的，可见有些人连小妾都不如。"

这话过了，一国之母岂能容人这样放肆，皇后厉声对身边的女官道："去，教教她规矩！再打发人传笞杖来，回老佛爷一声，我今儿要清君侧，谁也不许拦着我。"

音阁没想到她丝毫不让皇帝面子，慌乱之中脸上挨了两下，直打得她眼冒金星，下盘不稳跌坐在地。还没闹清原委，两条臂膀便被人叉了起来。皇后传了笞杖，要把她往中正殿拖。她跟前的婢女骇然抱住了她的双腿，回首告饶道："娘娘息怒，万万打不得，我们主子肚里有龙种，倘或有个好歹，谁都吃罪不起啊娘娘！"

这么一来皇后愣住了，大邺宫里最忌讳残害皇嗣，不管是有意还是无意，只要事情做下了，最后只有进诏狱大牢的下场。她虽是皇后，也不敢随意犯险，看这贱人披头散发的模样，两边脸颊又红又肿，自己的气也撒得差不多了，便命人把她放了，居高临下道："本宫今儿给你教训，教你什么是尊卑有别，不怕你上皇上那儿告黑状。既然你有了龙种，姑且饶你一命。往后好自为之，再犯在本宫手里，天王老子也救不了你！"

音阁伏在雪地里，只见几双凤纹绣鞋从面前伴伴而过，她哭得揣不过气来。婢女上前搀她被她推开了，也不修边幅，狼狈地冲出了宫，直奔西苑面圣去了。

音阁出了这样的事，瘫在西苑里起不来身了。那么这下子就难办了，毕竟还要顾全脸面，以前南苑王不在，爱怎么走动都没人敢过问。现在正头男人来了，她是这般光景，人迷迷糊糊的，又怀着龙种，皇帝也不知怎么料理才好。

说起来都怪皇后，皇帝恨得牙根儿痒痒。明知道他眼下宠幸她，还有意给她小鞋穿，分明是在敲山震虎！他知道朝中官员对他这个皇帝颇有微词，没想到他的皇后倒出来做了出头椽子，这还了得？治不住别人还收拾不了她了？他光脚在油光可鉴的木地板上旋磨，捞起了广袖霍然一挥，呼的一片风声："传朕的令，命皇后闭门思过，没有朕的手谕，她就给朕老老实实待着，待到她认清利害为止！"

音阁捧心长嚎："您怎么这么偏心？她打了我，我肚子里的孩子险些保不住，单是闭门思过就罢了吗？要不是我跟前的人求饶，她能打死我！这北京我是待不下去了，我去给我们王爷磕头，求他带我回南京去，也免得受这份窝囊气！"说着就挣扎起身。

皇帝被唬着了，忙上去安抚她："那你说怎么处置？"

"废了她！她这个毒后，明知道我怀着身子还指派人打我，好在一脚踢来我让得快，否则您这会儿看见的就是我的尸首！"她使劲摇撼他，"您对我说的话都是骗人的？您是一国之君，连心爱的人都保不住，您在我跟前还有脸吗？"

一个心肝玉美人哭得梨花带雨，皇帝心都要化了。帝后本来也就是凑合相处，皇帝好色，皇后常劝谏，日积月累的怨恨也打这上头来。从前少年结发的情全忘了，皇帝突然觉得皇后罪无可恕，废了就废了，没什么可惜。

他回身冲外面喊："把厂臣给朕传来！"旁的都好料理，音阁留在西苑传出去难听，便顺口道，"端妃也一并接来，庶福晋弄成了这样，叫她来宽宽庶福晋的心。"

崇茂领旨去办了，这是打算顶音楼的名头，音阁也不反对，只娇滴滴地枕在皇帝膝头道："事到如今我不打算回王府了，我不愿意再这么偷偷摸摸的，想见您还要使把子力气。"说着满怀抱上去，在他耳畔吐气如兰，"我要和您在一起，从今往后形影不离。"

是个美好的愿望，提得也合情合理。皇帝伸进她的衣襟，在她饱满的胸上抚摩，表情却显得犹豫："南苑王这头……怕是不好交代。"把音楼弄进后宫是因为先帝已经龙御，收房就收房了，可音阁毕竟不同，南苑王还活着，皇帝强占臣子的女人，到底说不响嘴。

音阁早就受了嘱托，便道："依着我，这事太容易办了。皇上知道南苑王没有正妻吗？我们底下拉拉杂杂好几个，全只是庶福晋的头衔，连一位侧福晋都没有。皇上何不替南苑王指婚，赐他一位元妃以示荣宠？南苑王心里有数，睁一只眼闭一只眼就过去了，谢恩都来不及，还会来和皇上较真吗？"

"这倒是个好主意！"皇帝拍了下大腿道，"朕回头就下令寻摸贵女，挑个门第合适的赐婚就是了。"

音阁道："用不着大费周章去寻摸，眼下有个现成的。合德长公主到了婚配的年纪,南苑王人品学识都是万里挑一,尚公主也不会委屈了帝姬,皇上以为呢?"

这下子皇帝两难了,毕竟是出于交换的目的,他就这么一个胞妹,把她指给南苑王,自己心里很觉愧疚。他摇了摇头:"不成,另选。"

音阁道:"其实长公主和南苑王早前就有交情的,上回王爷来京,公主曾和王爷单独见过面,只是皇上不知道罢了。如今指婚,不单是成全了咱们,也是成全了长公主的姻缘,皇上当真不考虑吗?"说着又柳条一样款摆起来,"当真不在乎我吗?"

皇帝被她闹得没法儿,想想既然婉婉和宁文良时有情,那指就指吧!也是一举两得的好事儿。

崇茂来传话的时候,音楼正站在镜前搔首弄姿试她新做的留仙裙。崇茂眉开眼笑地冲她长揖:"许久没见娘娘,娘娘凤体康健?"

音楼笑着颔首:"总管是大忙人,今儿怎么到我这儿来了?"

崇茂把皇帝叫传旨的前因后果都说了一遍,音楼听了觑外头天色,眼看到了后蹬儿(傍晚)。她掉过头问:"明儿冬至祭天地的,眼下就去吗?皇上还没斋戒?"

崇茂应了个是:"皇上破旧立新,说自个儿天天向道,没什么斋戒不斋戒的。晚上在道场将就一夜就得了,所以这会儿还在办事呢!"

音楼哦了声,又问:"庶福晋的伤怎么样?我下半晌听说了这事儿,把我吓了一跳。皇后平素人挺和善的,怎么能对她下这狠手?"

崇茂歪脖儿一笑:"娘娘是善性人,和谁都不交恶,瞧谁都是好的。说句打嘴的,这宫里哪个是吃素的?没有利害关系,逢着不舒心了还要踩一脚,要是有点儿利益牵扯,那还不往死了整人!不过庶福晋这回命大,正好有天王星保驾,要不是皇后碍着小皇子,这会儿八成要给她收尸了。"

音楼听着也惊险,叹气道:"她这人脾气就是不好,那位是什么主儿,能容她没遮拦地说话吗?!"言罢转过去一面挽头一面道,"你稍待,我换了衣裳就过去。"

崇茂道是,却行退了出去。

有阵子不见肖铎了,他忙着收拾西厂,内廷走动见少。男人不像女人似的,有了爱情就能活命。男人外头要应付的事多,她再想他,也只有咬牙忍着。上回荣安皇后和陈庆余的事一出,太后如临大敌,对后宫约束越发多了,再加上彤云出宫后少了走动的借口，两下里只有忍耐。

才刚听说肖铎也受命要往西苑去，西苑管束不严，借着机会能见一见总是好的。

她心里紧张得嗵嗵跳，真是奇怪，不管见了多少回，她永远不能有颗熟稔的心，想到他就欢欣雀跃。想着搓了搓脸，笑话自己这点出息！坐在梳妆台前仔细地扑粉点口脂，换上了新做的麒麟芝草褙子，宝珠送猞猁狲大氅来披上，收拾停当了，出宫的时候已经擦黑了。

西华门外停着一抬小轿，上月打通了紫禁城和西海子，从这里过去不费多少工夫。夜里行路，随侍的内官不少，提熏香炉、挑琉璃宫灯照道儿的，十几人的队伍也甚堂皇。

音楼眯眼望去，穿过纷扬的雪片子，找到了队伍前头最打眼的人。黄栌伞下他穿银白曳撒，披朱红大氅，不动不笑也是最耀眼的存在。有时觉得他比她还精细，他极注重外表，莫说身上的穿着，连饰物都一丝不苟。比方领口的纽扣，虽不像女人那样嵌红宝，但是璎珞圈式的金镶银流云排搭也实在罕见。她问过他一回，那些七事[1]、筒戒、手串，包括荷包、香牌，为什么样式那么少见，人家说了有专人给他专做，紫禁城独一份，走出去那叫体面！他自己扬扬自得，却被她不加掩饰地耻笑了很久。

今儿人多，见了也是场面上的往来。音楼目不斜视地到了轿前，旁边一双手上来搀扶，阔袖之下十指交扣，那份甜蜜便放大到令人心悸。她低下头眼波微转，他颊上笑靥隐隐，视线一个交错旋即掉转开，她端坐下来，他替她放下垂帘，关上轿门。

雪依旧下得不疾不徐，肖铎的坐辇在前面开道，知道她就在后面跟着，心里渐次平静下来。

这段时间忙，临近年底朝廷里的事也格外多，他顾得了这头顾不了那头。手上停不下来，可是一得闲就想她，不知道她吃得好不好、睡得好不好。所幸有帝姬常去串门子，也好排解一下她的寂寞。不见面尚且能压抑，无非像以前那样过，可是见了她就开始慌乱，办事毛躁，条理也不清晰了。什么接手西厂，什么财务盐务，他全想不起来了，一门心思盘算着怎么偷出闲来和她在一起。说来挺不好意思的，

---

[1] 武官随身佩戴的七件东西。

他是食髓知味，这辈子认准一个女人，就像从佛坛跌进了万丈红尘，五体投地，再也站不起来了。

他事先打听过，今晚皇帝要闭关，传召他们必定有事吩咐，吩咐完了没那份闲心过问他们的行踪。明早祭天地，皇帝五更沐浴换衮冕[1]出行，到时匆匆忙忙心无旁骛，那件差事不是他伺候，对他来说又腾出个大空闲，这样算来，竟然有一夜时间可以和她厮守。

他心里扑腾起来，只盼快些到西苑，快些把事张罗完。想起她的模样神情，要瞧他又不敢瞧的样子，真甜到骨头缝里去了。一路心神荡漾，好容易到了宫门上，弓腰把她的手搭在自己腕上，迎她下轿进门槛。

风雪眯人眼，头顶打着伞，雪末子还是直往脸上扑。他携起大氅门襟抵挡，那氅衣本来就打了无数的褶子，拉扯开像扇面，可以严严实实地把她护住。她看不清路了没关系，有他牵引着。自觉别人也瞧不真她这里的境况，便挪开在他腕上借力的手，把他的胳膊满满抱进怀里。

这点小动作，说起来太幼稚，可在彼此眼里却有别样的温情和刺激。肖铎抛来一个羞怯的眼神，音楼忍不住发笑。这人什么都好，就是男女相处起来面嫩，简直有点匪夷所思。以前看他威风八面，再打量眼下这模样，真闹不清哪个才是他的本来面目。

胡思乱想间到了太素殿前，西苑一向是皇帝静修的地方，宫妃又不得擅出紫禁城，因此哪怕近在咫尺，她也未曾有幸到过这里。世人眼中的皇家苑囿都应当是金碧辉煌的，可这处却大不相同。白土粉墙，殿顶覆茅草，难得一派洗尽铅华的纯真气象。进门也不消通传，皇帝就在正殿里，因着烧了地笼子火墙，殿里暖气暾暾，他就穿着雪白的云锦长袍，头发松垮垮地束着，据说是效法仙师吕洞宾。听了太宵真人的话要道法合一，光脚走路，脚底在地板上拍得啪啪作响。

两人依规矩上前行礼，皇帝直截了当道："厂臣拟诏，朕要废后。此事不必交由内阁合议，朕说了算。"

音楼和肖铎都有些意外，难道就因为今天皇后打了音阁两巴掌，便要动这么大的干戈吗？肖铎迟疑道："废立皇后是动摇根本的大事，乾坤震荡则天下不安，还请主子三思。"

---

[1] 衮衣和冕。古代帝王的礼服和礼冠。

皇帝这半天被音阁哭得脑子发僵，她越闹他越恨皇后，到最后心头恨出血来，不废干什么？还留着过年吗？

"朕是大邺天子，朕做得天下万民的主，还做不得自己后宫的主？朕能册封她，自然也能废她。"他扬手一挥，"此事不必再议，按朕说的办。起草诏书细数皇后罪状，记着，那是给百姓看的，用不着抠字眼儿，就照老百姓最恨的来。皇帝虽执掌社稷，说到底也是寻常家子过日子，休了个把不成事的混账老婆，算得了什么！"

音楼在一旁听得无关痛痒，谁当皇后和她没什么相干，要是哪天皇帝能像废黜皇后一样撵她出宫，那才是她几辈子的大造化。

他们外头议事，她由宫人指引着进了后殿。龙凤地罩后面的拔步床上躺着音阁，她是细皮嫩肉的脸，挨了两巴掌到现在还隐约有指印。音楼在床沿坐下来，拧着眉头问："姐姐这会子怎么样了？她们下手忒狠，这是把人往死里打吗？！"

音阁却不见难过，倚着引枕道："皮肉伤罢了，养两天就会好的。只是折了这面子，实在气不过。你从外头进来，听见皇上给肖大人下令了吗？"

音楼点头道是："说要废后，看来皇上这回是气大发了。"言罢打量她，看她满脸得意之色，试探道，"有废就有立，我瞧皇上对你是真心实意的，说不定这回咱们步家要出皇后了。"

音阁俨然十拿九稳的样子，音楼心里有些小小的遗憾，看来指望她来顶替端妃的位置是不可能了，人家有更远大的志向。

皇帝和肖铎商议了很久，全因隔了两重门，外间说些什么听不真切。音楼音阁两姐妹感情本来就不好，到一起也没有共同语言，两两相对，气氛淡薄，总热络不起来。

后来见皇帝进来，音楼自觉留着尴尬，便蹲身行礼打算退出去。皇帝负手看她，不知是不是点了口脂的缘故，在灯下有种难得一见的婉媚颜色。皇帝嘴角微沉，顿了顿道："许久没去瞧你了，你好不好？"

音楼依旧恬静笑着："谢万岁爷垂询，奴婢很好。只是多时未见主子，又不得西苑的消息，心里记挂圣躬。"

皇帝嗯了声，复深深再看一眼，收回视线从她面前经过，边走边嘱咐道："往后你姐姐留在西苑，你常来走动走动。毕竟是亲姊妹，做个伴也好。"说完扬长进帷内去了。

音楼道是，对着幔子行了个礼，敛裙退了出来。

外面的雪还没停，她在檐下站了一会儿，宝珠上前接应她，给她扣好鹤氅的纽子。前面太监挑灯引路，她们在后头撑伞跟着。太素殿临水而建，门前有远趣轩和会景草亭，循岸南行还有天鹅房，左顾右盼，有种徜徉山水间的错觉。

大宫门就在前面不远处，从这里能看见门上的锦衣卫。她迈步过垂花门，脚还没落地，一阵天旋地转就被人拖进了暗处。看不清来人的脸，却闻得见那股幽幽的瑞脑香。他拉着她疾行，她也不追问，就这么走着，走到天涯海角去才好呢！

终于到了一处角门上，这里无人把守，也许门禁早被他撤了吧！槛外门墩上牵着一匹高头大马，通体雪白，环上配红缨，鼻子喷着气，天寒地冻里像铜吊烧开水，射出两管笔直的白烟，在灯光下尤其分明。

她有些好奇，这是要带她私奔吗？才要打趣问他，被他托着屁股往上一送，就把她送到马背上去了。

## 第十八章 良宵永

他换好了油绸衣，大约早就有准备了吧！上马拿灰鼠皮披风裹住她，一抖缰绳，那马四足发力狂奔起来。音楼头一回给扔在马背上，被颠得找不着北，又怕掉下去，死死搂住了他的腰，骇然道："黑灯瞎火的，咱们上哪儿去？"

他戴着幕篱，面纱下的脸一团模糊，唯见一张嫣红的唇，在雪地反射的蓝光下慢慢仰了起来。

"如果能一直走，就这样走出北京城，走出大邺，该有多好！"他要控制马缰，分不出手来抱她，只能低头亲她的额角，"冷不冷？坚持一会儿就到了。"

不知道他在打什么算盘，音楼也不多言，把手镶进他的玉带里，可以触摸到他的体温。

走出西海子仿佛逃出了牢笼，暂时脱离那片皇城，心头不急躁，信马由缰也很惬意。他把速度放缓，这样的月令这样的时辰，老百姓都关门闭户了。他们从石板路上经过，没有见到行人，唯见万家灯火。

他就着路旁高悬的灯笼光看她："今儿精心打扮过吗？"

她有点不好意思，嘟囔了句："不是要见你嘛！"

他笑着叹了口气："打扮得这么漂亮，万一叫皇上动了心思怎么办？"

她倒是从没往那上头想,只道:"他如今有音阁,不会瞧上我的。音阁比我漂亮,皇上只爱美人儿。"

他的下颌在她头顶上蹭了蹭:"何必妄自菲薄,在我眼里你比她漂亮多了。人有一颗干净的心,由里到外都透着美。她心肠不好,不管多漂亮都是烂了根的芍药,有种腐朽发霉的味道。"

这人嘴甜,说起情话来也一套一套的。她娇憨地把脸贴在他胸前:"看你把人家说成这样!不过音阁这回的算盘打得有些大了,难不成真的想做皇后吗?"

"那就要看皇上对她的感情有多深了。"他夷然望向四周光景,曼声道,"她毕竟是中秋宴上露过脸,满朝文武谁不知道她的出处?她身份尴尬地位低,一下子做皇后不容易。我料着是不是会效法汉武帝时期的卫皇后,先进宫充宫女,往上报了孕脉晋个妃位,等生了皇子再封后。饭总要一口一口吃,所以她得耐得下性子来。要是撺掇着皇上想一蹴而就,恐怕弄巧成拙。"

她唔了声,遗憾地喃喃:"我本来想把位置让给她的,可惜人家如今瞧不上。"

他听了笑道:"你这脑袋瓜就想出这点主意来?别说她不答应和你换回来,就是答应了,皇上也不会首肯。毕竟是做皇帝的人,孰轻孰重心里有计较。他可以挥霍,可以荒唐,但是绝对不会丢了根基,你当他傻吗?"

她噘嘴不大痛快:"他如今一心向道了,脑子怎么还没糊涂?"

"他只想长生不老做神仙罢了,离傻还有程子路呢!不过仙丹服多了,哪天突然暴毙倒有可能……"他捏捏她的鼻尖,唇角挑得越发高了,"你也是个没出息的,只等人家糊涂了才敢跟人较量吗?"

她是傻,早就傻得出名了。她从没想过要拔尖,情愿窝窝囊囊地活着,即便这样还有人要来坑害她,要是太过精明张狂,不知要给他多添多少麻烦!

"你喜欢我变得厉害些?"她仰着脸问他,"自从跟我有了牵扯,你觉得累吗?"

披风紧紧包住她的身体,只露出一张娟秀的脸。他低头审视她,她的眼神看起来可怜巴巴的,里头隐约夹带着恐惧。大约怕他会厌烦,语气也变得小心翼翼。

他怎么同她细述满腔的爱意呢!只能告诉她:"我不累,你的这点小事同我在政务上遇见的麻烦比起来算得了什么?如果有一天你变得像荣安皇后一样,那才是真正叫人失望的。你听我说,守住你的一亩三分地,不惹事不怕事,做到这样就足够了。如果有谁存心和你过去,你不能像音阁那样硬着头皮顶撞,吃些哑巴亏,回头我来替你出气。"说着笑起来,"关于这点,咱们之前分工合作得天衣无缝,往后也要保持。音阁今天是运道好,遇见的张皇后胆子不及荣安皇后大。要不当真打死了,她名义上只是南苑王的妾,谁还能大张旗鼓地说皇后害死了皇嗣吗?命是捡着了,脸上却挨了两巴掌,何苦受那皮肉苦!"

音楼道:"我也觉得她太莽撞了,皇后留了她一条命,没想到后头弄出这么多的波折来。"别人的事谈起来也没意思,她回首张望,这条道似乎不是通往提督府,冰天雪地的,要带她上哪儿去呢?

"咱们这么走,不怕被西厂的人刺探到吗?万一于尊到皇上跟前回禀怎么办?"

"于尊早就蹦跶不动了,留他到现在就是要他筹钱。现如今差事办完了,他也没有再存在下去的必要了。明儿一早皇上祭天我就打发人去收拾他,下了诏狱剥皮抽筋砍手脚,全看我的意思。"说到此怕吓着她,忙换了个话题道,"你不是问上哪儿去吗,我带你去西四牌楼,那里有间屋子,是当初拿肖铎的净身银子和月俸买下的。后来死的死,进宫的进宫,那地方就一直空关着。上个月我想起来叫人去收拾了下,其实对我来说,锦绣繁华都看遍了,提督府再气派,不过是个落脚点,不是真正的家。"

马蹄嗒嗒进了一条小胡同,胡同曲里拐弯,有个形象的名字叫羊肠胡同。到了一家小四合院前停下来,他抱她下马,她站在门前看,的确是个穷地方,窄窄的门脸儿,墙上嵌了小碑,豪气万丈地写着"泰山石敢当"。

他推门让她进去,自己把马牵进了院子。

院子也是个小院,人多点儿可能腾挪不过来。他看她愣愣的,笑道:"这还是重新布置过的,换了屋顶粉刷了墙面。原来是个土坯,不小心一蹭就一身泥。"说着拉了她的手往正屋里去,屋里点着油灯烧着炭盆,打起门帘,一股暖意扑面而来,"我早早让底下人来布置了,否则进门再一样样张罗,非得冻死不可。"一头说一头替她搓手,让她到炕上坐下,自己去拎吊子斟茶让她暖身。

没有下人伺候,只有他们两个人,他忙里忙外的,撇开那身锦衣华服,看着真像个居家过日子的男人。音楼捧着茶盏抿嘴笑,多难得啊,遇上这么好的机缘。他们在豪庭广厦里住着不得亲近,到了这茅屋陋室,似乎心都贴在一块儿了。

南墙下还堆着木头疙瘩,他拿簸箕进来舀,驾轻就熟地颠了两下,搬起来就往外去。音楼哎了声道:"这么晚了,不是要做饭吧?"

他腼腆笑道:"我往炉膛里加点柴,烧水好擦身子。炕里不续柴,后半夜越睡越凉……今儿咱们不走了,在这里过夜。"

音楼讶然,脸上热烘烘地烧起来,烧得两只耳朵滚烫。心说怪道把她劫到这里来呢!嘴上说得好听,什么家不家的,原来是存着这份心思!再看他,他自己也不好意思,扭头便出去了。

听见墙外打水的动静,音楼端正坐着,心里跳得厉害。他说要在这里过夜,那就是不回宫了,不会出什么岔子吧!再想想他是个靠得住的人,既然敢这样安排就能保证万无一失。今晚可以踏踏实实在一起,不用那么匆忙了,一个枕头上睡着,咕咕哝哝地说私房话,光是设想就能咂出蜜来。音楼捂住了脸,越琢磨越害臊,有了这一晚,她的人生也算齐全了。这么好的人儿,这么美满的夜,是老天爷对她开了恩。

他进来,在靠墙的帽椅里坐下来,有点扭捏,却还要故作大方:"两头门禁都下了钥,各宫都不往来了,没人会知道。就算上头问,我也能改记档,所以不要紧,你别忧心。"

音楼嗯了声:"我不忧心。"看他的手在膝襕上抓了放、放了抓,便道,"你很紧张吗?"

他愕然抬起头来,颊上飘红,脸色却很正派:"这话不是该我来问你吗?我一个男人家,有什么可紧张的!"

音楼点了点头暗自好笑,转而问他:"你在殿里和皇上聊了那么久,都说些什么?"

提起这个他就拧了眉头:"听皇上的话头儿,是要把长公主指给宇文良时。我知道他这么做的用意,弄大了人家小妾的肚子,就拿自己的妹子顶缸。"他冷笑着一哼,"这样的皇帝,早晚要亡国的。亏他有这个脸,长公主什么身份?那个步音阁又是什么身份?他倒好,长短一概不论,自己的亲妹子,说填窟窿就填窟窿,我一个外人听了都寒心。"

音楼知道帝姬喜欢宇文良时,可因爱而嫁是一宗,被人像货物一样交换又是一宗,两者怎能混淆?她长吁短叹:"看来婚是要指的了,宇文良时的算盘不就是这么打的吗?!回头别和长公主说实话,就说皇上听说了他们的事儿有意玉成,也叫她心里好受点儿。"

他说知道:"我只是伤嗟,连长公主都要许人家了,不管好赖总是段姻缘。咱们这样的呢?几时才能守得云开?"

音楼也很难过,他们身处这种位置,两头都有不得已。要一桩一桩地解决,可能真要熬到白头了。

他离了座儿朝她走过来，身上熏香遇着热，越发氤氲成灾。弯下腰，脸上带着笑，语气却很正经，两手扶住她的肩，轻声道："音楼，咱们成亲吧！即便只是个仪式，也让我娶你。能和你拜天地，是我这几个月来的梦想。"

音楼眼里蓄满了泪，她以为自己可以遏制，然而沉重的分量打在手背上，才发现自己已经哭得难以自持。

他就在她面前，离得那么近，说要娶她。不管是不是临时起意，他想和她拜天地，自己当然一千一万个愿意。她探出手搂住他的脖子："好，我嫁给你。"

明明是欢喜的事，却哭得这么伤感。肖铎给她拭泪，叹息道："可惜了没有红烛，也没有嫁衣。等下次补办，我一定把最好的都给你。"

只要有这份心意，那些琐碎的俗礼都算不上什么。音楼说："没有红烛咱们有油灯，没有美酒咱们有清茶，只要能和你结成夫妻，那些东西我都不在乎。"

早该这么做了，太后赐婚前就该和她拜堂安抚她的心，延挨了那么久，所幸她没有怨恨他，还在痴痴等着他。肖铎满怀感激，回身看，他的大红鹤氅搭在椅背上，扬手一撕，撕下方方正正的一块，那就是她的盖头。他替她覆上去，遮住了如花的容颜。

她看不见他，他忍了许久的泪才敢落下来。定了心神拉住她的手："我没有高堂可拜，咱们对着天地就算通禀过爹娘了，好不好？"

她用力回握住他："你领我到院子里，咱们要叫老天爷看见，请他给咱们作见证。"

他说好，挑了帘子引她出门，这白茫茫的天地间一切都是虚无的，只有她的盖头红得耀眼。他们跪在院子里对天叩拜，没有人观礼，也没有人唱喜歌，但是紧紧握住彼此的手，坚信有了今天，这辈子就不会再分开了。

雪下得渐大，打在脸上很快消融，心里热腾腾的，并不觉得冷。过了礼牵她进门，扶她到炕上，匀了两口气才去揭她的盖头。她眼睫低垂，匆匆看他一眼，又羞报地调开视线。他一味地笑，笑得像个傻子。兴高采烈地去倒了两盏茶来代替交杯酒，杯沿一碰，手臂勾缠，再寻常不过的茶水也喝得有滋有味。

新人坐炕沿，接下来该干什么来着？新郎官瞟了新娘子好几回，慢慢挨过去，终于抬手去解她领上的金纽子。

只不过一向灵巧的督主这回有点呆滞，他不知她的金扣上有机簧，歪着脖子倒腾了很久也没能拆开。

音楼本来很羞怯，自己不动手显得矜持，姑娘家脸皮薄点总没有错。她满以为交给他就行的，谁知道他忙了半天都是无用功。她转过眼看他，威风八面的督主急得满头汗，那白生生的脸被汗水浸透了，像块秀色可餐的嫩豆腐。

她抬手给他擦擦，有意调侃他："瞧瞧这一脑门子汗哟！到底是热的还是急的？"

他幽怨地看她一眼："你说呢？下回把这副扣儿换了，什么做工，解起来这么费劲！"

"自己笨，还怨人家工匠手艺不好，蛮不讲理吗？！"她笑着把一片花瓣往下一压，接口顺顺当当就断开了，"瞧好了吗？单是嵌进去的容易松动，这么卡住了随意动弹不担心领口豁开。"

他心里还嘀咕，好好的良辰美景，被这么个领搭儿破坏了。管它如何巧夺天工，横竖就是碍眼。于是也不接她的话，继续埋头解底下的葡萄扣。

音楼看着他的脸，凑得近，想起一路走来的艰辛，心在腔子里痉挛。她抚抚他眼角的泪痣，细细的一点，别有风致。靠过去在那个位置亲了亲："郎艳独绝，世无其二。"

他听了很高兴，眨着眼睛问她："真的吗？"

她和他相视而笑："我还小的时候我娘请人给我算命，那个瞎子说我将来嫁得很好，有个绝色无双的乘龙快婿。我娘嘴坏，常取笑我像个泥菩萨，谁配了我谁倒霉，得天天给我洗脸洗衣裳。"

"你娘说着了。"这真是醍醐灌顶，他回身找盆儿，往外一比，"我去打水，伺候你洗漱。"

新女婿忙着表现，衣裳解了一半跑了，音楼觉得好笑，索性把褙子脱下来搭在椅背上。炕头有个黑漆螺钿柜，她扭身开门，拖出一床秋香色五蝠团花炕褥，归置好了他恰巧进来，端着盆，盆里热气缭绕，这么个精致人儿干粗活，看上去还是有点傻。可是傻归傻，音楼看着却心满意足。以小见大，一个过分骄傲的人心甘情愿给你做碎催[1]，那就说明他是真的很在乎你。

她像个大爷，笑吟吟坐着，并不搭手。他绞了帕子来替她擦脸，轻手轻脚地把

---

1 指跑腿，跟班。

她唇上的胭脂卸了，趁机上来吮一口，像中途讨了打赏，欢喜得眉开眼笑。音楼闭上眼任他忙，他解了她的中衣和主腰，手巾从脸上移到了胸口，热乎乎擦一擦，擦完清凉一片，然后低头相就。

这节骨眼儿，火星子溅到了柴火堆似的，轰然一声就着了。他反手把帕子扔了，准确无误地砸进木盆，水漾得满地都是也顾不上，如狼似虎地把她压进了被褥里。

今天是他们的洞房花烛夜，虽然不是头一回，但是心境不一样。音楼眼梢含春，他撑着身子在她上方，她受不得怀里空虚，勾手把他拉下来，密密和他贴合在一起。

"我觉得有点对不住彤云。"她含着他的耳垂模糊地咕哝，"她是你明面上的夫人。"

"傻话。"他的手在她身上揣捏，微喘道，"我的夫人究竟是谁，你不知道吗？虽说迎她过了门，没有婚书没有拜堂，她自己心里都明白。如果有一天咱们能离开这里，我会给她钱，保她一世吃穿不愁也就是了。"

只有在他们脱身的时候才能放她自由，如果局破不了，那么这个围城就一直存在，谁也不能提前离开。虽然对彤云残忍，却也是没有办法的事。一个人脱离了掌握，再要让她唯命是从就不容易了。

可是眼下这种情况，拿个不相干的外人做话题，显然不合时宜。他俯身亲她，香糯的吃口，果真是个好宝贝。真难得，头回在含清斋，叫她吃了大苦头。二回在佛堂里，帷幔后头续恩情，连个借力的地方都没有。还是这回好，不怕有人中途打搅，有炕有褥子，天时地利得无与伦比。

他吻她，把那根丁香小舌勾出来细细咂弄，屋里灯火朦胧，她的眼神也是迷茫的。他捧住她的脸："音楼，咱们终于成亲了。"

她笑起来，嗯了一声，眼泪从眼角滚滚流进鬓发里："我真高兴，以后就算不能常相见，我知道自己是你的妻，你在宫墙那头等着我，我就觉得有力气，一定能够撑下去。"

他闭了闭眼："咱们的事，只有等到改朝换代了，否则谁都逃不出去。我不知道还要多久，大邺中枢虽然是个老朽的躯壳，但是周边还有藩王，宇文良时起兵也需要时间。"

她说："我不急，你自己要小心，一步步稳扎稳打，千万不要急进。我在宫里好好的，有吃有喝颐养得不错，你派来的宝珠也能接彤云的班了，我没什么后顾之忧。只是你……我虽然不说出口，其实最担心的就是你。你和皇帝打交道，和那些朝臣藩王打交道，他们对你虽有这样那样的忌惮，可他们都恨你。"

"我知道，我自己会多加小心。"他的手探到她温热的小腹，不无遗憾道，"我在宫里看着那些皇子满世界撒欢，其实挺不待见。别人的孩子怎么那么烦人呢！咱们自己的肯定不一样，可惜了……"

可惜不能怀上，就算怀了也不能生。音楼明白他的遗憾，自己也是同样的心。皇帝后来没有翻过牌子，冷不丁怀了孕，那就是泼天的人祸。她摇了他一下，宽慰道："不要紧的，总能等到那一天。到时候咱们生好多，有男有女，房前屋后全是孩子，吃饭八仙桌坐不下，咱们得打个大台面。"

两个人贴嘴笑着，牙撞着牙，设想一下已经异常满足。

笑够了，音楼才发现自己早就被他剥光了，他倒好，还穿得严严实实的。她不依了，把他推倒，自己翻身起来扒他衣裳。他觑着两眼，满脸的馋样，音楼知道他的视线在她胸脯上打转，有点不好意思，一手掩着，一手去解他的衣带。他来扳她的手，嬉笑道："别挡着，我爱看的。"

"色坯！"她捶了他一下，横竖被他摸够了，再看看也没什么。

她手上动作，不经意间一个捧夹，看得他目瞪口呆："养得果真好……"

音楼回过神来捂住了脸，扭捏道："不许说！"

她真是个傻子，不知道在男人眼里自己这是得天独厚。肖铎温声安抚她："别人求都求不来，你怎么能不知足呢！暴殄天物要遭天打雷劈的，这么漂亮，长在你身上，你要好好待它。"

她从指头缝里看他："爷们儿喜欢吗？"

他点点头："反正我很喜欢。"

只要他喜欢就好了，音楼觉得很欣慰，他靠过来，把脸埋在她怀里，她坏心眼儿地压住他的后脑勺，险些把他给捂死。

光溜溜地躺在一起，钻进被窝，被窝里很暖和，他覆在她身上，专心致志地吻她，从锁骨一直往下。她那么美，起先还有些放不开，后来大约也适意了，渐渐像朵花儿，花瓣一片接着一片地绽放，叫他这乡巴佬目眩神迷。

他的嘴唇所到之处都能引发一场大火，音楼浑身燥热，只是表达不出来。她倒吸一口凉气，连脚指头都蜷缩起来。挣扎着去推他，他分明坚定不移，她化成了一汪水，他爱怎么摆布都由得他吧！被别人不小心碰了一下都要做脸子的人，如今这样侍候她，她知道他在以他全部的方法爱她，这便足够了。

他把她抛到半空中，上不接天下不接地。她攥紧了被褥不知所措，他的手指挪过来按住，自己攀身寻她的嘴唇，把她难堪的尖叫堵在了口腔里。

音楼浑身打摆子，眼里含着泪："这是什么？"

他含蓄一笑："这是真正的快活。"

她想起上回在乌衣巷里装样儿，羞得两颊通红。心满意足了，自己也想回报他，便按他躺下，学着他的套路，把他撩得频频抽气。

他这些年养尊处优，身子保养得很好。她的嘴唇滑过玉做的平原，一个错眼往上瞧，见肖铎满面桃色，咬着唇，忍得辛苦难当。

她停下来，咧嘴想揶揄他几句，还没开口就被他搬到了身上。

他通身都舒畅了，闭着眼，静静躺着。上面的人有点慌张，两手撑着他的胸口呆若木鸡。他终于睁开眼瞧她，无可奈何地扶住她的胯，手把手地教她。师傅领进门，修行靠个人。音楼不算笨，试了试，妙趣留给她自己发掘。可惜体力不好，没多久就败下阵来，懒洋洋地趴在他身上不肯动弹了。

肖铎心里急，女人靠不住，紧要关头还是得靠自己。他翻身把她压在底下，她幽幽瞥他，媚眼如丝。他心头火烧得旺，练家子，身手和耐力都了得。也不知是怎样一片昏天黑地的交战，她咬着唇隐忍，他急切地吻她："快活就叫出来。"

她呜呜咽咽地迸出声，伸出两手来，仿佛溺水的人寻找浮木。他重新低下身子让她能够搂住他，只是越来越急，浪头也越翻越高，突然到了失控的边缘，迷乱、激烈、浑身颤抖，如大潮袭来，禁不住吟哦长叹。

街口传来梆子声，一路咚咚敲击过去，灯油耗尽了，灯芯上的火头渐次微末，粲然一跳便熄灭了。

黑暗里听得见彼此的喘息，隔了好一会儿音楼才问："什么时辰了？"

他说："三更了。"

在一起的时光总嫌短暂，离天亮还有三个时辰，好在冬至休沐，他也不必赶在五更见那群阁老。她侧过身去，摸索着抚抚他的额头："累吗？"

他的手却贴在她胸上："不累，还可以再战。"

"疯了！"她哧哧笑道，"仔细身子，这么浑来还得了？"

他探过去,让她枕在自己的胳膊上。一手与她十指交扣,喃喃道:"如果天一直不亮就好了……这一夜是偷来的,下次不知道要隔多久。"

有些事上女人比男人更果敢,音楼知道自己不能抱怨,他已经够难的了,不要再增加他的负担。他说和她拜堂是他长久以来的梦想,对她来说何尝不是?这样如珠如玉的人,往后就是她的了,光是这点就够她消受的。他们还在一座城池里,总有不期而遇的时候,实在想他,就找个借口传召他。皇帝在西海子悟道,荣安皇后又死了,宫里没别人知道他们的长短,偶尔见一次总不打紧。

他语气哀怨,音楼在他背上拍了拍道:"咱们有一辈子,不急在这一时半会儿。如果宇文良时手脚够快,咱们就早一些团聚;要是他有生之年不能攻进紫禁城,那咱们就再找出路,没准儿遇见个契机就全身而退了。老天爷既然让咱们在一起,能有今天这份福气,一定不忍心瞧着咱们两处煎熬。所以你要有平常心,不要强求,顺势而为才是上策。"

她是在安他的心,难为她这么体人意儿,他摘下筒戒塞到她手里:"我连聘礼都没有就把你娶进门了,真对不住你。这个你留着,是我给你的信物。好好保存,想我的时候拿出来瞧瞧,就像我在你身边一样。"

她道好,紧紧攥在手心里:"我会小心保管,绝不落别人的眼。"

"好姑娘……"他嗡哝着,把她的一条腿捞起来盘在自己腰上。

音楼怔了怔,他挪过来,火热的身躯跃跃欲试。她会心笑了:"臭德行!"用力抱住了他。

这一夜真纵得没了边儿,肖铎那份黏缠的劲儿实在了得,他是个想到就要做到的人,只不过在外面吃五喝六,到了她这里换了手段,也不言语,就是黏人。音楼嘴里嫌他闹,却被闹得甘之如饴。迷迷糊糊间天色转亮了,头靠着头眯瞪了一小会儿,起来的时候眼下泛着青影,两人相视,笑得都有点尴尬。

音楼是个好媳妇,起得略早些,备好了青盐洗脸水,又伺候男人穿衣束带。临要走的时候拔了一支玉簪递给他,见物如见人,嘴里不说什么,各有一番苦闷的滋味在心头。

悄悄回到紫禁城,踏进贞顺门便有一种重回牢笼的郁塞,昨晚像个梦,梦醒了,还得按部就班地生活。

今天是冬至,皇太后率后妃们祭奠祖先。奉先殿里香火鼎盛,大家拈香追思,磕头化纸，按序走完一轮，便回皇太后宫中开宴。

冬至吃饺子宴，大桌中间摆个铜炉涮锅子。音楼和帝姬凑在一块儿看棋谱，正窃窃议论，见肖铎率司礼监的人进来，冲皇太后行一礼："老佛爷安康。"

皇太后看他手里托着明黄的卷轴，知道有旨要宣，问："是给谁的示下？"

音楼心里早料到了，转头看皇后，皇后必定是没有察觉，神情闲适，把怀里的大白猫抛了，领众人起身候旨。

肖铎略顿了下道："昨儿臣奉皇上口谕进西海子听令，万岁爷命臣起草诏书……是给皇后娘娘的。"

这倒奇了，皇太后有些惊讶，帝后是夫妻，有事只需私底下传话，这么大鸣大放地下旨，该不会要出事吧！然而旨意已经来了，似乎也无从计较，遂不多言，摆了摆手，示意肖铎颁诏。

偌大的正殿里鸦雀无声，只有他的声音，不紧不慢地念道："皇后之尊，明配朕躬，海内小君，母仪天下。然皇后与朕结发十载，怀执怨怼、宫闱参商[1]。张氏礼度率略，对上无克恭之心，对下无人母之恩，不足仰承宗庙之重。今废其后位，归于微贱，迁居侧宫，悔过静思，钦此。"

一位正统的皇后，说废就废了，这对满屋的妃嫔都是不小的震动。皇后不明白怎么会毫无预兆地把她贬为庶人，她是授了金册金印的正宫娘娘，历朝贬黜皇后，至少要先和朝臣商议吧！这皇帝是吃了迷魂汤，难道原因只在于她昨天打了步音阁两下吗？十来年的夫妻恩情，还不如三个月的暗度陈仓。皇后掩面号啕，爬过去抱住皇太后的腿摇撼："母后为我做主，为我做主啊……"

太后被这道旨意震得回不过神来，又气又恨地斥问肖铎："这是怎么回事？宫闱不修，国之大忌！皇后是一国之母，怎么闹得寻常家子似的？"

肖铎一副无可奈何的模样，哈腰道："臣昨儿也是这么劝谏皇上的，可是主子心意已决，臣也爱莫能助。"转而看了废后一眼，"娘娘节哀吧，木已成舟，除非皇上突然改变心意，否则此事再难转圜。皇上念在往日情义，并未让娘娘进掖庭。臣已经命人收拾了英华殿，娘娘过去后缺什么短什么，打发人告诉臣一声就是。臣能做得主的，一定尽力相帮。"说完挥手命人上来搀扶，在那困兽一样的号嚎声中把人带出了慈宁宫。

---

[1] 指帝后关系不和睦，无法一起生活。宫闱，后妃居住的卧室。

好好的冬至就这么给搅和了，太后怔愣了许久看向众人："有谁知道里头情由？突发奇想要休妻，好歹也有个说头。"

贵妃昨天和皇后同行，暗自忖度当时自己要是参与进去，今天不知是个什么下场？思及此，吓出一身冷汗来。斜眼看音楼，她姐姐如今要升发了，她这个妹子水涨船高，等闲招惹不起。但是皇太后这里的内情必须要告知，便暂且按捺住了，只等人散后再来慈宁宫一趟，替皇后叫个屈，顺便提醒太后防着步音阁那个贱人充后宫上位。

出了这么大的事，再没有吃喝的兴致了，皇太后见无人应答沉默下来，边上嬷嬷上前相扶，太后长叹一声进了偏殿再没出来。殿里妃嫔们面面相觑只得散了，音楼到檐下等宝珠打伞，来往的人经过她身边侧目不已，即便有不看她的，也以足让她听得见的声调念秧儿[1]："家要坏，出妖怪。明儿上观里求个平安符，趋吉避凶吧！"

她木然站着，心里觉得有点委屈。这里头有她什么事呢，一个个甩脸子给她瞧。

帝姬叫人伺候着披好了大红牡丹团花披风，往外看雪景，淡声道："别理那些人，但凡她们有点能耐，何至于笼络不住君心？"

音楼想想也是，横竖自己本来名声就不好，这些人一向看不上她，眼下借着音阁的事儿冷嘲热讽几句，也在情理之中。

皇后虽废了，音阁要立马进驻坤宁宫也不大可能，最起码先把她的尴尬身份解决了。要让她脱离宇文氏，首先得把南苑王安抚好，这里头得一桩一件来，也需要时间。音楼在哕鸾宫没别的事可做，无非绣花养狗，再不然就找人博弈。她这人钻进一件事里容易沉溺，到最后宫里的人都怕她，她棋艺不精还爱死缠烂打，连合德帝姬都吓得好几天不敢露面。

离过年越来越近，音楼的生活照样单调乏味。雪景看多了没意思，她又不承帝幸，连梳妆都倦怠了。屋里烧地炕，她趿着软鞋穿着罩衣，孤魂野鬼似的游荡，乏了倒在榻上打盹儿，就这么也能打发一天。

腊月初八那天帝姬终于来了，音楼挽着袖子在殿里熬腊八粥，见她进门忙招呼宝珠添碗筷，亲自盛了一碗递过去："我加了桂花糖，味道不赖，你尝尝。"

---

[1] 北京方言，意为没话找话，委婉表达自己的意愿、请求。

帝姬脸色不豫，捧着碗只管发愣。音楼偷眼瞥她，挨过去问她："遇着什么事了？"

她把碗搁下，拧着眉头道："我今儿得了赐婚的旨意，皇上把我指给南苑王了。"

音楼闻言勉强一笑："那你的意思呢？是不愿意吗？"

她低头盘弄宫绦，轻声道："也不是不愿意，我自己心里明白，皇上是拿我赎罪呢！我觉得挺不是滋味儿，原本指婚是件喜事，可为什么偏在这个节骨眼儿上？说他不是把我当谢礼，我自己都不相信。他和我是一个娘生的亲兄妹，我以为他不管怎么荒唐，总归是疼我的，谁知道……"

毕竟都不是傻子，那天音阁来，又哭又笑地说自己怀了身子，现在宇文良时一进京，眼看遮不住了就指婚，帝姬这样的聪明人，能不明白其中奥义吗？音楼拉住她的手拍了拍："皇上一意孤行，现在谁都劝不住他。你别想那么多，要是喜欢，就高高兴兴筹备起来，毕竟过日子的是你们俩；要是不愿意，那就去面见皇上，明明白白把自己的想法告诉他，看能不能让他改主意。你瞧我见识也浅，家国大事不在我眼里，就想知道你爱不爱南苑王。"

帝姬脸上发红，扭捏了下才道："昨儿我偷着出宫了。"

音楼讶然问："是厂臣放你出去的？"

她说："不是，我假扮小太监，跟着造办处的人出去的。"

音楼自然明白，要不是肖铎暗中授意，她要想出紫禁城恐怕也不易。一个情窦初开的姑娘，胸口揣着一颗火热的心，记挂着一个人，刀山火海也拦不住她。音楼仔细辨她神色："出宫去见他吗？"

帝姬点了点头："上回在潭柘寺就约好的，初七在城里见面。宫里守卫森严，他要进来很难，那就只有我出去。他早早儿就在西华门外的歪脖树下等我了，天儿又冷，他那么老实，不知道找个避风的地方待着，在西北风里站了两个多时辰。你晓得的，他是南方人，受不得冻。我看见他的时候他脸色都是青的，我心里……真是……"

女孩子就是容易感动，心爱的男人都为你这样了，换作她也会心疼难受。音楼看清了，帝姬这回是认准了要跟他的，就是碍着她哥子这么安排，自己和自己较劲。

她叹了口气："既然到了这步，硬着头皮也得走下去。我瞧得出你并不讨厌他，这样也好，嫁过去不至于太委屈。旨意上说什么时候完婚了吗？还得建公主府，少说也要花上一年半载的。"

她说:"皇上的意思是正月里就办了,京里有处花园闲置,重新修葺了赏我。这就是个表面文章,反正我是要跟着去南京的。拖上一年,音阁肚子里的孩子都落地了,我这头没什么,她那头等得及吗?"

这也是个事儿,音楼唉声叹气:"你不留京,一出门子就瞧不见了。南京那么远,再见不知道要到什么时候。彤云走了,你也走了,我往后一个人在这紫禁城里,连个贴心的人都没有。"

帝姬握住她的手:"没法子,天下没有不散的宴席。真到了曲终人散的时候,大概就是佛语里说的缘尽了。"

音楼扭过身子来搂她,轻轻在她背上拍了拍:"嫁就嫁吧,姑娘没有不许人家的。只一点,过去了要好好的,男人肚子里的乾坤和咱们没关系,女人出嫁从夫,日后相夫教子,外头的事一概不管就成了。"

帝姬把下巴搁在她肩头上,紧紧抱住她:"我在宫里没有谈得拢的朋友,只有你。"

待嫁的姑娘心里忐忑,和娘家人念叨念叨,泪水涟涟。音楼替她擦眼泪,才要安慰她,突然听见门外太监吊着嗓子叫起来:"万岁爷驾到,端妃娘娘接驾啦!"

音楼吓了一跳,自己这身落拓穿着来不及打扮,急得抓耳挠腮。眼见着皇帝从中路上过来,没办法了,只得慌里慌张到殿外跪迎。

"奴婢失仪,请皇上治罪。"嵌金丝行龙皂靴踏进她的视线,她叩拜下去,心里惶惑不已,皇帝圣躬亲临,不知所为来。

皇帝伸手牵她,语气颇为寻常:"返璞归真最好,朕在太素殿也是这样,花团锦簇的朕瞧得多了,没什么稀奇。"他脸上是松散的笑意,多情的人,看谁目光都是专注的。

"皇上宽宏,更叫我没脸了。"音楼难堪地欠身,往殿内比了比,"外头天寒地冻,主子里头请。"

皇帝提袍上了台阶,转过头看帝姬,似乎有些迟疑:"小妹妹也在呢?"

帝姬应个是:"我才过来瞧端妃娘娘,和皇上是前后脚。"

皇帝颔首:"给你的旨意,你都知道了?"

帝姬脸上无甚喜怒,淡淡道:"厂臣宣过旨,我都晓得了。只是有些突然,还没来得及谢主隆恩。"

皇帝心里有愧,自己一母的同胞,临了被他拿来换人,自己很觉过意不去。这个妹子他知道，外表看着柔弱，内里却是个刚强的性子。有时候说话一针见血，他甚至有点怕她。唯恐她生气要埋怨，不怎么敢正视她，讨好式地凑趣儿道："这趟下降，红妆十里必不可少。你是大邺唯一的长公主，原就该仪同亲王。南下路远，朕赐你御辇代步，算朕对你的优恤。至于护送的船只，披红挂彩不得少于百艘……还有什么要求你只管提，朕能办到的必然全力满足你。"

帝姬望着这哥子，满肚子的话，却不知从何说起，只道："臣妹别无他求，唯愿吾皇勤政爱民，我就是到了天涯海角，心里都感到宽慰。"

她到底不快活，说完便蹲安去了。皇帝负手看着她纤瘦的背影，一时心绪翻涌，难以自持。

"朕是不是做错了？"他回过身来看音楼，语调有些凄惶，"婉婉同你说了什么？她怨不怨朕？"

音楼没想到皇帝到她这里的开场白是这个，权衡了下才道："长公主年轻，还没做好准备，说嫁就嫁，似乎有些不适应。倒没有怨皇上的意思，不过说起至亲骨肉，情难割舍罢了，皇上千万别多心。"一面说一面往偏殿里引，请他坐下，外间送了御用的茶点来，她双手托着，恭恭敬敬呈献上去，"今儿主子得闲出来走走吗？怎么有好兴致到我这儿来？您瞧我这模样忒不像话，请主子稍待，我进去换了衣裳再来伺候主子。"

他调过视线来看她，沉香色素面通袖袍，头上松松绾个堕马髻，不施脂粉，这颜色还是他初见她时候的况味，一点都没变。他摇摇头，向她伸出手来："到朕这儿坐，朕有话想对你说。"

音楼心里慌，不知他到底打什么算盘，强作镇定挨着他坐下，他熏龙涎香，入骨的味道，不是她喜欢的。她定了神打岔："音阁眼下颐养在西苑，我前儿去瞧她，她害喜，肠子都快吐出来了。我料她喜欢吃酸的，酸儿辣女嘛！光吐不吃东西不成，肚子里的龙种受不住。我有今年新腌的梅子，回头打发人送过去，叫她开开胃。"

皇帝却突兀地问她："音楼，你一点都不生气吗？朕接你回宫不到两个月就移情别恋，你一点都不嫉妒？"

他的神来一笔令她大大一震，她看着他的脸，猜不透他的所思所想："万岁爷怎么会这么问？奴婢是后宫的人，不妒不恨是首要。主子是千古明君，圣裁自有道理，岂是我这样的妇道人家能勘破的？"

他低头哂笑，唇角绽开讥诮的花："这话朕爱听，但朕不是无所不能。譬如朕真心喜欢的女人，从来没有把朕放在眼里。朕就像个傻子，所有的感情只能寄托在另一个人身上，这种痛苦，你能体会吗？"

音楼只觉一串寒栗在背上蠕蠕爬行，爬到脊梁顶端，恨不得痛快地打个冷战。

皇帝炼丹炼魔怔了，似乎有点神神道道的。这话暗示太明显，她不敢接口。怕他是在试探，又要使心眼子算计肖铎。她不懂得周旋，只会一味地摇头："皇上有皇上的裁度，奴婢不敢妄揣圣意。"

皇帝抿起唇，沉默半晌又换了个轻松的神情："音阁若要晋位，你看什么位分比较好？"

音楼还是不明白他的用意，含糊应道："皇上喜欢给她什么位分就是什么位分，问我，我也不懂那些。"

皇帝定眼看她，嗟叹了句："真是个无趣的人啊！她是你姐姐，她的荣辱和你休戚相关，你毫不在意吗？"

音楼心道自己和音阁不对付，她若是爬得高，对自己未必有利。不过反过来想，音阁若是登了高枝儿，瞧不上她，排挤她，打压她，甚至撵她，反倒能帮上她的忙。虽然过程可能会吃些苦头，但那些都不重要，她能挺得住。只要能和肖铎在一起，就算受点窝囊气她也认了。

"皇上恕奴婢妄言，前阵子您废了张皇后，宫里人纷纷猜测，是不是您要扶持音阁接掌中宫……"她怯怯看他，"主子，您要立音阁做皇后吗？"

他的手不知什么时候环在了她的肩头，她浑身僵直又不能反抗，只得咬牙忍住了。

"立后……"他的目光显得空旷，"也许吧！她后来居上，你心里不委屈？"

她有什么好委屈的？空占着端妃的名头好吃好喝到今天，已经是赚大了，谁做皇后和她没多大关系。她摇头："我们姊妹一体，她做皇后我替她高兴。皇上宠爱她，这世上千金易得，最难得的是两情相悦。音阁旁的都好，就是脾气急躁些，如果将来耍小性儿，请皇上一定包涵她。"

皇帝听了微笑，咂出了点拆墙脚的味道。其实她还是在乎的，就算跟肖铎有点牵绊，毕竟一个太监能给她的有限。她是他的妃子，正正经经是他的女人。不管心怎么野，等看透了，想通了，仍旧属于他。

"朕的端妃果然温惠宅心。"他抬手抚上她一头黑鸦鸦的发，"你是瞧见张后的下场,担心音阁伴君如伴虎吗?"

音楼觉得皇帝误会了,她不过是预先给音阁说好话,将来音阁要发落自己的时候皇帝能宽宠些,放任她去办,自己也好尽早脱离出去。小算盘只在肚子里打,嘴上却说得很动情:"倒不是,皇上对音阁的心思我都瞧着的,咱们姊妹兜兜转转先后遇见了皇上,是咱们步家祖坟上长蒿子了。关于张皇后被废,里头的缘故我不太清楚,也不好随意揣测。我早前听过一句诗:君明犹不察,妒极是情深。她做不得自己的主,或许是因为她太得看重。于皇上来说,冰冻三尺非一日之寒,忍无可忍才会狠下心处置她,必定不是一时兴起。"

皇帝的神情有些凝重:"当初要是有你这句话,也许张氏就不会被废了。"他长长一叹,看见桌上供的红泥小火炉,细嗅了嗅,空气里有甜甜的香味,便起身过去看。砂锅里的八宝粥咕咕翻滚,他回过头笑道,"你自己熬粥过腊八?御膳房不是挨着给各宫送过节的吃食吗,你这里没有?"

她说:"宫里的山珍海味尽着吃,那些东西固然不缺,可不及自己动手有意思。以前我爱在里头找莲子,一锅不过点缀三五颗,未必轮得着我。现在我自己做,熬煮的时候我满满撒了两把,爱怎么吃就怎么吃……"她大谈吃经的时候皇帝都是含笑看着她,目光温柔,简直掐得出水来。音楼吓得住了嘴,"皇上要来一碗吗?"

他缓缓摇头,来时音阁服侍他用过了,这会儿空有心力也装不下。吃虽不吃,但不妨碍他凑凑热闹。他捏着木勺柄饶有兴致地搅和,也没看她,只道:"朕今儿来是有事想同你商量。"

谈正事的好,不再阴阳怪气的,怎么都好说。她上前哈了哈腰:"主子别说商量,有事只管吩咐奴婢。"

皇帝稍顿了下道:"不瞒你,朕的确有心立音阁为后,但她身份尴尬,要想成事恐非一朝一夕。朕是想,孩子落了地,名不正言不顺,少不得惹人非议。你是朕钦封的端妃,又是孩子的姨母,若这胎是个皇子,就送到你宫里来,由你代为抚养,对孩子的将来也有益处。朕这么安排,不是站在一个皇帝的立场,而是以丈夫的身份同你商议。你答应就照着朕的意思办,若是为难,朕也绝不强迫你。"

以丈夫的身份?哪有皇帝对妃嫔自称丈夫的!音楼想起她丧母后,父亲把她送到大太太房里时候的情景,音阁的母亲对她简直深恶痛绝。大概所有女人都不喜欢丈夫带着别人的孩子搞郑重托付那一套吧!至少有真感情的肯定不能接受。设想眼前人换成肖铎,她会是怎么样一副光景?一定变成个泼妇,跳起来拔光他的头发。

但皇帝毕竟不是她的良人,对待衣食父母,好态度还是必须的。

"皇上深思熟虑,我没旁的想头,只要是主子的吩咐,没有不尽心照办的。"她说着,又有点犹豫,"可我没养过孩子,不知道怎么料理。"

"那不碍的,横竖每位皇子都配有十几个保姆和奶妈子,开蒙前养在你宫里罢了,并不需要你亲自动手。"皇帝说着,执起她的手道,"你能这样识大体,朕很觉欣慰。老话说妻贤夫祸少,张氏当初能有你这等心胸,朕也不至于一气儿废了她。"

开口闭口夫啊妻的,音楼听得心惊肉跳。平时话不投机的人,想交谈也提不起兴致,便两两缄默下来。本以为皇帝来就是冲着这件事才移驾的,既然吩咐完了,就没有继续逗留的道理。音楼巴巴儿盼着他走,可是他却在南炕上又坐了下来。

"主子今儿不炼丹吗?"她笑问,"我那天隔窗看见丹房里的炉子,真和画本上的一样。"

他说不,坐在一片光晕里,有种文人式的含蓄和温润。皇帝相貌很好,生于帝王家,雍容从骨子里透出来,只可惜品性不足重,人也变得无甚了得。

相处一旦有了套路,便很难发掘出什么精妙趣致的地方了。碍于他的身份,说话也得拘着,无非问一句答一句,不单音楼感到牵强,皇帝似乎也不大满意。他们之间是个死局,不知怎么就走到了这一步。

皇帝低头摩挲腰上香囊,突然发现边缘绽了线,简直欢天喜地似的叫她:"你瞧瞧,朕的香囊破了个口子,你给朕补补。"

音楼凑过去看,游龙脚爪处隐隐透出了内里,便扭身在炕桌另一边坐下,把笸箩拖过来,翻箱倒柜式地翻找家伙什。抽出一绞明黄线比了比,抿嘴一笑道:"正好有合适的颜色,省得上内造处讨要了。主子稍坐一阵,这个不麻烦,织补起来快得很。"

她舔线穿针,手脚麻利地挽了个结儿。皇帝在一旁看着,她太年轻,鬓角的发没打理,不像别的妃嫔似的油光可鉴,倒显出别样稚嫩的美。

"你和音阁相差几岁?"皇帝一肘支着炕桌问她,"你今年是十六吗?"

她有一双乌黑明亮的眸子,即便困在重重宫墙中也不曾黯淡。音楼转过眼来瞅他,唔了声道:"过年就十七了。音阁大我一岁,她是属虎的。"说完了依旧专心纳他的香囊,这香囊的边缘沿了一圈金丝绳边,缝起来不太容易。她戴着顶针做活儿,大约顶到了香块,针屁股一挫,一下子扎进了肉里。

她哎呀一声，把皇帝吓了一跳。忙探过去看，那粉嫩的指腹沁出红豆大的一滴血来，他抽出手绢替她按住，蹙眉道："怎么不当心？也怪朕不好，偏让你干这个。疼不疼？朕叫人传太医来？"

她咧嘴笑道："叫针扎了下就传太医，人家来了都不知道怎么治。我这回可出丑了，说了不费事的，没想到活儿没干成，先见了血了。"

她语气稀松，要是换了音阁，少不得哭天抹泪向他邀功诉苦。皇帝紧紧捏着那指尖，想把她抱进怀里，最后还是忍住了。

感情就像两军对垒，谁先陷进去谁输。既然到了这地步，再告诫自己已经晚了，那么只有在有限的空间里争取最大的优势。不要叫她认清，因为真正的爱情有自己的意志，会不自觉地从动作里流露出来。她的心在别人那里，在没有收回来前，他对她留恋太多只会转变成她的动力，促使她更加有恃无恐。与其受人挟制，不如攻其不备。剪断她的双翅，斩断她的后路，到那时才能让她心甘情愿停留下来。

他说："音楼，你恨过朕吗？"

她悯悯看他："为什么要恨您？"

"朕曾经让你在奉天殿前跪过一整夜。"他眯眼看她，"你一点都不记恨朕吗？"

没有爱，自然连恨都是浪费感情。音楼笑着，然而笑容里没有温度："皇上圣明烛照，做任何事都有计较，我行差踏错，罚我是该当的。当初我也怨过，但是过后就忘了。我和狗爷是一样的性子，就算被踢了一脚，自己躲在角落里伤心一阵子，想开了就好。"

狗对主子最忠诚，她做得到吗？皇帝轻轻一哂，松开了手："天色不早了，朕该回西苑去了。这香囊搁在你这里，过两天朕再来取。"他收回帕子塞进袖笼里，转身便出了门。

音楼长出一口气，可算是走了。回过头来看炕桌上的香囊，拎起来往笸箩里一抛，周旋了半天有点乏累，扭扭脖子上炕歇午觉去了。

东西宫岁月静好，内阁却因合德帝姬出降的陪嫁吵得不可开交。

到了年底各处账务检点，不用说，还是老生常谈，国库空虚，钱是当务之急。皇上与长公主兄妹情深，早就有了示下，大婚耗资不得从简。上头一句话，下头人怕是要勒断了脖子。皇帝不当家不知柴米油盐贵，户部上奏的数目他也不关心，只知道天家体统，富贵排场不可弃，管你钱从哪里来。这可难煞了首辅阁老们，巧妇难为无米之炊，你瞧我我瞧你，束手无策。

肖铎坐在帽椅里喝茶，等他们闹过了才道："查抄于尊府邸，缴出各色奇珍百余件，白银五十万两，这笔数目也不算小，我已经具本呈报皇上了。公主出降，银钱是次要，妆奁要体面，还需众位大人鼎力相助。"他卷着手绢拭了拭嘴，雪白的狐毛衬着一张眉目清和的脸，笑起来没有半点锋棱，"长公主是两朝令主的胞妹，身份尊崇，无人能及。如今皇上指婚南苑王，又是山水迢迢一去千里，主子舍不得也在情理之中。诸位大人皆是朝中股肱，如今这燃眉之急……说白了，责任都在咱们肩上。咱家这两年为官，攒下的体己不多，府里尚且有了几件东西，回头叫人送进库里，也算咱家对长公主的一点心意。诸位大人随意，手上活络的贡献些个，大伙儿凑份子，一咬牙，事儿也就挺过去了。"

众人闻言垂头丧气，若论家私，天子脚下的大章京，哪个家里没有点底子？拿出一样两样来，冰山一角伤不了元气。可是有了一回就有第二回，细想想，将来极有被掏空棺材本儿的可能，这份忧心和谁去说？但你要两手一摊哭穷，这不大好。东厂连你家耗子是公是母都知道，你摆明打擂台，转天人家就能找个借口把你府邸抄个底朝天。既然肖铎领了头，大伙儿也无话可说，人家舍得，你凭什么舍不得？打落牙齿和血吞，且忍着吧！

如此这般，到了大年下，按照皇上的旨意，长公主的十里红妆都料理妥当了，只等正日子一到，就可风风光光出阁了。

太后领了头，宫里的妃嫔也纷纷给帝姬添妆奁，初八那天去送行，长公主哭得很凄惨，大伙儿也跟着一块儿掉眼泪。

公主出降，原本应当皇后给她开脸上头的，可惜后位悬空，音楼和她交情好，便由她代劳了。帝姬并没有大婚的喜悦，人显得疲懒，伏在她膝头不肯起身。音楼只得不停地劝慰她："出了门子还能回门，你是大邺的长公主，什么时候想回来看看，不过一句话的买卖。"

她顿了好一会儿才道："我也说不清，心里空空的，觉得这辈子可能再也回不来了。"

音楼怔了下，在她背上轻拍道："别胡思乱想，南苑王待你好，你想回京，他还有拦着你的道理？你眼下心里愁苦，等到了江南就知道。春暖花开，十里秦淮，美景乱人眼，到时候只怕求你你都不肯回来呢！"

帝姬这才有了点笑模样，但也是一闪即逝，哀声道："嫁出去的女儿泼出去的水，横竖就这么回事。其实我细想想，还有什么值得留恋的呢？太后不是我亲娘，哥哥又是这模样，紫禁城里除了你和厂臣，连个说得上话的都没有。"

音楼扶她起身，召门外喜娘进来伺候穿嫁衣，她在边上适时帮衬一把，嘱咐道："姑娘大了总要出阁的，往后有丈夫孩子的地方才是你真正的家。比方我，我也和你说过老家的事儿，一团乱麻似的，离开了，我觉得没什么不好。你到南苑相夫教子，做个自在的富贵闲人，肚量放得大，什么都别问，似水流年，转眼就过去了。"

帝姬听了只是沉默，半晌叹了口气，捏着她的手道："我走了，你也多保重。劝别人容易，把那番话用在自己身上可难。咱们分开了，还希望两处安好。今年万寿节不知能不能回来，要是能，到时候咱们再叙话。"

音楼道好，送她出了宫门。后面还有一套繁文缛节，祭祖先、辞宗庙、拜别皇帝和太后，都由肖铎接手承办。音楼远远立在一旁观礼，灯火辉煌中看见他穿着飞鱼服，戴着乌纱帽，一派从容祥和的模样。她心里莫名感到迷茫，帝姬的婚姻虽不那么单纯，但是大礼一成，也算尘埃落定了。他们呢？不知还要坚持多久。永远在等待时机，像被固定在一个框框里，熬得油尽灯枯，也还是挣脱不出来。

帝姬上了金辇，皇帝把一柄如意交给她，似乎是突然作的决定，叫人牵马来，自己扬鞭在前开道。原先的计划被打乱了，随侍只得匆匆忙忙调拨锦衣卫护驾。帝姬出降是直去南京的，藩王没有在京迎娶的道理，于是大队人马出了午门。帝王家不管是迎娶还是送嫁，不鸣锣不放炮。帝姬坐在轿子里，外头动静一概不知，等到了通州下辇登船才发现是皇帝亲自送她，叫了声皇兄，便哽得说不出话来。

皇帝心里也不受用，半是愧疚半是不舍，垂首道："此去山高水长，你要多保重。逢着过年过节，愿意就回宫瞧瞧。咱们至亲骨肉，朕在这世上只有你一个亲人了。"

他们都是少失怙恃，千辛万苦地长大，表面看着风光，其实不比寻常人家的孩子好多少。皇帝说这话，叫帝姬泣不成声，缓了好一阵子才道："哥哥也要多保重，向道虽好，丹药却不能多服。万事皆有度，过犹不及的道理咱们打小就明白的。您龙体康健是万民之福，大邺这些年风雨飘摇，如今该当是与民养息的时候了。我别无他求，只求您能重建盛世、青史留名，对我来说于愿足矣。"

帝姬心系天下，认真说起来他这个做哥哥的还不及她。这情景下皇帝自然是满口答应，兄妹依依惜别，肖铎上前哈腰回话："长公主该启程了，误了吉时不好。"

皇帝突然转过头道："朕怜惜皇妹，厂臣又在她宫里伺候过两年，朕知道她极依赖你。这趟南下由厂臣代朕相送，朕心里才得太平。"

肖铎有些意外，护送帝姬出降的人员是早就指派好了的，冷不丁点他的名头，完全出乎他的预料。他躬身道："护送长公主南下是臣分内之职，只是司礼监杂务尚未安排妥当，臣这一走，恐怕底下人摸不着头绪……"

皇帝大手一挥道："不打紧的，厂臣早去早回，这两个月朝中议奏暂停，一切等厂臣回来再做定夺。"

风向转得莫名其妙，想就此打发他，大概又是抱着某种目的。肖铎抬眼温文一笑："原定了元宵节后修缮西海子以北一片的，这么说来工程只有暂缓了。臣无能，同商贾借贷的事只谈了一半，这会子撂下就走，怕那些人认名号，旁人接手不容易。皇上要是早些吩咐，臣安排下去尚且有转圜……"

皇帝一听那不行啊，西苑是他的道场，样样妥善了才能潜心论道。就这么弄个半吊子，等他回来从头谈起，又得耽搁好长一段时间，算下来似乎很不合算了。

"既然如此，那就作罢吧！"皇帝转着扳指道，"照旧按原定的行事，票拟堆积上两个月也不成话。"

帝姬登了船，没有再回头看一眼。桅杆上的红绸猎猎招展，前后近百艘福船哨船拱卫着，庞大的舰队在暮色中缓缓驶离码头，从河道口分流出去，渐行渐远，直至消失不见了。

皇帝的突发奇想叫肖铎有了防范，诸样留一手是必然的，只不知道他的病症发作在哪一处。留神观察了很久，似乎没有什么异动，暂时可以放下心来。

## 第十九章 泣乾坤

到了正月十五这一天,宫中设有元宵宴。各色馅儿的汤团放在大篾箩里,怕粘底,铺上了一层米粉。音楼从哕鸾宫过乾清宫,出夹道看见几个太监从膳房里出来,扛着篾箩一路走,箩眼儿里撒盐似的,青石路上零零落落染了一地白。

今天是上元,雪早停了。往远处看,天空澄澈,衬着底下红墙黄瓦,蓝得出奇。

"过会儿大宴完了,奴婢伺候主子回去换身衣裳。今儿宫里下钥晚,准许妃嫔们走动。娘娘老家大概没这习俗,咱们北方过十五,成了亲的女子要上正阳门摸门钉儿,走百病,还能保生儿子。"宝珠笑道,"正阳门怕是去不了,上奉天门倒可行。那里几个铜钉儿摸的人多了,比起别的来要亮得多。"

"摸门钉生儿子?"音楼摇摇头,"不准。我娘嫁给我爹,十五也摸门钉儿来着,结果摸来个我。老太太站在产房外头等信儿,听见是个姑娘转身就走,一面走一面还啐,说是赔钱货。"

"老太太不开眼,有您这样的赔钱货吗?您托生到他家,是他们家上辈子烧高香了。"

音楼但笑不语,其实老太太说得真没错,肖铎上回讹人,把她爹讹得倾家荡产,可不是赔钱了嘛!

说话儿进了乾清宫,今儿人齐全,妃嫔们都打扮得花枝招展的,大冷的天还举着团扇,也不知干什么用。自打帝姬走后音楼就落了单,没人和她扎堆儿,她形单影只很是可怜。进了屋挑个角落坐下,远远往宝座上瞧,皇太后戴着黑纱尖棕帽,身上穿洪福齐天袄裙,倚着个大引枕,正和贵妃说笑取乐。

她百无聊赖,低头勾纽子上挂的梅花攒心络子,不防有人走过来,手里托着一个盅,躬身道:"娘娘吃糯米的东西爱反酸,这么着对身子不好。先进点羹垫垫,回头稍微用两个意思意思就是了。"

音楼抬起头来,肖铎颊上带着浅浅的笑意,恰到好处的温存,是给她一个人的。要不是碍于这么多双眼睛看着,多想一下子纵到他怀里。她忍得辛苦,鼻子发酸,却咬牙扛住,伸手接过来,颔首道:"厂臣有心了,多谢。"

他的目光静静流淌过她的脸,很快掉转开视线,怕一个闪失失了控,被人瞧出端倪来。这样的生活他也过得厌倦,以前一个人的时候做事没有顾忌,现在不一样,瞻前顾后唯恐护不得她周全。她是捆绑在鹰腿上的细索,皇帝这招果然极奏效,他已经没有办法逃脱了,注定要一直替皇帝卖命。

彼此相距不过两步,他不能靠过去,连多逗留一刻也不行。曹春盎趋步上前通传,低声道:"圣驾已经过了西华门,干爹到门上恭迎吧!"

他提了曳撒出去,不多会儿就见御辇从夹道里过来了。

皇帝是一身八团龙袍,头上没戴折上巾,不伦不类束了条攒珠抹额,手里把玩着一块鸡蛋大小的红油皮和田玉,心情似乎很不错,下了御辇也没言声,悠哉游哉地踱着方步进了乾清宫正殿。

满屋子的人都站起来纳福迎驾,皇帝叫免礼,笑吟吟地扫视一圈,视线在殿内一角略做停顿,然后转过身来请大家安坐。

帝王家的家宴和寻常人家不同,从来没有一大家子围坐的惯例。打头是太后和皇帝的宝座,既没有皇后,那皇帝身侧的位置就空着。贵妃以下的妃嫔们两人一桌,音楼和郭丽妃搭伙,丽妃不太待见她,落座后就没怎么和她说话。

宴是个好宴,升平署备了细乐,叮叮咚咚地敲打着,气氛不觉沉闷。皇帝多情,在座的人都曾得过一阵宠幸,每个见了他都含情脉脉。音楼端起甜白瓷小碗喝汤的时候还在想,今儿大概没那么多仙丹出炉,要不万岁爷一高兴,每人赏一颗尝尝鲜,明儿宫里太医都不够用的。

上头太后和皇帝母子说体己话,太后问:"皇帝在西海子住得还踏实?两头有堤岸通着的，咱们不得过去，你要时常走动才好。宫里是根本，那头不过颐养的地方，久待不合礼数。"

皇帝诺诺答应："朕人虽在西苑，心里却一时不忘朝政大事。今儿趁着佳节，想讨母后一个示下。"他面上含笑，趄了趄身道，"中宫悬空太久，就像一个人没了脊梁骨，有脑袋有什么用？脑袋支不起身子来。偌大的家业总这么撂着叫母后操持，于儿子来说是不孝，于社稷稳定亦是不利。"

太后哦了声，点头道："是这话，张皇后的事儿过去快两个月了，是该好好议议。国不可一日无君，后宫也是同样的道理。你能有个决断我很喜欢，打算抬举谁，心里有成算了吗？"

皇帝直言不讳："儿子和端妃娘家姐姐的事，想必母后也都听说了。朕是一国之君不假，但君王也吃五谷杂粮，抛不开儿女私情并非十恶不赦嘛！儿子眼下一门心思想立音阁为后，若得母后首肯，这就下诏接音阁入宫……"言罢小心觑了太后两眼，"那么母后的意思呢？"

一石激起千层浪，殿里的人交头接耳窃窃私语。音楼倒是老神在在，舀了个汤团儿尝了一口，玫瑰豆沙馅儿的。味道不错，就是太甜了。

边上的丽妃斜着眼睛看她，阴阳怪气道："您这回算是有盼头了，您姊妹真是个人才，以前不是南苑王的妾吗，怎么一气儿要做皇后了？步家是个凤凰窝，说来事儿就来事儿。"

她咳嗽一声放下了碗勺："老话说眼斜心不正，您正眼看我也没什么。至于来事儿，真不是我们姐妹成心的，您要是想不通……"她往皇帝方向略抬了抬下巴，"您可以去问那位，他老人家必定愿意解答您。"

丽妃被她回了个倒噎气，狠狠把杯子搁在了矮桌上。

皇太后的态度很明确："不成！"说完似乎意识到太武断，怕驳了皇帝面子，又换了个声口语重心长道，"皇后是一国之母，是天下女子的表率，多少人看着呢！不说别的，你瞧瞧她们，"太后朝下首指点，"贵妃、贤妃、淑妃……这些个人，都是有了皇子、品性纯良的。你挑谁不好，偏挑她？皇帝啊，帝王家的脸面尊严是头等大事，不能单凭自己的喜好。宫里妃嫔看不上不要紧，开了春有选秀，到时候再挑个出身好门第高的就是了，何必急在一时？叫什么步音阁，我看是不应该！蛊惑君心者非但不能立后，甚至该死！一个不端不洁的女子，如何母仪天下？你虽不是我生的，但自小由我带大，咱们母子不生分，就像嫡亲的一样。我原不想管你这些,可这回你办得委实不妥。我的意思撂下了,你瞧着处置吧!倘或一意孤行我也不拦你,只是再别叫哀家母后,让我搬出慈宁宫,上泰陵里守陵去吧!"

皇帝脸上甚是为难:"母后这话叫儿子不敢领受,儿子不孝,惹母后伤心了。才刚恭聆慈训,儿子细想了想,母后说得极有道理。宫里诸妃嫔,入得宫苑,都是允称淑慎的上好人选。母后既发话在她们之间挑选,那就依母后说的办。"

诸妃立刻抖擞起了精神,连身板都挺得更直了。音楼边上的丽妃本来与她相当,皇帝这话一出,顿时比她高了大半个头。她倒觉好笑,顺势往下缩了缩,横竖不管谁当皇后,音阁看来是没希望了。白白挨了两巴掌把张皇后拉下来,没想到最后为他人作了嫁衣,说起来怪可怜的。

皇帝走下御座,两面宴台当中有条宽绰的中路,他背手踱步,半昂着头,嘴角带着笑意,吟诗似的缓缓念道:"朕唯道原天地,乾始必赖乎坤成。今有哕鸾宫端妃,纯孝谦让,秉德安贞,恪娴内则,当隆正位之仪。朕仰皇太后慈谕,命以册宝,立尔为皇后。自此赞襄朝政,与朕坐立同荣,无忘辅相之勤。茂祉长膺,永绥多福,钦此。"

晴天里一声炸雷,笔直劈在头顶上。音楼吓得肝胆俱裂,她以为自己听错了,惶惶看向众人,殿里的妃嫔也像淋了雨受了惊,瞪大了眼睛瞪着她。原来不是她走神听岔了,皇帝的确要封她为后,连册文都不用颁,直接的口谕,比什么都来得精准。

这是怎么回事?她惶骇至极,调过头去看肖铎,他面上镇定,拧起的眉头却藏不住他的震惊。皇帝和他们开了个大玩笑,难怪腊八那天来她殿里说了一车莫名其妙的话,是早就有了成算吗?册封她为皇后,然后心安理得地让肖铎替他卖命。因为江山不再只系于他一身,也与她休戚相关了。圣主明君靠励精图治,皇帝则是剑走偏锋,欢天喜地变成了个操纵皮影的艺人。她脑子里乱成了麻,一切来得太突然,谁都没有招架之力。

可是自己不能乱了方寸,若是现在有个差池,也许下一刻御林军就会一拥而入押走肖铎。这天下终归是他的天下,肖铎做得足够好,可惜没办法阻止皇帝亲下诏命。她只有请辞,希望很渺茫,但也要试一试。

她跪下来,前额抵在地毯错综的经纬上:"奴婢无德无能,不敢受此皇恩。奴婢是先皇宫眷,得皇上恩典重入宫闱,已经是万万分的荣宠。如今再受中宫印册,奴婢就是千古罪人,死后无颜见列祖列宗。求皇上收回成命,求皇太后成全奴婢。奴婢……实在不能……"

她叩地哽咽不止，身子缩成小小的一团，那形容前所未见。肖铎只觉眼前的人和物件飞速旋转起来，脑子发热，简直按捺不住心头升腾的怒气。好一招釜底抽薪啊，足可以耗光他所有的耐性。这罪恶的紫禁城，每一步都暗藏心机。他的涵养和隐忍通通离他远去了，不论他和音楼怎样海誓山盟，终究敌不过皇帝正大光明的昭告天下。他从没有像现在这样彷徨过，混乱里动了杀机，也许背水一战也未为不可。

他探手去摸腰间软剑，曹春盎却拽住了他的胳膊。弑君容易，逃脱太难，皇帝既然这么安排，事先必定做了万全的准备，谁敢妄动，估计还没踏出宫门就会灰飞烟灭。曹春盎不能说什么，只是用哀恳的眼神望着他——想想娘娘，愿意看她被御林军剁成肉泥吗？

他要带她走，要全须全尾地带她走。霎时巨大的痛苦把他淹没，只恨当初自己放不下，若真的下了狠心同她私奔，不管遇到多大的险阻，都不会像眼下这样令人绝望。

册封皇后已经是一个女人登顶的时刻了，多少人梦寐以求的辉煌，不管是喜极还是表面谦让，似乎都不该是音楼这样的反应。皇太后被皇帝钻了空子大为不满，原本要驳斥，看见音楼这模样，一下子又变得无从说起了。

其实皇帝一开始想册封的就是她吧！步音阁不过是顶在头上当枪使，否则哪里那么容易就作罢？一个皇后，天下之母，居然册封得如此草率，皇帝的荒唐实在令人咋舌。当真是妻不如偷，好好的三宫六院连瞧都不瞧，别人的女人，再臭都是香的。

可是当着众人的面亲自颁布的诏命，已经没有更改的希望了。皇太后怅然地看着跪地不起的新皇后，无奈道："这是你的造化……"

音楼高声说："奴婢微贱，请皇上另择贤能。"

事态发展得十分古怪，大家都摸不着头脑。新后执意不从，皇帝脸上也不光鲜。一时僵持不下，皇帝只得亲自上前挽起她，一手扣住她的腕子，脸上笑着，眼里却风雷毕现："朕这里不兴三封三辞那一套，自古君王一言九鼎，皇后自谦朕知道，但是自谦过了头就不好了。"他指尖用力，颇具警告意味，转头对肖铎下令，"明早诏告天下，朕已封步氏为正宫皇后，从此出同车、入同座，朕也打算谱一曲传世的佳话。"

他朗声笑着，笑声粉碎了多少人的梦想已经无从考证了。肖铎看着音楼，她眼里带着凄惶和哀告，他知道她的心，两个人相爱到一定程度，只需一个眼神就懂得其中含义。他咬碎了牙，忍辱躬身："臣遵旨。"

满殿的宫眷出列，在宴桌前就地跪下磕头，恭请皇后娘娘金安。音楼听着这些声音隆隆地在耳边回荡，人像被罩在一个巨大的黄金做的瓮里，感觉不到荣耀，只有满腹的委屈。她转过头看皇帝，他的笑容那么可怕，原来爱情也可以伪装，为了全盘操控，他甚至不惜赔进帝姬。

"皇上打算如何处置音阁？"她说，"你不是很爱她吗？"

皇帝略挑了挑嘴角："朕说过，朕最爱的是你。至于她，留着叫人说嘴。朕已经替她择好了夫家让她改嫁，皇后念着姊妹情，愿意的话就操持操持，若是不愿意，另指派人经办就是了。"

这个无情的人，音阁还怀着他的孩子，他居然就这样把她嫁了！她觉得不可思议，他伸手来抚她的眼睛："别这么看着朕，朕不过是爱你。"

音楼不知道自己是怎么回去的，说回去其实也不准确，她搬进了坤宁宫，那个从前只能仰视的地方。做小才人的时候隔墙远眺，看见这里的重檐殿顶都会赞叹不已，现在入主这里，居然一点都不快乐。

她站在檐下看，八宝的雀替、盘龙衔珠藻井，那么高的规格，这里是紫禁城的中枢。住过荣安皇后，住过张皇后，如今轮到了她。她们的下场并不好，自己又会怎么样？

宫婢和宦官往来，忙着替她归置东西。她独自转到配殿里，宝珠进来，低声唤她："娘娘……"

她呆坐着，两眼定定地落在墙角，紧握两手搁在膝头。

"今儿才册封，晚上恐怕要翻牌子。"宝珠迟疑道，"娘娘如何应对？"

她闭了闭眼："我连死都不怕。"

女人走投无路就会想到死，宝珠束手无策，哀声道："您不为督主考虑吗？"

她身在这个位置，已经看不见未来了。皇帝在她身上打了个戳，她成了大邺的皇后，以前尚且不能挣脱，更何况以后！

她仰起脸说："宝珠，我和他有缘无分。以前我一直不愿意承认，可你瞧见了，事实就是这样。也许该断了，以后的路越来越难走，我会拖垮他的。有时我在想，是不是现在的一切都是我的臆想，其实我在殉葬那天就已经死了……"她打了个寒噤，喃喃道，"我从绳圈里看到他，他是最后一个留在我记忆里的人，和我从来没有交集，只是送了我一程。"

她有点魔怔了，吓得宝珠忙打断她："娘娘千万别胡思乱想，您活着，大家都活着。今天的事来得突然，奴婢知道您慌神，您先冷静下来，总会有法子的。"

有什么法子？皇后就是最好的枷锁，套住她，让她寸步难行。她想过了，皇帝要是强迫她，她就跟他同归于尽。她站起身，在屋里兜兜转转找了半天，宫里的利器都是有定规的，平时收起来，要用的时候还得"请"。她没法和宝珠说，要是让她知道，肯定想尽办法通知肖铎。她不敢设想他现在处于怎样的水深火热，自己痛苦，他胜她百倍。真逼急了做出什么事来，万一不成，难道看着他去死吗？

她走出配殿转身南望，与乾清宫就一墙之隔。今天是册封的头一天，他没有不来的道理。果然转头圣驾便到了，他依旧笑得温文，语气也很松泛，环顾四周道："朕以前不常来坤宁宫，这会儿看看摆设都换了，和原来大不一样了。皇后可还称意？"

她漠然站在那里，不行礼也没有笑脸。看着他，像看待一个陌生人。

皇帝知道她不痛快，但不痛快又怎么样？既然诏命已经下了，她就得踏踏实实做他的皇后，这辈子没他的令儿，不能走出后宫半步！

不过剑拔弩张毕竟不好，他得保持风度，状似不经意道："朕听说你喜欢梨花，提督府的梨树好，新挪了地方照样花繁叶茂，搬进坤宁宫来一定也能成。"

他是有意敲打她，让她知道她和肖铎的过往他都有数吗？音楼摇头道："挪一回也许能活，挪二回必定会死。树木和人一样，有的地方能适应，有的地方不能。宫里的基石打得那么厚，它的根须穿不透，早晚会枯死的。"

"是吗……"他表情平静，负手道，"说得有些道理，既然你不喜欢，那就作罢了。原先想过让你住承乾宫，那里的梨树是紫禁城里顶有名的，可碍着祖制，正宫还是得居坤宁宫。"他侧过头，朝永祥门上看了一眼，"再说那宫不吉利，邵贵妃和荣王都死在那里，是谁的手笔，你知道吗？"

她嘲讽地勾了勾唇角："皇上为王时便运筹帷幄，宫里谁生谁死，都是皇上说了算。"

他嗯了声，并没有生气："这话在点子上，万事皆有定数，要不是当初朕下令留你，这会儿你应该躺在地宫里，也许腐烂了，只剩一捧尸骨。"他玩味地打量她，"老天待朕不薄，朕留对了人，挣来一个皇后。音楼，你这辈子要陪着朕到地老天荒了,将来就是入皇陵,朕的身边也有你一席之地,你高兴吗?"

高兴个鬼!她咬牙看着他,恨不得扑上去和他拼命。他斩断了她所有的梦想,活着和死了有什么区别?她不明白,是什么促使他非要封她为后,就算为了牵制肖铎,她人在妃位也是一样。如果说他是真的爱她……她简直要笑出来,自己这么傻,也只有那个感情同样幼稚的肖厂公会看上她。爱情对皇帝来说是生活中不可或缺的部分,他早就修炼成精了,就凭区区的她,怎么能入他的眼?

"我没有选择的权利,您在册封之前没有问过我的意思,到现在说高不高兴,没有任何意义。"她不在乎是不是顶撞了他,如果这样能让他申斥她,甚至禁她的足,反倒如了她的意了。

皇帝叹了口气:"现在还是大正月里,天儿冷,没的着了凉,进去说话吧!夫妻本是一体,这么针锋相对有什么意思呢!"他来牵她的手,她挣了挣,他攥紧了不放,她没办法了,只得被他拉进了殿里。

坤宁宫里陈设奢华,不说那些紫檀的大小件,就说多宝槅里的青玉执壶、汉玉璧磬、象牙水丞,也是形形色色,叫人眼花缭乱。大邺时至今日,早就忘了天下初定时的简朴作风。凤子龙孙们习惯了骄奢淫逸的生活,细微处见真章,地罩上悬挂着整幅的金寿字妆缎,那种料子是御用,一匹抵得上老百姓一家子半年的嚼裹儿。

音楼踏进这样的环境,浑身上下不舒称。她也不坐,只立在那里,满满都是敌对的情绪。

皇帝不傻,他都瞧得出来,不过并不急于戳破她,理了理袖子嘱咐崇茂:"晚膳在皇后宫里用,你打发人同国师说一声,朕今儿疲懒,就不过西苑了。打坐的事儿来日方长,不急于一时。今天是皇后的喜日子,朕留宿坤宁宫。把檐下站班儿的都撤了,朕要和皇后说说体己话。"

音楼听闻他要在坤宁宫过夜暗自焦躁,愕着两眼道:"奴婢身上不好,恐怕不能侍候皇上。"

殿里侍立的人都撤了出去,偌大的进深,冰冷的摆设,还有蹙眉相望的两个人。

皇帝的脾气虽好,也不能容忍她一再违逆,手里把玩的玉石往炕桌上一拍,寒声道:"是吗?你说不好,朕倒是兴致高昂。你自入宫以来只侍寝一回,如今做了皇后,仍旧这个样子似乎说不过去。帝王家最要紧一宗就是皇嗣,皇嗣是什么?是将来挑起大邺江山的中流砥柱!你身为皇后,无所出总归不好。虽说音阁生了儿子会过继到你名下,但那毕竟不是自己的骨肉,隔着一层,朕最明白其中苦处。"

他说起音阁,越发叫人憎恶他的险恶用心:"音阁怀着龙种,你把她嫁给别人,不觉得愧对她吗?"

他形容傲慢,转过脸道:"朕别样上补偿她就是了,她配的男人不过区区六品小吏,朕抬举他,给他官做,音阁受封诰命,照样锦衣玉食。原本让她进宫也不难,可既然封你为后,少不得牺牲一个她了。对朕来说,最要紧的是皇后,旁的人再了得,也是玩过了就撂。"他起身,试着拢她的双肩,"音楼,朕从头一回见你就喜欢你,本以为是一时新鲜,没想到牵肠挂肚了那么久。你从南京回来,病得那模样,朕在唼鸾宫照料你,也许你不觉得什么,朕的心境却和以往大不相同……求之不得,辗转反侧,这是天下男人的通病。不管以前怎么样,现在你是大邺的皇后,该定下心来了。皇后与朕同体,这家国天下也有你的一半,夫贵妻荣的道理你懂吗?"

她当然懂,可是她心里认定的丈夫不是他,所谓的荣不荣也就和她没有关系了。他不过是要利用她,说得这么冠冕堂皇,有意思吗?

"做皇后非我所愿,后宫多的是淑德贤章的宫妃,她们里头哪个都比我强。"她叹了口气道,"既然诏命下了,短时间内再更改,弄得儿戏似的。这衔儿我先受着,皇上可以再觅人选,过阵子废后重立也未为不可。"

"若朕就是要定了你这个皇后,又当如何?"他冷笑道,"你大约忘了自己的身份了,你是朕的女人,你为后还是为婢,由朕说了算。朕的皇后就这样不值钱?多少人想当没那份福气,你倒好,不屑一顾,到底是为了什么?难道你心里有人,叫你有这底气来违抗朕的圣旨?"

她心跳大作,终于点到这上头来了,他装不知道,自己当然要矢口否认。其实彼此心里都明白,那是个伤疤,揭开了就要面对血淋淋的事实。

皇帝忍得够久了,这个不知好歹的女人,给她三分颜色就开起染坊来了。今儿索性和她挑明,给她抻抻筋骨,免得她连自己是谁都不知道了。

她到底有些慌张,抵赖也显得底气不足。他一把拽住了她的腕子,切齿道:"别以为朕不知道你们的把戏,肖铎再好,一个太监,能给你什么?深宫寂寞,你和他走得近些,朕心里不称意,也还是包涵了,谁知越是这样,越纵得你无法无天了。今天册封你,你非但不知感恩还冲朕做脸子,谁给你的胆子?你别忘了朕才是一国之君,所有人的体面都是朕给的。奴才尽忠尽职,朕是个宽宏的好主子,宰相门前还七品官呢,朕倚重的人,朕愿意叫他万万人之上。可朕也是有底线的,不要触怒朕,否则莫说一个东厂提督,就是个镇国大将军,朕要他的命照样易如反掌。你知道魏忠贤吗?魏爷、九千岁,何等的风光不可一世!最后倒台,不过一份弹劾奏疏一道敕令,在个小旅店里痛饮到四更,最后一根麻绳上吊自尽了。"他狠狠盯着她,"怎么?你也想让肖铎步他的后尘?"

音楼脸色煞白,又惊又惧说不出话来,半晌才勉强道:"皇上误会我不打紧,不要毁谤厂臣。他为主子呕心沥血,赤胆忠贞天地可鉴。"

皇帝啧啧道:"瞧瞧,这个时候还在替他说话,你们要是清白的,说出去谁信?朕不是个无情无义的人,对你,朕动过心,也爱着你。对他,朕龙潜时曾救过他的命,总算有渊源吧!朕不妨告诉你,留他到现在,全赖他能助朕一臂之力。当初朕登基,厂臣功不可没。他是一柄利刃,谁使得好,谁就能高枕无忧。可惜这柄剑有自己的意愿,哪天倒戈一击,荣安皇后就是最好的榜样。朕本想做个闲散王爷,没承想误打误撞到了这个位置,虽对社稷不上心,但到底是一件大事压在心头。祖宗基业不能在朕这一代毁于一旦,朕试过重新培养势力,结果西厂不长进,被东厂压得连头都抬不起来。横竖肖铎成了气候,朕放着现成的人不用倒傻了。所以罢免后重又起复他,让他保我大邺江山,咱们共享富贵,有什么不好?可惜千算万算,算漏了你们的感情。当初荣安皇后告诉朕,朕简直不敢相信。你是朕先瞧上的,凭什么半道上被他截和?朕知道感情没有先来后到,就是一千一万个不甘心。这下子好了,你是朕的皇后了,他给不了你的朕都能给,你不觉得自己幸运吗?不费一兵一卒,别人可望不可即的东西,你唾手可得,还有什么不满意?"

他说了那么多,最后两句尚且让她认同。她的确是世上最幸运的人,因为遇见肖铎,让他爱她,是她这辈子最了不起的成就。至于现在的后位,她并不稀罕。如果皇帝能放了她,她一定毫不犹豫地卷包袱走人。

唯一值得庆幸的是他不知道肖铎的底细,因为他是太监才得宽宥。自己的态度要是太过强硬,万一让他起疑就了不得了。

她缓缓长出一口气:"我只想知道,您为什么册立我?得不到的才是最好的,是这么回事吗?"

她不像先前那么激进,皇帝的语气相应也放缓了,捋捋她鬓角的发,把她带进了怀里,贴着她的耳朵说:"朕重申了很多遍,朕是爱你的,你为什么不信?如果不爱你,何必封你为后?朕想同你并肩坐拥天下,你什么都不用做,只要在后宫安享尊荣就行。你记着,皇后安则肖铎安,这话可能也是他想告诉你的。朕不过缺个人替朕分忧,那些票拟,实在看得朕头痛。还有爱骂人的言官、贪赃枉法对朝廷有异心的佞臣,都要东厂去收拾。"他说着,复轻声一笑,"朕其实是个很不称职的皇帝,喜欢听山呼万岁,却不愿意承担朝政上的重压。朕的经络里没有老祖宗杀伐的血液,安逸得久了,无可救药。到目前为止朕最信得过的还是厂臣,有他在,可保朕的江山固若金汤。就算他不为朕卖命,有皇后坐镇,他也会肝脑涂地,不是吗?"

说得够清楚了,这样也好,开诚布公地谈,彼此心里都有数。音楼点了点头:"我明白皇上的意思,也可以按照您的意思去办。只是侍寝一事,还请皇上通融些时候。倒不是不愿意伺候皇上,实在是近来经血不畅,常犯肚子疼……"她低下头,把手压在小腹上,"叫太医瞧了,都说是血瘀,这会子正吃药呢。"

皇帝乜了眼:"血瘀?事儿倒巧得很。"一面说,一面抚着她饱满的红唇,"前阵子宠幸音阁,真真儿是把她当成了你。朕不去你宫里也是赌气,现在想想,简直有点小孩子气。音楼,不管你承不承认,全大邺的人都知道你是朕的皇后,这点已经改变不了了。你身上不好,朕等你,不过不会一直等下去。宫里的女人都是调剂,咱们才是正头夫妻,能记好吗?"

她斜对着窗后流淌进来的夕阳,眸子黯淡,闪着一团凄恻的光。应该是想明白了吧,知道不能反驳他,认命地点了点头。皇帝喜欢听话的女人,一样牵念已久的东西失而复得,足叫他心花怒放。本钱不动先支利钱,他捏住她玲珑的下巴,低头吻了上去。

一个死局,谁都破不了。皇帝虽昏庸,但是不可否认,他有投机的智慧,拿捏人的痛肋,一拿一个准。

他说皇后安则肖铎安,音楼知道自己连求死都不能。她在这无望的深宫里,免了宫妃们的请安,却推不掉诸皇子的晨昏定省。她端坐在宝座上,听他们叫她母后,向她汇报课业。她的一言一行都在别人眼里,受的限制比做端妃那会儿多百倍。

经历了绝望挣扎,现在已经可以沉淀下来了。她的灵魂往下坠,越坠越深,像咸若馆外的那炉死灰,不管繁华还是糟粕,都囤积在了炉底。

## 第十九章 泣乾坤

皇帝的成仙大业倒是一刻没有松懈，他仍旧在太素殿里参禅悟道，偶尔来坤宁宫过夜，也只是过夜，她拒绝了好几次，所幸他没有相逼，这点算是好的。

可是她心底里的痛苦怎么疏解呢？皇帝勒令她下懿旨，要肖铎把掌印值房搬出后宫，搬到十八槐以南那片去了。同在一座城，至此真的难以往来了。她想肖铎应该明白的，这不是她的本意，可是谁知道呢，再深的感情只怕也架不住距离。伸手够不着，慢慢起了猜疑……她不敢想，和他究竟还有没有未来。

她最近常去慈宁宫花园里转转，以前的掌印值房就靠着花园的南墙。她走进那片松林，把手贴在墙上，慢慢抚摩，仿佛他还在那里，只是墙太高，看不见罢了。

好几次午夜梦回，梦见当初在鹿鸣蒹葭时的情景，醒来后人惘惘的。披上罩衣开门出去，天寒地冻里也不觉得冷，匆匆走到启祥门上，异想天开想要趁着夜黑远遁，到他身边去。然而门上的太监磕头请她回宫，谁也不敢替她落钥。她垂着双肩站了很久，宝珠在边上苦苦哀求，她没有办法，失魂落魄地被拉回了殿里。

深宫锁闭，不知道外面是怎样的光景，唯一的乐趣就是接到彤云的来信。她是以表妹的名义给她写信，就算叫别人看见也没有妨碍的，说已经临产了，肚子大得像一面鼓。孩子很会折腾，在里面翻筋斗，常害她不得安睡。

"谷雨的时候我赴京看望娘娘，花谢终有再开之时，娘娘当保重凤体，一切顺与不顺，老天自有安排。"彤云在信上这样写。

音楼命人取皇历来，坐在炕头上细细翻阅，还有两个月，但愿彤云生产顺利，等她回来，就有了可以商量的人了。

天转暖后，阖宫的妃嫔宫人都开始裁剪春衣。惊蛰那天，节慎库里往各宫派料子，曹春盎托着大红漆盘进来的时候，音楼正给狗爷梳毛。他上前行礼，细声道："奴婢恭请皇后娘娘金安。库里出了新缎子，奴婢奉督主的令儿，送来给娘娘过过目。"

这么久了，才看见肖铎那边的人过来，她心里一阵扑腾，勉强定了神点头让搁着，把殿里的人都支了出去。

"小春子……"她还没把话说出口就红了眼眶，攥紧手绢问，"他好吗？"

曹春盎耷拉着眉毛道："干爹让我报喜不报忧来着，可他不大好。前阵子染了风寒，身上烫得火炉子似的，方大夫给他开了药，他也不怎么吃。奴婢在他身边伺候，这是第三个年头了，他身子骨很结实，以前连个伤风都没有的，这回病了大半个月……"他往上觑觑,见她脸色煞白便住了口,又换了个调儿说,"不过娘娘别担心,这会儿已经没大碍了,也就清减了点儿,精神头尚且不错。"

音楼心里着急,拭着眼泪道:"我如今是关进了笼子里,想出出不去。掌印值房叫搬出后宫,不知道他心里什么想头。你一定代我好好照顾他,他身子硬朗了,我在宫里才有奔头。"

曹春盎道是:"请娘娘宽怀,奴婢一定尽心尽力伺候好我干爹。"说着回头朝门上看了一眼,确定了没人低声道,"西海子那位太宵真人是干爹举荐给皇上的,娘娘知道吧?"

音楼点了点头:"我知道这事儿,怎么?"

"道家修炼的道术和佛门不同,说句打嘴的,什么阴阳和合,最脏的。皇上炼丹,里头加好些稀奇古怪的东西,据说还有少女经血……"曹春盎做了个作呕的表情,"那些个东西加多了,没准儿哪样和哪样克撞,不是仙丹,就变成毒药了。眼下配方儿都在真人嘴里,皇上虽提防干爹,对真人倒是掏心挖肺的,他还指着他做神仙呢!所以娘娘得再忍忍,不是没盼头的,盼头大着呢!旁的不希图,就是要时间。这种事儿不能一蹴而就,娘娘能明白奴婢的意思吗?"

音楼听得浑浑噩噩,最后弄清了,肖铎要在皇帝的金丹里动手脚!她吓得打了个寒噤:"那怎么成!万一那个道士靠不住把事儿抖出来,他的处境不就危险了吗?!"她说着,颓然倚在引枕上,半天才道,"你替我传个话给他,他的心思我都知道,可他要是为我好,就不要再涉这个险。封后那天皇上和我把话都说明白了,我听着心里惊得厉害。我现在什么都不求,只求他平平安安的,即便不能在一处厮守,我也认了。"

曹春盎眨巴两下眼睛,佝偻着腰道:"娘娘为干爹好,奴婢都知道,可人一旦有了执念,要放下就难了。您只管放心,干爹办事一向稳妥,那道士本来就是个浑水摸鱼的积年,是干爹抬举他,给他机会发财。他其实是个火居道士,外头有老婆孩子的,瞒着万岁爷罢了。他这是欺君的罪,嘴不严,自己死得快不说,还要捎带上家里人,他没这个胆儿。不过娘娘的话,奴婢回头一定带到。我跟您掏心窝子吧,其实我干爹这样,真不好。"他为难地搓手,"风口浪尖上,有点儿闪失就要闯大祸,依我说先按兵不动,等事儿缓和下来了再做打算。可您瞧,他真有点着急了。奴婢那天劝他来着,他剑举在头顶上要活劈了奴婢,得亏大档头和四档头在,要不这会儿奴婢就成两截子了。奴婢都是为他老人家好,没想到驴脑袋没摸上，给驴蹄子蹬了个窝心脚。"

音楼怨怼地看他一眼："你说你干爹是驴，不怕他要了你的小命？"

曹春盎愣了下，赔笑道："是是是，奴婢是个牲口，牲口不会想事儿，顺嘴瞎咧咧，娘娘甭和我计较。还有件事儿，南苑王那里也有变数，因着长公主才过门，那边也没那么急进了。干爹短时间内要指着他帮衬，不大可能。这就是屋漏偏逢连夜雨，人走到窄处，诸事不顺。"

其实他们能不能谋得一个结果，很大一部分要依仗南苑王。南苑王新婚宴尔，把宏图霸业抛到了脑后，站在帝姬的角度倒是好事。可他们怎么办呢，靠山山倒，靠海海干。肖铎的压力她感同身受，仿佛真的前途茫茫，看不到彼岸了。

她不能让他继续拿命去消耗，她得想办法自救。音楼用力握紧拳头，自己拖惯了后腿，就像长在他身上的瘊子，累赘，要拔掉又难免剧痛。这回她要自己想法子，即便不能出宫，至少要摆脱眼下的困境。

"你同他说，我一切都好，请他不用为我操心。我不会寻死觅活，我等得及。一步一步走来，没有比现在更坏的了，再糟能糟到哪里去？你让他小心身子，虽不能见面，只要他好好的，我就有指望。"她瞧了眼桌上的缎子，"这些都留下，宝珠抓把金瓜子儿赏小春子。"说罢合上眼，摆了摆手道，"我乏了，你去吧！"

曹春盎看她似乎下了什么决断，没好多问，应了个是，哈腰却行退出了坤宁宫正殿。

宝珠送人到檐下，折回偏殿见她主子就光看着礼单，一头过去收拾桌上的布匹，一头问："娘娘看姨奶奶的嫁妆吗？奴婢算了时候，再有十天就是正日子了。"

音楼唔了声道："缎子都归置起来，给她添妆奁。万岁爷有示下，不叫亏待了她。"

宝珠听了干笑一声："万岁爷这份心田难找，姨奶奶真是前世的大造化。"

音楼倚着炕桌出神，又到了后蹬儿[1]，眼见太阳将落山，料着一干小爷们要下晚课了，便吩咐厨里送吃食来。两半月牙桌对拼，八个皇子正好坐一桌。

时候掐得挺准，刚布置好人就鱼贯进来了，到炕前并排跪下，恭恭敬敬请母后的安。

音楼看见孩子还是挺高兴的，他们大的十一二岁，小的不过刚开蒙，俗世的

---

[1] 指太阳落山之后，掌灯之前的那段时间。

污秽没有沾染到他们，发了话叫他们起来，一张张鲜嫩的脸，看见桌上的糕点垂涎欲滴。

"念书辛苦，都饿了吧？"她笑着压压手，"坐下，别拘着。"

皇长子永隆领兄弟们躬身长揖，笑道："儿子们下半晌跑马练剑，还真是饿了，谢母后体恤。"

规矩守完了，人也活泛起来，乱糟糟地抢座儿，什么帝王家体统都忘了，筷子碗碟弄得乒乓作响。

这么多孩子里，最爱表亲近的是皇三子永庆，喝了两口甜汤转头对音楼笑道："母后，今儿师傅夸我书背得好，还说我的八股文章诸皇子中无人能及。"

其他人嘲笑他："皇父都说了，八股文做得好的是呆子，不如老十一的'官官是舅，在河之洲'。"

永庆很不高兴，巴巴儿看着音楼，音楼忙道："学问好就是好，八股文章能写得头头是道也是本事。现今科举里仍沿用八股文，仕子要做官，第一要紧的就是这个。"

永庆笑了，可是一笑即敛，回身看外面天色，喃喃道："天快黑了……"

他脸上带着恐慌，看着不大对劲似的。音楼奇道："怎么？晚间还有课业？"

"不是。"他摇了摇头，沉默了会儿才道，"母后，我有件事想告诉您。今儿早五更我宫里人伺候我过文华殿，途经承乾宫的时候看见个孩子跑过去。当时天还没亮，我又坐在肩舆上没瞧真，就听底下人直念阿弥陀佛。起先问他们都不吭声，后来一个小太监支支吾吾地说好像是荣王，他以前服侍过他，形容模样他记得。再说那时候宫门才落钥，有规矩不许撒腿跑的，那么点儿小个子，又是进了承乾宫……"他说着打了个冷战，"儿子怕……"

一桌人都静下来，搁下筷子大眼瞪着小眼。音楼心里也瘆得慌，那时邵贵妃停灵在承乾宫，后来传出诈尸掐死荣王的事儿，新晋的贵妃打死都不肯住进去，那里就一直空关着。眼下提起什么孩子，永庆又不像说胡话的，难道承乾宫真的闹鬼吗？

"这事儿还有谁知道？"她盘弄着佛珠问他，"今儿你皇父过文华殿了吗？"

永庆道是："皇父辰时来检点儿子们功课，儿子把这事儿和皇父说了，皇父把儿子骂了一顿，说儿子是个污糟猫，睡迷了，眼花。"

音楼嗤鼻一笑，皇帝粉饰太平的功夫向来不差。横竖永庆把话传到他耳朵里了，虽然有点可怖，但于她来说也许是个好机会。

永隆却斥永庆，厉声道："我看你是油脂蒙了窍，母后跟前浑说一气儿，叫皇父知道了看罚你跪壁脚！"说着对音楼长揖，"母后见谅，老三这阵子糊里糊涂的，说话也不靠谱，母后听过只当笑话，千万别往心里去。儿子替弟弟给母后赔罪，母后压压惊。那些鬼神之说信则有不信则无，母后是大智之人，好歹当不得真。"

音楼颔首，赞许地瞧了永隆一眼："你说得有理，我自然不放在心上的。时候也不早了，你们哥们儿回去吧，这事儿不宜宣扬，闹得宫里人心惶惶就不好了。"

永隆弓腰应了个是，带众皇子请跪安，纷纷退了出去。

宫里人寂寞，皇子们不说，却架不住底下人以讹传讹。这样带有恐怖色彩的消息是个好消遣，于是很快传遍了紫禁城的每个角落。

不管什么事，起了个头，总有好事之人往上头靠拢。一时谣言又起，看见承乾宫四周冒鬼火的有之，听见正殿里女人带着孩子哭的也有之。太后下令彻查严惩，几十个太监闯进了承乾宫，宫里萧索空旷，檐角挂满了蛛网，只有院里的梨花开得灼灼。

正殿、偏殿、梢间，每一处都仔细查验过了，并没有什么异常。太后在院子里松了口气："把窗门都打开，大春日里的，进点儿光，邪祟也就无处遁形了。好好的宫掖，白放着可惜了。地方就是要人住，没人气儿，时候长了难免滋长些个花妖树怪的……"话没说完，眼角瞥见配殿里有个人影从窗口走过，再细看，又什么都没有。饶是见多识广的太后也头皮发麻了，白着脸往后退了好几步，"上潭柘寺请高僧来，做一场水陆道场超度超度，兴许就好了。"

于是宫门重又关起来，这回还落了把铁将军。连太后都亲眼所见，这下子闹鬼更坐实了。皇后跪在太后炕前磕头："老佛爷，我不敢在坤宁宫住下去了，坤宁宫和承乾宫挨得近，万一……"

"浑说！"太后断然否决了，"你是国母，阖宫瞧着你呢，这会子挪地方，皇后不当了是怎么的？我活了一把年纪，这种事儿也听说过。阴司里的人上来闹，无非要吃要喝要穿，都给她，足意儿了还待如何？你先稳住，没的叫人瞧了不像话。"说完耷拉着眼皮眨巴几下眼睛，声调也降了下来，"这么的，求些符咒来，在宫里张贴张贴，就完事了。"

有皇太后这句话，音楼回去把整个坤宁宫都布置起来，墙上密密麻麻粘满了黄符，房梁上也挂了桃木剑和八卦镜，皇帝来时她颤声儿说："我瞧见邵贵妃了，满脸的血……手里拉个孩子，破布似的在地上拖着走。到我跟前她笑，地上孩子抬起脑袋来也笑，一笑脸上的肉往下直掉，一块一块的，吧嗒吧嗒……"她连说带比画，恐怖的声调加上惊惶的神情，交织出一个无比诡异的画面。她死死拽住皇帝的胳膊，"邵贵妃要讨债，尖声儿说'你男人害死我，我要你的命'。皇上，您不就是我男人吗？这回她缠上我了，怎么办？"

时辰不算早，差不多戌时三刻了，外间黑黝黝的，点了灯笼也是昏昏的。皇帝被她弄得发毛，低声道："你别疯了，神神道道不成体统。是不是做了噩梦？听多了信以为真，弄出这么个戏码来。"

"不是。"她说，"我老听见有人哭，就蹲在我床头，高一声低一声的，睁眼看又没有……您得想想法子，不然我会被吓死的。要不把国师传来，他不是给乾清宫捉过鬼吗？只要他肯出马，没有降不伏的鬼怪。"

皇帝有点为难："国师是和上神打交道的，弄来捉鬼，沾染了晦气，没法儿通灵了。"他把她抱进怀里安抚，"你听朕说，人只要心正，那些脏东西就不敢近身。你害怕，朕陪着你。朕是皇帝，有真龙护体，比你请十个道士都管用。"

她只是打战，上下牙磕得咔咔作响："这宫里死了多少人，哪一处没有鬼……"她使劲掐他，把他掐得生疼，"白天都好，晚上不成。我不敢睡觉，一闭眼就听见鬼哭，看见邵贵妃张牙舞爪要杀我。"

她这个模样好几天了，皇帝都有些招架不住，只能尽力安慰她，甚至把腰上闲章摘下来赐给她："朕的印章也能驱邪，你带在身上，保你百无禁忌。"

她倒是安静下来了，把头埋在他胸口，喃喃重复着"我怕"，皇帝无可奈何，只有紧紧抱住她。

音阁出嫁前两天到宫里来谢恩，天暖和起来，穿得也少，三个月的身子显怀了，身腰里细看鼓鼓囊囊的，往那儿一坐，隆起来不小的一块。

音楼有点萎靡，说话也有一搭没一搭的。狗爷抱在炕上，横趴在她膝头，她一下下捋着，淡淡扫了她一眼："过了门好好过日子，谢恩就不必了，我没为你做什么，你要谢就谢皇上吧！你瞧咱们姊妹，总这么阴错阳差的。想要的得不到，不想要的偏偏送上门来。我听说新姐夫是南苑人？南苑出来做官的真不少，要叫南苑王知道了,会不会笑话你?你也苦,往后有什么难处就进宫来,好歹自家姐妹,常走动吧!"

她这副二五八万的样子,音阁看了就来气。还提宇文良时,简直是往她伤口上撒盐。她是没想到,自己吃了苦头把张皇后赶下台,最后居然便宜了这个妾养的。音阁恨她恨得牙有八丈长,一定是她耍手段蛊惑了皇帝,否则说得好好的,怎么能一下子变卦?

她有气没处撒,什么皇后,在她眼里就是个捡漏的,不要脸,抢了原本属于她的东西。

她转头看满屋子的朱砂符,冷笑一声道:"娘娘把宫里弄得道观似的,真这么怕鬼?邵贵妃的死和你又没关系,不做亏心事,不怕鬼敲门。心里不磊落,难怪疑神疑鬼。"

音楼眯着眼看她,知道她满腹牢骚,怪谁?还不是怪她自己不成器!要是手段够得上,硬缠着也把后位弄到手了,何至于来祸害她?她的委屈和谁去诉?她天天想着肖铎,可如今他不在后宫走动了,要见他比登天还难。她觉得自己离疯不远了,有时候精神恍惚,魂魄可以脱离躯壳飞出去似的。她现在一点就着,别惹她还好,惹了她,立马就能变成炮仗。

她就是要恣意妄为,样样闹大了才好,便高声喝道:"放肆!你敢同本宫这样说话,吃了熊心豹子胆吗?你也不看看眼下境况,我是皇后,你是个什么东西?打小你就处处占着优,债台高筑,这会儿到你还的时候了,还没看明白?你进来给我磕头没有?我让你面子,你倒蹬鼻子上脸了!"她站起来,左右搜寻,看见案上的粉彩花瓶里插着簟把子[1],抽出来就要打音阁。

音阁没料到她会这样,见势不妙早闪开了,躲在雕花椅背后尖叫:"你疯了吗?孩子有个好歹你吃罪不起!"

音楼追得畅快无比,这么些年的窝囊气一下子都发泄出来了,嘴里骂骂咧咧着:"拿个孽种来威胁本宫,看我不打出你的下水来!你这烂了心肝的淫贱材儿,今儿要你的命,明儿下懿旨杀你妈,叫你们娘俩下阴曹和邵贵妃凑牌搭子去!"

一时间鸡飞狗跳,坤宁宫是宁静祥和的地方,从没出过这种事。皇后举着戒尺满世界追人,追的还是娘家亲戚,把宫里人吓成了雪地里的貉子。大伙儿愕了一

---

[1] 器具,把竹竿扎成一把。

阵，回过神来看要出人命，跪在地上抱住了皇后的腿，冲音阁道："姨奶奶快跑，仔细皇后娘娘给您开膛！"

音阁真吓坏了，披头散发哭号着跑了出去。

皇后站在那儿喘粗气："还好跑得快，要不把她打出狗脑子来！"抬脚踢翻了小太监，"杀才，本宫裙子给你拽下来了！"突然扔了手里的家伙什捂住了眼睛，"作孽……阿弥陀佛……邵贵妃来了！"

她开始大喊大叫，在月台上手舞足蹈，大伙儿看她不对头，顿时都炸了锅了，分头出去报信、上良医所请太医。又上来几个人想制住她，又不敢太放肆，四个人围成圈困住了她。她力气奇大，推推搡搡间众人挨了好几下，等皇帝来的时候她还在闹，双手伸得笔直要来掐他脖子。

皇帝心里着急，扔了扇子上来钳制，她胳膊没法动弹了，扭过脖子来，隔着龙袍一口咬在他肩头。皇帝吃痛，却并没有放开她，只是怒斥边上人伺候不周："皇后怎么成了这模样？"

宝珠哭道："姨奶奶先头来，不盐不酱地说了一车气话，娘娘心神一乱，许是克撞什么了。皇上快找高人来驱邪吧，这么拖延下去要坏事的。"

皇帝脑子里乱成了麻，命人把她抬进宫里，回身吩咐崇茂："快把国师请来，那炉丹药炼不成就炼不成，皇后性命要紧。"

崇茂火烧屁股似的奔了出去，一路往西海子跑，跑得鞋掉了也顾不上。迈进丹房迎面撞上了肖铎，他哟了一声："督主也在啊？"

肖铎蹙眉掸了掸衣裳："咱家来面见主子，听说圣驾进宫了。瞧你这模样，出了什么事？"

崇茂哭丧着脸说了不得，探头招呼太宵真人："皇上有旨，传国师即刻进宫。皇后娘娘撞了邪，在宫里见人就打，皇上都给咬出血来了……哎呀，快着点儿！"转头对肖铎道："承乾宫里邵贵妃阴魂不散，带着荣王出来吓人，连老佛爷都给唬得不轻呢！我看督主还是进宫瞧瞧，这时候东厂不出面，还等什么？"

宫里出怪事他是知道的，鬼神之说他一直不相信，可值房里的人都传得有鼻子有眼的，也闹不清真假。要是真的，太宵真人半瓶子醋晃荡，能驱鬼才奇了。他放心不下音楼，这会儿也顾不得，就依崇茂的说法，和皇帝毛遂自荐也是个说头。

进了坤宁宫，抬头桃木剑，低头黄符纸，瞧着布置得不成样子。太宵真人嘴里念念有词，迈着八字步捏着手诀，在地心开坛作法。肖铎努力往里看，落地罩后放着垂帘，隐约看见榻上卧着个人，只不得见面。他心里焦躁，不知道她现在怎么样了，却听见里头叫了声厂臣。他忙应了个是，打帘进了里间。

匆匆瞥她一眼，她仰在那里倒还算平静。许久不见瘦了好些，原本丰盈的脸颊塌下去了，张着空洞的两眼盯着房顶，形容凄恻可怜。他的喉头哽住了，心头一阵抽搐，仓皇调开视线，不能再看，怕看多了控制不住自己。

皇帝回身坐在榻上轻抚她的脸，可能是牵痛了肩头的伤，皱着眉头抽了口冷气："皇后这两日精神头不济，可是像今天这样却从来没有过。朕心里着急，好好的人，不知道怎么一下子成了这样，是不是朕对她约束太多……才刚太医来瞧，"他缓缓摇头，"瞧不出个所以然来。症候来得太突然，朕已经不知怎么才好了。承乾宫闹鬼，这说法厂臣信不信？"

肖铎哈腰道："鬼神的事，实在说不到底。臣本来是去西苑回禀今年的盐务，正遇上总管传话，得知出了这样的岔子，便跟着进宫来了。君忧臣辱，臣没能替主子分忧，是臣的失职。臣在想，是不是有人装神弄鬼吓唬人？若是得皇上首肯，臣派东厂的人进驻，守上三天三夜，就是真有鬼也把她拿个现行。"

皇帝听了大合心意，颔首道："朕正有此意，这么干放着心里总没底，受制于人不如先发制人，就依厂臣的意思办。"说着恋恋看她一眼，叹息道，"她才刚对朕下嘴来着，劲儿真不小……你们有些交情，她心里的结打不开，你替朕宽慰她几句。"言罢起身，捂着肩头踱出了寝宫。

皇帝给他们腾地方，这种境况谁敢顺杆儿爬？都是聪明人，心里明白，表面上皇帝是走了，可没准哪个角落里就有双眼睛监视着他们的一举一动。

肖铎痴痴看着她，心里像刀割似的，虽不能触碰，视线却隔不断。她怎么成了这模样？继续下去是不是要被折磨死了？他想过千种办法，可惜谋划起来都需要时间。他从来不愿意承认自己无能，这回却不得不低头了。一个筋斗翻出去，以为到了天边，没想到依旧在如来佛手心里攥着。原来他什么都给不了她，她明明是个简单快乐的人，遇上他，陷进这样一场孽爱，把她消耗得不成人形。

他努力控制自己，轻声道："娘娘保重凤体，承乾宫里必定是有暗鬼，臣会尽一切所能还娘娘太平，请娘娘放心。"

她连看都没有看他，也不说话，眼神仍然愣愣的，只有豆大的眼泪从眼角滔滔落下来。

即便只是听见他的声音，也可慰相思之苦。她心里煎熬，但是万万不能在这时候功亏一篑。她发作得莫名其妙，皇帝难免起疑。音楼觉得自己这回是在图谋大计，从来没有那么意志坚定过，她要把计划付诸行动。未来得自己争取，在宫里傻等着不是事儿，单靠他外头使劲，什么时候才是个头？里应外合可以把成功机会最大化，但现在还不是时候，如果能瞒过他，就能瞒过天下人，她愿意试试。

肖铎得不到她的回应，但是看见了她的眼泪，他知道她权衡了利害，不是不想，是不能。她的神志清明，无奈咫尺天涯，当真只差五步远，没法对视没法说话，她心里必定和他一样痛苦。

人经历坎坷才会变得成熟，从南下到现在，不满一年，那么多的困难，迫使她成长。所有的审慎都是拿一捧又一捧的眼泪换来的，他觉得愧对她，她还年轻，看过锦绣成堆，品尝过荣华富贵，如今只剩下满腹的苦涩。

她的腕子上还缠着他送她的迦南念珠，蜜蜡坠角是从他的手串上摘去的。她从来没有忘记，一直把他藏在心里。他鼻子发酸，很快转过身去，既然无法交谈就散了，不然单是定眼瞧着，传到皇帝耳朵里又生祸端。

国师的手段果然颇高，他开了坛，皇后的症候减轻了。起先咬紧牙关不认人，现在缓过劲来，就是疲累，卧在床上不肯动弹。问她之前的种种，她都想不起来了。

不过也可能是冤魂太厉害，好一阵坏一阵，似乎不得根治。皇帝一来她就念秧儿："糊车糊马，再要两个童男童女。荣王还没娶媳妇呢，哭着闹着要王妃。朝里有谁家死了闺女？我拿体己出来，给他配门阴亲，他就不来缠我了。"

久病床前尚且无孝子，她闹多了，皇帝也有点受不了她，去请太后示下，太后听了只管叹气："可怜见的，怎么弄得这样儿！咱们大邺历来的国母，没有一个这么狼狈的，传出去叫人笑死。一个皇后，缺了神明护佑，倒叫恶鬼缠上了，可见她八字轻，没有做皇后的命。现如今宫里草木皆兵，底下妃嫔们天还没黑就不敢走动了，这种事儿何曾有过？治家不严，下去了也没脸见祖宗。依着我，皇后还是挪出坤宁宫吧，找个地方静养，兴许离了那里，人就好起来了。"

皇后移宫，意思很明确，就是要废。皇帝心头拧了十八个结，现在看来腾地方肯定对她有好处，有时候人就是心魔摆不脱，未必真有鬼来找她麻烦。可是要废她，他下不了这决心。题外话先不论，自己在她身上多少也花了心思，想既往不咎过日子，真把她拽下来，就像烟灰撒在风里，什么都没了。

他皱起眉头："后宫无小事，何况是皇后出了岔子。罢了，此事暂且不议，近来动荡，儿子不孝，连累母后也担惊受怕。东厂那里已经着手调查了，不管它是鬼是佛，只要敢露面，就打它个原形毕露。母后宽怀，保重自己的身子要紧。那些事交给肖铎去办，他总有法子查个水落石出的。"

太后点头："不管查没查出来，法事还是要做的，也一并交给他吧！我有了年纪，实在经不得这些，总是没头绪，这宫里也住不下去了。"一面说一面拨弄着菩提，起身往佛堂念经去了。

## 第二十章 风义尽

清明很快就到，宫里管这天叫鬼日子，平时不许烧纸的，今次却有特例。各宫的主位早早让太监准备好了蜡烛纸钱，宫门一开就在槛外祭奠焚化，偌大个紫禁城，处处烟雾弥漫，也算一道奇景。

皇后照例每天一闹，比方好好的，抽冷子哆嗦一下，马上立起两个眼睛就骂人。太医束手无策，国师也束手无策。承乾宫请高僧超度过，宫里似乎是干净了，但是皇后依然故我，照国师的说法是阴魂找到了宿主，就像流浪的人遇见一所无人看管的宅院，住进去可再也不愿意出来了。换句话说，真正的皇后只怕被排挤在外了，里面的人可能是邵贵妃，也可能是荣王。

皇帝毕竟心虚，零零碎碎的消息听得多了，信以为真。他的帝位是从荣王手里夺来的，他们母子相继被他下令处死，阴司里的债，讨要起来快，想到这些很有些惧怕，渐渐便来得稀松了。但是皇后的位分依然不可动摇，就算是死，音楼也得死在坤位上。带着点赌气性质，自己的东西宁愿烂在手里，也绝不轻易撒开。

后宫不得太平，政局上又出了纰漏。大小琉球百余年前起依附大邺，每年进贡从不懈怠。近年来大邺国运萎靡，这些属国便开始蠢蠢欲动。大邺同外邦的丝银往来全靠海上，琉球傍海而建，滋生出一批倭寇来，专劫官船，抢夺货银。皇帝是太平皇帝，遇见这种问题措手不及。内阁官员有的主战，有的支持谈判，肖铎极力主张开战，泱泱大国，岂容宵小侵犯。但是打仗要大笔军需，细谈之下他又溜肩了，财政一问三不知，存心站干岸。

好啊，猫有猫道，狗有狗道，他是趁火打劫，想逼他就范吗？皇帝很生气，偏不信缺了他不能成事，于是召集内阁连夜商议，议来议去，最后决定派使节议和。两国相交，不动干戈最好，倘或这条路走不通，也能争取到时间来凑银子。

前朝如何天翻地覆音楼都管不了了，如今坤宁宫切断了和外面的一切联系，只要火候到了，她的努力就会有回报。

宝珠端着铃铛盅来，看她蹲踞在地上便唤她："主子，我叫人炖了甜枣羹，您进些，吃饱了才有力气折腾。"

她扒开青砖，从底下掏出个金漆凤纹包铁钉匣子，小心翼翼打开来看，里头手绢包的筒戒还在，大大松了口气。

他说过见物如见人，她把戒指举着，就着光细细地看，戒面上缠枝纹环绕，那么精美的做工，一看就联想起他那副趾高气扬的模样。她失笑，脾气坏，人又矫情，可是她那么爱，不管他的善与恶，对她来说都值得珍藏。她卷起袖子擦了一遍又一遍，坐回炕头，套在自己中指上，并起五指端详，看着看着眼泪就氤氲了脸颊。

心里暗潮汹涌，总不能叫人看得太透彻。她拭了拭脸，转头问："外面有什么消息没有？"

宝珠道："都是内廷伺候的下等太监，传的话也靠不住。说是朝廷要和琉球开战了，督主撂手不管，皇上正忙着和内阁商议对策呢！"

她迟迟嗯了声："是不该管，给人擦屁股，最后还落不着好，何苦呢！"说着看了铃铛盅一眼，显然没什么胃口，摆手道，"先搁着吧，过会子饿了再吃。我这里没事儿了，你去歇着吧！"

她总是夜深人静时把那个筒戒翻出来看，睹物思人也算是种慰藉。宝珠不知道怎么劝她，叫她一个人待着才是最好的吧！便道了个是，退出偏殿带上了隔扇门。

音楼倚着引枕，把那筒戒压在嘴唇上，喃喃道："再等一阵子，就快是时候了……你不知道我装疯装得有多累，可是为了能从坤宁宫出去，累点也值得。现在想想，皇上封我为后，好像也不是件坏事。不破不立，不止不行，索性坏到极处，或许就柳暗花明了。"她笑着，眼泪蓄得太满，不小心一漾就泼洒出来，"但是在我移宫前你要好好的,我不想失之交臂,我要和你在一起——生生世世在一起。"

转眼到了谷雨,雨生百谷,是一年最好的时节。

眼巴巴地盼着,彤云说过的,到了谷雨就来看她。大约是临产了,着了床没法给她写信,按理一个多月前就该生孩子了,也不知是男是女,母子是否都平安。

可能是算的日子有出入,时间过去好几天,一直没等到她来。音楼着急了,怕她出什么意外,没事的时候就到月台上转一圈。春天的日光很新鲜,照得久了脸上火辣辣的。她拿团扇挡住头顶上那一片,眯觑着眼眺望,宫楼深远,黄琉璃瓦上万点金光闪耀,一纵一纵,像小时候拿瓦片在河面上玩的打水漂。正出神,听见四六咋咋呼呼地从外面进来,在台根下仰脖道:"娘娘快瞧谁来了!"

音楼顺着看过去,宫门上小太监领进来一个人,穿着八团喜相逢比甲,人很富态,脚步倒是轻盈的。她顺着台阶走下去,定眼细瞧,原来念谁谁到,是彤云回来了!

音楼喜出望外,上去携了她的手,上下打量一通,她养得不错,珠圆玉润,越发透出一种风韵来。

彤云笑着蹲安:"给皇后娘娘请安,我在外一直记挂您,今儿可算见着了,主子好吗?"

好不好的,就那么回事。主仆俩吞声饮泣,哭了一阵音楼才想起来,低声道:"刚生了孩子的不能流眼泪,仔细伤了眼睛。"说完拉着她往殿内引,很久没这么欢喜了,她乐得坐不住,亲自捧果盘来,趋身问她,"生的什么?孩子好吗?"

彤云笑了笑:"是个男孩儿,落地八斤重,了得,可要了我的命了。"言罢略顿一下,嘴角直往下撇,"据说挺好,我迷迷糊糊听见他放声儿,嗓门响亮,料着是个齐全孩子。可惜了我那会儿累坏了,没来得及看他一眼,连长的什么样都不知道,就给奶妈子抱走了。"

她这么说,音楼有点讪讪的。都是因为她,叫彤云受这么多苦,临了连孩子的面都见不着。肖铎在这上头态度很鲜明,他信不过任何人,手上必须捏着点东西才能放心。音楼知道这样很残酷,她不敢问彤云恨不恨,其实不用问,怀胎十月生下的孩子就这么给人带走了,谁能不恨呢!她只管低头揉捏她的手,嗫嚅道:"我都没脸见你,把你祸害成这样,你要怨就怨我吧,别恨他。"

彤云叹了口气:"真冤孽啊,您向着他,自己都大包大揽了。我心里明白,要不是您替我求情,我连活着都不能够,还有什么可怨的!孩子带走就带走吧,让他去别处过普通人的日子，没什么不好的。咱们和皇宫打交道，谁过得快活了？所以我虽舍不得，到底得放下。儿子救了娘的命，谁也不亏欠谁，只怪缘分浅。"她说着却又哭了，"可是主子，我虽然这么劝自己，可要想明白不容易。我夜里做梦还梦见他，他出娘胎，我连抱都没抱过一回。所以我是想求主子个恩典，如果将来您和督主能远走高飞，临走能不能把孩子的下落告诉我？我要去找他，就算在天边，只要能带着他，哪怕不回大邺我也甘愿。"

做娘的苦，音楼想起自己的生母，临死前拽着她不放，可见天下做母亲的心都是一样的。她又羞愧又难过，握着肜云的手道："你放心，我能见着他，一定把孩子的下落替你问明白。他防人，不是他愿意这么着，实在是兹事体大，只有对不住你。"她推窗朝外看，见左右无人才又道，"咱们已经到了这个份上，你也瞧见了，我不拼个鱼死网破，这辈子都出不了宫廷。承乾宫闹鬼的事儿你听说了吗？"

肜云见她压低了声儿，也窃窃道："回北京时曹春盎就打翻了核桃车，叽里咕噜全说了。又说主子身上不好……"肜云仔细看她两眼，"说您吓着了，最近神思恍惚，可我瞧您还好，不像是撞鬼了。"

她尴尬地笑了笑，凑到肜云耳朵边上说："我是装的，这是逼得没法儿了，他再大的本事也不能把受了册宝的皇后怎么样，只有我自己使劲儿。谁能让一个疯子当国母？皇后遭废，少不得打发到冷宫里去，横竖已经疯得没边儿了，不小心打翻了油灯把自己给烧死，也说得过去不是？你来得正好，替我传话给他，到时候要劳烦他接应我，再找个死囚顶替，否则死不见尸，皇上必然不能罢休。"

肜云听得发蒙："敢情他们一口一个您病了，都是您装出来的？您这份天赋，真叫人佩服！"

音楼嘟囔了声："我没别的本事，就会装疯，我觉得自己装得挺像，都赖我爹把我生得好。"

两个人调侃两句复笑起来，亲近极了的朋友，在一块儿能暂时忘掉不快乐。音楼又道："把你配给肖铎，实在太对不住你，我常想，要是咱们能把名分换过来就好了，不管皇上人怎么样，终归他才是你的正主儿。可惜总是阴错阳差，咱们这些人，包括音阁，个个都是求而不得，全怪老天爷作弄。"

肜云还在思量她要装疯死遁的事儿，细想起来这对自己大大有益。她从没这么迫切地希望他们能逃离，只要他们好好的，她就能把孩子找回来。

"名分不名分的都不重要，重要的是从这困境里挣脱出来。我琢磨过了，您的法子很可行。督主在外头给皇上施压，您这里再一乱，他没了主心骨，哪头轻哪头重就闹不清了。"她拊掌道，"咱们要早能想到这法子多好，可惜了拖到现在。"

音楼笑道："这种事不也得碰时机吗？！先前在哕鸾宫太太平平的，要疯也没门道。凡事都要撞个巧，眼下时候到了，盛极而衰才能跌得狠。进了冷宫，伺候的人少了，屋子着起来，救火的来得不那么快，烧透了面目全非，后顾才能无忧。"说着捂脸，"就是罪过大了点儿，万——把火烧了大半个紫禁城，那可怎么得了！"

"这会儿还管那些！不在一个宫苑，屋子隔了十八丈远，火星子想溅也溅不着的。"彤云高兴得脸上放红光，"就这么说准了，您定个时候，知会完了督主，好早早儿谋划起来。"

音楼说："还差一程子，我得上太后跟前闹去。过两天是浴佛节，后宫女眷要上碧云寺烧香还愿，临出宫来一出，惊动了老佛爷，皇上想留也留不住了。就是造孽的，别把老太太吓坏了，回头一病不起就不好了。"

彤云只说吓不死的："您要能把皇太后吓趴下，那您才是真本事。"

话音才落，宝珠进来通传，说皇上往坤宁宫来了。音楼听了忙去拿鸡毛掸子，嘱咐彤云说："我这头追你，你往他身后躲。皇上最爱小媳妇儿，尤其你这样的，没准儿你一个飞扑，就扑到他心坎上去了。"

彤云干瞪眼，既然这么安排，那就照着计划实施。皇帝进宫门的时候她正跑得花枝乱颤，见了那九五之尊像见了救命稻草似的，梨花带雨地哭喊着："皇上救我。"

皇帝不防备，一朵花儿飞进怀里来。打眼看这惊魂未定的小模样，手上忙搀住了，就是想不起来在哪儿见过。

彤云抽泣着，莺声道："皇上忘了，奴婢是彤云，原来伺候娘娘的，后来皇太后把奴婢指给了肖铎……"

皇帝长长哦了声，以前没留意她，没想到原来长得这么标致。再回身看，皇后被人拦腰抱住了，半趴在白玉围栏上挥舞着鸡毛掸子，咬牙切齿地骂："小贱人，你想害死我，我偏不称你的意儿……"

皇帝头疼不已，却放轻了声口问她："今儿进宫来瞧你主子？"

彤云嗯了声，幽幽地瞧他一眼："奴婢上老家去了阵子，回京头件事就是进宫来请安，没想到我主子成了这样。"仿佛惊觉自己还在皇帝怀里，慌忙往后退了几步，红着脸局促地绞帕子，又瞧天色，低声道，"时候不早了，不敢再耽搁，没的叫我们督主骂。皇上保重，奴婢去了。"

她跟着小太监往宫门上走，褶子下半截裹紧了腰臀，每挪动一步都呈现出转腾翻滚的况味，很有一种撩人的趣致。皇帝啧啧惊叹，奇怪女人嫁人之后和做姑娘时相比会有这么大的改变，就像玉要雕琢要温养，即便嫁的是太监，盘弄多了也像上了层油蜡，触摸上去滑不溜手，和以前大不相同了。

至于皇后，所作所为越来越出格，打人骂人已经不稀奇，某一天宫里伺候的太监宫女往东西十二宫分发珍珠粉，打开一看整颗珠子敲得四分五裂，颗粒太大，根本不能用。和送来的人打听，那人支支吾吾了半天才说，是皇后拆了凤冠得来的五千四百多颗珍珠。皇后娘娘亲自杵碎了分给众妃嫔，好叫大伙儿沾点喜气。

见鬼的喜气！连凤冠都拆了，这不是自毁根基是什么？太后宫里挤满了愤怒的妃嫔，让她们在一个疯子的统领下生活，这日子没法过了！

皇帝倒还算平静，拆了就拆了吧，着人重新打造一顶就是了。他如今被倭寇的事搅得焦头烂额，哪里有心思管那些个！

"皇后失德，国之大忌！"太后把炕桌拍得惊天动地，"再纵着她，回头连奉天殿的房梁她都敢拆！"

皇帝听崇茂传达太后的意思，未置一词，挣扎了很久才决定去一趟，劝皇后收敛些，虽然知道不会有多大成效，不过是尽个意思。本来以为她白天脑子能清醒点儿，谁知进门就碰见这出，还有什么可说的？皇帝站在中路上，愁眉苦脸地看了半天，最后转过身，又回西海子去了。

太多的愁绪，糟蹋了这明媚的春日。宫里鸡飞狗跳的时候，提督府上倒是一片祥和。肖铎借口处理漕运，已经连着七八天没去司礼监了，批红的事也看得不那么重了，还是朝廷妥协，把票拟送到府上来，开了大邺私宅理政的先河。

他坐在槛窗下蘸朱砂，勾勾画画，心不在焉。风吹树摇，托腮静看，淡然问大档头："我吩咐的事都办妥了吗？"

佘七郎应了个是："三十四个都是靠得住的亲信，已经埋伏在去碧云寺的路上，只等皇后娘娘凤辇一到就动手。"

他点点头，等了这么久，终于等到宫眷出宫的机会，错过恐怕抱憾终身，所以鱼死网破也在所不惜了。命人扮成乱党，少不得杀掉一干宫妃。人死得多了，注意力便分散了。他要把音楼劫出来，后面的事实在顾不得，走一步看一步吧！她在宫里出的那些事，一桩一件传到他耳朵里，他早就被凌迟得只剩骨架，喉管有没有彻底割破没什么差别了。

提笔狠狠往下一捺，他说："要有万全的准备，接了人往西去，后面的事我来处理。"

佘七郎迟疑了下："督主……属下们粉身碎骨追随督主，可这事还要请督主三思。半道上劫杀，和屠宫没有两样，万一哪步出了岔子，便是泼天巨祸。"

他抬了抬手："不必再议，目下这是最立竿见影的法子，我经不得耗，她也经不得。"

人能痴迷到这程度叫人纳罕，入情像饮酒，有的人浅尝辄止，有的人却甘愿灭顶。很显然，督主属于后一种人，劝已经不起作用了，越劝越不可自拔。

风卷过案头，把澄心笺纸吹得飒飒作响。檐下一溜脚步声到了门上，曹春盎哈腰道："彤云姑娘从宫里回来，在外头求见干爹。"

他搁下笔叫进来，彤云进门纳了个福，笑道："许久未见督主，督主这一向可好？"

他点头："都好。见着你主子了？有话带出来吗？"

她应了个是，把她主子嘱咐的话一字不漏全回禀上去："照着路数来，似乎是个万全的主意。只是奴婢听了心里难过，好好的人，装疯卖傻叫人按着，实在受了大委屈了。"

一抹愁云浮上他的眉梢，他微微发怔，靠在那里不说话。上回匆匆见了一面，知道她不至于真的发疯，没承想是这样盘算的。这丫头真沉得住气，明明早该打发人知会他的，却一直隐瞒到今天，是不是对他没了信心，已经不再指望他了？

他心头悲苦难言，佘七郎却大喜过望："这是个万全之策，皇上疑心极重，哪怕再多的妃嫔被劫，只要皇后在内，必定要往督主身上牵扯。若是照着娘娘的意思办，戏演得以假乱真，皇上就是发难也摸不着首尾。"

他喟然长叹，撑着额头道："叫她受这么多苦，是我无能。"

底下三人面面相觑，彤云忙道："主子说了，只要能和督主在一起，吃再多苦也心甘情愿。她自己知道，光靠您使劲儿成算不大，要她自己出幺蛾子才能破这个局。督主明白主子的心就成了，先苦后甜，往后有的是时候来补偿她。"

他不言声，凝眉思量了会儿才对佘七郎道："既这么，先头的计划暂且搁置。浴佛节那天是我伺候，她要做什么，我也好从旁协助。"言罢摆了摆手，"你们都去吧，让我一个人好好想想。"

人都散尽了，午后的日光懒懒照进来，落在伏虎砚台上。

他起身绕室踱步，渐次沉淀下来。现如今是彻底看透了，权势对他来说不过如此，即便万万人之上，依旧是个替人卖命的奴才。只要她能从宫里脱离出来，他一定带她远遁。这些年该受的苦受够了，该享的福也享尽了，宫廷没有给他带来什么益处，唯一的收获就是救下了她。他穿蟒袍，系玉带，顶的是太监的头衔，所幸她不嫌弃他，才能成就这么一段姻缘。

瞻前顾后太多，幸福从指缝里溜走，待要抓紧却来不及了。吃一堑长一智，这回定要牢牢把握住。他蹙起眉思量，大小琉球的进犯为他提供了好时机，朝廷派出去的使节是个只会夸夸其谈的蠢物，倭寇依旧会在海上兴风作浪，最后出兵也是必然。太平盛世受的限制太多，乱世里却有逃出生天的希望。一艘福船上混进个不起眼的小兵，离开了大邺疆土便天大地大，所以眼下只要助她把戏演好，他们甚至可以带上身家走得不慌不忙。

他走回去，仰在躺椅上悠悠笑起来，不鸣则已一鸣惊人，这丫头是员猛将。叫他痛过、悲过又重燃起希望，这个浴佛节，变得前所未有地令人期待。

装疯装得久了，音楼已经摸着了门道，眼神要呆滞，动作要怪异，嘴里胡言乱语，这么的就足以糊弄住所有人了。皇帝起先是不信的，对她多番试探过，无奈她时好时坏，观察了很久，到底还是放弃了。若论感情，不能说没有，但和肖铎必定没法比。或者只有初初的一点眷恋，后来更多的是不甘和利用。音楼有时觉得他很可怜，空得了江山，连自己想要什么都不知道。他爱身下的鎏金龙椅，爱祖宗传下的万世基业，更爱吃喝玩乐纵情声色。他就像南唐的李后主，有才情、性骄侈、喜浮图，唯独不恤政事。一个国家气数将尽，末代便是这样一副让人无能为力的惨况。

四月初七，宫里忙开了，为第二天的浴佛准备全套的纯金器皿、宝香、会印钱及放生的活物。别人做功德，一般放鲤鱼和龟鳖，音楼不是，她叫四六抓了条刚出洞的蛇，装在绡纱做的袋子里，自己亲手拎着，大摇大摆地去了皇太后的慈宁宫。

绡纱很薄，里面的东西可以看得一清二楚。春天万物生发，蛇才从一个寒冬里醒转过来，正是活跃的时候。那是条碧绿的竹叶青，筷子粗细，身条优美，昂着头吐着芯子，直往袋口上蹿。

音楼的出现立刻引出一连串尖叫，淑妃战战兢兢地说："皇后娘娘，这蛇有毒，叫它咬一口会出人命的。"

毒牙早拔了，音楼小时候并不娇养，这种东西也不害怕。她往上抬了抬手，举到淑妃面前："你瞧它多漂亮，怎么会有毒呢！淑妃喜欢吗？喜欢我和你换，你那尾锦鲤也不错。"

她的口袋往前一送，几乎贴上淑妃的鼻尖。绿油油一团夹带着腥气扑面而来，淑妃吓飞了魂，两眼一翻就昏死过去了。

殿里乱成了一锅粥，皇太后双手合十大念阿弥陀佛，冲音楼斥道："皇后也自省些个，你放生什么都不要紧，叫底下人关在笼子里带到碧云寺就是了，自己提溜着像什么样子？你是皇后，不是外间的山野村姑，这样不忌讳，有失皇家体统！"

音楼不以为然，扭头道："老佛爷此言差矣，众生皆平等，为什么独不耐烦我的蛇？我是皇后，我爱提溜着，谁也管不着。"

她这个猖狂样儿，天皇老子也拿她没辙。皇太后厌恶地皱了皱眉，回身看榻上的淑妃，嬷嬷使劲掐了半天人中，这才悠悠醒转过来。睁眼一看皇后探头探脑，淑妃就哭了，抓住太后的衣襟道："老佛爷给我做主，姊妹们都是好人家出来的女儿，怎么经得住皇后这么作弄！宫里再不整治，往后还能成事吗？今儿吓唬我，明儿就该杀我了。皇上不管，老佛爷再不管，咱们这些人可活不了了。"

音楼一听生气了："淑妃你胆儿不小，当着本宫的面敢叫老佛爷惩治本宫，当我是死人吗？坏话背着人说的道理不明白，要本宫教教你？"

淑妃愕然往后缩了缩："看看，这是又要发作了。早前皇上封后她就推三阻四，万事都有定数的，非要把人按在那个座儿上，她福薄镇不住。当初还不如封贵妃，总比大伙儿一道水深火热的好。"

音楼错着牙道："越说越不像话了，我手里有金印，你再聒噪一句，即刻摘了你丽妃的衔儿！"

旁边丽妃一脑门子汗，怯怯举手道："娘娘，我才是丽妃，她是淑妃。"

音楼哦了声："对，我弄错了。"又冲榻上的人使劲指了指，"皇后有什么了不起，照样不得皇上宠爱。你以为你一哭二闹就能挽回皇上的心吗？我有儿子，你有什么？将来大殿下继位，头一个把你送进泰陵，看谁护得了你！"

她东一榔头西一棒子，把人弄得摸不着边。大伙儿再一斟酌，那不是邵贵妃的口气嘛！顿时惊慌失措起来。青天白日里皇后鬼上身了，这怎么得了！大伙儿都求自保，轰的一下作鸟兽散。平时养尊处优的妃嫔们跑动起来不含糊，三下两下出了慈宁宫门，站在槛外拍胸喘气。

夹道里卤簿都预备妥当了，肖铎正指派人打点，听见动静转过头来看，太后从门里匆匆出来，他待要上前行礼，后面皇后也跟了出来，脸上粉抹得厚，眼梢擦了胭脂，看上去鬼气森森。

他知道她的计划，心里是笃定的，只歪脖儿打量她。她很快瞥了他一眼，没什么表示，扬手招呼太后道："老佛爷等等我，我一个人乘辇有点怕，总有什么跟着我似的，咱俩搭伙，一块儿坐得了。"

皇太后都快被她吓死了，心在腔子里乱窜，怎么能和她坐一抬辇！当即虎着脸道："你有你的銮仪，又不是逃难，两个人挤作一堆算怎么回事儿？好了别闹，赶紧动身吧，等到了碧云寺请方丈好好给你驱驱邪。"

她蔫头耷脑，看众人上了车，自己茫茫然站了一会儿。肖铎上来搀她，低声道："娘娘登辇吧，有什么话对老佛爷说，等到了碧云寺再叙也无不可。"

她这才怏怏往自己凤辇方向去，意态虽装得萧索，五指却紧紧扣住他的手。他抬眼看她，她只能用余光扫视他。她的纽袢子上挂着十八子手串，底下回龙须拂在他腕子上，隐约的，像个触摸不及的梦。原想等她上了辇，至少跟她说句话，谁知她脚下忽然顿住了，放开他掉头就走。太后的辇还没坐稳她又折了回来，伸手打起帘子，咯咯笑道："老佛爷，您说要扶我做皇后的，您忘了吗？现在赵氏已经死了，总该轮着我了，您说话不算话，骗鬼吗？"

她狰狞地笑着，一步步迈上脚踏。皇太后彻底受了惊吓，缩在车内惊声尖叫，什么体面尊荣全顾不上了，所幸肖铎上来阻止，她一迭声道："快把这疯妇抓起来，快抓起来……我大邺没有这样癫狂的国母，皇帝不废她，我也容不得她！把她关起来，关到角楼上去！底下使人看着，除一日三餐不给旁的供给，不许她出角楼一步，否则打断她的腿！"

皇后被人架住了，宝珠上去哭求："老佛爷您慈悲，我们主子是御封的皇后，诏告了天下的。您把她囚禁起来，皇上跟前也没法交代……"

音楼演得兴起，越发挣扎号啕，哭先帝、哭荣王，把所有宫妃都闹下了车。

眼看收势不住，皇太后恼火异常，断然喝道："皇帝那里自有哀家去说，不劳你费心。你舍不得你主子，跟着一道去，也免得她孤单。"冲肖铎一比手，"你打发人去办，浴佛的行程不能耽搁，这会子往寺里要紧。皇后的事先搁着，等回来了知会皇帝，这个后，不废也得废！"

肖铎道是，趑身对闫苏琅使个眼色，自己仍旧持金节[1]，开道往大宫门上去了。

音楼折腾了一通，筋疲力尽。可是再累，心里却是高兴的。终于办到了，叫皇太后废她，一个发了疯的皇后还不如之前的张皇后，没有住英华殿的福气，一口气送进角楼去了。角楼从墩台至宝顶有九丈高，如果逃不脱，从墙头跳下去不知能不能活命……不管怎么样，那里是紫禁城的边缘，只差一点儿就能走出去了。宝珠上来换她，她抓住她的手，整个身子都在颤抖。原来劫后余生就是这样的，她恨不得放声大笑，自打去年入宫以来就没这么高兴过。

闫苏琅并不知道内情，失了势的皇后，没有特别的优待。到城门上让戍军放行，顺着台阶上去，把人送进门方作一揖道："娘娘且在此安置，臣命人到坤宁宫收拾娘娘细软和换洗衣裳，想起来缺什么就同底下缇骑说，臣再想法子替娘娘办妥。"

音楼呆滞地看他一眼："这里没有帘子吗？万一有鬼怪趴在窗户上往里看怎么办？你叫人挂上帷幔，再送五十支羊油蜡来，本宫夜里怕黑，要整夜点灯才能睡着。"

闫苏琅听了微一顿，抬眼道："宫里用油蜡是有定规的，娘娘要五十支，真有些难为臣了。"

音楼对宝珠号啕起来："你瞧这人！"

宝珠忙安抚她，冲闫苏琅道："我们主子到底还是正宫娘娘，要五十支油蜡不见得哪里逾越了。闫大人能办是最好，要是不能，咱们再想法子去求肖大人。就是区区小事麻烦他老人家，有些不好意思罢了。"

闫苏琅转念一想，步音楼和肖铎是有些交情的，当初从宫里出去借居在提督府，李美人找她告了一状，肖铎还曾给他提过醒儿。真为一点小事叫上头觉得有意为难，那就不好了，便道："既这么，臣回头吩咐下去。被褥铺盖过会子就到，娘娘先歇一阵，到了饭点儿自有人送吃的来。"

音楼点头把他打发了，自己背着手屋内屋外四处查看。角楼虽然孤凄寂寞些，规格却是很高的，覆镏金宝顶，梁枋饰墨线大点金旋纹彩画，隔扇门和坤宁宫一样用三交六椀菱花，连槛窗都雕夔龙。要不是地势高，春天显得风异常大，真没什么

---

[1] 符节。

不称意，还很有种遗世独立的美。

内外只有她和宝珠两个人，她搓手笑道："蛮好，我看比哕鸾宫还强些。这儿没人，我也用不着每天一回装疯卖傻了。"

宝珠道："可不，每每瞧您折腾，奴婢都替您累得慌。"说着咪地一笑，"您今儿演得真好，我看把督主也唬得一愣一愣的。难为您，再熬上几天就该苦尽甘来了吧！"

音楼嗯了声道："但愿一切尽如人意。"

宝珠迟疑道："就是不知道皇上会不会追究，您说他对您是真有情吗？"

音楼摇了摇头："他只是不甘心罢了，不愿意承认自己比不上个太监，心里不痛快，就要所有人跟着不痛快。他常说自己是文人，文人心眼儿小得针鼻儿似的。肖铎那么个大活人戳在眼窝里，又不能除掉，所以就挖空心思硌硬人。其实他最想册封的还是音阁，只不过我的利用价值比她大一点罢了。既然他们有了孩子，这辈子横竖是纠缠不清了，他有恃无恐，索性把这个位置腾出来圈禁我。"她长长叹了口气，"他有句话说得没错，他的后位不值钱，至少对我来说是这样。今天终于摆脱了，我只要安安静静等着肖铎来找我，商议好时候再演一出戏，我就该功成身退了。"

未来触手可及，她靠着槛窗笑得欣然。心头像卸下了包袱，她知道碧云寺里的他一定也是欢喜的。今晚他会来吧？这么想他，刚才短暂的触碰不能缓解她的相思。她一个人掰手指头数，到底多久没在一起了？数不清了，仿佛从她进宫后就一直是匆匆忙忙的，却也因匆忙，每次相见都变得更加深刻。

肖铎那头办差，依然进退有度纹丝不乱。

浴佛的仪式完了，太后把从佛前求来的神符交给他："你得了闲儿给皇后送去，到底有没有用，我也不敢想了，横竖试试吧！"说着长叹一声，"我原就反对皇帝册封她，瞧瞧才三个多月，闹得这样收场。到底她来路不正，邵贵妃和荣王作祟倒罢了，只怕还有先帝。不管翻没翻过牌子，毕竟是他的人，皇帝把人收进后宫欠妥当，再一封后，更叫人伤心了。如今这样也没法子了，她疯得没边儿，只能关在角楼上自生自灭。但愿她运数高，远离了承乾宫能好起来，也算捡了条命。"

肖铎道是："全看娘娘的造化吧！老佛爷尽了人事，剩下的只有听天命。可依着臣看，使了那么大的劲儿捉鬼驱邪都没用，还是娘娘的心魔占了大头。好女不事二夫,娘娘必定自责,又不得疏解,久郁成疾就打这上头来。身上有恙,尚且可以传太医医治,心里有病症,谁都帮不了她。臣是怕娘娘一个人束在高楼,万一想不开出点什么事……"

太后在金盆里盥洗,他托着巾帨送上去,太后接了拭手,茫然垂眼道:"你心太善,见不得谁受苦,咱们都一样的。可是事情到了这地步,哪里能安顿她?她闹起来你是没瞧见,"边说边蹙眉大摇其头,"像黄皮子进了鸡窝,那份糟心劲儿,天底下罕见。这么下去大家不得安生,还是远远打发了,宫里图个太平吧!"

音楼小事糊涂,大事上却很有主见,就瞧她把皇太后吓得那模样,可见先头在殿里就有过一番作为。太后越厌恶她,对他们越有利。肖铎握紧了那道黄符应了个是:"老佛爷是宫里娘娘们的主心骨,要想定国必先安家,不能为了一个,弄得大家伙儿提心吊胆。臣已经吩咐下去,角楼底下加强了守备,娘娘就是在楼里闹翻了天,也妨碍不到别的主儿了。"言罢哈了哈腰,却行退出大殿。

曹春盎见他露脸,请他到僻静处说话。这小子常一副鬼五神六的样子,探过来和他咬耳朵:"干爹,西角楼的人都替换了信得过的,您来去不必忌讳什么。再一个就是彤云,皇上怪异得很,传彤云过西海子说话,不知道说了些什么,儿子让平川盯着,一有消息就回禀干爹。儿子眼下是怕,彤云和皇上毕竟一夜夫妻,还生了个儿子。倘或她嘴不严,把娘娘装疯的事儿说出去,那咱们这回的计划就全泡汤了。"

肖铎倒显得很笃定:"她不敢,这就是我为什么要把她和孩子分开的原因。如果她不想让孩子活着,尽管去胡诌。女人和男人不同,只要拿捏住了这个命门,不愁她不听话。"说完又问,"那孩子现在怎么样?"

曹春盎道:"送到乌兰木通去了,有个熬鹰把式家里没孩子,整天求神拜佛。这会儿给他一个,比拾了狗头金还高兴呢!据说有的人就是这样,自己怀不上,领了一个,肚子嫉妒了,就能生一串。送去的时候唯恐孩子受委屈,包裹里带了五十两银子,两口子乐得什么似的,拍胸脯担保对孩子好,干爹就放心吧!"

他点了点头,看外面天色不早,是时候回宫了。转头去料理銮仪,心里越发急迫,手上的事赶紧料理完,也好早早去见她。

时间过得真慢,事儿也多,他耐着性子一样样伺候周全,待皇太后进慈宁宫安顿下来,他方请旨往南边值房里去。

闲下来盼着太阳快点落山,静静坐上一阵,想想风尘仆仆,奔波一天满身的灰没法见她,于是收拾一通换了身衣裳,左右难熬,干脆出宫上东厂转转。心不在焉地听了最近侦缉的情况，画押书那么厚一摞，他伸手想去翻阅，最后还是作罢了。

日头渐渐西沉，余晖一缕一缕被夜吞噬，外面迷迷蒙蒙，离得稍远些就看不清人影轮廓了。他起身出门，沿筒子河往北，兜了个大圈子才到西角楼。远远站住了脚估算，这里离太素殿很远，横亘了整个紫禁城，就算燃起来，烧得火光冲天了那边才能察觉。还有出逃的路线，门禁上换了自己人，马车出入不盘查就够够的了。

他十拿九稳，有了成算，心里安定下来。护城上挂着十来盏巨大的白纱西瓜灯，缇骑钉子似的压刀伫立着，班领看见他，上前行礼叫了声督主，他略颔首："皇上来过吗？"

班领道："回督主话，皇上没来，打发御前总管瞧了一回。没说旁的，让皇后娘娘安心养病，要吃什么、要传太医，都知会当班的人。交代几句就走了，没有逗留太长时间。"

他听了只觉好笑，这就是所谓的爱，果然君王薄幸。还好音楼不孤凄，有他心疼着，皇帝再疏离，对她也不能造成伤害。

他抬了抬手，栅栏撤开了，他提袍上了台阶。

晚风习习，这月令已经不觉得冷了，只是扶墙而上，城砖粗粝，磨得他手心发疼。上月台看去，楼里灯火煌煌，门扉半开，许是在等他吧！他疾步过去，里面帷幔重叠，轻的纱，被风一吹飘飘拂拂。纱幔后有个纤丽的身影，正托着烛火燎油蜡底部，蜡化开了，一支一支紧紧粘在台面上。

宝珠从里间出来，看见他待要行礼，他比了个手势示意她噤声，她会意，蹲个安便退到抱厦去了。

他进门，踏进一团温暖的光里，走得悄然无声，仿佛这是个梦，脚步重些都会惊醒梦中人。一步一步往前，她没有察觉，阔大的袖子随动作舒展，一个欠身都柔媚如水。他站在她身后，心脏怦怦跳动，受不得这距离，终于一把将她拥进怀里。

她微抽了口气，知道是他，没有挣扎，把手覆在他手背上，半仰起脸，缱绻地和他蹭了蹭："你来了？"

他嗯了声："等了很久吗？"

她转过身来，轻轻笑着："不久，每天睁开眼睛就在等，已经习惯了。"

"是我来得太迟。"他莫名感到酸楚，甚至不及她坚强。

她抬起手拭掉他的眼泪，脸上挂着微笑，嘴角却微微抽搐，哽声道："一点都不迟,每当我坚持不下去了,你就会出现,比约好的还要准呢!"

说不清的味道,凄凉伴着慰藉,惆怅伴着欢喜,交织在一起向他涌来,瞬间泛滥成灾。他抱住她不停地亲吻,一遍又一遍,仿佛这样才能把心里破开的窟窿织补起来。

他说:"音楼,你是个好姑娘,这回出了大力气,要是没有你突然的顿悟,咱们还得困在那座城池里。"他揉揉她的脑袋,"怎么说开窍就开窍了呢,我以为你至少要等生了孩子以后才会变聪明。"

她听了不满:"人走投无路时就有勇气杀出一条血路来,我做到了,而且演得以假乱真。"她得意扬扬地抱住他的腰,紧紧贴在他胸前问他,"我们只要再分开一次,就能永远在一起了,是不是?"

他说:"无论如何我一定要带你走,就算整个大邺倾尽国力来追杀我,我也顾不上了。"

她却凝了眉:"我想过,如果不能走出这里,就从角楼上跳下去。我花了那么多的心思,装了两个月的疯子,如果老天再刁难,说明我们命里无缘……"

他掩住她的口:"想逼我殉情?只要你跳下去,我绝不苟活,说到做到。"

用不着说什么"我死了你好好活下去"的话,说了反倒显得虚伪。事到如今他们只有一条路可走,若非通向九重,便是直达阿鼻地狱。她含泪笑道:"那么死也死在一起,好不好?"

他自然应允,这些日子以来,所有的痛苦和煎熬都尝遍了,假如不能在一起,活着和死了有什么区别?他拉她回榻上,单是面对面坐着,难以抓挠到心底最深处的痒,想了想,索性直接将她压在身下。这种示好的方式真特别,音楼以为他总要做些什么,可是没有,他把脸贴在她耳朵上,一本正经道:"就定在三天后,多一天我都等不及。我已经让大档头在牢里挑拣女犯,到时候尸首穿上你和宝珠的衣裳,火烧得大,面目也就辨认不清了。你们出了宫不要回头,我安排人送你们去安全的地方,先待上几天,等朝廷往琉球派兵,咱们一道出大邺,再也不回来了。"

音楼心里热腾腾地烧灼起来,真能这样,便是最好的结局了。她负载着他的分量,感觉安逸,环着他的腰背问他:"你怎么确定朝廷会派兵攻打琉球?万一议和议成了呢?"

他咕哝了一声道:"你听说过两国交战不斩来使吗?倘或连使节都被杀了,那这仗不打也得打了。"

原来是早做了准备,那位出使的官员不论谈得怎么样,都不能顺利交差了。所以只要她起个头,他就会妥当安排好退路,叫她没有后顾之忧。她欣然道好:"那就三天后,亥时你派人来接我,我等着你。"

他笑着吻她的眼睛:"一言为定,可是以后你就不是皇后了,没有尊崇的地位,没有人对你叩拜行礼。咱们逃出去,离开大邺,也许找个渔村山坳落脚,也许会吃苦,你会后悔吗?"

她咧着嘴露出一口糯米银牙:"那么你不再是督主,不再权倾天下,没有华美的冠服,没有漂亮的饰物,你会后悔吗?"

他认真思考了下:"不会,因为我有钱。"

音楼哧地笑起来:"我也不会,因为我有你。"

他低下头,撩开她的裙裾,和她痴缠在一起:"这话没错,你有我,即便再多苦难也不用怕。我替你挡风遮雨,我为你肝脑涂地。咱们去建个城,城池里只有你和我,把过去错失的时光百倍找补回来。"

她瓮声长吟:"我不要城,树大招风,还没有吃够以前的苦吗?我宁愿盖间茅草屋,隐居在谁也找不到的地方,平平安安度过一生就足意儿了。"

他和她唇齿相依,低低道好:"用不着呼奴引婢,日常起居都有我,保证比旁人贴心一万倍。"

她蒙蒙看他,又生出新的感慨来,抬手描画他的眉眼,嘟囔道:"多好的男人啊,上得朝堂,入得厨房。可是离开大邺你就摆脱了太监的身份,咱们不能去民风开放的地方,我怕你出去买个菜就再也不回来了,因为某一户有闺女的人家瞧你长得好看,把你劫走做倒插门女婿去了。"

他颇无奈,一下咬在她鼻尖上:"看来傻病想根治,非得花大力气了……"

四月十一,极平和寻常的一天,却是音楼生命里最要紧的日子。

从日出时起就在盼望,坐在窗口看日影一点点移过去,心里的激动要花很大的力气才能平息下来。

不知是巧合还是有预感,皇帝基本已经放弃她了,今天巳时却来看她,音楼装得呆呆的,定着眼珠子,他也不介意,在她对面的矮榻上盘腿坐下,絮絮说了很多,说自己的童年趣事和心路历程,最后蹙眉看她:"你心里有气,爱怎么闹都可以,为什么一定要去招惹老佛爷?现在被关在这里,弄得半人半鬼,有意思吗?朕一直不明白,肖铎到底哪点好,叫你这么死心塌地。他拥有的全是朕赐给他的,朕才是这天下的主宰,你难道看不透吗?你装疯卖傻这么久,其实朕都知道,不忍心点破你罢了。你在角楼住了两天,视野可曾开阔些?想明白了就跟朕回去吧,皇后的地位没有人能动摇。"

音楼知道他在试探,他最信鬼神,这么久了,明明很惧怕,还要时不时敲缸沿,看能不能套出她的实话,真是无聊至极的人。

她往前凑了凑:"真的让我做皇后吗?太好了,我终于可以做皇后了!"她站起身手舞足蹈,"赵氏失德败兴,在后位上赖了十一年,风水轮流转,如今总算轮到我了!皇上到底站在我这边,我是最后的赢家……那大殿下呢?您立他为储君吧!太子位定下了就没人敢篡逆了……"她说着嘤嘤哭起来,垂着两手往外走,"大殿下死了,他死了,我当上皇后还有什么用!"

皇帝也骇然,没反应过来,听见外面宝珠大喊大叫:"主子您醒醒神儿……醒醒神儿……"

他慌忙追出去,皇后一条腿使劲往女墙上跨,嘴里长嚎着"我活着没意思了,大殿下带上我吧"。他吓得头皮发麻,壮了胆儿上去把她拽了下来,看她涕泪纵横的模样灰心至极:"疯成这样,真没法子了。"又对宝珠道,"好好看住你主子,有个三长两短唯你是问。"语毕拂袖而去。

交申时的点儿彤云也来了,一旦她离开北京,两个人这辈子就没机会再见面了。彤云淌眼抹泪,嘴里念叨着:"我恨不能跟着您一道去呢,谁爱待在这囚笼里!可是我不能,我老家有爹妈哥子,外头还流落个小的,我怎么能拔腿就走呢!主子,这一别只怕山长水阔了,也不知道还有没有机会再见面。"

音楼拿手绢给她拭脸,叹息道:"别哭,其实我走了对你才是最好的。咱们名义上是主仆,可在我心里你比音阁还亲。往后你要好好合计合计,看看怎么让皇上认下你。"她觑眼看她,"我听说他召你进了西海子,有什么说头吗?"

彤云脸上一红:"就说些闲话,问是不是老佛爷知道了您和督主的事儿,为了避人耳目才把我指给他的。又问眼下过得好不好,问他对我怎么样,两个人住不住在一处……"她扭捏了下,"皇上不老成,眼睛乱瞄,手还乱动,我心里有点怕,找了个借口就告退了。"

音楼听得愣神:"你怕什么?你们俩本来就……嗯,那个……"

彤云越发腼腆了:"一回就怀上了,也没品出滋味儿来……"

音楼捂嘴大笑:"没品出来接着品,不是正好嘛!你别说自己不想留在他身边,我是知道的,女人对自己的男人,哪个真正能割舍?何况还有了孩子,情分更是不一般。"她牵了彤云的手合在掌心里,温声道,"横竖我和他都是要走的,你一个人留在京里无依无靠怎么办?还是想法子进宫吧!将来把孩子找回来,让他认祖归宗,咱们大伙儿就都圆满了。"

她怔忡着,极慢地摇头:"不能明着来,我那时候替了您,还偷偷生孩子,这是欺君,能落着好处吗?您别替我操心了,到了外头千万留神,好好照顾自己。我是不要紧的,您常说我头子活络,还能亏待了自己?夜里我去见皇上,想法子拖住他,等这儿烧得没救了,他来了不过是瞧一眼废墟,也无力回天了。"说着摘下腕上的镯子交给她,拭泪道,"奴婢和您好了一场,临了没什么能送您的,这个您留着,往后不管到了哪里,看见它,就想起奴婢伺候过您一场。"一面说一面起身,依依不舍道,"我去了,久留落人眼,回头再生出岔子来。主子保重,好歹别忘了我。"

音楼哭着送了出去,彤云回身把她挡在槛内,自己提裙下台阶,风吹起她的裙袂,数不清的褶儿,飘飘摇摇,拐个弯就不见了。

天渐暗,膳房按时送吃食,照旧来收碗碟。送饭的嬷嬷隔着幔子看了一眼,皇后娘娘和平时没什么两样,人痴痴的,坐在那里嘀嘀咕咕,不知道在说些什么。鉴于她时不时闹个鬼上身,宫里人人都怕她。有事儿不敢问她,只敢和宝珠打听:"皇后娘娘的病有起色没有?"

宝珠面露难色,一味地摇头:"越发厉害了,半夜里不睡觉,在地心噔噔跳。您瞧她不住嘴地说话,猜猜她在说什么?在说饿呢!才撂了筷子就叫饿,怕是饿死鬼上身了,别什么时候要吃人吧!我实在受不得,打算求老佛爷给个恩典,就算打发我去浣衣局我也认了,总比吓死在这里好。"

嬷嬷听了更慌张了,只说:"你且撑两天,我回了老佛爷再做定夺……把用过的碗筷搁在外头,过会子自有人来收的。"说着提上食盒,头也不回地跑了。

夜色愈加深沉了,一弯上弦月挂在西面,天地间昏沉沉的。音楼和宝珠收拾好了包袱在楼里静待,隐约听见远处传来马蹄踩踏青石板的声响,笃笃到了底下,便不见动静了。屏息分辨,又有沉闷的脚步声,转眼到了门外。

云尉进来,冲她长揖一礼:"奉督主之命来接娘娘,娘娘莫声张,只管跟属下走。"

音楼点头，忙牵着宝珠出门。跨出门槛见两个番子扛着两具尸首，大约刚死不久，胳膊低垂下来，稍稍一动便跟着摇晃。她吓得往后一缩，云尉道："娘娘别怕，都是犯了死罪的女子，这么死比上刑场身首异处强多了。她们能替娘娘是她们的造化，死后少不得厚葬，便宜她们了。"说着往下引，"娘娘仔细脚下，马车已经在道口等着了。"

音楼咬紧了牙关不言声，因为太紧张，深一脚浅一脚，走路直打飘，好在有宝珠扶着，浑浑噩噩间坐进了马车。城门上把守的早换成了肖铎的人，因此到了门禁上无须多言，很快便放行让他们离去。车过了筒子河，云尉的缰绳一抖，顶马撒开四蹄跑动起来，车厢里骤然颠簸，颠得她坐不稳当，这才恍惚从梦境里跌出来，咦了声揪住宝珠："咱们出紫禁城了吗？"

宝珠笑道："本就在紫禁城的边缘，这会儿已经出筒子河了，您看看……"边说边打帘让她往后瞧，城楼上灯火杳杳，像天上点缀的星子，"瞧见了吗？咱们已经离开那座皇城了，以后就要四海为家啦！"

音楼满心说不清的感受，像打翻了五味瓶，酸甜苦辣一齐涌上来，把她冲得热泪盈眶。她在一片迷茫里远眺，车走得越来越远，然而那火光却越来越大。她拭了泪细看，似乎是燃起来了，熊熊的火焰冲到了半空中。角楼是大木柞结构的，三层重檐交叠，地势又高，一旦火苗拔起来，要扑灭就难了。

她让云尉停车，静静看上一阵，那片火光仿佛把昨天烧了个透彻，热烈、浩荡，却让人感到平实和寂灭。她长出一口气，转头问云尉："要烧多久？"

云尉道："说不准，也许几个时辰，也许要到明天早上。就算护军进去翻找，找到也不过是两截焦炭罢了。娘娘放心，这回定可后顾无忧。"

她抿嘴一笑，清澈的眼睛里倒映出碎裂的金芒，似有些惆怅，轻声道："皇后已经葬身在火海，这世上再也没有步音楼了。"转过身搭上宝珠的腕子登车，再看最后一眼，安然放下了车门上的垂帘。

今晚西风很大，砖木燃烧的毕剥之声乘势往东，一直飘到这里来。空气里有焦灼凄惶的味道，放眼看去，西角楼方向火光冲天，照亮了大半个紫禁城。皇帝匆匆奔到殿外，噩耗像个巨大的锤子，重重砸在他不甚清明的脑仁上。

"怎么会出这样的事？"他抓着崇茂问，"皇后呢？皇后救出来了吗？"似乎意识到问不出头绪来，趸过身就要出园子。

崇茂忙挡住了他的去路哀求："主子少安毋躁,您去于事无补,水火无情,伤了圣躬怎么得了!肖大人今晚在东厂夜审瞿良贪污案,这会子接了奏报已经去了。"他咽了口唾沫,小声道,"奴婢风闻,肖大人得了消息慌得不得,几回要冲进火场救人,都叫底下档头拦住了。皇上知道的,娘娘在楼里挂了好几层帷幔,着起来比捻子还好使呢,火星子呲溜溜地蹿上房梁,殿顶都是木柞,这一烧,可不坏了菜嘛!锦衣卫披了湿毡进去搜寻,头一遭儿没找见,第二遭儿进去……找着了。"

他吞吞吐吐,皇帝恨得拔高了嗓门:"怎么个说法?再回不明白就给朕到上驷院养骆驼去!"

崇茂吓得缩脖儿,一迭声道是:"娘娘和跟前伺候的宫女宝珠都给找到了,可……因着耽搁了时候,救出来人已经没法瞧了。"边说边抹眼泪,卷袖擦鼻涕,呜咽道,"万岁爷您节哀,这也是命。原以为娘娘离了坤宁宫能缓和点儿的,谁知道闹了这么个收场。娘娘凤驾西去,对主子来说是天大的伤心事,可转回头想想,娘娘这也是超脱了。病了这程子,到起火,都糊里糊涂闹不清自己是谁,满口谵语地吓唬人……"

皇帝木然站着,晚风有点凉,迎面吹来,吹涩了他的眼睛,他垂着双肩喃喃:"朕的皇后,死了……"

"有涅槃才得重生。"身后人过来,和他并肩而立,蹙眉看着远处火光,语气无关痛痒,"被别人占据的躯壳,付之一炬也没什么可惜。昨日之事,于我看来已经远了,如今从头开始,故人相见也争如不见。我常在想,您封我为后究竟是出于什么目的,想得太多,我自己也闹不清了。可我知道,至少您在花园里见到我,那时候的心是真的。在我手绢上题字,把我从中正殿救下来,这些都是真的。"

皇帝惊骇地盯着她:"你在说什么?"

她晏晏一笑,略低下头,那形容儿恍惚和他记忆里的人重合,只是换了张脸孔。她转过身来,把手放进他掌心:"皇上,您瞧我像谁?一间屋子住两个人,我是音楼,也是彤云。这么说,您怕不怕?"

皇帝觉得不可思议:"这又是演的哪出?"

她并不答,檐下的风灯摇曳,晕染她平和的眉目:"这动荡的人间,有什么是不可能的?音阁九月里生,您别忘了说过的话,把孩子抱来给我抚养。还有那尸首,不要去看,看了徒添伤感。只要我还在您身边,这就够了。"

皇帝将信将疑，总觉哪里不对，然而吃了药，很多事混沌不明，但有一点还耿耿于怀："你爱的是肖铎，这么好的机会，为什么不回他身边？"

她牵起唇角笑了笑："就像您说的，他不过是个太监，清粥小菜不能吃一辈子，你我才是正头夫妻。以前和他千丝万缕牵扯不断，其实早就乏了，现在一切从头开始，是老天爷怜悯我，给我这机会。索性断了，皇上不高兴吗？您不是总说爱我吗，难道都是场面话？"

皇帝扶住额头，只觉头痛欲裂。是他糊涂了，还是这世界真的鬼怪当道？换躯壳、换灵魂，换得他眼花缭乱。这么说灰飞烟灭的仅仅是音楼的身体，就像换了件衣裳，其实她还是原来的她？

皇帝望向西角楼方向，视线模糊，茫茫然不知该何去何从了。

进了梅雨季节，天是昏黄的，空气里有种清而凛冽的气味。站在檐下看，宫楼的翘角飞檐像钝剪子硬铰开的棉布，每一处接近穹隆的地方都是毛糙的，仿佛拢了一团雾，即使大风刮过，也不能吹散那些愁云。

"都办妥了？"皇帝嗓音沙哑，怔怔看着肖铎，"朕答应过她，朕的身旁有她一席之地。如今她走了，朕的心思不会变，她仍旧是朕的皇后……朕没能送她最后一程，不是朕胆小，是不忍。那样如花似玉的人，最后变作一具焦炭……你送了皇后最后一程，她的面目还能不能分辨？"

肖铎略顿了下才摇头："火势太大，几拨缇骑进去相救都没能找见人，最后发现娘娘凤驾窝在一只木箱里。"他神情痛苦，勉强稳住了嗓音才道，"刑部和都察院的人都到了，因着一把火把角楼烧了个干干净净，他们也只能凭借现场情形推断。估摸着娘娘是犯了病，把楼里的油蜡都点着了，起火后害怕，跑到木箱里躲着，这么一来非但没有保住性命，木箱一着，反倒更无处藏身了。至于陵寝，请皇上放心，梓宫已经运入地宫，各式配享也都安排妥当了。眼下琉球的战事提上了日程，那样多的部署全等圣裁，皇后仙游已成定局，老佛爷也日夜牵念皇上，请皇上节哀，以国事为重。"

在皇帝眼里什么排第一，什么排第二，这些他都有考量，大手一挥道："区区弹丸小国，何足惧也？国母新丧，怎不叫朕痛断肝肠？琉球如何打、该出多少兵、用几艘船，全由厂臣指派。朕要为皇后设斋醮诵，七七四十九天后皇后就能脱离苦海了。"他说着，似乎是突然冒出的念头，对肖铎道，"皇后生前器重彤云，她虽是你夫人，好歹跟了皇后一场，主子崩逝，没有不尽孝道的道理。着她入西苑，替她主子看守斗灯吧！"

肖铎心下了然，躬身抱拳应了个是："贱内能替主子尽心，是臣夫妇的福气。臣回头就命人传话，让彤云即刻进西苑听示下。"

皇帝点了点头，见他这么容易打发，心里暗自喜欢。瞧了他一眼，故作高深地清了清嗓子："朕知道厂臣忠心为社稷，琉球宵小来犯，依着厂臣，谁挂帅出征才最稳妥？"

肖铎道："大邺周边附属小国众多，若这次不能一举歼灭琉球，一来有损我大邺国威，二来也给那些蠢蠢欲动的属国壮了胆子。都指挥使谈谨几度抗击鞑靼，战功彪炳，由他出征再合适没有。"

皇帝嗫嘴咂唇想了想："恐怕不成，谈谨是个旱地将才，到了海上转不动舵把儿，万一晕船，底下兵丁没了首脑怎么料理？"

肖铎向上一觑，紧走两步拱手道："臣也想过这宗，要的是他运筹帷幄的手段，会不会水、晕不晕船，这些都有法子缓解的，请皇上宽怀。"他歪脖儿思量了下，"臣一向注重船务，水师检阅也都由臣来主持，若是皇上信不及谈谨，臣愿为主分忧，从旁协助谈大人。两兵交战，半刻也耽搁不得，倘或海上遇着了难题，再发条陈回京等内阁拟票、等司礼监批红，错过了最佳的时机，说不定就功亏一篑了。臣随军出征，能替主子做主的地方当机立断，对出征的将领来说也是颗定心丸，不知皇上意下如何？"

皇帝犹豫起来，打仗毕竟不是好玩的，他愿意随军，对朝廷来说当然再好没有。可他执掌司礼监，批红上缺了他，偌大的摊子谁来接手？

他抚了抚下巴，新生的胡髭有点扎手："两头都缺不得厂臣，若能把人一劈为二倒好了。"

肖铎越发哈下腰去："臣为朝廷呕心沥血，细较之下还是战事更为要紧。批红上有闫苏琅和杨承嗣，都是办事稳妥的牢靠人，差事交到他们手上，准误不了的。这一仗，料着打下来不过三四个月光景，届时凯旋，臣也算实打实地为主子立了一大功。"

皇帝其实是很善解人意的，他知道音楼一死，肖铎便有点自暴自弃了。京城是个伤心地，出去散散有好处，何况他走了，彤云留在西海子，时候长了不还给他，想必他也没什么说法。本来就是赏出去的，家产尚且能抄没呢，何况人！

皇帝应准了，长叹一声道："朕伤情颇深，好些事都没劲儿操持了，厂臣是中流砥柱，替朕分忧，朕心里有数。攻打大小琉球的一切事宜都由你经办，朕这里一概不过问。"说着合上了眼皮，"朕要跟国师设坛了，你去吧！"

肖铎要办的事都办到了，心满意足地揖手，却行退出了太素殿。

雨淅淅沥沥地下，小太监打伞上前接应他，他摆了摆手叫退了，自己伫伫在雨中踱步。一河之隔是恢宏的紫禁城，那样大的一座城池，不知束缚了多少人的灵魂。他和音楼是幸运的，水师早就已经待命，稍作整顿便可离开。离开了，这辈子都不回来了，富贵荣华再好，也抵不上她在他身边。

他沉得住气，音楼被云尉接走后他没有再见过她，皇帝不是没脑子的人，他也懂得使心眼。角楼大火没来由，盯着他，也许能发掘出真相来。可是他忘了他是干什么吃的，有人监视，他会察觉不到吗？横竖音楼很安全，他心里有底。早就习惯了分离，坚持一两个月，有盼头，日子并不显得难挨。

他照旧回司礼监，一样一样把事情交代下去，都安排妥当了，抬头见彤云到了门上。

她迈进门槛，深深蹲了个安："督主。"

他点点头，眼神疏离："都想清楚了？打算留在他身边？"

彤云道是："我主子有了好归宿，我的一桩心事也了了。现在想想，皇上很可怜，他虽有些昏庸，到底是个男人，我想陪着他，即便他不能在我这里停留多久。"

他垂眼归置手上卷宗，漠然道："你要明白，如果留在他身边，我就不能把孩子的下落告诉你。"

彤云看了他很久，心里也挣扎，最后还是垮下了肩头："我都考虑过，也许孩子在另一个地方踏实生活，要比在京城好得多。"

人人都有执念，他有，彤云也有。或许她只是想和自己的男人好好生活，他如今有了音楼，那些儿女情长也能够体会了。路是自己选的，她想留下，并没有什么值得诟病。

"既然你做了决定，我就不再多言了。"他低头整了整袖襕道，"记着我的话，要么不做，要做就做到最好。你能安顿好自己，你主子才能后顾无忧。闫荪琅那里我交代下去了，请他代为看顾你，你有什么难处和他商议，他自然帮衬你。记好了，守口如瓶的人才能活得长久，就算有一天你做了皇后，也还是一样的道理。"

彤云一凛，欠身道是："谨遵督主教诲。"

他的手指在楠木雕花的案头慢慢滑过，绵长地叹了口气："我在大邺的故事已经结束了，你的却才开始。宫里的路不好走，既然选择了，望你保重。"

彤云挽着画帛目送他到门前，冲口叫了声督主，他回头看，如玉的侧脸，冠上黑缨垂挂在胸前。她抿了抿唇，勉强挤出个笑容："我主子……就托付给您了。您一定要待她好，她为了和您在一起做了那么多努力，求您珍惜她。"

他颔首，不再多言，登上辇车扬长而去。

谈谨接了朝廷的调令往天津整顿水师，大军开拔近在眼前，一切都就绪了，只要再按捺两天就能见面。他站在廊下，看着檐角的雨线滔滔流下，转回身过东跨院，甫到垂花门上就看见凭栏而坐的身影。

如果说音楼是他最爱的，那么月白就是他最对不住的。她没有做错什么，只是痴痴爱着肖铎，可是遇见他，他为了让她保持沉默毒哑了她，如今虽颐养在他府上，但是她有多恨他，已经让人不敢想象了。

似乎欠她一个交代，样样周全了，不能单剩下她。他从抄手游廊过去，到她跟前站定，她转回头看他，目光寂静。

"朝廷和外邦打仗，我奉旨监军，不日就要离开京师。这一去，能不能回来还未可知，你何去何从，自己想好了吗？"

他看见她眼里的恐慌，霍然站起来，发不出声，颤着手比画："为什么不回来？"

月白是个可怜人，老家待不下去出来找爱人，爱人的名头还在，却早已物是人非。她在他府上，至少可以安身立命。如今他要走，她连个落脚的地方都没有了，成了无根的浮萍。

"上战场九死一生。"他蹙起了眉头，"再说你知道的，我不是肖铎，我是肖丞。"

她往后退了两步，背靠抱柱，大颗眼泪簌簌落下来。

他转过头去，眺望远处的天际，灰蒙蒙的，遥不可及，隔了一会儿方道："我替你准备了一笔钱，外头还有个庄子也一并给你，足够你下半辈子衣食无忧了。原本我该杀了你，可你毕竟跟过肖铎，论理我该叫你一声弟妹。我在，尚且能够保你周全无虞，我不在，万事只能靠你自己了。牢牢捏住钱，不要轻信别人。你还年轻，遇见合适的就嫁了吧，不要再蹉跎了。我们肖家兄弟欠你的情，只有等下辈子再还。"

女人的眼泪，总是无穷无尽泼洒不完，也许是对昨天的悼念，也许是对未来的迷茫，他没法劝解她，站了一阵，便默默退出了那个小院。

出门正碰上容奇，平时东厂的人常出没提督府，他也不甚在意，背着手缓步往前院踱，容奇跟在后面，欲言又止了半天，他不瞧也能感觉到："有话要说？"

容奇支吾了下："当初是属下给月白姑娘灌的药，她有今天，我也该负起责任来。"

肖铎顿下步子转身看他："然后呢？"

容奇倒被他问住了，苍黑的脸上泛起红晕，憋了口气道："属下是想……督主走后，属下可以照应月白姑娘。"

肖铎欣然笑起来，赞许地捶了捶他的肩头，以男人对待男人的方式。

次日开拔，皇帝亲自为三军饯行，站在城门楼子上一番喊话气吞山河，伴随着隆隆的鼓乐之声，颇有几分定国安邦的豪迈气概。

共饮、砸碗、向皇帝辞行，肖铎一身明光铠，和以往的蟒袍玉带不同，显出铮铮的风骨。向上抱拳，在一片"不得完胜，誓不还朝"的高呼声中跨马扬鞭，大军出城，逶迤向东行进，那队伍壮阔，绵延百里不见首尾。

水军从天津码头出发，单是尖底福船便有七八艘，加上哨船、海沧船、苍山船，大大小小百余艘，组成一个规模可观的舰队，一路赫赫扬扬出塘沽港向渤海湾进发。

长途作战少不得奔袭，行船是日夜不停的。谈谨命人掌灯，在甲板上铺排海域图和肖铎议战。

"海上作战，斗船、斗铳，而不在斗人力。福船高大如城，倭寇的小船还不及咱们船底的吃水高深，火器近距离往上发射，想打中难如登天。"他在图纸上指点，"每艘福船指派十二艘哨船护卫，分散开，呈三面包抄之势。海沧船上配备了千斤佛郎机[1]，要么不中，中则叫倭寇草船粉身碎骨。再者福船船头预先准备好火球，一旦开战从高处投掷下去，除非贼船是铁造的，否则难逃一焚。"

他说得头头是道，谈谨笑道："有厂公在，谈某就有了主心骨了。就依厂公的部署办，不说用计，即便是船与船相撞，咱们也只赢不输。"

肖铎忙摆手："咱家没带过兵，不过是从旁辅助，到底如何还得听甫明兄的。

---

1 欧洲的一种火炮。

古来不懂作战的监军坏了多少事，咱家可不敢当这千古罪人。"

说笑了两句，船头激起的海浪混杂进空气迎面扑来，像南方幽深的天井里笔直落下的牛芒细针，恍惚地，避无可避。底下卒子送氅衣过来，肖铎和那些野泥脚杆子不同，他是考究人，无一处不显雍容，叫雨一淋都喷嚏连连，万一哪里不留神，在海上作了病可了不得。

谈谨道："厂公身边还是得配专人伺候才好，寻常将领跟前尚且有副将搭手，何况是您！"

肖铎听了微微露出笑意来，瞥了给他系领上金扣的卒子一眼："咱家脾气怪，用不惯生人。"

那卒子一听，忙冲他揖手："回厂公话，小人打小就会伺候人，把这差事交给小人，小人行军打仗不行，溜须拍马叫大人受用不在话下。"

那卒子帽檐压得低，眉眼模糊，唯见一张滟滟的红唇暴露在灯影中。谈谨笑道："既这么，厂公试上几天也未为不可，若还凑手就留下，我瞧他会抖机灵，敢这么说，办事也定然知进退懂分寸。"

肖铎半天方嗯了声："谈大人的话都听明白了？伺候得好升官发财，伺候不好扔进海里喂鱼，你可想清楚了？"

那卒子嘿嘿笑道："小人省得，必定尽心竭力为厂公效犬马之劳。"

她这套不知是哪里学来的，天生的好演技，装疯卖傻张嘴就来，冒充军中的老油条更是不在话下。肖铎打量她，不觉夷然一笑。天气不好没有明月，却见远近簇簇灯火阑珊——灯火阑珊处有佳人，佳人戴盔帽，着胄甲，落拓不羁，和他并肩而立。

大邺越去越远，早就退散到世界的另一端。那是一座罪城，欢喜亦建立在无数的痛苦和牺牲上。所幸他们已经挣脱了，七级浮屠上开了天窗，跳出来，站在塔顶，伸手就够得到天堂。

【正文完】

## 番外一

　　门前有一条青石板铺就的道路，下雨时偶见美丽的姑娘头顶芭蕉叶飞快地跑过去，无非是上工或是回家，但有个僧人，每天暮色四合的时候都会从店铺门前经过，穿着土黄的僧服，斜背一只包袱，一面走，一面笃笃敲击着木鱼，风雨无阻。

　　"吴大娘，他往哪里去？"

　　坐在门前歇脚的女人抬头看了一眼："哦，他是涂蔼大师，地藏庙的僧人。从这里往光华寺还愿，每天往返四十里，已经走了二十七年。"

　　老板娘倒了一杯花茶递过去，手肘撑在高高的柜台上，探身往外看，喃喃道："走了这么久，该是有多大的信念才能坚持下去啊！"

　　吴大娘笑了笑："有时候爱的力量大得超乎想象，他还愿不是为了自己。涂蔼大师年轻的时候有个心爱的恋人，是芽庄有名的美人。二十七年前这里发生了一场瘟疫，涂蔼大师也染上了，他们没有钱，姑娘就去县官开的药店偷药，结果被人拿住，游街后处死了。偷盗的人不能成佛，于是涂蔼大师后来便剃度做了和尚，每天朝圣，据说可以助恋人洗清罪业，早登仙界。"

　　老板娘听得唏嘘不已："这故事真叫人伤怀，坚持了二十七年，不知道什么时候是个头。只怪那县官太残酷，为了一包药，就把人处死了。"

吴大娘点点头:"以前这里的法度很严明,县官就像土皇帝,叫谁生就生,叫谁死就死。现在好了,老国主过世了,新君即位整顿官场,百姓的日子才好过起来。"边说边往帘后看,"只有你一个人在家?"

老板娘回手指了指:"今天要酿小曲,他在后面蒸稻谷。"

吴大娘啧啧赞叹:"你真好福气,这样的相公,天上地下都难找。"

老板娘笑起来:"可是他常说,能遇见我是他上辈子的造化。"

吴大娘只管赞叹:"人活一世碰上一个合适的人,真不容易!就像涂蔼大师一样,这份感情要消耗几十年光阴,说起来也很令人敬畏。你们搬来快一年了,大家只知道你们是邺人,大邺离这里很远,你们怎么会到这里来?"

提起这个倒有一说,如果不在海上流浪,永远不知道安南有个美丽的地方叫芽庄。彼时身后烽火连天,他们的哨船悄悄驶离了舰队,一路往西南,漂泊了近一个月,看见一个有着成丛棕榈和椰树的地方,就决定留下来。

芽庄是安南领土,她曾经在书里看到过安南这个名字,它是大邺属国,富饶自强。芽庄傍海而建,好些人的祖先是早前迁居到此的渔民,饮食和风俗都保留了大邺的习惯。比方说,他们也过春节和中元,端午节的时候吃粽子,寒食节也用汤圆及素饼祭拜祖先……最要紧的一宗,他们会说汉话。这里除了气温比中土高,旁的几乎和大邺没什么两样。

寻见一个合适的地方是缘分,他们上岸买下一栋木楼,还开了家铺子卖酒和零碎玩意儿,生意不温不火,但很符合她对生活的向往。她以前在宫里,做梦都盼望这份宁静,现在如愿以偿了,没有一样不美满。

幸福的人,笑容都会放光。她拿布擦了擦桌面,应道:"我们本来是去塔梅会亲戚的,后来到了芽庄,觉得这里很美,索性在这里定居了。"

"喜欢哪里就在哪里落脚,你们选对了地方。"吴大娘笑道,"这里的人心地都很善良,远亲不如近邻,以后常走动,也好有个照应。"

她颔首,相谈甚欢时背后帘子一打,出来个俊朗的年轻人。

吴大娘抬头看过去,见了不下几十回了,每次瞧见还是忍不住赞叹。这是个漂亮的男人,身材挺拔,眉目如画。和安南男子只留顶上一簇细细的发辫不同,他有满把乌黑的发,拿玉带束着,显出一种温雅的、大国的况味。这种长相在安南极少见,甫一出现,不知叫多少女孩子心驰神往。安南历来是一夫多妻的,有钱有势的官老爷娶妻,十个八个都不嫌多。安南女子也不小家子气,真要喜欢一个人,并不介意做妾，所以他家的小酒馆女客很多，都是慕名而来的，本村邻村都有，只为一睹掌柜的绝代芳华。

老板娘起身给他擦汗："谷子出锅了吗？都晾好了？怎么不叫我一声？"

他笑了笑，颊上梨涡浅生："活儿不多，我一个人就成，用不着你帮忙。早些收拾好，明儿带你出去逛逛。"转而对吴大娘双手合十行礼，"大娘，听说这里也过花朝，庙会很热闹？"

吴大娘连连点头："不单有庙会，好多寺院的大住持都替人解签祝祷……我看你们还没有孩子，光华寺有尊佛母像，求子很灵验。传说佛母名叫蛮娘，很小的时候在寺院修行，有一天午睡，西竺和尚丘陀罗跨过她的身体令她怀孕，十四个月后生下了个女孩。你们可以去那里拜一拜，没准转过天来就有喜信了。"

老板娘吐吐舌，穿着浅蓝奥黛的曼妙身姿扭出个销魂的弧度，冲身后人眨了眨眼："拜佛母不如拜丘陀罗，你说是不是？"

掌柜的咳嗽一声，含糊遮掩过去了。

吴大娘本就是上了年纪的，最爱捣鼓家长里短，转头一看，笑道："这两天我们家很热闹，以前不常走动的人都来串门子。说来可笑，不是为我自己的事，竟是为方先生。"

掌柜的神色一凛："为我？"他们的来历不为人知，到一处地方，不事张扬是最好的，叫人盯上可不是什么好事。

吴大娘哪里知道那些内情，自顾自笑着："方先生一表人才，打听你的都是有女儿的人家。你们虽开了间小铺子，但看得出家境殷实。我们这里民风是这样，抢亲、买童养女婿，不在少数。你有夫人不假，架不住人家姑娘爱慕。有几家想托我说合，人家姑娘过门愿意敬重夫人，只求能和方先生结成夫妻。夫人不生养不要紧，小夫人的孩子也管夫人叫母亲的……"

老板娘听得目瞪口呆，他们夫妻有没有孩子，何时轮到外人置喙？没有孩子就得给丈夫纳妾，听着要受敬重还得妾愿意，这是什么道理？她舍得一身剐得来的如意郎君，就这么便宜别人吗？

她当即脸色就不好了，扭身看着她男人："我听你的意思。"

掌柜的脸上无甚喜怒，对吴大娘拱手道："多谢好意，孩子不急，或早或晚总会有的，如果为了这个辜负她，我宁愿不要孩子。以后若再有人提起，请大娘代我传个话，方将心无二致，就算哪天我夫人不要我了，我也不会再娶别人。我们新婚才不久,听见这话太煞风景,大娘来串门我们很欢迎,可要是为这而来,就惹得大家不自在了。"

吴大娘听得一愣:"我不过传个话,并不是来做媒的……"

老板娘替她添茶,温婉笑道:"是这话,我们没有要怪大娘的意思。我和我相公感情很深,初听你说起这个叫我回不过神来。我从来没有想过要把他分给别人,我这人脾气不太好,吃起醋来什么都干得出,谁要打他的主意,我头一个饶不过。所以大娘万万不要再提,伤了咱们邻里情分就不好了。"

这股护食的劲儿也少见,更少见的是愿打愿挨。本地的男人说起纳妾都偷着高兴,可这外来的两口子不同,似乎从没想过和当地人联姻。吴大娘脸上挂不住,讪讪道:"我是想你们要长住下来,有个得势的亲家走动也是好事……哎呀不说了,怪我多事,闹得你们不舒心了。既然你们是这意思,我心里就有了底,往后也好回绝人家。"言罢一笑,"你们不知道,我那里门槛都要被人踏平了,心里也恼得很呢,只是不好说罢了。"站起身拍了拍衣裳道,"时候不早了,你们打烊,我该告辞了。"

老板娘请她稍待,拿竹筒灌了一筒酒递过去:"我们的事,给大娘添了麻烦,怪不好意思的。这是自己酿的甜酒,请大娘尝尝。"一面说一面把人往外引,"天要黑了,路上走好。"

吴大娘去了,掌柜的隐隐觉得大事不太妙,打着哈哈道:"真有意思,这里的姑娘比咱们大邺的还开化……"

"你高兴吗?"老板娘拉长了脸,"肖丞,你人老珠黄了行情还很好,心里得意极了吧?"

"我冤枉!"他搓着两手道,"你也说我人老珠黄了,还有什么可得意的?刚才我撂了话,你也听见了,我何尝动过纳妾的心思?"他靠过来摇摇她,"音楼,咱们经历了多少,你我心里都有数,为这个闹别扭,太不值当了。"

她想了想也是:"到底男人可以三妻四妾,女人只能从一而终。要是女人也像男人似的,保不定也有人来给我做媒。"

掌柜的嘴角一抽,有点不大称意:"你整天就想这些?"

她长吁短叹:"我以前就说过,不能来民风太开放的地方,谁知道挑来挑去偏是这里!这下子好了,有人跟我抢男人,真叫人撮火!"她横眼看他,从柜台下面摸出把剪子来，重重拍在台面上，"你敢动歪心思，我就让你变成真太监！"

他惊骇地看着她："你疯了不成？自己臆想很好玩吗？"

她搓了搓脸，太激动了，脸上一层油汗。看外面天色渐暗，垂头丧气地嘀咕："做媒都做到门上来了，不是打我大耳刮子吗？！真气死我了！上门板，咱们早早儿回去歇觉，议一议孩子的事。"

这话掌柜的太爱听了，响亮地哎了声，手脚麻利地落了门闩，一手端油灯，一手牵她上楼。

她坐在床上赌气，他打了手巾把子来给她擦脸，边擦边道："我料着是那药吃得太久了，一时恢复不过来。按理说咱们没少……那个，是时候该怀上了。可惜方济同不在，要不叫他瞧瞧，好歹多几分胜算。"

她回身搂住他："横竖我不着急，你着急吗？"

他笑着在她鼻尖上亲了亲："我也不着急，只要有你在身边，我什么都不在乎。你听我说，有件事我想了很久，外邦毕竟不是故土，人讲究个落叶归根，咱们暂且按捺几年，等风头过了悄悄回中土去，不在紫禁城安家，就算去草原，也强过在这里。你生来怕热，我瞧你每天热得直喘，心里很觉对不住你。别人养媳妇，给她高床软枕富贵日子，咱们呢，隐姓埋名漂泊在异乡。你明明委屈又不能说出口，实在难为你。"

他们都为对方考虑，这份真情才是最难得的。音楼在他颈子上蹭蹭，奇怪他明明不用熏香了，领口袖笼却仍旧保留了瑞脑的气味。她喜欢这味道，莫名地叫她觉得安心。

"我不想冒这个险，回去怎么样，谁知道呢！天天提心吊胆的，不如在这里扎根。我没有故土难离的想法，有你的地方我就能踏踏实实住下来。"她抬起头眨眨眼，长长的睫毛刮在他下颔上，"你今儿又得了中原的消息？信上怎么说？"

当初来安南的时候带了信鸽，东厂训练信鸽是拿手戏，飞越几万里回巢不在话下。这头喂养那头筑巢，两边好通信，又不会走漏风声。他人虽不在大邺，对那里的政局却依旧关注。曹春盎还在东厂供职，这个干儿子是靠得住的，常捎些消息过来，比如那时他们遁走，谈谨担当不起罪责只得呈报他的死讯，如今西直门外建了他的衣冠冢，皇帝下旨封他为定国将军，死后哀荣居然成了英雄。

"彤云有些本事，把皇帝折腾得找不着北，这会儿怀了身子晋封皇贵妃，离后位仅一步之遥了。"他放开她，解了奥黛右衽上的纽子细细给她擦身，"一个皇帝，干什么都没有顾忌，江山社稷离败落也不远了。那时封你为后还说得通，抬举肜云委实有点牵强了。总归是太监的对食，一跃成了皇妃，未免儿戏。"

她晤了声道："也亏得他荒唐，肜云才得出头之日，这样不好吗？"

他对那个朝廷的积怨多了去了，不过眼下远离是非，便能站在旁观者的角度上看待问题了，因而颔首道："对肜云必然是好的，她是聪明人，有了依靠，自己能过得滋润。"

她昂起头来看他："咱们已经离开大邺了，她又不知道咱们的下落，孩子的消息你不打算告诉她吗？"

"你我是远遁了，可京里还有曹春盎和佘七郎他们，没有牵制，谁知道将来会怎么样？况且皇帝要是知道你没死，你猜猜他会不会向属国发榜缉拿你？"他在她背上推拿，推着推着就不受控制了，谄媚笑道，"今儿手势还成吗？"

她打掉他的手一嗔："好好说话！"

是在好好说话啊！他不屈地重新爬回来，倒是老实了些："东厂由闫荪琅接管，上台就闹出了大动静。他忙着立威，朝廷上下一片风声鹤唳，这么一比，立马有人想起我的好来了。"他轻声笑起来，"两个惯常唱反调的老学究说了句良心话，'若肖督主尚在，何至于此'，那会儿他们背后都管我叫奸宦佞臣，现在口径一致地夸奖我，我真是受宠若惊。"

"德行！还经不得别人夸了？好就是好。"她翻过身咧着嘴笑，"你是我见过的最有人情味的奸宦，好在我那时没被你的坏名声吓退，死缠烂打，你就是我的啦！"

她得意扬扬，他纵身扑了上去："你说要议一议孩子的事，正经时候怎么不提了？"

她娇羞地遮住脸："命里有时终须有，我瞧你这模样……"视线往下觑了眼，"不像个无子的。"

次日花朝，最宜踏青游玩。铺子关了一天门，往光华寺有程子路，也没雇轿子，两个人手挽着手走在石板路上。风是和煦的，道路两旁成片的竹林遮天蔽日，风从枝顶滑过，沙沙一片脆响。偶见道旁盛开一朵花儿，叫不出名目，孱弱幼嫩。他摘下来替她戴在幕篱上，透过低垂的绡纱，看到她明朗的笑容。

音楼把昨天听来的关于涂蒻大师的故事告诉他，不无伤感地道："爱人死了，他就出家为僧,每天往返那么长的路,走了二十七年了,说起来真可怜。"

他把她的手牢牢攥进掌心里:"人各有命,所以拥有的时候要珍惜,一旦错过就找不回来了。所幸他觅到了这个法子,否则剩下的岁月怎么度过呢?每日苦行,与其说是超度爱人,倒不如说是自我救赎。"

她把嘴噘得老高:"你非要把事分析得这么明白?"

他哂了下:"东厂带出来的老毛病,一时之间改不了。不过我也佩服他,能坚持二十七年,这份感情委实是渗透肌骨了。"

"所以只要看到感人的一面就够了,人活得糊涂才是福气。"她替他放下帽帷,路上来往的人渐多,他们不再说话,只是牵着彼此的手,沿着蜿蜒的路徐步缓行。

安南的佛教分好几宗,藏传佛教是中土传过去的,寺庙里的红漆镏金装饰,甚至匾额上书写的文字都是仿汉。他们进庙拜佛,一个黑漆漆的铜像被鲜花簇拥着,头顶上挂着荡魔天尊的牌子。这尊佛音楼不熟,恭恭敬敬上了香,便退出天尊殿转到了佛母像前。其实嘴上说不着急,心里却也暗暗祈盼,生活已经极尽完美,如果再有个小人儿绕膝,又该是怎样一种滋味?爱他,想为他生儿育女,这是人之常情。音楼拈了香虔心祝祷:"佛母大慈大悲,求佛母怜悯赐我麟儿,若果然如愿,信女必定替佛母重塑金身,以报佛母大恩大德……"

她絮叨个没完,他含笑在一旁听着,回首看院里人来人往,一口大香炉里投掷了无数的锡箔,没有化开的捂在底下窸窣作响,浓烟在炉口翻滚,一簇接着一簇,辗转奔向半空。他唯恐烟袭进来呛着她,拿斗笠使劲替她扇风,这殿里有很多男人陪妻子来求子,像他这样的极少见。边上人哧哧发笑,音楼起身才发现众人笑话的是他,一下子红了脸,心里却说不出地欢喜,扭捏着拉他的手,闪身出了佛母殿。

拜完了佛要喝送子的泉水,那是山上流下来的一道溪流,拿木板合围,做出个深深的凹槽。溪水从上面奔腾而过,据说佛母早前日日饮这里的水,夸得神乎其神,怀孕是因为丘陀罗还是因为这泉水,到底也说不清了。木槽边上放着几把竹筒制成的水端子,他挑了把看上去比较干净的,拿帕子来回擦了好几遍才递给她。那份矫情劲儿音楼看惯了,拧着眉头虎着脸的模样,觉得分外可爱逗趣。

两个人坐在树荫下的一块大石头上说私房话,猛然听到远处一间殿堂里梵声大作,音楼探头看去,见一个小沙弥匆匆跑出来,便拉住问出了什么事儿,那小沙弥满脸喜兴,合十一拜道:"涂蔼大师刚才看见阮氏草姑娘回来,说就快成佛了,住持和高僧们都聚起来念经助姑娘西归,涂蔼大师二十七年功德圆满了。"

这是整个爱情故事里唯一值得高兴的地方了,音楼欣慰不已,携肖承过去凑热闹。槛外都是人,哪里挤得进去,只听铙钹声阵阵像翻滚的云头,她倚在他身侧感慨:"多好啊,二十七年修得阮姑娘成佛,他们在天界能相会的,对不对?"

他低头一笑:"会的,只要耐得住,经历一些坎坷,最后终究能到一起的。"

说得是,就像他们,此心不移,千难万阻也分不开。

阮姑娘成佛是好事,成了佛,身后总要有处地方受香火,于是高僧们提议铸造地藏尊,建起个小庙安放佛像。今天来礼佛的人很多,为了做功德纷纷慷慨解囊。音楼开始掏荷包,在铜钱里面翻碎银,估摸挑出来有二两,托在掌心说:"咱们也布施些,积德行善有福报。"

相较周围抛出去的几十枚大钱,二两分明要多出不少,只是她高兴,他也不忍心坏她兴致,点头道好:"什么都别说,搁下就走吧!外面有卖风筝的,我带你去海边放风筝。"

他总拿她当孩子一样宠爱,她乐颠颠应了,费劲钻进人丛里。他在外围等着,闲闲转过身看天边流云,不经意一瞥,见远处松树下站了个人,并不近前来,负手而立,探究地审视着他。因着以前不一样的际遇,碰上一点可疑之处都会引起警觉,他看过去,寻常的安南人,身上衣裳不显华贵,看不出什么来历,但也不能掉以轻心。

音楼从人群里钻出来,笑着给他看手里那块雕工粗糙的木疙瘩:"这是涂蔼大师给的神木,随身带着能保心想事成。你帮我钻个孔,我要挂在脖子上。"

他点点头,旋过身遮挡住她,替她放下了幂篱上的罩纱。从那人面前经过,他倒是一派从容,甚至没有再看他一眼。漂洋过海寻见一个地方,自觉离故土遥远便放心大胆度日,这种心思对他来说永远不能有。他对周遭存着戒心,音楼是小孩儿心性,一旦担惊受怕,整夜长吁短叹在床上翻来覆去睡不着,因此他发现什么可疑也不告诉她,自己小心留神,给她安逸的生活,是他作为丈夫的责任。

芽庄的海滩是如细而金黄的沙构建成的软毯,海水是蓝色的,由浅及深一点点向外晕染。站在这头看那头,缠绵的几个弯势,一排浪翻卷过来,在沙滩上拍打出洁白的泡沫,轰轰烈烈地撞击,又轰轰烈烈地远退,空气里留下细碎的湿气,拂在裸露的皮肤上,微凉惬意。

他们买了个蝴蝶风筝,脑袋上有弯曲的触角,身后尾翼拖得老长。海滩上风大,人也不多,音楼把鞋脱了提溜在手里,奔向一片空地。她到安南后无忧无虑,即便不能呼奴引婢,心境开阔了,越发爱纵着性子来。他看着她,只要她在笑着,他就觉得满足,嘴里叨叨着提醒她:"别光脚,沙子底下没准埋了东西,仔细戳伤了脚。"

她不听他的,一味催促他快些。他走过去,低头看那十根洁白的脚趾,小巧玲珑,陷进沙子里,简直像个撒欢的孩子。他无奈地把风筝递过去:"受了伤我可不管你。"

她潦草地唔了声,也不知道有没有听见他的话。一门心思盘弄手里的线团,奋力把风筝一掷,卖力地跑动起来,可惜不得法,试了好几次都没能成功。她折腾得一头汗,不由得灰了心:"一定是骨架扎得太重了,要不就是没糊好,它漏风。"

真会找理由下台阶,他接过来一面仔细查验,一面问她:"踏青的时候女孩儿不是都爱放风筝吗,我瞧你怎么像个外行?"

她有点忧伤:"我哪有那福气学放风筝!"

没人疼没人爱,可怜见的。他揉揉她的脸:"我来教你。乡里孩子到了春秋两季也玩这个,我和肖铎没钱买,就自己动手做。我们那儿管这个叫鹞子,工艺比安南复杂得多。拿葫芦做哨子绑在两翼,送上天后还带响……顺风放不起来,要逆风跑,觉得有风钻进去,鹞子和你对拉,用不着使太大的劲儿,撒开手后放线,拖一拖,慢慢就越升越高了。"他往后退两步,眼里有琉璃似的浮光,"你瞧着,我放起来再给你。"

她在后面追着跑,奥黛的下摆本就薄,被风吹得高高飘扬,有种行走于画中的错觉。她在他身边,一切都顺遂了,眼看着一点点丰腴起来。女人有肉才好看,以前在宫里心思沉,纤细瘦弱的,看上去孤苦伶仃。现在好了,白嫩的圆嘟嘟的脸颊,无一处不叫他产生成就感。男人很多时候也希望求得一份安定,就像现在这样,如花美眷在侧,开间铺子,吃穿不愁,长此以往,人生便尽够了。

行家里手,办起来轻而易举。音楼眯觑着眼看,那蝴蝶扶摇直上,起先还分辨得清花纹,后来渐飞渐远,唯剩下一个模糊的形状。她喜滋滋地迎上去,接过他手里的线轴边退边放,风力太大,牵制起来很费劲。看水天之间的纱绳刮成个夸张的弧度,真担心吃力不住,一下就断了线,坠到海里,白糟蹋了曾经凌云的豪迈。

"你说它能不能飞过那片海?"

他说:"不能,因为始终有根线牵着……"

他话没说完,她那里哎哟一声,把他吓了一大跳。转头看,她一屁股坐在沙地上,哭丧着脸龇牙咧嘴,他就知道不好,八成脚底下扎东西了。忙上去查看,果然半片牡蛎壳突出了地面,她把脚一举,呜咽着打了他一下:"你这个乌鸦嘴!"抬头看天,风筝线断了,她喃喃道,"这下好了,它可以飞得很远很远了,也许可以落在大邺的疆土上。"

他没言声,知道她还是有些想家的。拔开水囊给她清洗伤口,又扯帕子给她包扎,血很快渗透过来,他用力按住,怨怼地瞥她:"吃苦头了吧?叫你不听话!"

她像个做错事的孩子,忍着痛膜眉耷眼地偷觑他。光华寺离家有二十里呢,伤了脚可怎么走路?试探着嗫嚅:"咱们回家吧!"

"回家?"他把眉头挑得老高,"你能走路?"

她谄媚地笑笑:"你给我雇顶小轿好吗?"

他转过身蹲下来:"我背你。"

背她?二十里地呢!她迟疑了下:"我兜里还有钱……"

"涂蔼大师每天四十里,走了二十七年。我背着自己的媳妇儿走二十里,似乎不是什么难事。"他趋身亲亲她额头,"你嫁我这么久,我还没有背过你,今天算找补回来了,你不高兴吗?"

怎么能不高兴,她心里都要开出花儿来,脚上伤口虽疼,架不住心头欢喜,可又怕累着他。他当官那阵儿十指不沾阳春水,到了安南至多酿个酒,也不甚辛苦,现在一下子要让他负重徒步二十里,那可要人命了。

"我知道你的心,这份情我领了,却不能叫你受累。"她腼腆地笑了笑,"我男人是用来疼的,不是用来做苦力的。"

他倒羞涩起来,故作大方地拉过她的胳膊扛在肩头,夷然道:"背媳妇儿哪里能算苦力?明明是求都求不来的好事!咱们这会儿上路,等天擦黑也该到了。"说着负起她,往上送了送,"趁着我还年轻,有把子力气且叫我表现表现。等我老了,再想背你也力不从心了。"

还是来时路,那幽深回旋的竹林甬道绵延通向前方,两个人相互依偎着,音楼贴在他耳畔问他:"累不累?嗯,累不累?"边说边亲他耳垂,"我给你鼓劲儿,亲一口劲儿就来了。"

他笑话她:"傻子!不过倒真管用。"

"管用吗？"她嬉笑着扳他的脸，从耳垂亲到嘴角，"这样呢？是不是更管用？"

他简直拿她没办法，路上有来往的行人，她这么明目张胆，惹得年轻姑娘纷纷侧目。脸面是没有了，但也不在乎。外头走着，谁又认识谁？他转过头狠狠亲她一口："不收拾你，你嘚瑟得没边儿了！"

她笑靥如花，越发搂紧了他："肖丞……"

他眺望前方："什么？"

"没什么。"她枕在他肩头轻叹，"咱们这样多好，不光这辈子，下辈子也要在一起。来生不要这么多坎坷，就在一个村子，媒婆给咱们牵线搭桥，过了礼顺顺当当拜堂成亲，然后生儿育女，子孙满堂。"

"不贪图富贵吗？"

她摇摇头："别人没经历的我都见识过了，有一双手，何至于饿死了？"

他说："好，你就在那里等我，哪儿都别去。也许我是个卖油郎，每天挑着担子经过你家门前，你倚门嗅青梅，天天偷看我……"

她鼓起了腮帮子："为什么又是我偷看你？这辈子你还没被我捧够，下辈子打算接着来吗？"

他哧哧地发笑："那我倚门嗅青梅，你做卖油郎？"

她又不依了："我还得赚钱养家，凭什么好处全被你占尽了？"

他翻过手来，在她的臀肉上掐了把："和我这么计较？"

她翻了个白眼："我想好了，我还要做女的，你得继续疼我，养活我。春天我坐在门前挑谷种，年纪轻轻的小姑娘，像朵花儿似的，你挑着担子从我门前过，看我看呆了，一不留神撞到一棵树，额头撞个大包……我一看唬一跳，本来要去扶你，边上有人，又不好意思，扭身就进门了。后来这事大伙儿都知道了，你家里大人就找媒婆上门提亲，我爹不答应，说你家门第不高，卖油的没出息。你知道了，上门来求我爹，哭天抹泪地保证会对我好，不叫我受半点苦。我爹琢磨这孩子心怪诚的，想想算了吧，只要我们两情相悦，也就不反对这门婚事了。"她说得眉飞色舞，"你瞧瞧，多顺理成章的事儿呀，我觉得这样就挺好。"

恶俗无比的桥段，还安排他撞树、哭鼻子，有这么埋汰人的吗？不过他也设想了一下，不由得直乐："我也不是非得卖油，我可以做木匠、瓦匠、跑单帮。也许手里有点儿小钱，你爹一看，哟，这孩子脑子活，我闺女嫁他不吃亏，就这么定了。你看看，不是更好？"

她嗫唇计较:"倒也是,反正无波无澜的就成了。咱们这辈子多难啊,又是太妃又是太监的。"

现在提起来,仿佛有点前世今生的感觉。他徐徐长出一口气:"是啊,好在都过去了。人就是这样,没有坎坷不懂得惜福。好比我,以前只知道揽权敛财,从来没想到有一天会放弃一切带你到安南来。现在瞧瞧,一点儿都不后悔,还老夸自己干得妙。"

她立马得了势,摇着两腿道:"我早说过,跟着我,你有福享。"

他哑然失笑,简直不知道说她什么好。长路漫漫,一时半会儿走不到头,太阳西沉了,林间风影婆娑,他扭头问她:"脚上怎么样?还疼得厉害吗?"

她说:"还好,不过有点累,咱们在道旁歇一歇,喝点水吧!"

再往前一程有个石界碑,小小的,杌子高低。他背她过去,让她坐定了蹲下来查看她的伤势。音楼拉他一下:"我没事儿,你坐会子,累坏了吧?我跛点儿,也能走上一段。"

他说:"我背得很称手,你乖乖听话就成。"

夫妻俩并肩坐着看天边晚霞,估摸着离家还有七八里地,再走上半个时辰也差不多了。俩人东家长西家短地闲聊,说得兴高采烈的时候有辆牛车经过,赶车人是城西开粮油店的黎老板,黑黝黝的中年汉子,看见音楼便一笑,停下车招呼肖丞:"方先生也去赶庙会吗?上车吧,我载你们进城。"

牛车是简单的四个轱辘一张大门板,已经有好几个搭顺风车的了。一个小城里住着,都很面熟,大家很快腾挪出地方,两个人合十谢过了黎老板和众人,他把她抱上了车。黄牛慢吞吞地动起来,挤在人堆里,汗气氤氲,却也很觉快乐。

大家笑着搭讪,问音楼的腿怎么了,肖丞把她的脚垫高:"不小心扎伤了,破了个口子,流了不少血。"

众人啧啧赞叹:"能走这么远,不疼吗?"

音楼靠着肖丞笑道:"不是自己走,是我相公背我。"

"哦……"众人纷纷说,"伉俪情深啊!"

聊着聊着,话题又转到阮氏草姑娘要造地藏尊上来。大家互问布施了多少,一位邻人看着音楼道:"夫人做功德的时候我在边上,看夫人捐了不少呢,真好心!好心得好报,佛会保佑你们的。"

音楼笑着颔首,做善事是求心安,她现在的生活,真没什么可不足的了。自已尘埃落定，便有多余的热情去救济别人。涂蔼大师这么虔诚，如今总算功德圆满了，她也替那位早殇的阮氏草姑娘高兴。

　　来安南的头一年，不温不火地过着。看月升澜海、云卷云舒，一个恍惚，已经到了八月里。

　　八月是最热的季节，以前在宫里，大日头底下能吃冰花儿，这里不行。这里冬天几乎不下雪，就算能落那么薄薄一层，不到两个时辰就全化了。

　　音楼家的小铺子，开门待客的时间相应缩短了，天不黑就打烊，因为这两天她不受用，有中暑的迹象，热起来犯恶心，但热劲儿过了倒还忍得。

　　肖丞天天给她泡薄荷茶喝，味道实在不太好，可是对付她的恶心有奇效，灌上一口，能缓和大半天。

　　他们家的小楼后边加盖了个亭子，因为建得很高，蚊蝇比较少。夏天肖丞早早地拿凉水泼洒过，吃了晚饭便上去纳凉，比闷在屋里要好得多。音楼摇着蒲扇凭栏而坐，身上不太舒服，人总显得蔫蔫的。她小时候就爱痄夏，今年发作得出奇厉害。昨儿叫他刮痧，铜钱来回好几下，一点都显不出来。隐隐觉得不太对劲，想起来自己月事晚了好几天。那时候彤云有了身子也犯恶心，自己这些症候，似乎可以往那上头靠一靠。

　　她心里一阵阵热起来，别不是有了吧！只是不确定，不敢告诉他，万一空欢喜一场，岂不令他失望？明天要找个大夫瞧瞧，瞧准了再同他说不迟。

　　她揣着小秘密，脸上掩不住地欣喜。他坐在旁边看她半晌，她笑他也跟着笑："有高兴的事儿？"

　　她说："你别问。"垂手握住涂蔼大师给的那块神木，轻轻盖在小腹上。

　　"咱们可是说好的，什么都不瞒着对方。你再想想，真没事吗？"

　　她但笑不语，低下头不答他话，在他看来就是故意吊人胃口。她越这么神神道道的，他越是心痒难搔。挪过来挨在她身旁，伸出一根手指捅她腋窝："你说不说？"

　　她摇头："真没什么事儿，白天听人吵嘴很有意思，现在想起来发笑罢了。"

　　他觉得她是朽木不可雕，在一起这么久，她的狗脾气他能不知道吗？真听见点什么，早就迫不及待告诉他了。

　　他抱胸看她："你是不是背着我干了什么缺德事儿？"

她啐了他一口:"别浑说!"复低声嘟囔,"这事儿要是缺德,你就是缺德他爹。"

他没听清,追着问:"你说什么?"

她烦他,转过身去兀自摇扇:"你听岔了,我什么都没说。"

他觍脸笑道:"那咱们回房再议一议孩子?"

音楼一个没忍住,差点就漏了底,忙别过头道:"今儿不行。"

他不明白了:"为什么?咱们常议孩子,今儿怎么不成?"细打量她的脸,"是身上不方便吗?"

他做过司礼监掌印,宫女子在尚仪局和敬事房的记档都要送到他所在值房过目,扣牌子无非就是月事和有孕嘛!这人精明起来很精明,糊涂起来也够受的。音楼站起身缓步踱着,琢磨着是不是该筹备小孩儿衣服啦,甭管这趟有没有,先置办起来总没错。现在不似以往,没有下人料理,一切都要靠自己。她一个女人家不过问,难道叫他来操心吗?

她想一出是一出,提起裙片就下了亭楼。

他在后头追着,不明白她是怎么回事。知道问不出原委来,也不多言,只管在旁边观察。她并不管他,进了屋子翻箱倒柜找尺头,一样一样挑花色,挑完了归置在一起。翻到箱底时扯出他以前的玉带,拿在手里端详半天,似乎发现了价值,坐在灯下找剪子,把上面大片的金玉拆下来。拆完了值钱的东西倒不稀罕,一条莽带颠来倒去地看,然后叠起来,卷进了尺头里。

肖丞看了半天,似乎看出了点端倪,小心翼翼地拉住她的手问:"你是不是有了?"

她愣着两只大眼睛看他:"被你瞧出来了?我原想明儿问过了大夫再告诉你的。"她羞赧道,"只是觉得有点儿像,我也不敢肯定,好歹要等大夫诊过了脉才能知道。"

她这里还在解释,肖丞已经忙乱起来,点了盏灯笼吩咐她:"你别乱走动,快歇着。用不着等明天,我这会儿就去请陈先生……你躺着,别动!"

他很快出去了,音楼想叫他都来不及。她哭笑不得,这人一向沉得住气,这回方寸大乱,可见盼了很久,只是不好说出口罢了。

是时候该来个孩子了,他们相依为命却幸福美满,再来个小人儿就齐全了。人口壮大了,她和他就更紧密了,因为自己总是很傻,总是怕,怕他哪天会突然消失。就像在宫里那时一样,她面对高高的墙,孤立无援。

芽庄人口不太多，整个城只有两位大夫，陈先生通中原的岐黄，医技似乎也更高。他们来得比想象中的快，她几乎可以看见秦淮河那晚，他两个起落就到河对岸的样子。

肖丞有点慌，拱手请陈先生坐："劳烦先生诊治。"

陈先生是个蓄着菱角胡子的小老头儿，平时有来往，人很和善。音楼坐在对桌，撩起袖子把手腕搁在迎枕上，夫妻俩如临大敌地盯着他，倒把他弄得十分紧张。

心跳隆隆的，陈先生搭在她脉上的手指仿佛掌握着生杀大权。音楼巴巴儿地看着他，半晌他终于收回手，脸上有了笑模样："恭喜方先生，尊夫人的脉是喜脉，嗜睡恶心都是有孕引起的，不妨事，好好颐养一段时候，慢慢就好了。明天我让人送些保胎的药来，发作得厉害时用一点，平常没什么不适就顺其自然。有些富户一听说有孕，恨不得大夫把药柜搬到他府上，这样不好。是药三分毒，你们中原人说医者父母心，你们要是信得过我，就听我一言。少吃药，不宜劳累，坐胎头三个月忌房事，等显了怀适当散散步，将来分娩不至于吃太多苦……"

他絮絮嘱托，也不知那对夫妻听没听见，只管相拥而泣去了。陈先生见怪不怪，这样恩爱的小两口有了孩子，能不高兴疯了吗？！他笑着把医箱收拾起来，说了两句恭喜的话便告辞出门了。

"不成，我要置大宅子，下面伺候的也不能少。你现在要人看护，万一我没顾及，你身边有人跟着我才踏实。"他在屋里团团转，"后天我去买木板，给咱们孩子做个摇车。还有尿布褥子，用不着你自己准备，回头一样一样都由我去办……"他仰起脖子双手捧脸，嗓音里带着哭腔，"天爷，我真太高兴了，我从没想过自己这辈子还能有后……祖宗保佑，总算功夫不负苦心人。"

前头说得挺感人，最后一句简直找骂。音楼本来眼泪汪汪的，被他这么一打岔愕住了："你这人怎么这么没正形儿呢！"看他忙乱得不知怎么才好，上去拉他坐下来，笑道，"不就有个孩子吗，又置产业又买人，那点老底全露了。我没事儿，穷苦人家就不养孩子了？咱们还像以前一样，我不图别的，来芽庄这段时间也习惯了，自给自足，自个儿照顾自个儿，再不济还有你呢，哪里就委屈了我？"她偎进他怀里，盘弄他领上圆圆的盘扣，轻声说，"我觉得像做梦一样，你别动，让我靠会儿醒醒神。"

他自然不动，却似怀揣了个宝贝，从头摸到尾，手探进她衣裳里，抚她的肚子,抑扬顿挫地哼唱起来:"咱家也有儿子啦……"

好容易有孕,肖丞那份体贴更胜从前。做买卖不那么上心,媳妇儿要举在头顶上。音楼这胎怀得很好,许是颐养得宜,肚子吹气似的大起来。前两个月还常孕吐,胃口不好,后来倒是不吐了,可是口味变得很奇怪,闹着要吃蛤蜊和螺蛳,把肖丞弄得焦头烂额。

这种贝壳类的东西不像鱼虾,带着寒气的,有身孕的人当忌口。他不让她吃,她嘴馋闹脾气,别别扭扭半天不搭理他,他含笑在边上看她,仍旧满心欢喜。那圆溜溜的肚子长势喜人,六个月就顶得上人家将生的大小。只是可怜她,似乎比一般人更累,坐在那里起不来身,眼泪汪汪地想办法,想让他找布带兜起肚子挂在脖子上,试图减轻些分量。

"那怎么成,别异想天开!"他当然要拒绝,没听说哪个孕妇这么干过。可是心里老大不忍,搓搓她的手安抚她,"好媳妇儿,等孩子落了地,我给你做炙蛤蜊,满满一大盘,都是你一个人的。再咬咬牙,还有三个多月就苦尽甘来了。你瞧咱们盼他盼了那么久,虽然他磨人,好歹是咱们的孩子。我是没法儿替你,要是能替你,我情愿自己受这份罪。"

瞧这话说的!她皱着眉头说:"连这活儿都让你代劳了,我干什么呀?得了,出去遛遛弯吧!"

两个人手挽着手在海边上慢慢溜达,她看天上的云,指着这朵说像窝头,那朵说像柳叶糖,他听在耳朵里,又好笑又唏嘘。

走出去一里地,遇见了补网回来的吴大娘,客客气气地打声招呼,吴大娘打量音楼的肚子,奇道:"平常我去店里总看你坐着,今天才发现肚子这么大了!几个月了?快生了吧?"

音楼说:"还早呢,才六个多月。"

"六个月?"吴大娘讶然道,"那也太大了,依我看是个双胞儿,你们好福气啊!"

两口子面面相觑,音楼是头回怀孕,不懂得里头玄机,讷讷道:"陈先生问脉的时候并没有说是双胞儿……"

吴大娘摆摆手道:"脉象上是看不出单双的,女人们生养过,就靠体态,大抵能猜出几分来。当爹的晚上回去趴在肚子上听,月份大了能听见嘭嘭的心跳,要是两边都有动静,那十有八九错不了了。"

要么不来,一来来俩,老天爷也太给肖丞面子了!两个人高兴坏了,赶紧往回赶。到了家点上灯,他扶她在椅子里坐下,解开罩衣,那肚子像只倒扣的锅,锅底尖尖的,因为有胎动,形状总是不太规则。他轻轻抚了好几下,在那紧绷的肚皮上亲了两口:"好孩子,叫爹听听,到底是独一个呢,还是哥儿俩?"

孩子像听得懂话似的,安静下来,不像之前伸胳膊抻腿满肚子翻筋斗了。他贴上去,隐约传来小而脆弱的咚咚声,跳得很快。挪个地方,渐渐那心跳有回声似的,一前一后错开,咚咚、咚咚……他寒毛直竖起来,哆嗦着嘴唇抓住音楼的双肩:"是……有两个。"

她愣愣看着他:"听准了吗?"

他用力点头:"准得不能再准了。"

难怪肚子这么大,果真有两个!音楼咧着嘴笑:"老猫房上睡,一辈传一辈啊!你和肖铎是双生,咱们这会儿也有两个,好极了!两个什么?儿子?闺女?还是一男一女?"

"甭管是什么,横竖他们以后比我和肖铎强。"

他在一旁坐下来,不知怎么沉默了。音楼偏过头去看他,灯下的侧影有种难以言说的悲伤,她知道他又在思念父母兄弟。一个人再了得,心里总有个温柔的地方来存放家人。以前他只能铆足了劲往前冲,没有多余的时间回忆过去;现在纷争远去了,悠闲度日,人也变得柔软,孤零零往那里一坐,叫她心疼。

她起身走过去,捋捋他的发,把他带进怀里:"咱们肖家会慢慢壮大起来的,你别难过,你还有我和孩子。地底下的家里人,瞧见咱们过得好,必定替咱们高兴。咱们这胎是双胞儿呢,连着肖铎那份也一块儿生了。我明白你的心,要是实在难受,咱们把爹妈和肖铎的牌位都送进庙里去供奉。涂蔼大师不是要建地藏庙吗,咱们多尽一份力,请他辟出个地方来,让咱们家人跟着受香火,这样好不好?"

安南人对逝去的祖先很崇拜,常把牌位送进庙里供奉,音楼早就有这想法,一直没和他提,因为知道他不会答应。

他果然摇头:"上头名字篡改了,功德还是白做。要是不改,万一叫有心人落了眼,招出什么祸端来就不好了。"他勉强笑了笑,"你也说了,我还有你们。父母兄弟不在固然可惜,但老天爷夺走一样,别样上总会补偿的。"说着摸摸她的肚子,"这不,补偿来了。可我有些担心,两个好虽好,你生起来只怕辛苦。"

她心里也害怕,却不愿让他担心,因而笑道:"知道辛苦就要加倍对我好,虽然你已经够好了……"她吻吻他的唇,"督主沦落到做饭洗衣的地步,叫你以前手下那帮人碰见,不知是个什么想头。"

说起这个有点臊,如今是廉颇老矣,怎么骄矜早忘了。曾经笔杆样的手,稍不称意就撂挑子,如今做羹汤、浆洗衣裳,干得风生水起。不光这,要不了多久还要带孩子。以前从没设想过有这一天,屈才屈大发了,可即便如此,还是乐此不疲。

"我三饱一倒,过得逍遥,洗衣做饭我乐意。"他在那高耸的胸上薅了一把,"我是有妻万事足,碍着别人什么?"

有钱难买我愿意,这样最好。

音楼的身子一天比一天沉,孕期里每个人的症状都不同,她的更严重些。从八个月起开始水肿,肿得两条腿没法走路,这还是其次,最要命的是肚子越来越大,皮肤绷到了最大限度,常常痒得抓心挠肺。那两个孩子在里面倒很活跃,所以经常能看见一个抹着香油的晶亮肚子搁在床板上,隔着一层皮肉,两只小脚各自做个漂亮的踢滑,从中间往两边呼啸而去。

这样的日子,真是痛苦与甜蜜兼存。等了很久,盼了很久,终于到了着床的时候。

那天阵痛来得汹涌,生双胞儿风险大,肖丞看见她发作,把所有能请到的接生婆都请来了。他们是外乡来客,在本地无亲无故,好在平时口碑不错,邻里都很愿意帮忙。安南和大邺的规矩一样,男人不能进产房,可他并不在意。最艰难的时候他一定要陪在她身边,毕竟现下没有一个信得过的自己人,他不在,音楼就没有靠山了。

他给她鼓劲,抓着她的手不放。她在用力的时候掌力极大,把他握得生疼。因为是头胎,生起来很不容易,从午后一直耗到深夜。实在是漫长苦难的经历,他见她满脸的汗水,但是心里有希望,眼神澄澈明亮。反倒是自己没出息,紧张得头昏脑涨,视线扭曲,连看门窗都有了弧度。

记不清等待的时间是怎么度过的了,只知道难熬至极,唯一能做的就是给她鼓励。音楼在大事上一向很坚强,她没有哭喊,每一分力气都用在刀刃上。终于有了进展,他看见稳婆倒拎起一个红通通的东西,还没反应过来,一声啼哭就从那幼小的身体里迸发出来,一下击中他的心脏。

"恭喜方先生啦,是个男孩。"吴大娘把孩子包起来送到他面前,皱巴巴的一张小脸,一只眼睛睁着,一直眼睛闭着,从那道微微的缝隙里看他父亲。

肖丞从没有过这样的感觉，庞大的喜悦穿透他的脊梁，那是他的骨肉，天天念叨，他终于来了！他打着摆子把孩子抱进怀里，不敢用力搂住，半托着送给音楼看。

　　双生子的个头相较单生的要小得多，可是孩子看上去很好。她挣扎着摸摸他的小脸，感觉手指头上都是冰凉的汗，便没敢多碰，让他把孩子交给奶妈子。才落地的经不得饿，喂得饱饱的，吃完了好睡觉。孩子睡觉长个儿，三天就能大一圈。

　　两头都记挂，记挂着落地的，还记挂肚子里那一个。羊水破得久了，不能顺顺当当生出来，对小的不好。有的产妇间隔的时间长，有的却能连着来。她运道算高的，休息了一盏茶时候，也没怎么觉得疼，大概是疼得麻木了吧，听见接生婆说快了，看得见孩子脑袋了。有了前头一个，这个生起来轻省些，但也费了一番工夫，憋得脸红脖子粗，突然一松快，便听见那头细细的哭声传来，猫儿似的，声气大不如前一个。

　　她心里有点着急，却听见吴大娘又来报喜："哎呀真是太齐全了，难得难得，是个姑娘！"

　　老天厚待，儿女双全了，可是小的实在太小，肖丞都不敢上手抱。

　　吴大娘笑道："大的在娘胎里抢吃抢喝，小的斗不过他，难免吃点亏。落了地后各长各的，慢慢就追回来了，不要紧的。"

　　两个孩子五官是一样的，只是一个长开些，一个还是一团。肖丞对吴大娘千恩万谢："我们夫妻在芽庄没有亲人，这趟全靠邻里帮忙。"边说边取出二十两利市来交给她道，"内子才生产，床前离不得人，这是给大家的谢礼，劳烦大娘替我打点。今天辛苦大娘了，等内子满月，咱们再登门拜谢大娘。"

　　二十两银子的谢礼，对靠海为生的渔民来说是笔不小的数目。那些惯常接生的女人，每次得到的不过两对发糕外加一吊钱，这趟每人派下来能挣四两，已经是市面上难寻的高价了。

　　吴大娘响亮地应了一声，招呼善后的加快手脚，屋里收拾妥当了方退出去。

　　孩子有乳母喂养，音楼太累，一面牵念一面又睁不开眼。蒙眬中看见肖丞在她床边坐着，不知是擦汗还是擦泪，偏过头去，悄悄在肩上蹭了蹭。

　　原本以为孩子落了地，家里肯定要乱套，可是没有，他请来的两个乳母并不离开，常住在他们家里。不单如此，周边的人也渐渐多起来，一个个精干警敏，分明和当地的土著不一样。她知道他开始动用他私藏的那些人了，一点后路都不留，那还是肖丞吗?

琐事不必他操心,他又成了那个仪态万方的督主,抱着儿子逗弄,告诉他:"你叫既明——抚余兮安驱,夜皎皎兮既明。爹盼你将来有出息,能保护家人,能定国安邦。"儿子没理睬他,吹起一个很大的泡泡,啪的一声破了,溅了他一脸唾沫星子。

儿子眼里没有他,他转而去讨好闺女。小二生来孱弱,当爹的总是偏疼她些,接过来捧在胸口,轻声唤她:"小二啊,爹给你取了个好听的名字,叫安歌。安歌送好音,你瞧和你母亲的名字连上了,你高兴吗?"

闺女比儿子贴心多了,小二看着他,露出牙龈冲他笑,他还没来得及感到欣慰,孩子打了个嗝就开始吐奶,白腻腻的两股从嘴角一直流到后脑勺,把他新换的衣服都弄脏了。

平时那么爱干净的人,遇见两个小霸王也没了法子。再说这世上哪有嫌自己儿女脏的爹妈呢!肖丞灰头土脸依旧很快乐,在那寸把长的小脚丫上亲了又亲:"我闺女真聪明,不舒服就吐出来,咱们从不委屈自己。"

音楼产后十几天,对自己的体形恢复很觉不满。之前肚子撑得太大,一时间缩不回去,站在那里还像三四个月时的情景。真着急啊!她哭丧着脸看肖丞,把一卷绫子交到他手上:"你使劲抻着那头,我得好好勒上一勒。"她把一头裹在肚子上,陀螺一样转圈,转得头昏脑涨,一下子扎进他怀里,"小二她爹,我的肚子要是回不去了,你会不会瞧不上我?"

他把她圈在怀里慢慢摇晃:"不会,你给我生了两个孩子,我感激你都来不及,怎么会瞧不上你!你是我们肖家的大恩人啊,这辈子我都要好好报答你。至于肚子,年纪轻轻的,过阵子自然会复原的。其实你不知道,你怀孕的时候最美了,比我头回见你还要美。"

虽然听得受用,但是音楼心里依旧不好过:"里面有孩子你才觉得美,实心的饺子就没意思了。"

"没孩子还能有牛黄狗宝。"他笑道,"你就这么养着,我嫌弃自己也不能嫌弃你。"

"小二她爹……"

"小大他娘……"

两人一吹一唱,常在房里玩这套把戏。音楼现在自信心锐减,只有她男人不断安慰才能找补回来。

小大和小二渐渐长出了人模样，安南气温偏高，小孩儿用不着包裹褓袱，就穿小褂子，两个并排躺着，挥舞着手脚，一样粉雕玉琢的小脸儿，看着能把人心看化了。她常坐在边上摇摇车，抱抱这个，再抱抱那个，天底下就没有一个孩子能比他们家的更漂亮，先前吃再多苦，现在看来也值得了。

女人做了母亲，精力难免要分散，她一心扑在孩子身上，偶尔发现肖丞心不在焉，问他他总推说没什么，她也没太放在心上。直到有一天安南国君派人来访，她才意识到安南他们是待不下去了。

几位官员进了他们的铺子，站在店堂一隅四下打量，对看店的伙计拱了拱手道："我等奉命前来拜访，劳烦请你家家主出来一见。"

后院十几个人都聚在一处听示下，肖丞斜眼看过去，低声吩咐："你们看顾好夫人和少主，我先去探探那些安南人的口风，回来再作计较。"

他要往前去，音楼奔出来，抓着他的手问："他们是来拿人的吗？难道紫禁城里得了什么信儿，打发这里的布政使寻根底？"

他笑了笑："大邺早就不在安南设布政司了，你放心，几个泥腿子我还应付得了。"说完抖抖袍角，踅身往店里去了。

既然引起安南国君瞩目，到最后无非两种可能，来人若不是为捉拿他们，那就是冲着招安。

果不其然，有求于人，那些小国官员很会以礼待人，一个满揖，几乎把两手抄送到地上去："大国上宾，莅临我安南弹丸之地，不周之处，诚惶诚恐……"

话没学囫囵，说得也不叫人动容。肖丞把礼还回去："方某一介草民，何德何能受诸位大人如此礼遇！方某虽从邺来，不过以卖酒为生，万不敢自称上宾，诸位大人如此，委实叫方某忐忑。莫不是哪里出了差池，错将方某认作别人了？"

其中一人上前一步，再行一礼，赔笑道："不曾认错，卑职叫吴祧，隆化八年出使过大邺，彼时曾得肖大人多方照应。肖大人是贵人事忙，并未留意我等小吏，卑职们对大人却是记忆犹新。大人是人中龙凤，单凭这堂堂好相貌，要想不叫人记住也难。前几个月底下人来通禀卑职，说光华寺一位香客容貌肖似大人，那时卑职正忙于筹备出使真腊，这事就耽搁下来了。昨日方才回朝，便将此事回禀我主，我主得知后大感意外，即命我等前来拜会。"他说两句就略顿一下，一个安南人，这么长篇大论真不容易，舌头转不过弯，需要休息休息才能从头再来。

肖丞心下计较，若是一味打太极，似乎不是明智之举。你否认不打紧，别人要向大邺求证，这么一来倒弄巧成拙了。需先稳住，再徐徐图之。因而喟然长叹："果真普天之下莫非王土，我离开大邺来安南，无非是想求得太平度日，没想到区区一年，就被人勘破了。"

那吴祧奉承道："大人何等才干，流落在这乡野间太过屈尊了。我主早有口谕，若能请得大人为朝廷效力，必许以高官厚禄，不知大人意下如何？"

大小琉球虽然暂时失势，却不能阻止芸芸小国对大邺这块丰泽而迟钝的肥肉的觊觎。他曾主持朝政，世上没有人比他更熟知大邺情况，安南国君是想笼络他，让他出卖故国？

"一片好心，然而太过大意。"他微微一笑，"倭寇滋事，大邺对各属国加强监管，朝中有一批人撒出去，贵国国主不知道吗？邀我入朝……不怕有诈？"

那三个官员着实一愣，似乎是没想到这一层，有些迷惘起来。这事确有耳闻，里头虚虚实实也弄不清。可他不是太监吗？太监怎么娶亲，还能让女人生孩子？如果不是幌子，那就是叛逃出来的。安南人虽然不及中原人肚子那么多小九九，这点常识还是有的。

"肖大人高山仰止，在大邺是极有名望的人，细作这种差事，哪里用得着劳动您的大驾！"

他笑得更奇异了："既这么，肖某再推托未免不识抬举，但是目下儿女尚年幼，山妻[1]也需要照顾，可否容我两年？两年后肖某出仕，定为国君鞠躬尽瘁，死而后已。"

到底不是押解犯人，总要人家高兴，硬来不成事。再说他这表情是怎么回事？小国的人眼皮子浅，也容易受惊吓，得回去合计合计。他们都是不做主的人，把消息带给国主，请上面定夺，反正也不急在一时。

"既然如此，就按肖大人说的回禀上去，听了我主示下，再来给肖大人回话。"吴祧作了一揖，"卑职们告辞了，肖大人留步。"

肖丞依然很有礼，站在屋角目送他们上轿，风吹动他的衣袂，飘拂翻飞，翩若惊鸿。

"福船停得有些远，安南沿海百姓以打鱼为生，若是泊在这里太引人注目。"底下人压着嗓门道，"属下买通了船厂的人，唯有停在船坞里才最安全。督主眼下什么打算？若是有必要，属下这就领人把船驶出来。"

---

[1] 隐士之妻。

他缓缓摇头:"暂时不能走,就算想走也未必走得脱。"边说边回身看,"孩子还太小,在海上颠簸不起。我同他们约了两年之期,两年之中总有他们疏于防范的时候,且将养着,等养足了再走不迟。"

说实话,在外邦流浪,找到一处落地生根不容易。这些属国地窄人稀,要想不被发现,除非一辈子不露面,既然不可能做到,就注定会被发现,又要过一段时间居无定所的日子。飘到哪里不是飘呢,他如今也有些得过且过了,又不稀罕万里山河,只要有个地方落脚,让他能安安稳稳守着媳妇和孩子就够了。

安南国君对他慕名已久,似乎也是个极好糊弄的人,爽快地表示两年就两年,彼此都等得。

争取到了时间,他们一家子仍然过得很逍遥。音楼养胖了,每天对镜长吁,不愿意吃饭,打算以水果为食。人懒,却爱吃荸荠,可苦了肖丞,和她面对面坐着,面前放只碗,热水里滚一滚捞起来,削完一个放进去一个,那碗却永远是空的,因为削的速度从来赶不上她吃的速度。

值得欣慰的是两个孩子长得很快,渐渐会翻身了、会坐着了、会扶着摇车边缘站起来了,几乎每天都有惊喜。

小大是哥哥,样样比小二超前,他会走路说话的时候,小二刚刚学会挪步,一个在地上,一个在车里,小大伸着小手拍打栏杆:"妹妹、妹妹……"

双胞胎从来都在一起,血液里有天生的亲厚,几乎一时都不能分离。牙牙学语过后,两个孩子可以简单对话了,对话的内容不复杂,哥哥说:"小大和小二,永远在一起。"

妹妹便点头附和:"小二和哥哥,永远在一起。"

肖丞和音楼曾经尝试各抱一个分开走,结果两个孩子号啕大哭:"我的小二,哥哥好爱你。"

这么丁点大的孩子张嘴闭嘴说爱,肖丞觉得一定是在肚子里的时候学来的。他从来不吝于让音楼知道他的爱,音楼能感受到,那么孩子们也能。只是这类私房话,屋里说说就罢了,被孩子们宣扬出去,还是有点叫人难为情的。

表面上日子无波无澜,私底下音楼还是为安南国君派人来的事忧心忡忡:"你真要在这里做官吗?做了官得办事,见的人多了,万一消息传回大邺,到时候怕要惹麻烦。"

他倒是一副云淡风轻的模样:"一个小国,户二万七千一百三十五,乡五十六。我连大邺的高官都不屑做,倒愿意在这里过干瘾?你别担心,好好照料孩子就是了,外头的事我自会料理。"

"人想避事,事却找上门来。"她垂首坐在竹榻上叹气,"还以为少虽少,五年太平日子总会有,结果才两三年光景……"

"这两年咱们过得不好吗?"

她摇摇头:"就是因为太好,好得不想结束。"她看他一眼,当了爹的人,就打算一直这么细皮嫩肉下去?她在他脸上掐了一把,"怪你这长相!索性猪头狗脸,到哪儿都不受猜忌。如今你瞧瞧,人家使节隔了几年还能一眼认出你来,你能不能不要长得这么扎眼?"

他被她掐得闪躲:"这话说的,又不是我愿意这样。再说没这副皮囊,你当初会瞧上我吗?"他把小二抱过来,在小屁股上拍了拍问,"安歌啊,你说爹爹俊不俊?"

小二对美丑没有概念,她只记得隔壁孩子用竹片绷成的弓箭,流着哈喇子,一根嫩葱似的手指指向外面,啰里啰唆地告诉他:"强哥那个东西……一拉飞得好远,哥哥喜欢,小二也喜欢。"

他无奈地叹了口气:"爹不是和你说这个,弓箭是男孩子玩的,你是姑娘,姑娘不玩那个,舞刀弄枪的不像话。"

小二一听,立刻在他怀里扭成了麻花,咧着嘴哭,底下两颗牙刚长了半粒米高,口水又多,一张嘴就淋漓往下挂。他没办法,卷着帕子给她擦嘴,最后还是屈服了:"好了好了,不哭了,爹爹回头给你做一把,比强哥的更漂亮,射得更远。"

他对小大呼呼喝喝,因为儿子不能宠,宁愿多摔打,可是小二不同,那是他的心肝肉、眼珠子,就是要天上的星星,也得想法子摘下来。

小二破涕为笑,湿漉漉的嘴亲在他脸上:"爹爹俊。"

原来是要以此作为交换条件的,他惊诧不已,这么小就这么多心眼子?

音楼好整以暇地凿她的椰子壳,连眼皮都没撩一下:"别瞧我,你的闺女,不随你随谁?"

说得也是。把孩子交给乳娘抱出去,他到窗下舀水盥手,笑道:"这丫头属莲蓬的,我瞧比大的更精些。"

音楼唔了声:"都还小呢,能看出什么来!"说着倒了椰汁递给他,"你和安南王约定的两年期限可过去一半了,退路想好了吗?"

他抿了口,把杯子搁在一旁:"我曾说要回大邺,你又不答应。倘或安南待不下去,其他属国不去也罢,索性走得远远的,下西洋去。我料着安南国君不至于把我停留的消息回禀朝廷,毕竟窝藏的罪名也不轻,但是周边盟国互通声气未必没有,若真传起来了,往哪儿都不太平。"他背着手缓缓腾挪,想了想道,"这阵子我也四下打探,芽庄周边虽有成军,但是将领疏懒,底下的兵也不成器,挑个合适的机会,一举就能走脱。我已经命人去筹备了,那艘福船在船坞停了太久,每一条缝都要仔细查验,等一切准备就绪便出海,到个没人认识的地方,一了百了。"

西洋音楼知道,那儿的男人牛高马大,皮蛋色的眼睛,顶着一脑袋黄毛,活像庙里的夜叉。大邺和西洋交好,以前也有使节往来,张嘴叽里咕噜不知道说些什么,想来有点怕:"他们不会汉话吧,咱们到了那里怎么和人交流?"

他说:"那不要紧,我多少会一点儿,当初有个西洋传教士在我府上住了近一年,私交甚好。前阵子我给他写了信,命人先去探路,这会子事都办妥了,只等咱们过去。"

她听了欢喜,笑道:"人生地不熟,有个照应总是好的。以前两个孩子都小,挪地方不方便,现在眼看结实了,海上待得久些也不碍事。"

他点了点头:"叫你们跟着漂泊,我心里不落忍哪!"

她在他胳膊上拍了下:"说这话做什么,人生这么长,还容不得一时的不如意吗?我倒觉得这样很好,在一个地方待久了无趣,四下里逛逛才有意思。"

她总不会怪他,逆境无法回避,从来不曾埋怨过半句,这是共过患难的夫妻才有的包容。他把她手上的东西搬开,拉她起身抱住:"音楼,我总有满肚子话,无从说起。总之谢谢你,给我两个孩子,给我现在这样的生活。就算有动荡,心里还是安逸的。"

她拨开他鬓角的发,摩挲他的脸颊:"也不会后悔遇见了我,是吗?"

她如今长成个小妇人,成熟鲜活的,魅力远胜从前。他吻着她的额头,嘴里含糊说着"我何曾后悔过",慢慢移下来,盖在她唇上。

四个人的生活和以前不一样,要干点什么都得偷偷摸摸。他们多久没有亲热了……数不清,总之已经很久了。她有了孩子,精力都放在那对儿女身上,难免要慢待他。有时他也吃醋,别别扭扭提出来,反倒遭她一顿耻笑。后来悟出来,想做什么不必沟通,直接行动似乎更好。他气喘吁吁地解她领上纽子,发烫的嘴唇抵着她颈间，神魂荡漾里发觉膝盖被什么抱住了。门开了小小一道缝，带孩子的乳娘露了个头，很快又缩回去了。他低头一看，儿子仰着脸撼他的腿，糯糯地叫他爹爹。

真叫人头疼啊！他把儿子抱起来："怎么不歇觉？嗯？"

小大根本不理他，伸着两条短短的胳膊往他母亲的方向倾倒。音楼赶紧接过来，摸摸屁股上，尿布还是干的，便在那粉嫩的脸上亲了亲。孩子就是孩子，目标明确也很直接，小手伸进他母亲怀里，嘟囔着："喝奶奶、喝奶奶……"

肖丞不耐烦了："你奶妈子没喂你吗，看见你娘就要奶喝，没出息！"有些蛮横地抱过来，冲外面喊人，叫把孩子弄出去。

孩子倒是没哭，可怜巴巴地扁着嘴被带走了。音楼心疼，低声抱怨："小大不是你儿子吗，这么对他！"

"男人大丈夫，腻腻歪歪，将来顶什么用？"一面说一面贴上来，觍脸笑道，"他们都歇午觉去了，咱们……"

自己这副样子，还有脸骂孩子！她红着脸推他一下，午后的风吹拂进来，窗上竹帘扣在木框上，嗒嗒作响。

离约定的日子越来越近，其间安南国主经常打发人送些礼物来，一则示好，二则催促。吴姚是专门负责这项的，来来往往好几次，肖丞夫妇都很恭敬客气。

曾经在大国出任高官的人，到安南来也不能委屈了，上面发了话，封肖丞为谏大夫，算得上是极有分量的言官。吴姚这天奉旨带上了手谕和蟒带官袍，一大清早便上芽庄来，到了那里，见肖丞在梯上铺茅草修补屋顶，便笑着招呼："这样的粗活何须大人亲自动手，吩咐一声，没有什么办不妥的。"

他下了竹梯扑扑手道："闲来无事，自己动手好打发时间。"瞧了他身后人一眼，"尊使今天前来莫是有公务？"

吴姚应了个是："上回和大人商议好的日子快到了，今日给大人送官服来。我主对大人寄予厚望，望大人造福安南百姓。"

他谢了恩接过来，略拧起眉头一笑："肖某才疏学浅，得大王知遇之恩，定当尽心竭力。明日就到衙门点卯，我这里也该筹备起来了……只是既然为主效力，再防贼似的防着我，似乎说不过去吧！"

吴姚会意了，先前怕他远遁，曾经派人监视防范，如今已经邀得他出仕，那帮人也确实该撤了。因而讪笑道："惭愧得很，出此下策，请大人海涵。"回身对同来的人比了比手,命他下令解禁,随后道,"大人的代步我已经派人准备好了,唯恐大人坐不惯安南的轿子,叫人仿大邺的大小定做了一抬。河内的大夫府也已经布置妥善了,请大人择日启程,总屈居在这小小的芽庄,不能施展大人的才华。"复揖了揖手,"大人事忙,卑职就不叨扰了,明早再来,接大人一同前往河内。"

他还是淡淡的模样,点头道:"给尊使添麻烦了,肖某过意不去得很。"

他是为明天让吴袱没法交差而感到愧疚,吴袱却并没有察觉,只当是邺人普通的寒暄,客套两句也就告辞了。

次日朝阳东升,陌上行来露水打湿裤管。到肖家酒馆门前时,只见门扉大开,着人进去查看,却早已人去楼空了。

# 番外二

  一个王朝的兴衰就如人之寿元，有鼎盛就有式微。

  大邺自神武皇帝开国，到文成皇帝时期国运盛极，泱泱两百余年，似乎从未有人想过，有朝一日慕容氏的江山会坐到头。慕容高巩穿着道袍在西海子炼仙丹的时候，南苑宇文氏的战旗，已经插上了九江的城头。

  镇安王和南苑王的联军一路横扫，从武昌到安东卫，势如破竹，也许用不了两个月，就要攻入京城了。眼看江山即将落入叛臣之手，每个曾经为之呕心沥血的人，都会无限惋惜，恨天道不公吧！

  小大和小二已经六岁，到了开蒙的年纪，肖丞替他们找了西席，虽然身在柔佛，学的却仍旧是中原的四书五经。早前在安南暴露了行踪，他们不得不连夜渡海，原本是想去西洋的，但在海上遇见了风浪，漂泊月余终于看见一片陆地，那里四季温热，草木茂盛，于是临时做了决定，就此定居下来。当然一切仍旧不需音楼操心，肖丞的人很快便安排好了一切，屋子、田地、仆婢……不论到哪里，他们都过得舒心惬意。

  只是也会牵挂故国，就算大邺没有留给他们多少美好的回忆，远行日久，终不免惦念。

音楼有时候同肖丞开玩笑:"大邺如今风雨飘摇,督主要是愿意回去召集旧部,一个东厂就能把联军堵在半道上。"

这是真话,如果有他在,宇文良时决不能如此壮大猖狂,也许到死,也仅仅只是南苑王。

肖丞听后寥寥一笑,风流的眉眼,在雨后潮湿的空气里越发灵动,一手支着下颌,视线在她脸上流转:"臣费了那么大的力气,才拐得皇后娘娘同臣私奔,为了别人的江山再入虎穴,岂不是傻了?"

柔佛屋子的式样,习惯把窗户开得很大,篾竹编成的窗扉拿竹竿成排撑起,整面墙壁都是空的。

他拍拍身侧的长榻,音楼坐过去,懒懒地歪在他身上。他探过手搂住她的肩,看半空中凝聚起赤色的云霞,喃喃道:"大邺这回,怕是气数绝尽了。"

音楼叹了口气:"南苑王隐忍这些年,到底还是出兵了。我倒不觉得大邺的天下丢了有什么可惜的,只是心疼婉婉……那时候我暗示了她好几回,不想让她下降南苑王,就是怕她有朝一日要面临这样的窘境。现在想来真后悔,当时干脆说破了,别藏着掖着,兴许她就能避开那个煞星了。"

肖丞安抚式地在她肩头揉了揉:"命数天定,不是你能决断的。她是大邺的长公主,身份再尊贵,也有身不由己的时候。咱们在金陵和南苑王打过交道,这人心机深沉,就算你一时劝阻了,焉知人家没有别的办法达到目的?"

音楼沉默下来,她在宫里时同婉婉交好,后来婉婉出降,自己死遁,这些年天各一方,彻底断了联系。如果婉婉过得好倒也罢了,可以现在的局势来看,分明不会好了啊。

她忧心忡忡:"婉婉性子拧,向来有主张,怕是不能接受南苑王造反的事实。大邺眼看保不住了,皇上连自己都顾不过来,还能顾得上她吗?她夹在哥哥和丈夫之间,这日子怎么过?"一面说一面看向肖丞,"你留了人在她跟前,她应当知道我们的境况。你说她会不会离开大邺,来找我们?万一她去芽庄扑了个空,那怎么办?"

肖丞垂眼看她:"你有什么打算?"

音楼谄媚地笑了笑,一把抱住他的胳膊:"咱们回去一趟吧,把她接出来。细想想,婉婉太苦了,那样尊贵的出身,除了锦衣玉食,再没有旁的了。我同她比起来还好些,我有你,你是真的心疼我,她可有什么?孩子没了,丈夫又造娘家的反，我怕她心思窄，想不开。"

肖丞无可奈何，揪了她的鼻子一把："你倒大度！"

他说得含糊，音楼心里却明白。早前婉婉对他也动过心，但各人有各人的际遇，有些人，是永远不可能在一起的。如今他们各自婚嫁，自己也替肖丞生儿育女，若是因年少时的爱慕提防婉婉，未免太过小人之心了。

只是回去接人，到底要冒大风险，他们斟酌再三，决定把小大和小二留在柔佛，肖丞带着她，仍从水路潜回大邺。这一行路程遥远，沿途只在小港作短暂停歇便又要上路。

肖丞不愧是司礼监出身，每到一处都能得到大邺最新的消息。音楼听说南苑王和镇安王联手谋反只是将计就计，联军攻到安东卫时，宇文良时诛杀王鼎收编了贵州军，顿时大大松了口气。

可肖丞并不像她那样乐观，冷笑道："这次不过小试牛刀，为的是探清大邺兵力。宇文良时野心勃勃，岂会与他人共谋天下！"

音楼嘟囔着："好歹眼下的难关过去了，皇上再不能扣押婉婉了。"

有些恨，不是无缘无故的。慕容高巩做事神神道道，当初婉婉有了身孕，他立刻下旨将人召回京畿，以此拿捏南苑王。后来婉婉的孩子掉了，他仍旧不肯放人，害得他们夫妻分别两年，这样的所作所为，怎么能不招人恨？

南苑兵变是迟早的事，可惜柔佛到金陵渡口相距万里，漂洋过海赶来，也须半年之久。这半年里，陆陆续续听到一些大邺的消息，离得越近越详细。

南苑谋划多年的计划终于还是实施了，祁人调兵遣将，一呼百应。那个马背上锻造出来的民族仿佛一支利箭，离弦之后呼啸过大半疆土，直抵良乡，下一战就是攻占大葆台。

音楼在海上漂泊的日子里又怀了身孕，这回虽有经验，但孕吐厉害，连床都下不来。肖丞既喜且忧，上回她生孩子实在吓怕了他，他很担心，愁眉叹息："这次不会又是双伴儿吧！"

音楼大笑："两胎四个，粮仓都吃穷了。"

她这个人，总是好了伤疤忘了疼，先前怀那两个的时候受了多大的罪，这会儿早抛到脑后去了。肖丞担心的，恰是她盼望的，横竖要生，一气儿生两个，不费事。

他抱着她，长吁短叹。音楼勾起他的下巴，龇牙笑道："孩子的名字有了，要是双伴儿，一个叫唉声，一个叫叹气——谁让他们的爹不待见他们！"

肖丞说："胡闹，那是什么名儿，我不答应！"说罢亲亲她的额角，喁哝着，"我是担心你，生孩子太苦了。也可怜我自己，这回不知你爱吃什么，是不是又得没日没夜削荸荠……"

这个暂且说不准，音楼表示要等这阵子孕吐过了才知道。

船停靠在了桃叶渡，她原想跟着一块儿去见婉婉的，可两脚着地便头晕目眩找不着北。肖丞不准她走动，只让她在船上等消息，自己带着几个近身的随从登岸往城里去了。

阔别大邺整整七年，再踏上这片疆土，不说城池和国人，连路旁的一草芥、一瓦砾，都透出熟悉的味道。外面烽火连天，金陵城里岁月静好，行人可以自由往来。若不是他沿途见过战后满目疮痍的惨况，简直要误以为大邺国泰民安，南苑王依旧安分守己，在富庶的江南坐享他的荣华富贵。

不过毕竟非常时期，城防戍守比往日严苛，他是借着商贩的名头才得以入城的。骑马过于扎眼，一行人步行赶往大纱帽巷，那里原本是帝王南巡的行在，后来改建成长公主府。长公主和亲王一样，有专属自己的府邸，不必屈尊住在藩王府上。

穿过两个坊院就到了，他放眼看去，奇得很，风里隐隐传来铙钹的声响，还有白布纸钱的味道。他皱了皱眉，挑眼公主府长史办事不力，竟允许距离公主府这么近的人家大喇喇地办起丧事来。恰在这时，一个推着独轮车的汉子蛮横经过，嘴里嚷着"让让"，说话间板车已经到了面前。

随从飞快阻挡，车上满载的货物堪堪擦过他的袍角，饶是一点接触，也让他厌恶地垂手掸了掸。

"督主……"云尉低低叫了声。

他抬起眼，见巷子尽头有人疾步而来，到了跟前压刀俯首："禀督主，大事不好了，长公主殿下吞金自尽已有十日，咱们这趟……来迟了。"

肖丞如遭雷击，愣在那里半天没回过神来。

他还记得那双纯净的眼睛，他在她宫里做了多年少监，看着她从不知世事的孩子长成大姑娘，见证她情窦初开，亲自送她登船远嫁，她在宫里时的一切都是他亲手操持的。没想到一别经年，他们远渡重洋来接她跳出火坑，她却已经不在人世了。她才二十三岁啊，这样如花的年纪，该是受了多大的委屈，多无望了，才会选择走这条路。

他垂袖站在那里，隔着坊院茫然眺望，不敢相信那是真的。然而喁喁的诵经声从四面八方传来，细细的打磬声和进风里，每一次响起，都直钻人的心窝子。

来迟了，一种失之交臂的遗憾笼罩住他，他甚至不知道应该怎么告诉音楼。她是满含希望来接婉婉的，在海上漂了半年，没想到最后竟听见这个噩耗。

即便知道此来是一场空，他也还是到了公主府前。宇文良时撤下前线的大军回来治丧，没有为难公主府的人，把他们全都遣散了，据说灵前只余他自己，疯疯癫癫，不眠不休，不时撕心裂肺地哀哭。这一代枭雄，想是对婉婉用了真感情，如果早知今日，还会执意夺取慕容家的江山吗？

他本想进去上一炷香的，可惜府门锁闭，他不能冒这个险。云尉解了腰上酒囊递给他，他隔门敬了一壶酒，但愿婉婉在天上能够看见。

"走吧。"他转身折返，风吹过树顶，沙沙一阵轻响。


四年后，大邺覆灭，慕容皇族被攻城的祁人杀剐殆尽。宇文澜舟建立大英王朝，改元乾始，尊宇文良时为高皇帝，追封合德长公主为皇考皇贵妃，不与高皇帝合葬。

【全文完】

### 图书在版编目（CIP）数据

浮图塔：上、下 / 尤四姐著.
—武汉：长江出版社，2020.4
ISBN 978-7-5492-6922-8

Ⅰ.①浮… Ⅱ.①尤… Ⅲ.①长篇小说—中国—当代 Ⅳ.① I247.5

中国版本图书馆CIP数据核字（2020）第060763号

### 浮图塔：上、下 / 尤四姐 著

| 出　　版 | 长江出版社 |
|---|---|
| | （武汉市解放大道1863号） |
| 选题策划 | 林　璧 |
| 市场发行 | 长江出版社发行部 |
| 网　　址 | http://www.cjpress.com.cn |
| 责任编辑 | 陈　辉 |
| 特约编辑 | 林　璧 |
| 印　　刷 | 北京盛通印刷股份有限公司 |
| 版　　次 | 2020年4月第1版 |
| 印　　次 | 2020年4月第1次印刷 |
| 开　　本 | 700mm×1000mm 1/16 |
| 印　　张 | 32 |
| 字　　数 | 600千字 |
| 书　　号 | ISBN 978-7-5492-6922-8 |
| 定　　价 | 72.00元（全二册） |

版权所有　盗版必究（举报电话：027-82926804）
（如发现印装质量问题，请寄本社调换，电话027-82926804）

浮图塔

你有我，即便再多苦难也不用怕。
我替你挡风遮雨，我为你肝脑涂地。

上架建议：畅销·古代·言情

ISBN 978-7-5492-6922-8

Staread
星文文化

定价：72.00元（全二册）